パンとサーカス

PANEM ET CIRCENSES

島田雅彦
MASAHIKO SHIMADA

講談社

パンとサーカス

第一部

第二部

主な登場人物

火《ひ》箱《ばこ》空《くう》也《や》　広域暴力団・火箱組跡取りとしてヤクザの世界の掟を教育されているが、この世界に違和感を覚えている。松風哲の下で仕事のノウハウを学んでいる。

御《み》影《かげ》寵《ちょう》児《じ》　少年時代からの空也の友人で、東大法学部卒の抜群の秀才。ＣＩＡのエージェントへの道を進み、日米関係のバランス維持のため、政府中枢に送り込まれる。

桜《さくら》田《だ》マリア　空也の異母妹。善きサマリア人。ソープ嬢、キャバクラ嬢から介護ヘルパーに転身。万人に奉仕するが、誰にも従わない。

黄昏《たそがれ》太《た》郎《ろう》　都市伝説化したホームレスの詩人で、元は警官。少年時代の空也と寵児とも接点があった。

ダン・グレイスカイ　ＣＩＡ東アジア分析部人事担当で、寵児の上司。日米同盟のキーパーソン的存在。

トム・グリーンウオーター　米国による日本統治の実質的な司令室「アジア政策研究センター」所長。

仲《なか》間《ま》百合《ゆり》子《こ》　アジア政策研究センター司書。沖縄にルーツをもつ。

ミュート　アジア政策研究センター研究員。

ペヤング　アジア政策研究センターのサイバーセキュリティ担当。のちにダークネット開発者となる。

松風哲《まつかぜてつ》　人材派遣会社「フルハウス」経営。マネー、人材ロンダリングの元締め。配下に火箱組を従えている。

蓮華操《れんげみさお》　ホテル住まいの大物フィクサー。すでに半分あの世にいる。死者たちの声を聞きながら、この国を売り渡すか、独立を取り戻すか、大昔の大義を思い出している。

犬養仁《いぬかいひとし》　首相。戦後史に名を刻む売国奴総理の息子。典型的世襲議員の凡庸な男。

石井達也《いしいたつや》　野党第一党・共生党党首。堅物な「リベラルの星」。

鵜飼寛治《うかいかんじ》　警視庁港署の警視で、田島波瑠の上司。

ワルキューレ・カルテット

矢野真美《やのまみ》　石井達也党首の秘書。

砂漠谷絵里《さばくたにえり》　イタリア人の父と日本人の母を持つ。ネットメディア「エンドスコープ」所属のジャーナリスト。

萩谷《はぎや》**ソフィア**　人権派弁護士。南塚・北川法律事務所所属。

田島波瑠《たじまはる》　警視庁港署の警部。

装画＝「コントラ・ムンディ」
岡本瑛里
荻野夕奈
金子富之
熊澤未来子
水野里奈
山本竜基
（ミヅマアートギャラリー）

装幀＝大鴉ノア

第一部

I　スクールデイズ

三千世界では多様な有象無象がそれぞれの生息域で右往左往している。その生態を今地上に降りて来たエイリアンのように観察しているのが詩人である。詩人は老人や廃人や病人や変人の仲間だが、偉人や賢人、美人、聖人の友人でもある。誰もが素通りするぼんやりとした隙間で謙虚に目立たないように暮らしながら、世間を斜めから見て、裏から探るのが趣味かつ仕事。

この狂った世界、クソな社会を生き延びるには特殊技能が必要だが、詩人はあいにく生存に有利なことが苦手だ。詩人は自由人の代名詞であるが、食えない奴という意味でもある。基本、政治家も官僚も会社員も反社会勢力も組織や他者に寄生して生きていくしかないが、その枠からはみ出した者は「自由の刑」として棄民扱いになる。これまで幾度となく死にかけたが、その都度、辛くも生き延びてきた。半分死んでいる奴は意外としぶとい。本籍は黄泉《よみ》の国ということにしておく。栄養源はハムカツとキャベツで、この世の住まいはパチンコ店の片隅だったり、川べりのブルーシート・ハウスだったり、居酒屋の小上がりだったり、ネットカフェだったりと日替わりだが、シャワーは毎日浴びている。酒も毎日飲んでいる。詩人は救いの神や運命の女神や死神とも縁があり、時々、彼らからメッセージをもらったり、それを誰かに伝えたりしている。

世界は自分を中心に回っていると思い込んでいる人の数はびっくりするくらい多いが、地球は勝手に時速千七百キロで回っていることに気づけ、といいたい。みんな振り落とされないように必死に地面にへばりついている。卑怯なへばりつき方、崇高なへばりつき方、投げやりなへばりつき方、可愛いへばりつき方など、人によって様々で、詩人はその様態を他人事《ひとごと》として見ている。

　誰も詩人には関心を払わないが、彼は誰に対してもフレンドリーで、密かにみんなの弱みを握っている。誰も読まない詩を書きながら、世界を少しずつ修正する。誰も聞かない歌を裏声で歌いながら、狂った世界をチューニングし直す。詩人には何種類かの名前があったが、一番よく知られているのは「黄昏《たそがれ》太郎《たろう》」という渾名《あだな》だ。誰も本名は知らない。知ったところで何の意味がある？　名前なんて服と同じでＴＰＯに応じて変えるものだ。

　今日も地上では無数の偶然の出会いが繰り返されている。ささやかな偶然の出会いがテコの原理のように作用して、世界はわずかに動く。その変化は微妙過ぎて、誰も気づかないが、確実に世界を変える原動力になっている。用もなくほっつき歩く詩人を邪険にしてはいけない。詩人はミツバチと同じで、花の蜜を求めて飛び回りながら、受粉を助け、実りをもたらすから。

　初めて、桜田《さくらだ》マリアに会ったのは、忘れもしない。台風が首都を直撃し、一ヶ月分の雨が一日に降り注いだ日のことだった。

　詩人は首都と郊外を隔てる多摩川の河川敷に身を寄せていたが、仮設の小屋が流され、ビショ濡れの着の身着のままで橋の上に逃げ出した。都心に向かうか、川崎に向かうか迷い、住民がホームレス慣れしている川崎の市街地の方へ向かうことにした。

川は氾濫の恐れがあり、リバーサイドの住民も身の回りの物と幾らかの食料を抱え、避難所に指定された中学校の体育館に向かっていた。詩人も冷え切った身体《からだ》、空っぽの胃袋を抱えて、彼らについて行った。そこは奇《く》しくも詩人が二年間通っていた母校だった。こんな形で母校を再訪することになるのは不本意ではあったが、我が家が流されてしまった以上、あまり幸福とはいえなかった中学時代の回想でもしながら、一夜を過ごせれば、それでよかった。

すでに避難所は満員に近い状態だった。ホームレスの気後れもあり、市民に場所を譲り、用具室の片隅で雨をしのげればと思ったのだが、区役所の若い職員が濡れねずみの詩人を一目見るなり、「市民の方でしょうか？」と訊ねた。「いいえ、河川敷から逃げてきました」と答えると、「すみません。ここは近隣に在住の市民の皆さん優先の避難所なので、よそへ行ってもらえませんか？」という。

——私は世界市民なんですが、駄目ですか？

詩人はそう主張してみたが、相手には通じず、「自立支援センターへ行ってみてください」といわれた。「それは何処にあるんですか？」と訊ねると、若い男は面倒臭そうに住所と電話番号を書いたメモを詩人に渡し、後から来た市民に愛想よく応対し始めた。

ホームレスと同じ空間で雑魚寝したくない。それって納税者のわがままですか？

誰もそんな主張は声に出さなかったが、職員は自分とホームレスらしき男に注がれた市民の視線を深読みした。自分がこの場にいると、避難所の雰囲気を乱すことを察知した詩人は気を利かせて、その場を立ち去ることを選んだ。

詩人は再び雨の中を歩き出し、教えられた自立支援センターに行ってみたものの、応対してくれる職員の姿はなく、入口には鍵がかかっていた。いっそ自分も小屋と一緒に流され、水葬されればよかったなどと考えながら、詩人はシャッターが閉まった商店街の居酒屋の軒先にうずくまり、筋交《すじか》いにした拳にビニールシートの端を握りしめ、台風が過ぎ去るのを待つしかなかった。風に翻弄される空き缶やポリバケツ、何処から飛んで来たのか、葬儀社やキャバクラの看板、サッカーボール、複雑骨折した傘や女性の下着などが通過してゆくが、車一台、通行人の一人も通らない、そんな戒厳令下のような夜だった。

　吹き付ける雨と風に体温を奪われ、詩人はアルマジロのように縮こまり、震えていた。永遠に降り続ける雨も、永遠に吹き続ける風もない、永遠に無視され続けるホームレスはいない、と自らを励ましていた。午前一時頃だったか、局所的に生じた乱気流が互いを相殺し合い、風と雨が収まる刹那があった。その時、詩人は数メートル先の交差点の真ん中で合掌し、天を仰いでいる一人の女の姿を見た。

　暴風雨の夜に誰もいない商店街に佇《たたず》み、一心に祈っている女には近寄るな。詩人の直感はそう告げていた。どうか、魔女とか、狂女の類《たぐい》ではありませんようにと、詩人も祈る気持ちで、フリーズしていた。早くこの場を立ち去れと念じていたが、運悪く、女はうずくまる詩人の存在に気づき、「ああ、びっくりした」と声を上げた。

——ここで何してるんですか？　早く家に帰った方がいいですよ。

——すいません、家は流されてしまって。

——それは大変ですね。中に入りますか？

　女はやにわに店先のシャッターを開けようとしていた。

――もしかして、このお店の方ですか？

――はい、そうです。看板とか、バケツとか風で飛ばされていないか、見に来たんです。

――すみません、勝手に雨宿りさせてもらってました。

シャッターを開け、中の明かりをつけると、女は「どうぞ」といった。

なぜ彼女はこんなホームレス風情の男に優しくしてくれるのか、理解できず、詩人はその横顔をしげしげと眺めてしまった。左右の目は心持ち互い違いの方向を見ている。色白で、皮膚が薄いのか、こめかみと目蓋には血管がうっすらと透けて見えた。彼女は詩人にタオルを手渡し、椅子を勧めた。詩人は遠慮がちに椅子に座り、店内を見渡した。手書きのメニューには肉じゃが、ハムカツ、厚揚げ、カレーなどと書いてある。女は口元にかかる濡れた髪を手で避《よ》けながら、いった。

――今はやんでいますが、また降るでしょう。朝までここにいた方がいいですよ。

――いいんですか？　避難所で断られたのに。

――困った時は助け合わないと。

女は電子レンジで残り物か何かを温め、それを詩人に差し出した。キャベツの付け合わせとともに、ハムカツを半分に切ったものが四切れ載っていた。一度は遠慮したものの、香ばしい揚げ物の匂いの誘惑に負け、恐縮して受け取ると、女は「午前八時に戻ります。小上がりで休んでいって」といった。

――お名前をお聞きしていいですか？　いつか恩返ししたいので。

――あなたがまた別の誰かに親切にしてあげたらいいんですよ。私は桜田マリアといいます。

はにかみながら、彼女が自らの本名を名乗った時、詩人は「聖母かよ」と内心で笑った。名が体を表すというが、名付け親は彼女に何を期待したのだろう？　名前の暗示にかかったわけではないが、詩人は「聖なるマリア様」との遭遇は台風が残していったささやかな奇跡だと思うことにした。

　朝には台風も北北東に去り、暴風雨に洗い流された街は風呂上がりのようにこざっぱりしていた。詩人は去り際に短い手紙を残していった。

　サクラダマリア様

　このご恩は忘れません。善人も悪人も、凡人も狂人も、廃人も聖人も全て同じ空の下にいますが、あなたのような優しい人がいてくれたので、もう少し、この世にとどまって、自分がなすべき仕事をする気になりました。私も別の誰かに親切にするよう努力いたします。申し遅れましたが、私は黄昏太郎と申します。今は詩を書く宿無しですが、いつか新しい世界を切り開きます。

　桜田マリアはその書き置きを読み、「やっぱり」と思った。子どもの頃に読んだ童話の影響から、神や王は乞食に身をやつして、密《ひそ》かに世の中を視察していると信じてきたので、神や王かもしれない見知らぬ他人には親切に接しようと心がけてきた。マリアには信じる神も仏も教祖もいなかったが、その純朴な優しさをいつも母親や知り合いにからかわれていた。

——今時は幼稚園児だって、人を見たら泥棒と思っているのに、他人を甘やかすにもほどがあるよ。少しは自分をいたわる努力をしな。

——みんなが幸せになれば、自動的に私も幸せになる。

——世の中そんなに甘くないことくらいあんたが一番よくわかってるだろう。友達の借金を肩代わりした挙句が、ソープで働かされてさ、全く世も末だよ。

母がその話を持ち出すと、マリアは「騙《だま》される方が悪いんでしょ、すいません」の一言で話を終わりにすることにしていた。

マリアがキャバクラ「スノービューティ」では雪乃《ゆきの》と呼ばれ、ソープランド「ドラゴンパレス」では乙姫《おとひめ》の名前で出ていることを知っている男は遊び人、女は同業者に決まっている。源氏《げんじ》名《な》はその人の本質を隠すため、本名を守るためにある。彼女を本名で呼ぶのは身内とごく一部の人に限られる。本名のまま働いていたら、キャバクラの聖母、ソープランドの聖母になっていたところだが、経営者はそういう瀆神《とくしん》的な洒落《しゃれ》を好まなかったのだろう。

桜田マリアの一日は早く、長い。

早朝、母桜田祥子《しょうこ》が営む居酒屋「吉祥《きっしょう》」の仕込みを手伝うと、大学に行く。授業は月曜から木曜日までぎっしり入っているが、火、水、金の週三日はソープランドでアルバイト、月、木、土はキャバクラ「スノービューティ」で接客をしている。風の谷のナウシカのように過重労働を強いられているのは、幼馴染みの友達を助けた懲罰だった。この町ではお人好しであること自体が罪深い。幼馴染みの借金は総額六百万円、その内訳はホストクラブのツケとホストへの貢ぎとパチンコの負けだが、「お父さんの入院費と弟を大学に行かせるお金をなんとかしないといけない」と嘘をつき、マリアに借金の保証人になってもらった挙句、男と行方をくらませた。

マリア二十歳の時の出来事である。

――おまえはバカではないが、ここまで他人に甘いのは病気としか思えない。バカは治らないが、病気なら何とかなる。

　マリアの行動をどうにも理解できないのは母親だけでなく、腹違いの兄火箱空也《ひばこくうや》も同様だった。どうすれば、あの親父からマリアみたいな純真な娘が生まれるのか、大いなる謎だ。母親の方に似たのかといえば、それはもっと考えにくい。控えめに見ても、あの女は掃き溜めがよく似合う欲の塊で、マリアを生んだのが唯一の罪滅ぼしといってもいいくらいだ。

　兄は時々、「吉祥」に食事をしにくるが、妹のマリアの無事を定期的に確かめるためだった。自分が監視していないと、何処までも他人の食い物にされ、ついには骨に成り果てることを本気で心配していた。

――オレだって忙しいんだから、おまえを酷い目に遭わせた奴をいちいち制裁している暇はない。

――別にそんなこと頼んでないよ。

――けじめを付けないと、オレの示しがつかないんだよ。

「おまえに嫌な思いをさせた奴をいつでも殺してやる」と兄がいえば、妹は「殺したい人はいない」と答える。二人はそんな関係だった。空也は、マリアを騙して、借金を背負わせた女とそれをそそのかしたホストにすでに追っ手を差し向けていた。

――空也が余計なことするから、どんどん住みづらい世の中になっちゃうんだよ。

――おまえが他人を甘やかすから、誰もが無責任になり、生きづらい世の中になるんだ。

　空也は何かにつけ性善説と性悪説を持ち出す。性悪説を取る空也は、この世界は元々、悪に染まっているので、力による支配しか実効力を持たないと考えている。マリアがクリスチャンでもないのに、「汝《なんじ》の隣人を愛せ」を実践しているのを見ると、歯痒《はがゆ》くてたまらない。といって、マリアが自分と同じ濁った水の中に暮らすことは望んでおらず、つい「余計なお世話」を焼いてしまうところが、この腹違いの兄妹の唯一の共通点だった。

　二人は別々の家庭に育ち、それぞれ十八、十六になるまで兄妹の関係にあることを知らなかった。ソープオペラでは当事者たちが衝撃を受ける場面だが、二人は平然と事実を受け止めた、いや受け流そうとした。

　空也はマリアと初めて会った時のことをよく覚えている。父の火箱薫《かおる》に連れられ、「吉祥」に食事に行ったのは八歳の頃だった。「ここの卵焼とハムカツはうまいぞ」といわれるがまま、食べてみたが、だしをたっぷり含んだ厚焼きのフワフワの食感と部厚く切られたハムカツに「こういうのが給食に出るといいな」と可愛いことを呟《つぶや》き、女将《おかみ》の祥子を喜ばせた。その背後にはにかみ屋の女の子が隠れていて、父親がその子に小遣いをやるのを空也は見ていた。秘密裏に二人を会わせ、何となく事実を打ち明ける潮時を測っていたのだろう。

　通う小学校も異なっていたし、住んでいる地域も離れていたので、その後しばらくは二人が顔を合わせることもなかった。六年後、同じ中学に通うことになり、三年生と一年生として、廊下や通学路ですれ違ったりするが、互いを意識することもなかった。三年生が卒業する日が近づくと、マリアの同級生が気になる先輩に告白するといい出したので、乞われるまま介添えを引き受けた。その相手というのが、空也だった。

　空也はサッカー部のエースストライカーで、成績もよく、同級生や下級生の女子の注目を一身に集めていた。マリアの同級生も「火箱先輩のようなお兄ちゃんが欲しい」と日頃から漏らしていた。マリアは帰宅途中の空也を呼び止め、近くの神社の境内で同級生と対面させる役目を果たした。プレゼントのマフラーを差し出し、「私を彼女にしてください」と顔を赤らめながら告白する同級生を尻目に、空也は「なんだ、オレに用があったのはおまえじゃないのか」といって、マリアの方を一瞥《いちべつ》すると、冷たくこういい放った。

――悪いな。オレ、子どもに手を出すなっていわれてるんで、付き合えない。そのマフラーで別の奴の首でも締めてくれ。

　相手を気遣っているふりをして、何の関心も同情もなく、突き放している。その一言に火箱空也という男の本質が現れているとマリアは受け止めた。十三歳当時のその直感は外れてはいなかった。ちなみに空也に冷たくあしらわれた同級生が七年後、マリアに借金を押し付けて、行方をくらますことになる。幼い日の恋の恨みは深かったようで、理不尽な因果応報がマリアに降りかかったわけだが、その元凶が自分にあるという自覚は空也にはなかった。

　その後、空也は県内有数の進学校に進み、マリアは女子大付属の高校に進学した。空也は高校三年時に父親が連れてきた家庭教師の特訓を受け、陸王《りくおう》大学に現役合格し、父親を大いに喜ばせた。世間大学や路上大学でもっぱら実践を学んできた薫は正規の学歴に対するコンプレックスがあり、どんな手段を用いても、息子には名門大学で学ばせたかった。奥の手や飛び道具を用いなくても、すんなり合格してくれたので、薫は入学祝いに何でも欲しい物を買ってやると約束した。空也は半分冗談のつもりで「ポルシェが欲しい」といった。

　薫は空也を都内のホテルのメインダイニングに呼び、シャンパンで乾杯すると、「ほら」とポルシェのキーを投げてよこした。

——中古だが、展示車だから新車同然だぞ。

まさか本当に買ってくれるとは思わなかったので、コトバを失った。父の喜びは息子の想像をはるかに超えていたことを思い知った。

——もう一つプレゼントがある。

さてはホテルの部屋の鍵も差し出して、そこに女を待たせているから、筆下ろしをすませてこいとでもいうのかと身構えたが、そこまでベタなことはしなかった。代わりにマリアをレストランに呼び、見合いのように空也と対面させ、こういったのである。

——ほら、妹だ。互いに助け合って暮らせ。

ポルシェのおまけにはもれなく妹がついて来るという洒落のつもりか、空也は肉を刺したフォークを握ったまま、フリーズし、改めてマリアの顔を凝視していた。

——嬉《うれ》しくないのか？

——何で突然、妹が現れるんだよ。

——何度か会ってるし。薄々、気づいてただろ。

——妹かもって？　しねえよ、そんな妄想。

——現実を受け容れろ。この先、おまえを待ち構えているのはもっと理不尽な現実だ。

その耐性を鍛える試練だとでもいいたいのか？　空也は脱力の笑いとともにマリアにこう告げた。

——心配しなくていい。迷惑はかけない。今までも別々に生きてきたんだから、今後もそうすればいい。

マリアは神妙に空也のコトバを聞いていたが、一言「よかった」といった。

――何が？

――好きにならなくてよかった。

――そうだな。少なくとも近親相姦は避けられた。

空也は入学祝いにもらったばかりのポルシェの助手席に、その日から自分の妹になったマリアを無理やり乗せ、家まで送るあいだにあれこれ問いただそうと思ったが、何から訊くべきか思いあぐねた。しばらく気まずい沈黙に耐えたのち、空也は訊ねた。

――おまえ、あいつが自分の父親だって知ってたか？

――父親はいないと思っていたし、いてもロクデナシだと思っていた。

――親父のことは時々、小遣いくれる親切なおじさんと思ってたんだな。

――ママの愛人だとは思っていた。

――何で今頃、父親宣言したんだろう？

――男女の仲になるのを避けるため。兄妹助け合って生きるため。

――世の中にはいがみ合う兄妹、敵対する兄妹もいるだろう。

――相手を利用しようとすれば、そうなる。

――今のところ、オレたちは憎んだり、裏切ったりする理由はない。

――全くの他人同士なら、そんなこと気にしなくてもいいのにね。

――親父はおまえを大事に思っているから、オレに守らせようとしたんだと思う。

――たぶん、その反対。息子のことが大事だから、妹に守らせようとしたんだよ。

空也が乾いた笑いを返すと、マリアは「何が可笑《おか》しいの？」と憮然とした。

――火箱組二代目のオレをおまえが守ってくれるのか？　笑っちゃうね。

――わかってないね。悪の誘惑は多いし、敵に狙われやすいし、命が最低三つくらいないと、早死にしちゃうよ。

――その妹も安全とはいえない。

――私はお父さんやあなたの弱みになるかもしれない。もし、私が誘拐されて、身代金を要求されても、払わなくていいからね。自力で何とかする。

そんなふうに考えるあたりは、極道の娘なりに肝が据わっているようだ。

――これからも時々様子を見に行ってやるよ。あの居酒屋のハムカツうまいしな。

マリアがどういう女になるかの見極めにはまだ時間がかかりそうだが、楽しみが一つ増えた。

火箱という姓は見えない盾となって、これまでも空也を守ってきたといえる。周囲の人間が過剰に配慮していたせいか、空也は幼い頃から殴られたり、恫喝《どうかつ》されたり、脅迫されたりしたことがない。要するに「触らぬ神に祟《たた》りなし」だったので、孤独を謳歌《おうか》する時間はいくらでもあった。空也自身、取り巻きを従えることを嫌ってもいた。そんな中で空也と孤独を共有できる相手が一人だけいた。ある放課後、高校の中庭で空也がぼんやりと木の上の鴉《からす》を眺めていると、五メートルほど離れた場所で同じ鴉を見上げている奴がいた。目が合うと、向こうからはにかんだような微笑みを浮かべながら、近づいてきて、「ポーの『大鴉』という詩、知ってる？」と話しかけてきた。

――知るかよ。

――Nevermore って鳴くんだよ。

――何でそんな話する？

――話が通じるかと思って。

他の連中と違って、臆するところなく、顔を寄せてくる馴れ馴れしさに空也は思わず、「近いよ、少し離れろよ」といった。

――ごめん。距離感がうまく摑《つか》めなくて。部活何かやってる？

――柔道やってたけど、やめた。餃子《ぎょうざ》耳《みみ》になるのがいやだから。

――ぼくは英語サークル。留学しようと思ってて。一組の御影寵児《みかげちょうじ》です。火箱君でしょ。

――オレのこと知ってるのか？

――みんな君の話をしたがるから。

――陰でな。

おめでたいことに暴力団組長の息子という誰もが知っている空也の肩書きを、寵児は知らなかったし、あとでそれを聞かされても、態度を変えなかった。注意力散漫なのか、単にマイペースなのか、この飄々《ひょうひょう》としたキャラクターが嫌いではなかったので、空也は寵児を退屈しのぎの相手に指名することにした。二人が通う高校は秀才揃いだったが、寵児はずば抜けていた。読書量も知識量も膨大で、アニメ、サイエンス、歴史、文学、星、虫、鉄道と守備範囲も広く、クイズ王を目指すべきだと誰もがいった。

空也と寵児はどちらからいい出すでもなく、部員二人だけの秘密サークルを作り、放課後になると、二日と空けず、顔を合わせるようになった。実質、帰宅部と変わらなかったが、その秘密サークルに「コントラ・ムンディ」という意味深な名前を与えたのは寵児だった。ラテン語で「世界の敵」を意味する。

日々、ゲームに明け暮れ、アニメや映画、小説で妄想力を鍛えている高校生ならば、誰しも自らを「コントラ・ムンディ」になぞらえたくなる。この世界は若者には都合よくできておらず、自分たちに圧倒的に不利な状態であらかじめ黒い碁石が置かれている。先手必勝の囲碁みたいな世の中で若者に許されていることといったら、世界の滅亡を願うこと、その後に現れる新しい世界で主導権を握る自分を想像することだけである。

二人はコンビニの駐車場や川べりのベンチ、あるいはそれぞれの自宅の個室か、ゲームセンターで、三年生になると、予備校の教室で、飽きることなく、二人が持ち寄るテーマで結論の出ない議論を重ねていた。

再開発中の駅前には何を作るべきか？

二人は「闇市」、「ジェットコースター」、「日本最大のゲーセン」、「日本最大の公衆便所」、「野宿センター」などと列挙する。

人類が最も必要としている発明は何か？

「自動運転のスニーカー」、「携帯電話型高性能爆弾」、「誰でもウインドミルが踊れるパーカー」、「相手の十年後の姿が見える眼鏡」、「どこでもドア」と妄想から科学への道筋を辿《たど》ろうとする。

死ぬ前に何か一つ善い事をするとしたら、何をするか？

空也が「総理大臣を暗殺する」というと、寵児は「そんな小物を殺してもしょうがないから、アメリカ大統領を暗殺する」という。その場合、どの方法が簡単で、成功率が高いか？「総理大臣になって、首脳会談をした時に刺殺する」と寵児が提案すると、「ボディガードが一番、暗殺しやすい」と空也が応じ、さらに寵児は「行きつけのレストランのウエイターになって、毒を盛るのはもっと簡単だ」という。

世界滅亡の際、誰か一人だけ助けられるとしたら、誰を助けるか？

この設問には二人とも長考した挙句、それぞれこんな答えを交換した。空也の答え。

——子どもを助けても、一人では生きていけない。金持ちは充分いい思いをしただろうから、とっとと死んでもらう。今までろくな目に遭わなかった人の中でも、サバイバル能力が高いホームレスを助けてやればいい。

寵児の答え。

——最後に一人だけ残るなら、孤独に強い奴がいい。自分の世界に引きこもって、人類の遺作を作り続ける奴を助ける。

世界滅亡の際に二人が助けようと思う相手には共通点があった。いずれも滅亡前の世界では「役立たず」、「余計者」と見なされる人々だった。二人とも博愛主義者というわけではなかったが、たった一人の「余計者」が生き延びる滅亡後の世界を夢想していた。

——ところで、黄昏太郎っていう実在のホームレスの詩人がいてさ。世界が滅亡した後も、そいつ一人が生き延びて、死ぬまで追悼の詩を書き続ければいいと思った。

寵児の呟きを聞き、「おまえ、黄昏太郎を知ってるのか?」と空也が食いついた。

——小五の頃、母親とフリーマーケットに行った時、声を掛けられた。

——誘拐されそうになったとか?

——違うよ。「君は将来、世界を変える男になる」っていわれたんだ。

——あいつ、フリーマーケットで何してた?

——古本と自分の詩集を売っていたんだ。「この本には世界を変える方法が書いてある。君に読まれることを待っていたんだ」とかいって、熱心に一冊の本を勧めるんで、千円払って、その本を買ったら、おまけに詩集もつけてくれた。

——どんな本だ?

——『共産党宣言』。

——買う方も買う方だが、売る方も小五のガキに革命焚《た》き付けてどうする。

——「また会おう」といって、手書きの名刺もくれた。君はなぜ黄昏太郎を知っている?

——中一の時、親父に使いを頼まれて、ヤクを売人に届けに行ったんだが、無免許でバイクに乗っていたので、警官に止められそうになった。ヤクが見つかったら、やばいので必死こいて逃げたが、カーブを曲がり損ねて、転んだところに、黄昏太郎がいた。あいつは全て事情を察していたみたいに、「バイクは預かっておくから、早く隠れろ」といって、路地裏にかくまってくれた。

どちらも黄昏太郎を知っている奇遇に驚き、二人がつるむようになったことには何がしかの因縁があったと思うに至った。

「詩人というのはたぶん嘘だな」、「シャーマンか、予言者だったのかも」、「実は正義の味方だったりして」、「いや、死神だな」と二人はまた様々に憶測を巡らせた。二人の少年に妄想のタネを植え付けた謎のホームレスが彼らの未来に呪いをかけたことに、当人たちは全く無頓着だった。

　高校三年生になると、「コントラ・ムンディ」の二人も受験勉強に打ち込んだ。空也は父親の学歴コンプレックスを晴らす必要もあったが、寵児とのクラブ活動を継続したくもあり、彼が通う予備校に「付き合ってやる」ことにした。学年で常時トップクラスの成績の寵児に対し、空也は平均以下に低迷していたが、寵児のサポートで三年時には模擬試験の成績優秀者に名前が出るようになっていた。

――結局、人生の半分は学歴で決まっちゃうんだから、しょうがない。

　空也が予備校帰りにラーメンをすすりながら呟くと、寵児はニヤッと笑い、囁《ささや》いた。

――まさか官僚になるつもりはないよね。

――おまえこそ官僚なんて願い下げだろ。

――官僚を顎で使う身になるさ。

――まさか、夢は総理大臣？

――総理大臣もパシリにしてやるさ。

――おまえ、小五の時の黄昏太郎の予言を信じてるだろ。

――信念は大事だよ。ピラトになるか、イエスになるか、どっちか選べといわれたら、イエスになりたいだろ。

――磔《はりつけ》にするか、されるかという選択だったら、ピラトでいいよ。

――どうすれば、現代のイエスになれるか、もうしばらく考えるよ。それより空也は大学を卒業した後、どうするつもりだ？

——今のままだと、自動的に組を継ぐことになるけど、実はオレ、暴力は嫌いなんだ。

——でも、親がヤクザの親分って、空也は恵まれてるよ。生まれつきのダーク・エリートだもんね。怖いもの知らずで生きていけるのは大きな役得だよ。

——親父、おまえに感謝してたぜ。息子の成績を引き上げてくれた恩人だって。

——自転車とか買ってくれないかな。

——頼んどいてやるよ。

寵児の父親は銀行員で、母親のコトバを借りれば、「実直さだけが取り柄」の万年課長だった。レストランに行っても、よく注文を忘れられ、オフィスにいても存在を気づかれず、自分に向けられた部下たちの陰口を耳にしてしまうくらい影の薄い男だった。本人にいわせれば、それは「オーラを消す術」であり、「相手を緊張させない配慮」だそうだが、その特性のなさは抜きん出ていた。息子に対しても、一切の影響力も抑圧も及ぼすまいとしていると思えるほどだった。そのお陰で寵児は妄想の自由を謳歌することはできた。

空也は陸王大学に合格し、ポルシェと妹を手に入れ、寵児は東京大学に合格し、火箱薫からチタンフレームのマウンテンバイクをプレゼントされ、銀行員の父親からはパソコンをもらった。進んだ大学は違っても、「コントラ・ムンディ」のコンビは解消せず、最低でも月に一度は会って、互いの近況を報告し合い、夏休みにはアメリカやヨーロッパの諸都市に一緒に出かけたりしていた。

寵児は法学部生だったが、法学や政治学よりも哲学への興味が高じ、スピノザやカント、ニーチェを耽読《たんどく》する一方で、英語が錆《さ》びつかないようイギリスのミステリーやスパイ小説を原書で読んでいた。

　空也はといえば、陸王大学の学生気質にある程度合わせ、遊び人として進化しようとしていた。ポルシェの助手席には日替わりで別の女たちが座り、多様性確保に努めていた。彼も法学部に在籍していたが、六法全書のページなど開いたこともなく、代わりに巷《ちまた》にはびこる様々な詐欺事件の実例を集め、その手口を細かく検証することに熱心だった。法を遵守するより、法に背いたり、その抜け穴を突いたりする方が性分に合っており、これもヤクザの血筋のなせる業かと自嘲したりもした。

　学部卒業後は留学しようと決めていた寵児は、その高い学資を貯めるために割のいいアルバイトを掛け持ちしていた。一つは得意な英語を生かし、来日した大企業経営者や富裕層のアテンドをするプライベート・コンシェルジュのアシスタントをし、思ったより一桁多いチップの額に小躍りしていた。時々、自分がアテンドするＶＩＰを空也の父親が経営する高級ソープランドや会員制裏カジノに案内すると、マージンをもらうことができ、これもいい収入になった。また空也に頼まれて、彼の仕事を手伝うこともあった。空也は探偵紛いのアルバイトをしていて、これも父親が絡んだダークサイドの仕事だった。特定の人物の弱みを握るために私生活の秘密を探り、疚《やま》しいところが見つからないようなら、ハニートラップを仕掛けたり、脅迫したりするのである。

　空也はその仕事を親孝行のつもりでやっていたが、ヤクザの息子である以上は、教養として裏社会の泳ぎ方を身につけ、悪の世界標準に慣れておく必要もあると割り切っていた。実際、その仕事は三日やったらやめられない中毒性があった。

寵児が大学三年の春、不幸の落雷が家族を襲った。後から振り返れば、確かに前兆はあった。連日、父の帰宅が遅く、五時間足らずの睡眠で再び出社する生活が三ヶ月ほど続き、いっきに五歳は老け込んだように見え、「少しは休まないと、壊れるよ」と寵児が声を掛けると、「ああ、そうだな。家族で温泉にでも行きたいな」と返すそのコトバは消え入るようだった。それが父と交わした最後の会話となってしまった。

父はその日も、翌日も帰宅せず、三日目に会社の上司と同僚が家に押しかけて来ると、母を差し置いて、父の書斎を捜索し始めた。なぜそんな警察みたいな真似をするのか、警察だって捜索令状がなければ、家捜しは許されない、と母は抗議したが、総務部長を名乗る男は慇懃《いんぎん》な態度でこう説明したという。

――御影さんが不正に関与した可能性が指摘されましたが、身の潔白を証明できる証拠を探しています。私どもは御影さんを信じていますし、仮に関与が明らかになったとしても、内々に処理し、ご家族に迷惑がかからないようにしたいと思います。

会社の上司、同僚が帰った後、警察から身元確認の要請があったと母から連絡を受けた寵児は病院に直行し、霊安室で父の遺体と対面させられることになった。刑事の説明によれば、宿泊先のホテルの部屋で両脇に電極を当て、タイマーをセットし、睡眠薬を飲んで眠りにつき、設定時刻に心臓に通電し、心肺停止に至ったようである。

――状況から見て、自殺を図られたようです。

その説明に納得できるはずもなかった。最終的には自殺を図ったかもしれないが、父をそこまで追い詰めた原因があるはずだった。直近の父の様子から察するに、長時間労働を強いられた結果、過労死に至ったことは明らかだった。寵児がそう訴えると、刑事は事務的に「そう思うなら、労災申請をしたらどうですか」といった。それに必要な手続きも、規程も知らなかったが、寵児は民法を熟読し、７０９条、７１５条に従って、父の自死に対する損害賠償を会社に請求することにした。

　労働基準監督署に提出する書類には、会社の署名が必要とされていたので、寵児は父の上司に相談しに行ったのだが、誰も会ってくれず、受付で書面による回答を手渡された。父の自殺に対し、会社は一切の過失を認めず、署名を拒否した。父の死亡の知らせを受けた段階で、会社は迅速に責任回避の布石を打っていたのだ。

　会社は親身になって遺族の相談に乗り、補償にも応じてくれるものと思っていたが、それは幻想に過ぎなかった。そもそも父を自殺に追い込むほどの扱いをした会社にそのような温情を期待すること自体が大きな勘違いで、逆に全社をあげて、組織的に労災申請の妨害をしてきた。自殺したその翌日に上司と同僚が自宅を訪ねてきたのは、証拠隠滅のためだと悟ったが、後の祭りだった。家族を残して先立つ者が遺書を残さないのはあまりに不自然だ。遺書には自死に至った経緯、理由が記され、会社の過失の証拠となるはずだったが、自殺現場のホテルの部屋にも、自宅の書斎にもそれは残されていなかった。日々のスケジュールを書き込んだ手帳すら見つからなかった。家族の目に触れる前に、どちらも回収されてしまったに違いない。

「お父さんと一緒に仕事をし、お酒も飲んだ人たちがまさかそこまではしないでしょう」と母はいったが、彼らの冷淡さは母の想像を絶するほどだった。父が実際にどれくらいの長時間労働を強いられていたかを調べるために、タイムカードや日報の提出を求めたが、「破棄され、残っていません」、「社外秘なので、お見せできません」とかわされる。面と向かえば、同情して真相を明かしてくれるものと期待し、元同僚や部下、上司を自宅まで訪ね、自殺直前の父の行動について訊ねた。「普段通りに勤務していた」とか「そこまで追い詰められていたとは全く気づかず、申し訳ない」としらばくれたり、悪びれたりと全く埒《らち》があかなかった。社内には箝口令《かんこうれい》が敷かれているか、口裏合わせが行われているのは確実だった。

敵がこちらの泣き寝入りを狙っているとわかったからには、引き下がるわけにはいかなかった。寵児は会社の署名なしのまま、申請書類を労働基準監督署に提出したが、会社側から受けた酷薄な仕打ちを告発する文書を添えることも忘れなかった。粘り強く交渉を挑んでくる「若造」に対し、社員たちは故人を貶《おとし》める文言を重ねた。

鬱病だったというが、病気を隠していた。
家庭内に問題を抱えているようだった。
水増し請求の容疑がかかっていた。
残業中はもっぱら趣味に勤《いそ》しんでいた。
仕事が定時に終わらないのは能力不足。

こうした誹謗中傷を全てレポートに記録し、悪質な労災隠しの証拠として労働基準監督署に提出し、厳正な処分を求めた。

会社の損失を避けるためなら、死者にムチを打ってもいい。

そんな不文律があるのだろう。忠実な社員たちはのちの報復人事を恐れてか、死者の肩を持っても見返りがないせいか、誰もが経営陣のいいなりになった。一人くらいは父の味方についてくれるかと思ったが、その会社では正直者はすでに絶滅していた。死者を裏切っても、死者から復讐されることはない、などと思ったことを後悔させてやる、と寵児は父に誓った。

この話を空也に打ち明けると、「オレも復讐に一枚噛《か》ませろ」といった。

――いや、これはオレの親父の弔いだから、君は黙って見ていてくれ。

――おまえ、人を脅すのは下手だろ。プロに任せろよ。

――バイトでは君のお父さんの世話になっているが、この問題は法的に決着をつける。

寵児は火箱組の助太刀を断ったが、自分一人では負ける目もあると、町の法律事務所に相談することにした。労災をめぐる裁判をよく手がけるという弁護士がこの案件を引き受けてくれた。

不毛で、不愉快極まりない公判が三回行われた。被告の会社側は、寵児の父が自殺した原因は会社の業務とは無関係であることを執拗に繰り返した。父の日頃の行動に、さも問題があったかのように批判し、心の弱さや能力の低さを強調し、喫煙や飲酒、不規則な食生活まで引き合いに出し、健康管理の不徹底をあげつらい、「休憩時間が長い」とか「借金をしていた」などと些細《ささい》な悪評を、筋書き通り証人に証言させた。ありとあらゆる屁理屈を繰り出し、自殺はあくまで個人的な事情によるものだと裁判官に印象付けようとした。

被告側の弁護人も労災訴訟の専門家で、これまでに何度もブラック企業の賠償責任逃れをサポートしてきた実績があり、原告に賠償を諦めさせる天才と一部で評判を取っていた。寵児の弁護人は「今回は相手が悪かった」と弱音を吐き、示談で済ませば、少ないながらも「見舞金」は受け取れるといった。寵児はむろん、それを拒み、最後まで戦うといった。

　裁判が終わるまで、七ヶ月かかった。その間、寵児は敵の熟練した嫌がらせに消耗し、体重も五キロ落ち、留学資金稼ぎのアルバイトも休みがちになり、順調だった学生生活は暗転した。寵児の訴えは退けられ、会社の賠償責任は認められなかった。

　寵児の自暴自棄な気分を受け止めてくれたのは空也だけだった。

——あんな茶番裁判は犬も食わない。親父は会社員なんかになったから死んだ。オレは死んでも会社員にはならない。裁判官にも、弁護士にもならない。

——じゃあ、ヤクザになるか？

——一週間くらいならなってもいい気分だ。

——一週間じゃ抜けられないから、やめとけ。詩人にでもなるか？　黄昏太郎みたいに。

——本当のコントラ・ムンディになる。

　空也は塞ぎ込む相棒の気分転換になればと、ソープランドに連れて行こうとしたが、寵児は「女には慰められたくない」と拒んだ。それなら酒に逃げるしかないとばかりに空也は寵児を父親のツケで飲める六本木のバーに連れて行き、つぶれるまで飲ませた。

　翌朝、寵児はひどい二日酔いで目覚め、トイレにしばらく籠城し、吐き出せるものを全て吐き出したところで、ようやく自分がラブホテルの一室にいることに気づいた。天蓋付きのベッドには空也が寝ていて、「大丈夫か」としわがれた声で訊ねた。寵児は空也の隣に横になり、しばらくの間、放心状態で天蓋を見上げていた。昨夜の記憶はカウンターに座っていたサラリーマンが「いい加減にしろ」といったところで途絶えていて、何かやらかしたことだけは確かだった。

——結構、ひどいことといってたぜ。「どうせ、あんたらはエサさえもらえれば、仲間も売る社畜だろ」とか。

——喧嘩《けんか》になったのか？

——いや。相手に堪《こら》えてもらった。あんたがダチを殴ったら、オレがあんたを殴らなければならないといって。

——足が腫れてるんだけど。

——それはおまえがガードレールを蹴ったからだ。

——そうか。すまなかった。ところで、なんでオレたちは同じベッドに寝ているんだ？

——深い意味はない。連れて帰るのが面倒だっただけだ。

——オレたち何もしてないよな。

——別に何も。酔いつぶれていただけだ。

いや、そうでもなく、寵児は空也に抱きつき、キスを求め、「オレたちには共通点があるよな」としきりに同意を求めていた。寵児が求めていたのは同意だけでなく、行為であり、その機会が訪れるのを密かに待っていたことも空也はわかっていた。

最初に寵児が話しかけてきた時から、空也は薄々気づいてはいた。自分と共通する何かを寵児の鼻は敏感に嗅ぎつけていたのだろうが、その嗅覚はやや狂っていた。周囲からの孤立感や漠然とした飢餓感、世界に対する曖昧な憎悪は確かに共通していたかもしれないが、性的志向までは一致していなかった。寵児はあからさまな誘惑を仕掛けることを躊躇《ちゅうちょ》し続け、空也は寵児を受け容れも、拒みもしない曖昧な態度を取り続けた。一線を越えたら、二人は互いに違う方向に去ってゆくしかないという暗黙の了解が成立していたのだ。

友人以上、恋人未満に踏みとどまった二人はハグをし、今後もどちらかが危機に直面したら、助け合うことを約束し直した。「死者にムチ打った奴らに怖い思いをさせてやろうか？」と空也はいったが、寵児は充血した目で虚空を睨《にら》みながら、こう呟いた。

――相手を殴ったところでオレの気は済まない。じっくりと復讐心を熟成させてから、三倍返し、三十倍返ししたい。あいつらのために留学を諦めたくないし。

――五年後にその会社を倒産させるとか？

――それくらいのことはしてやる。幸い、恨みだけは忘れないようにできている。

――留学の資金は貯まったのか？

――裁判費用がかかったし、親父の収入もあてにできなくなった。また地道にアルバイトするけど、年間五百万はかかるから、奨学金を頼るしかない。

――サラリーマンの年収並みだな。卒業後も借金に追われるんだろう？

――貧乏人の息子には高い壁だよ。

――オレの親父に相談してやろうか？　親友の奨学金なら二つ返事で出すぜ。

――気持ちだけありがたく受け取る。大体、一番金を借りちゃいけない相手じゃないか。

――身代わりに刑務所行けとかいわねえよ。

奨学金を貸しておけば、寵児との関係が切れることはないと思ったのだが、貸さなくても、寵児とは将来に亘り、接点を持つことになるという確信があった。

――空也はどうする？　大学は卒業できそうか？

――なんとかなるだろう。問題は卒業後だな。オレも会社員になる気はない。おまえ同様、コントラ・ムンディとして生きて行くよ。

――組を継ぐ気になったのか？

――誰の庇護も受けずに一人で生き延びていける実力がなければ、組は継げない。たぶん、オレは何処かに放牧に出される。


　東大法学部の同級生たちの半分以上は公務員試験や司法試験を受け、官僚や裁判官への道を選んだ。この先、出世競争に飽きることがなければ、順調にキャリアを積み上げ、十年後には課長補佐、三十年後には審議官になり、四十年後には各省庁の事務方トップに就くのだろう。彼らが警視総監や検事総長、事務次官になる頃には顔も名前も忘れているだろう。

　アカデミズムの道に進む者も一定数おり、彼らは憲法や国際法や会社法、あるいは政治学やガバナンスなどの専門家になるのだろう。哲学を学ぶためにニューヨークのコロンビア大学の修士課程に進んだ寵児はアカデミズム組の一人と見做されていたが、それ以外は大抵、財閥系の商社や銀行、証券会社に就職し、高給取りになる。そんな中で一人異色の職業選択をした男がいた。突然、靴職人になると宣言して、イタリアの工房に弟子入りしたのである。寵児は一度だけその男と話したことがあるが、その時、呟いた一言が記憶に刺さっている。

――ぼくは社会には何の貢献もしたくないが、女性の足にはこの身を捧げたい。

足フェチとして、たおやかな人生を送りたいという願望には共感しなかったが、社会には何の貢献もしたくないという気持ちは社会への消極的復讐としては理解できた。

アルバイトの稼ぎと返還義務のない奨学金で初年度の授業料は賄うことができるが、次年度以降は借金せざるを得ず、社会に出る前から大きな負債を抱えることになる。コツコツ返済するか、一気に清算するかは卒業後の身の振り方次第だが、自らを借金のカタに差し出すことに変わりはない。そんな憂鬱を抱え込んでの留学生活が始まった。東北地方が大津波と原子力発電所の事故による放射能汚染に見舞われる一年前のことだった。


日本人なら日本研究をすれば、成果を上げやすいといわれ、日本人の心性研究で論文を書くことにした。『「いき」の構造』や『「甘え」の構造』、『菊と刀』、『アメリカの鏡・日本』などの古典は研究し尽くされ、今更どんな成果を上げられるかとも思ったが、寵児には心にくすぶる一つの大きな疑問があって、それに対する答えを自分なりに出してみたいと考えていた。

占領時代が終わっても、永続的に対米従属が続く日本にあって、国民は自らの手で真の独立を獲得できるのか？　それとも独立など最初から放棄しているのか？

この疑問を解決するには黒船来航以来の近代史を網羅し、また敗戦後の占領政策とそれ以後の日米関係を精査しなければならないが、コロンビア大学には日本の政治思想や近代史、文学の碩《せき》学《がく》が揃っているので、厳しい指導を受けられるだろう。その一方で、寵児はもっと古くから日本人の意識を蝕《むしば》んでいる宿痾《しゅくあ》のような心性があるのではないかと考えていた。もしその病巣を見極め、療法を編み出したら、日本人は根本から変わり得る。

人間の心はイド、自我、超自我の三層構造になっているとフロイトは考えたが、ユングは自我を核とした「意識」、個人的な経験に由来する「個人的無意識」、そして心の最も奥深くにある人類や動物にも普遍的な「集合的無意識」に分けた。誰もが個人的な意識や無意識を越え、遠い祖先の時代から崇め奉り、恐れおののいてきたものに思考や行動を左右されてしまう。それを魔物とか憑《つ》き物と呼ぶか、呪いとか祟りと呼ぶかは人それぞれだが、現代人も、神話や伝説、迷信に深く囚われているのは確かである。

　集合的無意識の中で、どの民族にも共通している原初的なイメージを、ユングは「元型」と名付けた。たとえば、あらゆるものを生み出す母胎であり、かつ全てを呑み込んでしまう深淵でもあるような元型イメージの一つが地母神、すなわち「グレートマザー」である。日本では『古事記』における国産みと死の権化たるイザナミがこれに当たる。グレートマザーはアニミズムやその後の宗教を通じ、人の信仰や思考、行動のモチーフとなる。人類の無意識にはほかにも様々な元型イメージが埋め込まれていて、グレートマザーすなわち創造者のほかに、主導者、世話人、お調子者、愛好者、無邪気、冒険者、賢人、魔術師、英雄、反逆者、孤児の全部で十二種類を提示した。誰でもそれら元型のいずれかに当てはまるような気がするところは、星占いや動物占いのようなものだともいえる。

　そうした元型は歴史的な体験と記憶を通じ、変容し、加工されてもきた。日本人ならば、桃太郎や浦島太郎を知らない者はいない。桃太郎は英雄と冒険者、主導者のキャラクターをなぞり、浦島太郎は世話人、愛好者、孤児の影が付いて回る。神話や伝説の登場人物たちは様々なトラウマを背負っており、それは子孫である我々にも受け継がれてしまう。そのトラウマは各時代の経験と記憶によって強化され、子孫の行動を左右する。

日本人は歴史上、外圧に屈した経験が少なくとも五回ある。最初は「白村江《はくそんこう》の戦い」での敗戦によって、唐に滅ぼされる危機に直面したが、事実上の属国になることで窮地をしのいだ。二番目は元寇《げんこう》で、二度にわたる蒙古《もうこ》軍の襲来を辛くも台風の援軍によって退けることができたものの、支配体制瓦解の原因となった。三番目は南蛮人の渡来とキリスト教の伝来である。鉄砲伝来により、内戦状態が激化し、新たな天下人の登場を促した。四番目は明治維新で、黒船来航により、帝国主義の影響をもろに受け、極端な西洋化が進んだ。五番目はアジア、太平洋戦争の敗戦とアメリカによる占領である。

一連の外圧は日本の統治システムを根本から変えるきっかけになったが、逆に外圧がなければ、何も変わらず、停滞し、腐敗する。まさにそれこそが日本の元型である。そもそも、『古事記』に国譲りの神話として記されているのは、大陸から九州に渡ってきた渡来人が先住民から国を譲られたという話である。畿内全域を統一した渡来人たちは、出雲《いずも》の先住民と敵対関係になったが、彼らから国を譲られたという体裁で、出雲国を大和朝廷に併合したのだ。そして、国譲りの後、出雲国の人々は追い立てられ、九州や東北に安住の地を求めた。彼らはそれぞれ隼人《はやと》、蝦夷《えみし》と呼ばれ、大和朝廷の征伐の対象となった。

日本列島を二分する渡来人と先住民の熾烈《しれつ》な生存競争は源平合戦の時代まで続いたといっていい。東西文化の差異も、東北と関西の反りが合わないのも、ここに由来する。そして、国譲りの神話はその後も外圧が強まるたびに想起され、近代以後はアメリカとのあいだで、戦争、占領、間接統治、従属的同盟という形で反復されることになる。

先祖代々受け継がれた一種の強迫観念を振り払うことなどできるのか？　統治システムの根幹に関わる意識を簡単に変えることができるとも思えない。寵児は何度も研究計画書を書き直し、破綻をきたさないように綿密に論理展開を練った。日本病に有効なセラピーを提案できなくても、日本人の心性の研究に一石を投じることはできる。その野心だけは実現したかった。論文のタイトルは“Overcoming Archetypes”とし、“From the Land offering myth to the occupation policy”という副題をつけた。日本語タイトルは「元型を乗り越えて　国譲り神話から占領政策まで」である。

寵児が膨大な資料と格闘し、日本人への贈与となるような論文の執筆に没頭しているあいだ、日本では空也がコントラ・ムンディとしての新たな一歩を踏み出そうとしていた。予想通り、大学の単位取得には苦労し、卒業までに六年かかってしまったが、余計にかかった二年のあいだに十二人の彼女をポルシェの助手席に乗せ、卒業後も持ちつ持たれつの関係を維持するであろう人物たちと出会った。

同級生たちが銀行や広告代理店、新聞社、法律事務所、官庁などに就職するのを横目に、空也は大学在籍四年目から千代田区にある人材派遣会社「フルハウス」に出入りするようになっていた。そこの社長の松風《まつかぜ》哲《てつ》は火箱薫と親しく、度々ゴルフや釣りに同行する間柄だった。息子に年々、シノギが厳しくなっている組を継がせるよりは、堅気のビジネスで出世してもらいたいと考え、空也を松風の会社にインターンとして送り込んだ。そこで培ったノウハウを組の存続のために活かしてもらうこともできるし、組から離れて自活していくにも役立つという親心だった。

初めて社長の松風に面会した時、空也は社名「フルハウス」の由来を訊ねた。

――深い意味はないよ。満員という意味だが、ポーカーの手にもある。相手が必要としているカードを配るように人材を派遣し、商売繁盛してもらうニュアンスだ。皮肉屋に「フールハウス」つまり「アホの家」とからかわれたが、社長の私含め、アホばかりの会社だから、間違っていない。

出会った当時の松風は四十歳になったばかりで、「フルハウス」も立ち上げから二年、ようやく採算ベースに乗った頃だった。父とはどのように知り合ったのかを訊ねると、彼は机の引き出しから百円ライターを差し出し、「ここで偶然、隣り合わせに座り、意気投合した」といった。ライターには「メシア」とあるので、「教会ですか？」と問うと、「銀座のクラブだよ」といった。

――「メシア」のママとは同じ福岡県久留米《くるめ》市出身で、学生時代からお世話になっている。私が女の子を紹介したり、ホステスの子の転職を斡旋《あっせん》したりもしている。

――親父とは商売でつながってますか？

――もちろん、火箱さんとは支え合っているよ。人材の交流は思わぬ価値を生み出すということを火箱さんはよくわかっている。だから、一人息子を私に預けることにしたんだろう。いい親父さんだ。

人材は英語でHuman resourcesという。それは石油やレアメタルのような資源で、発掘し、加工しなければ、ただ埋もれるだけだ。会社でも最大限の利益を上げるには適材適所の人材配置が不可欠だ。ただ、必ずしもニーズにぴったり当てはまる人材が会社にいるとは限らないし、新規に育てるとなると、コストがかかる。そこでフルハウスがカバーする業種は多岐にわたる。

最初は経営コンサルタントとして、経営の刷新などをアドバイスしていたが、やがてヘッドハンティングやリストラなど人事業務を委託されたり、業務提携や合併を仕掛けるうちに、人事を左右することのメリットに気付いた。求人広告の専門業者や民間の就業斡旋会社、顧客データを取り扱う中小企業などを次々と傘下に組み込みながら、幅広い人材マーケットを押さえ、大企業や自治体、政府をもクライアントとして獲得するに至った。

「フルハウス」の表向きの業務は、クライアントから人材派遣の要請を受けると、具体的な条件を詰め、最適な要員を確保することである。管理職系、サービス系、技術系という風にニーズに合わせて対応するが、業種別に細かくセクションが分かれており、それぞれの専門家が最適人材を紹介するシステムになっていた。いわば、あらゆる人材ニーズに応える手配師というわけだ。臨時事務員や急な設備工事の人足の手配から始まり、各国語の通訳、ガイド、商談をまとめるコーディネーターの紹介、バンケット・レディや様々な雑用を請け負う便利屋の派遣、弁護士、調査員、秘書などの斡旋、さらには家庭教師や講演の講師、臓器移植のドナーの紹介までする。

かなり手広く、人材派遣、紹介業を展開していることはわかったが、そうした表向きの業務よりも大きな収益源になるアンダーグラウンドの市場を松風は開拓しようとしていた。そこで火箱組との業務提携を模索し始めたのだった。空也はフルハウスと火箱組をつなぐ蝶番《ちょうつがい》だった。松風は火箱薫の息子を人質にとり、火箱は息子を通じて、フルハウスの秘密を握る。互いに空也を媒介にして、信用関係を築こうとしていたのだ。

空也は運転手として、また付き人として、松風が出かける先、何処へなりとお供した。社長の人脈の広さを実際に自分の目で確かめ、業務内容を把握するよう教育された。

松風は人と会うのが主な仕事で、その多忙さは首相に勝るとも劣らない。首相は動かず、相手が来るのを待っているが、松風は自分から出向く。運転手兼付き人の空也が自分の時間を持てるのは松風が寝ている時くらいで、その落ち着きのなさと体力を恨んだ。ポルシェからベンツに乗り換えて、約束の場所まで送るのだが、タクシー・ドライバーではないので、最初のうちはまごついた。そのうち松風の行動にはパターンがあることがわかり、一週間後には叱言《こごと》もいわれなくなった。

午前中は表の仕事の上得意への挨拶回りをすることが多い。大企業の人事担当者を訪ね、ライバル社から有能人材を引き抜く相談をしたり、外資系企業に日本人の弁護士や秘書を紹介したりと、新規の仕事の営業を行う。

午後は赤坂のムーンパレス・ホテルの会議室に詰め、国会議員秘書や各省庁の課長クラスと会っている。空也は会議室の外で待っているが、ごく稀《まれ》にコーヒーのサーブをすることもあり、会話に聞き耳を立てることもあるが、何についての話かはほとんどわからない。ゴルフや野球のメタファーで情報を共有しようとしているのかもしれないし、単に顔つなぎで世間話を交わしているようにも見えた。いずれにせよ、松風は議員と企業、官僚と企業の仲介役を買って出ているようだった。公共事業を発注する際、議員や官僚は企業関係者と直接、交渉すると、斡旋利得を得ていることが疑われるので、松風のようなコーディネーターをあいだに置く。

夜は企業の社長や銀行の支店長、官庁の局長クラス、地方議員や市長、区長と食事をするか、政治資金パーティに出席するか、銀座「メシア」やホテルのバーにいる。フルハウスの幹部に指示を出すのはそれらの会合の合間に社に戻った時だが、社長は二時間以上、オフィスにいたためしがない。

そのような営業活動とは別に、人材調達のために、弁護士事務所、火箱組事務所、大学、あるいは誰が住んでいるのか、都内のマンションの一室に足を運ぶ。松風は自分の仕事を「活人将棋」といい表した。盤面は社会、動かすのは駒ではなく、実際の人間、ルールは実質ないに等しく、どんな手を使うこともできるが、指し手が罪に問われることもある。

人事を押さえた者が常に勝つ。

松風は何かにつけ、この決まり文句を呟くが、よほど教訓が身に染みていると思われる。

クラブ「メシア」に足繁《あししげ》く通う松風の相伴に与《あずか》り、空也も同い年くらいのホステスの接待を受けた。若い男子が客として来店することは滅多にないので、ホステスたちのテンションが上がる。

——松風さん、ありがとね。空也ちゃんを連れてきてくれると、そのテーブルだけホストクラブになるのよ。女の子たちはお金もらって遊べるんだから、大喜びよ。こんなに福利厚生がしっかりしている店はよそにないわよ。

空也が客ではなく、ホストとして福利厚生に貢献できているのなら、システムとしてうまく機能している。クラブ「メシア」には単に客に酒を勧め、説教や自慢話の聞き手になるだけでなく、他にも様々な裏のシステムが稼働していて、ママと松風は共同運用者なのだった。ある時、松風は清楚系の顔立ちとモデル並みのスタイルを併せ持った二十歳くらいの美女を「メシア」に連れて来た。他のホステスたちは敏感に反応し、ナンバー１になると見て、フレンドリーに接する者、皮肉で牽制《けんせい》する者、にこやかな表情を向けながら、一言もコトバを交わさない者など、態度は様々だった。彼女たちに共通していたのは、「何処の馬の骨かはわからないが、無視はできない」ということだった。

　古川淑子《ふるかわよしこ》という昭和っぽい名前のその子に、ママは「アイリーン」というアメリカ西海岸風の源氏名をつけた。空也もアイリーンになったばかりの彼女と少し話した。表情はやや乏しいが、あけすけに何でも喋《しゃべ》る子で、「普段、何やってるの？」と聞けば、「パチンコ」、「ここに来る前はどんな仕事してたの？」と聞けば、「ソープ」という。どうやら、松風はある筋からの情報で、吉原《よしわら》の高級ソープランドにとびきりの美女がいると聞きつけ、自分の目で確かめに行ったらしい。このままソープで男たちの劣情処理をさせておくのはもったいない、この人材をもっと有効活用したいと思い、彼女の経歴の書き換えに着手したのだった。

　なかなか指名が取れない人気ソープ嬢だっただけに、彼女を店から請け出すのにかなりの金額をつぎ込んだようだが、一年後には元が取れるどころか、大きな利益を生み出すと直感したのだとか。彼女をどうしたいのか訊ねると、松風はいった。

——女優にでもしてみようかと思っている。

——本気ですか？

――今度こそうまくいきそうな気がする。

　何年か前にも松風は「掃き溜めの鶴救出作戦」を実行したことがあった。大阪飛田新地《とびたしんち》のちょんの間にいた小柄だが、稀有《けう》な美乳の持ち主に目をつけ、ポルノスターに仕立て上げようと目論《もくろ》んだのだが、たった一本の出演作を残しただけで、失踪してしまった。もうその二の舞は踏まないと誓ったものの、アイリーンを一目見た瞬間、前回の教訓を忘れた。しかも、今度はポルノスターではなく、体当たり演技ができる女優に育てようと意気込んだ。さすがに前歴がソープ嬢では、プロデューサーやスポンサーが二の足を踏むので、先《ま》ずは「メシア」で働かせ、「銀座のクラブの元ナンバー1」という経歴に置き換えることにした。夜の仕事で、行儀、立ち居振る舞いを仕込み、昼は歌、ダンス、演技の個人レッスンを受けさせ、コマーシャルやイベントで顔を売り、テレビドラマや映画の脇役にキャスティングしてもらいながら、主役の座を狙う。アイリーンの磨き上げにかかるコストは「メシア」から支給される日当で賄う。

　この手の経歴のロンダリングが昔から行われていたことは空也も知っていた。美女の身柄を洗うのは、松風の実益を兼ねた趣味みたいなもので、ほかにもクライアントからの依頼で、学歴の詐称や前科の隠蔽、架空の職歴の捏造、偽装結婚、偽装養子縁組などを引き受けてきたことも、比較的早くに知った。

　運転手、付き人として半年間、忠実に尽くした甲斐あって、空也は松風に信用され、アイリーンの私生活を監視するミッションを与えられた。デビュー前から怪しい男と関係を持ったり、麻薬に手を出したりすると、価値が暴落してしまう。品行方正でいろとまではいわないが、何とか清楚系のオヤジ・キラーに踏みとどまらせろという注文だった。「お前が手を出したら、シャレにならないからな」と釘も刺された。

遊び慣れた空也にはベビーシッター兼用心棒など楽勝の仕事かと思われたが、何かと空也の想定の裏を突いてくるので結構苦労した。彼女が品行方正なのは、「メシア」にいる時と二日酔いで寝ている時だけで、それ以外の時間は別人のように落ち着きなく、何らかの刺激を求めていた。クラブの仕事の後、アパートに送り届けようとすると、決まって、彼女は「遊ぼうよ」と誘ってきた。銀座のクラブではなく、渋谷や川崎にある〝クラブ〟に行きたがるのだ。

ベビーシッター兼用心棒の一線を越えないよう、空也はアイリーンをあえて冷淡にあしらっていたが、彼女はそれを見透かして、露骨に誘惑を仕掛けてきた。安易に応じれば、松風の信用を失うので、のらりくらりとかわしていると、「つまんない」と拗《す》ねて、クラブにいる別の男を誘惑しようとする。全身にピアスとタトゥーを入れた半魚人みたいな奴とか、顔も動きもアンドロイドみたいな男に自慢のボディを密着させ、「お持ち帰りしちゃおうかな」などと空也にあてつける。結局、面倒を避けるために空也が折れる。

――これ以上、オレに時間外労働させないで、おとなしく寝てくれよ、一人で。

――部屋で一杯付き合ってくれたら、そうしてあげる。

そのコトバを信じて、夜中の三時に彼女の部屋に上がったことがあった。片付けられない女特有のカオス状態を覚悟していたが、意外にも部屋は整然としており拍子抜けした。

――部屋を見れば、その人の本質がわかるっていうでしょ。

――心は整理されているっていいたいのか？

――まあね。それにゴミ屋敷で孤独死とかしたくないじゃない。

――独居老人かよ、何でそんな心配する？

――ほら、寝てる間に誰かに殺されるかもしれないし、オーバードーズで死んじゃうかもしれないでしょ。

――縁起でもない。

――死ぬ気になったら、何処まで行けるか見てみたい。

――捨て身で勝負か。その根性があれば、いい女優になれるんじゃね。

――そのためには枕営業頑張らないと。

――そんな話聞いてないぞ。

――知らないの？　社長が何ていってあたしをスカウトしたか。ソープで働き続けても、ソープ嬢にしかなれない。でも枕営業をすれば、女優になれる。どっちを選ぶかって。

――好きでもない男と寝るの、嫌だろ。

――好き嫌いの問題じゃない。何になるかの問題。

――そんな風に割り切っているのなら、同情するまでもないな。

――同情してよ。あんたに優しくされたら、頑張れる気がする。

　アイリーンはウミガメのような目で空也を睨《ね》めつけ、缶チューハイのケミカルな果実臭を漂わせながら、キスを求めてきた。

　これから始まる枕営業の練習台にでもするつもりなのか、アイリーンは空也をベッドに引きずり込んだ。流砂にハマる自分を想像しながら、このまま求めに応じると、未来が少し狂うなと思った。だが、誘惑を拒めば、別の男を部屋に連れ込むだけの話だ。蟻地獄はどんな蟻も歓迎するのだ。

――オレとやったこと誰にも喋らないと約束できるか？

――あたし唇は柔らかいけど、口堅いもん。

時間外労働への対価を身体で払ってもらうような展開になってしまった。これまでどんな男たちがアイリーンのセクシー・ボディに溺れてきたか、そして、この先、どんなクソ野郎がアイリーンのハニートラップにかかるのか、別に興味はないが、自分も彼女の男カタログに加えられ、○×の評価がなされるのだとしたら、好印象を残しておきたかった。

行為の後、息を整えながら、天井を見つめていたら、妹マリアの顔がちらついた。

――おまえと同い年の、腹違いの妹がいてさ、ソープで働いてたんだよ。

何となくアイリーンの反応を見てみたくて、その話をした。

――悪い男に売られたの？

――友達に裏切られたんだってさ。

――あんたのパパ、ヤクザでしょ。何で救い出してあげないの？

――親父は知らないし、妹が自分の問題だっていい張ってたが、オレが松風さんの手を借りて、やめさせた。

マリアにも「脱ソープ」の道筋をつけてやりたいと前々から思っていた。余計なお世話といわれもしたが、空也は密かに松風に相談し、松風が懇意にしている警部補の協力を得て、マリアを裏切った友達と借金の押し付けをそそのかした男の逃亡先を突き止めた。さらに、松風の依頼を受けた弁護士がその情報を債権者に伝え、六百万円の借金は踏み倒した張本人に返済を求めるよう交渉してもらった。ソープランドとキャバクラの経営者には、三ヶ月分の給与をマリア本人に渡し、「借金の件はカタがついたので、明日から出勤しなくていい」と伝えるようにも取り計らった。

そのせいで空也は松風に借りができたが、その借りはアイリーンの面倒を見ることで相殺されることになる。「だから、よろしく」とアイリーンをいい含めておいた。

――妹に何させたい？　何か特技ある？

――純真だけが取り柄で、バカにされてる。女優にはもちろん向いてないし、その気もないだろ。ひとまずは勉強に専念すればいいさ。

――あんたは大学で遊び呆《ほう》けていたのに、親みたいなことというのね。どこの大学？

マリアは付属の女子高から神智《しんち》大学の文学部に進んでいた。ソープで働いていたことが大学の学生課にバレたら、おそらく退学になっていたが、それは何とか回避できた。

――あんた、妹との近親相姦に密かに憧れてるでしょ。

――いや、それはない。ただ、妹がソープ嬢というのが許せなかっただけだ。

――今度会わせてよ。私、女友達少ないから。

――やめとく。オレが手を回して、やめさせたことは秘密にしときたいんだ。オレや親の助けを借りたがらない奴だから。

空也は逃げた女をスキンヘッドにし、マリアの後釜にソープに送り込み、男の方の身柄は火箱組に預け、傷害事件の容疑がかかった組員の身代わりに出頭させ、服役させることにした。本当は男の骨も折り、金貸しの鼻もへし折ってやりたかったが、事を荒立てないよう堪えた。一部始終をマリアが知ったら、きっと空也を激しく責めるだろう。奴らには当然の報いなのだが、マリアは反撃や復讐を好まない。誰に教えられたわけでもないのに、右の頬を打たれたら、左の頬を差し出すように生まれついている。ソープで働く羽目になったのも、因果応報であり、自分に科せられた懲罰だと受け止めている。そんな特異体質を放置しておけば、誰もがこぞってマリアを利用しようとする。何処かに歯止めをかけておかないと、マリアは強欲な隣人たちの手でどん底まで落とされる。

——あんたの妹、面白いね。たぶん、罪を償うつもりで、ソープで働いてたんだよ。

——あいつは何も罪を犯していない。

——罪を犯しているのはあんたやあんたのパパ。なんだかんだ女を食い物にして成り上がってきたでしょ。妹はその罪を償ってるんだよ。裏で手を回すと、怒るのもそのせいだよ。

「おや」という顔で空也はアイリーンを見た。マリアの行動はM女の自傷行為とばかり思っていたが、贖罪《しょくざい》のための自己犠牲だったとは。こいつの人を見る目は曇っていない、と空也は苦笑を誘われた。

　アイリーンを演技指導のワークショップに送りがてら、車の中で彼女に訊ねた。

——おまえにも野望とかあんの?

——あるよ。これからは人と人のつながりを大事にして、世の中を生きやすくする。

——そのセリフ、おまえに似合わないぜ。

——とりあえず、一回の枕営業で何ができるか試してみる。

——なんか、応援したくなった。

——妹を守るみたいに私も守ってね。

松風のように手広く、人材育成を手がけると、様々な化け方を観察する楽しみもあるし、配置の仕方次第で自在に社会を動かせるようにもなるかもしれない。アイリーンと一夜をともにして、それを少し信じてみる気になった。

空也は翌日、「吉祥」に立ち寄ってみた。突然、解雇され、返済義務まで免除されたことをマリアがどう受け止めているか、確かめたかった。急にやることがなくなったマリアは空也の読み通り、「吉祥」の仕事を手伝っていた。空也の顔を見ると、無愛想に「何しに来たの？」といった。

——ハムカツ食いに来ただけだ。

——手を回したでしょ。

——何の話だ。

——とぼけなくてもいいよ。

——おまえ、もう少しまともな服買えよ。働いた分のカネはもらったんだろ。

——もう寄付しちゃった。

——何処に？

——赤十字子供の家。

金額にして、百万くらいか？　ソープで稼いだ金をくだらない男に貢ぐよりは、虐待児童の支援に役立てた方がいいとは思うが、何となく抱いた違和感をうまくいい表せず、空也は「ああ」と受け流した。ふと、壁を見ると、手書きの張り紙にこう書いてある。

普通のカレー５００円　無料カレー０円　無料カレー券２００円
お子さんやご自身が空腹だけど、お金がないという人には無料カレーをお出しします。無料カレーを支援してくださるお客様は無料カレー券をお求めください。十枚集めると、ステーキ丼か、カツカレーをご馳走します。

——これもマリア様のご慈悲か？

——私だけじゃなく、お客さんも協力してくれる。お腹空かした子どもが毎日来るし、親子やホームレスもくる。「吉祥」のモットーは「空腹からの自由」なの。

「吉祥」の閉店後、「おまえが何をしたいのか、一度じっくり話を聞きたかったんだ」とマリアを近くのバーに連れ出した。

——大学の方はどうなんだ？　仲のいい友達とか、サークル仲間とかいないのか？

——授業中も昼休みも一人、ご飯も一人で食べてる。授業終わったら、直帰してる。

——行った大学が悪かったかな。

——宗教学の授業は熱心に聴いてる。キリスト教史が専門の先生だけど、イスラム教や新興宗教にも詳しい。神学部で学んで、神父になろうとしたこともあるんだって。

——ゲイか？　オタクか、オヤジか？

——まだ三十代。ゲイではないと思う。いつもパーカー着てて、フード被ってる。よくデモに行ってるようだし、ＳＮＳでも発信してる。教会の慈善事業も手伝っていて、毎週木曜日に渋谷で炊き出しをしてるらしい。

　空也の頭の中では「元ソープ嬢のシスター」というイメージが勝手に立ち上がっていた。マリアの過剰なまでの純真さを活かせる仕事を見つけてやるのは、人材派遣会社インターンとして、当然の余計なお世話だった。

——あれ、乙姫ちゃんだよね。店変えたの？

　不意にマリアに話しかけてくるウザい男がいた。ソープランドの源氏名を知っている常連と思われた。

——また股間ケアしてよ。何処のソープ？

——消えろ、ボケ。肋骨折るぞ。

　空也が拳で相手の肩を突き、凄むと、相手は「秒殺されたい？」といい、威嚇のシャドーボクシングを始めた。空也はカウンターにあった空のビール瓶のネックを掴むと、一切の躊躇なく、相手の脳天に打ちつけた。相手はその場に腰から崩折れた。空也は一万円札をカウンターに置くと、啞然《あぜん》と固まっているマリアの手を引き、バーを立ち去った。

——何なの、いきなり殴って。血出てたよ。

——相手は格闘技をやってる奴だ。先手を打たないと、オレがやられていた。

　マリアは「こういう食うか食われるかみたいなのが一番嫌い」と呟きながら、空也を見るその目には蔑みの色がついていた。

　行儀のいい住宅街の人間からすれば、「魔境」のこの界隈は火箱組のシマで、空也を知らない者はモグリと見なされる。空也の目の前でマリアに絡んできた以上、応分の制裁を加えなければ示しがつかなかった。この程度で済んだのは不幸中の幸いだったともいえる。もし空也の顔面にストレートをヒットさせていたら、あの格闘家崩れはたちまち火箱組の若い衆に囲まれ、利き手をハンマーで叩き潰されていただろう。若い衆は空也の反射神経を賞賛し、翌日には「一瞬で、場を穏便に収めた」という噂が界隈に流れていた。

マリアが「魔境」にいる限り、その抱き心地を忘れられない男たちに前歴を蒸し返される。妹をリセットするには、全くの別世界に逃がすほかない。大学講師だか、神父崩れだかは日々、何を楽しみに暮らしているのか知らないが、慈善のプロなのだろうから、マリアのロンダリングには最適な人物かもしれない。マリアとの別れ際にその男の名前を聞いておいた。児玉寛《こだまひろし》とかいうその男の肋骨を折らずに済むことを祈るばかりだ。

水曜日の四限に開講されている「キリスト教史」の講義をマリアは最前列で聴く。履修者はざっと六十人程度。緊張感はほとんどない教室で、一人熱心な眼差《まなざ》しを向ける女子がいるので、児玉講師は自然、彼女に向かって、話をすることになる。多数に向けた講義の最中でも一対一の濃密な心の対話は成立する。

ある日の夕方、これから帰宅しようとしていたマリアは雨に足止めされ、校舎の軒先に立ち尽くしていると、児玉が傘を差しかけた。

——ずぶ濡れになりたいのでなければ、駅まで一緒に行きませんか？

マリアは好意に甘え、大きな傘の下に入ったが、前にも同じ相手とこうして一つ傘の下で歩いたことがあったような気がした。

——一人でも自分の話を熱心に聴いてくれる人がいると、モチベーションが高まるんですよ。その意味であなたには感謝しています。

——先生の講義はイエスが生きていた時代を生々しく再現してくれるので、私もその場に居合わせているような錯覚を起こします。

——リアリズムにこだわってるんで。あなた、お名前は？

「桜田マリア」の名前を聞いたら、神学者は誰でもマグダラのマリアを連想するだろう。児玉も「おお」と感嘆の声を漏らし、すかさず「お茶を一杯付き合ってもらえませんか？」と誘った。

——神を信じますか？

マリアが駅前によくいるモルモン教徒みたいにやや訛《なま》った口調で素朴な問いかけをしてくるので、児玉は吹き出してしまった。

——ごめん。いきなり直球を投げ込まれて、戸惑った。正直なところ、答えに迷う。宗教の研究をしているが、私自身は神の存在や神にまつわることは全てフィクションだと思っている。では、そのフィクションを信じるかと聞かれたら、信じると答えるしかない。

——神は実在すると思いますか？

——この地球上に神を信じる人はどれくらいいると思う？

——さあ、百万人くらいですか？

——それは日本のキリスト教徒の数だね。世界にはキリスト教、イスラム教、ユダヤ教に共通するアブラハムの神の信者だけでも約三十八億いるし、これに土地に根ざした神々の信者を加えたら、神を信じる人の方が圧倒的多数派だ。熱心な信者に「神を信じるか」と聞かれたら、とりあえず「信じる」と答えた方が無難だ。神を信じない者は警戒され、信用されないからね。君は神を信じてるの？

——私、クリスチャンでも、仏教徒でもないんですけど、よく祈ります。

——君だけの特別な作法とかあるの？

——夜、星を見上げて祈ったり、部屋を真っ暗にして、息を止めて祈ったりしています。

——で、何を祈ってる？

——いろいろです。世界から憎しみが消えるように、誰もが隣人を愛するように、幸福が平等に分配されるように。

——特定の宗教を信仰しているわけではないが、敬虔《けいけん》な思いは持っている。

——そんな感じです。先生は教会の慈善事業を手伝っているそうですね。

——私なりに隣人を愛そうと思って。

——隣人って具体的に誰のことですか？

——それはユダヤ人の律法学者がイエスに訊ねたのと同じ質問だね。

——イエスは何て答えたんですか？

——善きサマリア人のたとえ話をした。

児玉はマリアのカップに紅茶を注ぎ足し、聖書の福音書にあるエピソードを紹介した。

ある旅人がエルサレムからエリコに向かう途中の山道で強盗に襲われ、身包《みぐる》み剝がれ、大怪我をして倒れていた。そこに三人の人が通りかかった。最初に現れたユダヤ教の祭司は旅人を無視して、通り過ぎ、次に現れたレビ人も同様に男を避けて、通り過ぎた。

三番目に通りかかったのはサマリア人で、怪我人の傷を手当し、ロバに乗せて近くの宿に運び、手厚く介抱した。翌朝、彼は宿の主人に労働者の日当二日分の金を渡し、旅人の世話を頼み、「もし足りなければ、帰りに追加を払う」といって、立ち去った。

――さて、サマリア人と他の二人の違いは？

――親切な田舎の人と冷淡な都会の人？

――まあ、そんなところだが、旅人を助けたサマリア人は「自分が助けなければ、彼はどうなってしまうか」と心配し、素通りした二人は「旅人を助けたら、自分はどうなってしまうか」と悩んだ。

――「自分がビザを発給しないと、あのユダヤ人たちはどうなるか」と考えた外交官がいましたね。

――杉原《すぎはら》千畝《ちうね》。彼も善きサマリア人ということになるだろう。こんな話もある。

児玉はたとえ話の次に実際にあった出来事をマリアに話して聞かせた。

飛行機の中で急病人が出て、客室乗務員のドクターコールに応じた医師が診察すると、上気道閉塞が起きていた。呼吸は停止し、意識がなかった。その人の妻に「何としても助けてほしい」と懇願され、医師は機内で気管切開を行った。かなり難しい処置だったが、成功した。飛行機は緊急着陸し、患者は病院に搬送されたが、気管切開をした際に、ナイフの刃先で血管を傷つけてしまい、それが原因の出血多量で死亡した。

――その医師は患者のことを第一に考えて、最善を尽くしたと思います。

――実はその飛行機にはほかにも二人の医師が搭乗していたが、彼らは名乗りを上げなかったことが後でわかった。この二人の医師は善きサマリア人だろうか？

――助けたら、自分がどうなるかを考えた人たちだと思います。

――この話には後日談がある。助けようとした医師は過失致死の容疑で連行され、遺族からは損害賠償を請求された。もちろん、ほかの二人の医師は何も追及されなかった。

――それって善きサマリア人は損をするという教訓ですか？

――「善きサマリア人法」というのがあってね、急病人などを救おうと善意の医療行動を取った場合、失敗してもその責任は問われないというものだ。これが日本では適用されにくいので、ドクターコールに応じたがらない医師も少なからずいる。

善きサマリア人への道は決して歩きやすくはない。隣人を愛することも、時と場合によっては罪を問われることになる。

善意も斜めから見れば、お節介になるし、事態を悪化させることもあると、児玉はいいたかったのか、マリアがその真意を測り損ねていると、彼はこう続けた。

――実はその医師というのは、私の父親のことなんだ。幸い、父は逮捕も損害賠償も免れたが、それがきっかけで医師を廃業した。

――そういうことがあったんですね。

――すまないね。あなたの顔を見ていたら、何となく個人的な話をしたくなってしまった。

――善きサマリア人にもそれなりの試練があると思って、生きていきます。

――私の父もそう割り切ればよかったのに。

――お父様は今、どうされているんですか？

――あの世でボヤいていると思うよ。一昨年、死んだ。晩年は蘭の栽培に熱中していた。人間は弱いし、怖いが、植物は強く、優しいといっていた。

　その日は外が暗くなるまで話をしていた。児玉が自分の父親の話をしてくれたので、マリアもプライベートな秘密を一つだけ打ち明けた。友達に騙されて、ソープランドに売られたという恥ずかしい過去を児玉はどう受け止めてくれるのか、確かめてみたかったのだ。児玉は「ふう」とため息を漏らし、困惑気味にこういった。

――これは懺悔《ざんげ》なのかな？　あなたは信者ではないし、私は司祭ではないのに。

――軽蔑しますよね。バカな女だなって。

――いや、そういうことがあっても、あなたが善きサマリア人であることに変わりはない。あなたはきっと嘘偽りが苦手で、隠し事も嫌いでしょう。そういうあなたのことが好きになりました。あ、誤解しないでください。人柄が好きだという意味で。

　わざわざ但し書きをつけなくてもいいのにと思いながら、マリアは微笑みを返した。

　互いの秘密を交換したことで、緩やかな師弟関係が結ばれ、マリアはたびたび児玉の研究室を訪ねた。講義を通じて、宗教学、キリスト教史への関心も高まり、児玉が推薦する本や映画を熱心に漁《あさ》るようになった。なぜ文学でも哲学でも経済学でもなく、宗教学だったのかは自分でもよくわからない。ただ、児玉はマリアの内でわだかまる思いを的確に言語化してくれ、自覚を促してくれるので、この人について行こうと思ったのだった。

　お気に入りを指名しようとして、「あの子は辞めました」といわれ、「更衣室並みに回転が早いな」とボヤいた客がいた。「よかったら更衣室で飲みます？　三割増ですけど」とママに返され、爆笑したが、確かにクラブ「メシア」はホステスがめまぐるしく入れ替わる。ママと参謀的役割の陶子《とうこ》さん、妙子《たえこ》さんは不動だが、ほかの子は長くて半年、平均二ヶ月、わずか三日でいなくなる子もいる。アイリーンのようなロンダリングのためにここを通過してゆく女子が増えているせいもあるが、愛人契約を結びたがる客が後を絶たないのだ。

　表向き「メシア」は愛人の斡旋をしていないが、「フルハウス」と契約を結んだホステスは非番の時に客の孤独と劣情と自尊心を満たしてやれば、そのサービスに応じた対価が支払われる。毎週一回のデートでセックスレスのコースなら月十万、セックス込みなら月三十万、週二回いつでも会いたい時に会えるフリープランなら月額五十万というのがスタンダードな料金設定で、相手の女性の容姿は「ガールズ・バー」レベルとなる。一つ上が「読者モデル」レベルで三割増、最高ランクは「アイドル」レベルで倍額になる。

　空也はその「レンタル彼女」のマネージメントを任され、八人の顧客に対応していた。この仕事は何の修行になるのかは考えず、金持ちの道楽の手伝いをし、大学生や看護師、美容師らに豊かな副収入をもたらしていた。

　ある時、「メシア」に見覚えのある女子が新人として店に出ていた。どこで見かけたかをすぐに思い出せなかったのは、フルメイクのドレス姿だったからで、挨拶を交わした後、大学の大教室でおにぎりを食べていた姿と重なった。彫りの深い顔と風変わりなファミリーネームは忘れようもない。彼女の名前は日本人とイタリア人のハーフでエリ・サバクターニという。一年の時の基礎ゼミの自己紹介で、両親はすでに離婚しているが、父方の姓を名乗っているのは、いちいちハーフだということを説明しなくて済むからだといっていた。そのくせ、名前を書く時は漢字で

「砂漠谷絵里《さばくたにえり》」と書いていた。

――ここで何してんの？

　二人は互いにほぼ同時に問い質《ただ》していた。

――今、フリーのジャーナリストやってる。ネットでニュース配信をしてる会社の嘱託だけど、給料安いから、バイト。火箱君は？

――オレはここの専属ホスト。

「ばったり遭遇したのが銀座のクラブでよかった、これがソープとか、ピンクサロンだったら、気まずかった」と空也がいうと、絵里は「まあね」と豪快に笑った。

　いくつか同じ講義を履修していた顔見知り以上の関係ではなかったが、彼女とその女友達はキャンパスで妙に存在感があった。都内の女子高の御三家の一つに数えられる名門校の同級生で、中学の時から常に上位カーストを形成していたらしい。容姿的にも粒揃いで、自己実現欲と承認願望が高そうで、周囲からはやや敬遠されていた。そのうち陸王大生は砂漠谷絵里ともう一人の萩谷《はぎや》ソフィアだけで、矢野真美《やのまみ》は西北大生、田島波瑠《たじまはる》は東大生だった。にもかかわらず、陸王大学のキャンパスに集っていたのは、ガールズ・バンドの活動のため、それぞれの大学の名物講義に潜るためというもっともらしい理由があった。

――君たち「ザ・ランナウェイズ」みたいだったよね。

――何それ？　知らない。

　彼女たちの悪目立ちの仕方は、前世紀に一世風靡《ふうび》したガールズ・バンドの草分け「ザ・ランナウェイズ」を彷彿とさせる、と空也はいいたかった。自分が生まれる遥か以前に活躍していたバンドをなぜ知っているかというと、父が若かりし頃に熱狂していたその名残のアルバムやグッズが家にあったからだ。

――今も仲良しグループは健在なのか？　バンド名何ていったっけ？

――ワルキューレ・カルテット。バンド活動は休止してる。それぞれの仕事が忙しくなったから。でも三人で一軒家を借りて、シェアしてるから、よく顔を合わせてる。

――ほかのメンバーは何してるの？

――萩谷ソフィアは法律事務所勤務。司法試験合格を目指してる。矢野真美は国会議員の秘書、田島波瑠は警察庁に入って、研修を終えたところ。

――四人で世直しでも始めそうな勢いだけど、なるべく皆さんのお世話にならないようにしたいな。特に田島波瑠。

――もし波瑠に逮捕されても、ソフィアが弁護し、私が記事を書き、真美が先生に口利きしてあげるから、心配ないよ。

　絵里に指名が入ったので、話はそこまでだったが、絵里が隣に座るや、間髪を入れずに膝を撫でているニヤケ面の男が目障りだった。ママに「あいつ誰？」と訊ねると、「必殺遊び人、別名二世議員」と囁いた。

　警察大学校での寮生活に入った田島波瑠を除くカルテットの三人は、狭いワンルームで一人暮らしするか、実家から通勤するかの二択を拒否した結果、均等に家賃を負担し、富ケ谷《とみがや》に家を借りることになった。通勤電車の混雑に煩わされることもなく、常に食事と悩み相談の相手がいて、寂しさを猫に慰めてもらう必要もなく、日常生活を祝祭的に送ることができる。何よりも仲間と一緒にいた方が大胆になれる。一人になりたい時には実家に帰るか、旅に出る。仲間と喜怒哀楽を共有できているあいだは、心を深く病むこともない。

――国会議員とデートしちゃった。

日曜の昼下がり、波瑠も交え四人揃ってワインを飲み交わしている場で、砂漠谷絵里がさりげなく近況報告をすると、一斉に食いついてきた。

――相手、何歳？　既婚者？　何処の人？

――四十六歳、既婚、大阪出身の衆議院議員。当選二回。

――そう聞いただけで、金に汚い、無知で不道徳なゲスのイメージが。

――政治家ってどれくらい最低の人間なのか、確かめてみたくて。

――やり逃げする気満々じゃない。

――その前に裏側を取材してみる。ほじったら、色々出そうだし。

――欲も闇も深そうだね。気をつけなよ。弄ばれて、妊娠とかさせられて、安い手切れ金で口止めされて捨てられるコースだ。

――別に好きになったわけでもないし、ハニートラップ仕掛けてるわけでもないよ。自分が知らない世界を覗いてみたいだけ。

互いに遠慮なく、いいたいことをいうのがワルキューレ・カルテットの暗黙の了解になっていた。この四人は将来に対する漠然とした不安を抱いている点でも共通していた。戦争や政変や恐慌の影響が直接自分に降りかかってくることもなく、繰り返し人に話したくなる武勇伝もないままに、結果的に安全だが、凡庸な人生を送ることになりそうだという不安である。高望みをせず、社会を変えようなどという野心は抑え、周囲とは波風を立てず、仲間内で楽しくやっていければそれでいいという事なかれ主義が多数派を占める世代にあって、彼女たちは明らかに浮いていた。「正義の味方になりたい」とか「世のため人のために働きたい」などと真面目な顔をしていう四人は、まだ自分が踏み出した世界の表面しか見ていなかった。

ワルキューレ・カルテットは変則的な楽器編成で、ピアノを砂漠谷絵里、バイオリンを田島波瑠、コントラバスを矢野真美、パーカッションを萩谷ソフィアがそれぞれ担当していた。全員がヴォーカルに参加するが、メインは絵里だった。ライブハウスへの出演はほとんどなくなり、全員が家にいる休日の午後に音を鳴らす程度だった。

絵里はインターネット・ニュース「エンドスコープ」の記者として、現場に出かけ、自分の目で状況を見極め、囲み取材でも質問を投げかける実習を重ねていた。メジャーの新聞社や放送局の採用試験も受け、そのうちの一社は最終面接まで残ったのだが、「子どもが熱を出した時に大きな事件があったとする。取材と子ども、どっちを取る？」という執行役員からの質問には「子どもの看病をします。御社はそれを許してくれる会社だと思います」と答えた。それが心証を悪くしたかどうかはわからないが、不採用になった。

大手にそっぽを向かれたが、「エンドスコープ」の経営者から「ジャーナリストは基本、自分が取材した記事を売るフリーランスで、社員にはならないものだ」といわれ、嘱託で働く決心がついた。ちなみにその社名には社会の患部を覗く内視鏡たらんとする経営者の意図が反映されている。「我が社にタブーはない」と社長の村西透《むらにしとおる》は日頃から公言していた。

田島波瑠は国家公務員Ⅰ種試験合格後、警察庁での採用面接を経て、極めて少数の女性キャリアの道を辿り始めた。警察大学校の初任幹部科で四ヶ月の研修を受け、捜査の基本テクニックなどを身につけ、出世レースのライバルになる同期の男子たちの特徴も把握した。寮生活を早く切り上げたい一心で研修に臨んだが、将来の管理職向けに警察組織とその管理運営についての話が中心だった。波瑠はそうした心得よりも、実用的な理論や手法を学びたかったが、その研修はサイバー犯罪対策、テロ対策、公安、ＳＰ養成など細分化されたコースで、すでに現場で経験を積んだ警部向けに実施されていた。

研修終了後、波瑠は警部補として、港《みなと》警察署に配属された。いきなり部下に叩き上げのベテラン巡査部長らを従える身になったが、彼らの経験則を尊重しつつ、「経験に乏しい頭でっかち」と思われないように、誰よりも先に現場に向かうようにした。その姿勢はやはり現場を愛してやまないという上司の鵜飼《うかい》警視に気に入られた。

萩谷ソフィアは市谷《いちがや》にオフィスを構える南塚《みなみづか》・北川《きたがわ》法律事務所の研修生となったが、二年半以内に司法試験に合格しないと解雇という厳しい条件つきだった。南塚は人権派弁護士で、冤罪《えんざい》が疑われる案件や再審案件の弁護を積極的に請け負い、北川は主に企業の顧問弁護士として活躍してきた。国選弁護人や社会貢献活動で名を売り、慈善に努め、企業裁判の弁護で実益を上げる。二人はそんな持ちつ持たれつをもう二十年続けてきた。その役割を時々、スイッチすることがあり、企業の賠償責任を問われる民事訴訟を南塚が担当し、国策捜査の結果、身に覚えのない収賄罪に問われた野党政治家の弁護を北川が担当することもあった。

ソフィアは、南塚の下で判例のチェックや聴取の記録係など実際の法律事務を他の委託弁護士とともに行うかたわら、予備試験の受験準備をしていた。事務所内ではソフィアが期限内に本試験に合格できるかどうかを巡って、密かに賭けが行われていて、南塚も北川も期限内の合格に賭けてくれたが、他の委託弁護士六人のうち四人は不合格に賭けていると知り、凹《へこ》みつつも発奮した。合格されると損をする四人はソフィアを飲みに誘ったり、資料作りを手伝わせたりして、邪魔をするが、合格に賭けた二人の居候弁護士は残業を早めに切り上げ、帰宅を促してくれたり、想定問題集を机に置いたりしてくれた。

矢野真美は在学中に半年だけ付き合った彼氏に誘われ、野党第一党の共生党の石井《いしい》達也《たつや》議員の選挙を手伝った。卒論が選挙制度に関するテーマだったので、一石二鳥だった。ウグイス嬢として、選挙カーに乗り込み、選挙区を回ったが、事務所で当選確実が出た時のカタルシスが忘れられず、石井議員に直談判し、私設秘書になった。地盤も看板もカバンもなく、あるのは理想とソフトボールで鍛えた体力だけだったが、近い将来、自らも選挙に立つつもりだった。

——政治の世界では何が起こるかわかりません。私も自分が何をしでかすかわかりません。だから、私は政治に向いているんです。

石井議員は半分笑いながら、「確かに政治には根拠のない自信と図太い神経、そして一抹の狂気が必要不可欠だ」と認めつつ、真美をこう励ましもした。

——セクハラにも負けず、誹謗中傷や札束の誘惑にも負けない覚悟があるなら、やってみたら。

大化けしそうな卵を四つ見つけた。

じきにジャーナリスト、警察官僚、弁護士、政治家の雛《ひな》になる女たちを味方につけない理由はない。まだ正義だ、倫理だと青臭いことをいっているが、じきにそれぞれの業界のダークサイドを見ながら、打たれ強くなってゆくに違いない。

経歴ロンダリングでソープ嬢から女優への転身を図ったアイリーンはプロデューサーやスポンサーへの枕営業の成果か、缶チューハイのコマーシャルや深夜枠のドラマのチョイ役などで顔を売り始めた。妹のマリアは宗教学の教師に影響され、原始キリスト教、あるいはユダヤ教イエス派の研究に目覚めてしまった。宗教家にでもなろうというのか、「善とは？」、「良心とは？」などと突き詰めて考えているようだった。

「人事を押さえた者が常に勝つ」という松風の口癖は空也の身にも深く刻まれつつあった。二十代半ばの青春後期にあって、それぞれの目には「困難だが、輝いて見える未来」がおぼろげに映っていたはずだが、それも翌年の三月十一日を境に黒く塗りつぶされてしまった。

カタストロフは忍び足でやって来る。

地震発生時、空也は靖国《やすくに》通りを車で走っていた。道路がトタン板のようにたわみ、信号も竹のようにしなり、対向車が左右にブレまくっているのを見て、思わず車を停め、揺れが収まるのを待っていた。他のドライバーも皆そうしていた。空也は再び車を動かすまでのあいだ、不気味な静けさに耳を澄ましていたが、血の気が引き、一瞬目の前が真っ暗になった。その直後、悪寒がし、何か取り返しのつかないことが起きたと確信した。

被害の実態を把握するまで、奇妙な間があった。この地震が百年に一度の破滅的災害であることを人々が実感するまで二日ほどかかった。どす黒い津波が静かに、無慈悲に人と町を呑み込む映像を見た人々は自分の目を疑うことしかできなかった。「安全な」天変地異なら、特撮映画などで見慣れていたが、実際のカタストロフを映した映像を見慣れている者などいるはずもなかった。

先ず、日常生活を支える交通機関、電気、ガス、水道の供給が止まった。ライフラインの断絶により、人々は突然、無人島でのサバイバルも同然の状態に置かれた。被害の少なかった都心部においても、人々は足を失い、帰宅難民となった。

SNSによる情報交換が進み、自発的な助け合いのネットワークが機能し始めたが、デマの発信とその拡散、被害妄想、ヘイト・スピーチ、さらには自殺予告まで噴出した。やがて、祈りのコトバが増え、次にストレスの蓄積からユーモアを求める雰囲気になった。一人の統合失調症患者の心の呟きが実況中継されているようでもあった。

地震と津波、原発事故が破壊したのは市町村やインフラ、住宅だけではない。政治、経済、文化も初期化してしまった。死者の数は日増しに増えていったが、数日後に千人を越え、一万人を越えたのは二週間後だった。さらに行方不明者の数が死者の数に加算されていった。人の心は大量死を受け容れるにはあまりに小さかった。心を閉ざすしか自己防衛の方法はなかった。

誰もが途方に暮れたが、途方の暮れ方も人それぞれだった。

震災当初のパニック状態から、おのが身の安全を守る行動へ、救出活動から救援、復興活動へ、震災に刺激された躁状態から鬱状態へ、震災からの時間経過とともに、人々の行動も意識も徐々に変わっていった。非常事態も長く続けば、それに慣れる。余震が続く中で、多くの人々の関心は原子力発電所の事故に向かった。世界の目も福島第一原発に集まる中、状況は悪化の一途を辿った。政府と電力会社による情報の隠蔽が疑われ、原子力推進派の影響下にあるメディアに対する批判の声も高まった。放射能に対する恐怖が広がり、東京在住の外国人が避難し始めた。

ここに至って、人災が天災を後追いし始めた。

被害が自然災害によるものだけだったら、復興は順調に進むはずだったが、原子力発電所の事故と放射能漏れがその期待を打ち砕いた。いつ「安全停止」の発表があるか、人々は期待したが、それは夢の中で見る夢に過ぎなかった。眠りから覚めれば、数百年に亘って、核廃棄物の管理を続けなければならない現実がそこにある。後始末のコストも天文学的数字で、メルトダウンがなかった福島第二でも四基の原子炉の廃炉、解体には四十四年の歳月と二千八百億超の費用がかかり、他の原発も一基あたり平均三十年以上、五百億円超の費用がかかる。しかも、耐用年数が過ぎた類似の原発がその時点で数基あった。遅まきながら、人々は悟った。核の平和利用というのは、「発電もする原爆」を自国に仕掛けるということだったのだ、と。

福島の原発は経済成長の象徴であり、神殿であった。経済成長の最盛期にあった日本は短、中期的に電力需要に応えるために、未来に莫大な負債を残す結果になることを隠蔽しながら、原発建設を推進した。文字通り、福島の原発は四十年後に大きな災厄をもたらす時限核爆弾だった。

発電と成長にプルートー《悪魔》の力を使い始めたからには、それがもたらす災厄もまた永遠に管理し続けなければならない。たとえ廃炉に持ち込んでも、数百年に亘って、邪悪な力を減退し続けなければならない。放置すれば、すぐにも死の灰を降らせる。原発事故が起きてしまった以上、「安全」や「解決」というコトバは通用しない。悪魔は殺しても死なないのだ。原発にも資本主義にも「死」の一般的定義は使えないことをようやく悟ったものの、多くは黙り込むしかなかった。いくら声を上げても、責任ある者は耳を塞ぎ、逃げ回った。責任の取りようがないし、今更どうなるものでもないことは当人たちが一番よくわかっていた。あろうことか、原発の安全対策を怠った張本人がのちに首相に収まった。

　あの時、人々はどのような未来を迎えることを望んでいたのだろうか？　第二次世界大戦後の焼跡からの復興とそれに続く経済成長をもう一度、繰り返すことを望んでいたのか？　国家存亡の危機という点で、津波被害と本土空襲、福島第一原発の爆発とウラン型「リトルボーイ」とプルトニウム型「ファットマン」二発の原爆投下を比較したがる人も少なくなかった。震災下の政府の情報公開の遅れを戦時中の大本営による情報統制と重ね合わせたり、言論の単純化や自粛などに過剰反応する人もいた。

　助け合いの本能を発揮する者も少なからずいた。募金をし、必要な情報を共有し、無駄な電力を使わず、買い占めを控え、水や食料を分け合うといった互助精神が一時的に広がったのは確かだった。しかし、そうした助け合いは弱肉強食と財産の占有を前提とする資本主義とは相容れない。商品の買い占め、情報の隠蔽や捏造、風説の流布、徹底したコスト削減と利潤追求、さらに責任を放棄し、逃亡を図ること、そうした他人を出し抜く一連の行動は資本主義の自由競争下では奨励され、すでに日本人の多くがこの資本主義の悪習に骨の髄まで染まっていた。天災をきっかけにその悪習が抜けることを期待した人も少なくなかったが、それは甘い見立てだった。

　震災から一月が経過した頃だったか、クラブ「メシア」には松風と空也以外の客もなく、ママと二人のホステスとしんみりと酌み交わした。福島県南相馬《みなみそうま》市出身のホステスの実家が津波で崩壊し、母親が依然行方不明だというので、自ずと彼女を慰める会になった。その席で松風はこんなことを呟いた。

——津波に見舞われた市町村を元通りにすることはできる。空前の復興景気をアテにする人々が手ぐすね引いて待っているだろう。だが、それでいいのか？　住み慣れた土地を捨て、新たな土地に移住する覚悟があるなら、そうした方がいい。原発の周辺地域は、向こう数十年間、人が足を踏み入れられなくなる。だったら、もう一度原発を作るしかないと暴論を説く奴がいたが、ボケているのはそいつだけじゃない。原子力利権を手放すのが惜しいあまり、関係者は自己の責任を棚上げして、原発の運転を続けるだろう。

——同じ過ちを繰り返したがる愚か者が思いのほか多いということですか？

——ああ、びっくりするほど多い。震災で人は助け合いの精神を思い出し、一時的に善人になった奴もいたが、いずれそいつらは消えるよ。そして、反省もしない、責任も取らない悪人がまた何事もなかったようにのさばる。空也、おまえはどっち側の人間になる？

——善人になるか、悪人になるかという話だったら、善人でいいです。

——善はいつも悪に出し抜かれる。悪は強く、善は弱い。強い者が正しく、弱い者は間違っていることにされる。善は悪、悪は善だ。

こんな禅問答をするところを見ると、松風も震災で何かを悟ったのかもしれない。

——戦争でも、震災でも、破滅的なことが起きると、何もかも劇的に変化すると思われているが、実際のところはそうでもない。リセットと口でいうのは簡単だが、しばらくすると、また元の木阿弥になる。相変わらず資本の原理に忠実な悪の帝国がこの国を支配する。空也、善人のままでいたら、淘汰《とうた》されてしまうぞ。

——そのうちメシアが現れるでしょ。

——呑気だな。クラブ「メシア」にはいないぞ。今このタイミングで現れてくれるとありがたいが、まだ誰もその顔も名前も知らない。救世主なんて弥勒菩薩《みろくぼさつ》みたいなもので、永遠に待ちぼうけを食わされるのがオチだ。いくら人材派遣のプロでも救世主ばかりは見つけられない。

マリアは児玉とともに福島、宮城の被災地に食料や衣類を届け、現地で個人ボランティアとして、物資の仕分けや炊き出し、家屋内の片付けを手伝った。ボランティアの人員は五月のピークを過ぎると、少しずつ減っていったが、二人はその後も被災地に通い、仮設住宅での生活支援や子供の遊び相手、学習支援を続けた。マリアの発案で、瓦礫をセメントで固めて水槽を作り、足湯に浸かれるようにしたところ、とても喜ばれた。マリアの手を握ったまま離さず、涙を流す老婆さえいた。彼女がボランティアで赴いた気仙沼《けせんぬま》、南相馬、石巻《いしのまき》では、マリアの名がしばしば人々の話題に上った。最初は美人過ぎるボランティアとして、子供たちには「マリアちゃん」として、老人たちには「足湯のマリア」として、その年の暮れには「桜田マリア様」と敬称付きで呼ばれるようになっていた。

他にもボランティアは少なからずいて、マリアが特別な働きをしたわけでもないのだが、彼女がその場にいると、周囲のモチベーションが自然と高まるし、何よりも仮設住宅の先が見えない重苦しい雰囲気が和らぎ、そこここで笑いが起き、場が華やぐ。地味な服装で化粧も薄く、面白い冗談をいうわけでもないのだが、彼女がいると穏やかな気分になる。涼しげな表情と背筋の伸びた立ち姿は遠くからも目立つ。また、行動をともにしている児玉とはあくまで師弟の関係で、男女の関係ではないことが容易に察せられるらしく、「自分にも可能性がある」とボランティア男子たちは勝手に思い込むのだった。

ワルキューレ・カルテットの面々もそれぞれができることをした。砂漠谷絵里はガイガーカウンター持参で福島入りした。ある避難所を取材していると、テレビ局のインタビューが行われていて、被災者たちに「今何が食べたいですか？」という質問をしていた。「焼肉、唐揚げ、寿司」と正直に答える人もいたが、放送されたのは「おにぎりをありがたくいただいてます」と答えた謙虚な老婆の映像だった。その避難所では一週間、朝昼晩と配給のおにぎりばかりで、味噌汁も漬物もなく、ほとんど喉を通らなくなっていた。そのインタビューが放送されるや、また大量のおにぎりが届けられたが、誰も手をつけず、廃棄されるという現場を見た。また、仮設トイレが足りず、避難所全体が糞尿《ふんにょう》の臭いに満ちていた。どのメディアも目前の現実にぼかしを入れる配慮ばかりしていた。

　商店荒らしや留守宅の空き巣はほとんどなかったと報じられたが、実際には各地で発生していたにも拘わらず、あまり報道されなかったというのが正しい。メディア各社は美談ばかりを報道したがり、原発の炉心溶解の事実を報道したところは限られていた。

　絵里は寄付金、義援金の配分方法を取材した。公平分配の原則はわかるが、申請や手続きに時間がかかり、被災者の口座に振り込まれるのは早くて三ヶ月後になる。被災者が支援を最も必要としている時期に一時金でも届けられたら、避難所を出て、何とか暮らせるはずだという記事を書いたが、「余計な口出しは慎め」と厚生労働省の役人からクレームがついた。

　最も辛かったのは改葬の取材だった。被災地ではすぐに火葬ができず、二千体を越える遺体が仮埋葬されたが、行政の依頼を受けた葬儀社のチームが遺体を掘り起こし、新しい棺《ひつぎ》に納め直し、火葬する作業が行われた。石巻では約七百体が改葬された。周囲には腐臭が立ち込め、遺族がそれぞれの憤りと悲しみをこらえながら立ち会う中、湿った泥を必死に掻き出し、土の重みで潰れかかった棺から、損傷の激しい遺体を取り出し、清め、新しい棺に移すのである。一日十体のペースで暑い日も雨の日も淡々と作業は続けられた。絵里は遺族の背後から掘り起こしの作業を見つめていたが、とてもインタビューできる雰囲気ではなく、両手を合わせ、黙禱《もくとう》することしかできなかった。

　原発事故発生から四十日後、福島で本格的治安体制が組まれたことに伴い、田島波瑠は警視庁からの応援部隊の一員として、一時的に福島に派遣されていた。その間に被災地では窃盗団の暗躍があったようで、無人の商店街や空き家から貴金属や電化製品などが盗まれたり、遺体から時計や指輪を奪い取るといったことが多発していた。波瑠が関わった窃盗事件の一つにこういうケースがあった。被災者の一人が自宅から高級腕時計が盗まれ、被害届を受理したのだが、それが質屋に流れていたため、すぐに犯人逮捕に繋《つな》がった。被害者は東京電力の関連会社の幹部で、犯人はその会社の従業員だった。上司に対する怨恨が犯行の動機にあったことが調べでわかった。

　一ヶ月ほどの任務だったが、立入禁止区域を防護服着用で巡回した折、村がイノシシに占拠されているのを見て、「未来の日本」を垣間見た気がしたのだった。

　矢野真美は被災地の視察を重ね、復興プランを巡る議論に参加する石井議員のサポートを行う一方で、絵里の取材に同行するなどして、復興支援の問題点を見つけ出そうとし、萩谷ソフィアは、津波で犠牲になった児童の遺族が東松島《ひがしまつしま》市に対して起こした損害賠償訴訟で、南塚が原告弁護人になった関係で、現場に足を運び、市教育委員会の防災マニュアルの不備を探すなどの手伝いをした。小学校の児童の犠牲には心が痛み、訴訟のサポートだけではなく、遺族の思いを汲み取るため対話を重ねる一方で、予備試験の準備もしていた。

被災者と傍観者のギャップに戸惑いながらも、四人は被災者に寄り添うそれぞれの経験から、充実感と無力感の両方を味わった。彼女たちは善意を尽くしたつもりだったが、必ずしも報われたとはいえない。新たな堤防が作られ、海岸から離れた場所に新たな町づくりが始まったが、住民は戻らず、原子力発電の見直しが進むかと思いきや、資本の原理に妨害された。被災者は蚊帳の外に追いやられ、復興は以前と同じ利権争奪戦にすり替えられた。震災の教訓は五年もすると、風化し、日本の行政は著しく劣化が進んだ。震災後に政権交代があり、世襲の愚鈍な男が首相に収まると、政府のマフィア化は一層進み、公然と不正がまかり通り、貧富の差は拡大の一途を辿った。にもかかわらず、市民はサイコパスに洗脳されたかのように無為無策の政権を支持し続けた。

これは震災による心的外傷が癒されぬまま放置された結果ではないか、と考える論客がいた。この集団的なトラウマには特効薬はなく、人々はただ思考停止状態に陥り、現状が維持されればそれでいいといった安直な選択をしてしまう。「歴史は繰り返される」という不吉な法則通りに事が進むなら、じきに戦争が始まる。戦争は権力の維持に最適な非常事態を演出しやすい。非常事態ゆえ、国会は停止し、政府の権限が増す。不正、犯罪も隠蔽し放題となる。

人材派遣会社「フルハウス」の社長松風哲は震災後の利権争奪戦に積極的に参戦し、マフィア政府との関わりを深めようと動き出していた。火箱空也も「フルハウス」の正社員となり、松風の秘書として暗躍のアシストをしようとしていた。「善は悪、悪は善」というパラドックスも正しく理解し、自分を正義の側に置きたがる連中を鼻で笑うニヒリストぶりも板についてきた。

町や人々が無残に津波に呑み込まれるありのままの映像をネットで夜通し見ていた御影寵児は「日本は終わった」と思った。じきに一連の映像からは人が死んでゆくシーンがカットされていったが、映像をいくら穏便に加工したところで、希望など見いだしようもなかった。さらに危機的な福島第一原発の建屋が吹き飛ぶ映像を見て、「もう帰るところはなくなった」と思った。

母親や友人たちの安否を確認し、胸をなでおろしたが、遠く離れたニューヨークにいて、何一つできることのない我が身に罪悪感が募った。周囲のアメリカ人たちに気遣われ、励ましのコトバをかけられたり、飲み物を奢られたりするたびに、乾いたため息を漏らしていた。

修士論文の執筆は大詰めに入っていたが、鬱屈状態からなかなか抜け出せなかった。そんなさなかで論文を書き上げるには書き上げたが、詰めが甘いところがあったかもしれない。指導教授には「野心的な研究」と認めてもらえたが、副査の教授からは「検証のしようがない」とこきおろされた。Ａ以上の評価を得られれば、奨学金が下り、ドクターコースに進むことができたのだが、思わぬ横槍に計画が狂ってしまった。院では教授たちと良好な関係を保ち、慎重に石橋を渡ろうとしたつもりだったが、石橋には見えない亀裂が走っていたのだろう。評価はＢ＋だった。

寵児は今後の身の振り方を巡って頭を抱えていたが、意外にも副査の教授が罪滅ぼしのつもりか、こんなメールを送ってきた。

日本に帰れば、英語教師の就職口には困らないはずだが、凡庸で、安定した生活を好まない貴兄のために、挑戦しがいのある就職先候補を提案する。Good Luck!

　何がグッドラックだよ、とぼやきながら、貼り付けてあるＵＲＬをクリックすると、アメリカ中央情報局すなわちＣＩＡのウェブサイトの人材募集告知に飛んだ。励ましのメールと思わせておいて、悪質な冗談で寵児をもう一回落ち込ませる教授の底意地の悪さに地団駄を踏んだ。その瞬間、棚の上に置いたバスケットボールが落ちてきて、寵児の頭を小突いた。ボールまで教授の差し金通りに動きやがって、とさらに腹が立ち、ジンをラッパ飲みしたら、少し落ち着き、これは冗談ではなく、シリアスなアドバイスだったかもしれないと思い直した。

　さすが二万人にも及ぶ職員数を誇る情報センターだけあって、人員に空きのある職種が結構ある。技術系、サイバー系、地域や言語の専門家、会計や秘書、警備の仕事などで常時募集が行われているほか、組織の中枢、いわゆる出世コースになりそうな情報本部で分析の仕事に志願することもできそうだった。

　しかし、哲学専攻で、日本の思想など研究していた自分など、量子コンピューターの時代の真空管みたいなものだろうと思いつつ、アメリカで過ごした三年間の最後の思い出作りのつもりで応募してみることにした。大学での専攻とは別に寵児はセキュリティの甘い図書館や女子学生寮のサーバーに侵入するくらいのサイバー技術は持っていたし、英語と日本語のバイリンガルで、中国語や韓国語の日常会話もできる。ドラッグには一切手を出していないし、前科もない。在学中にソーシャル・セキュリティ・ナンバーとグリーンカードも獲得していたので、応募資格は充分のはずだった。

　面接まで呼んでもらえれば、いい土産話ができるくらいの軽い気持ちだった。ロー・スクールに進んだ留学生仲間がニューヨークで弁護士資格を取り、大手の弁護士事務所にインターンで採用されることになったことへの対抗心もあった。

　応募用紙には学歴、資格や技術、使える言語、宗教、借金の有無、趣味、病歴、家族構成などを事細かに書く。相手はプロだから、嘘を書けば、すぐにバレる。彼らは志願者にプライバシーを徹底的に自己申告させた上で、自らの手でその身元を洗い直す。書類選考を通過した「正直者」には、忘れた頃に電話がかかってくる。寵児はちょうど一ヶ月後に電話を受け、二十分ほど「なぜＣＩＡを志願したか」、「政治運動に関わったことがあるか」、「今までの人生で最も辛かったことは何か」といった形式的なインタビューに応じたが、面接への誘いはなかった。それから二週間後、すでに引き払っていた学生寮に小包が送られてきて、中にはイエス、ノーで答える人間性を問うテストとＩＱテスト、国際問題についての論文形式の問題、思想、信条を問う記述用紙、詳細な履歴を書き込むようになっている「ＳＦ－86」と呼ばれる調査用紙などが入っていた。レストランのウエイターのアルバイトの合間に書類への書き込みをしたが、随分と時間を食った。

　調査用紙には過去に住んだことのある全ての住所、通った全ての学校、家族や親戚の名前、住所、家系、海外渡航歴、アルバイト歴、米国、日本、諸外国の交友関係、指導を受けた教師、賞罰、病歴、影響を受けた書籍、映画など網羅的に書き込む。全ての書類を完成させると、修士論文ほどの厚さの面白くもない自叙伝になった。改めて自分が何者で、どんな関係の網目に引っかかっているのかを思い知らされた。これを読む側の手間も相当なものだろうと思ったが、調査員はご丁寧にも寵児の親戚や高校時代の担任にまでメールをし、大学の指導教授には直接会いに行き、その自叙伝の裏取りをしていたことが後でわかった。テロリストやスパイを職場に迎えるわけにはいかないので、調査を徹底する必要があるのはわかるが、結婚相手に対してさえそこまで身元を洗うことはないだろう。ＣＩＡから「清廉潔白」のお墨付きをもらえれば、社会的地位も上がるに違いない。

　さらに待つこと一ヶ月。バージニア州シャーロッツビルにあるバージニア州立大学病院に来るようにと連絡を受けた。なぜ病院かと訝《いぶか》りながら、指定された日時にそこを訪れると、応接室に通され、ＣＩＡ職員と精神科医による個別面談を受けることになった。

　人を端《はな》から犯罪者と疑ってかかるような職員と、他人の心には全く興味がなさそうな医師が繰り出してくる質問は、日頃の行動や人間関係にまつわることばかりだった。時々、「今までついた嘘の傑作というのはあるか？」とか「今まで付き合いのあった相手の中で危ない奴だと思ったのはどんな人物か？」といった答えにくい質問を投げかけてきたが、これは問題解決能力や臨機応変さを見ているのだなと思った。

　志望動機を繰り返し聞いて来るので、毎回「自分は日本にまつわる誤解や誤った分析を正すことができると思うし、日本がアメリカの外交、経済政策により協力的に動くよう両国の懸け橋になりたいと思う」と答えていたが、本音を語っていないと思われたようで、四回目に聞かれた時は「ニューヨークの弁護士事務所のインターンになった友人を出し抜くにはＣＩＡに就職するしかないと思った」と答え、失笑を買った。間髪を入れずに挽回しようと、「日本人エージェントを雇っておくと、日本経由で中国、ロシアの情報を入手しやすくなる」ともいったが、「それはこちらが判断する」と突き放された。

病院での面談からさらに二ヶ月待たされた後、ようやくバージニア州ラングレーの本部に呼び出された。最初にネットで応募してから五ヶ月が経過していた。ここまで付き合わせておいて不採用なら、タダで個人情報を差し出し、審査の手順を実地に経験しただけで終わる。教訓付きの徒労という奴だ。寵児はこの面接を最後に、日本に帰国し、一般企業への就職活動に切り替えようと決めた。

待ち合わせに指定されたのは意外にも「スターバックス」だった。ＣＩＡ本部にも支店があり、「ステルス・スターバックス」という別名の通り、厳しい面接と身元チェックを受けた従業員がオフィスで働くエージェントたちにコーヒーをサーブしていた。寵児が訪れた時、テーブルのそこかしこで面接や密談が行われているようだった。

時間より早く着いたので、カフェの外にある謎めいたモニュメントを眺めていた。四つの面からなるＳ字に湾曲した銅板には暗号らしき文字列がくり抜かれていた。これはギリシャ語で「隠された」という意味の「クリプトス」という名の彫刻であることは知っていた。四つの暗号のうち三つはすでに解読されていたが、未だ一つは解読されていないとネット情報にはあった。

――ミスター・ミカゲ？　人事担当のダン・グレイスカイだ。

病院で会った職員とは別の長身の男が寵児に声をかけてきた。

――モニュメントを熱心に眺めていたが、まだ解読されていない暗号を解いたら、すぐにスカウトされるだろう。

カフェの窓越しに寵児の挙動を観察していたのだろう。寵児はフルネームを名乗り、握手を求めた。「灰色の空」というファミリーネームの由来を聞いてみたくもあったが、先に「寵児」が日本語でどういう意味なのかを問われ、「人気者、愛されている子どもという意味です」と答えると、「人はしばしば名前に裏切られる」とコメントした。

その日は顔合わせと雑談だけで、オフィスの中までは案内されなかった。翌日、同じ時間に受付にくるようにといわれた。「もっと君のことを知りたい」というのは恋人への決まり文句だが、ＣＩＡの人事担当者が使う場合は「君にはまだ怪しいところがある」という意味になる。この世界には疑惑しかないという認識の持ち主は自分も神も疑ってかかるだろう。

寵児が志願した情報本部の東アジア分析部は中国、北朝鮮の情報収集、防諜が中心的な仕事だが、日本の外務省、内閣情報調査室、マスメディアと連携して、情報交換と世論操作を行うことやアメリカの意向をよく汲み取ってくれる政治家や大企業経営者を抱き込むことも含まれていた。いわば、日本を転がして儲ける「ジャパン・ハンドラー」たちの後ろ盾にもなっていた。

ダン・グレイスカイは丸一日つきっきりで寵児の過去をレントゲンにかけた。「あまり愉快ではないだろうが」と前置きしながら、嘘を洗い出す気満々で、ポリグラフの端末を指と胸につけられた。すぐバレるような嘘をつけば、その時点で失格となるだろうから、懺悔のつもりで何もかも話してみることにした。バカ正直であることはマイナス評価につながる可能性もあったが、相手に自分を信用させられれば、小さな嘘は見逃されるはずだった。

グレイスカイが寵児の履歴の中で特に注目したのは、父親の自殺とその要因だった。二十五年間分の地層には必ず断層や褶曲《しゅうきょく》が隠されている。それはヒトの行動の原動力にもなれば、弱点にもなる。いつまでも心の傷を引きずっている奴は肝心な時に使い物にならないので、要チェックといったところだ。ＣＩＡの審査は雇用者一人一人に膨大な時間と経費をかける。古傷をえぐる審問を寵児がどうしのぐかを、グレイスカイは見極めようとしていた。任務はそれ自体がトラウマになるほどに過酷な場合もあるので、いかなる状況にも動じない強心臓の持ち主を選ばなければならない。

——君の父親はなぜ自殺を選んだのだろう？　生きて闘うという選択もあったはずだが。

——父は捨て身の戦いをしたと思います。

——自殺は逃避ではなく、戦いだったと？

——父が勤めていた銀行は取引先とグルになって、組織的に不正行為を行っていましたが、父はそれに加担しようとしなかったので、日常的に嫌がらせを受けていました。

——社内のパワーハラスメントで精神的に追い詰められ、自殺を図ったが、会社はそれを労災とは認めなかったと調査書にはあった。

グレイスカイはそれに続けて、「No choice but swallow it」といったので、寵児は「No, He spat on it」といった。「呑むしかなかった」、つまり「泣き寝入りするしかなかった」と彼がいったのに対し、「いいえ、唾を吐いたのです」といった。

——死んでしまったら、告発もできないし、残された家族も苦労するだろう。君の父親は敗北者ではないか。

グレイスカイが意図的に感情的揺さぶりをかけていることはわかったが、その手には乗らず、寵児はこう返した。

――エドガー・アラン・ポーの『告げ口心臓』はご存知ですね。死者は生きている者を不安にし、動悸をもたらすのです。父を死に追いやった連中は残りの人生をビクビクしながら暮らすことになるのです。

――随分、文学的なことをいうんだね。

――文学は心的ストレスを和らげる薬になります。副作用もありません。多くの人は「死人に口なし」で無害な存在だと思いたがりますが、死者は沈黙するどころか、生きている人を動かし、しっかり社会に影響を及ぼします。邪魔者を消せば、万事解決と思っているマフィアは甘い。

グレイスカイは「君も死者の影響を受けているのか？」と興味を示した。

――私は父から恨みを相続したので、復讐しなければなりません。

――どんな復讐をしたのかね？

――復讐はまだ果たしていません。怒りや憎しみに任せて行動を起こしても、大した復讐はできないし、自分の将来が犠牲になってしまう。だから、待つことにしました。

――ＣＩＡに就職すれば、復讐はより実行しやすくなるということか？

――職務に私情を挟む気はありません。復讐の機会が訪れたら、休暇をとり、実行します。

グレイスカイは咳き込むように二回笑った後、唐突に「過去に引き籠もりだったことはあるか」と訊ねた。

――論文執筆中はそうでした。引き籠もりはネットを通じて外界と深く繋がっているので、社交的な人より社会のことをよく把握していると思います。ＣＩＡにも大勢いるのでは？

——確かにＣＩＡは引き籠もりの巣窟だよ。火星行きロケットに三年間乗せておいても大丈夫そうな人材もいる。ＣＩＡは基本、デスクワークが中心で、情報もハッキングで集める。ここにはジェームズ・ボンドやイーサン・ハントはいない。

今は空軍パイロットもブースで無人ドローンを操縦しているし、実質、戦場はコンピューターの中にある。グレイスカイは世界をコントロールしているのは引き籠もりだと暗にいいたかったのか？

——ところで、君の修士論文を読んだよ。かなりユニークな視点から日本人の精神分析をしていて、興味をそそられた。君から見て、これまでのアメリカ人による日本研究はどれくらい的を射ていると思う？

——アメリカ人の日本研究は間接統治者としての観点が強く、プラグマティック（実利的）です。一歩間違えれば、黄禍論になりかねない論文やアメリカ中心主義から一歩も出ない論文も少なくありません。日本人のアメリカ研究は基本、政治、経済、文化の領域で、対米従属を容認するものか、アメリカの知識人によるホワイトハウス批判に便乗したものの二種類しかありません。

——日本人は概《おおむ》ね従順な民族であるという俗説を君は批判的に論じているようだが。

——「自発的服従」については古くはエティエンヌ・ド・ラ・ポエシの考察から始まって、マルクスやウエーバーの分析があります。日本人に限らず、どの民族も服従の本能を抱えているといっていいと思います。封建制度は「自発的服従」なしには成立しません。

――君は過去に日本で起きた反乱や一揆についてかなりのページを割いているね。

――圧政に対する民衆蜂起は明治以降、めっきり減りますが、不服従や抵抗の本能が完全に消えたわけではありません。

――日本ほどアメリカに協力的な同盟国は他にないと思うが、今後、反米運動が盛り上がる可能性はどれくらいあると思う？

――日米地位協定や対米従属政策に対する反発は根強く残りますが、それがテロリズムにつながる可能性は今のところ極めて低いと思います。

――その根拠は？

――日本政府はホワイトハウスや国際金融、多国籍企業などのロビイストが相乗りするバスみたいなものです。実質一党独裁体制が長く続き、政治家は市民の声を聞く耳を持ちません。そのせいで市民の政治的関心は低く、政府には何も期待しておらず、現状は変えようがないという諦めが社会を覆っています。日本人はアメリカ人よりアメリカに奉仕しているといってもいいでしょう。それもＣＩＡやＮＳＡの対日工作の成果だと思います。

――日本はアメリカの占領政策の唯一の成功例として死守しなければならない。万が一日本で反米テロリズムが起きようものなら、全力で叩き潰す。アメリカ人の夢を壊す者を断じて許すわけにはいかないからだ。君の論文は大学院ではあまり高い評価が得られなかったようだが、私の見解と一致する点が多かった。ところで、ブルックナー教授は元気かな。

　寵児の論文にＢ＋評価しかくれなかった副査のブルックナー教授の名前が出てきたので、「親しいんですか？」と訊ねると、グレイスカイは「日本研究の世界は狭いからね」といった後、こう続けた。

――彼はトンネルの向こうの美化された日本にしか興味がない。古き良き日本を冷凍保存しておきたいという者にとって、現実の日本は醜く、堕落している。日本にもそういう復古主義者が一定数いるだろう？

――自分が経験したことがない戦前とか明治を理想化する人々ですね。確かに彼は日本の右翼にシンパシーを抱いています。

――ＣＩＡも日本の右翼とギブ・アンド・テイクの関係だがね。いずれにせよ、ブルックナー先生は君の現実認識や歴史認識を「アンホリー・クラップ（とんでもない戯言《ざれごと》）」とこき下ろしていた。

――なぜ教授は私にＣＩＡの人材募集に応募するよう勧めてくれたんでしょうね？

――君は厄介払いされたんだよ。アカデミズムの世界に引き籠もるより、変化の激しい現実の世界に身を置けということだ。論文のＢ＋評価にはＣＩＡへの推薦状がついてくるヴァリュー・セットを勧められたんだよ。

法律事務所、金融業界、政府機関、もちろんＣＩＡもハーバード、イエール、コロンビアなどの名門大学にスカウトを派遣し、人材の争奪戦を繰り広げており、推薦状も飛び交っている。

――ブルックナー教授の推薦状はポイントが高いですか？

――推薦状は通常、ごく形式的なものだが、彼のは皮肉たっぷりで、笑えた。推薦状はＡ＋の出来だった。

ブルックナー教授とグレイスカイは底意地の悪さを競い合っているようなところがある。寵児は音を出さずに舌打ちした。

昼の休憩を挟んで、午後からは寵児の交友関係を掘り返された。

——君のアメリカの友人についてのリサーチは済んでいる。調査用紙に記入されていた日本の大学時代の友人を調べたが、かなりの割合で官僚になっているね。

——東大は官僚養成所ですから。そのうち彼らもアメリカに研修に来るでしょう。アメリカによく尽くすのが出世の早道になるので。

自由より服従を選んだ者は、その見返りに順調に出世の階梯《かいてい》を上り、いずれは各省庁の要職に就く。受験生の時代から成績と序列にこだわり、ライバルを越えることに血道を上げてきた同級生たちを内心軽蔑しながらも、あえて友人として彼らの名前を調書に書いたのは、自分には日本のエリート官僚とのコネクションがあることをアピールするためだった。自分がＣＩＡのエージェントになれば、彼らを情報提供者に仕立てたり、ホワイトハウスの意向を彼らを通じて実行させることになる。いわば、彼らに命令する立場になるわけで、負けず嫌いの彼らを易々と出し抜ける。

——君の「自叙伝」からは中学、高校時代の友人、幼馴染みに関する記述が抜け落ちているが、これは意図的なことなのか？

——実際、少年時代は内向的で、あまり友達がおらず、もっぱら壁や空と対話していました。返事が聞こえたことはありませんが。

寵児はそんな冗談で切り抜けようとした。もちろん、彼には火箱空也という親友がいたが、彼は自分の記憶の中にかくまい、表には出すまいとした。架空の人物として扱えば、彼を守ることにもなると考えたのだ。この秘密主義だけはＣＩＡを模倣した。調書に彼の名前を書けば、当然、その身元が洗い出され、広域暴力団火箱組に行き着く。ＣＩＡは日本の右翼団体やヤクザを巧みに丸め込み、諜報工作に協力させているが、そのネットワークの外で反社会勢力と独自のつながりを持っていることが知れた途端、寵児は要注意人物扱いされるだろう。連動して、空也のプライバシーも彼らの手に渡ってしまう。寵児は空也だけは自分の聖域に囲っておきたかった。

――君の方から何か聞きたいことはあるか？

面接も詰めの段階に入っていたが、エントリーシートを書く段階から気になっていたことがあり、ストレートに訊ねてみた。

――過去にＣＩＡで働いていた日本人はいますか？

――どんな人間がＣＩＡで働いているか口外できないことは知っているね。

――国家の危機を救った英雄も匿名のままだと聞いたことがあります。

――ここではカフェの店員でさえ名前を伏せ、秘密任務に徹している。だが、特別に君の質問に答えよう。かつて日本人職員がいた。もう故人になっているので、話してもいいだろう。

――日本人職員がいたのはいつ頃ですか？

――彼女はミレニアムを迎える頃まで現役だった。実は私も彼女の教え子の一人だ。

――女性だったんですね。日系人ですか？

――いや、トーキョーのフカガワ出身の江戸っ子だと聞いた。小津安二郎《おづやすじろう》の映画の母親役を思わせる上品な佇まいの女性だった。私たちは東洋美人の典型と見なしていた。ミッション・スクールの東京女子大で英語を学び、戦後にミシガン大学に留学し、修士号を取り、アメリカ人と結婚して、米国籍を取った。夫は空軍所属の爆弾処理の専門家だった。

――名前を覚えていますか？

――日本名はキヨ・ヤマダという。

――ＣＩＡでは何をしていたんですか？

――日本に派遣される諜報員や工作員に日本語と日本文化を教えていた。専業主婦として二十年ほど夫につくした後、四十代半ばにして採用され、以後三十二年間、エージェントに日本人のメンタリティや敬語、信用を得る接し方の手ほどきをしていた。私は八〇年代に彼女に指導を受けたが、その頃、オヅやクロサワの映画を熱心に見たものだ。彼女は戦前の東京のブルジョアの日本語を話し、「ギリニンジョー」や「セケンテイ」がいかに大事かを説いていたが、その価値観は現代の日本では時代遅れの感は否めなかった。彼女は度々、日本を訪れていたが、「イエロー・ヤンキー」や「エコノミック・アニマル」が幅を利かせる世相をどう見ていたかな。


　ヤマダ・キヨは一九二二年生まれだというから、ちょうど寵児の祖母の世代に当たる。原《はら》節子《せつこ》が姉、淡島《あわしま》千景《ちかげ》が妹くらいの年齢だ。スクリーンでは癒しと励ましのアイコンだった二人の女優のモノクロ映像が脳裏にちらついた。ヤマダ・キヨが彼女たちのように意味深な表情と滑らかな滑舌で、諜報員たちを優しく諭す光景を想像すると、萌える。

――引退した後はどうされていたんですか？

――そこまでは知らないが、静かに天寿を全うし、今は夫とともにアーリントン墓地に眠っている。墓碑には「妻」としか刻まれていないので、彼女が何者だったかは、誰も知らない。もし、君が有名になりたいと思っているなら、ＣＩＡほど不向きなところはない。

――最後にもう一つ。今も現役で本部に勤務している日本人はいますか？

――キヨの後輩がいるかどうかは、採用されたら自分の目で確かめることができるが、今はまだ秘密だ。

――ＣＩＡは原則として外国籍の人間を雇わないと聞いたんですが、ここまで私に付き合ってくれたということは例外もあると考えていいですか？

――調査、分析には各地域の専門家が必要だから、国籍にこだわってはいられない。アメリカ国籍を持っているという理由だけで相手を信用するほど素朴ではないし、外国籍だからという理由でスパイ扱いするほど偏屈でもない。必要が生じれば、外国人にアメリカ国籍を取らせることもできるし、外国籍のまま活動してもらうこともある。

　長丁場の面談を終えて、本部ビルを後にする頃にはすっかり日が暮れていた。食事か、一杯飲みに誘ってくれれば、「脈あり」と見てよさそうだったが、グレイスカイはそんな期待を抱かせまいとしてか、「結果は追って知らせる」とだけ告げ、正面入口から寵児を送り出した。今度、本部ビルを出てゆく時は颯爽と調査に向かいたいものだが、これが最後になるかもしれないので、暗号のモニュメントを背景に記念の自撮りをしておいた。

　疲れ果てていたので、延泊したかったが、節約し、ビールとピッツァを買って、ニューヨークに戻る格安バスに乗った。スーツは着ているものの、留学生について回るよそ者感は隠し切れていなかったが、「ＣＩＡの面接を受けてきたオレ」は少し前の自分とは違っていた。たまたま目が合った乗客の眼差しには自分に対する敬意が宿っているように見えたのは錯覚だったにせよ、優越感が芽生えていたのは確かだった。

自分の履歴も思想信条、あらゆる個人情報、ＤＮＡまでＣＩＡの手に握られてしまったので、今後、何かの容疑者になったら、捜査関係者の手間を大いに省いてやることができる。一応、経歴に一点の曇りもないことは認めさせたとは思うが、今後も引き続き、品行方正でいるよう半ば強制されたようなもので、コントラ・ムンディになるという少年時代の不遜な夢は諦めざるを得なくなった。一連の身元調査は、青春を葬る儀式でもあったのだ。

指先に長時間装着されていたセンサーの異物感が消えず、また面接の興奮が冷めやらず、車中で眠れないまま、ぼんやりとグレイスカイが話してくれた知られざる先達ヤマダ・キヨに思いを巡らせていた。一九二二年生まれの彼女は終戦時、二十二歳。最も多くの戦死者を出した世代に属している。

寵児はヤマダ・キヨを生涯に三度しか会ったことのない祖母に重ね合わせようとした途端、大学時代に見た小津の『東京物語』の一シーンを鮮やかに思い出した。原節子が義父に向かって呟いたセリフの一語一句をなぜか記憶していた。

——私《わたくし》、ズルいんです。おとうさまやおかあさまが思ってらっしゃるほど、そういつもいつもショウジさんのことばかり考えてるわけじゃありません。

その後、原節子は泣き崩れる。戦争が終わっても帰ってこない夫だけでなく、前線で、空襲で、原爆で亡くなった多くの犠牲者たちの無念を引き受けたかのように。ヤマダ・キヨと原節子に何か通じ合うものがあることはグレイスカイも敏感に感じ取っていた。

戦時中に敵性言語である英語を学んでいた彼女は日本で肩身の狭い思いをしていたことは容易

に想像できる。憧れの国は敵国になり、生まれ育った深川一帯も大空襲で焼け野原になり、家族は全てを失ったに違いない。日本は敗戦し、占領され、身近にアメリカが迫ってくる。「鬼畜米英」を叫んでいた人たちは空襲の恨みも忘れ、軍国主義からの解放者として米兵たちを受け容れた。禁断の英語は一転して、占領軍に取り入る道具となった。

ヤマダ・キヨはアメリカへの憧れと恨みの葛藤をどう処理したのか？「汝の敵を愛せ」という聖書のコトバにおのが屈折を溶かし込むことができたのか？

ヤマダ・キヨが給費留学の狭き門をくぐり抜け、ミシガン大学に留学したのは一九五四年。まだ日本への風当たりが強い時代に単身でアメリカに渡るには大きな覚悟が必要だっただろう。アメリカ人の夫に守られていたとはいえ、かつての敵国の女性がコミュニティに歓迎されたとも思えない。それでも五〇年代半ばのアメリカは、見たことを後悔するほどに輝いていただろう。焼跡からの復興途上の日本との落差にため息ばかりついていたはず。キヨは公民権運動、ベトナム戦争、カウンターカルチャーと時代の変遷を、アメリカ人とともに経験してきたが、まだ何かが足りないと感じていたのではないか。

日本を去り、アメリカ人になったものの、よそ者意識を完全に拭い去ることはできなかっただろうし、折に触れて里心がついただろう。軍人の妻として内助の功を尽くして生涯を終えることもできたが、それでは幸せな蝶々夫人で終わってしまう。

黒人も女性も同性愛者も自らの権利を求めて戦った時代、自分も何らかの生きる証を立てたいと考えるのはごく自然な成り行きだったはず。そんなある日、「日本語講師募集」の求人広告が彼女の目に入る。CIAがどんな職場なのかはよく知らないが、アメリカの政府機関の職員になれば、自分を見る周囲の目もきっと変わる。もう誰も陰で彼女を「ジャップ」とは呼ばず、敬意を持って接するようになる。働く女性として新たな一歩を踏み出すことには大きな魅力があったに違いない。

　彼女が行っていたのは日本をより深く理解してもらうための啓蒙活動だが、それは日本政府や企業の機密を盗み出すための手段になり、アメリカによる日本の間接統治に協力することを意味する。スパイの片棒を担いでいるという自覚があったかどうかは定かではないが、彼女にも葛藤と苦悩があっただろう。

――私、ズルいんです。そういつもいつも日本のことばかり考えてるわけじゃありません。

　彼女は内心そう思っていたのかもしれない。日本をアメリカ、夫、ＣＩＡに置き換えれば、もう少し彼女の複雑な心中を察することができるかもしれない。

　寵児は四十年以上遅れて、ヤマダ・キヨの足跡を辿ることになるのか、それともそんな自分を一瞬、夢想しただけで終わるのか、結果が出るまでのあいだは遊び呆けてもバチは当たるまいと思った。とはいえ、修士課程を卒業し、大学の寮も引き払ったので、身を置く場所に困り、頼れそうな友人に懇願して回り、何とかハドソン・リバーサイドに住んでいるパラリーガルの部屋に猫の世話係として転がり込んでいた。日中は部屋にいていいが、夜は外出するという条件付きだった。やむなく、夜は知り合いの紹介でイーストヴィレッジのバーでバーテンダーのアルバイトをすることにした。奇しくもそのバーは「ＫＧＢ」という名前だった。時々、詩の朗読会やミニコンサートを催したりもする健全なバーで、オーナーは冗談好きのユダヤ人だった。寵児はＫＧＢでチップを稼ぎながら、気長にＣＩＡからの連絡を待った。

さらに二ヶ月ほど待ち、結局、自分の個人情報を渡した見返りにＣＩＡ本部の見学をさせてもらっただけだったかと諦め、別の職探しを本格的に始めようという気になっていた。日本で英語教師の口を探すか、エンターテインメント産業に自分を売り込むか、報道機関に飛び込むか、どれも気乗りがしなかったが、何もしなければ、ズルズルとバーテンダーを続け、麻薬の売買に誘われ、販路拡大に貢献するという絵に描いたような転落人生をなぞることになりかねない。

そんな不安からつい深酒をしてしまう日々が続いていたが、ある日、「ＫＧＢ」にふらりと革ジャン姿のミュージシャン風の男が現れ、カウンターに座り、アイラモルトを注文した。その声に聞き覚えがあり、改めて顔を見て、グレイスカイだとわかった。これはイーストヴィレッジの土地柄に合わせたコスプレのつもりかと苦笑した。

――なぜ私がここにいるとわかりました？

寵児は驚きを精一杯隠して訊ねると、「奇遇だね」ととぼけた。

――何かいい知らせがあるんですよね。

――両方ある。どちらから聞く？

――じゃあ、悪い方から。

――君は現在の生活を改めねばならない。

すぐには意味が理解できず、思わず「エクスキューズ・ミー？」と聞き返してしまったが、「耳が遠いふりはなしだ」といわれた。

――いい方の知らせを聞けば、素直に喜べますか？

――いい知らせも似たようなものだ。君には大きな試練が待ち構えている。

――つまり採用されたということですか？

――まだだ。訓練で脱落する者も多い。

――訓練を受ける資格は認められた？

「イエス」の返事を聞き、まだ続きがあることにホッとしたが、人を素直には喜ばせないのはこの人の含羞なのか。寵児は握手を求めたが、応じてくれなかった。

――決め手は何だったんですか？

――この二ヶ月、君の行動を監視し続けていた。もし、君が不用意に秘密を口外するようだったら、その時点でアウトだった。

ＣＩＡ本部に面接を受けに行ったネタは、同級生との飲み会で主役に躍り出るくらいのインパクトがあったにもかかわらず、寵児は口をつぐみ、ブルックナー教授にも報告せず、日記にも書かなかった。

いいたいことをいわずにいるのは思ったより苦しかった。

ＣＩＡは何よりも口の堅さを重視する。他の能力に劣っていても、秘密を守り抜く人材を採用するに違いないと予測もしていた。ただ、口の堅さをどう証明するか、また相手はそれをどう見極めるか、想像もつかず、ただ「沈黙の行」を続けるしかなかった。

それより何の予告もなく、バー「ＫＧＢ」に現れた事実をもっと重く受け止めるべきだとも思った。また、本物のＣＩＡ職員がここに飲みに来たことをオーナーに耳打ちしたくてたまらなかったが、寵児はグレイスカイを「祖母に可愛がられた恩を孫の私に倍返ししてくれる人」と紹介した。

　オーナーは「ああ、世代を越えた友情」と勝手にまとめてくれた。グレイスカイは「トッド・グレッグソン」という偽名を使い、「彼のママはトーキョーに留学していた頃の恋人だった」と作り話をした。オーナーがカウンターを離れると、話の続きをした。

——まさか、尾行なんてしてませんよね。

——尾行に気づかれなかったということはこちらの勝ちだな。

——私のパソコンに侵入しましたか？

——特に興味を引くファイルはなかった。

——盗聴していたんですか？

——つまらないから途中でやめた。ともかく君は口が堅く、社交的で、営業マンとしてもやっていけそうだと判断し、訓練を受ける資格ありと認めた。ただし、正規の職員として採用されることはない。

——アメリカ市民ではないから？

——今後の任務を考えると、君は日本国籍を保持していた方がいいと考えた。将来、君が望めば、アメリカ市民権を得ることもできるが、どれだけアメリカに貢献したかによる。ところで君はすぐにニューヨークを離れることができるか？

——友人のアパートは何かと気を使うので、早く出たかったところです。

——では来週から訓練を開始する。

——どんな訓練ですか？

——君が死なずに済むための訓練だよ。

テーブル席で際どいジョークの応酬をしていたアート系の客がドリンクの注文に来て、やりとりは中断、グレイスカイはウイスキーを一気に飲み干すと、二十ドル紙幣を五枚と一枚のメモをカウンターに置き、「今夜は思う存分飲め」と耳打ちし、立ち去った。

グレイスカイは去り際に店の外でオーナーと立ち話をしていたが、自分の身分をどう偽ったものやら、やけに意気投合しているように見えた。寵児は残されたメモを見ると、裏にこんなメッセージが書かれていた。

ＫＧＢはもう存在しない。早く悪夢から覚めろ。月曜日午前八時に「ザ・ファーム《農場》」に集合。

寵児は誰の目にも上機嫌に見えただろう。それが愛想のよさに表れたせいか、いつもよりチップが多かった。オーナーが寵児を見る目もいつもと少し違っているように見えた。日付が変わる頃、オーナーは寵児をオフィスに呼び、封筒を手渡し、こう告げた。

——チョージ、ご苦労だった。明日からはもう来なくていい。今夜は好きなだけ飲め。

グレイスカイとオーナーのあいだですでに話はついていたようだ。受け取った封筒は分厚く、これまでの給料とチップの取り分の三倍くらいはあったので、「これは？」と訊ねると、「支度金だそうだ」という答え。

——オレもさっきの客からおまえの引き抜き料を受け取った。ジャーナリストになるんだろ。いい待遇で迎えてもらえてよかったな。これからもここを密談の場に使ってくれ。

オーナーが帰宅し、最後の客を送り出し、店を閉め、片付けと掃除をしながら、新たな生活に思いを馳せた。銀行の預金は口座を維持できるギリギリの残高しかなく、この支度金の支給はありがたかった。友人への借金を返済し、間借りの家賃を払い、通信料やクレジットカードの引き落とし分を差し引いても、一月の生活費分くらいは残る。

　寵児はグレイスカイが飲んでいた一杯二十ドルの「ラガヴーリン」を五杯も飲み、一人で祝杯を上げた。誰ともこの喜びを共有できないのは物足りなかったが、閉店後もカウンターに陣取っている酔っ払いの亡霊を話し相手にした。

　午前八時頃、アパートに帰宅し、シャワーを浴び、ベッドに横たわったが、ふと思い立ち、ベッドやテーブル、椅子、カーペット、カーテンの裏側、照明器具、壁の縁、本棚、エアコンやテレビをくまなく、手探りして見たが、埃《ほこり》がついただけで、盗聴器は見つからなかった。電話やコンピューターにも細工の痕跡はなく、考え得るのは、電話のＧＰＳや通話記録、クレジットカードの使用履歴などから、寵児の行動をトレースし、何処で、誰と、何をしていたかを探ったことくらいか。


　ＣＩＡの訓練所キャンプ・ピアリー、別名「ザ・ファーム」はウイリアムズバーグ近郊の広大な敷地にあった。ＣＩＡ職員は各地域の情報の分析を行うデスクワーカーの分析官と対象地域で情報収集、工作活動を行うケース・オフィサー、すなわち工作員に大きく分けられる。寵児は東アジア分析部の求人に応募したので、工作員向けの訓練は免除されるものと勝手に思っていたが、もっと別の任務を想定されているようだった。二年半の研究生活と直近の夜のバイトですっかり体が鈍《なま》っており、厳しい訓練に耐え抜く自信などあるわけがなく、筋骨逞しい顔ぶれを見て、さらに意気阻喪した。

いずれもハーバード、イエール、スタンフォード出身の優秀な頭脳の持ち主に見えたが、忠誠心と能力を買われて、スカウトされてきたのだろう。寵児は自分の劣等感を緩和してくれそうな訓練生を探した。韓国系の同僚が一人いたが、心も体も完全にミリタリー仕様になっていた。やや太めの女性がいて、彼女は脱落候補筆頭かと思いきや、卓越した身体能力の持ち主だった。格闘術の訓練では、マッチョを小気味よく投げ飛ばすのを見て、自分の先入観を反省したが、後で聞くと、柔道でオリンピックを目指していたらしい。

訓練は体力勝負の軍事訓練とスパイ技術養成の訓練の二つに分かれていたが、前者は特殊部隊の訓練に準じたもので、極めて過酷だった。格闘術、護身術に始まり、持久走、ダッシュ、登山、ボルダリング、水泳、海岸上陸訓練など体力の限界まで追い込まれる。一度ならず、酸欠で倒れたり、嘔吐したりしながら、何とか食らいついたが、成績は最低だった。格闘術ではダメージを最小限にするため、防御と受け身に専心した。隙を見つけて休む、十秒間だけ眠るといった特技を生かし、体力温存に努めた。立ち泳ぎを十分間続けるという訓練で溺れそうになったが、運よく、湖の底に埋もれ木があり、その枝につま先を引っ掛けてしのいだ。スカイダイビングの訓練では落下中に意識を失いかけ、記憶がないままにパラシュートを開き、辛くも地面に叩きつけられずに済んだが、気づいたら、担架で運ばれていたという一件があった。今でも思い出すと、身震いする。

車やボートの高速運転やスピンターンの実習や射撃訓練は楽しかった。どちらもゲームを通じて、センスを磨き上げていたのが功を奏した。

軍事訓練では、より実践的に車に仕掛けられた爆発物の捜し方、爆弾の種類の見分け方、その解除のテクニックなども学び、止血術、蘇生術、怪我の応急処置、基本的な医学知識の講座も受けた。グレイスカイのいう通り、死なずに済むための訓練のてんこ盛りだった。メンタルの弱い同僚二名がリタイアしたが、それが自分でないのが不思議だった。ライバルたちと競り合おうとせず、適度に力を抜いたのが結果的によかったのかもしれない。

　訓練生たちは誰もがスパイ技術の訓練には熱心に取り組んだ。それがやりたくて集まっただけあって、モチベーションが高かった。講習は経験豊富な工作員が実践的指導に当たるのだが、盗聴器や隠しカメラの設置法や尾行術、監視術、逆に尾行や監視を察知し、それを巻く技術「サーベイランス・ディテクション・ラン」などの初歩的技能の習得から始まった。ウイルスやスパイウェアなどを用いずに、パスワードや重要情報を入手し、コンピューターに侵入する「ソーシャルクラッキング」や、背後から端末のキーボードや画面を覗き見し、端末の操作からパスワードを暗記して盗む「ショルダー・サーフィン」、身分を詐称し、電話で個人情報を聞き出す話術、システム管理者になりすまして、パスワードを変更させると同時に盗み出す方法、さらにはピッキング、掏摸《すり》のテクニックなどの講習もあった。

　将来、ＣＩＡを退職した後も、泥棒として生計を立てることも可能だった。逆説的にいえば、世界中のテロリスト、国際窃盗団メンバーたちにとって、「ザ・ファーム」は憧れの学校ということになる。むろん、ここでの訓練の成果をブラックビジネスに応用しようという訓練生はいなかったが、あらゆる業種でつぶしが利くのは確かだった。

　工作員は原則、偽名と偽の経歴、すなわち「カバー・ストーリー」を巧みに使い、身分を隠して任務に当たる。いわば、嘘つきのプロでなければならない。信用に足る情報提供者を見極め、コトバ巧みに接近し、協力者として取り込まなければならないが、その「リクルート」のノウハウを豊富な実例から身につけてゆく。こちらの訓練は一般企業の営業職にも応用可能と思われた。

訓練期間が半年を過ぎると、肉体は目に見えて変化し、鏡で裸の自分を見るのが楽しみになり、思考力や観察力、記憶力が磨き上げられ、以前の自分ではなくなっていた。

基礎訓練期間が終了し、短い休暇が与えられた。ワシントンＤＣやバージニア州、バスで数時間のニューヨークやボルティモア、フィラデルフィア出身の訓練生は親元に帰ったり、友人に会いに行ったりした。寵児は寮に留まり、ひたすら休息を貪っていたが、唐突にグレイスカイから韓国系のキム・ユジンとともに自宅でのバーベキューに誘われた。ワインを持って、出かけると、他の招待客はおらず、グレイスカイと夫人のマドリンだけだった。二人は東京にも、ソウルにも赴任していたことがあり、寵児とユジンを呼んだのはその頃を懐かしむためだとわかった。

ユジンの父親は物理学者で、マサチューセッツ工科大に職を得たため、七歳の頃からボストン暮らしで、彼自身もＭＩＴの卒業生だった。ソウルには祖父母がおり、毎年、会いに行っているので、ソウルの最新事情も把握しているといった。彼の場合、訓練所に招待されるまで九ヶ月も待たされたというから、寵児は七ヶ月で済んだことをありがたく思うべきなのだろう。

——訓練を終えたら、私たちはどんな任務に就くことになるでしょうか？

ユジンの質問にグレイスカイは一言「秘密任務《シークレット・ミッション》」といった。

——それほど多忙ではない表向きの職業に従事し、普通に暮らしながら、随時こちらが指示する任務を遂行してもらう。

――靴を二足履け、と？

――イエス。ノーマル・シューズとシークレット・ブーツだ。日本も韓国もアメリカの同盟国ゆえ、それぞれの政府機関と協力関係にあるので、トーキョーやソウルでの任務は中東や中国、ロシアでの任務ほどの危険はない。だが、中国、ロシア、北朝鮮の工作員と対峙することにもなるので、自分を守るための訓練を課したのだ。

　同僚たちは訓練終了とともにそれぞれの赴任地に派遣され、大使館員や銀行員、商社マン、場合によっては英語教師やレストラン・マネージャーなどに偽装し、「ケース・オフィサー」として、協力者、情報提供者を籠絡し、彼らの身の安全を守りながら、テロリストやマフィアの活動を牽制するのだろう。ここを離れたら、よほどのことがない限り、会うこともない。同窓会があったとしても、全員、偽名で参加するに違いない。ちなみにキム・ユジン以外の訓練生のファミリーネームは全く知らされていなかった。

　訓練中は互いをライバル視し、距離を置いていたキム・ユジンとも話をした。彼は将来、国会議員か、ソウル市長を経て、大統領になり、自分の代で南北統一を実現するという明快にして壮大な野望を抱いていた。韓国の政治に直接コミットするにはＣＩＡを経由するのが近道になると考えたのだろう。同じような野望を抱く有能な人材は大勢いるはずだから、足の引っ張り合いも熾烈になる。ここで陰謀を見抜く力を身につけたユジンは有利に戦えるに違いない。

――チョージも政府の要職に就けば、外交の場で同窓会ができる。

　ユジンはその気満々だろうが、寵児には政治の表舞台に立つ気は毛頭なく、あくまで裏方として、権力者を操り、牽制できれば、それで充分だった。そもそも日本は韓国と同様、能力主義より縁故主義の方が強く、表舞台では世襲議員が議席の約半分を占めている状態なので、致し方なかった。

――オレたちが外交交渉すれば、万事スムースに行くだろう。

ユジンは楽観的なことをいうが、何処にでも問題をこじらせたがる抵抗勢力がいる。「その前に君とぼくの友情をしっかり育んでおかないとね」と寵児がリップサービスをすると、ユジンは寵児の肩を抱き、「今度、オンマのキムチをチョージにも食わせてやる」というので、「キムチで買収か？」と笑った。

――南北統一の暁には、応分の経費負担を日本にお願いすると思う。その時はよろしく。

ユジンはそういって、ウインクしたが、寵児は「利権がらみのカネは動くだろうが、それが誰の手に渡るのか考えると、うんざりするね」と突き放すような返事をしておいた。まだ二十代の訓練生が政府高官のような口を叩くのをグレイスカイは鼻で笑っていた。

夜も更け、最後にグレイスカイ愛飲の「ラガヴーリン」で乾杯をし、彼のこんな感想でパーティは締めくくられた。

――東アジアは世界経済で中心的な役割を果たすことになるが、アメリカは覇権を中国に譲り渡すわけにはいかないので、水面下で米中経済戦争が進行する。中国をいかに封じ込めるかは君たちの活動にかかっている。それを肝に銘じたまえ。

二人は「イエス、サー」とバラバラに答え、居住まいを正した。

――さて、明日からの訓練はより実践的になり、歴然と能力の差が出るぞ。

グレイスカイのいう実践的な訓練は、訓練所の外で、与えられたミッションを実際に遂行する形で行われた。寵児には指定されたターゲットを尾行し、その人物が接触を図った相手の身元を割り出すというミッションが与えられた。ショッピングモールに連れて行かれ、柱の陰にスタンバイするよう指示を受け、指導官からターゲットを示唆された瞬間からミッションの開始となる。

　途中で尾行がターゲットに気取られたり、逆に相手の監視対象になった時点でミッションは失敗となる。今までに習得した技能をフル活用すれば、さほど困難はないように思えたが、様々なトラップやアクシデントが仕込まれており、思いのほか手間取った。

　ターゲットは遠目にも目立つ赤いワンピースを着た女性で、ショルダーバッグを提げ、リボン掛けした包みを抱きかかえ、下りのエスカレーターに乗り、フードコートの方に向かっていた。寵児はすぐには距離を詰めず、自分の存在を目立たなくするために常に通行人を目隠しに使いながら、後を追った。ターゲットはカフェでコーヒーを買い、空いているテーブルに着き、スマートフォンをいじり始めた。寵児は別の店でソーダを買い、やや離れた場所に座り、女性を監視した。五分ほどすると、スーツ姿の男が彼女の背後の席に座り、新聞を読み始めた。その男が接触相手とは限らないので、しばらく様子見をしていると、六歳くらいの少女が近づいて来て、女性と何かコトバを交わした。その直後、女性の電話に着信があり、彼女はそのままフードコートを立ち去ろうとした。すぐには彼女を追わず、次に向かう先の見当をつけた。どうやらエレベーターで駐車場に向かうようだ。先回りして、接触相手を見極めることにした。その前に彼女がいたテーブル周辺をチェックし、入念に周囲を見回すと、背後に座っていた男が別の女性と六歳くらいの少女と連れ立って歩いているのが視界に入った。少女は女性が持ち歩いていた包みを持っている。接触相手はその家族連れだと見極め、寵児は彼らを駐車場まで尾行し、車のナンバーをチェックした。それが盗難車でなければ、相手の身元は割り出せる。この訓練はクリアできたなと思った。

訓練所に戻り、ネットで車両登録ナンバーを調べ、そこから割り出した男の身元を書いて、指導官に提出すると、「第一関門はクリアだ」といわれた。

試験はまだ終わりではなく、息をつく間もなく、質問を畳み掛けられた。男が読んでいた新聞は何か？　少女が着ていた服の色は？　家族連れの隣の席にいたアジア系の男は何を食べていたか？　フードコートに設置された監視カメラの数は？　ターゲットの女性の電話の着信音は？

そんな瑣末なことは何一つ覚えていなかったし、気にも留めなかった。

その後も厳しい実地試験が続いた。多くの修羅場をくぐり抜けて来た熟練の工作員たちは、その都度、自らの経験則をアフォリズム《金言》で訓練生たちに伝授した。瑣末なことの中に重要なヒントが隠されている。目に映るもの全てを記憶に焼き付けろ。カメラのシャッターを切るように瞬きし、フォトグラフィック・メモリーを残せ。どんな声も音も聞き漏らさず、誰の声、何の音か聞きわけろ。息遣いから相手の心理を読め。

常識や思い込みを捨てろ。考える前に感じろ。相手になり代わり、次の行動を読め。五秒後に起こることを予測し、先回りしろ。相手に意図を読まれたら、死ぬと思え。

思考の回転速度を三倍にしろ。閃《ひらめ》いた瞬間に動け。ミスは瞬時に修復しろ。並列思考で複数の問題に対処しろ。右脳で直感し、左脳で分析せよ。

犬のように嗅げ。口臭や体臭から相手が何を食べ、どんな持病があり、どういう精神状態か、探れ。部屋の中の異臭に誰よりも先に気づけ。残り香にも鼻を研ぎ澄ませ。一度嗅いだ匂いを忘れるな。飲み込む前に味の異変を察知しろ。毒の味と匂いを覚えておけ。

　奇跡を信じるな。成功は実力の結果でしかない。同じチャンスは二度あると思うな。運を待ち伏せし、確実に捕まえろ。誰も信用するな。自分さえも疑ってかかれ。

　このような訓練プログラムは確かに工作員に求められる観察力、思考力、即応力、記憶力、分析力を格段に高めるが、訓練では鍛えられないものもあった。それは個々の無意識やＤＮＡに刷り込まれている良心や信仰心、忠誠心である。このことをよく理解しているからこそ、スカウトは長い時間をかけて、応募者が信頼に足る人物かどうかを見極めるのである。スカウトは聖職者や善人の中に潜む狂気や犯罪者の中にわずかに残った良心を探るスパイでもある。グレイスカイは本人さえも自覚していなかった良心や信仰心、忠誠心を寵児の中に見出したのか？

訓練プログラムを全てマスターするには七、八年かかるというが、大抵は一、二年ほどでそれぞれの現場に散ってゆく。アメリカ人の訓練生たちは暗号解読やサイバー攻撃、サイバー・テロ対策など専門性が高い講習も受けていたが、外国人にはそのノウハウを知られたくないらしく、寵児はそれらのプログラムへの参加は拒まれた。アメリカの従属的同盟国であっても、日本は依然、国連の敵国条項の対象国であることを思い知らされた。

　諜報活動の九割は地味な作業で、新聞、雑誌、書籍、公刊資料、テレビ、ネットの掲示板やSNSなどのオープン・ソースから情報を得る「オシント」と呼ばれる手法で行われる。赴任国の言語での情報収集はネイティヴが圧倒的に有利なので、寵児やユジンがリクルートされたといえる。もちろん、内部の情報提供者から直接情報を集める「ヒューミント」も有効である。とりわけ、文書の改竄《かいざん》や破棄が日常的に行われている政府機関では、内部の状況を把握できなければ、情報の真偽の確認ができない。「ヒューミント」の活動はまた、組織的な犯罪の証拠をつかみやすい。その証拠を取引の材料に使えば、さらに詳細な内部情報に触れることもできる。また、ヒューミントに従事する工作員は継続的に親米政権をサポートし、必要に応じ、秘密活動も行う。ブラック・プロパガンダを流布し、世論操作をしたり、影響力のある人物に資金援助を行ったりして、社会に特定のメッセージや物語をプラントする。文字通り、社会という土壌にプロパガンダを植え付けるのだ。本部の人間が必要と判断すれば、時に見せしめで反米的な活動をしている個人や組織を陥れ排除する、一歩踏み込んだ「政治への介入」も行う。

　同期の訓練生たちの配属が次々と決まり、一人また一人と訓練所を離れていった。ある日、寵児もグレイスカイに呼び出され、本部のオフィスに出向いた。

　彼は寵児の顔を見ると、「君もエージェントらしい顔つきになってきたが、普段はその顔を隠しておけ」といった。

――ファームを離れるにあたり何かいっておきたいことはあるか？

――私に居場所を与えてくれたことに感謝しています。

――ここは仮住まいに過ぎない。これから赴く先にも君がくつろげる場所はないと思え。この仕事をするからには、生まれ故郷もアウェイになる。「預言者は自分の故郷では歓迎されない」

――ルカの福音書第四章。

――自分を愛してくれる相手がいる限り、人はそんなに非道なことはしないものだ。その報いが大事な人に跳ね返ってくることを恐れるからだ。だが、この世界に敵しかいないと思い込んでいる人間には気をつけろ。いくらでも残酷になる素質がある。

「それは誰のコトバですか？」と訊ねると、「忘れた」ととぼけた。この人も実はかなり文学的な人なのかもしれないと寵児は思った。この時、寵児は二十七歳、グレイスカイは五十四歳で、寵児の父親が死んだ年齢と同じだった。

――トーキョーは何年ぶりだ？

——五年ぶりです。

グレイスカイは寵児にＵＳＢメモリを手渡し、こういった。

——トーキョーに戻ったら、すぐにロッポンギにあるシンクタンク「アジア政策研究センター」を訪ね、常駐チーフのトム・グリーンウオーターに会うんだ。その人物のこと、センターの組織図、その他必要情報はスティックに入っている。

寵児はＣＩＡの下部組織のＣＳＩＳすなわち、戦略国際問題研究所の研究員に配属され、その日本支部であるアジア政策研究センターに赴任し、政治情勢の分析に当たることになった。研究センターといっても、研究だけをしているわけではなく、実質、日本統治の中枢であり、政権を裏で操る司令室になっている。すでに寵児のデスクも用意されているとのことだった。

——君は当面、日本人の協力者たちと親しく交流し、政府に政策上の要請を行うロビイストとしての経験を積む。同時に野党議員やマスメディア、世論に影響力のある人物たちの動向を監視することも求められるだろう。ここまでが表向きの仕事で、重要なのはシークレット・ミッションだ。これからいうことは誰にも口外してはならないが、君には内偵もしてもらいたい。

——センター内部の人間を調査するということですか？

——中国と内通しているモグラが潜んでいる恐れがある。まだ確証はないのだが、放置しておくわけにはいかない。

アジア政策研究センターは政権中枢と直接、繋がっており、各省庁の官僚からの報告も随時上がってくる。いわば国家機密のセレクトショップみたいなものだから、ここの店員になれば、機密の転売で一財産築けるだろう。いや、そのモグラとて、最初から機密の窃取を目的に組織の一員になったわけではあるまい。大きなリスクを冒してまで裏切り者になることにどんなメリットがあるのか、聞いてみたくもあった。

――研究員として新たに赴任した君は日本人でもあるし、警戒されにくい。誰も君が本部からの指令でモグラ探しをしているとは思わないだろうし、思わせてもいけない。モグラも自分に疑いの目を向ける者を注意深く観察しているからな。もし、内偵が悟られたら、モグラと内通している敵のエージェントに逃げられてしまう。この内偵の目的は、モグラを使って敵のエージェントを狩ることだ。

――その情報は何処から上がってきたんですか？

――今は知らずにおいた方がいい。その人物とは接触せず、独自に調査を進めろ。

――誰の協力も受けずに、私一人でモグラをあぶり出さなければならない。

――その通り。君にプレゼントがある。

　受け取った包みを開いてみると、コウモリの文様が入ったネクタイだった。

――誰かの助けが必要な時、身につけろ。

――すると、バットマンが現れるとか？

――そうだ。目ざとく、コウモリの文様に気づき、「私も同じタイを持っている」と語りかけてくる人物が現れる。

――モグラの存在をリークした人ですね。

――そうだ。信用していい唯一のバディだ。その人物を除き、全てのメンバーにモグラの疑いがあると思え。そのタイはバディの協力を要請する非常ボタンだ。内偵の成果が出たところで、身につけろ。二人でモグラを突き止めたら、私にだけ報告しろ。他の誰にも漏らしてはならない。

　日本に戻ったら。最初に誰に会いに行く？

――グリーンウオーター氏です。

――母親に会いに行ってやれ。

　寵児は笑顔で礼をいい、オフィスを後にしながら、母は自分の顔を忘れてしまったのではないかと思った。寵児は大学院を出た後の二年間、ワシントンＤＣの議会図書館の日本語資料室で働いていたと母には伝えていて、母もそれを微塵も疑っていなかった。

　アジア政策研究センターのオフィスに出向くと、グリーンウオーターの秘書のヘレンが応対してくれ、専用デスクに案内され、常駐スタッフを紹介された。彼らは皆、事務職員で、寵児がファームで訓練を受けてきたエージェントであることに一目置いていて、最年少でありながら、慇懃に迎え入れてくれた。午前十一時頃、新たな上司グリーンウオーターがオフィスに現れ、ブリーフィングが行われた。寵児に関するファイルをめくりながら、グリーンウオーターは雑談口調で質問と注文を交互に繰り出してきた。

――ロビー活動の経験はまだないんだな。みんなそれぞれの担当を持っている。私は防衛省と外務省、トニーは財務省、マイケルは国土交通省、ジャックは警察と検察だ。たいがいの与党議員はこちらのいいなりだが、野党議員や一部のジャーナリストやオピニオン・リーダーたちは我々を目の敵にしている。当面の君の仕事は彼らと親しく接して、信頼関係を築き、じわじわと丸め込むことだ。

　野党議員やリベラル系言論人相手のロビー活動は、顧客の新規開拓と同様、挑戦しがいのある仕事ではあった。

　グレイスカイから受け取った資料によれば、グリーンウォーターは海兵隊出身で、沖縄に四年間駐在していた。退役時の階級は少将で、その後はネオコン支配時代のホワイトハウスに呼ばれ、国家安全保障担当補佐官を務めた。民主党の大統領に変わった時にホワイトハウスを去り、今のポジションに就いた。彼の部下で、参謀的役割を果たしているアメリカ人エージェントたちの経歴は様々で、トニーは経済学者、マイケルは国務省出身で、元在神戸の総領事、ジャックはアメリカ国防省でミサイル防衛を担当していた。

　彼らは日本のエージェントとタッグを組んで、ロビー活動を行っているが、いずれも寵児が名前を聞いたことがある与党議員たちで、そう遠くない将来、総理や各大臣の椅子を狙える面々だった。

　政策研究センターのビルはセキュリティも万全のようだったが、オフィス内の雰囲気はＣＩＡ本部の緊張感とは対照的にのんびりしていて、どのフロアでも冗談の応酬に和やかに笑う光景が見られた。

　寵児は刷り上がったばかりの名刺をもらった。「アジア政策研究センター上級研究員　御影寵児」としての活動が始まった。

　武蔵小杉《むさしこすぎ》で独り住まいをしている母の家で三日間過ごし、そのあいだに中目黒《なかめぐろ》のマンションの一室への入居を決め、ベッドを運び込んだ。ここなら母の家にも職場にも乗り換えなしで行ける。

　母はスーパーのレジ打ちのパートと自宅での子ども相手のピアノ教室の月謝で細々と暮らして

いた。五年間、一度も帰らなかった親不孝をさんざん嘆かれたが、遅ればせながら高給取りになったので、レジ打ちのパートを辞めて、旅行に行ったりしてくれと慰めた。週末には父の墓に参り、帰国と就職の報告をした。

寵児がアメリカで肉体と意識の改造に励んでいるあいだ、この国も震災を経てリセットされたかと思いきや、未だ冬眠から覚めやらず、ファンタジーの世界に引き籠もっていた。この五年間、一体何をやっていたのだろう。不愉快極まる現実と常に直面していて、現実逃避をしたくてたまらない人口は何処よりも多いのだろう。その願望につけ入る商売は繁盛しているようだった。テーマパークを筆頭に、ラブホテル、パチンコ、リゾート、ソープランド、キャバクラ、温泉、マンション、さらには美容院やカフェ、中華料理店にいたるまで安っぽいファンタジーのイメージで埋め尽くされていた。

東京の土地勘を取り戻そうと、休日に渋谷、新宿、銀座、そして川崎を目的なしに歩き回ってみた。ラブホテルがバリのリゾート・テイストで統一されているのはまだいい方で、通りがかりに見かけただけでも「龍宮城」、「妖精の忘れ物」、「ホワイトハウス」、「バナナとドーナツ」、「夜の動物園」、「風に聞いた物語」、などと妄想炸裂している。立ち寄ったサンドイッチ専門店が「メルヘン」で、カフェは「どんぐりと山猫」、偶然、見かけた自治体のポスターには「キュンとするまち」、大学のキャッチコピーは「世界に羽ばたき、未来を拓く」、選挙のスローガンには「希望へ前進」、「ネバー・ギブアップ・ニッポン」と赤面と苦笑を誘発するフレーズばかり目につく。こうして見ると、毒にも薬にもならない妄想こそが今の日本の現実を作り出していることがよくわかった。

半分腐ったこの国で、空也は退屈せずに暮らしているだろうか？　過去の自分を知っている唯一の友人の現在を確かめようと、寵児は電話をかけてみた。幸い、番号は変わっておらず、不機嫌そうな応答があった。

——何だよ、おまえ生きてたのか？

——まんまと生還しましたよ。空也は娑婆《しゃば》にいるのか？　小指なくしたりしてないか？

——かろうじてな。顔見せに来いよ。

　二人は寵児がニューヨークに出発する直前に呑んだくれたバーで再会した。五年間、時間が停止していたみたいに、寵児に対する空也の態度は変わらなかった。顔を合わせると、互いにほぼ同時に「今何やってるんだ？」と訊ねた。「政策提言とかするシンクタンクにいる」と寵児が答えると、「いや、もっと面白いことやりそうな顔してるよ」と空也は笑った。笑顔だけは昔のままだったが、貫禄が三割増しになっていた。「オレは今こんなことやってる」と差し出した名刺には「株式会社フルハウス　社長室　室長　火箱空也」とあったが、どんな仕事か想像がつかない。

——人材派遣の会社だが、オレは社長案件を処理する何でも屋だ。

——内閣でいえば、官房長官かな。

——室長といっても、部下は三人だけだ。顧客には議員さんもいて、表立ってできない仕事を引き受けたりしている。

——親父さんは元気か？

——ああ。社長は火箱組とも懇意にしてる。そういえば、何やってるか想像つくだろ。

――ダークビジネスは楽しいか？

――遊び人向きの仕事だよ。おまえ、研究員のくせにやけに逞しくなってるけど、アメリカで何してたんだ？

――大抵のアメリカ人は体が資本だと思ってるから、暇さえあれば、みんなトレーニングしてる。その影響だよ。筋肉がないと、ハッタリもかませない。空也は何やってる？

――パルクールを少々。

――ああ、ビルからビルに飛び移ったり、狭いところをアクロバティックに駆け抜けたりするあれか。

――逃げ足が鈍ったら、即引退の商売だ。

――かなりやばい仕事なのか？

――人を殺したりはしないさ。おまえの仕事と接点があるとは思えないが、顔だけは広いから、いろんな人材を紹介できると思うよ。

――野党議員とか、ジャーナリストとかにも知り合いいる？

――いるいる。紹介しようか？

一瞬、空也を協力者に抱き込むのもありかと思った。彼がどんな人脈を持っているのかにもよるが、見知らぬ他人とのあいだにゼロから信頼関係を築く手間は省ける。

いや、グレイスカイから交友関係を徹底的に洗い出された時も空也の名前だけは出さず、架空の人物にとどめておいたのだから、なるべく仕事との接点は作らないようにすべきだと思い直した。空也はこの五年間の自分の武勇伝、愚行、遭遇した奇天烈な人物、性的関係を持った女たちのことを惜しげもなく、酒の肴《さかな》に提供してくれたが、寵児は大学での研究生活、ニューヨークでの貧乏暮らしのエピソードを披露するだけで、最後の一年半の過酷な訓練については口を閉ざしていた。

　空也の顔を見ていると、否応なく前世の自分を振り返ることになる。寵児がふと思い出したのは自分に資本主義打倒をそそのかしたホームレスのことだった。

——黄昏太郎は元気かな。

——覚えてたか。元気だぜ。組が経営してるパチンコ店で住み込みの店員やってる。昔、オレを助けてくれたし、うちの客としてだいぶ貢いでくれたから、恩返しだな。時々、オレの仕事も手伝ってるんだぜ。

——何やらせてるんだ。

——張り込みとか尾行とか、いろいろだ。結構使えるんだぜ。

——詩人にそんなことやらせてるのか。

——あれ、あいつ、元刑事だったって知らなかった？　詩人というのはガセで、前歴を隠す口実だよ。麻薬捜査でヘマやらかしてクビだってよ。カネで買収されたあげく、シャブ中毒になったという絵に描いたような転落人生。

——あいつ今何歳なんだ？

——四十四だって。最近は小ざっぱりしてるから、年相応に見えるぜ。

　二人の少年時代の謎のアンチヒーローの意外な前歴に軽く驚いたが、この場合、麻薬が人生リセットに大きな役割を果たしたことになる。空也の人生はどちらに転がろうとしているのか？

左手のフランク・ミュラーにしても、ブリオーニのジャケットにしても、身につけているものを売れば、三、四ヶ月生活には困らないだろう。かなり羽振りがいいことは一目でわかった。

——最近はどんな連中と付き合ってるんだ？

何気なく振った質問に、空也は「もっぱらクズどもだね」と吐き捨てた。

——朱に交われば赤くなる。オレもクズぶりが板についてきただろ。

そのひねくれ方は十代の頃から変わっていない。

——国会議員というのは三日やったらやめられない。歳費や活動費のほかにも色々利権を貪って、私利私欲をいくらでも追求できる。とりわけ世襲議員は腐ってる。政治や国民のことなんてこれっぽちも考えたことはなく、基本遊んで暮らしている。こんなに楽できる仕事はほかにないから、選挙の時だけは真剣になる。「一生遊んで暮らしたいので、どうか、この私に清き一票を」というわけだ。本気で国民第一に考えている議員もいるにはいるが、絶滅危惧種だ。

空也が国会議員をクズ呼ばわりしているということは、その本性を日常的に見ているということだ。

——腐った世襲議員たちとつるんで遊ぶのが空也の仕事というわけか。

——いや、オレはただの幇間《ほうかん》だ。連中のために合コンをセッティングしたり、秘密保持を約束した上で愛人を紹介したりしている。

——議員の下半身の弱みを握っているんだ。

——オレたちは下部構造担当なんでね。

空也が仕えているのは新人か、せいぜい二期目の若手議員たちで、いずれも与党自由国民党の派閥に属している。国会に出席しても、質問もせず、法案も提出せず、議決で党執行部からの指示に従って一票を投じるためだけにそこにいる数合わせ要員だった。

――アイリーンという女がいてさ、社長がソープランドでスカウトしてきたハニートラップ要員なんだけど、オレがそのボディガード兼ベビーシッターをやってたんだ。その女を議員合コンに連れて行ったら、猿島信司《さるじましんじ》という男が食らいついてきた。こいつは前にもオレと同じ大学出身のジャーナリスト志望の女を愛人にしようとして、逃げられてる。こいつなんかは股間にぶら下げてる棒に振り回されて、人生終わるタイプだ。

――何処の選挙区だ？

――大阪出身、当選三回。五十歳、既婚。今こいつを脅したところで、大したカネにもならないから、好き勝手に泳がせてる。そのうち副大臣にでもなったら、カネになる仕事を回してもらうし、選挙前には口止め料をせしめる。

――女を駒に使ってゲームを進めている。

――いや、将棋の指し手はオレじゃない。女は飛車角だが、オレ自身も歩として盤面を動き回っている。

――駒を動かしているのは？

――誰でもない。あるいは神の見えざる手。黄昏太郎に尾行や張り込みもやらせてるといっただろう。フルハウスはいろんなところと取引があってね、スキャンダルが売りの週刊誌編集部の下請けで有名人のパパラッチもやるし、逆にスキャンダルのもみ消しもやる。警察に相談できない案件の処理とか、保釈金のローンとか、選挙妨害とか、用心棒の手配とか手広くやってる。本来はヤクザに依頼する仕事だが、頼む方は後腐れが怖いので二の足を踏む。でも、株式会社が窓口になっていれば、気軽にやばい仕事も頼めるだろ。どの会社でもそうだが、出世を狙う奴は危ない橋を渡りたがらない。自分の関与を隠して、秘密裡に処理したい案件をたくさん抱えていて、オレたちに依頼してくるんだ。

――たとえば？

――企業や官庁の不正を暴こうとしているジャーナリストを脅迫するとか、それを国会で追及しようとしている野党議員のスキャンダルをリークするとか……

　寵児は自殺した父のことを思い出した。労災と認めたがらなかった会社は父にまつわる根も葉もない噂を流すなど、死者を意図的に冒瀆《ぼうとく》したが、そんな悪事の代行もしているのかと思うと、急に気分が暗くなった。空也はそれを敏感に察し、話題を変えようとした。

――オレとしては極力、弱いものいじめは避けてきたつもりだ。今、オレがやっているのは社長が駆け出しの頃にやっていたようなことだ。そろそろ、下積みも卒業して、もっと大きなカネが動く仕事に関わりたい。

――それって政治家に深く食い込んでないと、できない仕事なんだろうね。

――フルハウスはある有力議員に政治献金をしてるんだが、うちは一円も払っていない。そのカネはうちを経由しているだけで、出元は中国系企業なんだ。奴らは資金力にものをいわせて、経営難に陥っている日本企業を手に入れようとしている。技術力の高い優良企業を「バーゲン価格」で買い叩くんだが、あまり露骨にそれをやると、摘発の対象になる。だから、政治家に口利きを頼んで、所轄部署での許認可や法的手続きがスムースに行えるように取り計らってもらう。

その謝礼がうちからの政治献金という名目で支払われるというカラクリだ。

——それって賄賂じゃないか。

——中継プレーでギリギリセーフ。

——中国による日本買いのサポートか。

——政治家は売国商売に熱心だぞ。カネの匂いがする方になびく奴らが九割を占めていると思って間違いない。うちは中国企業のリクルートにも協力している。会計、金融、法律、情報技術、物流関係のプロフェッショナルなら、中国企業もいい待遇で迎えてくれる。失業者の再就職を手伝うのは、胸を張れる表の仕事だ。人材派遣会社の帳尻はちゃんと合っているというわけだ。

——すでに多くの議員が中国企業に買収されているのか？

——自分の方から売り込んでくる議員を中国企業に紹介しているくらいだ。金融や流通や製造業の企業も続々と中国資本の傘下に組み込まれている。それだけじゃない。芸術とか教育とか医療分野とか、慢性的に資金難に陥っている非営利団体のスポンサーになったりして、社会的信用を得る努力もしているから、政界とのコネクションはますます強まる。

——親中派が勢いを増しているんだね。

——態度を曖昧にしている奴らが多いね。表向き親米派だが、裏では親中派とかね。日米同盟が絶対だといっている連中も、ある日を境にしれっと態度を変えて、日中同盟万歳といい出すだろう。どっちの方がカネになるか、それしか頭にない。

　空也はいい気分で酔っており、親友との懐かしい再会につい口が軽くなったと見える。彼にとっては一夜明けたら忘れる戯言《たわごと》でも、寵児にとっては極めて重要な内部情報だ。

車みたいに日米同盟から日中同盟に乗り換えるつもりの議員が潜在的に大勢いるとは、カネに群がる習性は何処までも節操がない。空也が感覚的に嘯《うそぶ》いただけだとしても、しっかりと裏をとる必要がある。もし、この情報が事実だと証明できたら、アジア政策研究センターのエージェントたちはどんな顔をするだろう。赤くなるか、青くなるか、あるいは紫色や灰色になるのか、いずれにせよ、あのオフィスのゆるい雰囲気は一変するに違いない。寵児に目をかけ、寵児をエージェントに迎えたグレイスカイは水面下の危機を察知していたのかもしれないが、その危機感は「日本なんてちょろいものだ」と高を括っている東京オフィスのエージェントに共有されているようには見えなかった。彼らには狡猾な日本人の腹が読めなかったのか？　自分たちの指図通りに動く政治家やジャーナリストたちの卑屈さには「面従腹背」という裏技があることを疑わなかったのか？

日本の与党議員を中国に寝返らせないように監視し、アメリカの思惑通りに操るという大義と任務は、のっけから大きな試練に晒された。しかも、その危機感をさりげなく示唆してくれたのが高校時代からの友人だったとは、どういう因果応報なのだろう。寵児はガチのＣＩＡエージェント、空也はおそらくは中国企業のビジネスパートナー、一歩踏み込めば、中国の諜報機関の協力者である。本人にそのつもりはなくとも、ＣＩＡ目線では日本におけるアメリカの既得権益を守るために真っ先に排除すべき敵と分類される。遊び人としてこのふざけた世界を渡ってゆくはずだった男が自分と利害が激しくぶつかり合う場に居合わせてしまったこの奇縁を「いやあ、参った」とこめかみを掻きながら、笑いたいところだったが、そうもいかなかった。

親友を諜報活動に巻き込むまいとした配慮はロマンティック過ぎた。一つだけ確かなことがあるとすれば、空也の身を守るには、彼に情報提供者になってもらうほかないということだ。つまり、彼を仲間に引き込めば、CIAの庇護下に入り、元海兵隊少将の手下に謀殺される心配はなくなる。だが、中国側からはスパイとみなされる危険は高まる。

すでに「ラガヴーリン」を五杯も飲み、「実はオレ、CIAエージェントなんだ」と白状したくなる誘惑に駆られており、「もう限界だ」と水を飲み、「これからも頻繁に会おう」と空也の肩を抱いた。

――おお、勉強ばかりじゃジャックはダメになるから、オレの遊びに付き合え。

――議員連中と飲む時、誘ってくれ。

――話は合わないだろうが、動物園見学のつもりで来い。

そんな約束を交わした時点で、自動的に空也は協力者として「リクルート」されたことになる。

この件は上司グリーンウオーターには報告せず、日本の議員たちと社交を重ね、そのレポートを提出することで、表向きの任務をつつがなく進めているように見せることにした。

別れ際、タクシーに乗り込む空也に何処に住んでいるか訊ねると、「今は赤坂にいる。今度遊びに来いよ」といった。アジア政策研究センターも、アメリカ大使館も、中国大使館も、霞ケ《かすみが》関《せき》も、永田町《ながたちょう》も彼の家から歩いて行ける半径の中に収まっている。「あいつ中心に世界が回っているみたいだな」と寵児は呟きながら、空也を見送った。

アジア政策研究センターは外務省や防衛省、財務省、国土交通省、そして内閣情報調査室の官僚たちと定期的な会合を開いている。内輪で談笑を交わす程度の軽い会合で、ほとんど議論はなく、センターから提起された確認事項を日本側の出席者が神妙に聞いているだけだ。官僚の序列の順に質疑も行われるが、それも形式的なものに過ぎない。センターは時々シンポジウムを開催するが、パネラーの官僚や議員がどれだけ定期会合の申し合わせを理解しているかを確認する口頭試験のようなものだった。アメリカ人幹部たちは表向き紳士的に振る舞っているが、その作り笑顔には明らかに侮蔑のニュアンスを感じ取ることができた。

　寵児はこれまで会合ではどんな合意が交わされてきたのか、議事録を見て把握しておきたいとグリーンウオーターに掛け合うと、「資料の持ち出しとコピーは禁止だから、部屋で閲覧しろ」といわれた。資料室はビルの三階にあり、日本人の中年女性が一人で管理していた。挨拶をし、定期会合の議事録を見たいというと、「C列の四段目にまとめてあります」と愛想よく教えてくれた。議事録はセンターの前身「国際戦略研究センター日本支部」の頃からのものが四十年分にも亘って保管されていた。資料室には滅多に来客がないらしく、管理人の仲間百合子《なかまゆりこ》女史は寵児を落ち着きなくチラ見して、構いたくてしょうがない様子だった。寵児が書架の陰に隠れると、百合子女史は椅子をずらし、ミラー越しに寵児の様子を観察し続けていた。小一時間ほど最近の議事録をチェックし、他の書架に並んでいる資料を見て回った。修士論文執筆時に閲覧できたら、内容がかなり変わっていたと思われる資料の所在も確認した。あまり長居すると、怪しまれるかと思い、礼をいって退出しようとすると、コーヒーを淹れてくれていた。

――ミスター・グレイスカイはお元気でいらっしゃいましたか？

――ええ、一年半みっちり付き合ってもらいました。面識があるんですね。

――東京駐在の折によくここを訪ねて来られました。

――もうここには長くお勤めですか?

――かれこれ十六年になりますです。

年齢はグレイスカイよりやや下くらいか？　立ち居振る舞いや話し方に気品があり、ほとんど人と話す機会のないセクションにいるのに、化粧も服装も隙がなかった。

――何か目を通したい資料がございましたら、お探ししておきますよ。

――日米合同委員会の議事録もありますか?

――ございます。日本の閣僚と交わした密約の原本とか歴代総理への意見書などもございます。極秘文書なので、閉架に保管しておりますが、ミスター・グリーンウオーターの許可があれば、ご覧になれます。

訊ねたわけでもないのに、やけに親切に教えてくれる。寵児がやや怪訝な顔をすると、百合子女史は「ごめんなさい。余計なお世話でしたね」と口に手を当てて笑った。

――いや、なぜぼくが読んでみたい資料がわかるのかな、と。

――実は御影さんがこちらに赴任されると聞いて、修士論文を拝読したんですよ。ウェブ上で公開されてますでしょ。

――ああ、そうでしたか。あれを読んでくれたのは世界で三十人くらいですよ。

――もっと広く読まれるべきですわ。

――嬉しいです。ここに勤務するきっかけになった論文ですから。

寵児はコーヒーのお礼をいい、また来ることを約束して資料室を離れた。その後も二日おきくらいに資料室へ通った。百合子女史がこうまで自分にフレンドリーなのだから、こっそり極秘文書を閲覧させてくれるのではないかと期待し、その時期を窺っていたが、思ったより早くその機会が訪れた。月二回の日米合同委員会の定例会にボスのグリーンウオーターがオブザーバーとして出席するためオフィスを留守にした時、百合子女史が寵児に「閉架の鍵は開いていますよ」と耳打ちしてくれた。

久しぶりに大学院生気分で資料を閲覧したが、そこは秘密文書の宝庫だった。戦争が終わり、占領軍も撤退した頃に生まれた人が年金生活者になっているというのに、未だに日本はアメリカの属領状態で、間接的統治に甘んじている。その理由を教えてくれる資料の数々が誰の目に触れることもなく、行儀よく並んでいた。ボスが出席している日米合同委員会は隔週の木曜日に開かれているが、在日米軍高官と日本の外務省、防衛省、法務省その他の高級官僚のあいだで取り交わされた合意は全て闇に葬ることができる。寵児はそう聞いたことがある。なぜ、わざわざ秘密にするのかといえば、そこでの密約は憲法や三権分立、国内の法体系を踏みにじり、日本の主権を侵害することを容認しているからだ。

密約には様々な種類があるが、いずれも日本政府の権限を米軍に対しては行使できない内容になっている。いわば、密約が米軍にパラダイスを提供し、神通力を与えている。

第一の密約は日本の空域に関するもので、首都圏と周辺の県を覆う「横田空域」は、米軍横田基地の航空管制下に置かれている。だが、その広大な空域に関する規定は日米地位協定には書かれておらず、「米軍の軍事的要請が最優先される」という密約一つで、寵児らが暮らす町の上空をグアムやハワイの基地からの輸送機や沖縄、韓国の基地に向かう戦闘機が我が物顔で飛行している。横田空域に加え、本土とその周辺八ヶ所、沖縄県とその周囲二十ヶ所が、米軍の訓練空域として提供されているが、これ以外にも臨時の訓練空域が日本全国に設定されており、実質、米軍機はいつ、どこを飛ぼうが勝手なのだ。

第二の密約は管理権に関わる。米軍は基地外では日本政府と協議したうえで日本の国内法令に従うと表向きは定められているが、密約では軍事上必要とされれば、民間用地の何処でも米軍に提供しなければならない。

第三の密約は裁判権に関わるものだ。日米地位協定では表向き、日本政府は、合衆国軍隊の構成員及び軍属並びにそれらの家族に対し、日本の領域内で犯した罪を日本の法令によって罰することができ、裁判権を有することになっているが、実際には日本は裁判権を行使できないケースが圧倒的に多い。ヘリコプターの墜落のような事故の際も、日本は捜索や検証から締め出され、証拠を差し押さえることもできない。事故も犯罪もうやむやにされ、米兵や軍属によるレイプや強盗殺害、傷害致死などの凶悪犯罪でさえ摘発されるのは稀で、詐欺、恐喝などに至っては起訴率〇パーセントである。刑法犯が八人いたら、七人は起訴されない、そんなならず者天国である日本に現在、何人の米軍人がいるか、日本政府は把握できない。地位協定によって、軍用機で基地に飛んでくれば、パスポートやビザは無用で、フェンスの外に出る時も出入国審査が要らないのだから当然だ。米大統領が専用機で横田基地に降り、首脳会談をして帰国した時、「大統領は密入出国した」とあるメディアが書いたが、大統領や軍人からしてみれば、「属領なんだから、当たり前」ということになる。

寵児はその根拠となる密約の淡々とした文面を自分の目で確認し、乾いたため息を漏らした。

資料室の閉架からでてくると、いつものように百合子女史がコーヒーを淹れてくれ、「いかがでした？」と訊かれた。

――おかげさまで疑問は解消されました。

――ご満足？　ため息が聞こえましたけど。

寵児は落胆を気取られていたことを知り、「現実を突きつけられると、やはりがっかりしますね」とつい本音を漏らした。

――アメリカ人から見れば、日本全土が沖縄みたいなものなんですよ。

――合同委員会に出席する日本の高級官僚たちは嬉々として米軍司令官の下僕を務めているわけですか。

――私たちは征服された東洋人ですからね。

――国政調査権を行使して合同委員会の闇を暴き、密約を国会で取り上げ、公の目に晒そうとする国会議員はいないのかな。

たとえば、東京の密集地に米軍ヘリが墜落し、死傷者を出すとか、人気のアイドルがレイプされ、殺害されるといった深刻な事件が起きない限り、誰もこの不平等を気にもかけないだろう。むろん、それを望んでいるわけではないが、そうなった場合、事件の現場は封鎖され、警察も犠牲者の遺族も締め出され、米軍が証拠のもみ消し作業に従事する様子を目の当たりにすることになる。その時初めて、治外法権の実態、米軍が日本政府や主権者の上に君臨する現実が可視化される。それでも日本人は加害者のアメリカ人を擁護するだろうか？　現実を暴露した正義の味方は無視されるだろうか？　寵児は立場を忘れて憤りながら、九割がたそうなるだろうと思った。

現に密約の中身を知りながら、何もできない自分がここにいるくらいだから。

——官僚は秘密を守り、国会議員は知らないふりをし、国民は無関心でいてくれるので、アメリカの軍人さんは感謝してもしきれないでしょうね。

寵児は改めて、百合子女史の顔を眺め、この人もけっこう屈折しているなと思った。「仲間」という名字から察するに沖縄にゆかりがあると思われ、そのことを訊ねてみた。

——両親は沖縄ですが、私は東京生まれです。

——どういう経緯でこちらに？

——ここに来る前はメリーランド大学のプランゲ文庫で司書をしていました。

「ああ、プランゲ文庫」と寵児はすぐに反応した。占領時代にＧＨＱの戦史室長だったプランゲが検閲目的で集めた日本の出版物のコレクションで、寵児は論文に必要な資料を調べにそこを二度訪れたことがあった。

ふと、自分と同時期に大学を卒業し、官僚になった同級生たちのことを思い出した。彼らの中の誰かがいずれ合同委員会に出席し、米軍司令部の人間に忖度する役割を受け継ぐ可能性は大いにある。それが「征服された東洋人」にとっては出世になる。かつて、沖縄の手狭になった訓練基地の移設先をめぐる議論で、「せめて県外」と主張した首相がいた。彼は米軍司令部とその意を汲んだ外務官僚や防衛官僚に嵌められ、主張を撤回する羽目になった。当の官僚たちは首相をも思い通りに操ったことを誉《ほまれ》と思ったか？

資料室を去る時、寵児の背中には哀愁でも漂っていたか、百合子女史に意外なコトバをかけられた。

——現実から逃げずに、しっかりと向き合ってください。あなたはそれができる人だとミスター・グレイスカイも認めたのでしょう。

日本人は「諦めが肝心」を座右の銘とし、アメリカ人は「ネヴァー・サレンダー」を肝に銘じる。後者を叩き込まれた日本人は、さてどう振る舞ったらいいものか？　寵児はポケットに入れたまますっかり忘れていたラベンダーの香りのポプリをコーヒーのお礼に百合子女史に手渡した。いつもカビ臭い場所にいるレディーに対する最大限の敬意のつもりだった。「まあ嬉しい」

と赤らめた頬のあたりに一瞬少女の片鱗が現れた。

デスクに戻ると、電話に着信がいくつか入っており、ほとんどが空也からだった。すぐに折り返すと、「ヘタレ議員と飲む件、急だけど、今夜どうだ？」と誘われた。公式の情報収集の仕事ゆえ、断る理由はなかった。

七時の待ち合わせに三十分ほど遅れて、個室の居酒屋に行ってみると、四、五十代の男三人に、二十代半ばくらいの女子五人、幹事役の空也がすでに盛り上がっていた。男の数が一人足りないという理由で寵児にお呼びがかかったということになっていた。すでに参加者の名刺がまとめてあったので、寵児も自分の名刺を配り、ひとまず近くの席の女子と話した。隣は矢野真美という子で、野党「共生党」の議員秘書をしているという。向かいは法律事務所で働く萩谷ソフィアという子で、このあいだ司法試験に合格したばかりだそうだ。高校の同級生二人は、寵児がアメリカ帰りで政策シンクタンクの研究員をしていると聞くと、具体的に何をしているのかを聞きたがった。

今後、この国が政治的、経済的、軍事的にどの方向に向かえばいいのかを考えて、官僚や議員に提言する仕事と、ごく表面的な説明をしていると、「どんな提言をしてくれるのかな」と割って入って来る男がいた。名刺には「内閣情報調査室次長　蟹《かに》江《え》悌三《ていぞう》」とあった。官邸と道路を挟んだ向かいの庁舎にいる首相の番犬的役職だ。今後、寵児とも付き合いが生じる可能性が高く、合コンの場で遭遇した偶然をうまく利用したいところだった。

――アメリカ政府の思惑を日本政府にうまく伝え、スムースに交渉を進めていただけるように努めるのが私の仕事です。火箱空也とは同じ高校でした。

先ずは無難な自己紹介をすると、すかさず「大学は何処だ？」と訊いてきた。「学部は東大法学部、院はコロンビア大学」と答えると、「なんだ、後輩じゃないか」と急に「上から目線」から打ち解けた態度に変わった。

——これまでの政策の流れを作ってきたのはぼくたちアメリカン・スクール出身の官僚だから、政治家も慣例に従ってもらわないと。

蟹江は上座に冷ややかな視線を向けた。さっきから彼の呟きをかき消すほど大きな声で、「隠し事を書く仕事」とか「三日以上勃つと、密会上達」、「モノが勃っていることを物語っている」などとダジャレを飛ばしている男がいた。夜遊びを重要な公務と考えている世襲議員猿島信司だった。

——彼のような世襲議員は自分の政策なんてないから、黙っていうことを聞く。選挙の時だけは公約をするが、当選したら、コロッと忘れる。それでいいんだ。なまじ世論の支持を受けて当選した野党議員は面倒臭い。国民の方を向いた政策なんていっているが、どのみちアメリカの承認なしに進めることはできない。

——「公約を忘れ、世論を無視し、官僚の指示通りにせよ」ですか？

——よくわかってるね。ところで、君は寒山数多《かんざんあまた》先生には習ったか？

——いいえ。寒山先生は私が入学する二年前に退職しました。

——コロンビアのブルックナー先生の指導は受けたか？

——修士論文の副査でした。

——そうか。幹事の彼と友達なんだって？　彼には内調が直接手を下せないことをやってもらおうと思ってる。脇が甘い議員には監視をつける必要があるのでね。

――彼は人の弱みを握るのが得意ですよ。

その政治的な合コンの場に来ていたもう一人の男の名刺には「内閣サイバーセキュリティセンター上席サイバーセキュリティ分析官」という長たらしい役職と鶴《つる》谷《や》潤一《じゅんいち》という名前が刻印されていた。他の三人の女子はというと、二人は空也が銀座の「メシア」というクラブから連れて来たホステスのミヤコとスズミ、猿島議員がご執心のアイリーンはその場にはいなかった。残る一人の女子はさっきからあまり話もせず、もっぱら会話の聞き手になっていた。名刺も彼女のものは欠けていた。席の移動があって、寵児の隣に座った際に名前を訊ねると、「桜田マリアですけど」といった。「ですけど」という語尾が社交慣れしていない様子で、この合コンに参加したのは何かの手違いかと思われた。化粧も薄く、喪服にしか見えない黒ワンピースの上にショールを纏《まと》っていた。表情は硬く、周囲が笑っている時も憂い顔のままで、青みがかった白眼は潤んでいるように見えた。

――まだ会ってなかったよな、オレの妹。

空也には腹違いの妹がいることは聞かされていたが、実物を見るのは初めてだった。

――御影寵児さんですね。空也はいつもあなたの話ばかりしています。

――どんな話を？

――コントラ・ムンディになるって誓ったんですよね。

久しぶりにそのコトバを聞いた。孤独と疎外感に苛まれていた時は呪文のように口をついて出たものだが、いつしかそれらも希釈され、「よく生きる」ことに貪欲になっていた。だが、議員と官僚を協力者にし、日本をアメリカに徹底的に奉仕させようとしている今の自分は「世界の敵」まではいかないものの、「日本の敵」くらいにはなりつつあった。

――マリアさんは今何を？

――介護の仕事です。

反射的に「大変ですね」といおうとしたが、この仕事についての無知を自己申告するようなものだと気づき、「他人に親切にすると、気分が上がるらしいですね」といった。

――よくご存知ですね。経験ありますか？

――介護の経験はないけど、親切な人の話を聞いただけで、ほっこりするので、そういうメカニズムなのかな、と。

――親切にされると、「オキシトシン」という神経伝達物質が分泌されるそうです。他人に親切にした時はドーパミンも出るので、より大きな快感が得られるんです。

――快感を得るために介護をしている？

――「ヘルパーズ・ハイ」ですね。歩けない人を支えて一緒に歩いたり、オムツを替えたり、食事を食べさせたりして、感謝されると、嬉しくなり、やる気が出て、もっと親切にしたくなります。

――そのうち過労で倒れますよ。

――ちゃんと休みはもらってるので大丈夫です。今日は兄に誘われて来たんですけど、私には場違いかなと思って。

寵児の背後から肩越しに空也が囁いた。

――珍しいな。マリアが笑顔で話している。おまえどうやって妹の心を開いた？

――いや、介護の話を聞いていただけだ。

――こいつ、震災ボランティアやってたかと思ったら、ヘルパーになって、爺さん、婆さんのオムツ替えてるんだよ。もっと楽して生きる方法はいくらでもあるだろうに。

口にこそ出さないが、その場にいた誰もがこう思っていただろう。きっと器量はいいが、要領が悪いのだろう、と。猿島に至っては露骨に「この容姿の女になら、介護されたい」という目で見ていた。

――気分転換になると思って誘ったんだが、明日からの仕事が辛くなるだけかもな。

――誘ってくれてありがとう。自分からもいろんなところに出かけていくようにしてる。そうしないと、会うべき人に会えないから。

寵児はその何気ない一言に好奇心をそそられ、「会うべき人って？」と訊ねてみた。

――奇跡を起こす人。

その答えがあまりに意外だったので、「はい？」と聞き返してしまった。まだ現れていない運命の人とか、理想の彼氏の類のことかと思ったが、彼女が待望している相手はもっと大きな存在のようだった。

――あんまり真面目に受け止めない方がいいぞ。妹、かなりいっちゃってるから。

マリアは「からかわないで」とテーブルに置かれた空也の手の甲を叩いた。

――その人はどんな奇跡を起こすのかな。

――この残酷で救いのない世界を解体して、作り直します。

それを小耳に挟んだ一同が珍獣を見る目でマリアを一瞥する瞬間があり、すかさず空也が座を白けさせないようフォローした。

——預言者とか救世主とか英雄とか、そういう類が現れて、悪の帝国を滅ぼしてくれるんだろ。オレたちも中二の時はそんな話を真に受けたな。

空也は議員、官僚と銀座ホステス二名と矢野真美を連れてカラオケに、寵児は朝が早いという弁護士のソフィアと介護士のマリアを有楽町駅まで送った。二人と別れた直後に空也からメールの着信があった。

マリアを頼む。相手できるのはおまえだけだから。

何を頼まれているのかわからなかったが、寵児はもう少し彼女と話したくもあり、改札の向こうに消えたマリアを追った。女性に執着のないはずの寵児にしては珍しく、彼女のことが気にかかった。プラットホームの中程で彼女の姿を見つけたが、すぐには声をかけず、二馬身ほどの距離からその挙動を観察していた。スマホではなく、赤い表紙の手帳を開き、何かコトバを書き付けていた。

川崎駅で電車を降り、階段を上る彼女の背後に立ち、いつ声をかけようか迷っているうちに、彼女はそのまま改札を抜け、商店街の方に向かって歩き出した。寵児は「オレ、何をしたいんだろうな」と内心呟きながら、小走りに先回りし、彼女の視界に入りやすい場所で待ち伏せした。自分に向けられた視線を感じてか、寵児を一瞥し、目を逸らしたが、立ち止まり、今度はまじまじと見た。そのまま催眠術にかけられたみたいに固まってしまい、瞼《まぶた》が微かに震えていたので、寵児がポンと手を叩くと、「何してるんですか？」と語尾にハートマークがついているような口調で聞かれた。警戒はされていないようだ。

――無事に帰れたか確かめようと思って。

――尾行しました？

――引き寄せられた。もう少し話がしたくて。

近くにまだ開いているカフェがあったので、コーヒーに付き合ってもらい、話の続きを聞いた。

――世直しをしたいと思ってる？

――私の心、読みました？

――心が読めるのは君の方だろ。さっき合コンにいた人たちの心も読んでいたね。

――あの人たちは残酷で救いのない世界に味方する人たちです。

――ぼくもそうだけどね。

――あなたは違う。いい人なのに悪ぶっている。空也と似ている。

――買い被りじゃないかな。君には何か具体的な目標があるんじゃないの？

――私、自分の体を使って実験してるんですよ。ある人がやったことを全て真似してみたら、どうなるか。

――人体実験か。誰の人生を模倣してるの？

――イエス・キリスト。

――おお、そう来たか。クリスチャンなの？

――洗礼は受けてません。教会にも行ってません。イエスもキリスト教徒じゃないですし。

――イエスはユダヤ教の異端者ということになるか。で、具体的に何をしようとしてる？

――隣人を愛し、罪人を許し、貧しい人に施し、金持ちに財産を手放すよう勧め、迷える人を励まし、病人を癒やし、独裁者を倒す。

――全部やったら、君がメシアになれるよ。

――自分がなるというより、真のメシアが現れるのを待ち望んでるんです。ただ待つだけでは現れてくれないから、自分もメシアがしそうな行いをしてるんです。そうすれば、類は友を呼ぶことになるし、本物が現れた時、この人だってわかる。


　面白い理屈だ。窃盗団のボスを逮捕するために窃盗団に潜入するようなことをやっているともいえる。


――どうやって見分ける？　自称メシアは九十九パーセント詐欺師だよ。

――もしかしたら、大学の先生がそうかもと思ったんですけど、普通のいい人でした。


　なぜか彼女は人をほのぼのとした気分に誘う。よほどのひねくれ者でない限り、誰もが彼女に心を開く。それは一種の癒しの力で、占い師や精神科医には必須の資質である。だが、彼女はそれにとどまらず、もっと壮大な夢を見ていて、この時世にメシアの降臨を待望したりしている。果たして何処に隠れているのか、世を忍ぶ仮の姿は何なのか、いつ頭角をあらわすのか、マリアの素朴な信仰の行方を観察し続けたいと思った。


――電車の中で何か書いていたね。日記？

――監視してたんですか？

――監視じゃなく、関心があって。

――女性には関心ないって聞きましたけど。

――いや、ある。ノーマルな女性にはないけど、君にはある。

――私はアブノーマルなんですか？

最後はしどろもどろになり、不本意な告白までさせられ、しかもマリアを怒らせてしまったが、その日は人生で初めて女に興味を抱いた記念すべき日となった。

合コンで先輩、後輩の関係を確認した内閣情報調査室の蟹江から連絡があり、寒山数多先生の喜寿を祝う会が赤坂のグランド・ホテル・ジャパンで催されるので来ないかという誘いだった。先輩や共通の知り合いを紹介できるし、蟹江が幹事を務めているので、招待状を送っておくということだった。グリーンウオーターにも招待状が届いていたが、本国への一時帰国の日程と重なり、出席できないので、寵児は寒山先生宛のメッセージを託された。

寒山数多は政治学の入門的な教科書こそ執筆してはいるものの、専門分野では目立った業績はなく、もっぱら右翼系の論客として、政治評論や時事的発言でその名を知られていた。政界にも官僚にも信奉者が大勢おり、「寒山スクール」を形成し、彼の教えを受け、感化された弟子たちは「寒山チルドレン」と呼ばれていた。

彼は三十年に亘り、学生たちを調教して来たが、四十代前半の頃の弟子である第九期生は黄金世代と見做されていた。というのも、ほかの時期の卒業生と比べ、第九期生の出世確率がダントツに高いからである。政治家なら大臣、官僚になった者は出世の頂点である事務次官、裁判官や検察官になった者は最高裁判事や検事総長になり、一部上場企業就職組なら社長になっている。

各界のトップになる確率は三割七分と、野球なら間違いなく首位打者の数字である。

実際、第九期生の面々は現在の政権を支える要職にあった。首相補佐官で国家安全保障局の局長でもある熊川義人《くまがわよしと》、検事総長の亀井智彦《かめいともひこ》、財務大臣で元メガバンクの副頭取だった牛島忠男《うしじまただお》、首相秘書官の一人で広告代理店社長夫人でもある鷺沢礼子《さぎさわれいこ》はいずれも第九期の同級生である。この日のパーティはさながら、政権の顔見世興行だった。寒山の教え子は第九期生以外にも大臣経験者が六人もいたし、十三期生には現役の文部科学副大臣、十六期生には秋田県知事、二十二期生には大手オンライン・ショップ社長がいた。合コンで会った蟹江、鶴谷は十七期生だそうだ。

首相の犬養仁《いぬかいひとし》は大学の教え子ではないが、寒山をメンターと仰ぎ、政権のご意見番に据えていた。犬養は世襲議員の典型のような男で、元首相の息子であること以外の取り柄は特にない男だったが、政界への一定の影響力を持つ寒山にすり寄り、「寒山スクール」に陸王大学入学時と同様、裏口から潜り込んだのだった。

会の冒頭、犬養首相が壇上に立ち、「犬養訛り」と揶揄《やゆ》される独特のアクセントで乾杯のスピーチを始めた。

――かつて、先生は「安定した政権運営のためには四銃士を揃えよ」と仰《おっしゃ》いました。その四銃士とはそれぞれ安全、法、おカネ、世論の守護神のことであります。すなわち、国家の危機をいち早く察知する側近、不正を糺《ただ》す法の番人、経済を円滑に動かし、財政を健全に保つ金庫番、世論を掬《すく》い上げ、またこちらの意図を正確に国民に伝えるスポークスマン、この四銃士が政権を支えてくれれば、無敵であります。私は個人的に彼らを「ファンタスティック4」と呼んで、頼りにしております。まさに彼らの存在なしに国は動きません。いずれも寒山数多先生の愛弟子たちです。教育の基本は国家のために自己犠牲を厭《いと》わない人材の育成であります。寒山先生は文字通り、教育者の鑑《かがみ》。寒山チルドレンから総理が輩出されるのは時間の問題でしょう。今は教育の一線からは引退されたとはいえ、先生は私たち為政者にとっても精神的な拠りどころであり続けています。これからも末長く政権の未来をお見守りください。これまで先生から受けた恩に感謝しつつ、先生の健康と日本の発展を祈願し、乾杯したいと思います。

　乾杯を終えると、首相は寒山に挨拶をし、会場から拍手で送り出されたが、その姿が見えなくなるや、パーティ参加者は一斉にくだけた調子で話を交わし始めた。指揮者がいるかのように統率が取れていた。寵児はワインを飲みながら、聞き耳を立てていたが、間近にこんな陰口の応酬をする若い男女がいた。

——寒山先生は、四銃士を集めれば、どんな無能な人間でも首相が務まるといったんだ。

——自分では何もできなくても、全て側近がお膳立てしてくれるみたいですしね。

——国会質疑も記者会見も台本をルビ付きで用意してくれる。

——違法なことやっても、検察は起訴せず、もみ消してくれます。

——銀行も財務省も関連団体に利益誘導するのを手伝ってくれる。

——メディアはヨイショして世論を政権有利に誘導してくれます。

——なってみたいもんだね、総理大臣。

　即興の漫才かと思うほど息の合った二人だった。ここでは首相も外様《とざま》扱いかと興味をそそられ、その男女に微笑みかけると、すぐに名刺交換に移った。

　二人とも警視庁港署の名刺を持っていて、男は警視、女は警部だった。

——港署の鵜飼寛治《かんじ》です。

——部下の田島波瑠です。

警視庁のキャリアにも寒山チルドレンは少なからずいるだろう。寵児が「何期生ですか？」と訊ねると、鵜飼は「私は寒山スクール最後の二十七期生ですが、今日は警備の応援に駆り出されただけです」といい、田島は「私は寒山先生が退職された後の学生でしたから、直弟子ではありません」といった。田島波瑠の顔は本郷キャンパスの藤棚あたりで見かけたことがあった気がして、所属は何処だったか訊ねると、学科は違うが同じ年の卒業生だとわかった。彼女は寵児の名刺を見ると、「先日、矢野真美と萩谷ソフィアと会いましたね。二人とも高校の同級生です」というので、世間の狭さに驚いた。立ち話を交わすうちに、寒山スクールは卒業年次によって、カラーが違うということがわかった。

黄金世代は九期生といわれているが、その後二十期生くらいまでは実質、官僚養成所だった。だが、五十五歳の時に大病をし、休職したので、二十一期生は誰もいない。翌年から寒山スクールは再開されるものの、寒山教授はすっかり人が変わったようになっていた。胃癌との闘病体験も影響しているだろうが、彼に心境の変化をもたらした最大の要因は娘の死だったに違いない。鵜飼はその話を二十期生の警視庁の先輩から聞いたという。

——教授はどう変わったんですか？

寵児の問いかけに鵜飼がいった。

——一言でいえば、保守からリベラルに転向した。思想を入れ替えれば、人が変わったように見えるからね。

――ハード本体を変えなくても、使うソフトを変えれば、動作は変わりますよね。

田島波瑠がいうと、鵜飼は「元々、頭がハードで、どんなソフトもインストールできない人もいるけどね」と笑い、こう続けた。

――寒山先生は自分がやってきたのは接ぎ木みたいなことだといっていたな。

――接ぎ木ですか。木の移植手術？

――この場合、接ぎ木の枝は弟子たちで、移植先の木は官庁ということになるかな。

　そこまで話したところで、寒山数多が登壇し、マイクの前に立った。

「接ぎ木の話は本人がするだろう」と鵜飼がいうので、スピーチを傾聴することにした。

　しゃくれた赤ら顔とオールバックにした白髪の組み合わせは、往年の名指揮者チェリビダッケを彷彿とさせる。機嫌がいいのか、悪いのか、表情は柔和だが、目も口も笑っていなかった。甲高くよく通る声で「驕《おご》れる者は久しからずといいますが」と切り出した。

――八年間も驕りたかぶっていられたら充分でしょう。人の寿命は決まっているし、時は流れを止めず、世界は変質します。一人が権力を専横できる期間は専制君主であっても四十年が限界でしょう。無論、例外もあり、フィデル・カストロが五十年以上も居座りました。アメリカ大統領も八年やれば、ボロが出るし、飽きられます。

　首相に当てつけていることを察した聴衆からは笑いが漏れた。

――世は移ろうものだから、自ずと人は変節の歴史を辿ります。首尾一貫だの初志貫徹だのと偉そうにいう人は単に頑固で、時代から取り残されただけです。私は教え子の皆さんにはこういったはずです。大いに変節せよ。ただし、そのタイミングを誤るな。権力の協力者になるもよし、反逆者になるもよし、国を見限るもよし、救うもよし。あらゆることができるスキルを身につけておけ、と。

　教え子には馴染みのあるコトバだったに違いない、ここで拍手が起きた。

――私がやってきたのは一種の接ぎ木です。既存の組織に甘い実をならせる枝、美しい花を咲かせる枝を移植することに情熱を注いできました。苗から育てるより接ぎ木をした方が早く花が咲き、実がなります。私は多くの優秀な教え子に恵まれたので、接ぎ木はことごとく成功しました。寒山スクールは優れた官僚を輩出する予備校として高い評価も受けました。しかしながら、接ぎ木は所詮、「コピー＆ペースト」に過ぎません。学問の世界では「コピー＆ペースト」は絶対にやってはいけないことです。それを私は二十年以上にわたってやってきたのだから、学者としては恥じ入るばかりです。今夜はその懺悔のためにここに足を運びました。

　笑うところかと思いきや、誰も笑わなかった。自分たちは接ぎ木の枝だといわれて、喜ぶ人はいないだろう。

――私に心境の変化が訪れたのは、長患いをし、ようやく退院して迎えた春のことです。私は娘と共に家の近所の公園に散歩に出かけました。折しも桜が満開で、薄いピンク色の花びらが舞っておりました。

――この世に踏みとどまってもう一度花見ができたことの喜びを嚙み締めながらも、以前に本で読んだことを思い出しました。花見の季節には誰もが愛でるソメイヨシノですが、これは二百五十年以上前に人工的に作られた樹体でした。在来種の五倍もの花を咲かせるこの桜は自然状態では増殖しないので、現代に至るまで接ぎ木で増やし続け、日本全国に広まったのです。今あるソメイヨシノは全て同一個体のクローンなのです。

「ジジイ、何がいいたいんだ」という弟子たちの内なる声が聞こえるようだったが、何か自分たちを貶めるようなことをいい出さないか、一抹の不安も抱えていた。

――そして、私はこう思った。官僚も結局のところ、ソメイヨシノと同様、原型モデルの「コピー&ペースト」に過ぎない、と。官僚の鉄則は前例を踏襲し、新奇なものには手を出さず、個性を発揮しないということですから、実際の仕事も「コピー&ペースト」です。皆さんもそういうものと割り切っているでしょう。しかし、その時、病み上がりで弱気になっていたせいか、私はこれまで確信犯的に自分がやってきたことに疑問を抱いていました。野山がソメイヨシノで覆い尽くされたように、日本が官僚主義に支配され、一斉に右に倣えの翼賛体制が隅々まで行き渡っているとしたら、その責任の一端は自分にある、ということに気づいてしまったのです。かつて接ぎ木の枝だった皆さんは今では移植先の木と一体となっていますが、元々、移植先が病んでいたり、腐っていたりしたら、あなた方はその病気と腐敗を踏襲することになってしまうのです。

　会場はにわかにざわつき、あちこちで「駄目だ、こりゃ」とか「ボケたな」とか「もう手遅れだよ」という露骨な呟きが漏れ聞こえてきた。

――私はあれ以来、花見というものをしていません。あの時、私に付き添ってくれた娘は二ヶ月後に先立ちました。病床で私は娘に懺悔しました。結局、今まで自分がしてきたことは悪政への間接的加担だったかもしれない、と。それに対し、娘はこう言いました。「そう思ったなら、すぐに改めたらいいじゃない。そのために癌から生還したんでしょ」と。私は「その通りにする」

と約束しました。翌日、娘は息を引き取りました。まだ二十五歳の若さでした。
――子に先立たれる親ほど惨めなものはありません。本来の順番を守って欲しかったのですが、それが叶わないとなれば、せめて娘との約束を守るしかありません。罪の償いはできるだけ早く始めた方がいい。それまでは行政のシステムと現実を教え、移植先で即戦力になる人材を育ててきましたが、二十二期生をゼミに迎えた頃からは政治の理想を語るようになり、日本が抱える矛盾を解消するには何をすべきかを教え子たちと一緒に考える指導方針に変えました。ソメイヨシノの接ぎ木をやめ、多様な種や苗を野に放つ方針に改めたのです。二十期以前と二十二期以後の世代のあいだには断絶があるのはそのせいでしょう。寒山スクールの威光も陰ったという声も聞こえましたが、逆にそれでよかったのです。

先立たれた娘の話があいだに挟まったせいか、弟子たちは神妙な面持ちになり、再び会場を沈黙が覆った。

――二十二期以降の若い教え子たちが国家の中枢で本領を発揮する頃には、日本は想像を絶する変化を経験するでしょう。その変化に対応するためには自らの変節を恐れるな、といいたい。政府や企業と一緒に滅びるな。やばいと思ったら、とっとと逃げなさい。これは私の遺言です。心に刻むもよし、速やかに忘れるもよし。本日の集まりは私の生前葬だと思ってください。ご清聴に感謝します。

パラパラと拍手が起きる中、重く沈んだ場の雰囲気を変えようと、司会者がマイクを握り、
「先生の厳しくも愛のある御言葉をしかと受け止めました。それぞれに思うところはおありでしょうが、先生の生前葬を和やかに盛り上げましょう」といった。

スピーチの後でタイミングが悪いと思いながらも、寵児は寒山先生に接近し、名刺を渡しながら自己紹介をし、グリーンウオーターからのメッセージカードを手渡した。寒山はその中身を確かめると、「昨日の友にありがとうと伝えてください」といった。自分はすでにグリーンウオーターの敵になっているという意味なのだろうか？

パーティがはねる頃になって、蟹江に挨拶をしに行くと、政権を支える四銃士のうちの二人、首相補佐官の熊川義人、首相秘書官の鷺沢礼子を紹介された。寒山のスピーチは特に意に介していないようだったが、鷺沢礼子は冷ややかにこう呟いた。

――「老兵は死なず、ただ消え去るのみ」ということね。

寒山数多の「懺悔」は、弟子たちとの決別宣言だったのだろう。今まさに国家の中枢で、この国の舵取りをしている高級官僚たちは自分たちに向けられた痛烈な批判を「今更何を」と受け流し、師匠を「用済み」と切り捨てる決心がついたようだ。

寵児が東京に配属されてから、瞬く間に一年が経過した。アジア政策研究センターの表向きの職務は順調に進んでいた。官僚と同じく前例がしっかり踏襲されてさえいれば、特に大きな問題は生じない。現政権の官邸の人間や各省庁幹部との個人的なパイプも太くなり、日本政府がアメリカに献身的に奉仕するよう誘導するロビー活動は基本、紳士的な社交を重ねていれば事足りる。

この一年間、センターはアメリカ統合参謀本部の要請に応じ、日本政府に戦闘機を大量に売り込む営業活動をしていた。その結果、来年度から五年に亘り、八十機のＦ15ＥＸ戦闘機の納入にサインをさせた。すでに最新鋭のＦ35も大量納入されているのに、なぜ四十年前に開発されたかなり旧式の戦闘機を買わせるのか、大いに疑問だったが、グリーンウオーターは防衛省幹部にこう説明した。

――Ｆ15ＥＸはＦ35よりも価格も維持費も安く、機体寿命も二倍以上なので、お買い得だ。

それなら、なぜＦ35を先に買わせたのかと普通ならテーブルを叩いて怒り、すでに納入決定したＦ35をキャンセルするくらいの気概があってもいいはずなのに、防衛省や財務省の幹部はニヤニヤ笑い、「持ち帰って検討します」といったそうだ。

また、ジョーカー大統領と犬養首相の首脳会談で、大統領はアメリカ産の牛肉と農産物の輸入拡大と日本車のアメリカ工場での雇用拡大、米国製薬会社の新薬の認可、そして、在日米軍に対する思いやり予算の倍増を強硬に要求し、ほぼ満額回答をもらったが、これもセンターのロビー活動の成果だとグリーンウオーターは自画自賛していた。

ひたすらアメリカに貢ぐ与党の政策に野党は反発し、国会前には「戦闘機爆買いボイコット」を叫ぶ市民が集結したが、彼らの動きを牽制するため、寵児は内閣情報調査室や警察と連携し、ＳＮＳの書き込みをチェックし、野党議員の行動を持続的に監視するシステムを構築するよう指示された。寵児はすでに与党批判の急先鋒と目される共生党の石井議員の個人情報を集め、合コンに来ていた秘書の矢野真美にも接触を図っていた。

組織内に潜むモグラを突き止めるシークレット・ミッションの方は進展がなかった。研究員、職員、日本人役員、アメリカ人幹部、オフィスに出入りしている人々の顔と業務内容は把握したが、「特に疑わしい人間は見当たらない」ともいえるし、「全員が疑わしいが、特定できない」ともいえる。そもそもモグラ潜入の疑惑をグレイスカイに報告した人物さえも未だ知らされていないのだから、内偵も暗闇の手探りである。

日本は中国のスパイが活動しやすい環境であるとグレイスカイは考えていたが、三つの明白な理由があった。第一にアメリカ人の協力者をリクルートするのがアメリカよりも容易であること。アメリカ本国はＣＩＡやＮＳＡなどインテリジェンスの監視の目が厳しく、摘発されるリスクが高いが、日本はそのリスクが半分以下になる。日本で入手できる秘密は限定されているが、同程度の重要性のある情報なら、日本の方が少ない労力で入手できる。第二に日本には長らく諜報機関自体がなく、アメリカの梃入れによって震災後に国家安全保障局が作られたが、もっぱら日本の秘密情報をアメリカと共有するのが主な目的で、防諜能力は低く、中国のスパイには対処しきれていない。第三に日本人協力者のリクルートがたやすい。官僚でも企業の社員でも忠誠心に乏しく、弱みに付け入りやすい。カネで安易に秘密を売る傾向が強く、また裏切りの罪悪感も薄い。

この理屈でいけば、モグラは日本人である可能性が高いということになるが、グレイスカイは全員を疑えといっていた。

　モグラ探しが停滞する中、アジア政策研究センターのシステムにクラッキングが仕掛けられ、重要ファイルが盗み出されるという事件があった。職員たちは一斉に通信を遮断し、サイバーセキュリティ班が対応に当たったが、責任者は「手口からしてＡＰＴ10の仕業だろう」といった。

　ＡＰＴとは「高度で執拗な標的攻撃」の略で、10は中国に割り振られた番号である。中国のサイバー部隊が暗躍し、センターもそのターゲットになっているという警告は十年以上前から出されていた。モグラの潜伏は確実となり、サーバー攻撃の手引きまでしていたと見て、捕獲作戦に拍車がかかった。

　ＡＰＴ10はアメリカ、ヨーロッパ、日本やアジア諸国の広範囲に亘り、航空宇宙産業、通信企業、医療機関、防衛、外交、通商関係の官公庁などをターゲットにし、軍事諜報機密や知的財産を盗み出している。ＡＰＴ10はドロップボックスなどのクラウドサービスやターゲットが利用するサービス・プロバイダーを経由して侵入してくると、バックドアに不正プログラムを仕掛け、勝手に通信拠点を確立し、パスワードを盗み、さらにシステム内部を偵察しながら、盗んだ情報の圧縮と転送を行う。そうした攻撃に対してはシールドを多層化し、敵の「内偵」を早期発見するためにシステム内にトラップを仕掛けるなどの対策を打ってきたが、次々と新たな攻撃手法を繰り出してくる。

　アメリカのインテリジェンスが解析を進めた結果、サイバー軍団の本拠地は天津《てんしん》にあることを突き止めた。中国の諜報機関である国家安全部の施設がある場所なので、その関与は明白だが、中国当局は例によって関与を否定している。

この一件が本部に報告されるや、グレイスカイから寵児に暗号化されたメールが届けられた。メッセージを解凍すると、「これは何かが始まる予兆だ」で始まる文章が現れた。

サイバー・テロの警戒は強化しているが、同時進行で様々な破壊工作が進められている可能性が高い。全てを未然に防ぐことは不可能だが、計画を三つ阻止するだけで敵は慎重になり、その行動を鈍らせることができる。モグラの摘発を急ぎ、中国安全部への協力者の監視レベルを上げよ。速やかに「非常ボタン」を押し、バディと接触を図れ。

翌日、寵児はコウモリ柄のネクタイを締め、センターに出勤した。寵児のバディとは一体誰なのか、ネクタイの文様に目敏《めざと》く気付いてくれるのか、自分を見るオフィス内の人々の目が思わせぶりに見えた。グリーンウオーターや日本人職員の何人かがタイを褒めてくれたが、合言葉とは符合しなかった。いつも自分がいるフロアだけでなく、全てのフロアを用があるふりをして歩き回るうちに夕方になってしまった。今日、バディは非番か、出張中かと思い始めた頃、エレベーターホールで「それと同じ柄のネクタイなら私も持っています」と話しかけてくる人がいた。相手は全くノーマークの人物だったので、驚きを隠し切れず、返答に詰まってしまった。そのリアクションを相手は楽しんでいるようだった。

——沖縄料理はお好き？

——あ、はい。スパム・ミートとか。

——それは料理ではなく、アメリカの缶詰。

仲間百合子女史は自分の味方になってくれそうだとは思ったが、資料室の管理人という役職にあまりにピッタリ収まっていたので、エージェントの一員とは全く考えていなかった。彼女がバディであるというヒントは沖縄由来の姓「仲間」に示唆されていたと気付いたが、大した問題ではないと思い直した。

九段南にある沖縄料理店の個室に案内され、食事をしながら非公式の作戦会議をし、寵児が独自に集めた情報と百合子女史が把握している情報を共有した。寵児はモグラをあぶり出すためにセンターのスタッフの交友関係を密かに探っていた。センターから盗み出した秘密を売る相手は中国か、ロシアの情報機関と考えてほぼ間違いない。ただ、中国国家安全部やロシア連邦軍参謀本部情報総局ＧＲＵ、対外情報庁ＳＶＲのエージェントと直接、接触するリスクは避け、それらの情報機関と関係の深い第三者をあいだに挟んでいる可能性が高い。寵児が疑いの目を向けたスタッフは四人。百合子女史はグレイスカイの許可を得て、経理課から日本常駐スタッフそれぞれの銀行口座を調べていた。クレジットカードの使用履歴や送金記録に怪しいところはないかをチェックし、その結果、三人をリストアップしていた。双方のリストでは二人が重なっていたので、五人に絞り込まれた。シロだという確証が得られ次第、一人ずつリストから外し、最後に残った人物がモグラである。それがわかるまでは本名を伏せ、全員をあだ名で呼ぶことを申し合わせた。

いつも蝶ネクタイをしているアメリカ人の分析官を「バタフライ」と呼ぶ。彼は北京語を流暢に操り、普段はネット上の中国情報を分析している。中国大使館員や中国系企業幹部と接触する機会も多く、監視を強化する必要があると寵児がリストアップした。だが、怪しい資金の提供を受けている証拠はない。

一日に二回「サンキュー」と発しただけの日もあるくらい寡黙な日本人上級研究員を「ミュー

ト」と呼ぶ。防衛省からセンターに出向しているのだが、中国当局が喉から手が出るほど欲しがっているミサイル防衛に関する情報を握っている。独身で、高級マッサージ店の常連客で、従業員の女性に入れあげており、銀行口座の残高からしてかなりカネに困っているのは明らか。

　カップ焼きそばを偏愛しており、いつもデスク周辺にソースの臭いを漂わせ、顰蹙《ひんしゅく》を買っているサイバーセキュリティ担当の日本人は「ペヤング」。寵児はこの男を見落としていた。ＡＰＴ10によるクラッキングに最初に気づき、対応したことで株を上げたが、敵と内通していることを隠蔽するための高度なパフォーマンスだったのではないかと百合子女史は疑っていた。最近、ＢＭＷの新車を購入したが、ローン支払いの記録がなく、一括現金購入したとすると、その資金の出所が怪しい。

　国土交通省担当ロビイスト、マイケルの秘書をしているバイリンガルの日本人女性職員はミュージカル女優を目指していた前歴から、「メリー・ポピンズ」。彼女は女癖の悪い猿島議員と接点があり、彼をあいだに挟んで、中国側に情報を提供している疑いがある。猿島と関係が深い中国企業から小口の振り込みが確認されている。

　北朝鮮マターが専門のアメリカ人分析官は自身のルーツがシチリアで、夫人が韓国人のオペラ歌手なので「シチコリア」。中国大使館員とロシア大使館員の信頼を得て、北朝鮮情報を提供してもらっている。息子が難病を患っており、治療費の捻出に苦労しているが、裏金を受け取っている形跡はない。

　五人は誰がモグラであってもおかしくないが、まだ決定的証拠までは摑んでおらず、本当のモグラはこの中にいない可能性もある。分析官であれ、研究員であれ、サイバーセキュリティ担当や秘書であれ、敵の思惑を見極める任務を遂行している以上、中国やロシアの隠れエージェントと際どい駆け引きを行なっている。相手から重要度の高い情報を引き出そうと思ったら、こちらも相応のリスクを冒さなければならない。敵との紳士的な情報交換は等価でなければならないが、敵が利する取引をした時点で味方を裏切ったことになる。その線引きは極めて微妙で、誰もがグレーゾーンを踏んでいる。

――モグラの尻尾を掴むには、交友関係とカネの動きを追う以外の方法も試す必要がありますね。いっそ、五人全員の盗聴をしましょうか？

――用心深いモグラが盗聴器を見つけたら、どうすると思う？

――速やかに逃亡するでしょう。

――盗聴器は敵に逃げるよう促すシグナルになりかねない。

用心深いモグラは監視の目や耳に気づいたその瞬間に逃亡を開始する。用意周到なら海外の逃亡先を確保し、銀行口座以外の何処かに逃走資金を用意しているに違いない。国家機密漏洩罪を問われたアメリカ人はロシアに身柄を保護されたが、中国が情報提供者を手厚く保護したという話は聞かない。囚われの身の自国のスパイを解放するための交換要員に使われるのが関の山かもしれない。

――あなたがモグラなら、何処に逃げる？

――何処にも安住はできないでしょうね。せいぜい二週間のリゾートを楽しむ程度かな。

――死に場所を何処にするかの問題ね。

――その覚悟がある人物こそが怪しい。

——シチコリアとバタフライは家族を犠牲にすることに躊躇するでしょう。二人とも際どい駆け引きはするものの、一線は越えない。

——メリー・ポピンズはどうですか？

——彼女がモグラだとしたら、その自覚はないわね。気づかないまま情報提供者に仕立てられている。中国企業からの振り込みの記録を隠そうともしていない。

——消去法でいくと、ミュートかペヤングということになります。

——組織を裏切る人間は自暴自棄になっているか、誤った正義感を抱いている。その条件に当てはまるのはこの二人。

——行動確認しましょう。

——モグラと内通者が会う時には必ず、敵の監視チームが張り込んでいるから、尾行者はすぐに発見されてしまう。すでにあなたは要注意人物の一人と見なされている可能性もある。だから、センターとは無関係の第三者に行動確認を依頼した方がいい。

　寵児の頭には空也の顔が思い浮かんだ。人材派遣会社の工作員といっていい彼と協力関係を築けば、彼はＣＩＡの庇護下に入ることになる。寵児は百合子女史に「この件は任せてください。信頼できる協力者がいます」と請け負った。

——焦らず、慎重に証拠を摑んでね。確証を得たら、速やかにモグラとその内通者の身柄を拘束します。そこまでが私たちの仕事。

——念のため、メリー・ポピンズも監視を継続します。彼女が接触している猿島という議員は前から監視の対象にしていましたので。

――お願いね。私の方は三人のカバンにこれを忍ばせておきます。

百合子女史が掌を開くと、黒い砂粒が一つ付いていたが、それは超小型ＧＰＳだった。センター内のバディと接触したとたん、一気に調査が進展しそうだった。寵児は空也に頼みがあると連絡し、赤坂のサムギョプサル店で落ち合った。マッコリを酌み交わしながら、こう切り出した。

――秘密任務の下請けを依頼したい。

――誰を殺せって？

――それは他の人がやる。ある人物の行動を監視して、誰と会ったかを報告し、その相手との会話を盗聴し、録音して欲しいんだ。

空也は身を乗り出し、「何のために？」とセンターでは誰もしない質問を投げてきた。

――スパイ・ハンティングだよ。

――それが今のおまえの仕事なのか？　研究員もそんなことするのか？

――私利私欲のために秘密を転売する奴が許せない。それに秘密が盗まれると、国家の安全に支障が出る。

――おまえ、いつから国家に奉仕する身になったんだ？

――愛する人を守りたいだけだ。

――愛する人って誰だよ。

一瞬、真顔になった寵児を見透かすようにニヤニヤしながら、空也は「真面目に答えなくていいよ」といい、「おまえと一緒に仕事ができるなら、何でもやるぜ」といった。

——助かる。監視対象は三人いるので、尾行や張り込みに慣れている人間がもう一人要る。

——黄昏太郎がいるじゃないか。

ペヤングとミュートの行動確認を空也と黄昏太郎に依頼し、寵児は後方支援に徹することにした。寵児は「これはおまえへのプレゼントだ」といって、眼鏡型のカメラとペン型の全指向性集音マイクを差し出したが、空也はすでにそれらのグッズは使い慣れているようで、商品名まで知っていた。二人にはＧＰＳをつけてもらい、彼らの監視行動を寵児はやや離れたところから追跡する。モグラが誰かと接触したら、その音声と映像を二人が録音、録画する。寵児はそのデータを解析に回し、モグラの接触相手の身元を確認する。

その夜のうちに寵児は空也の案内で黄昏太郎のアパートを訪れ、直接仕事を依頼した。現在の黄昏太郎の姿は、寵児の少年時代の記憶に刻まれた彼の残像とは似ても似つかなかったが、白髪交じりの長髪と長い手脚、猫背は紛れもなく彼だった。この元麻薬中毒の刑事、元ホームレスにモグラ探しの手伝いをしてもらうことになるとは、どれだけ妄想癖のある少年でも思いつかなかっただろう。

滅多に資料室から出てこない百合子女史が珍しく、各フロアを巡回し、波照間《はてるま》島産の黒糖を小分けにしたものをスタッフに配っているのを見て、「砂粒サイズのＧＰＳを忍ばせにきたな」と思った。ミュートとペヤングがその小さな異物に気付くか、バッテリーの寿命が尽きるまでは、彼らが今何処にいるかは寵児のスマホに表示され続ける。彼らが自宅以外の場所に向かった時、その位置情報を二人の協力者に伝える。監視は必ず日替わりで交代する。秘密情報の受け渡しの頻度はどの程度かわからないが、カネに困っていれば、おのずと回数が増えるだろう。

行動確認を始めて二日目、それは水曜日の夜だったが、ペヤングは自宅から遠ざかる方向へ移動を始めたので、その日の当番の黄昏太郎に追跡開始を指示した。ペヤングは大井町で下車し、そのまま中華料理店に入った。太郎も同じ店に入り、餃子とビールを注文し、ペン型マイクと眼鏡カメラをオンにした。寵児はモニターを通じ、相手の顔を凝視し、会話の内容に聞き耳を立てた。食器やジョッキを置く音、客の笑い声を掻き分け、ペン先の集音装置が二人の英語のやりとりを拾う。相手は英語の訛りからして中国人、会話の内容からペヤングと同じサイバー技術者であることがわかる。本来、人との対面を避け、暗号化通信などを通じてメッセージを伝えるタイプの二人がこうして店で会うのは、謝礼を銀行振り込みではなく、現金の手渡しで支払うからに違いない。案の定、封筒を受け取る手元がカメラに映ったが、封筒を受け取ったのは相手の中国人の方だった。ペヤングは「今回は負けたが、次は必ず勝つ」と呟いた。

——無理だね。こっちのファイアウオールは突破できない。次もオレが勝つ。

——侵入はされたが、オレが仕掛けたトラップにかかったから、偽情報をつかまされただけで終わっただろ。

——手加減してやったんだ。オレのおかげでおまえの評価上がっただろ。

——クラッキングし返せといわれている。サービスで何かヒントくれよ。

——パスワード買う？　十万でいいよ。

——車買ったから金欠だ。今までオレにカス情報を売ってだいぶ稼いだろ。負けろよ。

ネットゲームのライバル同士の会話のようにも聞こえるが、明らかに内通している者同士のオフ会である。百合子女史の予想は見事に当たり、寵児は内通の現場を押さえた。

中華料理店での会話の録画と音声を確認した百合子女史は「よくできました」と寵児を労《ねぎら》いつつ、「ペヤングが見苦しいい訳をする姿が思い浮かぶようだわ」ともいった。

——ペヤングのクラッキング対応が八百長だとどうしてわかったんですか？

——勘よ。システムに仕掛けたトラップにクラッカーがわざとはまったような印象を受けたの。クラッカーには見栄っ張りが多いから、ライバルとスキルを競い合って、自分の能力を誇示したがる。それをチェスやポーカーでやるのは勝手だけど、情報機関のシステム上でやるのはバカげている。

ペヤングは近いうちに査問にかけられ、制裁されるはずだが、モグラは一人ではない可能性もあり、他の二人の白黒をつけるのを急がねばならなかった。

ミュートは毎週金曜日の夜、行きつけの高級サロンで癒しのマッサージを受けるが、その相手は詩音《しおん》という源氏名の秋田美人であることはわかっていた。空也はやや遅れてサロンに客を装って入店し、ミュートがマッサージを受ける個室の前でわざとペン型マイクを落とし、それをドアの隙間からその部屋に蹴り込んでおいた。寵児は同じフロアにある猫カフェで、二人の会話を盗聴していた。ミュートはここでも無口な男だった。オイルを塗った肌を撫でる音の合間に低い呻き声が聞こえたり、詩音のアニメ声の笑いや「あ、すごい」という感嘆の声が挟まれるが、ミュートは押し黙り、時々しわがれ声で「ありがとう」というだけだ。ミュートは秋田美人に入れあげる単なるむっつりスケベに過ぎないのかもと思ったが、マッサージが終わると、二人だけの時間を過ごしているはずの個室にもう一人の男が紛れ込んでくるや、「失礼しました」と一言謝り、すぐに部屋を出て行った。部屋を間違えたふりをしているが、店で受付も通らず、誰にも声をかけられていないのを不自然に思い、空也は眼鏡をかけ、上半身裸のまま廊下に出て、今まさに店から立ち去ろうとしている男の姿を目で追った。「お客様どうされましたか」と訊かれ、咄嗟に「マッサージが効いたみたいで、急に便意を催した」と取り繕った。

トイレから戻った時にはもうミュートも詩音も部屋にはいなかった。空也は、受付でペンの落とし物はなかったか訊ね、スタッフと一緒に廊下を探すふりをして、さっきまで二人がいた個室からペンを回収した。

その夜のうちに空也から眼鏡とペンを回収し、寵児は自室で映像と音声のデータを繰り返し再生し、手がかりを探した。音声には情報漏洩の証拠になりそうな会話は一切含まれていなかったが、寵児はヘッドフォンをし、ノイズを除去し、ヴォリュームを微妙にコントロールしながら、男が部屋に入って出てゆくわずか七秒ほどのあいだに聞こえるあらゆる音を聞き分けようとした。

男は個室のドアを開け、三歩歩き、立ち止まり、「失礼しました」といい、方向転換をし、四歩歩いて部屋を出てゆく。その間もミュートと詩音は一言も発せず、黙って男を送り出している。さほど驚いた様子でもないことは二人の呼吸が乱れていないことからもわかる。おそらく、二人は男が部屋に入ってくることを予期していた。だが、何のために？　この七秒間に情報の受け渡しがあったということか。寵児は繰り返し、この七秒間に聞こえる音に耳を澄ます。「失礼しました」という直前、衣擦《きぬず》れの音に混じって、爪が何かに当たったような乾いた音が聞こえる。さりげなく何かに触った、あるいはテーブルに指を置いた音ではないかと思い、実際に自分の指を机に置いてみる。あるいはそこに置いてあった小物を手に取った音かもしれない。寵児は机の上に置いたＵＳＢメモリーを拾い上げてみると、ほぼ同じ音がした。やはり、あの個室ではただマッサージに陶然としていただけではなく、情報の受け渡しが行われていたのだ。
何も喋らず、部屋を間違えたふりをし、わずか七秒で姿を消す。これなら大抵の監視者の目を欺くことが可能だ。その場で男とミュートを押さえ込み、USBメモリーを押収しなければ、いくらでもとぼけることができる。

寵児は空也が機転を利かせて撮影した映像も繰り返し見た。カメラにはサロンから出てゆく男の横顔しか写っていなかったが、その前のめりの歩き方を何処かで見た覚えがあった。半年ほど前にアジア政策研究センター主催のシンポジウムの会場でパネラーに質問をした聴衆の一人と似ていると気づいた。

翌土曜日、寵児は百合子女史に連絡し、資料室を開けてもらい、シンポジウムの録画データの中から質疑応答部分を頭出ししてもらった。寵児の記憶は間違っていなかった。三番目に質問した男の顔と声が「わざと部屋を間違えた男」のそれと一致していることが確かめられた。

質問者は冒頭、「東京大学で研究員をしている張《チャン》憂炎《ユーエン》と申します」と自己紹介している。ちなみに質問の内容は「日本はアメリカの核の傘に守られているという認識は国民にどれくらい共有されていますか？」というものだった。センターの研究員である防衛省出身の男がマッサージを受けている個室に、日本の防衛戦略に関心を抱き、センターのシンポジウムを聞きに来ていた男が間違って入ってくる確率は極めて低いことは、百合子女史もよくわかっていた。彼女はミュートが入れ込んでいる秋田美人の個人情報を、自らなりすまし電話をかけて聞き出していた。警察を偽り、マッサージ・サロンから詩音の本名と電話番号を聞き出すと、クレジットカード会社各社に問い合わせ、カードの使用履歴や銀行の残高を調べる。大手のカード会社ほど捜査機関には協力的だ。マッサージ・サロンの契約社員の給料ではありえない額の貯蓄があることを突き止めた百合子女史は、ミュートは情報提供の見返りを直接受け取らず、彼女の口座に振り込ませていると推論した。

――ミュートはここ二年で六回台湾に旅行しているようね。台中に別荘を持っているようね。相手の女性と一緒に台湾で新たな生活を始めたいと思っているようだけれど、その夢は実現しそうもない。中国国家安全部から得たカネを女に貢ぐところは泣かせるし、台湾で彼女と甘い生活を送るための資金に充てようというところに屈折を感じた。こんなささやかな幸福のためにかなり大胆にリスクを冒したものだ。

アメリカ東部時間では金曜の午後十時過ぎだったが、百合子女史はグレイスカイに電話で「モグラは二匹いました」と報告をした。

――来週二人を査問にかけようと思います。ミスター・グレイスカイも立ち会ってくれますね？今回の調査は寵児君がよくやってくれました。直接、話しますか？

電話を代わると、グレイスカイは寵児に「この任務の後味は悪いだろう」といった。

――特に親しい相手ではなかったので、気は咎めません。おそらく査問で一人はくだらない言い訳に終始し、一人は黙秘するだろうと予想しています。

――今後の二人の処分についてだが、三通りある。在日米軍司令部に身柄を渡し、アメリカで裁判を受けさせるか、あるいは軍法会議にかけるか、ＣＩＡへの背任として内部で処理するか、だ。むろん、罪状の度合いによる。

二人のカバンに忍ばせた砂粒型ＧＰＳはまだ機能しており、二人とも自宅で過ごしていることが確認されたので、週末を待ち、月曜日にオフィスに出勤してきたところを警備員と工作員で取り囲み、全ての所持品を没収し、同じビルの地下二階にある部屋に閉じ込めた。ユニットバス付きのこの部屋は職員の仮眠室として利用されているが、狭く、窓もなく、湿度が高いので敬遠されていた。グレイスカイが東京に到着し、査問が開始されるまで、監視付きでここに留置される。

寵児と百合子女史が立ち会い、彼らに重要機密漏洩の疑いを告げると、ペヤングは鼻の頭に汗をかきながら身の潔白を主張し、ミュートは「何もやってない」と一言呟いた後は押し黙った。

高校の同級生と元ホームレスの手を借りたローコストのモグラ摘発作戦は予想外にうまく運んだ。モグラの接触相手を特定できたのも大きな成果だが、彼らを逮捕するには日本の警察の協力と煩雑な手続きが必要になるが、最低でも国外退去を求めることはできる。

同時進行で進めていたメリー・ポピンズの調査だが、彼女が猿島議員に提供した情報はネットで広く公表されているものに留まっていること、二人の関係は単に猿島議員が女癖の悪さをセンターの女性職員に対しても発揮しただけであること、さらに中国企業からの小口の振り込みはパーティに出席し、座を盛り上げたことへの謝礼であることがわかり、調査終了となっていた。

グレイスカイは火曜日の午前に羽田に到着すると、すぐにアジア政策研究センターのオフィスを訪れた。グリーンウオーターと立ち話を交わしたのち、寵児と百合子女史を呼び、査問の前に聴取しておいた二人のモグラの証言記録に目を通した。あまり機嫌がよくない様子だったが、それが長時間のフライトのせいか、同僚を裏切ったモグラへの怒りのせいなのかはわからなかった。

――ＣＩＡや国防情報局、ＮＳＡ、アメリカにはインテリジェンスに従事する人間が五万人以上いる。一パーセントがモグラになるとして、その数は五百人にもなる。中国は人口比で単純計算しても二十五万人の諜報員と二千五百人のモグラがいることになる。この数字には全く意味がないがね。二人の様子はどうだ？

――どちらも無実を主張するかと思います。

――裁判か、取引か、それが問題だ。

査問はグレイスカイ、グリーンウオーター、法務担当の弁護士、仲間百合子の四人が判事のように並び、モグラ一人一人を問い詰め、モグラの上司、同僚、そして内偵を行なった寵児らが傍聴し、必要に応じて証言する形式で行われた。会議室は模擬法廷となり、センターのどのフロアの人間も他人事と突き放すことはできず、オフィスの空気は張り詰めていた。

ペヤングの査問から始められたが、逃げようとすれば、容赦なく、身柄をアメリカ司法省に引き渡すといわれていたせいか、抵抗を諦め、終始、情状酌量を求める態度を示していた。冒頭、検察官役の百合子女史が寵児の報告に基づいて作成した告発状を読み上げた。

――中国国家安全部のサイバー技術者と内通し、情報交換と称して、重要秘密を渡し、謝金を受け取ったことは明白な上、当センターのシステムへのクラッキングを誘導した疑いも濃厚である。

「この罪状を認めるか？」とグレイスカイが問うと、ペヤングは「無実を主張します」といい、自らの発言を求め、饒舌《じょうぜつ》に抗弁した。

――確かに中国安全部の人間とは付き合いがありましたが、それは皆さんが日頃やっている外交や社交の範囲内にとどまっています。サイバー技術は年々、高度になってゆくので、ライバルとの情報交換は不可欠ですし、スキルの向上を目指すには互いに切磋琢磨《せっさたくま》しなければなりません。

それの何が問題ですか？　こっちが提供した情報はネットで調べればわかるものばかりですし、ソフトだって市販されているものです。その見返りもちゃんとあって、相手からも中国製のマルウエアの情報とかもらってますから。

――君は勝手にアメリカを代表し、友人は中国を代表して、互いの諜報部のシステムに侵入するスキルを競い合っていた。これが代理戦争だったら、君はアメリカに敗北をもたらしたことになる。

――いざ、戦争になったら、敵のサイバー攻撃はもっと熾烈になりますよ。向こうは圧倒的に数も多いし、部隊まで組織されてるんですから。一対一ならまだしも、束になって攻めてきたら、お手上げです。だから、それに備えて、内通してでも相手の手の内を研究しておかないといけないんですよ。

――その供述はアメリカの法廷でするがいい。スパイの最高刑は死刑だ。君が無罪を勝ち取れることを祈っている。

　グレイスカイの冷淡な宣告にペヤングの顔が薄紫色に変わった。

――ちょっと待ってください。センターのために奉仕したのに、あんまりじゃないですか。守ってくださいよ。リスク冒して、敵の情報をもらおうとしたんですから。

――私はセンターに対する君の献身的な仕事を全面的にサポートしたい。君の任務の最終目標は君の友人たちを協力者に取り込むことだ。重要機密を敵に与えた以上に、敵から手に入れられるならば、君は訴追されずに済むかもしれない。

「何でもやります」と即答しそうなペヤングを制し、グレイスカイはこう付け足した。

――じっくり考える時間を与えよう。そこで提案だが、君はいつもの業務に復帰し、中国の友人と会い、彼をパーティに招待したらどうだろう。中国国家安全部が君を協力者に取り込む前に、先手を打とう。

――やってみます。でも、もし断られたら？

――友人が断れない上手な頼み方をしないといけない。君は必死に頑張るだろう。さもないと、君の次の目的地は自動的にアメリカの刑務所になってしまうから。

――勘弁してくださいよ。刑務所でカマ掘られたくないですよ。肛門裂けちゃいますよ。

――裂けたら、ぬいぐるみのように縫えばいい。パーティは明後日だ。それまでは、具体的に誰に、どんな秘密を売ったのか、詳細なレポートを書いてもらう。ところで仮眠室の居心地はどうだ？

――息が詰まります。帰宅していいですか？

――仮眠室で寝ろ。監視カメラを設置するが、それは君が最悪の選択をしないための配慮だ。

　査問の雰囲気から察するに、グレイスカイはペヤングを脅しながらも、実をとる制裁方法を考えているようだった。

　午後にはミュートの査問が行われた。自己顕示欲旺盛だが、罪の意識が希薄なペヤングに対して、ミュートは自己抑制的で確信犯と思える部分があり、当初から百合子女史も寵児も彼をモグラの本命と睨んでいた。ミュートは統合参謀本部の信頼も厚く、センターの上級研究員に迎えられた時も、重要機密情報の閲覧権を与えられていただけに、今回の裏切りを国防総省出身のグリーンウオーターと直属の上司のジャックは苦々しく受け止めていた。査問ではかなり厳しい追及がなされることになった。

罪状認否ではミュートも無実を主張した。中国国家安全部のエージェントがピックアップしていったＵＳＢメモリーを押収できれば、重要機密漏洩の決定的証拠になったのだが、内通しているエージェントの身元を割り出し、愛人の口座情報を押さえたので、いい逃れは難しいと思われた。グリーンウオーターは最初にいくつかの質問、内通していた相手のチャン・ユーエンとはいつ、どのように知り合ったか、これまでに彼に渡した重要機密は何か、同僚を裏切ったことに心は痛まないのか、などと訊ねたが、全ての質問に対し、黙秘を貫いた。グレイスカイはグリーンウオーターに何事か耳打ちし、ミュートに歩み寄り、その顔をまじまじと見ながら、「誰しも複雑な個人的事情というものを抱えている」とありきたりな一般論を語り出した。

――ルリという女性と台湾に移住する計画があったそうだね。もしかして、今回限りで中国のエージェントへの情報提供を最後にしようと思っていたのでは？

ミュートは石像のように黙秘を続ける。

――情報提供の謝礼はトータルで八十万ドルほどになるようだが、よほど敵が欲しがっていた情報を売ったのだろう。残念ながら、君はそのカネを使えない。愛人の口座に預金されているが、彼女のものになるわけでもない。誰のものになると思う？　私たちの活動資金に使わせてもらうがいいかな？

ここで一度、ミュートの反応を確かめ、グレイスカイはこう続けた。

――沈黙は同意と見做す。一切の申し開きをせず、全てをなげうち、懲罰を受けるつもりなら、止めはしない。その場合は彼女も懲罰の対象になる。私たちはアメリカで君たちを裁くこともできるし、軍法会議にかけることもできるが、第三の選択を用意することもできる。私たちは最初にあなたが処罰を受ける理由を明らかにした。あなたは自らの罪状を否認したが、その理由を聞いていない。その理由が正当ならば、罪に問われない可能性もある。自分に不利な証言になるとか、刑事訴追される危険があるという理由で黙秘する権利はあるが、それは法廷での話だ。私たちは裁判官ではないし、警察でもない。私たちの裁量で君や愛人を制裁することができる。それを忘れないように。

　表情はコトバより正直で、雄弁だ。グレイスカイはミュートの表情が微妙に変化しているのを見落とさなかった。

　ミュートが重い口を開くまで一時間が経過していた。なぜか眠そうだった彼の目は一回り大きくなり、真一文字に固く結ばれていた口元はやや緩んでいた。何かを断念すると、弛緩した表情になるのはなぜだろう。

――私は中国人の研究員と単に情報交換をしただけで、彼に提供した情報は重要秘密の類ではありません。

――あなたは重要機密情報の閲覧権を利用し、重要秘密を持ち出し、中国人エージェントに売ったのでなければ、愛人の口座に振り込まれた八十万ドルは何の対価か？

――それはコンサルタント料として受け取ったのです。私は核攻撃やミサイル防衛に関する自分の見解を彼らに伝えただけです。

――秘密情報に通じているあなたは自分の見解も秘密にしなければならないのだ。

――あなた方が敵に知られたくない重要秘密というのは、結局のところアメリカや日本が軍事的に劣勢に立たされているという事実のことでしょう。それをいくら隠したところで、我々が直面している厳しい現実が変わるわけではありません。私が漏らすまでもなく、安全部の人間はあなた方が知られたくない秘密をすでに摑んでいました。重要秘密はもはや重要でも、秘密でもないということです。

――隠し事をしても無駄だと相手に説得され、洗いざらいぶちまけたということか？

グリーンウオーターが挑みかかるように問いかけると、ミュートは薄ら笑いを浮かべ、こういってのけた。

――敵と隠し事のない関係を築けたら、世界はどれだけ平和になるかと思いました。

グリーンウオーターは「アブサード《バカげている》」と吐き捨てた。

――仰る通り何もかもバカげています。日米安保もミサイル防衛も核戦略も。

いよいよ開き直って、思いの丈を吐き出す覚悟を決めたか？

――アメリカは日本を守る気がないし、中国と戦争する気もない。それなのに日本はアメリカの核の傘に守られていると思いたがり、中国がミサイル攻撃を仕掛けてきたら、アメリカが反撃してくれると信じている。こんな国家規模の詐欺にはこれ以上、付き合っていられない。

グリーンウオーターは困惑顔でいう。

――おまえは防衛省でミサイル防衛のシステムを米軍と共同して構築してきた張本人ではないか。何を今更、寝言をいってるんだ。

――この国では寝言でしか真実を語れない。

ミュートのその一言に寵児は思わず身を乗り出した。アジア政策研究センターに赴任して以来、ずっと寵児が抱き続けていた違和感がこの逆説に集約されていると思った。この後、ミュートは競馬の実況中継と聞き紛うばかりに一気呵成に自説を畳み掛けた。

――安全保障の理論家もＣＩＡの元長官も口を揃えて同じことをいっています。アメリカの核の傘は幻想に過ぎない、と。あなた方もそれがよくわかっているはずです。日本が集団的自衛権を行使できるようにしたからといって、アメリカは何もする気はなく、リゾート気分で日本に駐留し、その費用を日本に負担させ、さらに増額を要求するだけでしょう。目下、中国軍は日本全土を射程に収める中距離ミサイルを二千発以上持っている。極超音速滑空ミサイルＤＦ17は軌道を変えながら秒速三千メートルで飛んでくるんですよ。そんなミサイルを迎撃することなど物理的に不可能です。中国軍はいざ戦争となれば、重要な軍事施設を瞬時に破壊できる能力を持っています。自衛隊や在日米軍の空港や港、指揮統制システム、通信システムが狙われ、艦艇や戦闘機は出撃前に破壊されてしまいます。ミサイル攻撃の後、中国軍は戦闘機や爆撃機を投入してくるでしょうが、それに対抗するためにアメリカは本土から長距離ミサイルを発射してくれますか？　核攻撃だけは絶対にしないことはわかっています。重慶《じゅうけい》や武漢《ぶかん》を核攻撃したら、報復でシアトルやサンフランシスコにキノコ雲が立ち上るからです。よほど狂った大統領でなければ、そんな自殺行為はしないでしょう。それとも狂った大統領を担ぎ上げて、自滅しようとしているのですか？　そうでないならば、どう対抗してくれるのか？　有事の際は日本を守ると曖昧にリップサービスをするだけで、アメリカは何一つ具体的な戦略を示してこなかった。空母も出動させ、戦闘機を飛ばしてくれるんですか？　日本が爆買いしたＦ35を出撃させてくれるんですか？　米軍がゴーサインを出さないと、高価な戦闘機も宝の持ち腐れになるだけです。もしかすると、ポンコツであることがバレるから、出撃命令は永遠に下されないのかもしれない。そもそもの大前提として、アメリカは決して中国との戦争には踏み切らない。アジア太平洋地域における軍事的影響力が一気に低下し、ハワイまで奪われかねず、その損失は計り知れないからです。

　グリーンウオーターはミュートの大演説を遮ろうと、椅子を蹴って立ち上がったが、それをグレイスカイが諫め、演説を続けさせた。

——あなた方はその現実をひた隠しにし、虚勢を張るしかないでしょうが、中国はそれを見抜いています。なぜ、私がそれを知っているかというと、チャン・ユーエンから情報提供を受けたからです。私は敵の思惑をリサーチする自分の仕事も果たしています。日本がもはやアメリカを頼れないとなれば、どうやって戦争を抑止できるというのか？　日米安保というファンタジーから目覚めたら、日本にできることは少ない。中距離ミサイルを配備し、中国の軍事施設を攻撃できる体制を整えるしかないということになる。だが、そうすれば、防衛費は膨らみ、大きな財政的負担となるばかりか、中国はさらに警戒を強め、軍備を増強するだろう。結果的に戦力の不均衡がより大きくなり、全く勝ち目がない状況に陥る。中国に土下座して、日本をＤＦ17の射程から外してくださいとお願いするのが最もローコストの安全保障になるでしょう。その際、中国はいくつかの条件をつけてくる。先ず、第一に在日米軍の撤退、第二に中国のミサイル基地の建設です。そのミサイルの射程はもちろんアメリカです。

　ここでミュートは深いため息をつき、天井を仰ぎ見た。後先のことを考えるのをやめ、本音を語り尽くし、鬱憤を晴らしたか、妙にすがすがしい表情になっていた。「やっちまった」という後悔より、「やってやった」という達成感の方が優っているようでもあった。グリーンウオーターは鼻息を荒くし、誰の目にも苛立っていたが、グレイスカイのポーカーフェースは変わらず、ミュートの心理を冷静に読み取りつつ、こんな皮肉を呟いた。

——アルコール依存症の会なら、みんなで拍手をするところだろうな。

笑ったのは百合子女史だけだった。

——日本人の口からこのような本音を聞けるとは思わなかった。あなたは普段、オフィスでは寡黙で、感情を表に出さないそうだが、それは自分を圧し殺し、無益な時間をやり過ごすための知恵なのだろう。こういうガッツのある人物がいたとは知らなかった。あなたは誰の引き合いでセンターに来た？

——ミスター・グリーンウオーターです。

——こういう形で彼を裏切ることになったのは残念だ。不満があったのなら、内に抱え込まずに相談すればよかったのに。

グレイスカイは精神分析医の態度で、ミュートをあしらった上で、「さて、あなたの処遇を決めなければならないのだが、正直、迷っている」といった。

——あなたの見解には頷けるところもあるのだが、やはり胸の内に秘めておくべきだった。安全保障というのは高度なゲームであり、騙し合いなので、あなたのような正直者には向いていない。あなたを今まで解雇しなかった我々にも責任がある。その責任はあなたを厳しく処罰することでしか果たされない。今回のようなケースが裁判に持ち込まれた場合、無罪になる可能性は極めて低い。アメリカを中国に売った罪に情状酌量の余地はなく、死刑の判決が出ると思われる。軍法会議にかけた場合は裁判よりもスピーディに判決が出て、銃殺刑となる。いずれにせよ、ＣＩＡにとって汚点となり、今後の活動に支障が出るので、超法規的措置を取らざるを得ない。とところで、日本にはかつて何よりも名誉を重んじる武士道というものがあった。だが、残念なことに現在では武士道を実践している日本人は皆無だと聞く。サムライの伝統は日本を離れ、ムスリムの聖戦士やブラジルの格闘家に受け継がれているようだ。

　ミュートの眉間には深い皺《しわ》が寄っていたが、それはグレイスカイの真意を理解し損ねている徴《しるし》だった。十秒ほどの沈黙ののち、にわかにミュートの眉間から皺が消えた。

――つまり、腹を切れと？

　ミュートが確認を求めたが、グレイスカイは何も答えず、再び息苦しい沈黙があった。

――「沈黙は同意と見做す」ですか。

――こちらは司法の手に依らない第三の選択を示しただけだ。

――はっきりいえばいい。自決しろ、と。

――それはあなたが決めることだ。これからあなたの身柄は在日米軍司令部に委ねられる。横田基地の営倉に入れられるだろう。そこで過ごす時間は一週間ほどだと思う。それがあなたに与えられる最後の猶予だ。敵に漏らした秘密情報の精査を行う。あなたが犯した罪がどれくらい大きいかを確かめるのだ。

――最後の奉仕をしろ、か。断ったら？

――大きな苦しみを味わうことになる。苦しむのはあなただけではない。

――どういう意味だ？

――あなたの罪に連座した者も罰を受ける。

――彼女は今回の件とは無関係だ。

――それは調べてみなければわからない。

――約束してくれ。彼女を罪に問わない、と。

――それが取り調べに協力する条件かな。

――もう一度、彼女に会いたい。それも条件に加えてくれ。

――死にゆく者に慈悲をかけるのはやぶさかではない。あなたの協力次第だ。

ミュートは無実を主張しながら、それが認められないことは想定していただろう。だが、自決を求められるとまで考えただろうか？　組織を確信犯的に裏切っておきながら、最後は易々と自決に同意するなんて、彼はよほど深く病んでいるに違いない。

拷問によって口を割ってしまうのを避けるため、毒を飲み、秘密とともに自らを葬る。

これはスパイが最後に発揮する美徳だという。ミュートもこれを踏襲するつもりか？　寵児はグレイスカイの懲罰の提案にも、その懲罰を条件付きで飲もうとするミュートにも納得がいかなかった。二人はあらかじめ打ち合わせていたようですらある。安全保障の矛盾や欺瞞を棚上げしたまま、組織存続のために一人の生贄《いけにえ》が捧げられようとしている。

査問がまさに終わろうとしているその時、寵児は反射的に「異議あり《オブジェクション》」と声を上げていた。グリーンウオーターは即座に「却下」といった。

――もっと彼の主張に耳を傾けるべきです。彼は有益な情報ももたらしてくれたので、情状酌量の余地があると思います。

――ここでの発言権は君にはない。今すぐ出て行きたまえ。

――この処分には納得がいきません。彼には裁判を受ける権利があります。

寵児の訴えは無視され、無情にも査問会は終了。ミュートは警備員に手錠をかけられ、入室してきた私服姿のミリタリー・ポリスに引き渡された。呆然と立ち尽くし、冷淡な人々の背中を見つめている寵児に百合子女史が近づき、「ここは血も涙もない世界だと諦めなさい」と囁いた。

――彼の顔を見たでしょ。彼はこの処分を受け容れるしかないとわかっている。アメリカ人なら、アメリカで裁判を受けさせるかもしれない。でも日本の防衛省の人間がアメリカを中国に売った罪で裁かれることになったら、確実に政治、外交問題に発展する。アメリカで反日感情が高まり、日米関係に大きな影響が出る。もちろん、日本政府もそれを望まない。ミスター・グレイスカイは日本政府にも配慮して、一番合理的な判断をしたのよ。

　寵児の内偵が予想外の成果を挙げたがために、一人のエージェントが葬られることになった。もし寵児がしくじっていれば、ミュートは女と台湾に逃げおおせたかも知れない。裏切り者に同情は禁物と割り切るべきところだが、自分が間接的に彼を処刑したことにはなるわけで、その負い目が重くのしかかる。

　ミュートはミリタリー・ポリスに連行されてゆく時、寵児の方を一瞥したが、その目が忘れられない。その日の夜は安眠を奪われ、悶々と寝返りとため息を繰り返していた。腫れぼったい目で定時にオフィスに出勤したが、放心している時間が長かった。午後になって、グレイスカイに呼び出された。昨日の不規則発言を咎められるのを覚悟してＶＩＰルームに出向いた。

――後味の悪さを噛み締めているだろう。

――昨日は思慮が足りなかったと反省しています。ミズ・ナカマから諭され、あなたはあらゆる事情を考慮して適切な対応をなさったことを理解いたしました。

――二、三日休んで、気分転換を図れ。

――お気持ちは嬉しいですが、大丈夫です。

――これは命令だ。休め。私は明日、ソウルに向かい、週末にはラングレーに戻る。ハッカー野郎は解雇で済ますが、防衛省の男には名誉ある死を選んでもらう。彼を摘発した君にはその最期を見届けてもらいたい。

――イエス、サー。

――確かに彼はこの国の現実を正しく認識していた。真の愛国主義者《ペイトリオット》と認めよう。だが、彼はあまりに愚直だったので、安全保障の矛盾に耐えられず、アメリカへの敵対行動に出てしまった。反米テロリストが日本に現れる事態だけは何としても避けたい。彼を英雄視する人間が出てきたら、アメリカによる占領政策の唯一の成功ケースにほころびが出る。ゆえに彼を速やかに葬る必要があるのだ。

――わかりました。あなたが彼に最大限の敬意を払っていることも承知しております。

　グレイスカイはデスクに置かれたラガヴーリンを三つのグラスに注ぎ、一つを自分が取り、一つを寵児に渡し、「飲み干せ」といった。三つ目のグラスはおそらくミュートのためのものである。

　グレイスカイの命令に従い、寵児はそのまま帰宅し、ベッドに横たわると、すぐに眠りに引きずり込まれた。そして、去り際のミュートがこちらを凝視し、唇だけ動かし、無音で「サンキュー」と囁く夢を見た。

Ⅶ　口寄せ

枕元の時計を見ると、六時だった。朝まで眠ってしまったと思ったが、まだ夕方の六時だった。もっと大きな気分転換をした方がいいと思い、誰かを誘って飲みに行こうと考えた。この件に深く関与した空也が相手では気分転換にならない。広く浅い交友関係を築いてきたが、親しい友人はほかにいないし、この荒《すさ》んだ心情を柔軟に受け止めてくれる相手に心当たりはなかった。いっそのこと新宿のハッテン場巡りでもしようと、鍛えた上腕と肩が強調されるタイトなシャツを着て、二丁目に繰り出した。「男子修道院」というそそられる名前のリラクゼーションルームに入ってみた。アンダーウエア一枚でフロアを自由に歩き回り、話をし、気が合えば、個室でプレイを楽しむ。最短で目的を果たせる仕様になっていた。寵児は粘着質の眼差しが交錯する空間に身を置き、一人のサーファー風情の男に目をつけ、飲み物をおごった。相手はお礼にといって、寵児のアンダーウエアを脱がし、いきなり咥えてくれたので、こちらも咥え返し、さらに濃厚な愛撫の応酬を重ねた。

　シャワーを浴びたら、一緒に遅い夕食でもと思ったが、いつの間にか相手は姿を消していた。行為を終えたら、名前も聞かずにまた別の男を探しに行くのが彼の流儀なのだろう。寵児は去る者を追わず、通りがかりのタパスに入り、空腹をアヒージョやチョリソで満たしながら、ワインを一人で一本空けてしまった。酔いが回れば、ミュートのことは忘れられるかと思いきや、逆に査問の場での彼のコトバが断片的にフラッシュバックしてしまうのだった。店を変え、ショットバーで飲み直してみたが、奥のテーブル席から漏れてくる客の話し声がミュートの声に酷似している気がして、長居できなかった。

　精神的に追い詰められた時、エージェントは自分をどうケアするものなのか、ファームでは教えてくれなかった。アメリカ人ならかかりつけのカウンセラーのクリニックに行くのだろう。信仰とは最も縁遠い世界に暮らしているエージェントは教会になど行くまい。独自に癒しの手法を開発する必要があると思ったら、なぜか空也の妹のマリアの顔が浮かんだ。相変わらず、奇跡と救世主を待望しながら、介護の仕事に励んでいるのだろうか。名刺はもらわなかったが、連絡先の交換をした覚えがあった。

「夜遅くにすみません。御影寵児です」と名乗ると、介護士の口調で「こんばんは。どうかしましたか？」という返事があり、警戒はされていないとわかった。「だいぶ酔っているようですけど」といわれ、滑舌が悪くなっていることを自覚した。

——近々、時間をもらえませんか？　相談したいことがあるんです。あした、あさっては休みなので、何処でも何時でも出向きます。

——私もあした仕事が休みなんですけど、相談してもいいことありませんよ。

——頼める相手はあなただけなんだ。気分転換に何処かに遠出しませんか？　海を見たくないですか？　車で迎えに行きます。午前十時頃はどうですか？

——強引な人ですね。女性に興味がないのに、なぜ私を誘ってくれるんですか？

「色々あって」といったきり、コトバに詰まった。理由はあるが、分析している暇はなく、一刻も早く彼女を服用したかった。

翌朝、レンタカーを借り、川崎の自宅まで彼女を迎えに行き、湘南方面に向かった。助手席に女子を乗せ、ドライブに出かけたことなど一度もなく、これは大胆な気分転換にはなるはずだった。マリアはデートに応じたつもりはなく、何か切実な問題でも抱えていそうで放っておけず、ボランティアのつもりで付き添うことにしたのだった。

——前に会った時、罪人を許し、迷える人を励まし、病人を癒すようなことをしているといっていたでしょ。そういうメシアの真似をしていれば、いつか本物が現れてくれるって。その後、どうですか？　類は友を呼んだ？

——そんなに簡単に現れてくれないでしょ。カブトムシじゃないんだから。でも、善意や良心は広がってゆくものですよ。自分が発信源になれば。寵児さんはどうしてました？　何か嫌なことがあったんじゃないですか。

——わかりますか？　顔に書いてあるかな。

——私を呼んだのは嫌な記憶を消すためでしょ。いいですよ、消しゴム貸してあげる。

マリアの慧眼に動揺し、つい車を加速させてしまい、彼女を怖がらせてしまった。

高速道路を降りると、間もなく逗子《ずし》の海が視界に開けてきた。葉山《はやま》の方に向かい、美術館に車を停めると、遊歩道を辿って、海を見下ろせる高台に出た。東屋《あずまや》に腰を落ち着けると、マリアはおもむろに麻のバッグから水筒とフードコンテナを取り出した。

――お弁当作ってきたんですよ。

そんな手間をかけさせて悪かったなと思いながら、弁当を広げる手元をじっと見ていた。中にはおにぎりと卵焼、ハムカツ、いんげんの胡麻和えなどが詰められていた。小学生の頃の遠足の記憶が蘇《よみがえ》った。

――食べて元気になって。それで相談って何ですか？

水筒のお茶を注ぎながら、訊ねるマリアに寵児は「実は二日酔いで」といい、そのお茶を一気に飲み干し、「こういうほのぼのしたシチュエーションでする話ではないんだけど」と口籠もった。「わざわざ海まで連れ出しておいて、話さないというのはなしですよ」とマリアに促され、寵児は重い口を開いた。

――残酷で救いのない世界を見た。

――具体的に何しちゃったんですか？

――何の恨みもない男の人生を奪った。

――その人はどんな罪を犯したというの？

――彼は敵に内通し、組織を裏切ったので制裁を受ける。数日後には殺されてしまう。

――救うことはできないの？

――できない。巨大な権力を敵に回した以上、闇に葬られてしまう。教えてほしい。君だったら、その人に何をしてやれるだろう？

――私よりもあなたの方がしてあげられることは多いはず。その人は何を目指し、何を実現しようとしていたの？

——一つだけ確かなことがある。彼にはマッサージ師の恋人がいて、彼女と台湾に移住する夢を叶えられなかった。彼が何を目指していたのかは知らないが、もしかすると大きな野望を秘めていたかも。彼はこの国が未だアメリカの占領下にあることに我慢がならなかったことだけは確かだ。

——殺されてしまう前に、その人の遺言を聞いてあげて。彼がこの世でやり残したことの一つでも寵児さんが引き受ければいいのよ。そうすれば、きっと彼はあなたに感謝し、あなたの罪悪感は軽くなる。

夢の中で、ミュートは声に出さずに「サンキュー」といっていたが、マリアがいう通り、彼がこの世でやり残したことの代行を寵児に求めていたのだと思い至った。

——ありがとう。君に相談してよかった。おかげでつかえが取れた。

——おかず残さないで食べて。空也はこのハムカツ、一人で四枚も食べるの。

——衣が薄くてハムが厚いね。

——私だと思って食べて。

「え?」と素のリアクションをすると、「冗談」と返されたので、「女性は食べ物じゃないし」と念を押しておいた。

——名刺には研究員って書いてあったけど、本当は秘密の任務をしてるんでしょ?

——空也から聞いた?

——空也は意外と口が堅い。

——悪いけど、今話したことは二人だけの秘密にしてくれ。君たちを巻き込むと、迷惑をかけることになるから。

——もう二人とも巻き込んでる。何度も聞くけど、なぜ私に相談しようと思ったの？

——昨夜、不意に君の顔が思い浮かんだ。懺悔する相手は君しかいないと。

——私はシスターじゃありません。

——でも神を信じている。誰でもよかったわけじゃない。「新宿の母」とか「霊能者貴子」じゃ駄目だ。どんな嘘つきや悪人でも、誰か一人にだけは本当のことをいいたいものなんだ。それは母親かもしれないし、神父や恋人かもしれない。ぼくの場合は君だった。

　マリアは初めて会った時のようにまじまじと寵児の顔を凝視した。その目に見つめられると、嘘はつけない。彼女自身が寵児の嘘を暴くポリグラフだった。

——もったいない。今のセリフで口説いたら、大抵の女は落ちるのに。

——男女の関係を超えたところで君を必要としているってわかってくれる？

——わかるようなわからないような。寵児さんは空也のことが好きなんでしょ。

——好きだけど、彼はまだ女に飽きていない。

　場所を移し、葉山のカフェでスイーツを食べることにしたが、おもむろに改まった調子でマリアは「私の悩みも聞いてくれますか？」といい出したので、「今度はこっちが相談に乗る番だ」と応じた。

——私、時々、意識が飛ぶんです。小学六年生の頃から授業中でも友達と話している時でも、突然、意識がぷっつりと切れて、フリーズしちゃう。そのせいでずっと注意力散漫といわれてきた。

確かに彼女が虚ろな目で一点を見据えたまま動かなくなるのを目撃したことがあった。

——それってもしかすると、てんかんの発作じゃないの？

——欠神発作か複雑部分発作だろうと医者にいわれた。意識がほんの十秒くらい飛ぶだけで、日常生活に支障はないし、てんかんというと、みんな引くから誰にもいわないようにしてきた。

——薬を飲んでるの？　手術でよくなる人も多いらしいよ。

——治療を受けるのはやめたんです。偏見が嫌だからとかじゃなくて、この病気とうまく付き合っていきたいと思ったから。

——そうするメリットがあるのかい？

——いつもじゃないんだけど、発作が起きると、声が聞こえるの。

——誰の声？　神の声とか？

——わからない。近くにいる人の話し声かもしれないし、空耳かもしれないけど、何か大事なメッセージのような気がする。治療を受けたら、その声が聞こえなくなるかも。

——どんなメッセージなんだ？

——夢みたいにすぐ忘れちゃうから、必ずメモするようにしてます。

——赤い表紙の手帳に書いているんだね。見せてくれないか？

——恥ずかしいから、いや。

——見せてくれなければ、相談に乗れない。

——じゃあ、ちょっとだけ。

マリアはバッグの中から手帳を取り出し、ランダムに開いたページを寵児に見せた。手書きの踊るような文字で詩らしきものが書きつけられていた。

悪人、善人、凡人、賢人、狂人、聖人、すべて同じ地上にいる。その中には未来の救世主も紛れている。

パンとサーカスだけでは足りない。アメもムチもいらない。

武器もおカネもない、地位も権力もない。あるのは良心だけ。でもそれさえあれば、いくらでも世界を変えられる。

マリアはすぐに手帳を閉じてしまう。

――これ、本当に君が書いたの？

――私の字だけど、私のコトバじゃない。私は考えていない。ただ、聞こえた通りに書いているだけ。

――もう少しだけ読ませてくれ。

心折れるこの世界で私はあなたに出会う。出会わなければならないから。儚《はかな》い命を分かち合う相手とさらに遠くへ行くために。今は辛くても耐えられる。その人と出会うための代償を払っていると思えば。あなたと一緒なら苦難さえもが心地よい。

権力を持つから権力者なのではない。彼らが威張っていられるのは、人々が真実に目をつむり、自発的に服従するからだ。権力よりも強く、正しいもの、それが真実。真実は誰も欺かず、支配しない。

私たちは誰も殺さないし、傷つけない。騙したり、奪ったりもしない。私たちが礼儀正しく、おとなしくしていると、無法と不正がはびこる。私たちが無知なまま、へつらっていると、裏切りと殺戮《さつりく》がはびこる。中立は黙認、服従は思考停止。善良な市民は罪深い。

何処を見ても敵だらけ。私たちを搾取し、服従を強いるアメリカ。その忠犬として自国民を虐げる世襲議員たち。彼らに取り入り、権勢を振るう官僚たち。税金を逃れ、富を独り占めする資産家たち。彼らの犯罪を見過ごし、私たちに無実の罪を問う警察、検察、裁判所。私たちは今日、立ち上がり、明日、奴らを追い出し、明後日には新しい国を作る。

「あなた」と呼びかけているのはメシアか？　これは心が赴くままにペンを走らせて書いた自動書記なのか、本当に神のお告げが降りてくる神懸かりか？　まだ誰も見たことのないメシアは、マリアがてんかんの発作を起こしている瞬間にだけ現れて、こういうメッセージを残していく、とはにわかには信じられなかった。ただ、自分では考えず、聞こえた通りに書いているというのは信じていい気がした。マリアは困惑顔のまま固まっている寵児から手帳を奪い返し、「変な女と思ったでしょ」といった。

——変な女というよりは巫女《みこ》だと思った。

彼女にメシアの声を聞いてしまうほどの霊力があるとまでは思わなかったが、寵児は無意識に自分についた穢《けが》れや罪悪感をマリアに振り払ってもらうことを期待していたのだ。その日、二人はそれぞれの秘密を交換し、共有した。寵児は懺悔を聞いてもらうお返しにマリアが受けた啓示を読み解く解釈者となる約束をした。


寵児はミュートの最後の望みを聞くために横田基地へと向かった。東京郊外にある軍用空港である横田基地はフェンスの外側を車で一周するのに四十分かかるほど広大な敷地を占めていた。日本の法が及ばないアメリカの飛び地の留置場にミュートは収容されているが、それが何処にあるかは聞かされていなかった。グレイスカイは基地のミリタリー・ポリスの将校に話を通してくれたはずだが、その人物に会うのに、福生ゲート脇のビジターセンターで十五分待たされ、ようやく現れた係の兵士に司令部のオフィスまで案内され、そこで将校と面会し、五分ほど話をした。ミュートは比較的落ち着いており、食事も残さず食べているが、取り調べに対しては終始、黙秘を貫いているという。グレイスカイと交わした約束通り、女と面会させる条件を呑まないと、一言も話す気はないようだともいった。寵児が「約束は守るべきだ」というと、「女をすでに召喚している」と将校は答えた。

——面会の際には日本人エージェントを立ち会わせるようにと上から指示が出ているので、あなたが来るのを待っていた。女はゲストハウスで待っているので、先に女と話をしてから、男に面会し、取り調べに応じるよう説得してほしい。

寵児が「やってみる」と応じると、すぐにゲストハウスに案内された。女がいる部屋をノックすると、緊張した面持ちでマッサージ師詩音がドアを開けた。寵児は「ＣＩＡ日本支部の者」と自己紹介し、「少し話をさせて欲しい」と切り出した。ビジネスホテルの一室ほどの狭い部屋で担当将校立ち合いの下、何が起きたのか、どういう決着をつけるのかをコトバを慎重に選びながら説明した。

――彼は重要な秘密情報を盗み、それを敵国に流した罪に問われています。その罪状の性質上、秘密会議によって裁かれ、遠いところへ行かねばならない。本来、彼との面会は認められないが、特別の許可が下りました。しかし、今日で彼と会うのは最後だと思ってほしい。彼の方から直接あなたに伝えたいことがあるようです。

将校は「面会時間は十五分。これより面会室に案内する」と事務的に告げた。

――何が何だかさっぱりわからない。私はどうなるの？　何で米軍基地なの？

すでに取り乱している様子の彼女には何も答えず、ゲストハウスの隣にある留置場の建物に移動した。

二人の看守に挟まれ、面会室に現れたミュートに「佐藤《さとう》さん」と詩音は呼びかけ、今にも泣き出しそうな顔で「どういうこと？」といった。寵児と将校は二人の会話が聞こえる距離に控え、まずは二人だけで話す猶予を与えた。ミュートこと佐藤浩輔《こうすけ》は詩音の手を握り、微笑みながら「元気そうだな」といった。

――わけわからない。突然、音信不通になったかと思ったら、警察が来て、米軍基地に連れてこられて、あなたと会えるのは最後だとかいわれるし、早く帰ろうよ。

——帰れない。台湾にも行けない。金も返さないといけない。

——どうして？

——許せ。オレがしくじったせいだ。おまえはもうオレのことは忘れて、誰かいい人を見つけて、楽しく暮らしてくれ。オレは日本を捨てる。こんな腐った国にはいられない。

——私も連れて行ってよ。一緒に暮らす約束でしょ。私が嫌いになった？

——オレはおまえを利用しただけだ。

——いつだって私のことを助けてくれたじゃない。ストーカーを撃退してくれたし、借金も肩代わりしてくれた。私のことが一番好きだっていってくれたじゃない。

——もうどうにもならない。おまえには迷惑がかからないよう話つけといたから。

どうやら、女の方は本当に何が起きているかわからないようだ。男はあえて女を突き放しているが、それは女の悲しみを少しでも軽くしようという武骨な配慮だろう。それが女にも通じたか、ぼろぼろ泣きながら、男の無精髭の生えた顔を撫で、頬擦りしていた。男は女を諭すように耳元で何か囁くと、女はしきりに頷いていた。

——そろそろ時間だ。

将校が女をうながすと、男を見据えたまま立ち上がった。男も立ち上がり、女を乱暴に引き寄せ、背骨が折れそうな勢いで抱きしめた。すぐに看守が二人を引き離し、男を別室に連れて行く。女は虚ろな目でその背中を見送った。将校は女にここでしばらく待っているよう伝えると、寵児を手招きし、取調室に招き入れた。

——遺言を聞くだけだ。五分もあれば、充分だろう。

将校のぞんざいな口調に日本人への侮蔑が現れているようでイラっとし、寵児は「あなたの遺言はさぞ短いでしょうね」と返した。

スチールの机を挟み、ミュートと向かい合ったが、その目には殺気が漲《みなぎ》っていた。ひとまず彼を落ち着かせるために寵児は深く頭を下げ、敬意を示してからこう告げた。

――あなたの遺言を聞き届けるよういわれてきました。何か私にお手伝いできることがあれば、遠慮なくいってください。

――こんな若造に不覚を取るとはな。同情はいらない。おまえは自分の仕事をしただけだからな。好意は嬉しいが、おまえに手伝ってもらいたいことは特にない。

――では、こちらのお願いを聞いてもらえますか？　黙秘を続けているそうですが、女性に会わせる約束は果たしたので、中国国家安全部にどんな情報を渡したか教えてください。

ミュートは寵児の腕を掴み、「さらにポイントを稼ぎたいか？」というので、寵児は「お願いします」と答えた。

――後輩の出世の踏み台になってやってもいいが、どんな情報を売ったか聞くだけ無駄だ。もう手遅れだからな。それよりもっと面白いことを教えてやるが、条件がある。

――何ですか？

――詩音にいくらかでも遺産を残してやりたい。口座に入っているカネを没収されると、母子の生活が成り立たない。

彼女は妊娠していたらしい。

――生まれてくる子が自力で生きていけるようになるまでカネの心配をさせたくない。

——掛け合ってはみます。あなたが有益な情報をくれたら、口座のカネを前金で支払った謝礼として処理できるでしょう。

——おまえのコトバを信じるしかない。おまえもオレのいうことを信じろ。テロが起きるぞ。連鎖的なテロが。

——何処で、誰が？　それをなぜあなたが知っているんです？

——オレもテロリストの一員だからだ。

——仲間がいるんですね？

——互いに名前も知らない。組織もなければ、首謀者もいない。全員、ボランティアだ。彼らはオレが盗んだ情報をテロに有効活用しているだろう。

——安全部も関与しているんですか？

——彼らも便乗したがっているが、表向きには一切関与していないととぼけるだろう。

——具体的にどんな計画が進行しているんですか？　曖昧すぎて何もわからない。

——テロは人知れず、曖昧に行われる。ＣＩＡがオレを抹殺するように。

　ミリタリー・ポリスの将校がノックもせずに取調室に入ってきて、面会の終了を告げる。彼は隣の部屋で二人の日本語の会話を聞いていたが、全く理解していないようだ。寵児は将校を無視して、さらに質問を続ける。

——何かヒントが欲しい。具体的にどんなテロを計画していたのか、教えてください。

——最初に誰かがトリガーを引く。すると、自然発生的にテロが連鎖する。

——あなたはそれを中止させることができるはずだ。協力してくれるなら、情状酌量であなたを死なせずに済むかもしれない。

――もう最後の奉仕はした。これ以上の取引には応じない。報告を受けたグレイスカイはたぶん、こういう。「フェイクだ」と。実際にテロが起きなければ、捜査はできまい。テロを未然に防ぐなんて不可能だ。もしできたら、自作自演のフェイクだよ。

　将校は二人の話を遮り、寵児に「ゲットアウト」と命令する。取調室から押し出される際、ミュートは寵児にウインクし、声に出さずに「サンキュー」といった。夢で見た通りの光景だった。彼のすぼめた形の唇が目に焼き付いた。

　将校は何の話をしていたのかしつこく聞いてきたが、寵児は「録音テープを聞き返せばいい。五分じゃ聞きたいことは聞けない」と突き放した。面会室では詩音が一人ぽつねんと待っていた。寵児は彼女とともに下士官の案内で福生ゲートまで送り出された。

「今、何ヶ月ですか？」という寵児の問いかけに詩音は「四ヶ月目に入りました」と答え、懇願するような目で「シングルマザーになるつもりはなかったのに」と訴えた。

――捜査に協力してくれますか？

――何の捜査？　私は何も知りません。

――知っていることを教えてくれればいいんです。彼の交友関係とか、日常生活の特徴とか。協力してくれれば、謝礼を払います。

　彼女の協力を取り付けたものの、あまりに漠然としたテロ計画の手がかりを見つけられる保証などなかった。しかし、何もせずにただトリガーが引かれるのを待っているわけにもいかない。ミュートの摘発はこれから起きるであろう禍々《まがまが》しい事件の序章、それも第一段落でしかないのだ。

寵児はグレイスカイに電話し、ミュートの曖昧なテロ予告の件を速やかに報告したところ、ミュートの推察通り「フェイクだろう」といった後、彼はこう続けた。

——対策は講じた。チョージ、新たな任務だ。

寵児に与えられた新たな任務というのは、日本政府のインテリジェンス部門の専門家と協力し、テロを未然に防ぐことだった。グレイスカイによる根回しはすでに済んでいて、寵児は内閣情報調査室に出向することになっていた。テロ対策において、内閣情報調査室とＣＩＡ本部との連携を強化することになり、寵児はその橋渡し役として、すでに八人いる調査官の九人目に加わった。首相官邸に出入りする際に必要な身分証明書と新しい名刺が渡されたが、「内閣情報調査室調査官」の肩書になっていた。

この出向には裏ミッションがあり、内閣情報調査室の内部に目を光らせよということだった。官邸の人間と協力し、テロ対策を講じながら、密かに裏切り者をあぶり出すのである。「官邸にもモグラが潜んでいるんですか？」という問いかけに、彼はまたしてもこういった。

——確証はない。だが、中枢にいれば、全てを見渡せる。

政府中枢にＣＩＡのロビイストを常駐させるというグレイスカイの企みはかなり早期に実現したことになる。しかも、そのロビイストは官邸にいる官僚たちの誰よりも若く、礼儀正しい。

調査室には以前、合コンで会い、寒山数多先生の喜寿を祝う会に誘ってくれた蟹江悌三が次長職に就いており、寵児の直接の上司となる。当面は蟹江の指示通りに職務をこなしながら、水面下で進んでいるはずのテロ計画にまつわる情報収集を行うことになった。しばらく、勤務してみてわかったのは、各省庁から出向しているインテリジェンスの専門家と称するメンバーは誰一人として諜報工作の訓練を受けていない完全な素人集団で、テロを未然に防ぐことなど土台無理だろうと思われた。

おそらく、ある日、人事異動があり、当人の適性とはほとんど無関係に役職を割り振られたのだろう。内閣府の専従職員もほぼ同様で、危機対応マニュアルは把握しているが、いざという時もマニュアル通りにしか行動できないタイプの人間ばかりだった。ほとんどの緊急事態にマニュアルは通用しないし、それに従っていたら確実に遅れる。また、指揮系統が複雑で、いちいち上に相談し、その確認を取らなければならない。上の決断が鈍ければ、その分、対応が遅れ、死ななくていい人までもが死ぬ事態を招く。

官邸内部の人間になったことで、政府の動きは寵児の視野の中に入った。組織改革は寵児の仕事ではないが、自分の意見が上に通らないと困るので、日頃から自分たちこそが国家を動かしていると自負するエリートたちの機嫌も取らなければならなかった。

防衛省や公安警察が警戒し、監視を続けている団体や個人に関する情報も共有させてもらった。極秘のブラックリストの内容は調査官のあいだでは共有されているが、リストは持ち出しもコピーも厳禁で、外部アクセスができないよう三重にロックがかけられ、次長立ち会いの下、ネットの接続を遮断した端末の画面を眺めるのが唯一の閲覧方法だった。

――これは我々の危機管理の基本台帳といっていい。ここにリストアップされている人物の個人情報を収集し、彼らの行動を監視し、弱みを握ることが我々の主な仕事だ。

彼らのブラックリストに載っているのは、野党議員や政権に批判的な大学教授、弁護士、ジャーナリスト、市民活動家、中国、北朝鮮、ロシアなど仮想敵国の外交官、駐在員らで、そのうちの何人かは個人的に知っていたが、いずれもテロの計画とは無縁と断言していい人物たちだった。

官邸に集められた人材はもっぱら政権の支持率を維持するために、政権への批判を封じ込め、政敵のスキャンダルをリークし、首相や閣僚たちの不正や違反を隠蔽するのを主たる任務と心得ていた。彼らのあいだには「政権の批判者すなわちテロリスト予備軍」という短絡が起きていた。半分が世襲議員で、極右系の宗教団体の全面的支援を受けている与党が永遠に政権の座にとどまれるよう奉仕することが優先順位の一位であって、テロ対策は二の次だった。危機管理能力をフル活用して自分たちの身を守ることがすなわち国家の安全を守ることであるとまで思っている。万が一、テロが発生したら、緊急事態宣言をし、市民の政治的、経済的自由を制限し、首相に権限を集中させ、強力なリーダーシップを発揮できるいい機会になる、と首相は「ポジティブに」考えていた。つまり、テロを政治利用する気だけは満々だった。

内閣情報調査室は日本のＣＩＡともいわれるが、実態は全く違う。本家では国内の政権の批判者や政敵のスキャンダルを捏造したり、誹謗中傷をして社会的に抹殺するような「ブラック・プロパガンダ」は法的に禁じられているが、日本ではやり放題だった。

連続テロの予言をしたミュートは、寵児が面会してから一週間後、奥多摩山中にて遺体で発見されたことをニュースで知った。おそらくミリタリー・ポリスはありふれた自殺を偽装するためにミュートを基地の外に連れ出し、人気のない森の太い木にロープをかけ、その輪にミュートの頭を通し、吊したのだろう。現場検証は所轄の青梅警察署の手によって行われるべきところだが、本庁の警部が現れ、捜査のイニシアティブを奪い、遺体をわざわざ監察医務院に運び、死亡診断書を書かせ、司法解剖を行わずに自殺として処理した。現場にはミュート本人のもののほかに三人の男の足跡があったにもかかわらず、殺人事件の捜査は行われなかった。

寵児はその後、一度だけテロ計画の手掛りを得ようと詩音に話を聞きに行ったが、本当に何も知らないようだった。

アジア政策研究センターでは共生党の石井達也議員の行動を監視することが表向きの任務だったが、調査室九人目の調査官になっても、その任務は継続中だった。センターは石井議員が中国国家安全部と内通している疑惑を抱いていたが、官邸にとっては政権批判の急先鋒として最も煙たい存在であり、かねてからこの政界のローン・ウルフに首輪をつけ、手《て》懐《なず》けたいと思っていたのである。内閣情報調査室の名刺は石井陣営を警戒させるので、寵児はセンターの研究員として彼らに接触しながら、空也にこの任務の協力者になってもらおうと思った。石井議員の秘書矢野真美とも親しいし、石井議員の顧問弁護士を務める南塚・北川法律事務所も調査室のブラックリストに載っていた。空也はこの事務所所属の弁護士の萩谷ソフィアとも顔見知りだった。

石井達也自身、前歴は弁護士で、横浜地方検察庁の特別刑事部に勤務していたが、二年で辞めて弁護士事務所を開業した。きっかけは自身が捜査に従事した政治家の汚職事件が政府からの圧力によって不起訴になったことへの不満である。当初は登記業務や企業訴訟が中心的業務だったが、行政訴訟の原告団に一員として加わったことがあった。国会議員の立法不作為、国民に憲法上保障されている権利を行使するのに必要な立法措置を正当な理由なしに怠ってきたことに対して国家賠償を求める訴訟だったが、勝率が極めて低いといわれる行政訴訟で勝訴したことが転機となり、政治への関心を深めていった。

石井は十五年前、共生党党首だった故中山《なかやま》欽二《きんじ》に抜擢され、衆議院選挙の新人候補として横浜の選挙区から出馬し、初当選した。その後、一回の落選を経験したが、復帰し、国会の質疑で首相を厳しく追及する「リベラルの星」としての評価を確実なものにした。有権者の人気も高く、政権交代があれば、首相になれるといわれながら、政権交代は半永久的に起きないというのが大方の見方だった。

官邸は石井議員のアラ探しを熱心に行ってきたが、検事、弁護士経験者である彼は事務所の資金管理には細心の注意を払っており、秘書が不正なカネを受け取らないように監視し、帳簿の記載も証拠文書の保管も抜かりなく、カネがらみのスキャンダルとは縁が薄かった。それでも蟹江次長は「叩けば、必ず埃が出る」といい、寵児に「どんな弱みでもいいから、探し出してくれ」といった。

——彼は堅物なので、ハニートラップを仕掛けても、引っかかりそうもありません。

——ブラックリストに記載されている面々の個人情報を集めているが、彼らをいつでも失脚させられるように不祥事やスキャンダルのネタを貯めておきたい。検察庁の秘密の資料室には起訴、立件待ちの案件が人物別にファイルされている。政治家や官僚の不正の数々を把握していれば、睨みを利かせられる。彼らの自信の根拠はそこにある。我々も同様に、脅迫のネタのコレクションを充実させることで、権力基盤を確かなものにしたい。君はＣＩＡのファームで訓練を受けているので、諜報工作はお手のものだろう？　成果を上げれば、その分だけ使える機密費も増える。あいにく、調査室は人手が少ないので、下請けに頼んでもいい。なるべく君が直接手を汚さずに済むようにしろ。調査室にあらぬ疑いがかからないように、リスクヘッジだけはしっかりしておけよ。

正式な任務として「ブラック・プロパガンダ」を実行せよという指令である。調査室に出向して、やる仕事が政敵を脅迫するネタ探しということに不満はあった。実際のテロがまだ起きていないので、テロ対策に本腰を入れる気がないことがよくわかった。

こうなるとなおさら、政治のダークサイドによく通じている空也の協力が不可欠だった。このあいだの内部捜査への協力の謝礼はすでに振り込んでいたが、あれ以来、会っていなかったので、恵比寿《えびす》のイタリア料理店に呼び出し、食事を奢った。

Ⅷ　面従腹背

早速、空也に新たな仕事の打診をしたところ「何でもやる。たとえ政府の仕事でも」と中身を確かめもせず安請け合いした。

――今、親父の組がヤバいことになってる。

――抗争でも始めちゃったか？

――いやいや、子分たちを食わしていくのが大変で、抗争なんてやってる場合じゃない。何か仕事を回してくれるとありがたい。

政府の下請け仕事を暴力団に振るのはどうかと思ったが、空也の話を聞いて、目下の彼らの境遇に同情した。

「たまには顔を出して、親孝行でもしろ」と火箱薫が珍しく電話をかけてきたので、空也は川崎の組事務所に行ってみた。普段なら子分たちが勢揃いして迎えてくれるのに、若頭と組長の二人しかおらず、しかめ面をしてダイビング用品のカタログなど見ていた。

――海でも行くのか？

――いや、組員たちに密漁をやらせている。もう少しいい道具を揃えてやろうかと思ったんだが、安くはねえな。

密漁というのは何かの比喩かと思いきや、実際に子分たちを動員して、伊豆や千葉沖、遠くは三宅《みやけ》島や八丈島でウニ、アワビ、サザエ、ナマコなどを密漁させているのだという。佐島《さじま》マリーナに係留しているクルーザーを遊ばせておくのはもったいないので、船舶免許を持つ子分に命じて、やらせているが、燃料代など差し引いてトントンだという。ナマコやアワビは中国人に高く売れるから、いいシノギになると思ったらしいのだが、陸の上での窃盗には慣れているが、海に潜っての窃盗は勝手が違い、苦労しているらしい。

——そんなにジリ貧なのか？　入学祝いにポルシェ買ってくれた当時の勢いはどうした？

——もうあの頃とは全く環境が違う。別の国に移住したようなものだ。暴力団排除条例のせいでどんどんオレたちの食い扶持が奪われちまった。ある程度覚悟はしていたが、こうまで締め付けられるとはな。

——それがわかってたから、オレに組を継がせずに松風さんとこに就職させたんだな。

——そうよ。せっかく高学歴を手に入れたんだから、惨めな思いをさせたくなかった。

——聞いてくださいよ、若大将。

若頭の恒《つね》さんが切々と訴えるには、続々と組員が足を洗い、セカンド・キャリアで辛酸を舐めているという。

——子分に小遣いやろうにも、こっちも息子の学費やら親戚の葬式の香典やらで手一杯なんですよ。だもんだから、うちが経営してるパチンコ屋の売り上げちょろまかしたり、中学生をカツアゲしたり、スーパーで鶏の唐揚げ万引したりしてます。中には生活保護を不正受給してる奴までいて、ヤクザのプライドは何処に捨てちまったんだって話ですよ。いざ、カタギになっても、建設業にもサービス業にも就けません。「元暴五年条項」という規定があって、暴力団をやめても、向こう五年は関係者とみなされ、銀行口座は開けないし、自分名義で部屋を借りることもできない。履歴を隠したら隠したで、詐称ってことになるし、がんじがらめですわ。憲法で保障された「健康で文化的な最低限度の生活を営む」権利も認められず、人権剝奪されたも同然ですよ。

　組長はその窮状を空也には黙っていた。「フルハウス」の社長松風には折に触れて、仕事の斡旋を依頼し、組員を臨時労働に雇ってもらうなどしていたが、特に何かのスキルに秀でているわけでもない組員は使い勝手が悪いようだった。

――密漁からももうすぐ撤退だ。他の組も続々密漁に加わって競争が激しくなり、監視も厳しくなった。クルーザーも手放すことにしたよ。冷蔵庫にアワビがあるから、食っていけよ。

――もうヤクの売買はやめたのか？

　空也が訊ねると、親父は苦々しく呟いた。

――一人パクられて、刑務所にいるが、再犯だから、当分は出て来られない。身代わりを買って出てくれる奴もいないし、妻子持ちはリスクを冒したがらない。そのうち半グレと外国人が手を組んで、シマを荒らすようになった。近頃は奴らへの脅しも効かなくなっている。

　恒さんもため息交じりにぼやく。

――ヤクザを潰せば、また別のアウトローが現れるだけですよ。組織の掟も、仁義もないクソガキどもがカネのためには何でもやると粋がってます。川崎はまだいい方です。火箱組の威光はまだかろうじて残っていますからね。でも、新宿や六本木や池袋方面は半グレと外国人が野放しだ。万引、置引や車上荒らしは後を絶たないし、コンビニ強盗も自動販売機荒らしも増えている。もう夜中に女一人で出歩くのはやめた方がいい。世界一安全な日本はヤクザとともに去りぬですわ。

　このままでは絶滅してしまうので、保護してくれといわんばかりの若頭の訴えに空也は「もちろん泣き寝入りはしないだろうね。ヤクザの意地にかけても」といった。

――何か起死回生の秘策はないか？

　そんな相談を親父から受けていた矢先に寵児から下請け仕事のオファーが来たので、難破船は沈没を免れそうだった。

――それで何をすればいいんだ？

　寵児に訊ねると、十人ほどの名前とその個人情報が記されたファイル一式を手渡された。

――脅したり、強請《ゆす》ったりしてはいけない。弱みを握るだけでいい。

――愛人がいるとか、賭け麻雀をやっているとか、娘がドラッグをやっているとか、そういう事実を見つけてくればいいんだな。

　さすが空也が相手だと話が早かった。

――その証拠をできるだけ多く納品してくれると官邸は喜ぶ。

――でっち上げは許されるのか？

――それは必要な時にいう。

――普段、オレたちがやってるようなことをもう少し大掛かりにやればいいってことか。しかし、何で政府はそんなヤクザの強請りみたいな真似をするんだ？　政府がヤクザを追い詰めたのは、オレたちのお株を奪うためだったんじゃないか？

――そういうことだ。今は何処の国の政府もマフィア化が進んでいる。今、政権を牛耳っているのは、自分たちの権力基盤を強化することしか頭にない連中だ。資金も人材も揃っているし、違法なことをやっても警察も検察も見逃してくれるから、やりたい放題だ。

――そんな奴らのために働くなんてムカつく。「恩を仇で返す」の反対じゃねえか。

――「仇を恩で返す」か。まあ、ヤクザの雇用促進だと思って堪えてくれ。カタギになっても、元ヤクザは向こう五年は正業に就けないんだろ。こう見えても、同情してるんだぜ。ひとまず政府の仕事でしのいで、あとで復讐でも何でもすればいいじゃないか。

――服従するふりして裏切るの何ていったっけ？

――面従腹背？

――それそれ。しかし、政府がオレたちを裏切らないという保証はないよな。

――オレも今は政府の人間だが、裏切らないと誓う。

――おまえのことは信じてるけどよ。

　天下の火箱組も政府傘下に入り、ブラック・プロパガンダに全面協力することになった。空也は今まで日本買いを進める中国系企業と日本の与党議員、官僚の橋渡しをする仕事を中心にしてきたが、寵児はそのチャイニーズ・コネクションの裏情報も空也から買い上げた。与党議員が思いの外、中国に籠絡されている実態を把握しておけば、それを脅しのネタにし、彼らを思いのままに操ることができるからだ。こちらはＣＩＡエージェントとしての仕事。一方、内閣情報調査室の仕事としては、政権批判者を「国家の敵」として排除する。政権を監視し、コントロールしつつ、政権の保身にも協力するという一見、矛盾する任務を同時に行うことが寵児には求められていた。その上でテロを未然に防ぐという最も困難、かつ優先順位が高いミッションを遂行する。テロ防止に較べれば、ほか二つの任務は調査室で日々開かれる無駄な会議と同じようなものだった。

日本の官僚組織の中で仕事をするのは初めてだったが、びっくりするくらい非効率的で、寵児は日々、唖然としっ放しだった。スピーディな意思決定は罪深い行為であるかのように、手続きを複雑にし、承認まで最低四人の許可や確認を求めるようにする。無駄に多くの出席者を集めた会議を頻繁に開くのだが、序列が上の者ほど演説は長く、論点がずれ、何度も聞かされた自慢話が織り込まれる。そろそろ会議の結論が出そうになると、議論を蒸し返す役目の人間が現れ、結論が先送りされる。重要度の高い仕事は能力の低い部下に割り振り、重要でない仕事を優先し、完璧を求め、句読点の位置から改行まで細かく修正させる。無能な部下を昇進させ、居心地をよくし、なるべく全体の士気を低下させるように計らう。

万事この調子であるから、寵児は組織を腐敗させる作戦が密かに進行しているのではないかと本気で疑った。「独裁ではない」という建前は成立するが、会議は反抗的な官僚を牽制する場でもあるのだ。異論を排除してばかりいて、よく政府が機能しているものだと呆れる。どんな条件下でも自分に与えられた任務を淡々とこなすのが官僚という生き物だ。出世競争を勝ち抜くことを人生最大の目標にしている彼らは、競争からの棄権を恥とし、無能な権力者の尻拭いに嫌気がさし、辞表を出した元同僚を負け組と見なす。政府に服従する喜びを知ってしまった者はそう簡単には態度を改めない。

官僚の位階を一つずつ上がってゆくにつれ、政府からより多くの役得を得る。現在、内閣を実質、動かしているのは首相とその取り巻きの四銃士、すなわち寒山スクールの第九期生たちである。官邸には常に彼らの姿があった。四人は自分こそが政権運営の要にいることをいささかも疑わない。首相補佐官で国家安全保障局の局長を兼務する熊川義人はＣＩＡやジャパン・ハンドラーたちとの強固なコネクションを持ち、彼らの代理人として、実質、政権を陰で操っているつもりでいる。法務事務次官として首相の思惑通りに検察を動かし、その功労で検事総長になった亀井智彦は与党議員の違法行為を黙認することで政権を守る番人を自負している。財務大臣牛島忠男は政権の金庫番、財政の指南役、公的資金の運用で政権の帳簿を預かっている強みがある。首相秘書官の一人で広告代理店社長夫人でもある鷺沢礼子は、マスメディアに圧力をかけ、世論を操作し、政権の支持率を維持している自分こそ政権の命綱だと思っている。

もちろん、犬養首相は大学の最長在籍期間でもある八年を超えて政権にしがみついてもいられないし、政権が長期に及べば、比例して不正も蓄積され、ろくな末路を迎えられないだろう。最悪、逮捕、起訴され、有罪判決を受けるかもしれない。だが、次の政権が日本の政治を刷新することはあるまい。アメリカに隷従する別の内閣が組閣され、新たな四銃士が召喚され、慣例に従い、首相を補佐するだろう。その繰り返しがいつまで続くのかは誰も知らない。

寵児は官邸のトイレの鏡に映る自分の顔を見て、「こいつは誰だ」と訝った。朱に交われば赤くなるものなのか、官僚の顔しか映さない鏡のせいなのか、昔の自分とは似ても似つかない男がこちらを見ていた。これがインサイダーの顔なのか？　内輪のルールを知り尽くすと、自動的にこういう顔になるのか？

ちょうど、そこに次長蟹江悌三が現れ、鏡越しに声を掛けてくる。

——君の実力のほどを見たいね。

蟹江の顔は暗に告げているように見える。「十五年後、君は今の私の役職に就いているだろう」と。寵児は「それはない」と思いながら、「期待にお応えできるような報告をします」と答える。

空也の協力を得て、石井議員とその法律顧問の南塚・北川法律事務所、政権批判を活発に展開しているニュース配信会社「エンドスコープ」に関する調査から着手した。

政権批判者たちの身辺調査は表向き、人材派遣会社「フルハウス」に依頼したことにし、実際には火箱組構成員二十名と黄昏太郎を動員し、寵児と空也の指示により、尾行、張り込みによる行動監視、自宅や事務所への侵入、電話の盗聴などを通じ、本人とその家族の私生活の実態、交友関係を徹底的に洗い出した。脅迫のネタになりそうな秘密を見つけたら、日当とは別にボーナスを支給すると約束したので、彼らの士気は高かった。窃盗や脅迫に関しては多少の心得がある者ばかりだったが、尾行や侵入は素人同然だったので、寵児はＣＩＡ仕込みのノウハウを指導した。工作員としての現場仕事に調査室でのオフィスワークより何倍も心躍らせている自分に苦笑いしながら、慎重かつ大胆に任務を遂行した。

尾行、行動監視の対象は十三人いた。石井議員とその秘書矢野真美、石井の息子、同じ共生党の議員三人、南塚、北川両弁護士、その事務所の居候弁護士萩谷ソフィア、ニュース配信会社「エンドスコープ」の代表村西透、記者砂漠谷絵里、そして、政府の秘密情報を売り渡している疑いがある与党議員猿島とその秘書である。尾行、張り込みは一日置きに常に二人一組で行い、一人は運転手を務める。随時、相手に悟られないよう細心の注意を払うことはいうまでもないが、もし、悟られたとわかったら、即座に中止し、人員を交代する。

　監視対象の自宅や事務所に侵入する際にはあらかじめ、監視カメラの位置や錠前のタイプ、家の間取りや留守にすることが多い時間帯などを調べておく必要があるが、寵児の指示で、工作員たちを宅配便配達員やデリバリー・サービスに変装させ、それらをチェックさせる。いざ実行の段には、見張りを立て、逃走ルートを確保しておくが、侵入の証拠を一切残さないようにしなければならない。現場の指揮は寵児が執り、空き巣の経験のある者に実行させるのだが、高度な防犯システムが作動している事務所への侵入はリスクを最小限にするために寵児自身が行った。

　集音マイクや盗聴器、ピッキング用具一式、砂粒サイズのＧＰＳなどは空也も黄昏太郎も使い慣れている。違法なことをし慣れているはずの組員の中には「こんな違法なことして、パクられないか」と心配する者もいたが、「政府のお墨付きだから、パクられても有罪にはならない」と伝えた。

　身辺調査の成果は三日ごとに寵児が集約し、報告書に記載する。調査は三週間に及び、監視対象の私生活はかなり詳細まで明らかになった。しかし、日々の行動には特に怪しいところはなく、スキャンダルに発展させられそうなネタはなかなか見つからなかった。彼らは政府の人間よりもよほど自らの良心に従い、清く正しい生活をしていることがわかった。もちろん、そんな報告書の内容に蟹江が満足するはずもない。彼は明言こそしなかったが、「でっち上げてでも」ネタを探して来ることを寵児に求めた。自分たちにも秘密にしておきたい弱みがあるのだから、彼らにだって一つや二つ泣きどころがあると根拠なく確信している。その確信を裏切るなというかなり無茶な注文に応じなければならない。

石井議員本人は普段から監視の目を警戒しているため、国会と議員宿舎の往復だけの日が多かったが、三週間のあいだに五回ほど会食をした。うち二回は同じ党の若手議員、秘書ら身内の人間と、「エンドスコープ」の代表と記者とも二回、そして、残る一回は意外にもアジア政策研究センター資料室の仲間百合子女史が相手だった。寵児も石井議員とは何度か接触を試み、立ち話くらいはしているので、百合子女史が彼と会っていてもそれほど不自然ではない。だが、二人の会話の録音を聞いた寵児はやや複雑な過去の事情を嗅ぎつけた。どうやら、二人は若い頃からの知り合いで、二人だけの秘密を共有する関係、恐らくは情愛を交わした経験があることを察した。その証拠はこんなコトバのやり取りに如実に現れていると寵児は感じ取った。

――貫禄はついたけど、本質は変わっていないのね。

――お互い様だ。君にはまだ華があるよ。

――奥さんと健吾《けんご》ちゃんはお元気？

――おかげさまで。君はまだ独身を貫いているんだね。

――あなたのせいでね。恨んでるわけじゃないから安心して。

寵児は二人の関係については調書では触れずにおいた。調査室の連中の下衆《げす》の勘ぐりから同志百合子女史を守ることで、密かに貸しを作っておこうと思ったのだ。

それより石井議員と「エンドスコープ」代表村西透のやり取りの録音を注意深く聞いてみると、「モンキー・マター」という暗号めいたコトバが三回も使われているのが気になった。

――モンキー・マターですが、その後の進展はいかがですか？

――裏は取れています。モンキー・マターへの世論の関心は高まるでしょう。
――三つ巴で攻めれば、モンキー・マターは確実にダメージになる。

　この三つの会話からモンキー・マターというコトバが何を意味するのかを解読しなければならなかったが、この隠語が政治家とジャーナリストに共有されているところに最初のヒントがあると思った。日本語に訳せば、「猿案件」となるが、ここでいう三つ巴はおそらく、政治、報道、司法を指しているに違いない。協力する三人が誰かはわからないが、裏を取る必要がある案件といえば、スキャンダルか、訴訟に違いない。国会で追及し、ニュースですっぱ抜き、裁判に持ち込む相談をしていたのではないか？　猿は特定の誰かを指しているとすると、真っ先に思い当たるのは猿島議員だ。兼ねてから、猿島のチャイニーズ・コネクションを掘り下げ、情報漏洩の証拠を摑もうとしていたが、それと関係しているのかもしれない。与党議員のスパイ容疑は政権への痛手にはなる。だが、もし石井議員も中国への利益供与に関与していたら、わざわざ自分に火の粉が降りかかるリスクを冒すだろうか？　彼はチャイニーズ・コネクションとは無関係と考えた方が辻褄《つじつま》は合う。石井議員とセンターの百合子女史は親しい間柄であるという事実をこれに照らし合わせると、彼は野党議員でありながら、アメリカのジャパン・ハンドラーとの繫がりの方が強いと見るべきところだ。いや、その前に百合子女史が野党議員に日米密約ほかの重要秘密を漏らしていることを疑わなければならない。百合子女史を指して「信用していい唯一のバディ」と評したのはグレイスカイだった。

　訓練生時代に指導員から伝授された心得がふと蘇った。「誰も信用するな。自分さえも疑ってかかれ」

「モンキー・マター」の正体はあっけなく判明した。「猿島のレイプもみ消しの一件のことだな」と空也が裏事情を教えてくれた。

——あの猿はセクハラ常習犯で、今までも女性に訴えられそうになると、示談で済ませてきた。オレもあいつにハニートラップを仕掛けたりもしたが、全然ダメージにならない。よほどカネを積んだか、弁護士が優秀なんだろう。だが、最近、女子高生をホテルに連れ込んで、睡眠薬を盛って行為に及んだらしい。

——それは相手が未成年という時点でアウトだし、状況からして完全にレイプだ。

——被害者が訴えれば、有罪は間違いないが、弁護士が手を回して、被害者やその家族を脅し、示談で済まそうとしているらしい。

　確かにこのモンキー・マターがすっぱ抜かれたら、政権には大きなダメージになる。官邸も与党も隠蔽に血道を上げるだろう。

——この件、誰から聞いた？

——猿島はオレのクライアントでもあるから、その悪事はほぼ把握してるよ。おまえは政府側だから、この件を隠蔽するんだろ。

——どうやら石井議員が嗅ぎつけて、ネットニュースの会社とつるんで暴露する気だ。空也、このネタ、売ったか？

——オレじゃない。商売相手を売ったら、オレが損する。もしかしたら、アイリーンが漏らしたかも。

——アイリーン？

——昔、猿島を強請ろうと思って、オレがあいつにあてがった女だ。アイリーンが嫌がったので強請りは未遂に終わったが、それがきっかけであいつとチャイニーズ・ビジネスを進めることになった。

——おまえが蒔いたタネだったんじゃないか。

——こんな実の結び方をするとは思わなかった。それで官邸は猿島を守り、石井のリークを妨害するつもりなのか？

——上に報告すれば、そうなるだろう。

——そうやって、また一人の少女の人生を踏みにじるわけか。

——おまえはどうしたかったんだ？　女子高生を救うつもりだったのなら、遅過ぎたな。

——ああ、すでに人生狂わされてるから、トラウマ引きずって、絶えず自殺に誘惑されながら生きて行くんだろう。示談のカネは今後の辛い人生に対する見舞金になるわけだ。それで猿島は免罪になり、また別の女をレイプする。酷い国だね。だが、石井は猿島に罪を償わせようとしているだけ政府の人間よりマシだ。猿島を売ったアイリーンも人の道を踏み外してない。だが、オレたちはどうだ？　あのろくでなしと同じ穴の狢《むじな》じゃないか。

　午前二時、赤坂のアイリッシュバーで向き合い、二人はそれぞれの身の振り方を巡って議論をしたが、その選択は単に個人的な生き方の問題にとどまらず、この国の政治に直結してもいた。上の顔色を見るだけで自らはほとんど意思決定をしない官邸の人間に代わって、寵児や空也のような末端の人間に政治的良心が委ねられているのだった。

——確かにオレたちは人の道を行くか、踏み外すかを迫られている。

――政府の人間はどっちを選ぶ？

――ヤクザの息子はどっちだ？

――オレは仁義を選ぶ。いくらジリ貧で、政府の下請け仕事をもらっても、筋は通したい。

寵児はその答えを聞いて、ニヤリと笑い、「じゃあ、こうしよう」と提案した。

――石井議員にはこのままレイプ事件を暴露してもらい、猿島には罪を償わせる。この件については事前に官邸に報告するが、記事を差し押さえたり、うやむやにできないよう、記事が出る直前のタイミングを狙う。そうすれば、政府はトカゲの尻尾切りに走らざるを得なくなる。政権支持率は下がるが、下手に隠蔽して後でバレるよりは浅い傷で済む。

――あの猿、必死こいて首相に泣きつくぜ。

――おまえはビジネスパートナーを失うことになるが、それでもいいのか？

――構うもんか。政治家一族の威光だけが取り柄の豚野郎のくせに、オレを見下す態度が気に入らなかった。

猿島が失脚すれば、政府内の影響力も失うので、自動的にチャイニーズ・コネクションを切られる。空也と「フルハウス」が関わっていたビジネスも滞ることになるが、空也は実利を度外視し、猿島に罪を償わせる方を選んだ。そこは人道を重んじる極道の面目か。

三週間にわたる調査の結果、監視対象の石井議員の泣きどころを一つも提供できないとなれば、火箱組への下請け仕事も切られてしまうし、寵児の評価も下がるので、報告書には何かしらのネタを仕込んでおかなければならない。

寵児は南塚・北川法律事務所と「エンドスコープ」のオフィスに忍び込み、パソコンに保存されたファイルをＵＳＢメモリーにコピーしてきたが、用心深い彼らが敵に見られて困るファイルをロックもかけずにデスクトップに晒しておくはずもないので、彼らのパソコンにウイルスを仕込み、ハードディスクに保存されたデータが内閣情報調査室の端末に転送されるように細工しておいた。また、火箱組の工作員には、石井議員の息子のアパートと「エンドスコープ」代表の村西透の自宅マンションに盗聴器を仕掛ける際、目立たない場所に少量の覚醒剤を隠して来るように指示した。この仕込みによって、いつでも彼らに覚醒剤取締法違反容疑をかけ、社会的に抹殺することができる。

報告書を読んだ蟹江次長はすぐに上司の内閣情報官と首相の側近で国家安全保障局局長の熊川義人に上申したようで、寵児は熊川に呼び出され、執務室に出向いた。熊川とは寒山数多の喜寿を祝う会で挨拶を交わしただけだが、彼は寵児のことを覚えていて、いきなり本題に入った。

——諸々の調査と工作、ご苦労さん。安定した政権運営のためには多くの仕込みが必要だ。猿島議員の件だけど、もう警察にも、検察にも手を回してあるので、刑事事件にはならない。ただ、野党はレイプ事件を政治利用するために民事訴訟を起こすよう仕向けるだろう。そうなると、政権への風当たりが強くなるので、猿島さんには議員辞職をしてもらうしかない。ところで石井議員の身辺調査で判明した事実はこれだけか？

——彼は稀に見るクリーンな政治家です。

——彼の方こそ中国企業と深いつながりがあるだろう？　軍事機密漏洩の容疑がかかっているんじゃないか？

熊川はアジア政策研究センターに顔が利くので、おそらくグリーンウォーターからその情報を仕入れたのだろう。まだ石井議員にスパイ容疑をかけるに値する証拠は摑んでいないと答えると、熊川は首を横に振り、「いや、その疑いは濃厚だ」と断定口調でいった。

――石井議員の機密漏洩容疑をぶつければ、猿島議員のレイプ事件は目立たなくなる。報告書の書き方を工夫しろ。

――でっち上げはできません。

――でっち上げなんて頼んでいない。国家の安全を最優先し、スピード感を持って、事態に対処せよといっている。それから、今後は上司の命令に「できません」は禁句だ。

猿島を引責辞職させ、石井議員のスパイ容疑は問わないという寵児の提案を全否定し、熊川は「国家の安全のため」という建前だけで石井議員をスケープゴートにしようとしていた。

――彼には日米密約を暴露しようとした前科がある。

前科というコトバはそぐわないと思った。寵児もセンターの資料室で秘密文書を閲覧したが、日本が主権を放棄しているも同然の内容に、自分の立場を忘れて憤りを感じたくらいだ。リベラル勢力がそれを暴露し、改善を求めるのは自由なはずだ。政権は密約に触れることをタブー視してきたが、国家の安全を脅かす犯罪行為とまで見做すのは異常だった。

――彼はＣＩＡのブラックリストにも載っている人物だな。

――はい。しかし、証拠もなく、スパイ容疑をかけることはできません。

――もう一回禁句を使ったら、罰金を取るぞ。二ヶ月後、犬養首相が訪米し、首脳会談が開かれる。例によってさらなる米軍の駐留費用負担とテロ対策の予算の増額を要求してくると思われる。石井議員を筆頭に野党はそれにも反発の声を上げるだろう。この機会に、アメリカの利益を損ねる人物の粛清を行い、その成果をジョーカー大統領に示し、安全保障には万全を期していることをアピールしたい。与党の猿島議員を生贄にするのだから、野党の大物議員も道連れにすべきだという意向を総理もお持ちだ。石井議員を任意取り調べするよう警察に動いてもらう。

——具体的に何の容疑ですか？

——特定秘密保護法違反容疑だ。君はその証拠を集めて提出するんだ。

「できま」まで発音し、コトバを呑み込んだ。ＣＩＡの人間なら、証拠の捏造など朝飯前とでもいいたいのだろうが、こんな無理難題をふっかけること自体、寵児に対する露骨な嫌がらせだった。そんなに証拠を捏造したければ、自分の手を汚せといいたかったが、官僚機構の在来種である彼らは自分に責任が及ぶ汚れ仕事は絶対にやらない。

熊川も蟹江も表面的には紳士的に振る舞いながら、自分たちを監視するためにＣＩＡから派遣されたこの若造をいたぶりたくてしょうがないのだ。センターの幹部には決して逆らえないので、腹いせに寵児を鞭打つ。寵児が命令に背けば、自らの権限で背任行為として罰することができるし、寵児が数年後に復讐に転じても、その頃にはよその機関に天下りしている。また、寵児が官邸の腐敗ぶり、日本のインテリジェンスの無能ぶりをグレイスカイやグリーンウオーターに訴えたところで、彼らはこういうだろう。

——腐敗した組織、無能な官僚にもいいところはある。彼らは自分の頭で考えず、ただ前例を踏襲するだけなので、常に我々のいいなりになる。組織改革など無用だ。

およそ七十年も前から日本の官僚機構は米軍総司令部やＣＩＡの前身の諜報機関によって、組織腐敗工作が行われ、現在に至っている。これが自分と無関係な世界の話なら笑い飛ばせばいいが、自分が置かれている組織の実情なのだから、やはり笑うしかなかった。

なぜ人は服従してしまうのか？　誰の束縛も受けず、自由でいる権利を放棄してまでなぜ？　服従は生まれついた習性なのか？　自由とは自然に逆らう倒錯なのか？　寵児も、ある朝目覚めると、自分が自由だった頃のことを忘れ、自発的に組織に服従していた。寵児はこれまで折に触れ、空也と過ごしたスクールデイズを思い出していた。二人のあいだには支配も服従もなかった。そういう対等な関係は限られた土壌でしか育たず、貧富の差、地位や階級の差、利害関係があらわになってくると、とたんにしおれ、枯れてしまう。

もう一ヶ月以上、桜田マリアに会っておらず、禁断症状が出ていた。他人を陥れる仕事をした後はなおさらだった。彼女に会ったからといって、贖罪になるわけでもないのに、会わずにはいられないのは自分にも良心の残滓《ざんし》がある証拠だと思った。

マリアに連絡し、「また君が必要になった。なるはやで会いたい」と伝えると、新宿区の児童養護施設でボランティアをするので付き合ってくれませんかと誘われた。

その施設では虐待を受けた児童四十人が暮らしており、マリアは週に一度、洗濯や庭の掃除、学習支援をしていた。老人の介護中心の生活を送っていると、末期に立ち会う機会が増える。そのせいか、時々、無性に子どもと遊びたくなる。子どもを見ていると、未来に立ち会っている気がして救われる。これまで長く生きてきた老人とこれから長く生きてゆく子どものあいだ、やや子ども寄りの方に自分がいることを確認でき、安心する。

彼女は子どもたちから「マリアちゃん」と呼ばれ、慕われていた。そこに全く場違いな男が現れ、子どもたちを大いに戸惑わせているのではないかと心配したが、微笑を絶やさないよう努めたので、さほど警戒されずに済んだ。

「あの人、マリアちゃんの彼氏？」と訊ねる瓶底眼鏡の女の子にマリアは「違うよ。あの人の正体はね、バットマンなの」と真顔で答えていた。寵児は小学生たちとサッカーをし、英語の歌を教えてという求めに応じて、ビートルズの「ヘイ・ジュード」を教えた。

「落ち込むな」、「怖がるな」、「耐えるんだ」という励まし、「一人で背負いこむな」、「自分で行動を起こせ」、「斜《しゃ》に構えていると世界はもっと冷淡になる」というアフォリズムはほとんど寵児自身に向けられているようなものだった。

三時間ほど養護施設で過ごした後、寵児はマリアを中華料理店に連れてゆくと、窓際の隅のテーブルで向かい合い、おもむろに懺悔の儀式を始めた。

――子どもが嫌いなわけじゃないのね。

――自分も二十年前は子どもだったのに、最近よく忘れる。今日は子どもと遊べてよかった。あの子たちは将来、何するのかな。

――すでに虐待という試練を受けているから、幸せになって欲しいな。

――君はどうだい？　幼い頃に想像していた通りの大人になれた？

――まだ迷ってる。寵児さんはどうなの？　エリートは気苦労が多そうだけど。

――大学の同級生で靴職人になった奴がいるが、正直、羨ましいと思っている。

――メンタル弱ってる？　そういう時しか会いに来ないもんね。

――ごめん。彼氏でもないのに頼る一方で。

――いいよ。これもボランティアだから、一緒に遊んであげるし、話も聞いてあげる。

寵児は何をどう話そうかためらったが、口をついて出てきたのは空也のことだった。

――国家の闇に空也を引きずり込んだ。

――大丈夫だよ。空也は闇を歩き慣れているから。それより今度はどんな罪を犯したの？

――国家の安全のためにある人を陥れようとしている。

――気が進まないのね。

――生贄の儀式みたいなものなんだ。国家の安全とはほとんど関係がない。

――なら拒否すればいい。自分の良心に従えばいいのよ。それ以上正しいことはないんだから。

――そうしたい。だけど、その結果どうなるかを考えると組織の命令に背けない。組織はぼくの忠誠度を測ろうとしているんだと思う。

――自分がどうなるかが心配なのね。陥れる相手がどうなるかより。

――これでもかなり相手に配慮している。冷酷非情な上司に較べれば。

――上司の理不尽な命令に従っているのは、いずれあなたも理不尽な上司になるため？

――いや、それだけはごめんだ。

――だったら、さっき歌ってたみたいにすればいい。斜に構えていると、世界はもっと冷淡になるんだから、自分で行動起こすしかないじゃない。

――頭ではわかっているが、体が動かない。

――どうして？　足枷がついてるの？

マリアは寵児の手に自分の手を重ね、「自分の中の奴隷を解放してあげなよ」と囁く。

――君の無邪気さが羨ましい。君のように身軽になりたい。

――誰にも服従せず、誰も支配しなければいいのよ。

マリアは屈託なく微笑みながら、「ほら、これ見て」と例の赤い表紙の手帳の最新のページを開き、寵児に見せる。


国家も組織も人ではない。血も涙もない。なぜそんなものに従わなければならない？

魂は人を裁かない。支配もしない。だから、いかなる裁きや支配からも自由だ。

反乱や暴動を起こす必要はない。服従するのをやめるだけでいい。その瞬間から、自分の人生を始められる。


マリアの耳を選んで、この正し過ぎるメッセージを吹き込むのは一体誰なのか？　彼女の踊る手書き文字がやけに寵児の心をえぐる。

――未だ現れないメシアは君に美しい理想ばかり囁くね。「支配関係がない社会」や「権力がない国家」なんて現実にはありえない。

――「自由がない社会」や「理想がない国家」なんて悪夢でしょ。現実が堪え難いから、空想に逃げるのよ。でも、空想が現実になることもある。

――近頃、自由の意味がわからなくなっている。自分が一体何をしたいのかも。

――空也と一緒にコントラ・ムンディになるんじゃなかったの？

――世界の敵になるよりは首相になる方がよっぽど楽だ。

――なっちゃえば。頭よすぎて無理かな。

――これから陥れる男の方が向いている。

――なぜその人は首相になれないの？

――市民の味方だからだ。

――市民の味方が選挙で勝てば、首相になれるんじゃないの？

――その前に官僚が全力で妨害する。市民の味方は官僚の敵だから。もうコントラ・ムンディになる夢は断念するよ。官僚のトップになるのがコントラ・ムンディになる近道だということがよくわかったから。

――だったら、あなたがメシアになったら？

「炒飯食べたら」というような気軽さでいうので、久しぶりに腹の底から笑えた。

別れ際、マリアに「その人、助けてあげられないの？」と訊かれ、「自分にできることはもうない」といいかけた。すると、マリアは例の手帳をめくり、こんなメッセージを寵児に見せた。

偽証者をいくら集めても、無実の罪は問えない。いずれ神が彼の無実を証明する。

これが天の声などとは思わないが、従ってみる価値はあるとは思った。

――できないことはない。やってみる。

そう約束すると、マリアは寵児にハグを求め、「私が必要になったら、いつでも呼んで」といって、小走りに去っていった。

翌日、寵児は石井議員の秘書矢野真美に電話をし、「緊急の用件があるので、五分でいいから、誰にも知られず先生と二人だけで話す時間をつくってほしい」と頼んだ。真美は切迫感を感じ取り、すぐにアポを取ってくれた。夜十一時、指定されたグランド・ホテル・ジャパンのバー「フィオーレ」で待っていると、石井議員は一人で現れ、バーボン・ソーダを注文した。五分といわず、飲み終わるまでは時間を割いてくれると察した。

――野党議員と内閣情報調査室の人が並んで飲むのは不自然だが、じきに慣れるでしょう。

――共生党が政権を取れば、密な関係になりますので、今から慣れておきましょう。

――それで緊急の用件というのは？

――石井議員を失脚させようという動きはどの程度察知していらっしゃいますか？

――どの程度といわれても困るが、違法なことは何一つしていないし、資金管理も万全を期している。下半身ネタも探すだけ無駄だ。

――石井議員が清廉潔白であることは私も承知しています。しかし、スキャンダルはいかようにも創作できます。フレームアップ対策は万全ですか？

――それをする側の人間が聞くかな。

――おっしゃる通りです。身に覚えがあってもなくても、ＣＩＡはあなたにスパイ容疑をかけています。しかし、その確証はない。内閣情報調査室はその証拠をでっち上げて、CIAに報告し、成果を自慢したがっています。その任務を任されているのが私です。

　石井議員はバーボン・ソーダを一口飲みながら、しげしげと寵児の顔を覗き込んだ。

——これはまた率直に正体を明かしてくれますね。何を企んでいるのかな？

——CIAがあなたをブラックリストから外せば、内閣情報調査室はこのバカげたフレームアップを諦め、私も不毛な任務から解放されます。そのためには石井議員の協力が必要です。

——何をさせようとしている？

——石井議員は中国国家安全部のエージェントと思われる人間と接触がありますね。それがスパイ容疑の根拠になっています。そこで提案なんですが、相手との接触を今後も継続しながら、私たちの協力者になってもらえないでしょうか？　必要に応じて、偽の情報を相手に伝える二重スパイの務めを果たしてくだされば、万事解決するでしょう。

——それはずいぶん大胆な提案だ。そもそも、私は安全部に情報を売るような危険な真似はしない。あくまで日中の文化交流や経済協力に関与しているだけだ。

——それ以上関係を深めず、裏で私たちと協力関係を保つだけで充分です。すでにアジア政策研究センターの仲間百合子女史とは良好な関係を保っておられますね。彼女を通じて、日米密約や安全保障に関わる重要秘密を手に入れられるお立場ですから、なおさら私たちの協力者になっていただくほかないのです。

——なるほど。確かに彼女から諸々の情報の提供は受けているが、それを決して公表しないと約束もしている。彼女を裏切るわけにはいかないので、信用してもらっていい。

――その二つを約束してくだされば、ＣＩＡの幹部を納得させられると思います。それでも、官邸は政権への批判を封じたいので、執拗にあなたの失脚を画策します。

――官邸はカネも人材も豊富だからな。こっちは知恵や善意、正直さで勝負するしかない。政府は私たちを陥れることはできても、決して私たちには勝てない。正義は私たちの側にあるのだから。

――官邸は卑劣な手も使います。あなたの息子さんと「エンドスコープ」代表にこっそり伝えてください。自分の部屋を片付けろと。

――おかしなことをいう人ですね。二人の部屋はそんなに散らかっているんですか？

――罠が仕掛けられています。部屋にはあってはいけないものがあります。それを早く処分した方がいい。用件は以上です。

　寵児はそう告げ、飲み物の勘定を払おうとすると、「ここは私が」と石井議員はいった。

――なぜ、それを教えてくれたのか、聞いてもいいかな？

――理不尽な上司への反逆かな。他人に親切にすると、快感が得られるかどうか試してみたかったというのもあります。

――面白い男だな。借りができてしまった。

――ぜひ政権を奪ってください。その暁にはもっとお役に立てると思います。

　石井議員の方から求めてきた握手に応じると、寵児はバーを立ち去り、すぐにマリアに電話をした。「君のいう通り、彼を救ったよ」と報告すると、「やればできる子ね」と施設の子どもを褒めるような口調でいわれた。「ヘイ・ジュード」の一節が蘇った。ポール・マッカートニーがいう通り、斜に構えていると世界はもっと冷淡になるので、自分で行動を起こすしかないようだった。

権力は独裁者やそれを取り巻くエリート集団に集中しているわけではない。権力には顔がなく、誰が何の目的で行使しているのかもわからないが、誰もが自発的に、無意識にそれを行使している。善意や同情も権力と同じように発揮されているのだろう。冷淡な自分、無責任な自分、貪欲で悪辣な自分の罪滅ぼしをする機会を待っているに違いない。寵児は、自らの手で海に突き落とした相手に浮輪を投げたに過ぎない。権力の横暴を最もよく防げるのはその身近にいる者なのだ。

寵児経由で空也が引き受けた政府の下請け仕事はある程度、火箱組を潤したものの、依然シノギは厳しく、生活苦への不満は募る一方だった。普段、ほとんど政治に関心を持たない若い組員までもが「今の政権を潰さないと、オレたちはムショで暮らすしかない」とぼやき、国会前のデモに参加していた。

カジノ・リゾート開発と水道事業の民営化に伴う利権獲得競争が熾烈に進行する中、「フルハウス」の松風は何とかその一角に食い込もうと猿島議員に働きかけ、日本各地の水源を中国系企業に売る許認可や中国資本のカジノ・リゾート・ホテルの誘致をスムースに進めようとしていたのだが、そのキーパーソンが書類送検され、登りかけた梯子を外された。猿島失脚の片棒は空也もしっかり担いでいたので、半ば自業自得ではあった。

中国系企業はすでに猿島議員と「フルハウス」にかなりの出資をしており、それが回収できないとなると、仲介した「フルハウス」に契約不履行の賠償請求をしてくる。最悪、松風は破産に追い込まれるかもしれない。それが政権マフィアとつるんだ報いなのかもしれないが、何とかしてこの窮地を抜け出す方策を考えなければならなかった。

――きっぱり事業から手を引きますか。

――もう接待や調査で五千万くらい必要経費を使ってる。うちが受け取った一億はもう他の事業に突っ込んじまったし、猿島の一億はガイシャの示談金ともみ消し工作の謝礼に使われちまって、いくらも残らない。早く猿島の後釜を見つけて、事業を継続させるしかない。損害賠償から逃れるには破産か、逃亡生活か、どっちか選ばなきゃならん。全く、捨てる神ばかりで拾う神はいないのかよ。

――愚痴ってる場合じゃないですよ。

――愚痴るのはタダだ。何のために今まであんな無能な世襲野郎に奉仕してきたと思ってるんだ。Ｊ１に成り上がって、甘い汁を吸おうと思ったからじゃねえか。あいつらだけ税金や国有財産を横領し放題で、こっちに回ってこないのは詐欺だ。

近頃の松風は陰謀論六割の世界観に染まっていて、何かにつけ「この日本はＪ１とＪ２に完全に分断されている」と呟く。サッカーの一部リーグと二部リーグのようだが、人口比一パーセントの上級市民と、残り九十九パーセントの下級市民のことを指している。

――日本政府は実質、国際金融が大株主の株式会社みたいなものなんだよ。オレたちＪ２のハイエナなんて歯牙にもかけられない。勝ち組になろうといくら努力しても、結局は戸建ての家とベンツで上がりだ。世界はそういう風にできているとしか思えない。

――猿島に白馬の騎士《ホワイトナイト》を紹介してもらいましょう。無能だけど、コネはあるはずだから。

空也の提案を試してみるよりほかなく、猿島の釈放を待って、すぐにコンタクトを取った。現役の議員で後のことを託せる人間はいないが、母方の大叔父なら万事丸く収めてくれるだろうということだった。その人の名前は蓮華《れんげ》操《みさお》といい、すでにあらゆる役職から去り、静かに隠居生活をしているが、隠然たる影響力は保っていると猿島はいった。

蓮華操の名前を聞いて、松風は「ああ、まだ生きていたんだな」といった。

――死んだ方がいいような奴なんですか？　レジェンドの類とか？

――あまり思い出したくないレジェンドだ。今何処にいるって？

――入退院を繰り返しながら、ホテルのスイートで暮らしているそうです。もうあの世にいるみたいな名前ですけど、何者ですか？

――売国奴二世。

――そんなのばっかりじゃないですか、政財界にいるのは。

――蓮華はオリジナルで、ほかはその劣化コピーだ。

アメリカが戦後日本を永続的に占領するその土台を築いた功労者、それが蓮華操の父親、蓮華梓《あずさ》だった。アメリカの反共政策に協力した人間に共通の前歴であるが、蓮華梓も戦争犯罪人であり、国粋右翼だった。アメリカは国粋主義者のリサイクルが得意で、反共のためには元ナチも重用した。若い頃は社会主義に傾倒したが、思想弾圧により右翼に転向したところも類型に当てはまる。「親米反共こそが日本が進む道」と旧敵国に協力することを選び、多くの恩恵を受けた。

巣鴨《すがも》プリズンでＡ級戦犯容疑者と懇意になり、講和条約締結後は釈放された元戦犯たちともに既得権益を分け合った。梓は広告代理店の社長として、反共プロパガンダを展開するかたわら、オートレースの売り上げを原資に財団を設立し、実質的なＣＩＡ日本支部であるアジア政策研究センターのスポンサーになった。梓の長男である操は父親が築いた礎をさらに盤石なものにするためにアメリカの国際金融との関係を深め、日本銀行や内閣府をより彼らの思惑通りに操れるようにした。いわば「日本政府」を、アメリカの国際金融を最大の株主とする株式会社に変えたのが、蓮華操その人である。

——結構、大物ってことですか。

——今も官僚を平伏させる影響力があるかどうかだ。こっちとしては猿島がやり残したことを引き継いでくれる人間を紹介してくれれば、それでいいんだよ。あと猿島に渡った一億に少し色をつけて返してくれれば。

——その人、何歳になるんですか？

——九十は確実に超えている。

——ボケてたら、万事休すですかね。

すでに秘書を介して、アポは取っていて、ホテルの部屋を訪ねる許可は下りていた。
虎ノ門にあるメトロポール・ホテルのスイートを訪ねると、秘書が応対し、コーヒーを勧められた。間もなく、奥の寝室から帽子をかぶったような見事な白髪の老人がTシャツに白いジャケット、絹のズボンにカンフーシューズといういでたちで現れた。ゆっくりと自分の足で歩き、ソファに座ると、面会に来た二人に笑顔を向けた。「少し耳が遠いですが、頭はしっかりしています」と秘書に耳打ちされたのを受け、松風が「猿島議員からお聞き及びと存じますが、是非ともお力添えをいただければ幸いでございます」と大きめの声で伝えた。

――そんな大きな声を出さんかて聞こえてる。信司もアホやな。鍵のかかるパンツ穿かしとかなあかんな。辰巳《たつみ》、あの官邸の補佐官、何てゆうたかな。

――熊川さんですか。

――ああ、それや。すぐに電話して、信司が進めてた件、よろしゅう頼むゆうといてや。この先は官邸の熊川ゆう人通じて、ビジネス進めてもろたらええ。信司がもろたカネの半分は熊川に渡るようにしたら帳尻は合うやろ。それでええ?

松風は恐縮して、「はい、助かります」と頭を下げていた。たったこれだけで一件落着なら、この老人の威光は消えていない。空也は敬服し、思わず「何か私にできることがあれば、遠慮なくおっしゃってください」と告げた。蓮華は眩しそうな目で空也を見て、「ぼん、幾つや?」と訊ねた。

――もうじき三十になります。

――六十以上違うと、お互いに宇宙人みたいなもんやね。

――歴史勉強します。よろしくお願いします。

――君も女好きか？　股間のそれ、ちゃんと管理できてるか？

――はい、鍵付きパンツは穿いていませんが、厳しくしつけているので、大丈夫です。

――もう百人くらい泣かしとるやろ。

――いいえ、泣かされる一方です。

――かわいいやっちゃな。どや、時々、遊びに来《き》いひんか？

――はい、光栄です。何でも致します。

――今のヘルパーが生意気に結婚しよるねん。誰か、いい子おらんか？　今度、連れてきてぇな。

――心当たりがあるので、今度連れてきます。

――なるべく急いでや。明日、死んでまうかもしれんさかいな。

「誰か、いい子おらんか？」と聞かれて真っ先に思い浮かべたのはマリアの顔だった。蓮華は空也を気に入ってくれたようだし、マリアに人生末期の世話をさせれば、むしょうに罪滅ぼしをしたくなるのではないかという直感が働いた。この先何かと便宜を図ってもらえるという助平心もなくはなかったが、九十三という年齢を考えると、多くは期待できない。それより売国奴二世は売国奴のまま死ぬのか、遅まきながら改心して死ぬのか、見届けたかった。死刑囚の最期に立ち会う教誨師の役をやらせるのに、マリア以上にふさわしい人材はいない。


　だが、マリアの説得には手こずった。今、勤務している介護施設に、死ぬまで世話をすると約束した老人がいるので無理というのだ。一生のお願いと粘ったが、首を縦に振らない。義理堅い奴は融通が利かない。ところが、三日後に状況が変わった。件《くだん》の老人が身罷《みまか》ってくれ、マリアは兄の願いを聞き入れてくれることになった。

──『赤線地帯』に出てた頃の若尾文子にそっくりやな。

マリアを一目見るや、蓮華はそんな感想を漏らしたが、『赤線地帯』も若尾文子も知らない空也とマリアは反応のしようもなかった。「桜田マリアです」と自己紹介すると、「保母やのうて聖母連れてきたんか？」といった。

──介護が得意で、機転も利く聖母です。

──君たちはどういう関係や？

──兄妹です。腹違いの。

──妹やったんかいな。わがままゆうで。セクハラするで。それでもかまへんか？

──私が嫌がることをしたら、お仕置きしますが、それでもいいですか？

マリアが真顔でそう返すと、蓮華は「マリア様にお仕置きされたら、本望や」とやはり真顔で応えた。二人のやりとりを聞いていて、相性は悪くないような気がしたが、どうだろう？　秘書からあらかじめ伝えられていた条件は、「一週間の試用期間を置き、双方が合意したら、継続」ということだった。蓮華は病院とホテルのスイートと熱海《あたみ》の別荘の三ヶ所を巡回するように暮らしているが、常時、同行する。勤務時間は一日八時間を超えないようにするが、残業もある。不定期だが、週に二日の休みは保証する。給金は月額五十万のほかに超過勤務手当を上乗せする。

マリアにとっては今までで最も恵まれた待遇ではあったが、何をさせられるのかは蓋を開けてみないことにはわからない。

試用期間にマリアは蓮華の主治医と看護師に会い、病状や常用薬についての説明を受け、介護上の諸注意を聞いた。老衰による臓器不全を起こしやすくなっているが、癌はなく、脳や心臓の発作が起きなければ、すぐに死ぬようなことはないらしい。本人も少なくともあと七年、百歳までは生きるつもりと公言していた。ボケていないし、自分の足で歩けるし、食事も入浴も自分でできるので、特別の介護は必要なく、仕事としては物足りないくらいだった。この仕事は退屈に耐えることだといってもよかった。

熱海の別荘にも同行した。南向きの斜面に建てられたマグレブ風の白い石造りの軀体《くたい》にはコバルトブルーのドアとタイル張りのテラスがついていた。庭には小さいプールがあり、レモン、ゆず、橙《だいだい》などの柑橘果樹が植えられていた。秘書が運転する車で移動する時も、食事をする時も、マリアは常に蓮華に侍《はべ》っていたので、ヘルパーというよりは侍女の役割を期待されていた。それでも同じ食卓で同じものを食べるし、話し相手にもなる。

別荘には訪問客はほとんど来ず、面会はホテルのスイートで行っている。別荘では仕事らしいことは何もしていないように見えたが、多い時で一日十五回、少なくとも六回は秘書と電話で話し、あれこれ指示をしていた。そのやりとりは隠語と略語で埋め尽くされており、マリアにわかるのは数字と人の名前だけだった。

蓮華はよく眠る。お茶と軽食を用意するよういわれ、それを持っていくと、ソファでうつらうつらしている。マリアと雑談をしていたかと思うと、不意に寝息を立てている。夜にまとまった睡眠が取れないので、日中の断続的な眠りで補っているのか、でなければ、ナルコレプシーと思われる。予告なしにスリープ・モードに入ると、突然死かと慌てる場面もあったが、やがて、そのリズムにも慣れてきて、毛布をかけてやり、再び蓮華が目覚めるまで、気長に待っていた。寝ていたことを指摘されるのが嫌なようで、「寝てない。ちょっと出かけてただけや」とおかしないい訳をする。「どちらへお出かけでしたか？」と訊ねると、「あちゃらこちら行かなあかんとこたくさんあんねん」という。

――私もよくそうなります。

――あんたも？　何処ぞへお出かけでっか？　夢遊病？

――いいえ、てんかんです。

――泡吹いて倒れるん？

――意識が飛ぶのはほんの十五秒間くらいで、その時、誰かの声が聞こえます。

――何ゆうてくるん？　罵りか？　辱めか？

　蓮華はマリアの幻聴に興味を示す。

――そういうんじゃありません。教訓カレンダーに書いてあるようなコトバです。

――「一日一善」とか、「人類は兄弟、地球は家族」みたいな？

――はい、そんな感じです。

　マリアが素っ気なく答えたので、この話はそれで終わった。だが、二日後、蓮華の散歩に付き添っている最中、蓮華の目の前でマリアに欠神発作が起き、幻聴を聞くということがあった。放心状態で立ち尽くしているマリアを、蓮華は眩しそうな目で見つめながら、なぜか両手を合わせていた。マリアの意識が戻ると、蓮華は「あんた、今、あっちに行ってたやろ」といった。

――すみません。

――謝らんでもよろし。声聞いたんか？

どんなコトバを聞いたのか、蓮華が知りたがるので、マリアは今しがたの幻聴を聞こえた通りになぞった。

独裁者も人である限り、必ず滅びる。世界は意外と簡単に変わる。氷が溶けて水になるように。

「何やて？」と思わず蓮華が聞き返したのは、よく聞こえなかったからではなく、あまりに予想外のコトバだったからだ。マリアがもう一度、同じ文言を呟くのを聞いて、蓮華は「誰がゆうてんねん」と笑い出した。

――今のは声変わりしたての中学生みたいな声でした。毎回、違うんですが、女性アナウンサーの声だったり、「ルパン三世」や「笑ゥせぇるすまん」の声の時もあります。

――心ここに在らずゆうことやね。

――一つお尋ねしてもいいですか？　なぜさっき、合掌してたんですか？

――あ、バレてもうた。昔のこと思い出して、つい。

――亡くなられた方のことを思い出していたとか。

――ま、そやね。

――よろしければ、その話を聞かせてくださいませんか？

――ありがたいコトバを教えてくれたさかい、あんたには話すわ。

――まだ十代の頃や。ハルビンにおった時にな、あんたと同じマリヤゆう名のロシア人の娘がおったんや。親が何してたかはよう知らんけどな、貧しい家やったことは確かや。マリヤは学校にも行かず、いつも通りをウロウロしててな、時々、何事かブツブツいいよるねん。ロシア語やったさかい、わからへんけどな、祈ってるようやった。ある日、悪友が、マリヤに干し魚とか缶詰持ってったら、やらしてくれるいいよんねん。それを真に受けて、干鱈と牛肉の缶詰、渡しに行ったんや。そしたら、倉庫の半地下の石炭貯めとくところに連れて行かれて、そこで筆下ろしさせてもろた。

　九十三歳の老人が自らの初体験の思い出を語るのを、マリアは気まずい思いとともに聞いていた。

――名前が同じという理由だけで、その人と私を重ね合わせないでください。

――ま、そういわんで、思い出に付きおうてぇな。マリヤはちょっとオツムが足らんかったかもしらんが、優しい女で、その頃ハルビンにおった少年たちはみんな世話になった。亡命ロシア人の中にはマリヤに施しをしたり、キスをしていく人がおって、不思議に思うてたんやけどな、ある人があの女はユロージヴァヤやて教えてくれた。

――ユロ婆や？

――ユロージヴァヤ。ロシア語で聖なる愚者とか、神がかりいうような意味やね。さっきのあんたを見ていて、急に「倉庫のマリヤ」のことを思い出した。間違いなく、あんたにもその素質がある。もう決めた。死ぬまでぼくの面倒見てくれへんか？　この通りや。

　蓮華は庭の芝生に膝までついて懇願するので、マリアは困惑しながら、その腕を取って立たせた。

——私に「倉庫のマリヤ」さんと同じことを期待しないでください。

——ぼくはもう九十三やで。女に娼婦も愛人も妻も母も求めてへん。求めるのは巫女だけや。ぼくの専属巫女になってほしいねん。

間もなくこの世から退場してゆくこのフィクサーにも懺悔する相手が必要なのだろう。

——蓮華さんがお望みなら、できる限りのことはします。

「おおきに」とマリアの手を握って、感謝する蓮華にマリアはこう付け加えることを忘れなかった。

——ちゃんと悔い改めてくださいね。

空也の元に蓮華の秘書から連絡があり、「いい巫女を紹介してくれて感謝している。今後はマリア嬢の介護を受けながら、懺悔の日々を送るつもりだ」という御大《おんたい》からのメッセージを伝えられた。懺悔とはまたどういう風の吹き回しか？　せっかく妹を未だ隠然たる影響力を保つフィクサーの身近に送り込むことに成功したのに、彼女に影響されて慈善事業など始めたりしたら、こちらに回ってくる利権が減る。フィクサーからの恩恵に与りたい者にとっては懺悔もほどほどにして、仕事を回してくれといいたいところだった。

——妹にちゃんといい含めておいてくれよ。「フルハウス」も「火箱組」も老い先短いフィクサーにすがるほか生き残りの道はないんだから。できるだけ御大を長生きさせ、株式会社日本政府の利権を回してもらわないと。

このままでは水道事業自由化や中国系企業による企業買収も既存の大企業に独占される。何とかその一角に食い込めるように便宜を図ってもらいたいというのが松風の本音だった。だが、純真だけが取り柄のマリアがコトバ巧みに蓮華を誑《たぶら》かすなんて想像しにくい。

――あの爺さんが完全にボケて寝たきりになる前に、マリアのいうことを何でも聞き入れてくれるようになればいいんですけどね。

どう考えても望みは薄いので、奇跡を待望するしかなかった。

マリアが蓮華の専属巫女になって二週間ほど経った頃、彼女の方から空也に「話がある」と連絡があり、メトロポール・ホテルに出向いた。蓮華がスイートに滞在しているあいだ、マリアが寝泊まりしているコネクティング・ルームを訪ねた。マリアはやや疲れ気味で、「午前三時に呼び出されたりして、完全に睡眠障害になっている」とこぼした。

――兄の会社をよろしくと頼んでくれたか？

――操ちゃんは私の望みならいくらでも叶えてくれるっていうの。

――何かお願いしたのか？

――うん。私、新宿の児童養護施設にボランティアに行ってたじゃない。そこに寄付をお願いしますといったら、そこだけじゃなくて、都内の八つの施設に百万円ずつ寄付してくれた。

――他には？

――都内各地の子ども食堂二十ヶ所にも三十万円ずつ支援してくれた。それから都内で炊き出しを行っている団体にも二十万円ずつ寄付してくれた。

――慈善もいいけど、もっとわがままいっても聞いてくれるんじゃないか？　バーキンの一つ、着物の一枚でも買ってもらえ。

――もっといい服、いい靴を身につけないと、宝の持ち腐れになるといって、買ってくれたけど、慈善の方がお金かかるよ。

――わかったけど、こっちのお願いはスルーされちゃったか?

――その話なんだけど、女の望みは叶えるが、男は勝手に這い上がれって。でも、妹は兄に何をさせたいのかと聞かれたよ。

――何て答えたんだ。

――世直しして欲しいっていった。

――まだそんな世直しとか、救世主とかいってるのか。現実を見ろよ、現実を。

――現実もちゃんと見てるよ。それで操ちゃん何ていったと思う? 本気で世直しする気があるなら、応援するから、具体的に何をしたいのかいえって。だから、こういってやったの。空也は日本をアメリカから解放しますって。

空也は飲みかけの炭酸水を吹き出した。

――何、バカなことといってんだよ。真珠湾をもう一回攻撃しますといってるようなもんじゃないか。しかも相手は日本をアメリカの属国にした張本人の息子だぞ。

――やってみなはれっていってたよ。操ちゃんは本気みたいだよ。嘘だと思うなら、本人に聞いてみなよ。隣の部屋にいるから。

マリアはスイートにつながるドアを開け、顎で空也を促した。

――おい、ドア閉めろ。まだ、心の準備が。

スイートの方から「なんや」という蓮華の声がし、すかさずマリアが「兄がご挨拶したいと申しております」といった。

——ぼん、顔見せぇや。

空也が一度深呼吸をし、髪を撫でつけ、ドアの向こう側に行くと、蓮華はソファに腰掛け、意味深な笑いを浮かべながら、手招きしていた。

——ぼん、ぼくの歩《ふ》になってくれるそやね。

——将棋の歩ですか？

——そや。歩は敵陣に入ると、金に化ける。自在に動いて、王を追い詰める。

——何を企んでおられますか？

——どや、本気で世直ししてみるか？　ぼくは本気やで。死ぬ前に、今の世の中をマリアちゃんが望むように変えたろか思うとる。

脱力を誘う関西弁でいわれても、なかなか真に受けることができなかった。


最後の名誉は揺るぎない良心を持つ者に授けられる。善の共和国はまだ小さいが、いずれ悪の帝国を滅ぼす。

すでに半分あの世にいる蓮華がマリアの幻聴に心躍らせている。誰もが「世直し」を戯言と受け流すことで我が身を安全地帯に置くこの国で、蓮華も九十三年間そうしてきたはずだが、この期に及んでなぜか、マリアに焚き付けられるのを喜んでいる。ついこのあいだ耳打ちされたこのコトバにも痺《しび》れた。悪の帝国を作るのに貢献した男に向けられた最高のコトバではないか。コツコツと作り上げた砂の城は、惜しげもなく壊すことにこそ無上の喜びがあるのだ。自分が作った悪の帝国を滅ぼして何が悪い。作った本人は滅ぼし方もよく心得ている。

死ぬまで良心などとは無縁でいることもできるが、最後の最後に良心に目覚めれば、名誉が授けられる。これは長年、心に刻んできた『歎《たん》異《に》抄《しょう》』の教えと矛盾しない。すなわち悪人こそが阿弥陀仏の本願の恩恵を受ける。

近頃は眠りが浅く、連続して眠れることはほとんどない。この世の居心地がかなり悪くなっている証拠だ。夢枕には入れ代わり立ち代わり死者たちが現れる。朝の目覚めが悪かった日は、ひときわ死者の呪いが強くのしかかり、何をさせられるか知れない。

ある時、こんな夢を見た。

港に溺死体が揚がり、大騒ぎになっている。自分も野次馬の一人としてその騒ぎに加わっている。人の輪の中心にはむしろを掛けられた土左衛門が横たわっている。野次馬が「自殺か」、「いや他殺だろう」と噂していると、やにわに土左衛門がむっくりと起き上がり、「オレを殺したのはギョロ目で、息が生臭い、大阪弁の男だ」と告発し、再びぐったりとする。「ギョロ目で、息が生臭くて、大阪弁の奴を探せ」と野次馬の一人が叫ぶ。蓮華は目を細め、息を潜め、その場から逃げ出そうとするが、警官に「何か落としましたよ」と呼び止められた。振り返ると、警官が拾った鍵を差し出している。蓮華は「おおきに」といってそれを受け取ると、別の野次馬が「ここに大阪弁の奴がいるぞ」という。

あの世に片足を置いていると、死者たちの声も生々しく聞こえる。この世の財産も権力もあの世に持ち込めないのだから、この世にいる間に使い、この世で犯した罪はこの世で償っておいた方がよさそうだった。

――世直しゅうても、政治を変えるゆう意味やない。国会議員になったかて何も変わらん。アホな有権者目覚めさすにはショック療法が必要や。大きなサーカスを立ち上げな。サーカスゆうても、空中ブランコでも象の曲芸でもない。民衆の不安、興奮、恐怖、感動を誘うスペクタクルのことや。戦争、祭典、犯罪、天災、疫病、支配者は権力を強化するためなら、何でも利用する。世直ししたければ、支配者が打ち出すサーカスを超えなあかん。ぼん、あんたにできるか？

――もしかして、暴動とかテロとか暗殺とか焚き付けてますか？

――そうゆうこともあるかもしれへん。この国では西郷どんの西南の役以来、内戦は起きてへん。暴動らしい暴動も米騒動以来、ない。それは民衆が骨の髄まで奴隷根性に染まってるっちゅうことで、何も自慢にはならへん。どや、ぼん、民衆蜂起。お隣の韓国は民主と自由を戦って勝ち取ったで。フリーダム・イズ・ノット・フリー、自由はタダやない。

　株式会社日本政府のおこぼれに与るというアテは完全に外された。まさか民衆蜂起などといい出すとは思いもよらず、空也は内心で舌打ちを連発していた。そんなものが成功すると本気で思っているのか？　おそらく、失敗すれば、冗談で済まし、万が一成功すれば、溜飲を下げるといったところだろう。

――そんなに堅苦しゅう考えんでもええよ。暴徒やテロリストになれとはいわん。愉快犯になれゆう話や。

――愉快犯には正義はありません。

――正義のために立ち上がったら、その瞬間から義兵になるんや。マリアちゃんに聞いたで、あんたの夢は「世界の敵」になることやて。その夢叶えてあげよかゆうてんねんや。

――信じていいんですか？

――それはこっちのセリフやで、ぼん。あんたもヤクザの息子なら、結果出してみいや。あんたがほんまの義兵になるか、オモチャの兵隊で終わるか、証明してみせてぇな。

蓮華が目配せすると、秘書は分厚い封筒を空也の目の前に置いた。

――これはあんたへの初期投資や。どう使おてもええよ。次の段階に進むか、これっきりにするか、このカネの使い道次第やね。

有効活用すれば、もっと大きな投資が得られるという意味だろう。これは一種の面接試験だった。空也が目の前の札束に手を伸ばせば、自動的に実技試験に移行する。

義兵になるか、オモチャの兵隊になるか？　この二択はなかなか厳しいものがあった。愉快犯になれともたぶらかされているが、愉快犯は蓮華の方だった。

コネクティング・ルームに下がると、マリアが腕を組んで、空也にまっすぐな眼差しを向けていた。マリアに借金を押し付けて逃げた男と女に制裁を加えた時も、そんな目で空也を睨んでいた。空也の手に封筒が握られているのを見ると、マリアは「それ受け取ったら、もう後戻りできないよ」と呟いた。

――おまえ、オレを売りやがったな。

――空也が先に私を売ったでしょ。そのお返しに高く売り込んであげただけ。

――とんだ食わせ者だぜ、あの爺い、オレに暴動を焚き付けてるぞ。

――いっぱい稼げるじゃない。火箱組も潤うし、親孝行にもなる。

――親孝行で暴動起こすバカが何処にいる。

――そこにいるじゃん。

――まだやると決まったわけじゃない。別にこのカネ持って南仏に逃げたっていいんだ。オレはその程度の男だったってことだ。

――でも空也は逃げない。世直しを始める。

――また変な予言するんじゃねえよ。死ぬ前にド派手なサーカス見せろ、思う存分、社会を引っ搔き回せってことだろ。オレにできることなんてタカが知れてる。クソ野郎を一人か二人、葬ることくらいだ。それで足が付いたら、刑務所暮らしが待っている。それがあの爺いのオモチャの兵隊になるってことだ。

――オモチャの兵隊で終わるならね。

――稼げるだけ稼いで、トンズラする。

――操は世直しが最高のサーカスになると思っている。どっちみち危ない橋を渡るんだから、とことんやるべきよ。操は世直しにはおカネを惜しまない。

――世直しなんてする奴が一番最初に滅びることになってるんだ。

――負けたらね。勝てばいいんだよ。空也、一人でやろうとしなくていいよ。私も世直しに協力するし、火箱組や「フルハウス」の人も手伝ってくれる。きっと寵児さんも。

――ボランティアと一緒にするな。それに寵児は政府の人間だ。

――ちっちゃいことは気にするな。それで空也、何から始める？

その日、マリアを見る空也の目が変わった。今まで純真さしか見ていなかったが、妹にも極道の血が通っているのは確かだった。

何から始めるか、それが問題だった。蓮華は何をどうしろとは一言もいわなかった。ひとまず初期投資の五百万円で何ができるかを証明し、さらに蓮華をワクワクさせるサーカスを企画したら、次の投資が行われるだろう。マリアによれば、一連のサーカスには「世直し」とか「日本をアメリカから解放する」とか「腐敗した政府に天誅を下す」といった大義があると、蓮華の気前がよくなるそうだ。蓮華はマリアに促され、罪滅ぼしをする気になったようで、空也はその代行を引き受けたようなものだった。

実にふざけた契約、それも口約束を交わしてしまったが、うまくやれば、火箱組や「フルハウス」の当座のシノギにはなる。マリアは「プレゼントがある」と空也に掌サイズのリボン付きの包みを手渡した。中身は黒い革装の手帳だった。

マリアがいつも赤い表紙の手帳に「お告げ」を書き込んでいることは知っていた。そこに書かれたメッセージが蓮華の心の闇を照らしたかもしれないと考えると、罪深い手帳であるが、兄には黒い手帳を渡し、「世直し」の構想を練れというのだ。

——今時、手書きの手帳かよ。

——手で書いた方が心に刻まれる。空也がこれから犯す罪を記録に残しておけば、懺悔する時にも役立つでしょ。

空也は舌打ちし、「おまえ、オレを警察に売るような真似だけはするなよ」というと、子どもみたいに小指を差し出し、指切りげんまんを求めてきた。

——二度と空也を売らない。誓う。操をしっかり監視しておくから、安心して。

マリアは蓮華に人質に取られているので、蓮華からの仕事の依頼を断ることができない、と空也は思っていたのだが、マリアは逆に蓮華を人質に取っているつもりでいた。

——世間知らずは怖いもの知らずか。

「何？」と問い返すマリアを無視し、「最初の一歩を踏み出したら、報告に来る。できるだけ多くのカネを罪滅ぼしに使わせるから、しっかり介護してやれ」といい残し、空也は部屋を出て行った。あとでもらった手帳を開いてみると、マリアの丸っこい手書き文字であらかじめこんな書き込みがされていた。

選ばれた未来の支配者たる者は古い法を乗り越えることができる。

手始めに黒革の手帳に株式会社日本政府の中枢にいる面々の名前を書き出してみた。内閣総理大臣犬養仁を筆頭に各閣僚の名前、実質政権運営に深く関わっている官邸の人間、官房長官、副長官と首相側近の五人の補佐官、国家安全保障局、内閣人事局、内閣広報室、内閣総務官室、内閣サイバーセキュリティセンター、内閣情報調査室それぞれの部署にいる官僚たち全員の名前を書き出すと、約百人分の名簿ができた。これをマイ・ブラックリストと名付けた。それぞれの名前の後には空欄を設け、五段階の評価をつける。首相は5、各閣僚は4、官僚たちは3となっているが、これは接近の難易度を示している。その下の空欄には自宅住所、議員会館の部屋番号、電話番号、家族構成、秘書の名前、人間関係、経歴、持病、趣味などの個人情報を書き込んでゆく。税金、公金をピンハネし、私腹を肥やす奴らばかりだが、いずれはそれぞれの罪状に応じた制裁が加えられることになる。

　これまでも特定の議員や官僚のプライバシーを探り、その弱みにつけ込む仕事はやってきた。もっとも、脅迫によって得られた利益など、彼らが貪った利益の一パーセントにも及ばない。同じ穴の狢になりたくて、巨悪に擦り寄ったが、そのつま先を舐めることすらできなかった。それがJ2サイドの人間の限界である。下剋上など夢のまた夢だった。

　しかし、「世直し」という大義があれば、奇跡を起こせるかもしれない。実現の確率が極めて低いのは百も承知だが、奇跡と統計は切り離した方がいい。統計が意味をなさない現象、それが奇跡なのだから。実際にそれを起こした人はこういうに違いない。

　意外と簡単だった。

　奇跡を待望する人はいくらでもいる。愚か者の人口もうんざりするほど多いが、奇跡を起こそうとする愚か者はほとんどいない。だから、奇跡は永遠に起きないのである。しかし、そうした聖愚者が一人現れれば、後を追う者が続出するのではないか？　この期待に根拠はない。信仰に根拠がないのと同じだ。

　奇跡にも仕込みは必要だ。自分が最初の愚か者になるが、それに続いてくれる協力者を揃えておかなければならない。スポンサーはもう現れた。空也は手帳に思いつくままに仲間に加えたい人材を書いてゆく。策士、職人、ハッカー、詐欺師、殺し屋、危険物取扱者、医師、弁護士、ジャーナリスト……

「世直し」に賛同する者、奇跡を待望する者、正義を実行したい人、社会や国家に復讐したい人、このクソな世界の滅亡を希求する者、それら不平市民の潜在的人口はかなりの数に上るはずだが、実際に糾弾の声をあげ、行動に打って出る人の数はその一パーセントにも満たないだろう。絶望した者の多くは沈黙と服従に向かう。耐え難きを耐えるのが美徳だと思い込んでいるのか、思い込まされているのか、何か行動を起こしたところで報われることはないと諦めている。「不幸なのはおまえだけではない。みな平等に不幸なのだ」という不幸の民主主義に甘んじている。

もし不平市民が組織的に動員され、それぞれが怒りとスキルを発揮し、学校や職場や地域で抵抗運動を始めたら、株式会社日本政府などひとたまりもなく転覆する。

そんな話を松風にすると、額に手を当てられ、「熱があるんじゃないか」といわれた。

――反政府ゲリラにでもなるつもりか？　暇だから革命でも起こそうかって？　「勇者空也の冒険」じゃないんだからさ。

――いや、ビジネスですよ。蓮華爺さんがカネ出すっていってるんで。

――「世直し」なんて冗談に決まってるじゃないか。愉快犯の使い走りなんて引き受けやがって。

――どれくらいあの爺さんからカネを引き出せるか、やってみますよ。

――百戦錬磨の古狸にはよほどのサプライズをかまさないと、通用しないぞ。

――オレはチェーン・リアクションを起こすためのスイッチを入れるだけですよ。社会にくすぶっている怒りのパワーを解き放ちたいので、社長も是非協力してください。

――何企んでる？　オレに何をさせる気だ？

――社長が得意な人材集めを頼みます。

――どんな人材だ？　殺し屋とかいうなよ。紹介できるけど。

――それはいずれお願いするとして、手始めに内部告発者とか冤罪被害者たちをリクルートしようと思います。

――どうしてまた？

――組織への恨みが人一倍強い人たちだからです。正義を貫こうとしたり、無実の罪を着せられたりして、裏切り者や犯罪者の烙印を押された人たちの怒りを集結させるんです。

――そんなことして何になる？　柄にもなく人助けか？　割に合わないんじゃないか？

――世にくすぶる人材の有効活用ですよ。

内部告発者や冤罪被害者は弁護士に相談しているはずなので、法律事務所を当たれば、いくらでも見つかるだろう。報道機関もそれを取材してもいるから、ジャーナリストを当たってみれば、詳しい話が聞ける。

松風は付き合いのある法律事務所とジャーナリストの連絡先を教えてくれたが、空也の知り合いの勤務先だった。同じ大学出身の砂漠谷絵里が勤めるニュース配信会社「エンドスコープ」と彼女の友人の萩谷ソフィアが所属する南塚・北川法律事務所である。今まで正義や人助けとは距離を置き、裏稼業に徹してきたので、この二人とは全く仕事の接点がなかったが、「世直し」の大義を掲げるとにわかに協力関係を築けそうだった。

事件や出来事を何処から見るか？　身に迫る危機と捉えるか、対岸の火事と見るか、それが問題だ。当事者と野次馬では雲泥の隔たりがある。レイプされたのが赤の他人なら、自己責任の一言で片付けるが、自分の娘や妻だったら、犯人を殺してやりたいと思う。不正や悪事を暴こうとしながら、組織の報復を受け、職を失ったり、孤立無援になったりした内部告発者、無実の主張を退けられ、法の庇護も受けられず、他人の罪を背負わされた冤罪被害者、彼らはともに権力や法、組織や主従関係の理不尽を誰よりも味わい尽くしている。復讐の権利がありながら、それを果たせず、充分な補償も得られないまま泣き寝入りを強いられてもいる。彼らの絶望が深ければ深いほど、「世直し」の原動力になる。彼らの人権を守る活動をするボランティアが義兵になって何が悪い。虐げられた者の怒りを解き放てば、そこから「世直し」の連鎖が起き、支配層の人間を怯えさせることくらいはできる。

　空也の頭の中にだけあるその計画はまだ漠然としていたが、内部告発者や冤罪被害者の支援活動を行う組織を立ち上げれば、「世直し」の大義は成立する。それを表向きの顔にしておけば、裏の顔を偽装しやすくなる。何処の国にも、首相の地位にある売国奴、財務大臣という肩書の犯罪者がいる。石を投げれば、売国奴や犯罪者の子分に当たる。政府機関のポストも慈善団体やＮＰＯも犯罪を隠蔽するかくれマントに過ぎない。誰もが表の顔と裏の顔を持っている。祈りの専門家である神父や僧侶でさえ、必要が生じれば、義兵に加わったのだから。

　国家はマフィアのお株を奪い、ますます横暴を極め、無法の限りを尽くすようになる。今のところ国家を抑止する制度も組織もほとんど機能していない。警察も検察も裁判所もメディアも国家に奉仕し、市民は沈黙と服従を強いられる。国家が不正と悪事の温床になっているのに、誰も国家に対して警笛を鳴らせない。だが、ごく一部の人間は果敢にも笛を吹いた。まだその笛の音は小さ過ぎて、社会には響かない。ならば、数を増やして、一斉に吹くしかない。

　内部告発者のことを英語でホイッスルブロウアーという。ハーメルンの笛吹きを想起させるが、笛吹きに冷たい仕打ちをする者は大きな後悔をすることになる。自由と権利を獲得するために今までどれほどの血が流されたか知れない。先ずは国家に向けて警笛を鳴らせ。次に自分の武器を持って戦え。復讐や抵抗、暴動や反乱、暗殺やテロは誰にも気づかれないように準備し、静かに、敵の意表を突いて、実行されなければならない。

　空也は萩谷ソフィアと砂漠谷絵里を通じて、南塚弁護士と「エンドスコープ」社長村西透に会い、非営利団体「笛吹きプロテクション」の設立を相談し、協力を要請した。組織からの報復や社会的制裁から内部告発者を守るだけでなく、組織の不正行為の摘発までサポートすることを目標にしており、その活動に対しては匿名の篤志家から資金援助を受けられると説明した。日本でも公益通報者保護法が施行されているが、組織からの制裁は依然行われているし、不正の是正には結びついておらず、充分な保護がされているとはいい難い。公益に貢献したものが裏切り者の誹《そし》りを受けるようでは、善行は一切報われないことになる。笛吹きは奨励され、また尊敬されるべきである。笛吹きを手厚く保護することは安心して暮らせる社会実現の近道になる。

　最後の一言は選挙の街頭演説みたいだったが、弁護士もジャーナリストも積極的に賛同した。南塚弁護士は「笛吹きの保護と組織犯罪の摘発はセットで行うべきだと前々から考えていた」といい、村西社長は「訴訟と報道が連携し、内部告発の正当性をもっと社会にアピールした方がいい」といった。

　南塚からも、村西からも、過去に訴訟や報道で付き合いのあった内部告発者のリストが提供された。そのリストを元に義兵のリクルートが始まった。

　空也はソフィア、絵里とともに、七人の笛吹きと面談した。取材報道に応じ、訴訟を起こすよう説得しつつ、空也は笛吹きたちをわざと怒らせるようなことをいい、気長に本音を吐くのを待った。空也の関心はもっぱら彼らが抱え込んだ憎悪の深さ、復讐心の強さに向かった。元々、正義感の強さから内部告発に踏み切ったのだろうから、彼らは義兵になる素質充分といってよかった。

空也は二人の男と一人の女に注目した。

池上学《いけがみまなぶ》（45）は元陸上自衛隊の3等陸佐で、イラクに派遣され、医療、給水活動に従事していた。池上自身は警備中隊長として、活動中の隊員の安全を守る任務に当たっていた。自衛隊の活動地域は「非戦闘地域」に限定されていることになっていたが、部隊はロケット弾や迫撃砲の攻撃を何度も受けた。部隊の活動は平和維持と復興支援であるという建前から、攻撃を受けても応戦することは原則禁じられていた。市民に偽装したゲリラによる攻撃を頭を低くしてやり過ごすことしかできないのだから、隊員たちはいつ死んでもおかしくない状況にあった。そんな最中、部隊が市街地の病院に医療物資の運搬を行った際、銃撃戦に巻き込まれ、部下の会田《あいだ》1等陸士が被弾した。ゲリラが放った銃弾ではなく、米兵による誤射だった。

すぐに病院に搬送され、一命は取り留めたものの、肩と骨盤に被弾する重傷を負ったので、治療のため緊急帰国させる必要があった。だが、ちょうどその時に防衛副大臣が視察に訪れており、米兵による誤射という事実のみならず、部下が被弾したこと自体も隠蔽され、車両移動中の交通事故として処理された。もちろん、米軍への補償請求もなされなかった。「非戦闘地域」で負傷者を出したという都合の悪い事実は公表されることがあってはならないという政治的忖度がなされたのだ。陸上自衛隊は米軍に補償の要求さえせず、摘出した弾丸の廃棄と診断書の捏造を医師に指示した。しかも、部下の本国への搬送はすぐには認められず、最低限の医療設備しかない現地の病院にとどめ置かれ、帰国できたのは事故から一ヶ月後だった。

「非戦闘地域」での米軍支援という建前が尊重されるあまり、負傷者が放置された結果、部下には後遺症が残った。左手と右足が麻痺し、長期のリハビリを余儀なくされ、また心的外傷を抱え込むことになった。

池上は七ヶ月間の任務を終え、帰国したが、その直後から頭痛や不眠に悩まされるようになり、医師には「心的外傷後ストレス障害」と診断された。極度の緊張状態で任務に当たっていた現地では感じなかった疲労感が、帰国後に遅れて現れた。怒りっぽくなり、何気ない妻のコトバに過剰反応し、衝動的に物を壊したり、怒鳴ったりするようになった。

負傷した部下会田１等陸士が自殺したという知らせを受けた時、池上自身も自殺の誘惑に駆られていた。池上は会田の遺族に会いに行き、イラクで実際に何が起きたのかを全て話した。彼の両親と妹は、池上の報告が生前、会田が訴えていたことと一致していると認めた。池上は陸上自衛隊の幹部による事実の隠蔽に自分も加担したために、彼に充分な治療と早期の帰還を施せなかったことを詫び、自分にできる償いをすると約束した。

自分や会田のようにＰＴＳＤに苦しむ隊員は思っていたより多かった。同じ派遣部隊にいた医師も未遂には終わったものの手首を切り、自殺を図っていたことがわかったし、他の部隊でも自分と同じように警備の任務に従事していた陸佐が練炭自殺していた。自衛隊はいずれのケースでも公務災害補償の手続きをしていなかった。

自殺まで至らなくても、入院治療を受け、なかなか病状が改善しない隊員も多く、「平和維持活動」の矛盾と自衛隊の隠蔽体質の犠牲者は今後も増え続けることを確信した池上は、実名で内部告発する決意をした。新聞、テレビなどマスメディアに告発状を送り、同時に国家賠償を求める訴訟を起こした。その途端、遺族に対する匿名の嫌がらせや脅迫が行われるようになり、池上も秘密保持の規則に違反するとして、懲戒免職にされた。
裁判では、会田陸士の自殺とイラク派遣部隊の任務に因果関係が認められるか否かが争点となった。一審では「派遣部隊責任者が調査や適切な処置を行っていれば、後遺症は残らず、また自殺を回避できた可能性がある」とし、国と派遣部隊長に計三千七百万円の賠償を命じたが、政府が控訴し、二審では地裁判決が覆され、「米兵による誤射の証拠はなく、あくまでも平和維持活動遂行中の事故であるという部隊の報告に疑義は認められず、また自殺と現地での任務に因果関係は認められない」と賠償請求を退けた。最高裁でも高裁の判決が支持された。政府の意図を汲んだ、死者と告発者に鞭打つ判決だった。

池上は陸自を免職された後、裁判にかかりきりになり、そのせいもあって離婚し、今は丹沢のキャンプ場の管理人として子どもと自然を相手に目立たないよう静かに生活しているが、まだ戦う意志を捨てていないといった。

――自衛隊に入隊した時は国を守るためには自分の命さえ投げ出す覚悟があった。しかし、私たちがやってきたことは、米軍の後方支援をすることだけだった。ロケット弾を打ち込まれても、反撃できず、小銃を発射することもできず、米兵に誤射されても、米軍のバスにはねられても、賠償を請求できず、どうやって自分の身を守ればいいというのか？　自衛隊はアメリカを守る警察隊であって、私たちを守ってくれない。もちろん米軍も私たちを守る気はない。唯一、守ってくれるものがあるとすれば、憲法9条くらいだ。政府は憲法をないがしろにし、危険極まる「非戦闘地域」に非戦闘員の私たちを派遣する。流れ弾に当たって死んでも、自業自得といわれる。そんな組織のために尽くしていた自分にものすごく腹が立つ。マスメディアも司法も味方にはなってくれなかった。今はキャンプ場で平穏な暮らしをしているが、肉体の鍛錬は続けている。これればかりは癖になっているので、やめられない。自分の本当の敵はイラクの民兵ではなく、米軍であり、自衛隊だった。いつか何らかの形で復讐したい。

そんな告白に空也は心動かされ、「あなたの復讐に協力したい」といい、固い握手を交わした。

「たった一人の反乱」の経験者の二人目島尾志保《しまおしほ》（35）は東京地方検察庁の経理担当職員として勤務していた。全国の検察庁には事件の調査や情報収集のために使う調査活動費という支出がある。その資金を虚偽請求し、私的に流用するようなことは日常的に行われていた。島尾は事務局長の指示で、架空の情報提供者になりすまし、いくつもの名前を使い分け、実際に偽造領収書を書いていた。五万、十万の比較的少額ながら、多い時には一度に五十枚もの領収書を偽造させられ、固く口止めされていた。カラ出張の領収書も何枚書かされたことか。「おまえも共犯者だから、たまには甘い汁も吸え」とまでいわれていたが、いざ裏金流用が暴かれたら、その責任は自分一人に押し付けられるに違いないとも思った。詐欺を厳しく取り締まる検察庁で詐欺をさせられるストレスから円形脱毛に悩まされた。

事務局長は裏金を管理する裏帳簿を保管し、検察庁の汚職を総合的に把握し、職員に睨みを利かせていた。もし、告発でもしようものなら、即座に別件逮捕されることを匂わせてもいた。犯罪をでっち上げて有罪にするプロフェッショナル集団ゆえ、犯罪の隠蔽もお手の物というわけだった。裏金の九割が幹部たちの飲食、旅行、ゴルフ、パチンコ、マージャンなどの遊興費として消費され、残りの一割は下級職員への口止め料を兼ねたおこぼれとして、祝儀や香典に使われた。使い切らなかった予算は予備として秘密口座にプールされ、資金流用が疑われたりした際に帳尻合わせのために使われた。その額は五千万円以上に及び、裏金として使われた額は島尾が切った領収書の分だけでも累積でやはり五千万円以上あった。

島尾は信頼している上司に相談したが、「聞かなかったことにする」といわれた。

このような経理操作は警察でも外務省でも防衛省でも例外なく、あらゆる官庁で慣例的に行われており、組織の潤滑油になっている。だから、互いに黙認するのが大人のルールだ。そのように諭されたものの、不正や汚職を摘発する検察自体が率先して、公金を私的に流用していることが許せなかった。公私混同を最も効果的にできるのが公務員だなどとても開き直れなかった。

島尾は食欲減退、不眠に苦しむようになり、抗うつ剤を服用するようになった。医師からは「適応障害」と診断され、職場を離れることも考えたが、公然と不正を行う職場に適応できないのは自分が真っ当だからだと思い直し、自分が感じている居心地の悪さを自ら改善するしかないと考えるようになった。

だが、検察の裏金濫用を告発したとしても、何処の組織が検察を摘発できるのだろうか？　警察か、会計検査院か、最終的に容疑者を起訴するのは検察の仕事であるから、自分たちを取り締まることになるのか？　上司たちが自分たちの手に手錠をかける光景は全く思い浮かばなかった。やはり、誰かを生贄に捧げ、逃げ切りを図るのだろう。自分がその最有力候補であることは予告されていた。

唯一、告発が奏効するとしたら、マスメディアが取り上げてくれた時である。もちろん、証拠はいくらでも用意できる。自分が偽造領収書を切った張本人なのだから。駄目押しで経理局長がつけている裏帳簿を持ち出せば、その全容を暴露することもできる。

占いで吉日を調べ、その日に抗うつ剤を飲み、前向きな気分で裏帳簿のコピーを取って外に持ち出し、南塚・北川法律事務所と「エンドスコープ」に持ち込んだ。それを特ダネとして売る気はさらさらなく、公益優先の立場を貫くつもりだった。「エンドスコープ」はすぐにスクープを打ってくれ、法律事務所は訴訟の準備を始めてくれた。だが、大手メディアはこのスクープの後追いすらせず、完全にスルーした。検察は第一報に速やかに対応し、報道各社に「根も葉もないデマ」と伝え、報道規制をかけたのだろう、検察を敵に回したくない各社はそれに従った。

検察庁内部の口裏合わせは徹底しており、彼女の告発を裏付ける証言は何一つ出てこなかった。自分たちにかけられた容疑を徹底調査するといいながら、内部調査に当たる委員に第三者を一人も入れず、身内で固め、組織をあげて隠蔽しようとした。彼女が持ち出した裏帳簿もでっち上げで、原本は存在しないと主張した。彼女は偽領収書の写しも保存していたが、その明白な証拠に対してはこんな説明がなされた。

調査活動費は実際の協力者に渡しており、架空の人物は一人もいない。ただ、協力者保護のために実名を伏せ、偽名を使ったのは事実である。これは違法とはいえず、文書偽造には当たらない。だが、誤解を招く経理処理ではあったので、今後は実名を記入するよう関係部署を指導し、秘密保護のため領収書や帳簿は公開しない。

この理屈に沿って、不適切な経理処理を行った者を懲戒処分とする決定がなされた。つまり、告発者の島尾一人を組織から排除し、しかも、彼女を文書偽造と窃盗の容疑で報復的に告発し、幕引きを図った。まさに彼女が危惧していた通りの結果になってしまった。

こうして東京地方検察庁の裏金問題はなかったことにされた。検察は警察その他の諸官庁の裏金システムを一切取り締まらないと宣言したも同然だった。メディアもそれを取り上げないという慣例までおまけについてきて、全国各地で組織的に行われている公金流用は解明も改善もなされないまま放置すべしという悪しき前例が作られた。

――公益のため、納税者のため、正義のため、と自分にいい聞かせ、薬でハイになった状態で、どうにでもなれと思ってやったことですけど、内部告発は割に合わないとつくづく思いました。

口元がいつも微笑んでいるように見え、やや首を傾げ、囁くように話す島尾志保は、自分の話に耳を傾けてくれることに何度も感謝した。

――組織の報復は熾烈だったでしょうね。

――ええ、罵詈雑言を浴びせられました。どうせ懲戒免職なんだから、黙って送り出せばいいのに、裏切り者、メンヘラ、不適格者、脱落者、反社、うつけ者、ジャンキーいろんなあだ名をもらいました。結局、起訴はされたものの、罰金刑で済みました。あれは私の口封じの脅しとこれ以上、裏切り者を出さないための見せしめだったんでしょうね。

――告発したことを後悔していますか？

――後悔はしていますけど、タイムマシンで告発前に戻っても、私は同じことをやっていたと思います。不正に加担するのが嫌で、適応障害になったんだから、自衛の策を講じるしかなかったんですよ。あのまま見て見ぬふりをしても、やっぱり身を滅ぼすことになったと思う。自殺まで考えたくらいですから。免職になって、命拾いしたと思うことにしています。

――検察庁という大きな権威と戦ったチャレンジャーには称賛と復活のチャンスが与えられるべきだと思います。

――ありがとうございます。そういってくれる人がいると、報われます。でも実際のところ、内部告発者の前歴はその後のキャリアに致命的なマイナスになるみたいです。

彼女は検察庁を免職になったことを不服とする訴訟も考えたが、復職する気はなく、また慰謝料を請求する気にもなれなかった。半年ほど自分を見つめ直す時間を持ち、野山を歩いたり、海外旅行に出たりしていたが、蓄えも尽きてしまい、再就職口を探し始めた。しかし、一般の企業では面接で前歴を問われ、正直に答えると、採用が見送られることが相次いだ。

――学生時代に倫理学の授業で先生がアンケートを取ったんです。勤務先の会社で不正が行われていた場合、是正を求めたり、告発したりするかという質問に対して、私は「告発する」と答えたんですが、同級生に変わり者といわれました。みんな告発するものとばかり思ったんですけど、九十八パーセントは「告発しない」と答えていたんです。就活の面接ではそう答えないと落とされるというのを聞いて、それは間違っていると思いました。思えば、学生の頃から私は組織に適応しにくい性格だったのかもしれません。

――日本では何処もそうだと思いますが、組織に加入すると疑似家族の人間関係に組み込まれます。試験を受けて採用されるので、能力を問われてもいるんですが、それより組織への忠誠心が重視されます。社会正義よりも組織の利害が最優先されます。私も仲間外れにならないように「組織人格」に自分を合わせようとしたんですが、自分の人格の中心にある良心を破壊するみたいで辛かった。自分の中の良心を守ることと不正に加担して組織を守ることはどっちが正しいのか、よくよく考えました。その上で告発に踏み切ったんですが、結果的にはよかったと思うことにしています。もう抗うつ剤も飲んでいません。

現在、島尾志保は小説を書くかたわら、暗号化通信「ダークネット」を利用し、気軽に内部告発の書き込みができるウェブサイトを運営していた。自分の法律の知識を活かし、組織の圧力に屈せずに正義を貫く方法をアドバイスしたりしている。小説の方は出版の目処も立たないが、内部告発が不発に終わっても、最終手段として小説にその一部始終を書き、読者を得ることで戦いは継続できると考えた。過去にも警察、文部科学省、外務省、厚生労働省、航空会社、原子力安全・保安院などの組織のダークサイドを暴いた小説が発表されてきた。なぜフィクションかといえば、もし、「これは全て事実である」と主張すれば、名誉毀損だ、事実無根だ、陰謀説だと関係組織からクレームをつけられ、訂正を求められるが、フィクションである以上は訂正などに応じる必要もなく、躊躇なく事実を暴露できるからである。

　穏やかな物腰、清楚な笑顔に巧妙に隠されているが、島尾志保は叛逆の意思を失っていなかった。また、自分の良心を信じ、守ろうとしたのは、妹の桜田マリアに似たところがある。空也は彼女とも固い握手を交わし、「復讐をビジネスにしてみせます」と約束した。

「たった一人の反乱者」の三人目は内部告発者でも冤罪被害者でもないが、不本意な形で所属していた組織を追われた男だった。空也は寵児の依頼で、黄昏太郎とともにその男を尾行したことがあった。寵児の以前の所属先と同じアジア政策研究センターでサイバーセキュリティを担当していたが、中国安全部と内通し、重要秘密を漏らしていたことが疑われ、二十一日間の取り調べを受けたのち、解雇された。

　その男のあだ名はペヤング。彼は解雇を不服として、アジア政策研究センターを相手に訴訟を起こしたが、敗訴に終わった。控訴したが、あえなく棄却され、ペヤングは自宅に引き籠もった。政府による検閲が及ばず、発信者を特定できない暗号化通信によるＳＮＳアプリ「ダークネット」を開発した。自分と似た境遇の人々が政府機関の監視やアカウントの凍結を一切気にせず、思う存分不満をぶちまけられるこのアプリは急速に普及しつつあり、島尾志保もそのユーザーの一人である。

　この奇縁を利用しない手はなかった。空也は自らもダークネットのユーザーになり、友人申請をして、面談に漕ぎ着けた。クラッカーからサイバーセキュリティに転じるケースは多々あるが、その逆コースがあってもいい。寵児からの依頼で彼の行動確認を行い、彼のリストラに間接的に関与していたことになるので、その事実は伏せ、「リストラされた恨みをサイバー・テロで晴らすこともできる」と説得し、「笛吹きプロテクション」への協力を要請した。ペヤングのように承認欲求が強い人物は寝ても醒めても「オレはここにいる。早く見つけ出し、有効活用してくれ」と念じている。そこを巧みに突き、「あなたが開発したダークネットに投資したいという人を紹介できる」というと、ペヤングはにわかに饒舌になり、「大手通信業者は個人情報を何の躊躇もなく政府に提供し、許認可で優遇を受け、独占的な地位を占めている。本当の市民の味方はダークネットだ」と鼻息を荒くした。自分を解雇したアジア政策研究センターに対しても、「永遠に日本を占領し続けるためにはどうしたらいいかを研究する売国センター」と罵った。

　南塚・北川法律事務所と「エンドスコープ」と提携し、「笛吹きプロテクション」というＮＰＯを立ち上げ、自衛隊、検察庁、アジア政策研究センターからの離脱者三人をコア・メンバーとしてリクルートし、さらにボランティアの活動員の支援体制を整えた。初期投資五百万円がこのように使われたことを報告するために、空也は再び、メトロポール・ホテルのスイートを訪れた。

　蓮華操に会う前にマリアに会い、どんな様子か聞いた。「報告を楽しみにしているけど、すぐに飽きるから説明は短くね」といわれたので、簡潔に五分で済ませた。蓮華は空也の話を聞くあいだ、ずっとマリアの手を握っていた。

　報告を終えると、蓮華は「組織の裏切り者に世直しさせるっちゅう逆転の発想がええなぁ」と褒めてくれた。

——NPO立ち上げて、それを表向きの看板に掲げるのは利口なやり方や。邪悪な本質を隠すにはうってつけの手やね。官僚は自分たちの天下り先を用意するために同じ手を使《つこ》うてるけど、看板の裏で何をするかが問題やな。

——強烈な復讐心と高度な知能を持ったエキスパートを集めていますので、彼らを焚き付けて、世直しの具体的な作戦プランを練り、そのプランに従って、工作員を動員します。

——工作員は何処から連れてくる？

——人材派遣会社のネットワークを通じて、プランごとに雇います。もう一つの方法はダークネットの掲示板を使って、公募します。特定の誰かに仕事を依頼するのではなく、不特定多数に向けて秘密の指令を発信し、それを実行できる人材が現れるのを待ちます。たとえば、暴動の指令に対して志願者が現れたら、ダイレクトメッセージでより詳細な手順を示し、必要なサポートをします。ミッションを達成したら、成功報酬を振り込みます。ダークネットを使えば、通信記録も暗号化されているので、秘密を保てます。発信者も受信者も特定できないので、犯罪の共謀があったとしても証拠は残りません。

——情報が漏れない通信手段を一番使いたいんは政府やろね。それがあれば、悪さし放題やで。政府より先に唾つけたんは偉い。

——その開発者に投資の話を持ちかけたら、二つ返事で協力者になってくれました。資金援助よろしくお願いします。

——そのダークネットもいずれ取り締まり対象になるんとちゃうか？

——サーバーに残された通信内容の開示を求めてくるでしょうが、のらりくらりと開示を拒み、強制捜査が入る前にデータを消去すれば、大丈夫です。治安当局が警戒を強める前にいくつかのプランは実行できるはずです。

——そんなボランティア募集みたいなやり方で危険な仕事を引き受ける奴が現れるか？

——パンドラの箱は開けてみてのお楽しみです。漠然と世直しを待望する人は一千万人以上いるでしょう。チャンスがあれば、自分も行動を起こしたいという人が一パーセントでもいれば、その数は十万人です。さらにそのうちの一パーセントが暴動も辞さないと考えていたら、千人の義兵が志願する計算になります。

——ほんまに千人のゲリラが世直しに立ち上がったら、内乱になりそやね。

蓮華はおもむろに立ち上がり、空也に握手を求め、秘書には「シャンパン二本」と告げた。

何とか次に繋げることはできたようだ。蓮華は空也に顔を寄せ、こう囁いた。

——放っといても連鎖反応は起きひんで。世の中の不満分子の心に火ぃつけな。世直しの手本を見せたれ。

そういわれることは薄々予見していた。「隗《かい》より始めよ」とはいわなかったが、自らの手で呼び水になるようなことをしなければ、看板倒れに終わる。おそらく次の一手次第で、大きな資金援助が得られるだろう。蓮華は空也の耳に息がかかるほど口を寄せた。

――死んで欲しい奴が三人おんねん。何とかならん？

――それは相手が誰かによります。

――自分の手を汚さんかてええで。詳細は秘書にメールさせるわ。あんたの本気を見たいねん。首尾よく行ったら、一人につき一億。洗浄はそっちでして、世直し基金の原資にしたらええがな。

三億で悪魔に魂を安売りする気はなかったが、報酬として悪くない額だと思った。百人殺せば、百億という乱暴な計算をしている自分に思わず笑った。千人の義兵が立ち上がるというのは口から出任せで、その数字には何の裏付けもなかったが、蓮華は気安く乗ってきた。この危ない吊り橋は渡り始めたら、引き返せない。途中で落ちるか、渡り切るかしかない。

シャンパンで前祝いの乾杯をしたが、何の味もしなかった。飲み干したシャンパンはその場で冷や汗に変わりそうだった。

自宅に戻るとすぐにマリアから着信があった。

――操、喜んでたよ。世直しのためならもっとおカネ出してもいいって。

――おまえには聞こえなかったかもしれないが、暗殺指令が出たんだぞ。

――そうなの？　誰を殺せって？

――まだやると決まったわけじゃない。暗殺には難易度があって、できる相手とできない相手がいるんだ。

——法を踏みにじっているのに罰せられない人は代わりに誰かが罰しないと。

——オレはボランティア警察じゃない。

——世直しの代行でしょ。ビジネスでしょ。

カネで雇われた者は雇い主に操られることは覚悟しなければならないが、その雇い主の心を操っているのがマリアだとしたら、空也は妹に操られていることになる。では、マリアを操っているのは誰か？　マリアは「救世主」と答えるに違いない。マリアがてんかんの発作を起こした時にだけ現れる妄想の救世主に、空也も怒れる内部告発者たちも振り回されているということなのか？

——迷ったらダメよ。悪魔は迷いにつけ込んでくる。

——悪魔とかいうな。悪魔も神も救世主もみんなおまえの妄想の産物だよ。

——何も信じられなくなった人は妄想の世界に入る。そこに現れるのが神であり、救世主なのよ。誰からも見放され、孤立した人も最後は神や救世主にすがることができる。

——そうやって、爺いを洗脳してるのか？

——洗脳なんてしてない。体を洗ってあげてるだけ。

一瞬、ソープランドのサービスの一つ「泡踊り」の光景が目に浮かんだ。

——空也、熱心党って知ってる？

——何だよ、それ。ネオナチの一派か？

——イエスが登場する前からパレスチナで反ローマ闘争をしていた革命家のグループ。

——何でまた二千年前の話なんてするんだ。

——熱心党は暴力で、イエスは愛で世界を変えようとした。でも世直しをするには愛だけじゃ足りない。

——おまえは愛担当で、オレは暴力担当なのか？

——そうよ。殺されそうになったら、抵抗するでしょ。命懸けで戦うでしょ。ローマ帝国と戦っても勝てる見込みなんて全くなかった。それでも、革命家やメシア候補は次々と現れた。誰かが始めれば、後に続く人が必ず出てくる。イエスは、熱心党やバプテスマのヨハネの影響を受けながら、別の方法で彼らにできなかったことをやろうとしたんだよ。

——みんな無惨に殺されたじゃないか。

——でも弟子たちがイエスの意志を受け継いだ。その中にはマグダラのマリアもいた。

近頃のマリアは変だ。今のこの日本で熱心党やイエスの再来を期待するなんてどうかしている。駅前でプラカード持って「悔い改めよ」とかいっている連中と変わらない。アメリカが現代のローマ帝国なら、日本はパレスチナに当たる。だから、きっと救世主も現れるなどという世迷《よま》い言を一体誰が信じるというのか？　蓮華がそれを信じているとしたら、間違いなくボケている。

秘書の辰巳義彦《よしひこ》でございます。蓮華からの依頼の件、よろしくご検討くださいますと幸いです。添付ファイルに意中の人物についての経歴、個人情報をまとめました。他に必要な情報や不明な点などございましたら、遠慮なくお問い合わせください。蓮華からの追加の伝言もございます。桜田マリア様をご紹介くださったことを重ねて感謝いたしますとともに、火箱様がご自身で立案されたプランなどがありましたら、それに対する支援も積極的に行いたいとのことでございます。また近いうちにお会いできるのを楽しみにしております。

添付ファイルを開くと、三人分の人物プロフィールが収められており、それぞれ検事総長亀井智彦、内閣総理大臣秘書官鷺沢礼子、アジア政策研究センター長トム・グリーンウオーターの履歴が簡潔に記されていた。ファイルにもメール本文にも暗殺を示唆するようなことは一言も書かれておらず、この履歴から罪状を推し量れということらしい。

検事総長の亀井は東京地検特捜部の検事だった頃に、マネーロンダリング疑惑で蓮華を勾留し、取り調べを行った。蓮華は五億もの保釈金を払って、保釈され、のちに無罪の主張が認められたものの、この時の恨みを忘れていないようだった。政権と癒着し、その意向を汲み、多くの不正を見逃してきた功績で、検察庁のトップに登りつめた。復讐をするなら、今をおいてほかにない、と蓮華は思っているに違いない。

首相秘書官の鷺沢は与党の宣伝、広報を独占的に受注する広告代理店社長の妻である。蓮華が経営していた広告代理店の競合社に当たる。世論操作や支持率偽装、公共事業の委託業務など政商として一人勝ちしてきた会社に対する恨みを当然、蓮華は抱いている。

アジア政策研究センターのグリーンウオーターは日本利権を貪るジャパン・ハンドラーの幹部である。蓮華も長年、その恩恵に与ってきたが、グリーンウオーターが日本に赴任するや、旧来の人脈を一掃した。蓮華も過去のマネーロンダリング疑惑を理由に用済み宣告され、関係を絶たれた恨みがある。

三人の履歴から読み取れるのはいずれも蓮華が私怨を抱く相手だということだ。九十三になってもかつての怨恨は消えず、しかも相手は全員、蓮華の息子や娘の世代である。その執念深さが彼をボケさせず、また延命させてきたのだろう。

久しぶりに黄昏太郎と飲んだ。空也からパチンコ店の住み込み店員の口を紹介され、狩猟採集生活者から定住給与生活者になったのは三年前だが、太郎はその頃より若返っていた。元刑事の前歴を見込んで、寵児から依頼された秘密任務を一緒にこなしたが、体は動くし、勘も鈍っていなかった。

——前世を思い出したよ。オレにとって捜査の仕事は麻薬だったんだなと思った。

——もうヤクは完全に断ち切った？

——十三年間、全く手を出してない。禁断症状は収まったが、まだヤクのことは頭から離れない。でも尾行したり、家探ししたりしている時はヤクのことは微塵も考えなかった。

——またああいう仕事がしたいのかい？

——オレを信用してくれるなら、やらせてほしい。あのワクワク感が忘れられないんだ。

ジェットコースターを降りたばかりの子どもみたいに口角を緩ませ、目を輝かせている太郎を、空也は「ヤクをくれといっているようなものだな」とからかった。

——ヤク中の第二の人生なんてろくなものじゃないと思っていたが、あの仕事は充実していた。ホームレスだった頃に身につけた「存在を消す術」が工作の仕事に役立つとはね。

——実は新しい仕事があるんだが、タロさんに頼んでいいものか正直迷っている。

——かなりヤバい仕事なんだな。

――ヤバいだけでなく、難しい。成功確率は銀行強盗くらい低い。

――オレは何でもやるよ。誘拐だろうと、要人暗殺だろうと。

――おい、そんなこと一言もいってないぞ。

空也がニヤリとすると、太郎も「早トチリだったか」と舌を出した。

――こういう仕事には身代わりや捨て駒も必要だから、オレも数に入れておいた方がいい。それにオレは警察の裏をかくのが得意だ。

――そこまで覚悟ができているとは、さすがタロさんだ。準備が整い、実行段階に入ったら、大事な仕事を頼むことになると思うよ。

空也は太郎と固い握手を交わしたが、それは実質サーカス開幕のゴーサインだった。

第二部

XI　サーカス開幕

　七月十四日午前、長野県八ヶ岳《やつがたけ》連峰の阿弥陀岳《あみだだけ》から御小屋《おこや》尾根をしばらく下った地点で転落死したと思われる六十代男性の遺体が発見された。長野県警は所持品から身元を確認したところ、検事総長の亀井智彦であることがわかった。登山が趣味の亀井は検察トップとしての激務の合間、リフレッシュのためによく丹沢や奥多摩など比較的近場の山を歩いていた。夏になり、人事異動が一段落したところで八ヶ岳に足を伸ばした。普段は自分が目をかけている後輩や新人を同行させ、親睦を図りつつ、心得を説く機会を兼ねていたが、今回は単独行だった。

　出発前に八ヶ岳山荘前のポストに登山計画書を投函しており、それによると、亀井は七月十一日、美濃戸《みのと》口から南沢コースで行者《ぎょうじゃ》小屋を経由し、地蔵尾根を辿り、赤岳天望荘で一泊した。翌日は赤岳を登頂したのち中岳《なかだけ》のコルから阿弥陀岳を経て、御小屋尾根を下り、美濃戸口に戻ってくるはずだった。下山予定日の十二日の夜になっても帰宅せず、本人からの連絡もなく、また家族からの連絡にも応答がなかったことから、翌十三日に長野県警に捜索依頼が入った。茅野《ちの》警察署の捜索隊が亀井の登山コースを辿り、手がかりを探した結果、着用していた帽子が阿弥陀岳頂上下の崖で見つかり、遺体は阿弥陀岳南稜と御小屋尾根の間の広河原沢《ひろがわらさわ》2ルンゼで発見された。十四日のうちに遺体は回収され、検死の結果、全身に打撲、大腿部裂傷、肋骨、橈骨《とうこつ》、膝蓋《しつがい》骨など七個所の骨折、左側頭部陥没が認められた。遺書はなく、状況から尾根の難所でバランスを崩したか、足を滑らせ、転落もしくは滑落したことによって死に至ったと結論づけた。

　山岳遭難事故は、軽傷で生還したケースを含め、毎年三千件ほどあり、今回の死亡事故もそのうちの一つとして処理されようとしていたが、亡くなったのがほかでもない現役の検事総長であり、政権を支える四銃士の一人だったことを深刻に受け止め、官邸は他殺の疑惑ありとして、徹底的な調査を警視庁に求めた。亀井の弔いのためにも、自らの不安を払拭するためにも、真相究明の必要があったのだ。所轄の長野県警と揉めそうだったが、警察庁からも首相直々の指令として、警視庁主導の捜査に全面協力するよう県警に通達があった。捜査の指揮は寒山スクールで亀井の後輩に当たる鵜飼寛治警視正が執ることになった。

　二ヶ月前に港署から警視庁刑事部捜査第一課の課長職に異動した鵜飼警視正は、部下で同じく捜査第一課に移った田島波瑠警視を伴い、所轄の長野県警茅野警察署を訪れ、捜索隊員と司法解剖をした信州大学の法医学教授に詳しい話を聞いた後、現場検証のために亀井の登山ルートを逆向きに辿ってみることにした。登山慣れしている所轄署の巡査も案内のため同行した。

　今回の捜査は亀井が殺害されたのではなく、事故死したことの確証が得られれば、その時点で終了となるが、官邸には「首相の守護神の一人が何者かによって殺された」と考える人間が多く、その前提に立って、犯人を突き止めることが求められていた。自らの不注意による転落死という結論では納得してもらえないことは覚悟していたが、架空の犯人捜しは避けたいので、他殺説を退ける証拠を早く見つけ出したいところだった。

　登山口から転落地点と思われる阿弥陀岳下に到着するまで四時間近くかかった。ガイドの巡査によると、八ヶ岳の尾根には所々、鎖場があり、手袋をし、両手で岩を掴みながら登らなければならないポイントもいくつかあるが、そういう場所では誰もが慎重に行動するので、事故は少ない。阿弥陀岳からの下山コースには南稜、中尾根、御小屋尾根があり、冬山では道を間違える人もいるが、夏場に御小屋尾根から転落する人は極めて少ない。ただ、難所はいくつかあり、突風が吹いたり、岩に躓《つまず》いたりして、怪我をする人はいるし、冬場や雪解け時には滑落する人もいるということだった。亀井が転落したと思われる阿弥陀岳頂上から三十分ほど下ったポイントには、目印として短い杭が打たれていた。

——遺体発見場所の広河原沢2ルンゼまでどのように転落していったかについては、岩場に残った血痕や小さな肉片からおよその見当はついています。

巡査は転落の軌跡を赤ペンでなぞった地図を広げた。鵜飼は十メートルほど手前から転落ポイントを通過し、歩き心地を確認し、同じことを波瑠にもやらせた上で「どう思う？」と訊ねた。

——正直いって、ここで転落するのは難しそうですね。雪があれば、滑落するかもしれませんが、急に足が攣《つ》ったり、岩に躓いたりしたとしても、踏みとどまれるような気がします。

——じゃあ、今度は反対側から登ってきて、オレとすれ違う時、肩をぶつけてみてくれ。

鵜飼がそういうと、巡査が「ちょっといいですか」と口を挟んだ。

——差し出がましいようですが、登山道では登りが優先なので、すれ違う時は下りの人が山側に身を寄せて待つのがルールです。

——なるほど。確かに下りの方が滑ったり、躓いたりする危険は大きいから、谷側には立たない方がいい。亀井氏は経験豊富な登山者だから、この狭い登山道で誰かとすれ違っていたら、「待ち」に入るだろうね。

――ということは、誰かとすれ違った時にぶつかって谷に転落したというのも考えにくいですね。

――茅野署の捜査員は本人の不注意による転落死と判断したようだが、その根拠は何だろう？　君はどう思う？

鵜飼が巡査に質問を振ると、彼は「長野県は遭難事故が多いので」と答えた。

――山では殺人事件は起きないという先入観があるということかな。

――今まで殺人事件はありませんでしたし、登山者は基本、マナーとルールを守って……

――全ての登山者は善良であるというのは偏見だし、前例があってもなくても、山岳殺人事件は起こり得る。残念ながら、この事故が他殺である可能性を否定できなくなったが、苦労して山に登った成果はあった。本件は殺人事件として扱うことにし、捜査を一から立て直す。今から下山すれば、明るいうちに署に戻れるな。

――その前に亀井氏が宿泊した山小屋で聞き込みをした方がいいんじゃないですか？

――それは君の仕事だ。赤岳天望荘は五右衛門《ごえもん》風呂完備で居心地がいいそうだ。

――鵜飼さんはどうされるんですか？

――速やかに殺人事件の捜査体制を整える必要があるので、一足先に戻る。亀井氏と遭遇した可能性のある全ての登山者を洗い出し、目撃証言を集める。再度、遺体と遺留品の検分を行う。巡査は田島警視のサポートを頼む。山小屋の従業員に話をよく聞いておけよ。

鵜飼は「頼んだぞ」といい残し、最短の下山ルートを辿り、田島波瑠は巡査とともに赤岳天望荘を目指した。夕食後に聞き込みをし、朝日を拝んでから下山すれば、明日の昼前には下界に戻れる。

亀井が投宿した日、赤岳天望荘には全部で十三人が宿泊し、赤岳頂上山荘の方には十六人の客がいた。宿帳には全員の住所、氏名、連絡先が記されており、この二十九人の絞り込みから始めた。偶然、すれ違ったり、道を譲られた登山者が突発的に亀井を転落させたとは考えにくい。犯人は前日から亀井を尾行し、彼を襲うチャンスを狙っていたと思われる。あるいは事前に亀井の登山計画を把握していれば、待ち伏せすることも可能だっただろう。その場合は同じ宿に泊まり、亀井の行動を観察し続けなくても済む。たとえば、亀井も通過した行者小屋に宿泊し、翌早朝に赤岳か中岳を目指せば、何処かで亀井と遭遇することもできた。こう考えると、行者小屋の宿泊者名簿も入手しておいた方が良さそうだった。

豚汁と混ぜご飯、豚と大根の煮物、杏仁豆腐の夕食を済ませると、山小屋の主人と従業員に事情聴取を行った。主人は「すでに茅野署の刑事さんに話したことの繰り返しになりますが」と断った上で、こんな話をした。

——亀井さんは天望荘の常連で、紳士的な人でした。個室に泊まり、他のお客さんと話すこともなく、夕食が済むと、風呂に入って、すぐにお休みになりました。

——ご主人とはどんな話をしましたか？

——よく覚えていませんが、このところの天候のこととか、登山者の数とか、ごくありきたりのことを話しただけです。

——赤岳や阿弥陀岳ではよく滑落や転落事故がありますか？

——転落死亡事故は四年前にありましたが、冬でした。

——亀井氏と同じコースで下山した宿泊者はわかりますか？

——正確ではありませんが、七人くらいが阿弥陀岳に向かったと思います。亀井さんはわりとゆっくりしていかれたので、小屋を出たのは最後の方でした。

——登山慣れしていなさそうな人とか、場違いな感じの人はいませんでしたか？

——どうですかね。比較的軽装の人はいましたが、大学の映画サークルの人たちで、映像を撮るといってました。

——単独行の人は何人いましたか？

——亀井さん以外で単独の人は四人ですね。

波瑠は宿泊者名簿の中で亀井と同じコースで下山した人と単独行の人に丸をつけた。丸が二つの人は二人いた。

翌日、個室の窓から御来光を眺め、朝食を取ると、もう一度赤岳の山頂に登った。清涼な空気を深く吸い込むと、穢れが洗い流されるようだった。亀井智彦も転落死する二時間ほど前に山頂に立ち、眼下に広がる雲海を見下ろしたはずだが、その時、犯人も山頂付近にいただろうか？人目につきやすい山頂での犯行を避け、下山する亀井を尾行したとする。転落地点までの登山道に草木はなく、見通しもよく、背後から迫る人影はすぐに察知できるはずだ。

波瑠は実際に下山する登山者の後追いをしながら、歩いてみたが、用心深い亀井を人知れず、確実に転落死させられるポイントは極めて限定されるということがわかった。あらかじめ、転落させる地点の目星をつけていたと思われる。亀井を警戒させず、目撃者がいない状況で、犯行に及ぶにはやはり、尾行より待ち伏せの方が得策と犯人は考えたはず。行者小屋からなら阿弥陀岳までは一時間二十分ほどで登ってこられる。犯行は、亀井が天望荘を発った時刻午前七時半に、赤岳、阿弥陀岳を登り、転落地点に下るまでの所要時間を足した時刻に行われたと推定できるが、それは午前十時から十時半の間ということになる。

　犯行後の犯人の足取りは複数考えられるが、速やかに下山したと仮定すると、御小屋尾根を一直線に下るか、行者小屋を経由し、美濃戸口に戻るだろう。しかし、あえて遠回りし、赤岳や、横岳、硫黄岳を経由し、別の尾根を下った可能性もある。なるべく他の登山者に目撃されないよう行動するか、アリバイを作るためにあえて山中にとどまり、キャンプなどして過ごしていたとも考えられる。

　田島波瑠は行者小屋で十一日の宿泊者名簿を手に入れ、主人に事情聴取を行い、犯行時刻に犯行現場を通過した可能性の高い登山者二十二名を全て把握しておいた。昼過ぎには市街に戻り、ホテルで着替えをしてから署に出向くと、すでに捜査本部は立ち上げられており、情報の集約作業が進められていた。それに先立ち、波瑠が鵜飼に宿泊者リストと事情聴取の成果を報告し、犯人の足取りについての私見を述べると、彼も同じ見方をしていることがわかった。

――亀井氏の登山計画を事前に知り得た人物や、亀井氏に怨恨を抱きそうな人物から容疑者を絞り込んで行った方がいいだろう。

　美濃戸口発茅野駅行きの路線バスのそれぞれ十一時二十分、十三時二十分、十四時四十五分の便の乗客、および十五時二十五分発新宿直行バス「毎日あるぺん号」の乗客の情報を、車内カメラや運転手の証言を元にまとめた。駐車場の車のチェックも行い、車の持ち主、レンタカーの顧客を割り出した。盗難車はなかった。行者小屋や赤岳天望荘の宿泊者名簿と突き合わせ、犯行時刻に現場にいた可能性のある人物をリストアップし、連絡先がわかる登山者には署員が手分けをして、電話による事情聴取を行った。連絡のついた登山者の数は三十九名、連絡が取れなかった者が二名いた。偽名を使い、身元を隠したと思われるこの二名が怪しい。身元が確認できた登山者のその後の足取りを確認した結果、犯行時刻に現場付近にいた人物は八名いることがわかった。彼らに事情聴取すれば、謎の二人の登山者の目撃情報が得られるかもしれない。

　同時に美濃戸口発のバスが茅野駅に到着した時点と、「あるぺん号」が新宿のバスターミナルに到着した時点の監視カメラの映像分析を急いだ。二人の容疑者の姿を監視カメラが捉えていたら、東京に戻ってからの彼らの足取りをかなり絞り込むことができ、身元の確認につながる。それぞれの監視カメラに映っていたバスの乗客の顔を拡大し、個別の画像データを作り、八名の登山者と照合した。

　犯行後の足取りから、容疑者を特定する方法を進める一方で、本庁には亀井の登山計画を事前に知り得た人物の特定を指示していた。検事総長の立場上、その交友関係は限定されている。登山も庁内の人間と同行することはあっても、ほかに仲間がいるわけではなかった。亀井夫人やその娘に話を聞いた限り、この登山計画を知っていたのは検察庁内部の側近、秘書ら数人と内閣情報調査室次長の蟹江悌三、国家安全保障局局長の熊川義人くらいだろうとのことだった。犯人が亀井の登山ルートまで正確に把握するためには、本人から直接聞いたのでなければ、誰からその情報を仕入れるほかない。

　亀井の登山前、数日間の行動を秘書に確認したところ、プライベートな会合は前検事総長ら検察OB三人との会食一回だけだった。側近や秘書らの中に亀井の登山計画を外部の誰かに口外した者はいないかも確かめたが、該当者はいなかった。しかし、情報は確実に何処かで漏れている。意図的ではなく、無意識に誰かに口走っている可能性が高いと鵜飼は睨んでいた。

監視カメラの映像からは二十四名分の登山者の個別画像データが出たが、その中に犯行時刻に現場にいたであろう八名は全員、含まれていた。四名は茅野駅行き、四名は新宿行きのバスに乗車していた。残りの十六名のうち十四名の乗客は八ヶ岳山荘か美濃戸高原ロッヂの宿泊客で、登山はしていないという確認が取れた。残る二名は男女のカップルだったが、彼らが偽名で行者小屋に宿泊した二人と見て間違いなさそうだった。二人の顔写真を八名の登山者に見せると、行者小屋の宿泊者だったという証言が得られた。

二人の容貌さえ判明すれば、捜査は一気に進展する。警視庁のスーパーコンピューターが彼らと特徴が一致する人物を、東京のあらゆる場所で監視カメラが捉えた膨大な映像の中からピックアップしてくれる。その成果はすぐに出て、夕刻に新宿バスターミナルに到着した二人はその後、新宿三丁目の末広通りで目撃され、男は京王線の新宿駅と明大前《めいだいまえ》、そして永福町《えいふくちょう》に一瞬、姿を見せる。女の方は小田急線の代々木八幡《よよぎはちまん》駅と元代々木町《もとよよぎちょう》のベトナム大使館近くの監視カメラに捉えられている。それぞれ永福町と代々木八幡の住人と見て、捜査員がマンション管理人や町内会に聞き込みをした結果、両者の身元が判明した。そのタイミングで、鵜飼警視正と田島警視は東京に戻り、二人の任意の事情聴取に立ち会うことにした。

警察が訪ねてきたことに二人とも驚き、八ヶ岳での転落事故の件だと告げると、協力的な態度を取った。職業を訊ねると。男は高校の物理の教師で、女は大学職員と答えた。二人の聴取を別々に行ったが、当日の登山コースや宿泊先についての証言も一致していた。ただ、宿泊者名簿に偽名を使った理由を問い質すと、男は「家族に研修と偽って出かけたから」といい、女は「相手に迷惑をかけたくなかった」といい訳した。波瑠が男に「お二人の関係は？」と訊ねると、「高校時代の教え子です」と答え、女の方は「恩師です」と答えた。亀井の写真を見せ、「山でこの人を見かけませんでしたか？」との質問に、男は「覚えていません」と答え、女は「すれ違った時、こんにちはと挨拶したと思います」と答えた。二人とも緊張し、不安を隠しきれず、その様子がまるで鏡に映したようだったが、おそらく自分たちの不倫関係が家族や職場に知られるのを恐れているせいだと思われた。

一通りの事情聴取を終え、ひとまず不倫カップルを帰宅させた。鵜飼と田島が交互に男女と話した印象から、二人はシロだという感触を得た。亀井につながる線は見えてこないし、偽名を使ったのも不倫旅行の証拠を残したくなかったという理由で説明がつく。鵜飼が注目したのは、女の記憶力だった。男は覚えていないといったが、女は亀井に挨拶をしたことを覚えていた。二人は行者小屋から文三郎尾根を通って、赤岳に登頂しているので、その途中で、赤岳から下りてきた亀井とすれ違っていることになる。女は赤岳と阿弥陀岳の分岐で、写真を撮り、その直後に単独行の亀井とすれ違ったはずだともいっていた。「なぜ彼のことを覚えているんですか？」との質問には、「すれ違った時に帽子のつばに手をかけたから」と答えた。

鵜飼は女に犯行推定時刻に現場にいた可能性のある八人の写真を見せ、「この中に山で見かけた記憶のある人はいますか？」と問うと、「全員、見かけていると思います」といった。もっと詳しく、何処で見かけたかを問い詰めると、「この四人は同じ山小屋にいて、私たちより一足先に出発しましたが、山頂でも会いました」、「この四人は中岳のコルあたりで映画の撮影をしていましたが、バス停でも見かけました」というような答え方をした。同じ質問を繰り返した際、答えもセリフのように同じなら、嘘をついていると疑うべきだが、その都度、細部の記憶を蘇らせる彼女の証言は信用していい。

　八人の事情聴取もしたが、犯行を裏付ける証拠も動機もなく、身元も確かで、不倫カップルの女性の証言によって、本件とは無関係であることが証明されたようなものだった。犯行後の逃走ルートから容疑者を特定し、早期解決を狙う作戦は不首尾に終わり、残念ながら、捜査は振り出しに押し戻された。

――犯人は山小屋に宿泊せず、山中に潜伏していたか、こちらの予想を裏切る逃走ルートを選択したのかもしれませんね。

――山中に監視カメラがあれば、犯行現場から逃走する容疑者の姿が写っていたのにな。

　鵜飼が舌打ちとともに漏らしたその一言に波瑠は即座に反応し、「ああ、その手がありました」と叫んだ。

――監視カメラではありませんが、大学の映画サークルの四人が撮影していた映像の中にもしかすると、容疑者が写っている可能性が……

　すぐに映画サークルのリーダーに連絡をし、山中で撮影した映像を見せてほしいと頼んだ。「まだ編集が終わっていないから、見せられない」という勘違いの返答に苦笑したが、「作品を鑑賞したいわけではなく、捜査の手がかりになるかもしれないので、未編集の映像のコピーが欲しい」と説明すると、すぐに事情を理解した。

彼らが撮影していたのは、ゾンビに征服された地上から山中に逃れた男女がゾンビに追いかけられ、地獄を見るという設定の山岳ホラー映画で、「山の音」という大層なタイトルがついていた。ほんの十分ほど見て、鵜飼は「B級どころか、G級くらいくだらない」と吐き捨て、「逃げ惑う男女とゾンビしか映っていないと思うが、いい出しっぺの責任を取れ」と四時間分の未編集映像を波瑠に押し付け、帰宅してしまった。

　不毛な残業を少しでも楽しもうと、夜食を買い込み、早送りで映像を見ていたが、高校の山岳部と思しき八人ほどのパーティが黙々と尾根を登ってゆく様子が映っていたり、水場で小休止している二人連れを引きで撮っていたりする。サークルの仲間だけでなく、他の登山者の様子も随時、盗み撮りしていたようだ。その中に見通しのいい尾根道を飛脚並みのスピードで下ってゆく一人の登山者の姿を捉えた二分ほどの映像があった。撮影されたのは十二日の午前十一時頃で、中岳のコルから行者小屋方面に向かうルートだった。映像を拡大してみたが、後ろ姿ゆえ、その顔までは見えず、ただネイビーブルーのジャンパーに白いキャップ姿であることしかわからなかった。犯行推定時刻の約四十五分後に移動可能なポイントで、タイミング的にも合致する。男は南沢コース、北沢コースいずれかを辿り、下山したものと思われる。どちらも終着点は美濃戸口になるはずだが、バスには乗らなかったようである。波瑠は鵜飼に電話をし、新たな容疑者の姿を確認したことを告げた。

　翌日、地元のタクシー会社に連絡し、七月十二日の昼過ぎ頃に美濃戸口にタクシーを呼んだ客はいなかったか聞くと、ちょうどバスがない時間で、配車の要請があったので、客を一人乗せ、茅野駅まで送った記録があるということだった。運転手はその時の男の服装までは覚えていなかった。その男はどのルートから山に入ったかは不明で、周辺の山小屋には宿泊した痕跡がないところを見ると、何処かで野宿したかもしれない。

ネイビーブルーのジャンパー、白キャップの男の足取りを追えということになったが、あまりに漠然としていて、容疑者が変装していたら、その手がかりも全く意味をなさない。茅野駅の監視カメラに写っていた白キャップの男は中学生だったし、東京では数千ものカメラが白キャップの男を捉えていた。

犯行後の足取りからの容疑者追跡は諦め、亀井の登山計画を知り得た人物のあぶりだしに全力を注ぐ方針に変更した。官邸や検察からの圧力も日増しに強まった。この捜査の失策は鵜飼の出世を阻む障害になるのは確実で、彼には犯人逮捕以外の選択肢はなく、なりふり構ってはいられなかった。亀井の遺族の許可を得て、携帯電話とパソコンの通信記録を調べ、自宅に盗聴器の類が仕掛けられていないかを調べた。盗聴器は発見されなかったが、七月八日に秘書宛に送信されたメールに登山計画の詳細が記されていた。秘書に事情聴取を行い、そのメールを誰かに転送したり、口頭で伝えたりしたかと訊ねると、電話で友人に漏らしたかもしれないといった。

――亀井総長が三日間休みを取るから、久しぶりにご飯会しようと話しました。「ゴルフ？」と聞かれたので、「山」と答えたと思います。

電話ではどれくらい具体的に登山計画を話したかと問い詰めると、記憶を手繰り寄せながら、こう答えた。

――総長が山好きだということは彼女も知っていて、今度は何処の山に登るのと聞いてきたので、八ヶ岳と答えました。八ヶ岳という山はないよといわれたので、メールに書かれていた通りに伝えました。

その友人というのは東京地検に勤務していた経理担当職員で、島尾志保という。検察庁の裏金問題を内部告発し、職場を追われ、その「前科」によって社会的制裁を受け、現在は無職。検察庁の組織やその総帥である検事総長に怨恨を抱く十分な理由がある。鵜飼は波瑠とともに早速、事情聴取に向かった。自宅マンションの居間に通された二人は交互に質問を投げかけ、その反応を注視していた。「最近、登山に出かけましたか？」、「亀井智彦氏の登山計画を誰かほかの人に伝えましたか？」の質問にはどちらも「いいえ」、「総長秘書とは親しい関係ですか？」という問いには「職場の同僚はみんな私に冷淡でしたが、彼女は同情的だった数少ない友人です」と答えた。

島尾志保は犯行推定時刻には自宅におり、昼過ぎに友人と表参道でランチをし、夕方、自宅に戻ったことは確認できたので、彼女への容疑は消えたが、実行犯と何らかの接点があった疑いは残る。島尾は終始冷静で、亀井総長を哀悼する態度を示していたが、質問に答える際、無意識に左手で右手首を握っているのが気になっていた。この防御姿勢は探られたくない秘密を抱えていることを暗示している。

——現在は無職ということですが、アルバイトとか、就職活動はされていますか？

——はい、弁護士事務所に面接に行ったりしています。

——特定の団体や組織などに所属していますか？

——「笛吹きプロテクション」という公益通報者を守るＮＰＯのメンバーです。

初めて耳にする団体名だが、本件との接点が見つかるかどうか、活動内容を精査してみたが、まだ立ち上がったばかりの団体で、内部告発者が置かれた厳しい境遇を改善し、再就職を斡旋することを主な活動としており、特に怪しいところは見当たらなかった。

捜査は行き詰まり、打開策も思いつかず、眠れない夜が続いた。東京地検も独自に捜査を進め、情報も随時共有していたが、目撃者ゼロ、物的証拠も、犯人の指紋もＤＮＡも出てこない状況では、迷宮入りは避けられそうもなかった。官邸からの指令で今回は捜査初期から警視庁が関わったので、所轄署の不手際のせいにして、責任回避を図ることもできない。難しい案件を解決すれば、ポイントは稼げるが、貧乏くじを引くリスクが大きい。いずれ挽回の機会が巡ってくるだろうと鵜飼が楽観できるまで一週間くらいかかった。

亀井の転落死からほぼ二週間後の七月二十五日、官邸の警備体制を強化した矢先のことだったが、第二の政府高官暗殺事件が発生した。亀井智彦の次の被害者は大手広告代理店社長夫人で、首相秘書官の一人である鷺沢礼子だった。死因は爆死。同日、正午頃、鷺沢家の自宅に宅配便の配送があり、その直後に自宅で爆発が起きた。鷺沢礼子は直撃を受け、即死した。近くにいた夫の鷺沢賢治《けんじ》も全治三週間の大怪我を負い、港区三田の自宅は半焼した。警察は即座に配送員の身柄を確保し、取り調べるとともに、消防と検視官が現場検証を行い、事件の経緯や爆発物の特定を急いでいる。

首相を守護する四銃士の二人が連続で殺害されたことで、内閣府には激震が走り、犬養首相はパニック状態に陥り、一時的に執務不能となった。首相の側近で国家安全保障局局長の熊川義人は事態対処専門委員会を招集し、警視庁、公安調査庁、防衛省、国土交通省、内閣情報調査室など各部署に上がってきた情報を集約し、対応を協議した。

いたら、容易に消せません。被害者宅を全焼させ、証拠隠滅を狙ったものと思われます。

――鷲沢家をピンポイントで狙ったところは、八〇年代のユナボマーの連続爆弾テロを思わせる手口だ。

――四十年後の模倣犯といっていいでしょう。

　ネットで購入している場合は、いくらでも正体を隠すことができるので、入手ルートの特定は極めて困難といわざるを得なかった。

　犯人の特定につながる証拠は全て燃え尽きてしまったので、市谷のコンビニの監視カメラに映っていた人物の足跡を徹底的に辿る以外に局面打開の方法はなかった。その身体的特徴に合致する人物は数千人に及ぶが、転落死事件の容疑者と同一人物だという仮説に基づいて、捜査を進めれば、かなりの絞り込みができると鵜飼は考えた。

　コンビニに現れた男と行者小屋に向かう尾根を駆け下りる男の映像を細かく分析し、共通点を見つけ出す作業が行われた。その結果、同一人物と見なす根拠としては弱いが、猫背気味の姿勢と腰の位置が似ているという分析班の指摘があった。声の録音が残っていれば、声紋分析にかけることもできたし、脅迫状や犯行声明が出されていれば、そのコトバ遣いや語彙、表現の特徴からプロファイリングにかけることもできたのだが、映像も指紋も声紋もＤＮＡもなく、コンビニ店員は容疑者の顔を憶えていないし、タクシー運転手や登山者の記憶もあてにならず、似顔絵一つ描くことができない。犯人はかなり入念に痕跡を消しており、容易には尻尾を摑ませない。鵜飼は警視総監や刑事部長から連日プレッシャーをかけられ、彼らも官邸からの圧力を受けていた。しかし、いくら警察の威信に懸けても、総力を結集しても、できることは限られていた。

首相は国会、議員会館、各省庁の警備体制を必要以上に強化させ、自分が移動する時にはＳＰたちに人の壁を作らせ、いつもその中心にいた。二件の殺人事件を政府転覆を目論んだテロと見なし、緊急事態宣言の準備を進めていたが、野党に牽制されていた。その野党も世論の動向を慎重に見極める必要に迫られていた。「このテロは悪政に対する戒めだ」とツイートした共生党議員のアカウントが炎上し、「共生党はテロリスト擁護か」とか「暗殺容認集団」という誹謗中傷が殺到した。党首の石井議員はその火消しに追われ、政権批判のトーンを落とし、「卑劣な犯罪は断固許さない。犠牲者の冥福を祈るとともに、いかなる政治的暴力も容認しない」と与党とほとんど同じスタンスを取るほかなかった。

「早く犯人を逮捕しろ」とヒステリーを起こす首相の鶴の一声でテロ対策特別チームが官邸内に設置され、捜査に当たっていた鵜飼警視正と田島警視は内閣情報調査官、サイバーセキュリティセンターのスタッフと連携することが求められた。

テロ対策特別チームには検察庁、公安調査庁、防衛省、国土交通省、外務省などの治安関連部署の人間も多く出向しており、この事件に乗じて、予算増大や権限拡大を図りたいというそれぞれの思惑が交錯し、首相の顔色を窺うことを最優先している中で、一人だけ頼りになりそうな人物がいた。内閣情報調査官の一人、御影寵児とは、寒山数多先生の喜寿を祝う会で名刺交換をしたことがあり、鵜飼と波瑠はすぐにコンタクトを取った。官邸内部の様子に詳しく、ＣＩＡのテロ対策にも通じている寵児とは緊密な協力関係を築きたかった。官邸の外で、非公式な作戦会議を持ちかけると、応じてくれ、赤坂《あかさか》見附《みつけ》のおでん屋の個室で情報交換をすることになった。

――身内が二人相次いで殺されたわけですから、官邸の人たちは散歩に出たり、夜の街に出かけたりするのも憚られるでしょうね。

さりげなく官邸内部の様子を聞き出そうと、鵜飼が振った質問に寵児はこう答えた。

——首相と四銃士の残り二人には厳重警備がついています。犯人が逮捕されたいのでなければ、首相が次の標的になる可能性は低いと私は思います。

「どのような犯人像を思い浮かべますか？」という波瑠の質問に寵児はこう返した。

——単独犯でないことだけは確かだと思います。おそらく、誰かが殺人を依頼し、依頼を受けた者が具体的な手段を考え、綿密な計画を練り、協力者が必要な情報と道具を用意し、隠蔽工作もし、実行犯が遂行したと思います。プロファイラーではないので、具体的な犯人像を描くことはできませんが、怨恨が臭います。

——反政府的な組織による犯行である可能性が高いということですね。

——反政府的という決めつけは捜査にマイナスになると思います。殺されたのが検事総長と首相秘書官だったので、誰もがこの事件には政治的な意図があると考えますが、単なる愉快犯である可能性も捨て切れません。特定の組織だとしても、前科はなく、新手のものでしょう。公然と反政府を謳う組織ではないし、政党や企業でももちろんない。実体があるのかないのかわからない、曖昧模糊とした集団をイメージしています。

——表向きＮＰＯとか、ボランティア団体とか。

——そういう表看板を掲げている可能性は充分にあります。今夜、お二人とこうして会っているのは、警察、検察、内調などの組織の利害や主導権争いを離れたところで、頭を柔軟にして、この犯行の特徴や目的、犯人像、次の標的について思いを巡らせ、あらゆる可能性を吟味すべきだと思ったからです。ここには発言にいちいち目くじらを立てる頭の固い幹部はいませんから、思いついたことは何でも口にしてください。

　寵児のそのコトバに促されるように、波瑠が挙手をし、発言した。

――この犯行は検事総長と秘書官に対する個人的な復讐だったとは考えられませんか？

　すぐに鵜飼が「個人的な復讐と組織的犯行は矛盾するんじゃないか」とコメントすると、波瑠は自説を補った。

――個人的な復讐を組織に代行してもらえば、組織的犯罪になります。ネットでは少数派ではありますが、この犯行を「悪政の因果応報」とか「政権の自業自得」と評する声もあります。個人的復讐だとしても、一定数のネット市民がそれを支持しています。殺された二人は日頃から市民の恨みを買っていたようで、かなり辛辣な批判のツイートを確認しました。二人に殺意を抱いていた人の数は想像以上に多く、暗殺の実行犯を英雄視する声が拡散されています。

――確かにネットでお祭り状態になれば、結果的に政治的意図が捏造されますね。

　寵児が理解を示すと、鵜飼はこんなぼやきを漏らした。

――警察でも犯行声明らしき書き込みがないかチェックを続けてきました。テロリスト擁護と取れる書き込みを見つけると、ＩＰアドレスを辿って、書き込んだ当人を特定し、任意で取り調べました。その結果、ほぼ全員、この犯罪に便乗して、日頃の鬱憤を晴らしているだけとわかりました。捜査を攪乱《かくらん》する野次馬には厳しく接していますが、例によって言論の自由を持ち出す奴がいて、手を焼いています。このままでは模倣犯が現れかねず、そうなったら、収拾がつかなくなる。

サイバーセキュリティセンターもネットの監視を強化し、大手サーバーに個人情報の提出を求めようとしていた。この犯罪に便乗しているところは政府も同じだ。今回のような場合、政府の方に利がある。自分たちが被害者なので、同情的な世論を集めやすいし、テロ対策という名目で、国会を停止し、政権批判も封じ込めることもできる。

政府は戦争やテロを権力維持のために政治利用できるが、反対に野党は政治活動を継続しにくくなる。テロへの間接的な関与を疑われた議員はその時点で失脚する。それを知らない議員はいない。これを機に野党の壊滅を目論む与党議員もいるくらいだから、このテロは政権よりも野党にとって大きな逆風になっていた。

――内部の犯行の可能性もありますよね。

波瑠は一回り目を大きく見開き、寵児に顔を寄せると、寵児はその分だけ顔を引いて、「あるでしょう」といった。鵜飼は困惑気味に「さらに容疑者の範囲を広げてどうするんですか？　内部の犯行と考える根拠は？」と寵児を問い詰めた。

――内部の人間を疑うのが私の仕事ですから。実際、内部の人間しか知り得ない情報を把握していたからこそ、この犯行は成功したんです。少なくとも、亀井氏の場合は登山計画を、鷺沢氏の場合は、爆弾の送り主にさせられた金城徹子と親しい関係にあること、事件当日は自宅にいることを事前に知り得た人物を特定しなければなりません。

波瑠が現時点の捜査の進捗を説明する。

――すでに亀井氏の秘書とその友人、送り主の金城徹子に事情聴取を行っていますが、めぼしい成果は得られていません。

——亀井氏の秘書の友人というのは？

——東京地検に勤務していた元経理担当で、島尾志保という女性です。今は無職ですが、「笛吹きプロテクション」という公益通報者を保護するＮＰＯの活動をしています。

——そのＮＰＯに事情聴取をしましたか？

——どういう団体かについては調べましたが、関係者には会っていません。

——そこにもっと疑惑の目を向けるべきです。その女性は元内部の人間ですね。彼女から外部に情報が漏れ、第三者に暗殺が委ねられたのではないか。

——検事総長秘書と島尾志保、金城徹子には電話やメールの通信履歴の開示を求め、その記録は全て取ってあります。

——その中に暗号めいたメッセージはありませんでしたか？

——特に怪しいものはありませんでした。

——直接、口頭で伝えるとかして、証拠を残さない方法でメッセージの伝達が行われていたんでしょう。島尾志保が暗殺の協力者だとすれば、必ず実行犯や立案者に行き着くはずです。彼女とＮＰＯの関係者の徹底した行動確認をお勧めします。次のテロを未然に防ぐためにも。

XII　イソノミア

　首相のヒステリーは補佐官や各省庁の事務責任者にぶつけられ、彼らの不満も爆発寸前で、寵児ら調査官や国家安全保障局、サイバーセキュリティセンターのスタッフを萎縮させ、何一つ生産的な議論に結びつかなかった。首相のヒステリーを亢進させただけでもテロリストは罪深い。官邸を覆う重苦しい空気からしばし離れ、若い捜査官たちと率直な意見交換をした後味は悪くなかった。捜査に新たな指針が示され、局面が変わりそうな感触を得た。三人は連絡を密に取り合い、何らかの進展があったら、報告することを約束して、その夜は別れた。久しぶりにぐっすりと眠り、目覚める直前に夢を見た。

　アジア政策研究センターのミュートが、キャンプ場のようなところで薪割りをしている。自殺に偽装され、殺害されたはずだが、密かに逃亡に成功し、潜伏生活に入ったと夢の中の寵児は認識している。薪割りの手を休め、こちらの方を見たミュートは口の形だけで「ヘイ」と挨拶し、クーラーボックスから取り出したビールを投げてよこした。うまくキャッチしたが、すぐにプルトップを引くと、泡が噴き出ると思い、缶を握ったまま待っていると、いつの間にかミュートは姿を消し、寵児は官邸の会議室にいる。すでに会議は始まっていて、緊迫感が張り詰める中、国家安全保障局局長の熊川がこんなことをいう。

――この中にテロリストと内通したモグラがいる。これから全員の身体検査をし、所持品をチェックする。今すぐこの場で裸になり、身の潔白を証明しろ。

周囲の面々はいわれた通り、服を脱ぎ始める。寵児もそれに従うしかなく、上着を脱ぎ、ひとまずビールをその中に隠すことにしたが、なぜかビールは小型の爆弾にすり替わっている。こんなことなら、泡が噴き出ることなど気にせず、まだビールのうちにとっとと飲み干してしまえばよかったと後悔したが、もうどうにもならないので、潔く自爆しようと決心したところで目が覚めた。

喉の渇きを炭酸水で潤しながら、カレンダーの日付を見て、寵児は気づいた。ミュートが死んで今日でちょうど一年になる。わざわざ寵児の夢枕を訪ね、一周忌を催促するとは、執念をしっかりこの世に残していったと思われる。

最後にミュートに会った時、彼は寵児一人を聞き手に不吉な予言をした。「連鎖的テロが起きるぞ」と。特定の組織はなく、テロはボランティアで、人知れず、曖昧に行われるともいった。テロの予告は、ミュートがこの世の去り際に残した捨て台詞に過ぎないと寵児も、グレイスカイも受け止めた。現に一年近く、何も起きなかったが、忘れた頃に本当にテロが起きた。彼の予言は的中したのか、それともようやく準備が整い、仲間による弔い合戦が始まったということなのか？

寵児はミュートの捨て台詞に捜査のヒントが隠されていると考えた。犯行がボランティアのテロリストによるものだとしても、彼らに指令が送られ、必要な情報や資金の提供が行われているはずで、そのやりとりの証拠を摑めば、実行犯や依頼者に一気に近づく。彼らはＳＮＳや電話、メールなど一般の通信サービスの利用を避け、捜査機関の目に決して触れない方法で連絡を取り合っているに違いないと見て、寵児はサイバーセキュリティセンターのスタッフとともに複数ある暗号化通信アプリに個人ユーザーとして登録し、活発に交わされているチャットを覗いてみた。

そこは一種の無法地帯であり、悪意と怨恨の吹き溜まりだった。容赦のない政権批判、それぞれの職場や組織からの内部告発の嵐が吹き荒れ、違法薬物の売買、売春、殺人教唆までもが堂々と行われてもいた。

寵児が登録した「ダークネット」のサイトには「イソノミア」という仮想の都市があり、新宿や池袋など実際の都市を模倣した街区が広がり、商店街や雑居ビル、怪しい路地、公園、広場、ホテルなどがレイアウトされている。ここの住民になると、仮想都市の中を自由に探索し、ショッピングやゲーム、ギャンブルなどを楽しんだり、看板を掲げて、自分の店を出したり、仕事を探したり、誰かを雇ったりすることができる。住民になるのは簡単で、自分のメールアドレスを登録し、ハンドルネームやキャラクターを設定するだけでいい。

ちなみにイソノミアとは、「ノールール」つまり「無支配」を意味する。支配者がおらず、対等な関係のみで構成されるコミューンであるが、ここでは自由が過激化しており、それこそ何でもありの状態にあった。

ここで行われた取引はあくまでゲーム上のものなのか、それとも実際の金銭や商品の授受、サービスの提供がなされるのか、それが問題だった。

寵児は「ブラインド・ボーイ」のハンドルネーム、行方不明の人物を捜す探偵というキャラクターを設定して、イソノミアの各所を嗅ぎ回った。ゲーム依存症の高校生のように熱中していたので、「ゲームなんかしている場合か」と次長の蟹江にいわれたが、「これもれっきとした捜査です」と抗弁した。

　登録したメールアドレスは住民の身分証明書となるが、それが公開されたり、第三者に知られたりすることはなく、相談や交渉、売買や情報交換は全てイソノミアの仮想空間の中でゲーム的に行われる。だが、交渉相手はゲームのキャラクターを装ってはいるが、実在の人物である。交渉が成立したら、現実世界に舞台を移し、カネやモノの授受が行われるのだろう。仮想空間では何をしても罪を問えないが、実際に取引が行われたら、処罰の対象になるのはいうまでもない。問題は架空の交渉がどれくらい実体化しているかだ。

　寵児はいかにも怪しい雑居ビルに足を踏み入れ、回春堂《かいしゅんどう》というドラッグストアを覗いてみた。アバターの女子店員が現れ、「何かお探しですか？」と訊ねるので、「ハイになる薬ください」というと、「この中に欲しい薬がありますか？」という返答と商品カタログが表示された。スタミナドリンクから始まり、スピードやＭＤＭＡまで売っている。試しにＭＤＭＡの購入手続きをしてみると、送付先の住所や受け取り方法を記入する欄とデジタル通貨決済のページが表示された。また、公園のベンチにはホームレスらしき男が座っていたのだが、気になって話しかけてみると、ブツブツ独り言を呟き始めた。

——権力者が威張っていられるのは、オレたちが服従しているあいだだけ。オレたちが礼儀正しく、おとなしくしていると、無法と不正がはびこる。オレたちが無知なまま、へつらっていると、裏切りと殺戮がはびこる。

何処かで聞いたことがあるようなコトバに、寵児は引きずり込まれる。

――オレたちを征服し、服従を強いるアメリカ、その忠犬としてオレたちを虐げる政治家、奴らに取り入り、権勢を振るう官僚たち、税金を逃れ、富を独り占めする資産家ども、奴らの犯罪を見過ごし、オレたちに無実の罪を問う警察、検察、裁判所。オレたちは今日、立ち上がり、明日、奴らを追い出し、明後日には新しい国を作る。

何処か黄昏太郎を彷彿とさせるこのホームレスは革命でも焚きつけているのか？

寵児は今一度、ホームレスの呟きを一語一句読み直し、不意に思い出した。このメッセージは桜田マリアのあの赤い表紙の手帳に踊る手書き文字で書きつけられていたものと酷似、いやほとんど同じものではないか。彼女がてんかんの発作を起こすたびに耳にしてしまう託宣の出どころがここなのか、あるいは自身が聞いたメッセージをそのままここに書き込んでいるのか？　もしかすると、マリア自身がホームレスのキャラクターに身をやつし、このイソノミアで世直しを扇動しているのかもしれない。

広場に面したところにあるショッピングモールに入る。ここには実在するブティックや食料品店、ホームセンターなどが支店を出していた。寵児はインフォメーションのアバターにいくつかの質問を投げかけてみる。

――公益通報者を守ってくれるＮＰＯがあると聞いたんですが、相談に乗ってくれますか？

――「笛吹きプロテクション」の相談窓口に移動しますか？

――はい。その前にもう一つ、殺してほしい人がいるのですが、何処に相談すればいいですか？

――そのようなサービスは行っておりませんが、「死んでほしい人ランキング」に投票することができます？　投票しますか？

そのランキングには好奇心をそそられ、チェックしてみたところ、一位には犬養首相、二位には牛島財務大臣、三位に政商の猪俣竹蔵《いのまたたけぞう》が堂々ランクインしていた。しかも、暗殺に成功した場合の懸賞金の額まで掲げられていた。その懸賞金はクラウドファンディングで、市民の寄付によって賄われることになっている。ゲームの中の話なら、悪質な冗談で済むが、これを真に受け、暗殺を実行する者が現れ、懸賞金が支払われたら、関係者たちは一斉に摘発されることになる。

政府高官連続暗殺事件の依頼、受注もイソノミアで行われていたら、その取引に関わった人物を特定することができる。ただし、イソノミアの管理運営者がその人物のユーザーアカウントと履歴の提供を拒まなければの話だ。犯罪の温床になっているとして、サイトの閉鎖命令をちらつかせ、情報提供を強制すれば、応じるだろうが、最悪、訴訟に発展し、難航するかもしれない。いずれにせよ、サイトの管理人を捜し出し、事情聴取すれば、大きな手がかりが得られるはず。

寵児は再度、インフォメーションのアバターに「イソノミアの管理運営者は誰ですか？」という質問をしてみると、こんなプロフィールが出てきた。

ヤンバル・クイナ　十四歳　イソノミア学院中等部二年　趣味：反乱　将来の夢：閻魔大王になる。

まるで中二の頃の自分に会ったようで懐かしくもあった。国家の支配を受けないパラレルワールドをダークネットの中に構築しようとしたのは一体どんな奴なのか、俄然興味が湧いたが、同時に今の自分はそういう人物を取り締まる側にいることに苦笑を誘われた。

「笛吹きプロテクション」への事情聴取には寵児も立ち会ったが、このＮＰＯには空也の勤務先である人材派遣会社「フルハウス」や萩谷ソフィアが所属している南塚・北川法律事務所、さらには砂漠谷絵里のいるネットニュース配信会社「エンドスコープ」も協賛していることがわかった。事務局に常駐しているのは、島尾志保とアルバイトの学生の二人だけで、内部告発の相談が持ちかけられると、島尾が窓口になり、法律事務所と「エンドスコープ」が法務と報道の協力をするシステムになっていた。島尾の話ではソフィアを通じて、「フルハウス」の火箱空也を紹介され、ＮＰＯの立ち上げに至ったという。設立資金は「フルハウス」が負担し、空也が代表を務めていた。それなら空也に直接話を聞いた方が早いと、寵児はすぐに空也に電話し、「メシでも食おう」と誘った。

新大久保の韓国料理店で参鶏湯《サムゲタン》を食べながら、話は自ずと政府高官暗殺に及んだ。

――いろんな陰謀説が飛び交ってるみたいだな。単なる内輪揉めだとか、中国安全部の仕業だとか、共生党が刺客を送ったとか、中国の仕業と見せかけたＣＩＡの謀略だとか。

――最後の説はないと思う。もしそうなら、オレが工作をやらされているはずだから。追い詰められた暴力団の報復だという説もあるけど、火箱組は関わっていないだろうね。

――不器用な連中だから、バレないように殺すなんて難しい芸当は無理だ。刺し違えるか、自首するか、どっちかしかない。やっぱりＣＩＡの訓練を受けている奴じゃないか。

そんな冗談の応酬をしながら、寵児は空也の挙動を注視していた。心に引っかかるものがあると、忙《せわ》しく瞬きし、鼻を鳴らす時は何かを隠している。だが、彼の目は屈託なく笑っていた。

――内部告発者を保護する団体の代表になったって？　何かよからぬこと企んでるな。

――オレもマリアみたいに、時々、弱い者の味方をしたくなるんだ。寵児も一発かますか？　官邸の内部告発。叩けば、ホコリどころか、寄生虫やウイルスまでいっぱい出てくるだろう。

――確かに寄生虫とウイルスが蔓延している。しかし、見事に誰も内部の掟に逆らわない。総理のヒステリーに必死に耐え、余計なことを考えないようにしている。

――結果的に利権と私欲に徹底的に奉仕し、公益を無視してるよな。

――官邸の鉄壁の防御は簡単には破れない。

――おまえが守る側にいるからだ。そのうち四銃士の欠員におまえが補充されるよ。

――それはない。ところで「笛吹きプロテクション」の活動資金は何処から出てるんだ？　「フルハウス」にそんなに余裕があるとは思えないんだけど。

――世の中には不正に憤る人間が意外と多くいてね、世直しに使ってくれという小口の寄付が結構集まる。その中に物好きな金持ちが二、三人いるだけでスタッフに払う給料も、弁護士雇う費用も、事務所経費も賄える。

――それはよかった。火箱組の方はその後、どうだ？　財政危機は脱したか？

――聞いてくれよ。最近、組直営のフライドチキン店を出したんだよ。組員の一人が大分県中津《なかつ》の出身で、地元の名店で修業して、絶品の唐揚げのレシピを盗んできたんだ。それで川崎に一号店を出し、渋谷に二号店を出したら、繁盛しちゃってね。

――華麗な転身だな。店の名前は？

――ファイアーボックス。

――火箱そのままじゃないか。今度食べに行くよ。

――渋谷店では黄昏太郎もデリバリーで頑張ってるぞ。

――そうそう、このあいだダークネット上にできたイソノミアという仮想都市を歩き回ってみたら、黄昏太郎みたいな奴が演説していたよ。イソノミアって知ってるか？

――もちろん。「笛吹きプロテクション」もそこに窓口置かせてもらってるよ。ゲームの中ではみんな気軽に内部告発ができる。告発者の個人情報は秘密にできるので、この窓口経由で持ち込まれる相談は多い。自分に火の粉がかからなければ、案外、みんな大胆に組織を裏切るものだ。

――仮想空間の中の悪い噂にとどまらず、実際の告発に至ったケースもあるか？

――それが噂に過ぎないとしても、企業や組織の評判を落とすから、効果はある。

――相手から訴えられたりはしないか？

――匿名の相手を訴えることはできないさ。逆に訴えられたら、事実を暴露すればいい。まだ実際の告発に至ったケースはないけど、そのうちこのＮＰＯの活動も実を結ぶだろう。

――マリアさんもイソノミアに関わっているか？

――イソノミアの中ではホームレスの詩人になりすましているっていってた。

――ああやっぱり。でも、なぜホームレス？

――神はホームレスや詩人の姿を借りて世に現れるんだとさ。それで官邸やＣＩＡはイソノミアやダークネットを監視してるのか？

――現実の犯罪とリンクしていたら、ダークネットもイソノミアも摘発の対象になるだろうな。違法薬物の売買も行われていたから。

――今のうちにせいぜい遊んでおけというわけか。パクる時はこっそり教えろよ。

目の前には寵児もよく知っている屈託のない空也がいたが、以前と異なるところがあるとすれば、迷いのなさと無駄口の少なさが気になった。彼の決断はいつも速いが、暗にこちらの助けを求め、弱気を軽口で誤魔化したりしていた。だが、今の空也は弱気も隙も一切見せず、自分がしていることへの確信を漲らせていた。いつの間にか二人のあいだには違和感が流れる溝ができていた。

――イソノミアの管理人のヤンバル・クイナってどういう奴か知ってるか？

――思い込みの激しい奴だってことは誰でも想像がつく。実世界のことなんてこれっぽっちも知らず、ゲームを通じて、自分の世界観を作り上げてるな。名前の通り、飛べない鳥みたいな奴なんだろう。

空也が事情通の野次馬の口調で、思いつきの感想を饒舌に語るところを見ると、この事件に並々ならぬ関心があるようだ。

――暗殺犯にシンパシー感じてるみたいだな。

――唐揚げを奢ってやりたいね。もしかして、ヤンバル・クイナも容疑者の一人なのか？

――捜査線上にはまだ上がっていない。ただ、暗殺の指令はダークネットを通じて伝えられているみたいだ。

――そういうことか。暗殺の犯人は捕まえられそうか？

――まだ何ともいえない。

政府高官の暗殺に対するイソノミア掲示板の反応は被害者に対して冷淡なものだった。「首相の側近が殺されても、補充はいくらでも利く」とか、「今まで散々、甘い汁吸った報いだ」などという書き込みが七割で、被害者に同情的な世論が勝るマスメディアとは対照的だった。

――官僚たちはこの事件に相当ビビってるんじゃないか？　殺されるのが怖くて、今までのキャリアを抛《なげう》つ官僚が続出したりして。

――いや、そうでもない。ここで政府に踏ん張ってもらわないと、今まで無能な政治家に奉仕してきた努力が報われないから、逆に結束が強まっている。

――テロが第三弾、第四弾と続けば、政府はさらに無能ぶりをさらけ出すんじゃねえの。そろそろＣＩＡの出番ってところかな？

――政府は外交ルートを通じて、テロ対策の専門家の協力を要請している。

　寵児は、「この暗殺事件はミュートが予言したテロの始まりかもしれない」とグレイスカイには報告していた。目下、日本政府からテロ対策予算を満額引き出すための駆け引きが進行中らしく、それが首尾よく進めば、グレイスカイ自ら日本に乗り込んでくる。

――テロが起きても、為政者は反省するどころか、ますますアメリカ依存を深める。またアメリカに税金が貢がれる。何とかならないのかね、この悪循環。

――テロリストに早く悟ってもらいたいよ。テロによって悪政を正すことはできないってね。逆にテロリストを悪の権化に仕立て、自分たちが正義の側に回ることで悪政を帳消しにできると考える。結局、テロで得をするのは日本政府であり、その後ろ盾のアメリカだ。

――それをオレに講釈してもしょうがないだろ。テロリストにいえよ。

――ところで、マリアさんはどうしてる？　相変わらず人助けに勤しんでいるのかな。

――死に損ないの爺いの面倒見てるよ。なかなか休みが取れないってぼやいてる。

――彼女に癒されたい人が列をなしているんだろうな。

――おまえの誘いを待ってるようだぜ。

その夜は、互いに明日の仕事を理由に早めに切り上げた。いくら気心が通じ合っていても、やはり、テロリスト・シンパの野次馬でいようとする空也と無能な政府に奉仕しなければならない寵児の立場との隔たりは大きかった。

空也に工作活動で政府の協力者になってもらったとはいえ、部外秘の捜査情報を喋り過ぎてしまったことを反省した。寝る前に寵児はマリアに空也と飲んだことを報告するメールを送った。

「忙しいようだけど、また会って話がしたい」と書くと、しばらくして、返信があった。

今、介護しているおじいちゃんが亡くなったら、時代は変わる気がする。根拠はないけど。休みが取れそうになったら、連絡するね。

第三、第四のテロが発生する前に、マリアに会っておきたかったが、得体の知れない老人に邪魔され、しばらく会えそうもない。

翌日早朝、寵児は電話の着信で起こされた。アジア政策研究センターの警察、検察担当ロビイスト、ジャック・ホワイトヘッドからだった。夜明け前の電話がいい知らせだった例《ためし》はない。

――トムを捜している。一昨日からオフィスに現れず、家にも帰っていない。電話も繋がらない。心当たりはないか、知り合い全員と連絡を取っている。拉致された可能性がある。

「グリーンウオーターが拉致される夢」か、ただのいたずら電話だという思い込みを振り払うのに少し時間がかかった。

――車や携帯のGPSで追跡できませんでしたか？

――車は自宅にあり、電話はホテルの一室で発見された。彼のスケジュールをチェックしたが、私用で人と会うことになっていたらしい。通話履歴を調べたところ、最後の通話相手はアメリカの証券会社勤務の愛人だった。その女性とベイエリアで会っていたようだが、女性は先にタクシーで帰り、彼はホテルに残ったはずなのだが、その後、忽然と消えた。

――日本の警察に捜索を依頼し、ホテルと周辺の監視カメラのチェックから始めましょう。

――君は官邸経由で警察に圧力をかけてくれ。

もし、グリーンウオーターが連続暗殺事件の三人目の犠牲者になろうものなら、政権の責任問題となり、首相の首も飛びかねない。

海兵隊出身のグリーンウオーターはたとえ拉致されたとしても、何とか局面を打開し、自力で戻ってくるだろうという友人たちの楽観論は時間の経過とともに急速にしぼんだ。身代金目的の誘拐、あるいは政治的意図を伴った脅迫ならば、首謀者がコンタクトしてくるはずだが、その手の連絡は一切なく、捜査関係者のあいだでは自殺説、暗殺説が口にされるようになった。

寵児は仮想都市イソノミアでグリーンウオーター拉致を匂わせる指令や取引がなかったかを調べつつ、警察にイソノミアの運営者ヤンバル・クイナの特定と事情聴取を促していた。その成果があり、イソノミアに協力しているデザイナー大鴉《おおがらす》ノアを割り出して尾行、盗聴し、ヤンバル・クイナ本人に繋がる情報を得た。

中二の少年を装ったその人物は「内部の人間」で、寵児も知っている「ペヤング」こと蒲《かま》田《た》道《みち》夫《お》だった。ペヤングは秘密情報漏洩の疑いで、アジア政策研究センターの査問にかけられ、接触のあった中国国家安全部のサイバー技術者についての情報提供に応じた後、懲戒解雇となっていた。グレイスカイは彼をセンターに残そうとしていたが、グリーンウオーターが反対し、解雇した。その際、要警戒人物指定をしたので、政府機関、大企業への再就職の道は閉ざされた。ペヤングは地下に潜ることを余儀なくされ、自らのサイバー・スキルを最大限に生かし、暗号化通信SNSダークネットを開発し、その中に架空都市イソノミアを築いたというわけだった。おそらくは復讐のつもりで。彼はグリーンウオーターにも恨みがあるはずだから、その行方不明に一枚噛んでいる可能性もある。

鵜飼警視正と田島警視がペヤングに任意の事情聴取を行うことになり、寵児も立ち会った。ペヤングには田島警視の友人で、南塚・北川弁護士事務所所属の萩谷ソフィアが同席したので、奇妙な同窓会の様相を呈した。

ペヤングは寵児の顔を一目見るや、舌打ちをし、「またおまえか」と吐き捨てた。寵児は「まさかまた会えるとは私も思いませんでした」と返した。

――オレは何か法に触れることをした?

――具体的な容疑はありませんが、『バットマン』のゴッサムシティを思わせるイソノミアは犯罪の温床になり得ると思いまして。

――アホくさ。イソノミアはフィクションであり、ゲームですよ。映画やドラマの犯罪を取り締まるようなものだ。警察は架空都市の犯罪に介入するほど暇なんですか?

田島警視はペヤングの態度を軟化させようと、小学生に接する歯科医の口調で告げた。

――現実の犯罪の共謀が行われた可能性があるので、この仮想空間で行われたやりとりの記録を提出してもらえないかなと。

——過去ログには多くの個人情報が含まれており、それを警察に渡せば、顧客の信用を失うことになりますので、応じられません。

ペヤングの代わりにソフィアが答えた。

——国家の安全を脅かすと見なされたケースでは、データの提供を拒むと、犯罪の幇助、秘匿になります。

鵜飼警視正の指摘に対しては、ソフィアは「何が国家の安全を脅かすのか、明確にご提示ください」と切り返してきた。寵児が「違法薬物の売買が実際に行われているようです」と指摘すると、間髪を入れずにこう答えた。

——イソノミアには店舗やオフィスを置くことができますが、実際の取引には一切関わりがありません。違法な売買の証拠があれば、令状をお取りになって、その業者を摘発してください。イソノミアのテナントがこのサイトの外で行う商業活動についての責任を負わないことは約款にも書かれてあります。

——違法行為を見て見ぬふりをした場合は共謀と見なされることもあります。いくら、約款に書かれているからといって、実際に犯罪の契約や計画がこのサイトを通じて行われていることが明らかになった場合、管理運営者は免責とはなりません。しかし、犯罪の証拠を探し出すことに協力してくれれば、免責を認める余地が出てくるでしょう。

——捜査に協力すれば、共謀を疑われないということでしょうか？

——確約はできませんが、罪を問われずに済むかもしれません。

ペヤングは鵜飼警視正の説明を「信用できない」と一蹴し、敵意をむき出しにした。

――イソノミアの意味は知っているだろう。誰にも支配されない社会のことだよ。それを作ったオレが大人しく、データを提供すると思ったか？　そんなにサーバーの記録を見たければ、クラッキングでも何でもすりゃいいじゃないか。税金で食わしてもらっているおまえらも少しは汗をかけ。暗号化されたデータの解析はものすごく手間がかかるぞ。果たして欲しい情報が見つかるかな。どうせ政府は強権を発動して、イソノミアを潰しにかかるんだろうが、その時はオレ自身の手で全てのデータを消去する。

　ペヤングはソフィアに「不利な証拠になるのでコトバを慎んでください」と注意されながらも、「国家の支配を受けるくらいなら、この仮想都市はオレ自身の手で滅亡させてやる」と寵児に詰め寄った。寵児はいきり立つペヤングの顔を冷ややかに凝視しながら、ポツリと呟いた。

――イソノミアを潰すのは惜しい。

　そのリアクションが予想外だったのか、ペヤングは戸惑いの表情もあらわに「何がいいたい」といった。

――独裁者と犯罪者が退場すれば、日本もイソノミアも滅びずに済む。警察は政府高官連続暗殺事件の捜査をしていますが、私は大規模なテロを未然に防ぐために情報を集めています。もし、テロの準備がイソノミアで密かに行われ、実行に移されたとしたら、サイトの閉鎖だけでは済まないことはお分かりですね。あなたは自分の身を守るためにも、テロとは無関係であることを証明しておいた方がいいですよ。

――どうすれば証明できるっていうんだ。

――質問に正直に答えればいいんです。虚偽の供述は証拠隠避罪に問われますからね、念のため。イソノミアでは要人暗殺のクラウドファンディングが行われていますが、誰がそれをやっていますか？

――あれは単なるブラックジョークだ。

――そうであってほしいですが、本気にする人がいるとテロに発展します。アドレスを開示してください。それから亀井智彦氏と鷺沢礼子氏に関する情報のやりとりの過去ログの開示を求めます。

――断ったら？

鵜飼警視正が「あなたは重要参考人として、拘束されます」と口を挟んだ。

――待ってください。それは不当です。

ソフィアがクレームをつけると、鵜飼はきっぱりと告げた。

――あなたの口封じをしようとする人物からあなたを守るためでもあり、証拠隠滅を防ぐ必要があるからです。

――わかったよ、自分の身は自分で守るし、あんたらが欲しい情報も渡すから、家に帰らせてくれ。

――サイトから犯罪者を一掃すれば、イソノミアも存続できるし、あなたも帰宅できます。

鵜飼が諭すようにいうと、ペヤングはまた舌打ちをし、寵児を恨めしそうに一瞥した。

――あんたは疫病神だ。いちいちオレの人生を邪魔しやがって。

――あなたの人生を邪魔する気はありません。あなたがいちいち余計なことをするのが悪い。センターがあなたを解雇したのは間違いだったと私は思います。野に放たれたあなたはテロリストからも警察からも頼りにされている。それだけのスキルがあれば、もっと上手く世渡りができるはずです。

——余計なお世話だ。おまえのいうこと、いちいちムカつくんだよ。

——こっそり教えますが、あなたを解雇したグリーンウオーターは現在、行方不明で、あなたは彼の拉致に関わっているのではないかと疑われています。私には一切協力したくないでしょうが、イソノミアの自治を守るために賢い選択を勧めます。

ペヤングは鵜飼と寵児の説得に渋々応じ、捜査当局に協力することになった。「暗殺クラウドファンディング」の主催者も特定され、翌日、任意の事情聴取が行われた。「これはただのブラックジョーク」とペヤングと同じいい訳に終始していたが、寄付金の実態を細かく問い質していくと、ボロが出た。死んでほしい人それぞれに集まった寄付金は「ゲームの中だけで使えるポイントに過ぎない」という説明だったが、実際には寄付された暗号資産を主催者が現金化できることがわかった。もし、このファンドを活用して暗殺が実行されれば、この人物は暗殺の首謀者ということになる。少なくとも殺人教唆の罪を問うことはできる。たとえ殺人教唆が成立しなくても、偽計、詐欺の罪は成立すると、鵜飼警視正は判断し、逮捕状を請求した。

取り調べに対し、主催者の「テレサ10」こと木《き》村《むら》光《こう》一《いち》はこんな釈明をした。

——抱かれたい男とか嫌いな男のアンケートと同じ感覚で始めただけで、深い意味はありません。死んでほしい人ランキングの上位者には自分がどれだけ人々の恨みを買っているかを自覚して欲しかっただけです。もちろん、暗殺を実行する気はさらさらないし、その方法もわかりません。

――第三者に暗殺を依頼しようとしていた？

――そんなツテはありません。

――集めた寄付金はどうするんですか？　最初から騙し取るつもりだったのでは？

――神社の賽銭と同じ感覚でした。サイトの訪問者は「あの人が早く死にますように」と願を懸けながら、寄付するんです。

――立派に殺意を助長してますよ。

田島警視は見るからに不機嫌だった。

――賽銭をあげたからって、願い事は叶いませんよね。だから、クラウドに寄付しても、暗殺は実現しないという了解は得られていたと思います。実際、サイトの規約には「暗殺は実現するとは限りません」と明記しています。

「サイトは神社で、寄付は賽銭」という詭弁でうまく逃げるつもりだろうが、鵜飼警視正はしっかり懲らしめておかないと図に乗ると思った。

――万が一、暗殺が実現したら、どうするつもりですか？

田島警視の詰問に対して、テレサ10はニヤニヤ笑いながら、こう答えた。

――人々の願いが叶えられたということで。

この一言に鵜飼は激怒し、「ふざけるな」と机を叩いた。

――そういう愉快犯が警察の捜査の妨害をしている。公務執行妨害も加算するからな。

すでに行われた暗殺に関わる共謀の証拠もいくつか見つかった。寵児が注目したのは、亀井智彦の登山計画の詳細が記されたメモと、鷺沢礼子と金城徹子の親密な関係を示唆するメモだった。どちらも特定の相手に送信されたものではなく、不特定多数に開かれた掲示板に掲げられ、パスワードを入力すれば誰でも閲覧可能になる。誰が閲覧したかは、痕跡が残らず、またそのメモを残した者の特定もできなかったが、イソノミアが殺人の共謀に活用されている証拠をつかんだことになる。

　さらに暗殺クラウドファンディングと類似の、「簡単暗殺マニュアル」というサイトもあり、ここでは暗殺の具体的な指南が行われていたし、「閻魔大王の秘密メモ」と称するサイトでは政治家や官僚、裁判官、学者、企業家など人物ごとに犯した罪が列挙され、罪の重さに応じて「万死」、「千死」、「百死」、「十死」、「シングル」、「免罪」などの宣告がなされる。それらはゲームであり、ブラックジョークだといえないこともないが、ダークネットに検閲が及ばないのをいいことに、何の躊躇もなく悪意を蔓延させている。イソノミアは政治への不満、支配層への憤りを増幅し、暴動やテロに導く扇動をしていることだけは間違いなかった。もっとも、その扇動に乗り、テロリストを志願するバカはいないと寵児は見ていた。テレサ10がいうように、大抵の人間はゲームと割り切って、このサイトに集っている。

イソノミアでお祭り騒ぎをしているのはただの便乗者で、暗殺の実行犯は一人か二人、協力者を含めても四、五人の小集団だろうと寵児は考えていた。彼らがイソノミアに足跡を残しているのは確実であるが、その他大勢のダミーに紛れている。

警察の二人はイソノミアの資金源の洗い出しも進めていた。ダークネット自体は金融業者や輸出入業者など各業界から幅広く出資を受けていたが、イソノミアの方は個人スポンサーが多く、最も多額の資金援助を行っているのが空也の勤務先の「フルハウス」だった。

空也はイソノミアに対し、並々ならぬシンパシーを抱いていることを隠しもしなかったが、ヤンバル・クイナのことは知らないといった。サイトのスポンサーでありながら、管理運営者を知らないというのはおかしい。しかも、彼は寵児の依頼でペヤングの尾行をしたことがあり、接点がある。空也が始めたＮＰＯ「笛吹きプロテクション」もイソノミアに窓口を設けており、こちらも「フルハウス」が協賛している。空也はどう控えめに見ても、関係者であり、内部事情にも通じているはずである。広場ではホームレスに身をやつしたマリアが神託を発信している。兄妹でロール・プレイング・ゲームにのめり込んでいるというより、ヤンバル・クイナと共謀しているといった方が腑に落ちる。

一貫して、内部の人間の関与を疑ってきた寵児だが、親友が一枚嚙んでいるとは想定外だった。まだ、この疑惑は芽吹いたばかりで、彼らが無関係であることを証明する余地はある。だが、逆に疑惑が膨らみ、彼らの犯罪への加担が明らかになる可能性も同じくらいある。先日会った時の空也は、捜査の進捗に探りを入れている様子だった。

グリーンウオーターは依然、行方不明のままで、音信が途絶えてからすでに一週間が経過していた。警視庁の別働チームが家族やセンター職員らに事情聴取を行い、都内の監視カメラの映像分析をし、行方不明になるまでの行動をトレースした。すでにセンターは盆休みに入っていたが、八月十三日にオフィスに姿を見せ、夕方、休日出勤の秘書に「私用で出かける」と伝え、タクシーに乗った。行き先はベイエリアのパライゾ・ホテル＆リゾートだったことはわかっている。

ホテル従業員への聞き込みから、グリーンウオーターは「磐《いわ》戸《と》鮨《ずし》」で女性と待ち合わせし、軽く食事をしたのちに、女性があらかじめチェックインしていた部屋で過ごした。この間に他の人物との接触はなかった。午前零時過ぎ、二人は正面玄関に現れ、女性だけがタクシーでホテルを去った。その後、グリーンウオーターはホテル近くの人気のない海辺を一人で散歩しているところが監視カメラには写っていたが、その後ホテルの部屋には戻っていない。ホテル周辺の目撃情報を集めようとしたが、その時間帯はコンビニの客もなく、また従業員も何も見ていないという。文字通り、忽然と消えた。おそらく、監視カメラの死角で拉致されたと思われる。失踪直前までホテルで一緒に過ごしていた女性にも事情聴取を行ったが、接触者は一人もおらず、また尾行者や監視者の存在にも気づかなかったという。

警察は午前零時の前後一時間にホテル周辺のカメラが捉えた不審人物を洗い出すとともに、グリーンウオーターの深夜の散歩をシミュレーションし、彼を連れ去った可能性のある車両九台を割り出した。そのうちの七台の持ち主の身元を確認することができ、車両の検分と事情聴取を行った。それぞれに説得力のあるアリバイがあり、車両からはグリーンウオーターの痕跡は一切見つからなかった。残る二台のうち一台はレンタカーで、利用者も判明し、同様の結果だった。最後の一台は盗難届が出されていたベンツで、翌午前二時頃に横浜大黒《だいこく》埠頭近くの監視カメラが捉えたのを最後に、何処にも出現していない。ナンバープレートを外され、コンテナに積まれ、貨物船で運び出されたか、分解されてしまった可能性が高い。グリーンウオーターと拉致犯は途中で車を乗り換えたと推察されるが、警察によるトレースもここまでだった。

　霧を摑むように手応えがなく、死体が発見されるのを待つしかないという諦めムードが捜査チームに漂い始めた頃、予期せぬ知らせが神奈川県警三崎《みさき》警察署から届いた。管内の松輪《まつわ》駐在所にクレジットカードの落し物の届け出があり、そのカードにトム・グリーンウオーターの名前が刻まれていたため、行方不明の要人のものではないかと捜査チームに確認を求めてきたのである。

　カード会社に照会すると、本人のものと判明し、その指紋も確認できた。捜査チームがカードの拾得場所に出向き、聞き込みをしたところ、思わぬ事実が発覚した。

　そこは岩だらけの海岸で、街灯もなく月明かりだけが頼りで、民家もなく、夜はほぼ無人だ。大根とキャベツ畑が途絶えたところから崖になっていて、海岸に降りてゆく細い道路が一本あるだけだ。この海岸を見下ろせるやや離れた場所には小洒落た一軒家が建っており、そこの住人がこんな証言をした。

――十五日の明け方だったかな。珍しく早起きして、コーヒーを飲みながら、海を見ていたら、アドバルーンみたいなものが漂っているのが見えました。しかし、誰もいない海にアドバルーンなんてあげても意味ないんで、冗談飛ばしているんだと思いました。ほら、戦時中、風船爆弾をジェット気流に乗せて、太平洋を横断させ、アメリカ本土を攻撃するという冗談みたいな作戦があったでしょ。あの検証実験かとも思いましたよ。

――それはどれくらいの大きさでした？

――さあ、距離感がわからないので何ともいえませんが、目を凝らすと、黒っぽい風船が十個くらいブドウの房みたいになっていましたよ。最近、気球を成層圏まで上げて、宇宙の映像を撮ってくるというのがあるでしょ。それかもしれないとも思いましたけど、風に流されて沖合に行っちゃったら、回収しにくいだろうにね。

――風船は何かを運んでいるようでしたか？

――双眼鏡で見てみましたが、何がぶら下がっているのかはわかりませんでした。

――写真を撮っていませんか？

――一応、スマホで撮影しときましたよ。

　すぐに海上保安庁に問い合わせ、十五日に海上で浮遊するバルーンを目撃したかと確認したところ、三十分後に回答があった。

　十五日午前十一時頃、宮城県金華山《きんかさん》沖三十キロ沖合にて、高度約二千メートルのところを浮遊するバルーンを発見と巡視艇の日誌に記述あり。目視により、ガス気球と確認。飛行の届け出があったか、航空局に問い合わせたが、十五日前後の申請、認可はなかったことを確認。いずれガスが抜けて、海上に落下すると判断、回収などは行わず、パトロールを継続した。

最初の目撃者から提供された写真を拡大し、解像度を上げて、分析した結果、バルーンが吊り下げているのは寝袋状のバッグに梱包された物体であり、有人飛行だった可能性もあるとのことだった。捜査チームと情報共有をし、「まさか」と呟く田島警視の隣で鵜飼は青ざめた顔で呟いた。

――被害者はバルーンで旅に出されたかも。

捜査に新たな展開があったと知らされ、寵児は鵜飼、田島とともに湾岸署に駆けつけた。検事総長と秘書官の暗殺とグリーンウオーター失踪の関連を疑っていた二人は合同捜査本部の開設を提案し、早速、捜査方針の立て直しを図った。

八十キロ以上あるグリーンウオーターを上空高く浮かせるには、巨大なバルーンと大量のヘリウムガスが必要になる。市販されているバルーンの中で最大のものは直径十七フィート、五百二十センチある。これにヘリウムガスを充填すると、体積は約七万リットルになる。ヘリウムの浮力は一リットルにつき一・一グラムなので、七十七キロを浮かすことができる。バルーンの自重が三キロほどあるので、七十四キロの人を一人持ち上げられる計算だ。目撃証言ではバルーンがブドウの房のようになっていたというから、これより直径の小さい八フィートのものなら十個、十二フィートのものなら三個から五個あれば、バルーンと被害者を結ぶロープや梱包する寝袋、その他の荷重を加えても充分な浮力が得られる。

ネットでは四百リットル入りのボンベが一本一万円程度なので、十万から十五万リットルものヘリウムガスと巨大バルーンの購入費用はざっと二百五十万から四百万円になる。熱気球一式とほぼ同じ金額になるが、熱気球はバーナーのボンベを随時交換しなければ、飛行を継続できないし、購入者が特定されやすいので、ガス気球を選んだと考えられる。

バルーンの製造元、ヘリウムの販売元に問い合わせ、購入者のリストを開示させ、容疑者の特定を急ぐよう鵜飼警視正は指示した。もっと早く、グリーンウオーターの失踪とバルーンの関連に気づけば、救出作戦を展開できたかも知れないが、すでに一週間以上経過していることを考えれば、生還は奇跡を待望するに等しい。

犯人グループは三浦半島の先端部分の人気の少ない、海に開けた場所にトラックでボンベを運び、ジャンボ・バルーンにひたすらヘリウムガスを充填していたのだろう。後から拘束したグリーンウオーターを連れてきて、気球のゴンドラにあたる寝袋に詰め込み、風船と連結し、繋留索を切った。グリーンウオーターはこの時点で意識を取り戻し、自分がここから空に放たれた痕跡を残すために隠していたクレジットカードを犯人の目を盗み、落としていったに違いない。

かつて、「風船おじさん」と呼ばれた人騒がせな中年冒険家がいたことを鵜飼警視正は思い出していた。まだ彼が小学生だった頃の出来事である。ヘリウム風船を二十個以上束ね、「ファンタジー号」と名付けられた檜《ひのき》の浴槽に乗り込み、琵琶湖畔から空に舞い上がり、ジェット気流に乗って、アメリカを目指すという暴挙に打って出た。海上保安庁の捜索機が金華山沖八百キロの上空でファンタジー号を約三時間追跡したのを最後に、消息不明となった。

グリーンウオーターも風船おじさんの後追いをさせられたと仮定する。バルーンがジェット気流に乗っていれば、太平洋を越え、アメリカやカナダまで運ばれた可能性もゼロではないが、一万メートルもの高度にまで到達していたら、凍死、酸欠死は避けられない。また一日に約十パーセントのガスが抜けることを考慮すると、北東の進路の先にあるアリューシャン列島、もしくはカムチャツカ半島あたりで着水した可能性が最も高い。グリーンウオーターの妻の強い希望を受け、日本政府は海上保安庁の探索機を飛ばし、在日米軍も偵察機三機を飛ばし、バルーンを捜索したものの、この広大な空域、海域では捜索も徒労に終わる確率が高かった。カナダ、ロシアにも探索の要請を出したが、いずれも北太平洋を航行している船舶に注意喚起を呼びかけることに応じただけだった。

鵜飼警視正や田島警視ほかの警察官たち、官邸官僚たちは皆、一様にこの犯罪の意図を量りかねていた。一体、どんな理由で、ジャパン・ハンドラーの総帥、日米安保の守護神であるグリーンウオーターがヘリウム風船で、太平洋の彼方に飛ばされなければならなかったのか？　その真意は犯人の口から聞くほかないのだが、その目星もつかず、相手は不気味な沈黙を貫いている。被害者は寵児の直属の上司だったし、秘書官も彼の出向先の高官だったことから、寵児は最も当事者意識が高いと見なされ、説得力のある仮説を立てろという無言の圧力を感じていた。

官邸官僚たちはグレイスカイの来日に神経質になっていた。アメリカ人を狙ったテロに対して、日本政府はどう責任を取るのかが問われることになりそうだが、テロ対策の予算増額はすでに閣議決定を済ませていた。さらなる「誠意ある対応」にはどれほどのカネがかかるのか、財務省では必要な予算を確保するのに頭を悩ませていた。

羽田に到着したグレイスカイを出迎えたのは寵児だった。一年ぶりの再会だったが、盟友を失った悲しみのせいか、彼の表情は冴えなかった。互いの近況報告は省き、公用車で官邸に向かう車中、いきなり本題に入った。

——こんなバカげた方法による暗殺は前代未聞だ。なぜ、そんなにリスクが高く、コストもかかる殺し方をしたのか、理解に苦しむ。

——まだバルーンも遺体も発見されていないので、断定はできませんが、バルーンが放たれたと思われる現場からミスター・グリーンウオーターの指輪も見つかったので、ほぼ間違いないと思います。

——せめて指輪だけでもエミリーに返してやろう。殺人教唆をした人物は金持ちで、トムに個人的な恨みがあったと思われる。この殺し方にはメッセージが隠されている。

——「ヤンキー、ゴー・ホーム」という意味だと思います。風船爆弾と同じ方法で、終戦記念日にジャパン・ハンドラーの総帥をアメリカに強制送還したのではないか、と。

——だが、トムはロシアに行ってしまったかもしれない。バルーン・ボムも「ヤンキー、ゴー・ホーム」も実に古風だが、そいつの個人的恨みが戦争や占領に由来しているとすれば、かなりの年配者ということになる。心当たりは？

——センターの協力でグリーンウオーターの日本での交友関係を詳しく調べている最中です。警察はヘリウムとジャイアント・バルーンの購入者をリストアップし、容疑者を炙り出そうとしています。

——二人の高官殺害も同じ暗殺者集団の仕業なのか？

——手口は異なりますが、この三人をターゲットにしたことに政治的意図があるのは確かです。犯行声明は一切出ていませんが、アメリカへの隷属を強める現政権とロビイストに対する挑戦という点で共通しています。

——今まで口では色々いう奴はいたが、テロに打って出る奴は一人もいなかった。従順な犬がいきなり狼に変わるなんてあり得ない。ニホンオオカミは絶滅したはずだ。

——飼い犬だって嚙みつきますし、野生化すれば、狼のようになるのでは？　テロが起きたとたん、ダークネットでは暗殺者を英雄視する野次馬たちがお祭り騒ぎをしています。

——模倣犯が現れるか？　市民の相互監視が行き届いている日本では、怪しい隣人をすぐに通報してくれるはずだぞ。

——市民の通報で逮捕できるような相手ではないと思います。ヘリウムガスをバルーンに詰めるのに忙しかったのでしょう、グリーンウオーターがクレジットカードと指輪を証拠に残していったのは見逃したようですが、逆にその証拠がなければ、全く手がかりが得られなかったところです。相手は訓練を受けた工作員並みの犯罪スキルを持っています。

——トムの暗殺はモグラの仲間による復讐だったとは考えられないか？

——警察はミュートのことは知りません。暗殺事件にミュートの仲間が関わっている可能性もありますが、闇に葬られたので、何も聞き出せませんでした。

——君はミュートの処刑には反対だったな。

——彼は今の日本の安全保障や日米関係、日中関係の現状を正しく理解していたのです。彼の情報収集の仕方には行き過ぎた面もありましたが、日米同盟が機能しなくなる日がいずれ来ると考えていたと思います。

——だからといって、中国に情報を売り渡すことは許されない。終わったことを蒸し返すな。今は犯人逮捕が急務だ。私が東京にいるあいだに、何とかしろ。さもないと、アメリカ政府は日本に過大なテロ対策資金を要求するぞ。もし、日本政府が要求を拒絶したら、今の政権は終わる。官邸はそのことを理解しているだろうな。

――よく理解していると思います。だから、首相はあなたに会いたくないのです。

――会っても、アイム・ファイン・サンキューしかいえない男だからな。

――熊川補佐官は英語が堪能です。


首相官邸では、犬養首相を筆頭に、外務大臣、防衛大臣、四人の補佐官らが雁首を揃えて、グレイスカイを出迎えた。一国の首相がＣＩＡ情報本部の分析官の顔色を窺っている情けなさに寵児は脱力のため息を漏らしそうになった。

――わざわざ御足労ありがとうございます。ＣＩＡの方がいらしてくれて私たちも大変心強いです。歓迎の夕食会をセッティングしましたので、ぜひ。このたびは親しい友人がこの日本で予期せぬ事態に巻き込まれてしまったことを心から遺憾に思います。

寵児は犬養首相の空々しい挨拶を通訳しながら、グレイスカイの反応を見ていたが、コトバ尻まで待つと、すぐにこう返答した。

――現在進行中の連続暗殺事件に日本政府はどう対応するか、アメリカ政府は注意深く見守っております。

国家安全保障局局長の熊川補佐官が警察から上がってきた調書一式の英語訳をグレイスカイに手渡し、自慢の英語でこう告げた。

――目下、捜査班は犯人逮捕に全力を挙げています。テロリストとの交渉には一切応じない原則を守り、早期解決を図る所存です。

――それは犯行声明や政府への要求があった場合の原則です。テロリストの特定もできていないのだから、交渉そのものが成立しません。テロの目的も不明だということが問題なのです。おそらく、テロリストは政府がなすすべもなく右往左往するのをしばらく静観するつもりでしょう。三人の暗殺は前哨戦に過ぎず、もっと大規模なテロが実行されるかもしれない。その時、テロリストは何らかの要求を突きつけてくるでしょう。

――CIAは何か情報を摑んでいますか？

――それについては話せませんが、日本政府には緊急の対策を講じていただきたい。

――具体的に何をすれば、いいでしょう。

――国会議事堂、首相官邸の警備はすでに厳重でしょうが、空港、駅、そして米軍施設の警備と都内各地のパトロール強化をお願いします。お渡しするリストは特に厳重な警戒が必要とされる施設の一覧です。日本の捜査機関とのスムースな連携を図るために、私とチョージを首相直属の特別顧問に任命し、捜査権限を与えてください。総理の決断力に期待しております。その上でこちらが摑んだ情報を共有し、テロを水際で食い止めます。

　グレイスカイの畳み掛ける口調に犬養首相は目を瞬かせながら、「決断力」というコトバに反応し、自分の一存でこう告げた。

――二人を大統領特別顧問に任命します。

　大統領といい間違えたのはアメリカや韓国のテレビドラマの見過ぎか、あるいは自分が何者かもわかっていないだけなのか？　熊川補佐官はそのいい間違いを取り繕おうとした。

――日米の同盟関係に亀裂を生じさせようとする勢力が一掃されることを願っています。

グレイスカイは自分と寵児の権限強化の確約を取ると、首相、高官との儀礼的なやり取りを早々に終え、ディナーの誘いも断った。官邸から提供された公用車も断り、アメリカ大使館から借りた車を寵児に運転させ、投宿先のメトロポール・ホテルに向かった。

――部屋で話そう。新たなミッションだ。

どうやら、グレイスカイの頭の中ではこの連続暗殺事件をアメリカに有利に活用するプランがすでに固まっているようだった。

――電光石火の早業でしたね。首相直属の顧問なら、警察の全面的協力を得られます。

――連中のあの他人事のような態度は何だ。自分たちの仲間が殺されたのに、全く危機感を抱いていない。アイドルを出待ちしている少女みたいに次のテロが起きるのを待っている。

――彼らを驚かせる秘策があるんですね。

――テロリストより二手先を読んで、トラップを仕掛ける。

――次のテロ計画を察知したんですか？

――いや。察知などはしていない。トムを風船で飛ばした奴らが次に何をするか予想するのだ。これから複数のシフトを敷く。個々の的中率は低いが、どれか一つに当たる確率は高くなる。テロリストの行動を先読みする場合は、統計よりも勘を信じる。敵の指し手はそれほど多くはない。

――首相の暗殺を狙っているのでしょうか？

――いや、それはない。三人の暗殺によって、首相の暗殺はかなり困難になった。しかし、それ以前に、苦労して暗殺するほどの価値はないと奴らは思っているだろう。早晩、あのイディオットが政権を去ることは彼らもわかっている。

——彼らは爆薬の入手経路も持っているので、爆弾テロに打って出るかもしれません。警備が厳重な国会議事堂は無理だとしても、党本部や議員宿舎、あるいはアジア政策研究センターも標的になっているのではないかと。

——どれも可能性はあるが、彼らが次に狙うターゲットは米軍施設か、通信所ではないかと睨んでいる。ミュートが中国国家安全部と内通し、在日米軍を機能不全に陥らせるテロを企てたとしたら、真っ先に狙うのはそこだ。

——確かに通信施設を破壊されたら、敵の核攻撃に対応できなくなります。

——ミュートは中国安全部のエージェントと協力し、そんなテロ計画を練っていたのではないか。

　これは推測の域を出ないが、仮説としてはあり得る。

　その仮説は限りなく被害妄想に近いフェイクだと寵児は思った。グレイスカイは一年前、ミュートの予言を「フェイクだ」と一笑に付したことを忘れてはいまい。実際にテロは起き、同僚が殺されたのだから、結果的に彼は間違っていたことになる。だが、それを反省するより先に、新たな作戦を実行に移し、自分のミスを帳消しにしようとしている。

　自分の仮説に根拠がないことは本人もわかっていて、グレイスカイは寵児にこんな本音を漏らしもした。

——ＣＩＡの長官にこの件を相談すれば、「確たる証拠を持ってこい」というだろう。そして二言目はこうだ。「推測に基づいた作戦に割く予算はない」。だが、在日米軍司令部を守る作戦の経費は日本政府が負担する。首相がゴーサインを出せば、日本におけるテロ対策の一環として世論の理解も得られるし、アメリカ政府も黙認する。テロはこのように政治利用されるべきだ。損をする人間はいない。いるとすれば、日本の納税者くらいだ。

――水際でテロを阻止する作戦はどの程度の規模をお考えですか？

――横田基地や厚木基地のセキュリティ・レベルを上げ、基地への出入りをより厳しくチェックする一方で、基地周辺の町に警備の警官動員を増やし、検問や職務質問等を徹底する。要人来日時の態勢を取ってもらう。どれほど無謀なテロリストでも、米軍基地にミサイルを打ち込むような真似はしない。だから、米軍施設の警備は見せかけでいい。テロリストの狙いは通信所の方だから、そちらにおびき寄せるための罠を仕掛け、私服警官による張り込みと監視カメラの増設を密かに行う。

――そうした措置が無駄に終わったら？

――決して、無駄にはならない。テロが起きなければ、警備を強化したおかげで防止できたという理屈が通る。もし、別の場所でテロが起きたら、米軍施設と通信所の破壊は避けることができたと胸を張ればいい。大規模なテロ撲滅作戦を実行すれば、グリーンウオーターへの弔いになる。

グレイスカイは同意を促すように、寵児にウインクしたが、それに応じる気にはなれなかった。同僚の死を無駄にはしないというグレイスカイの心情は理解できるが、先走り感は否めなかった。

グレイスカイの東京出張の目的の半分は到着早々、果たされたといってもよかった。外交ルートを通じて煩雑な手続きを踏まなくとも、グレイスカイが単身、官邸に乗り込み、イエスマンの首相に安全保障上の必要を説けば、万事がスムースに運ぶことを見越していたのだ。そのための伏線作りとして、官邸の補佐官に働きかけ、寵児を官邸に出向させたのである。この先も寵児はグレイスカイに遠隔操作されるマジックハンドとなって、官邸を動かす役目を負うことになるのだろう。

　連続暗殺事件の合同捜査本部には警察庁長官、警視総監、刑事局長、公安部長、埼玉、千葉、神奈川の県警本部長らも集結していた。グレイスカイは首相特別顧問就任の報告をし、幹部たちにテロリスト掃討作戦の説明を行った。なぜ警察が米軍施設の警備をしなければならないのかという疑問も出たが、自衛隊が治安出動すれば、市民に動揺を与えるし、市民がテロの巻き添えにならないようにする任務であるから、警察がふさわしいと説得した。なぜ通信所に張り込みをするのかという質問に対しては、このような説明がなされた。

――日本はアメリカの戦争構造にしっかりと組み込まれていることは、お分かりでしょう。在日米軍司令部は北朝鮮や中国、ロシアを牽制し、有事の際に最も重要な軍事拠点となります。横田基地は戦闘機や爆撃機が出動する基地であり、突発的な核攻撃の危機の際には大統領や在日米軍司令部の指令を全部隊に伝える通信基地でもあります。

　突然、戦争や核攻撃の話題が持ち出され、警察幹部たちは戸惑いつつも、口をつぐむしかなかった。

――横田基地には一定数の戦略爆撃機が配備され、横須賀基地にはミサイルを搭載した艦船が配備され、核戦争勃発時に迅速に対応するシステムになっています。アメリカ本土からの指令は軍用通信衛星や短波、海底ケーブルを通じて、横田基地に中継されます。軍用通信衛星の中心ネットワークであるＤＳＣＳ、国防衛星通信システムの地上ターミナルはカナガワのザマにあり、日米間海底ケーブル「トランス・パシフィック・オーシャン」の陸揚げ局はチバのミナミボーソーにあります。さらに横田から爆撃機に送信する通信所はトコロザワに、その爆撃機からのリアクションを受信する通信所はキヨセにあります。それら四つの通信ポイントは戦略上、最も重要です。もし、通信所を破壊されたら、米軍は大きなダメージを受け、日本の安全も脅かされることになります。中国は直接、テロに関与することを避け、テロリストを雇っている可能性があります。国家の危機の回避はみなさん一人一人の地道な任務によって初めて可能になるのです。

　そのような通信ポイントの存在そのものを知らなかった幹部が多いと見えたが、「要人来日時と同じ態勢を敷けばいいだろう」という警視総監の一言で、反論の声は封じられた。

　中国の脅威を煽れば、無理が通る。

　この法則をグレイスカイはよくわかっていた。横田基地、横須賀基地の米軍施設の警備を強化し、四個所の通信ポイントに私服警官を配備し、監視体制を構築した上で、それらの施設周辺を偵察衛星からも監視するようにした。地上と宇宙から全ての怪しい人物の行動確認をし、容疑者逮捕を急ぐ。すでに合同捜査本部はヘリウムの大量購入者をリストアップし、暗殺事件との関連を探っていた。だが、グリーンウオーターを浮かせるに充分な量のヘリウムを単独で購入した者はおらず、別々に購入して持ち寄ったと思われる。七千リットル以上の大量購入者の総数は二百人以上にも及んだが、それぞれの使用目的を調査すると、光ファイバーの焼成や精密機械を溶接する際に充填する「雰囲気ガス」として用いる、半導体デバイス製作工程での「冷却用ガス」として用いる、ハードディスクの電力消費量を削減し、容量を増やすためにハードディスクに充填するなどの産業用途のほかに、お祭り会場などで売られる風船用、観測気球用、無人飛行船用、演劇、パフォーマンス用などに分類できる。ほぼ全ての購入者の身元と用途の裏付けも取れたが、このリストには液体ヘリウムの購入者は含まれていなかった。

　量子コンピューターや病院の磁気共鳴断層撮影装置（ＭＲＩ）でも装置内に「超電導状態」を作り出すために液体ヘリウムが必要であるが、こちらは専門性が高いので、調査対象から外していた。しかし、神奈川県厚木市の病院からＭＲＩ用の液体ヘリウムの盗難事件が起きており、グリーンウオーター暗殺事件と関わりがあるのではないかと田島波瑠警視は直感した。盗難事件は暗殺事件の一週間ほど前に起きており、所轄署の捜査員に事情を聞くと、犯人は四人組で食堂に食材を納入する業者を装って、早朝に施設内に侵入し、倉庫の鍵を壊し、補充用の液体ヘリウムを冷却容器ごと盗み出した。防犯カメラにはマスクをし、着帽した作業衣姿の四人組を確認できたが、逮捕には至っていないとのことだった。品薄で価格が高騰しているから転売先は見つかるだろうが、用途が極めて限定されるブツだけに、転売すれば、すぐに足がつく。だが、その形跡はないので、バルーンに充填された線が濃厚と見て、彼らが容器の運搬に使ったトラックの追跡調査を行った。

　トラックは丹沢の水無川《みずなしがわ》キャンプ場の駐車場の監視カメラに映っていた。そこが犯罪者チームの合流ポイントだった疑いがあり、田島警視は柔道三段の巡査部長相田《あいだ》と現場に向かった。寵児も連絡を受け、キャンプ場に急行した。今まで特別に現場にも足を運んでいた鵜飼警視正は合同捜査本部長として、本部に詰め、捜査情報の集約に専念していた。

　キャンプ場の管理人は池上学、元陸上自衛隊の3等陸佐で、三年前からここで働くようになったという。すでに液体ヘリウム盗難の件で厚木警察署の捜査員の聴取を受けており、「その件は自分が非番の時だったこともあり、全く知らない」と答えた。捜査員は盗難があった八月七日、八日あたりにキャンプ場に滞在していた人々の名簿も手に入れ、身元確認も済ませていた。ヘリウム窃盗の容疑者たちは記録の上ではキャンプ場には泊まっていない。

　波瑠は池上の右手に包帯が巻かれているのが気になり、「手、どうされました?」と訊ねると、「キャンプファイアーの火の後始末の時に火傷しました」と淀みなく答えた。

――八月十三日から十五日にかけては、何処で何をなさってました?

――十三、十四日は自宅で過ごし、十五日は横浜に親の墓参りに行った後、キャンプ場に戻りました。

――火傷をしたのはいつですか?

――十五日の夜です。灯油がついた手袋で作業をしてしまい、引火しました。

――病院には行かれました?

――行ってません、大丈夫です。

――指先が黒ずんだりしていませんか?

「いいえ、別に」と答えた時、池上の目にチックが出たのを寵児は見逃さなかった。

　寵児と波瑠は「ご協力に感謝します」といい、キャンプ場を立ち去ると見せかけて、池上の反応を観察するために車で待機していた。池上は早速、期待通りに、自分の車で何処かへ出かけた。相田巡査部長が行動確認のために尾行し、行き先が秦野《はだの》市内の病院であることを突き止めた。その報告を受け、寵児は「自分の指が心配になったな」と呟いた。

——黒ずんでいたら、壊死《えし》が始まっている。最悪、指を切断しなければならなくなる。

——ああ、液体ヘリウムを扱ったから。

——武器の扱いは慣れているだろうが、絶対零度の液体は初めてだったんだろう。

——署に同行してもらいますか？

——少し泳がせようか。

合同捜査本部に戻り、最初の容疑者特定を鵜飼警視正に報告すると、「少し泳がせようか」と寵児と一語一句同じ反応をしたので、波瑠はニヤリとした。寵児がさりげなく「池上にはＧＰＳを渡しておきましたから、追跡は容易です」と付け加えると、波瑠は「え、いつ、どうやって渡したんですか？」と目を一回り大きく見開いた顔を寄せてきた。

——ＣＩＡ御用達の砂粒サイズのＧＰＳがあって、それを埋め込んだ名刺を渡したんですよ。たぶん池上は私の名刺を持ち歩くでしょう。「こういう男が嗅ぎ回っている」と仲間に周知するために。

——共犯者たちも追跡してくれるとはすごい名刺だが、身分を明かしたので、あなたは彼らに狙われる。気をつけた方がいい。

——そこは田島警視も同じです。しかし、私たちに手出しをすれば、捕まるリスクが高まることは敵も心得ているでしょう。

——池上学という人物について調べてみたが、自衛隊の内部告発者だった過去があり、「笛吹きプロテクション」のメンバーだった。やはり、このNPOは怪しい。

――オフィスをがさ入れしますか？

波瑠の問いかけに鵜飼は「悩みどころだ」と呟いた。

――おそらく、がさ入れしても、暗殺につながる証拠は見つからないだろう。この団体は事件に直接は関与しておらず、メンバーの誰かが実行犯グループに指令を出しているのだろう。その司令塔の逮捕まで漕ぎ着けなければ、終わらない。

――池上を連行したら、第四、第五のテロの実行を急ぐでしょうか？　あるいは地下に潜るでしょうか？

――敵も警察の動きを観察している。グレイスカイ氏は敵を罠にはめようと大規模な作戦を仕掛けたが、彼らの目的は本当に在日米軍の戦力低下なのか、それも疑わしい。御影君はどう思う？

――中国国家安全部と共謀しているなら、あり得ますが、その確証は得られていません。安全部の動きは別のチームが監視していますが、目立った動きはないようです。

――池上が誰と接触したかを把握したら、すぐに連行しよう。彼が口を割れば、捜査は一気に進展する。今の段階ではそこに期待をかけるしかない。通信ポイントに張り込んでいる刑事からは二時間おきに報告が入るが、「異常なし」というコトバは聞き飽きた。

犯人グループの包囲網は狭まりつつあったが、敵も二重、三重にバリアを張り巡らせており、首謀者の正体も、組織の全体像も摑めず、闇夜に鴉を探しているようなものだった。寵児はテロに中国国家安全部が関与している証拠を見つけ出すよう、グレイスカイに指示され、独自に調査を続けていた。処刑されたミュートの愛人詩音に一年ぶりに会いに行った。処刑直後もテロにまつわる情報を聞き出す目的で接触を持ったが、「何も知らない」の一点張りで、それを信じるほかなかった。

詩音はミュートの遺児を生み、赤羽の託児所付きのマッサージ・サロンで働いていた。ミュートが彼女の口座に残していたカネはアジア政策研究センターの強権発動により、大半が没収され、手元には二百万円ほどしか残らなかっただろう。彼女は相変わらず「何も知らない」といったが、「あなたが罪に問われることはないし、情報を提供してくれれば、協力金を払う用意もある」と説得すると、ミュートがよく会っていたという中国人の連絡先を教えてくれたが、その電話番号は現在使われていなかった。ミュートが接触していた中国安全部のエージェントはすでに本国に帰国していることは確認済みだった。今回も何の収穫もなしと諦め、寵児が立ち去ろうとした時、詩音はこんなことをいった。

——うろ覚えなんですが、最後に彼の体をマッサージした時、ボソッと呟いたコトバがあります。誰かが立ち上がれば、それに続く者が必ず現れる。イケ君だって黙っていない。

——イケ君というのは？

——名前を忘れちゃったんですけど、イケ何とかという人です。あの人の知り合いで、自衛隊にいた人だと思います。

——池上学という人じゃありませんか？

——あ、そうです。池上さん。二人はよく会っているようでした。

不意にミュートと池上を結ぶ線がつながった。池上の行動確認をしている捜査員からの報告によると、彼は普段通りキャンプ場の管理業務を続けているが、キャンプ場に三連泊している客が四人いて、池上から訓練らしきものを受けているという。また、池上が診察を受けた病院に彼の右手の症状について問い合わせたところ、医師の守秘義務を盾に一度は断られたが、「はいかいいえの一言で済みます」といい、「重度の凍傷ですね」と問い詰め、「はい」という返事をもらったとのこと。

　証拠不充分で逮捕状は取れなかったものの、池上に任意同行を求め、湾岸署で聴取が行われることになった。鵜飼警視正と寵児が別室で見守る中、田島波瑠と公安の警部が交互に池上の尋問を行った。鵜飼が立てた仮説に基づき、以下の自供を早急に引き出したかった。池上が厚木市内の病院から液体ヘリウムを盗み出したこと、八月十五日未明、三崎の松輪の海岸でバルーンにヘリウムを充填する作業を行ったこと、その際に右手に凍傷を負ったこと。その上で、ほか二件、すなわち亀井検事総長、鷺沢秘書官の暗殺に関与したか、一連の事件の首謀者と協力者は誰か、暗殺の動機と目的は何かを聞き出せれば、この事件を司法の手に委ねることができる。

　池上は最初の段階から完全黙秘を貫くつもりだった。「話をするなら、弁護士の立ち会いを認めてもいい」と譲歩もしたが、彼は一言も話さないばかりか、途中で勝手に帰ろうとしたので、証拠隠滅、逃亡の恐れありとして、再度逮捕状を請求した。しばらく根比べが続く気配だったが、その間にキャンプ場に滞在していた四人の身元が判明した。元自衛隊員一人、火箱組の構成員二人、そして、高校の化学教師一人だった。通常、出会いようのない四人が三日間、仲良くキャンプを楽しむ光景は想像しにくく、三件の暗殺に関与し、さらなるテロに向けて、訓練を行なっていたと疑うべきである。鵜飼は捜査員に、キャンプ場内をくまなく探し、爆発物や武器など、テロを準備していた証拠となるものを押収して来るよう指示した。首尾よくいけば、新たなテロを未然に防ぐこともできる。

火箱組の二人に嫌疑がかかったことで、空也も暗殺事件に何らかの役割を果たしていることを疑わなければならなくなった。しかも、二人の組員のうち一人は寵児も知っているあの黄昏太郎、本名山田太郎だったことに寵児は深いため息を吐いた。黄昏太郎の背後には当然、空也の影がちらつく。

内部告発者を守るだけなら罪を問われることはないが、彼は一線を越えてしまったかもしれない。空也には架空都市イソノミアの外に出ず、テロも妄想にとどめておいてほしかった。寵児が国家権力と日米同盟を守護する側に回り、キャリアを積み上げている間に、空也は密かに「コントラ・ムンディ」としての進化を遂げていた、という事実をどう受け容れたらいいというのか？

XIV　自由日本

空也は熱海の別荘に呼び出された。蓮華と交わした契約を全て履行したことに対する労いを大いに期待していいところだが、捜査機関の包囲網は狭まりつつあった。自分にも嫌疑がかかっているこの状況は楽観できず、保身の布石をできるだけ多く打っておく必要があり、そのことで頭がいっぱいだった。

　バイクのようなハンドルと前輪が装着された電動車椅子に乗って散歩から戻って来た蓮華は「空也、よう来たな」と上機嫌だったが、付き添いのマリアの表情は微妙だった。

――ええやろ、これ。フェラーリ車椅子。時速四十キロまで出るよう改造したんや。

――車椅子で暴走ですか。

――我が道を行くだけや。いやあ、見事に成果出しよったな。やればできる子やね。メシでも食いながら話そか。

　テーブルには料亭から取り寄せた刺身の舟盛やアワビのステーキ、シャンパンなどが用意されていた。この歓待ぶりから察するに、蓮華は空也の仕事ぶりにご満悦のようだった。

――亀井は転落死、鷺沢は爆死、グリーンウオーターは行方不明か。復讐が果たされたさかい、あの世に恨みを持ち込まずに済むやろ。誰も逮捕されてへんゆうのも大したもんや。暗殺計画練ったんはぼんか？

——はい。私がシナリオを書き、元自衛隊員と元刑事が実行してくれました。

——主役の三人の最期を見届けたかったな。詳しく聞かせてぇな。

　空也も現場を見たわけではないが、概ね計画通りに事は運んだようだ。検事総長を転落死させたのは黄昏太郎だ。一日二万歩歩いていたホームレス時代に鍛えられた健脚を生かし、殺害当日の未明に舟山十字路から山に入り、広河原沢を遡行して亀井の下山ルートで待ち伏せしていた。体当たりで亀井を登山道から崖下に転落させたのは一瞬の出来事だったが、黄昏太郎はわざわざ崖下に下り、死亡を確認した後、登山道に戻らず、そのまま広河原沢を下り、誰とも会わずに舟山十字路まで下山し、無料駐車場に停めていた車で戻ってきた。彼は火箱組の若い組員を同行させ、亀井の殺害後、一般の登山道を通り、行者小屋経由で下山させた。警察が登山者や山小屋の管理人への聞き込みから容疑者の目撃情報を集めることを見越して、その組員をダミーに仕立て、捜査攪乱を謀った。

　鷺沢邸に送りつけた小包爆弾を発送したのは黄昏太郎だったが、それ自体の製造は、ボンビーノの通称で闇世界で知られる危険物取扱者に匿名で発注した。ボンビーノは自爆テロ用のベストの発明者でもある。これは起爆装置とタイマーが内蔵されたベストで、ポケットに含水爆薬やダイナマイトを差し込み、端子を接続するだけで、簡単に自爆できるという優れものだが、日本ではまだ使われたことはない。あえて特許申請もしていないが、そのアイデアをパクったと思われるベストがインドやシリア、ロシアで使われたという噂だ。ちなみに、小包爆弾に使われた過酸化アセトンは非常に爆発しやすく、配送中に爆発する危険があるのだが、万が一落としても起爆しないよう、梱包に工夫を凝らしたのもボンビーノだった。

もっとも困難を極めたのがグリーンウオーターの「強制送還」だった。蓮華は亀井、鷺沢の葬り方には特別な注文をつけず、「なぜ自分が死ななければならないのか考える隙を与えるな」とのみ告げた。だが、グリーンウオーターには殺される理由をじっくり考えさせたいらしく、誰の助けも来ないところに追放してほしいといった。ヘリウム風船で飛ばすという奇想天外な作戦は元自衛隊員池上からの提案だった。船で無人島に連れて行くとか、廃墟に監禁するなどの方法もあったが、自力で脱出したり、誰かに助けを求める余地がある。この作戦には巨大バルーンと大量のヘリウムガスが必要で、コストもかかるが、確実に誰も助けに来ない場所に追放できるということで、実行に移されることになった。ヘリウムガスのボンベを大量購入すると、足がつくので、液体ヘリウムを盗み出すことになり、量子コンピューターの設置準備中の東大工学部やＭＲＩの設備がある病院など複数の候補があったが、セキュリティが比較的甘い病院がターゲットに選ばれた。

　ベイエリアのホテルの外に出たところで、スタンガンでグリーンウオーターの身動きを封じた後、プロポフォールを静脈注射し、全身麻酔状態にした。車を乗り換えながら、グリーンウオーターを三浦半島の突端まで運んだ。バルーンにヘリウムを充塡する作業に二時間半ほどの時間を要し、池上の手に超低温のガスがかかり、凍傷を負うというアクシデントがあったが、日の出前には離陸させることができた。

　ちょうどバルーンが離陸する頃にグリーンウオーターは意識を取り戻したようだったが、抵抗はままならず、後ろ手に結束バンドで縛られたまま、寝袋に詰め込まれ、太平洋の海原へと旅立った。朝日に照らされながら、音もなく上空に上って行くバルーンを、黄昏太郎、池上、火箱組員二名が見送ると、池上が管理人を務める丹沢の水無川キャンプ場に身を潜めていた。

――グリーンウオーターは何処に飛んでいったんやろね。

――偏西風に乗って北東の方向に向かったでしょう。千島列島か、ヘリウムガスが抜けなければ、アリューシャン列島か、カムチャツカ半島まで行けたかもしれませんが、北太平洋の何もない海に落ちた可能性が高いです。

――捜査当局は必死に探してるやろね。

――風船で飛び立った事実は摑んでいるようですが、遺体やバルーンが回収された形跡はありません。

――仲間がそんな目に遭わされた以上、ＣＩＡは黙ってへんやろ。

――すでに池上に嫌疑がかかっており、早晩、私たちにも捜査の手が及ぶでしょう。

――あんたも潜伏した方がええ。しばらくバリ島にでも行っとくか？

――世直しはまだ始まったばかりです。一度始めたら、もう引き返せませんし、逃げられません。世直しの結末を見るまで、続けるしかないんです。

――あんたがパクられたら、それでしまいや。芋づる式に「フルハウス」もパクられるで。

――しばらくは表の仕事だけします。内部告発者を支援する活動は徐々に広がり始めています。こちらは違法性がありませんので、弁護士やメディアと組んで、進めています。少しおカネの話をしていいですか？　約束通り、三人を葬りましたので、一人一億計三億を頂戴します。

――問題ない。松風君と話はついとる。

タックスヘイブンのルクセンブルクには「フルハウス」の松風名義のペーパーカンパニーがあるが、コンサルティング料か、人材リース料の名目でその会社の口座に送金されるだろう。三億はペーパーカンパニーの売り上げになるが、通常は二十一パーセントの法人税を払わずに済む方法がある。空也や実行部隊の面々、「笛吹きプロテクション」やその活動の協力者、イソノミアの管理人らに対しては、「フルハウス」から協力費、取材費、制作費、顧問料、出演料、デザイン料、謝金などの名目でカネが振り込まれる。

　蓮華が秘書に目配せをすると、秘書は猫のイラスト入りのトートバッグを持ってきて、空也に手渡した。中には一千万の札束が三つ入っていた。

——逃走資金が必要か思うて、用意しといたで。逃げも隠れもせんのやったら、次の一手を打つのに使うたらええ。

——私が本気で世直ししようとしていることはわかってくれましたか？

——ようわかっとるつもりや。こっちもしっかりその気になってんねんで。

　不意に、今まで黙っていたマリアが「操」と蓮華を呼び捨てにした。「はい、マリア様」とへつらう蓮華の額を手加減なしにピシャリと叩いて、マリアはいい放った。

——空也の命を安く買い叩かないで。あなたは何でもおカネで手に入れられるし、他人の命も奪えるでしょうけど、空也たちは自分の命のほかには何も売れるものを持っていません。それをあなたに売ろうというのだから、全財産と交換すべきです。

——マリアちゃん、怒らんといて。空也の若さが手に入るんやったら、全財産と交換したいところやねんけど、そんなにカネがあっても、使い道に困るだけやで。ぼくと同じ苦しみ味わわせとうないねん。

――空也はもう後戻りできない。世直しをとことんやって死ぬしかないんだから、命を売ったも同然です。操はもうすぐお迎えが来るでしょうが、空也はまだ五十年以上寿命が残っていて、その命を削って、世直しするんですよ。この世の財産はあの世に持ち込めないのだから、もっと空也や世の中を変えようとしている仲間に投資するべきです。遊び人の親族に遺産を残したって、世直しにはならない。操の代わりに世直しする空也を後押しすれば、死後も名誉を得られます。

一気呵成に畳み掛けるマリアの手を握り、「うんうん」と頷きながら、蓮華は「名誉を買えいうことやろ」といった。個人的な復讐を代行することで、蓮華の信用を取り付け、世の中を変える資金を提供させようというマリアの思惑に蓮華は嬉々として応じようとしている。これまで空也はアイリーンほかの女たちにハニートラップを仕掛けるようそそのかしてきたが、マリアほどそれに成功した女はいない。妹が最強の秘密兵器になりつつあることに空也は驚きを隠せない。

――世直しの第二弾は何する？　爆弾テロでも仕掛けてみよか？

蓮華は何か企みを秘めているらしく、ニヤニヤしながら、秘書に「あれ、見せたって」というと、秘書は小走りでカタログとパソコンを持ってきた。

――おもろいもんが手に入りそうやねん。

秘書はある商品の宣伝ビデオを再生した。

――ロシア製のドローンを十機買う段取りをつけました。

意表を突かれ、空也は神妙な顔つきでロシア語のナレーション付きのビデオに見入った。

――自動小銃のＡＫ47で知られるカラシニコフ社が開発したプロペラ推進式のドローンで、オモチャにしか見えませんが、性能は小型巡航ミサイルに劣りません。航続距離は六十キロほどで、翼幅一・二メートルで二・七キロの爆薬を積めます。難しい操縦は無用で、自動飛行し、目標の上空に達すると、旋回を始め、ターゲットに向かって急降下し、自爆します。別名カミカゼ。

秘書が淀みなく説明するのを蓮華は嬉しそうに聞いていた。

――これ、日本に持ち込めるんですか?

――分解して、別の商品としてコンテナに紛れ込ませれば、持ち込めます。中国の船会社がうまくやってくれるでしょう。輸送費込みでトータル四千五百万に負けさせせました。

――これはあんたへのプレゼントや。一個師団を任されたようなもんやで。

冗談と流すべきか、本気と受け止めるべきか、迷ったが、動転していることが気取られると、足元を見られると思い、空也は「ありがたく受け取ります」と即答した。

――これで空爆すれば、どんなアホも戦争が始まったと思うやろな。

――何処を攻撃するつもりですか?

――それは空也に任せる。生かしといてもしゃーない奴を皆殺しにしたらええ。

秘書が「ご参考までに」と脇からリストを差し出す。本気の証のつもりか、ドローンの攻撃目標の候補が列挙されていた。

――よろしゅう頼んまっせ。

――今まではうまく行きましたが、今度の成功確率はかなり低くなるかもしれません。

――やってみなはれ。空也には立派な大義があるやろ。

――もちろんです。アメリカの永続的な占領状態から日本を解放し、真の独立を果たし、自由日本を立ち上げる。
――大義があれば、奇跡は起きる。自由日本か。生きてるあいだに見たいもんやな。

脅迫もせず、犯行声明も出さず、沈黙裡に事を進め、捜査の手がかりを一切与えない。計画段階から、空也はこの方針を徹底した。誰が、何の目的で暗殺を実行したのか、ヒントが全くない中、ネットでは様々な憶測が飛び交っていた。謎が多いほど、好奇心は刺激され、野次馬は盛り上がる。だが、暗殺事件が世直しの序章だということに気づいた人はほとんどいない。内部告発の連鎖反応が起き、同時進行でさらなるテロを実行すれば、いくら鈍感な人間でも気づくだろう。

検事総長の暗殺は、検察庁の腐敗や政権との癒着に対する異議申し立てであり、最大手の広告代理店とのパイプ役の秘書官の暗殺は政権批判を忘れたマスメディアへの警告であり、そして、日米同盟の守護者であるアジア政策研究センター所長の暗殺はアメリカへの隷属を拒否する示威行動であったということはもう隠しようがない。水面下で革命は進行していると敏感な人々は噂し始めた。

これまでも世直しの大義を叫ぶ人間はいくらでもいた。彼らは目の前で起きている現実の出来事に便乗して、自分たちの主張は正しかったといい出すだろう。だが、もっとも正しく世直しの大義を唱えているのは、ほかならぬマリアだった。連続暗殺事件が起きるずっと前から、彼女の赤い表紙の手帳には反乱を焚きつけるコトバ、メシア降臨の預言が記されていた。彼女はホームレスに身をやつし、イソノミアの路上でそれらのメッセージを発信し始めていた。

長い歴史を振り返っても、この国が自発的に変わろうとしたためしはない。いつだって外圧頼みだった。戦国時代も、明治維新も、敗戦も。今度こそ自分の手で歴史を塗り替えたらいい。カミカゼ・ドローンで空襲をかましたら、最低でも政権交代くらいは起きるはずだ。

限られた少数者の利益に奉仕する政権を、利益に与れない多数者が支持するという茶番がもう何十年も続いていた。「絶対多数のアホが突然賢くなることはない」と多くの知識人は諦めている。デモに参加することさえ躊躇する一般市民が反乱や暴動に加担することはない。逆にその取り締まりを強化しろと主張するに違いない。自らの手で自由を勝ち取ろうとするより、政府に服従するから、見返りをくれという者の数が圧倒的に多い。自由よりも管理の徹底を求める自発的服従者たちから見れば、内部告発者も悪政の批判者もテロリストも皆、等しく反逆者だ。

少し前までは自発的服従者が九割を占めていたかもしれないが、マフィア化が進む政府と度重なる不正、拡大する一方の格差を受け、反逆者の割合が二割近くになった。連続暗殺事件によって、その割合は減少したが、時間の経過とともにまた増加に転じた。これはダークネット利用者、イソノミア参加者の増加に連動している。内部告発の動きが活発になると、反逆者の割合は野球の強打者の打率並みになると思われる。

政権交代くらいは起きるとしよう。しかし、税金、公金を掠め取るシステムまでは変わらないだろう。政治家や官僚にモラルだの、正義だのを求めるだけ無駄だ。利権を漁るしか能のない政治家と、彼らに奉公する屈辱を昇進や天下りで晴らす官僚の体質だけは不滅だ。

いくら不正を告発しても、誰も法的処分を受けずに逃げおおせる。検察もマスメディアもたやすく抱き込まれる。国家権力と大企業は癒着し、株式会社日本政府を形成し、公益を無視して私腹を肥やすことに専心する。行政機関と結託すれば、企業の不正や違法は正当かつ合法になるのだから、当事者たちは断固として態度を改めようとはすまい。

蓮華もそのシステムの中で、庶民を搾取して、巨万の富を築き上げてきた。だが、最晩年を迎えた蓮華は、どういう風の吹き回しか、この国の現状に絶望し、若い世代に暗黒の未来をもたらした責任を感じたりしている。半分、冗談だとしても、罪滅ぼしのつもりで世直しに投資する気になったのだろう。ただ、根本的に何も変わらなければ、世直しも死体をいくつか積み上げただけで終わってしまう。

であるならば、変わるまで殺し続けるしかない。責任も取らず、反省もしない奴らに天誅を加えれば、蓮華も心安らかに永眠できるはずだ。

カミカゼ・ドローンは上空から急降下するので、文字通りの天誅となる。株式会社日本政府、あるいは政経マフィアの手から日本を取り戻し、市民の手による自由日本を立ち上げるという大義は貫かなければならない。この大義は株式会社日本政府に寄生してきた空也自身の生き方を全面的に否定することをも意味した。

自分は一体、何になろうとしているのか、テロリストなのか、リベラル市民なのか、ヤクザなのか、わからなくなったが、名実ともにコントラ・ムンディになることだけは確かだ。

食事が済んだ後も、秘書が同席して蓮華と話を詰め、六ヶ所の攻撃目標を決め、空爆の成功報酬として一ヶ所につき、二億円、別途、必要経費として三億円、野党への政権交代が起きた場合はボーナスとして四億、政府機関、大企業の内部告発一件につき、三千万の報奨金、日米同盟が破棄され、中立宣言が出されたら十億を支払うという契約を交わし、空也とその仲間が起訴された場合の保釈金の支払いと弁護士費用の負担も約束してもらった。トータルで五十億ほどのカネが動く計算になるが、蓮華の資産の十分の一程度に過ぎないし、この投資には少なからぬ見返りが期待できた。暗殺や政権交代、内部告発は間違いなく株価の下落をもたらすが、あらかじめそのことを知っていれば、事前に売り抜けたり、株の値動きとは無関係の金を買ったり、空売りや先物取引やオプション取引でリスクを回避するなど利益を出す方法はいくらでもあった。秘書は密かに、速やかにその対処をするだろう。だから、五十億のカネなど蓮華には痛くも痒くもないはず。

それらの契約は覚書にまとめられたが、もしそれが押収されたら、不利な証拠となるので、紙媒体では残さず、電子データを暗号化し、クラウドに保存し、暗号キーを双方が持つという形にした。

熱海の別邸からの帰り際、蓮華は空也に握手を求め、「急いでな。残された時間は限られてるさかい」と囁いた。

――自由日本をその目で見ていただきます。

蓮華に見送られた後、空也はマリアを五分ほど借り、門までのアプローチを歩きながら、深いため息をついた。

――ちょっと前の気楽な自分が懐かしいよ。

――コントラ・ムンディに大きなスポンサーがついたから、思い切って行くしかないね。

――警察がイソノミアの管理人にサーバー情報の提供を求めてきたし、池上は取り調べの真っ最中だ。黄昏太郎や組員も監視されてるようだから、今は迂闊に動けない。カミカゼ・ドローンはキャンプ場近くの洞穴に隠そうと思うが、監視の目が厳しいので、納品を遅らせてもらう。新たに工作員を雇うつもりだが、マリア、おまえに一つ頼みがある。寵児に会ってきてくれ。

――彼も私に会いたがっている。

――寵児は官邸にいて、捜査当局と近いところにいる。あいつはオレが暗殺に関与していることに気づいている。

――彼を抱き込もうとしてるのね。

――オレたちは前からグルなんだ。オレは寵児の依頼でモグラ探しにも、官邸の裏工作にも協力した。もし、オレが捕まったら、当然、あいつとオレとの関係も明るみに出る。寵児はテロの首謀者との内通を疑われる。

――彼の立場もかなり危ういということね。

――オレを守れば、自分の身も守れる。

――次のテロに協力させようとしている？

――オレは誰も殺していない。あいつをテロに巻き込む気もない。ただ、政権交代を裏で画策するくらいはやってくれると期待している。それがうまくいけば、これ以上、無駄な血を流さず、余計な爆薬を使わずに済む。

――そんな取引に応じてくれるかな。

――いつも通りにあいつと会って悩みを聞きながら、捜査が何処まで進んだか、聞き出すだけでも充分だ。もし寵児がオレに疑いを抱いていなければ、そのまま帰ってこい。逆に全てを掴んでいるようだったら、取引を持ちかけてみてくれ。

マリアは黙って頷き、空也にハグを求めてきた。照れくささとともに応じたが、なぜか不意に胸が締め付けられ、息が苦しくなった。その様子を見て、「大丈夫？」と空也を覗き込むマリアの顔を見た瞬間、古い記憶が蘇った。自分に告白しに来た同級生の介添え役として現れた十三歳のマリア、腹違いの妹だと親父に告げられた日、大学合格祝いのポルシェの初乗りに同乗させた十六歳のマリアがそこにいた。

――珍しいね。酔った？

――酒じゃなく、おまえに酔ったんだ。

「どういう意味？」と問い返すマリアに空也は「別に」といいながら、待たせていたタクシーに乗ろうとしたが、何かいい忘れたようにマリアを手招きし、耳元で囁いた。

――もう会えないかもしれないぞ。

――なぜ？　もう誰にも空也を売らないし、売らせないよ。危ない橋も渡らせない。

空也は鼻で二回笑うと、タクシーに乗り込み、蓮華邸を後にした。空也は舌打ちしながら、こんな考えに囚われていた。あの時、告白しに来たのがマリアだったら、マリアが自分の妹でなかったら、そして、二十歳の時にソープで働いていなければ、こうはならなかった、と。過去のいくつかのポイントを結んだ延長線上に、富豪の爺さんとヤクザの兄を思いのままに転がすゲームプレイヤーのマリアが現れたのだ、と。

蓮華から充分な手当をもらいながら、それを使う暇もなかったので、一つ星のビストロに席を予約し、寵児をもてなすことにした。「誕生日でも、記念日でもないのになぜ？」と訝る寵児にマリアは「お互い、ゆっくり食事をする余裕もなかったから」と微笑んだ。

――近頃は君に会わなくても、神のお告げに触れられる。イソノミアでは君の分身みたいなホームレスが広場で演説をしているね。

――バレた。未来がどうなるかみすみすわかっていて、何もしないのはよくないと思って、発信することにした。

――メッセージをメモして来た。これなんかいいね。**全ての人を不幸にする人にいつまで服従し続けるのですか？　幸せになるのが怖い？**　これも好きだ。**ヒステリーは誰もが使える世界への抵抗手段。**

――それは神のお告げじゃなくて、普段、私が思っていること。

――イソノミアの人口は急激に増えている。

――現実の日本があまりにひどいし、気軽に現実逃避ができるからじゃない？　架空都市では全てが思い通りに進む。イソノミアは敗者や死者も復活できるもう一つの日本なの。

――あの世みたいなものかな？

――神の国に近い。だから、居心地がいいのかも。本当はわがままな老人の世話でほとんど外出できないから、イソノミアで退屈を紛らしてるんだ。あなたも忙しいでしょ。暗殺の犯人は捕まりそう？

――今、投げた網を引き上げているところ。空也が喜びそうな事件だが、最近、会った？

――一週間前、熱海で食事をした。暗殺をきっかけに政権交代が起きればいいのにねって話したんだけど、その気配はある？

――政権を野党に譲渡しようものなら、これまで積み重ねて来た悪事が暴かれるから、ますます権力にしがみついている。

――前から聞きたかったんだけど、国家を管理する側になると、人は変わるもの？

素朴だが、答えるのが難しい質問をさりげなく振られ、寵児は少し考え込んだ。

――自分では変わらないつもりでも、見る人によっては別人のようになっているかも知れないね。空也の目にはどう映るかな。

――もうコントラ・ムンディにはならない？

――官邸に仕え、首相や官僚幹部の不正をサポートしている今の自分こそコントラ・ムンディじゃないかという気もしている。

――それは今の仕事に満足しているという意味？

――いや、それはない。今している仕事には疑問しかない。でも、いちいち疑問を抱いていたら、仕事の効率は低下するから、考えないようにするために命令系統に従う。そのうち感情が麻痺してゆくので、こういう能面みたいな顔になってゆく。

寵児は冗談口調で話すのだが、それが本音のようだった。

――なぜ学校の成績が一番だった人が政府には集まってくるんだろうね？

――単純に事務能力の高い人間は国家権益に結びつきやすいからだろう。

――そういうエリートたちが反体制に回ったら、政府は簡単にひっくり返るのに。

――簡単というわけにはいかないね。

確かに検察と人権派弁護士、政府のサイバーセキュリティ技術者とハッカー、首相と政治犯はいずれも双生児みたいなものだ。どっちに転ぶかは紙一重といっていい。現体制に奉仕する官僚だって、政権が変われば、真逆の政策を推進することになる。寵児は数年前に耳にした官僚たちのメンター寒山数多のコトバを思い出していた。「大いに変節せよ。ただし、そのタイミングを誤るな。権力の協力者になるもよし、反逆者になるもよし、国を見限るもよし、救うもよし」と彼がいうと、その場に集った官僚たちは一斉に拍手した。相手がヤクザであろうが、学者であろうが、ファシストであろうが、リベラルであろうが、アメリカであろうが、中国であろうが、自分を殺して一律にへつらいながら、こっそり裏切る。その面従腹背ぶりこそが官僚の鑑と誰もが心得ていたのだろう。寒山スクールの系列に位置付けられている寵児もタイミングを計りつつ、大いに変節することが許されているはずだった。だが、政府をひっくり返すことだけは官僚の手に余る。

——実は寵児さんにお願いがあって。

——当ててみようか。結婚してほしいとか。

　寵児の軽口はツボを突いたか、マリアは周囲の客を引かせるほど爆笑していた。

「もっと飲まないと、いえない」とマリアはグラスのワインを飲み干し、ウイスキーを追加で注文し、寵児にも付き合わせた。

——前に会った時、どんな嘘つきでも誰か一人にだけは本当のことをいいたいものだっていったの覚えてます？

——もちろん。その相手になってほしいと頼んだはずだけど、君はＯＫしてくれたっけ。

——その約束は逆もあり？　寵児さんは私が本当のことをいう相手になってくれる？

――二人のあいだに嘘はなしということ？

――嘘も隠し事もなしの関係になれるかな。

――利害関係にある男女のあいだでは無理だけど、ぼくたちならありかも。巫女と政府職員は騙し合いをする意味がないから。

――それを確認できてよかった。

――早速だけど、聞きたいことがある。空也は暗殺に関わっているのか？

　マリアは反射的に首を横に振ったが、眉間に皺を寄せたのを寵児は見逃さなかった。

――空也は自分の手で人を殺したりはしない。

――共謀もしていない？　計画を立てたり、ヒットマンを雇ったりもしていないか？

――彼はそういう空想をしただけ。世直しのためにできることは何か考えただけ。

――誰が暗殺を実行したか、君は知っているんじゃないか？

――誰がどうやって殺したかなんて知らない。私が知っているのは罪深い人が死んだということだけ。寵児さんは空也を疑っているの？　警察は彼を逮捕しようとしているの？

――それは何ともいえない。

――嘘も隠し事もなしの約束でしょ。

――官邸には本当のことをいわない人たちしかいない。ぼくも官邸の人間だが、正直にいおう。空也は被疑者の一人だ。彼の関与を君は否定するが、それには彼が無実だという証拠が必要だ。もう一つ正直にいうが、彼には無実であってほしい。さもないと、彼と関わりのある弁護士も、ジャーナリストも内部告発者も全員、テロリスト集団の一員と見做されてしまうし、ぼくの関与まで疑われる。

——お返しに私も教える。空也は別の仕事を頼まれていて、今度は直接、手を下すかもしれない。そして、何処か遠くに逃げるつもりよ。

——空也は何を企んでいる？　別の仕事というのは何だ？

寵児が声を潜めて、問い質すと、マリアはハンドバッグから二つ折りにしたメモ用紙を取り出し、テーブルの上に置いた。

寵児がその紙に手を伸ばそうとすると、マリアは先に折り目の上に自分の手を置いた。

——私は空也を裏切ってテロ計画を教えるんだから、空也を助けると約束して。

——テロを防げれば、彼を助けやすくなる。

——どうやって助けるつもり？

——彼をテロの現場から遠ざける。彼を拉致して、何処かに軟禁する手もある。

マリアはそれを聞くと、紙を寵児の方に押し出した。紙を開くと、そこには横田基地、国会議事堂、首相官邸など六ヶ所の施設名が記されていた。

——これらが次のテロの攻撃対象なのか？

——空也がやらなくても、ほかの誰かがやる。でも、政権交代が起これば、テロの必要はなくなるとしたら、寵児さん、どうする？

——どうするといわれても、それは有権者が決めることで、ぼくには何もできない。

——全てを愚かな有権者のせいにする限り、絶望することしかできない。でも、あなたが動けば、何でもできる。首相を辞任させることも、別の政権を樹立することも、空也よりも確実にそれを実行できる立場にいる。前に寵児さん、いったわね。世界の敵になるよりは首相になる方がよっぽど楽だって。

――冗談に決まってるじゃないか。

――無能な独裁者が首相の座にしがみついている現実こそ笑えない冗談よ。空也は本気。内部告発者を焚きつけ、組織の悪をあぶり出そうとしているし、ネットの中に自由日本を築こうとしている。もうとっくに革命は始まっている。空也はあなたにパスを通そうとしているのよ。同じ志の人にパスが通れば、どんなに鉄壁のゴールだってこじ開けられる。

――政治はサッカーのようにはいかない。

――サッカーのように番狂わせを起こして。ゴリアテの弱点を知っているあなたならダヴィデになれる。首相になるのが嫌なら、世直しを手伝って。

最初に会った時から強烈な信念の塊と思ったが、マリアはいよいよジャンヌ・ダルク的な本性をあらわにした。

――君たちは一体、誰と組んだんだ？　黒幕がいるんだろう。

マリアはもう一枚の二つ折りの紙を自分の手元に出した。

――あなたのボスの名前も書いて。

――お互いのボスを売ろうというのか？

マリアは微笑交じりに「ボスボス交換」と呟いたが、笑えなかった。

マリアの魂胆が読めない。コトバの意味は全てわかるし、筋も通っているのだが、なぜ彼女がこうも確信を持てるのかがわからない。手帳に書きつけられたメッセージにしても、口をついて出てくる淀みないコトバにしても、一体どういう回路から発せられているのか？　神を信じる人の唱えるコトバは理解できるが、その信仰がどうにも理解できない、その感覚に似ている。口調は穏やかだが、これは一種のヒステリーなのかもしれない。ヒステリーは誰もが使える世界への抵抗手段と彼女はいったが、それに寵児を巻き込もうというのか？

　空也はすでに巻き込まれている。政府側について汚れ仕事を引き受けていたあの男が正義に目覚め、世直しに手を染めたとすれば、マリアの影響以外考えられない。紙に名前が書かれた人物もまたマリアの信仰にほだされたのかもしれない。

　互いのボスの正体を明かす「ボスボス交換」には応じない方がいい、と組織に忠誠を誓った寵児は考えていたが、誰も信用できず、自分さえも疑っているもう一人の寵児はこの取引に応じてもいいと思っていた。

　寵児は手元にあった本日のメニューに「Graysky」と走り書きし、マリアに差し出し、代わりに二つ折りの紙を手にした。広げた紙にはピンク色の花の絵が描かれていた。

――これは何の花かな。

――蓮華。下の名前は操。いつもメトロポール・ホテルのスイートにいる。グレイスカイというのがあなたのボスの名前？

――そうだ。彼もメトロポール・ホテルのスイートにいる。

　マリアは唇を舐めながら、寵児の顔を覗き込み、無邪気に微笑みかけてきた。

――二人に直接会ってもらって、今後のことを話し合ってもらう？

――それはいい考えとは思えない。

――面白いことになる気がするけどな。

寵児は首を横に振り、「この話はなかったことにしよう」といった。

――寵児さんがそういうなら、なるべく二人を遠ざけておきましょう。今夜は会ってくれてありがとう。私のお願いは聞き入れてくれたと思っていいですね。

――強引だな。まさか、君とこんな瀬戸際の攻防をするとは思わなかった。

――もう一杯飲みますか？　それとも私をデザートにしますか？

その冗談も笑えなかった。

空也の世直しに協力すれば、これ以上のテロは起きない。だが、汚職の追及も政権交代もなければ、テロは続く。

こんな条件を呑んだとグレイスカイに報告したら、彼はどんな反応をするだろうか？　この密約は最悪の事態を避ける保険になる、と寵児は考えたが、その前にテロリストと勝手に交渉したことを厳しく責められるだろう。目下の任務から外されるだけでなく、秘密漏洩と共謀の罪を問われかねない。マリアには危険極まる綱渡りに付き合わされ、すでに綱の三分の一のところまで導かれてしまった。だが、不思議と後悔はない。こちらが一方的に譲歩を迫られたという思いは徐々に薄れ、マリアと別れ、自宅に戻ってから、この取引は正しかったという確信が増してきた。彼女はテロリストたちの黒幕の正体を明かしてくれたのだから、こちらはいつでも蓮華操なる人物を始末できるアドバンテージをもらったに等しい。うまく立ち回れば、自分に降りかかる火の粉は避けられる。

寵児はシャワーを浴びる時間すら惜しんで、蓮華操に関する情報をネット検索したが、浮かび上がってきた人物像に啞然とした。元A級戦犯の国粋主義者で、戦後は反共政策のためにアメリカに重用され、日本の対米従属体制の確立に貢献した蓮華梓の息子で、父親からオートレースの利権と広告代理店を譲り受け、アメリカの国務省や軍需産業の片棒を担ぎ、国際金融と結託して、彼らを株主とする「株式会社日本政府」を作り上げた政商、それが蓮華操だった。しかも、彼は長年に亘り、アジア政策研究センターのスポンサーでもあり、ジャパン・ハンドラーたちに利益供与を行ってもきた。紛れもなくＣＩＡの協力者である彼がなぜ暗殺の黒幕になるのか、理解に苦しんだ。暗殺のターゲットはいずれも蓮華と利害を同じくする仲間だったはずで、彼らをわざわざ葬る理由がわからない。

　第三者には推し量りようもない闇があるに違いないが、当事者同士にだけ通じる何かがあるのだろう。マリアは直感的に二人を会わせてみようといったが、寵児が反対したのは、やはり直感的に危険を察知したからだった。蓮華の正体がある程度わかると、その直感は確信に変わった。わざわざこちらが引き合わせるまでもなく、蓮華はグレイスカイとも、「追放」されたグリーンウオーターとも実は旧知の仲だったのではないかという疑いまで浮上してきた。

　二人が同じホテルに滞在しているのは偶然ではなく、密談を交わすためだったと考えられる。二人を会わせまいとした寵児の判断は決して的外れではなかった。二人は互いの関係を秘密にしたいのであって、下手に二人の関係に探りを入れること自体がタブーであり、我が身を危険にさらす行為となる。

　本来、利害が一致する者同士が敵対的な振る舞いをしている時は、内部で大きな陰謀が蠢《うごめ》いていることを疑うべきである。この仮説から予想されるのは、およそ常識的には考えにくい邪悪な陰謀である。この国のテロ対策を強化し、戦争状態を作り出すために、意図的にテロを引き起こすという本末転倒な計画がすでに実行に移されているかもしれない。この陰謀の真偽を性急に確かめようとすれば、他人の手で遺書が書かれ、自殺を偽装されることを覚悟しなければならないところだった。マリアはそこまでは気づかず、互いのボスの名前を交換したところで面白半分に二人を直接交渉させようなどと考えたのだ。

二〇〇一年のアメリカ同時多発テロも戦争状態を作り出すための自作自演だったという陰謀説が未だにくすぶっているが、寵児の仮説もそれと似ていた。その真偽はいずれ何らかの方法で確かめるしかないが、単なる強迫観念であることを願いつつ今はこの疑念を隠しておいた方がいい。

猛烈な残暑がしばらく続き、九月半ば過ぎになると、再び台風の季節が巡ってきた。世間の移ろいやすい関心は暗殺事件から台風被害の方に向かっていたが、捜査にはやや進展があった。二週間にわたる池上の取り調べと並行し、裏付け捜査を継続していたのだが、警察のサイバー捜査班が事件に関わりのあるメールのやりとりをイソノミアのサーバーから見つけ出した。それは全て暗号化されていたが、警視庁のスーパーコンピューターが解読に成功した。

一通は「亀井氏の八ヶ岳登山行程の詳細」を伝える内容のものと、もう一通は「贈答用過酸化アセトンの準備ができました」というメールだった。この二つは暗殺の準備段階で、情報提供者および爆弾製造者から実行犯に向けて発信されたメールと考えて間違いない、と警察は判断した。

受信者の特定にも成功し、新たな容疑者が浮上した。

川崎市川崎区在住のフライドチキン店店員山田太郎（47）である。

XV　地獄の季節

警察が逮捕状を持って川崎のアパートに踏み込んだ時にはすでに容疑者の姿はなかった。隣人や家主に聞き込みをしたところ、一昨日の朝にリュックを背負って家を出てゆくのをゴミ出しに外に出た隣人が見かけている。家賃は一月分前払いされており、部屋は片付けられていたが、ベッドも衣類も残され、冷蔵庫にも缶チューハイや唐揚げ、マヨネーズ、イチゴジャムなどが残っていた。勤務先のフライドチキン店「ファイアーボックス」にも捜査員が駆けつけたが、捜査の手が自分に伸びるのをどう察したのか、容疑者は一昨日から休みを取っていた。

山田太郎こと黄昏太郎は三日前に空也から「身を隠せ」と連絡を受け、即座に身の回りの品を持ってアパートを出ると、「フルハウス」のオフィスで当座の逃走資金百万円を受け取り、そのまま潜伏生活に入った。三年ぶりにホームレスに戻ったわけだが、土地勘のある川崎や渋谷、新宿、池袋界隈は警察の目が光っているし、田舎だとよそ者は目立つので、比較的人口の多い郊外の町を転々とすることにした。電話を変え、クレジットカードも運転免許証も他人名義のものを偽造した。その手配は「フルハウス」がしてくれた。

次のミッションはいつでも遂行できる態勢にあったが、空也から「待て」の指令を受けていた。ゴーサインが出るまでしばらくかかりそうだとのことで、当面は「目立たないように遊んで暮らせ」といわれた。遊びといえば、ギャンブルしか思いつかない太郎は、レースの開催日に合わせて競馬場がある府中《ふちゅう》、船橋《ふなばし》、浦和、競輪場のある平塚、小田原、大宮、取手《とりで》などの町を巡回する新たな生活を始めた。

　スーツを二着買い、ノーネクタイで無造作に着ると、営業をサボっているセールスマン風には見えた。法事でもない限りスーツを身につけることのない太郎にはこれで充分「変装」になる。太郎は場内で売っている串カツやたこ焼きを食事代わりにしながら、第三レースあたりから最終レースまで熱心にヤマを張り、勝てばソープランドやキャバクラに繰り出し、負ければ、安居酒屋で飲み、駅前のビジネスホテルで眠り、翌朝遅くにまた別の町に向かった。自堕落な日々を満喫しながらも、突然、「明日出撃」の指令が届くかもしれないと思い、深酒だけは控えていた。

　松戸《まつど》の競輪場、浦和の競馬場、川崎の競輪場、小田原の競輪場を巡回し、レースのない日はパチンコにかまけ、二週間もギャンブル三昧で過ごすと、さすがに食傷した。逃亡生活が長くなることも想定し、一日あたりの予算を三万円と決めていた。二十万円勝った日もあるが、全敗の日もあり、日々の生活の出費もあり、資金はコンスタントに一日三万円ずつ消えていった。全財産を持ち歩き、電車を乗り継ぎ、毎日、違う十八平米の箱に我が身を横たえながら、自分は人生最後の日々を過ごしているのだなと思った。これまで自分の過去を振り返って、感慨に浸るようなことは滅多になかったが、潜伏生活を始めて一週間が経過した頃、浦和で一人焼肉をしている際に少年時代の記憶の断片が脳裏にちらついたりした。パチンコの盤面、競馬や競輪の出走表を見つめていても、突然、頭が回想モードに切り替わり、勝負への集中力が削がれることもあった。思い出すのは、小学生の頃、雪合戦をし、中に石を入れた雪の玉を投げたら、それが同級生の女の子の顔に当たり、怪我をさせたこととか、遊泳禁止の磯で泳いでいた時に波に巻き込まれ、溺れそうになり、夢中で何かを摑んだら、サザエだったこととか、公園で張り込み中に若者三人組に財布を出せといわれ、警察手帳を見せ、見逃してやる代わりにコーヒーを買って来させたことなど、瑣末なことばかりだった。

　レースがない日、太郎は平塚にいた。昼前にラーメンを食べた後、パチンコ店に行こうとしたが、素通りし、そのまま海辺に向かって散歩を続け、気まぐれに通りがかりの公共の図書館に立ち寄った。新聞を読みながら、それとなく周囲の様子を観察していると、利用客の平均年齢が極めて高く、老人ホームに迷い込んだような気になった。今はめっきり読書と縁遠くなってしまったが、十代の頃はカバンの中に常に読みかけの本が入っていた。黄昏太郎という名前は元々、詩を愛読し、ノートに密かに自作の詩を書き付けていた少年時代のペンネームである。詩を書いているといえば、たとえホームレスであっても、ぎりぎりプライドを保てると思い、再利用することにしたのだった。

　詩集が並ぶ書架の前に立ち、懐かしいランボーの『地獄の季節』を開いてみた。かつて暗記までした一節が新訳で出ており、十代の頃とは全く違う印象を受けた。

オレはあらゆる仕事を憎む。
親方も職人も百姓も全て卑劣な連中だ。
ペンを持つ手も鋤を持つ手も結局は同じ。
とんだ手の世紀だぜ！

金輪際、手なんか持つか。
奴隷状態はこの先も延々と続く。
物乞いの愚直さにはうんざりだ。
犯罪者も去勢者もクソだが、無垢なオレ。
いや、そんなことはどうでもいい。

ランボーは百五十年近く前にこんなことを呟いていたわけだが、未来の人類である太郎の今を見事に予言している。この一言などはもっと正確に太郎の境遇をいい当てている。

オレは政治的事件に巻き込まれ、救われる。
オレは呪われている。祖国が怖い。
砂浜で酔いつぶれて眠るしかない。

なるほど、その手があったかと思い、太郎はコンビニで缶チューハイを買い、図書館から程近い海岸に出てみた。昼下がりの砂浜には犬の散歩をする近隣の主婦一人と別れ話でもしているのか、中年のカップルのほかには誰もおらず、遠くではブルドーザーが大掛かりな砂遊びをしている。何もやることがない昼下がりに塩レモン味のストロングを二本も飲めば、そこそこ酩酊し、心地よい倦怠感に包まれる。
この四十七年間のうち、どれくらいの歳月を無為のまま過ごしてきたことか？　時の流れが完全に太郎を無視していた期間は少なくとも十年くらいはあった。悔恨なしには到底済まされないが、その悔恨も覚醒剤や酒で洗い流してしまった。悔恨の味はもちろん知っている。それは安居酒屋で出すあの梅割り焼酎に似ている。

黄金時代と呼べる時期はあっただろうか？　誰にとっても幼年時代は別格だ。母の愛を無条件に信じることができた時代は確かにあった気がするが、何一つ記憶に残っていない。ヘッポコ詩人だった十代の頃はどうか？　日本の暦で言えば、文明開化の時代にフランスで罵詈雑言の限りを尽くした青年に百数十年遅れで心酔している段階で、自滅願望全開である。この頃に放浪癖を植えつけられ、後年ホームレスになる素地が作られたに違いない。まさに「**贈与の一撃を心臓に喰らった（J'ai reçu au cœur le coup de la grâce.）**」のである。

もちろん、太郎は詩人やホームレスになる以外の他の生き方も模索した。いつだって別の人生にスイッチする覚悟だけは持っていたのだ。

警官になったのはほんの気紛れに過ぎない。警察官採用試験Ⅰ類を記念受験したところ、うっかり合格してしまったのだ。その八年間は社会的にはもっともよく働いた時期とはいえるかもしれないが、不毛な暗黒時代だったことは間違いない。何しろ、近未来の自分を逮捕する仕事をしていたのだから。安い給料で魂を売ってしまった後悔は今も引きずっている。囮なんかにはなるものではない。善人として生まれた自分には悪の免疫がない分、容易に悪の流儀に染まる。悪を装って、善をなすなどという芸当は太郎には向いていなかった。麻薬捜査のアンダーカバー転じて、麻薬常習者となった太郎は、「ジャンキー狩りがジャンキーになった」といわれ、二年間、服役することになり、禁断症状の克服にさらに二年を要することになった。全くもって「茶番は続くよ、何処までも」であった。

これでもかというほど社会的制裁を受け、ホームレスになったが、ランボーの心酔者としては順当なコースを歩んだということになる。アヘンと覚醒剤の違い、砂漠の放浪者と都市のホームレスの違いはあれど、かなり忠実にアウトサイダーの先達の轍《てつ》をなぞっていた。その意味でこの時期は黄金時代ではないが、真鍮《しんちゅう》時代くらいではあった。

空也が太郎に住まいと仕事を提供してくれたのは、少年時代に助けられた恩返しだというが、その記憶はない。空也の話だと、警官に追われていたところをうまく逃がしてくれたというのだが、太郎はその頃、すでに警官になっていたはず。他の警官の公務執行を妨害したとすれば、すでにアンダーカバーに入っていた時期だろうか？　太郎がフリーマーケットで小学生の寵児に詩集と『共産党宣言』を売ったという話も聞いたが、こちらは作り話だろう。太郎が警官になって七年くらいの頃だと思うが、フリーマーケットに出店した覚えはないから、人違いだ。それでも二人には太郎に人生の第三幕の舞台を用意してもらった恩がある。とりわけ、空也は見事に太郎の再生、復活を図ってくれた。自分のような難破船は他にもいくらでも漂っているが、わざわざ太郎を選んでリサイクルしてくれたので、期待には応えたかった。

そんな内省のきっかけを図書館とその棚にあったランボー詩集が与えてくれ、その日の午後は充実の空虚を噛みしめることができた。図書館だけはテロの標的にしてはいけない。

太郎は平塚からボートレースが開催される平和島《へいわじま》に向かったが、途中で気が変わり、川崎で南《なん》武《ぶ》線に乗り換え、登戸《のぼりと》で下車し、多摩川中流の土手を歩き始めた。リバーサイドを歩くと、また何かしらの啓示が得られる気がしたのだ。

多摩川の河口は鬼門だ。ブルーシートの小屋に身を寄せていたことがあるが、台風による川の増水で流され、路頭に迷った。棺桶さえも奪われた死者の気分だった。人生でワースト3に入る試練だったが、これには桜田マリア様の慈悲に触れるという恩恵がセットになっていた。どん底から再出発する気になったのも彼女のお陰である。あの時、太郎は彼女に誓った。いつか新しい世界を切り開く、と。しかし、それをやろうとしているのは彼女自身であり、兄の空也の方だった。この兄妹に仕えることができれば、約束は果たされたことになる。太郎は神や仏の力を借りなくても、堂々と死ねるし、自己犠牲によって、新しい世界を引き寄せることに貢献できる。それによって、この怠惰で、無責任な魂がどれだけ救われるか。

　そこまで考えたところで不意に、この二週間、全く着信がなかった電話に着信があった。相手は空也で「今何処にいる」と問いかけてきた。「多摩川の土手を歩いている。待ちくたびれたぜ」と答えると、「沖縄か、北海道へ行け」という。

――まつろわぬ者は東京にいちゃだめか？

――敵は必死にタロさんを捜している。池上も火箱組の組員も捕まった。もう実行できる人間がいない。次の作戦は断念しようかと思っている。

――何いってるんだ。準備はできているはずだぞ。今すぐゴーサインを出してくれ。オレの覚悟はできている。どのみち捕まるなら、やることやってから捕まりたい。刑務所で後悔したくない。

――本気か？

――何を迷っている。もう後戻りはなしだ。

――わかった。オレも手伝う。

――駄目だ。世直し継続のためにリーダーには無傷でいてもらわないと困る。指示をくれ。計画通りにやる。

――直接会って相談したい。

――あんたも監視されているはずだ。下手に会えない。詳細は伝令を通じて教えてくれ。

――伝令は派遣する。接触場所は後で知らせる。最終ゴーサインが出るまで先走るなよ。

電話を切る直前、空也は「何かし残したことはないか」と訊ねたが、太郎は「心配無用。充分満たされている」と告げた。

明日午後一時、多摩川べりにある競輪場オーヴァル京王閣《けいおうかく》へ行け。休憩コーナーでテイクアウトのカレーと焼きそばを食っている男にどっちがうまいか訊ねろ。相手が「死ぬ前にやることは？」と聞き返してきたら、「靴磨き」と応えろ。その後の行動は相手が指示する。

こんなショートメッセージを受け取ると、太郎は競輪場まで一駅の調布のホテルにチェックインし、ゆっくりと風呂に入り、暗くなってから鰻《うなぎ》屋の暖簾《のれん》をくぐった。これが鰻の食い納めになると思うと、口の中でとろける蒲焼《かばやき》の香りとタレの旨味に胸が締め付けられた。この鰻重を両親にも食べさせたかった。この世に自分ほどの親不孝者はいない。父は太郎が警察官になった頃に肺癌で亡くなり、母は太郎が禁断症状に苦しんでいる最中に脳溢血で亡くなった。落ちぶれた息子の姿を見ている分、母の方により辛い思いをさせてしまった。太郎が麻薬断ちできたのは、母のお陰といってよかった。麻薬断ちをしたところで親不孝の罪滅ぼしにはならないが、それ以外に死んだ母を弔う術がなかった。あの世で両親に合わせる顔ができるまでと思って、この世にしがみついていたが、空也とマリアのお陰でその顔もできた。今夜はこの世で行う最後の法事になると思って、鰻重の折り詰めを二つ作ってもらった。タレ好きの親父のために一つはタレを多めにして。

　鰻屋を出た後、何となく人恋しくなり、太郎はふらりと小路に入り、ガールズ・バーに立ち寄った。カウンター席に座り、バーボン・ソーダを注文し、一口飲んだところで、引っ詰め髪の眠そうな目をした女子が太郎の目の前に立ち、「今日は充実してましたか？」と訊ねてきた。「新たな仕事が始動する」と答えると、「おめでとうございます」といわれた。緩い問答を重ねるうちに、彼女がみなみという名の女優志望で、いつか俳優の山田太郎と共演するのが夢だとわかった。自分は同姓同名だというと、「夢に一歩近づいた」と勝手に喜び、握手を求めてきた。こういう明るい子に食べてもらえば、両親の供養にもなると思い、太郎は「よかったら」と折り詰めを置いて、バーを出た。みなみは店の外まで出てきて、「新しい仕事がうまく行きますように」と両手を合わせてくれた。

　午後一時にカレーを食べている客は三人いたが、傍に焼きそばを置いている客は一人だった。「どっちがうまいですか？」と太郎が聞くと、「死ぬ前にやることは？」と呟いたので、「靴磨き」と応える。男は太郎に焼きそばを勧め、自分がカレーを食べ終えると、周囲を気にしながら、囁き声で耳打ちした。

――次のレースはどれが来そうですか？

――オレは２―３の車券を買った。

――赤城《あかぎ》といいます。「フルハウス」の松風さんからの紹介です。いわゆる軍事オタクです。あなたをどうお呼びしたらいいですか？

――黄昏でいい。互いのことはなるべく知らずにおいた方がいい。カミカゼの準備は？

――万全です。六機使います。すでに組み立ては終わり、爆薬もセットしてあります。移動しながら、話しましょう。

三十代半ばくらいか、スーツ型の作業衣を着ていて、エンジニア以外の何物でもないキャラだった。売り場で2―3の車券を買い、客席に移動すると、間もなくレースが始まった。

――海の上でテストしてみましたが、なかなかの優れものです。ＧＰＳが内蔵されているので着弾地点を打ち込んでおけば、目標に向かって勝手に飛んで行ってくれます。標的にマーカーを仕込んでおくと、命中率はより高くなります。

――目標に達する前に撃ち落とされないか？

――高度二百メートル以上をキープすれば、発見されにくいですし、プロペラ音も遠くから聞こえるバイクの音程度で、すぐに聞こえなくなります。そもそも東京がドローンによる空爆に晒されるなんて誰も思ってないから、「何だあれは？」と思いながら、見送ることしかできないでしょう。迎撃は物理的には可能ですが、あらかじめ準備していなければ、間に合いません。ロケット弾で撃ち落とすのは、名人でもかなり難しい。空中で破壊できれば、破片が降ってくるくらいで済みますが、ドローンが市街地に墜落したり、外れたロケット弾が着弾したりすると、大きな被害が出ます。だから、迎撃はできないんです。一度飛ばしたら、ドローンを標的に命中させるのが一番安全というわけです。

バンクに打鐘《ジャン》が鳴り響き、客席は沸き上がる。赤城は太郎の耳元に口を寄せ、続けた。

――標的から五キロ離れたところから発射すれば、四分後には目標を破壊しているでしょう。十キロ離れていても、八分後です。

――操縦は難しくないか？

――操縦は必要ありません。自律飛行ですから。機体は割とちゃちですが、内蔵されているＧＰＳも飛行安定装置も高性能です。標的の真上まで到達すると、旋回を開始し、ロックオンしたら、鷹が獲物を襲うように急降下するんですが、それも自動です。

――問題は何処から離陸させるかだな。

――その通り。誰の目にも触れず、密かに発射できる場所を探すのが一番厄介です。道路も公園も目立つし、ビルの屋上は自殺防止のため基本、立ち入り禁止だし、何より監視カメラが多い。飛行距離が長くなると、発見されやすいし、天候の影響も受けるので、多摩川の河川敷あたりがうってつけかと。そこからならどの標的にも三十分以内に着弾します。発射後にやることは一つです。現場から速やかに逃げること。

レースの結果が電光掲示板に表示された。太郎の予想は当たり、２―３が来た。男は小さくガッツポーズを決めた。

――もう下見したのか？

――しました。川崎側の中野島《なかのしま》で護岸工事が行われていて、工事現場に車を入れられます。夜は警備員がいません。そこにカタパルトを設置し、発射するのがいいと思います。

――今夜決行できるのか？

——天気予報では晴れですし、大安です。作業工程はマニュアル化しておきましたので、それに従って一つずつクリアしていけば、たぶんうまく行きます。不測の事態には現場判断で対応お願いします。

——オレ一人でやるのか？　君は手伝ってくれないのか？

——私の仕事はセットアップしたドローンを引き渡すまでです。これからの戦争やテロの主役になりそうな最新鋭のドローンに触れられて、いい勉強になりました。貴重な機会を与えてくれた関係者の皆さんによろしくお伝えください。これ、車の鍵と駐車券です。品川ナンバーのトヨタのワゴン車が第一駐車場に停めてあります。ダッシュボードにタブレットが入ってます。詳細は全てその中です。作戦が終わったら、破棄してください。

——君はこれからどうするんだ？

——今夜、羽田からアブダビに飛びます。

——逃走の準備は万端か。なぜアブダビに？

——世界の軍事研究者が集まる学会があるんです。標的に命中したか確認するのを楽しみにしています。

　ワゴン車の荷台には翼幅一・二メートルの白い機体がサーフボードのように六つ並べられており、その脇に発射用のカタパルト一式が置かれていた。ワゴン車には「空間デザイン　エスパス」という社名らしきステッカーが貼ってあり、ドローンを映画や舞台のセットの一部と見せる簡単な偽装が施されていた。

ドローン一機は自重と充塡した爆薬と合わせて七キロほどで、片手で簡単に持ち運べる。作業がマニュアル化されている分、ヘリウムバルーンを膨らませるより楽そうだった。ドローン射出用の組み立て式カタパルトは百十キロほどあったが、二つのケースに収められ、運搬用の台車も積み込んであったので、一人でも何とかなりそうだった。

車をファミリーレストランに移動させ、タブレットにダウンロードされた手順を確認していた。太郎の斜向《はすむ》かいのテーブルでは子連れの母親二人が育児の悩みを打ち明け合い、背後のテーブルでは大学生が鉄道の話で盛り上がっている。ありふれた夕刻のファミレスの光景の中にこれからテロを実行する男が紛れ込んでいると勘繰る人間がいたら、病院に行った方がいいだろう。

六機のドローンは全て異なる標的めがけて飛ぶように設定されていた。標的までの距離が長い順に番号がつけられており、１から発射し始めれば、ほぼ同時多発テロになると、大雑把に計算されていた。爆薬は掘削工事や石切場などで使われる含水爆薬を使用、衝突時の衝撃で爆発することになっていて、その威力は実験していないので不明だが、バス一台大破させられるのは確実だという。カタパルトは平らな場所に置き、地面に固定し、四メートルのレール式射出台を約二十度の角度に設置すれば、発射の準備は完了。電動で空気圧を高め、射出に必要な動力を生み出す。射出台にドローンを一機ずつセットし、モーターのスイッチを入れ、発射ボタンを押せば、障害物のない多摩川の河川敷を渡る間に高度を稼ぎ、都心の夜闇に紛れる。

発射時刻の指定はなかったが、暗闇の中では作業が滞る恐れがあり、カタパルトの設置場所の見当くらいは真っ暗になる前に済ませておきたかった。太郎は多摩川沿岸道路を走り、工事現場への進入口を見つけると、鎖を外して、車を河川敷まで進めた。幸い、月が思ったより明るく、夜が更けても、ランタンひとつでも作業を進めることができた。

一号機の標的は福生の横田基地の東側にある幅六メートルの空堀と高さ七メートルの土手の中心部分に設定されていた。そこには半地下式の弾薬庫が長屋のように並んでいて、そのいずれかに命中すれば、大爆発事故を引き起こす可能性があった。飛行距離はおよそ二十五キロ。

二号機の標的は神奈川県座間の国防衛星通信システムの地上ターミナルで、直線距離にしておよそ二十二キロ先にある。軍事衛星経由の情報を横田基地に送るシステムを破壊できれば在日米軍司令部の機能を一時的に麻痺させられるだろう。

三号機、四号機、五号機は十六キロ先の永田町の標的に向かって飛んでゆく。それぞれが狙うのは自由国民党本部、首相官邸、国会議事堂である。建物を破壊することは無理でも、反政府テロのデモンストレーションとしては申し分のない成果をもたらすだろう。

六号機の標的は十二キロ先にある渋谷の日本国営放送局ＮＢＳに向けられていた。政権擁護の報道に終始しているところは何処のテレビ局も同様だが、国営放送局のアンテナをへし折れば、政府の広報を遮断し、ネットでの犯行声明を際立たせる効果が期待できる。

運搬の手間を省き、ワゴン車を停めた場所から五メートルほど離れた平らな草地にカタパルトを設置した。組み立ては思ったより簡単で、作業自体は一時間四十分ほどで済んだ。すでにフル充電済みで、あとはドローンをアルミ製のレールの上に置き、射出するだけだった。

一号機を置いたところで、最終ゴーサインを得るために太郎は空也に電話をかけた。時刻は午後十時を回っていた。

——若大将、準備完了だ。発射スイッチを押してもいいか？

——ちゃんと狙ったところに着弾するかな。

——それは発射してみなければわからん。

——何人くらい死ぬだろうか？

——人的被害は昼間よりはかなり抑えられるだろう。しかし、悪人の身代わりに善人が死ぬかも。


やや間があって、空也は震える声でスローガンめいたコトバを呟き始めた。


——目的は大量殺人ではない。悪政への天誅だ。ドローンに積んだ爆薬は市民の怒りだ。

——いや、爆発するのはオレたちの怒りだ。ネットで文句をいうだけの市民なんて放っておいて、オレたちにしかできないことをやろう。

——やっぱりやめよう。タロさん、今すぐ空港に行けば、台北《タイペイ》行きの便に間に合う。

——何をいい出す。あとはボタンを押すだけなんだぞ。十五分もあれば、全てのドローンを発射できる。中止するより発射する方が楽だ。


悪人になり切れない弱さが土壇場で出たか？　ここ数日間、一人で何百回もの逡巡を繰り返してきた空也だが、発射準備が整ったこの期に及んで、嫌な予感に襲われていた。


——事が上手く運び過ぎている気がする。

——罠だっていうのか？　周りには誰もいないぞ。パトカーの音も聞こえない。とっとと茶番をやめさせよう。乱世の幕を開けようぜ。

——茶番は終わらず、乱世も始まらない気がする。ネットで政府に文句をいっていた連中も黙り込んでしまうだろう。オレたちは完全に孤立無援になる。

――それはあんたの望むところだろう。何をやっても変わらないこの国にはショック療法が必要だといってたのは空也じゃないか。

――すまん。中止してくれ。

――断る。もうオレには他の生き方なんてないんだ。悪いな。

太郎は迷いなく電話を石に叩きつけて壊し、中止指令を無視することにした。土壇場で空也が作戦中止を告げた通話記録は通信会社に残され、警察がそれを確認することになる。太郎が空也に背き、独断でテロを決行した証拠になるだろう。

メイド・イン・ロシアの六機の自爆ドローンは今や太郎の希望だった。この白いシバ神は、不幸な人間を見殺しにする陳腐な悪に天罰をもたらしてくれるに違いない。太郎は一度、月を見上げ、夜の湿った空気を深く吸い込み、気分の一新を図ると、一号機のプロペラを始動させ、指先に願を懸けるようにキスをし、カタパルトの射出スイッチを押した。圧縮空気の破裂音とともにレールを滑走するアクリルボディの乾いた音がしたかと思うと、ドローンは多摩川の上空に勢いよく飛び出し、横田基地のある北西方向へと飛行していった。間髪を入れず、ワゴン車の荷台から二号機、三号機を取り出し、空気圧を高め、スタンバイを示す青ランプに変わったところで、さっきと同じように願を懸け、スイッチを押した。二号機は上空で大きく旋回し、南西へ、三、四、五、六号機は都心へのショートトリップに飛び立った。

手早くカタパルトを解体し、元のケースに戻し、車に積むと、速やかに工事現場から逃走した。

花火かなと思ったが、空爆だった。

消防車が夜中にパレードしてる。

永田町で火事。燃えてるのは自国党本部。

首相官邸焼き討ち事件か？

国会議事堂炎上。日本終わった。

これってテロ？　イベント？

ＮＢＳのアンテナが火を吹いている。

臨時ニュースやってる。都内で同時多発テロが発生した模様。ＮＢＳも攻撃されて、スタジオ使えないみたい。中継車経由でニュースやってる。

犬養首相死亡？　デマじゃないか？

朝鮮人がテポドンではなく、ドローンで攻撃してきた。みんな家から出るな。

横田基地で爆発事故だって。弾薬庫が狙われたみたい。これって中国の先制攻撃？　やばい、戦争が始まるかも。

横田基地を攻撃されたんだから、米軍は黙っちゃいない。絶対、報復するでしょ。

非常事態宣言が出る。国会が停止される。テロが政治利用される。誰だ、こんなバカなことをした奴は？　バカにテロはできないから、少なくともウヨクの仕業ではない。

座間の通信基地もやられたらしい。

攻撃されたのは自国党本部、国会議事堂、首相官邸、ＮＢＳ、プラス福生の横田基地の弾薬庫と座間の国際衛星通信ターミナルもやられたらしい。時限爆弾じゃなくて、ドローンだって。

空襲かよ。これって天罰？

ロシアのカラシニコフ社製のドローン・ミサイル「クブラ」だ。「自殺ドローン」とも「カミカゼ」とも呼ばれる。一機あたりカローラの新車程度だが、六機も自爆させたか。このテロリスト、金持ちだな。

個人には無理。絶対、中国が絡んでる。

先制攻撃するなら、反撃されないように徹底的に破壊しないと意味ない。中国はこんなショボい先制攻撃は絶対にやらないと思う。

原発事故以来、日本の安全神話は完全に崩壊してる。それでもパレスチナやアフガンやシリアよりはマシ。

便乗テロが起きないか心配。地方にも波及するかな？　何処に行ったら、安全なんだろう。

内閣総辞職して、解散総選挙やっても、与党圧勝じゃ、何も変わらない。テロは無駄骨に終わるかもしれない。だったら、やけになって、暴動起こすか。といっても、納屋を焼いたり、パン屋を襲撃するくらいが関の山。

ＮＢＳ朝七時のニュース

十月十九日午後十一時過ぎ、都内永田町と渋谷の四ヶ所、郊外の福生市、神奈川県座間市の二ヶ所で同時多発的に爆発事件が発生しました。警視庁によりますと、爆薬を積んだ無人のドローンによる空爆と見られるとのことです。攻撃対象となったのは国会議事堂、自由国民党本部、首相官邸及び、渋谷のＮＢＳ放送局、米軍施設である横田基地の敷地内の弾薬庫、座間の国防衛星通信ステーションでした。いずれの現場でも火災が発生し、消防による徹夜の消火活動で、すでに五ヶ所では鎮火していますが、横田基地の弾薬庫は依然、小爆発を伴う火災が続いています。二十日午前四時の段階で、この空爆による死者は二十六人、重傷者は四十一人、軽い怪我や火傷をした人は百人以上に上ります。攻撃当時、犬養総理大臣は自宅におり、無事でしたが、党本部にいた幹事長と党職員二人、官邸に残り、会議を行っていた官房副長官、内閣補佐官、秘書官の三人が死亡。また党本部では十人、官邸では四人が重軽傷を負いました。臨時国会の開催中でしたが、国会議事堂での死傷者はいません。被害が最も大きかったのは横田基地の弾薬庫で、二十人の将兵が犠牲になり、九十人以上が重軽傷を負いました。ＮＢＳ放送局では二十三人が軽傷、座間の通信ステーションでは四名が軽傷という情報が入っています。

　犯行声明などは出されていませんが、警視庁はさらなるテロが実行された場合に備え、警戒態勢を強化し、首謀者や実行犯の逮捕に全力を尽くすとしています。

　犬養首相談話

　我が国は今、政府高官の暗殺事件、今回のドローンによる同時多発テロという大きな災厄に見舞われています。我が国の安全を脅かすいかなるテロ行為も断じて許すことができません。この未曽有の危機に対して、私たちは不退転の決意で立ち向かうことを国民の皆様に約束いたします。目下、国家安全保障局、警察、防衛省などの情報機関が協力し合い、情報収集に努めております。テロリストの逮捕を最優先し、皆さんの不安と恐怖を一刻も早く解消できるようにいたします。今回のテロの犠牲になられた官房副長官、内閣補佐官、秘書官、自由国民党幹事長、党職員、そして、我が国の安全を守って来られた在日米軍の二十名の将校、兵士の皆さんのご冥福を祈ります。

――インターネットTV「エンドスコープ」では独自の取材網から集めた多様な情報をお届けしています。こんばんは、砂漠谷絵里です。首都中枢と米軍施設を狙ったドローン攻撃について、ネット市民はどう受け止めているか、反応をピックアップしてみました。

反乱の狼煙が上がった。きっと続きがある。

体に爆弾巻きつけて自爆する時代は終わった。自爆もドローンが代行してくれる。

日本のインテリジェンスは無能だ。テロを事前に察知することはおろか、物騒な兵器の密輸も取り締まれなかった。日本はテロリストの天国だと世界に公言したようなもの。

テロと決めつけるのはまだ早い。これは世直しかもしれない。マフィア国家に公然と歯向かったテロリストは一年後、英雄として迎え入れられるかもしれない。

英雄は死に、退屈な現実主義者が生き残る。

株は暴落したが、武器や兵器を売っている会社の株は上がっている。実体経済はテロの影響で冷え込んでいるのに、空売りで儲けている奴は絶対テロに関与している。

デモをテロというウヨク、テロは正義というサヨク、どっちもテロを語る資格なし。

戦争は政府公認テロだ。先制攻撃能力を高めようとしているが、それはテロの準備に他ならない。原発事故だって安全対策を怠った政府による人災だったのだから、実質、エネルギー政策という名のテロリズムだ。

アメリカの経済制裁に対するロシアの報復説、日米同盟の分断を図る中国国家安全部の破壊工作説、株価操作を謀った経済マフィアの陰謀説、ジリ貧のリベラル政党が打った起死回生の秘策説、マフィア政府に冷遇され、失脚した人々による復讐説、沖縄の基地反対派の捨て身の抗議説、色々ありますが、あなたはどれだと思いますか？

誰にも迷惑をかけずに死ねといわれた奴隷たちの反乱。

――スタジオには仮想都市「イソノミア」管理人ヤンバル・クイナさんをゲストにお迎えしています。ヤンバルさん、このドローン攻撃の目的とテロリストの正体についてどのような考えをお持ちですか？

――イソノミアにはテロリストのなりすましが多いんですが、まだ本物は登場していないみたいです。目的についてはみんな勝手なことをいい募りますが、これはわかりません。当事者本人も実はよくわかっていないんじゃないかと思います。

――テロリズムには大義や動機があるものだと思っていましたが……

――わかりやすい陰謀説は大抵の場合、フェイクですね。真の意図は隠されるし、複雑です。ドローン六機を惜しげもなく自爆させたので、資金提供者がいたのは確実です。中国の破壊工作説と経済マフィアの陰謀説はそこから出ている。しかし、捜査の手が資金源の黒幕まで及ぶかは疑問ですね。

――中国は首都と米軍基地への攻撃を否定していますが、やはり国際的な謀略を疑うべきでしょうか？

――もちろん、世界をぶっ壊したいだけの愉快犯が一人でできるテロではありません。

――同様のテロは今後も続くと思いますか？

――カミカゼ・ドローンを発射するにはカタパルトが必要なんですが、それが発見されていないので、次の攻撃があるかもしれない。

――防衛省や米軍によるレーダー解析の結果、自爆ドローンは多摩川の河川敷から発射されたと推察されていますが、警察は目撃情報を集約し、実行犯の行方を追っています。ヤンバルさん、犯人逮捕は近いと見ていいでしょうか？

――日本国内に潜伏していれば、逮捕は時間の問題ですね。しかし、多摩川の河川敷とは絶妙な場所を選びましたね。監視カメラもなく、六つの標的全てを射程に収められる。

――ネットではテロを批判する声が七割、中立的な立場の人が二割、支持する声は一割といったところですが、これについてはいかがですか？

――公然とテロを支持する人は最初から反体制派です。イソノミアではテロにシンパシーを抱き、政府批判を展開する人が七割ですよ。このテロは無差別ではありません。市民の巻き添えを避け、特定の標的を狙い撃ちしています。暗殺された人、爆破された場所を見れば、日本政府や日米同盟に対する憎悪が根底にあるのは明白です。だからといって、このテロを反政府テロと決めつけるのは間違いです。ネトウヨはリベラル派の仕業といって騒いでいますが、何の根拠もありません。彼らは政府から微々たるカネをもらって、リベラル叩きをしているだけです。断言してもいいですが、リベラル派は絶対にテロに走るようなことはしません。

――リベラル派はテロとは無関係というご意見ですが、そう考える理由をもう少し詳しく教えていただけますか？

――確かに一連のテロはリベラル派の意に沿っているように見えますが、そんな意図が見え見えのテロをするメリットは何もありません。彼らだって、政府の無能さや暴虐に腹を立てるあまり、暗殺やテロの夢想くらいはするでしょうが、実際に暴力的な手段に訴える気はさらさらなく、コトバで正論を主張するだけです。極言すれば、テロを起こして政権を奪えるなら、とっくの昔にやっている。

――かなり大胆な発言ですが、ヤンバルさんご自身はこのテロを支持しているんですか？

――正直、政府の無能ぶりがあからさまになったので、ザマアミロという感じですが、実はあまり喜んでもいられないんです。ぬるい同情が政府に寄せられ、凡庸な悪が延命してしまう気配が濃厚だからです。逆にリベラル派はテロによって政権批判のお株を奪われ、埋没してしまう。

――そう考えると、このテロはむしろ政府にとって好都合ということになりますか？

――このテロは日米同盟の守護者たちによる自作自演ではないかと疑っています。すでに日本政府はアメリカの諜報機関の協力を仰ぎ、この事件の早期解決を図ろうとしています。事件の核心は秘密にされたまま、実行犯だけが逮捕され、口封じが行われるでしょう。危機管理能力の低い日本の統治機構が大幅に見直され、アメリカが日本を直接統治するシステムに移行するきっかけになってしまわないかと危惧しています。

――日本がもっとアメリカに隷属するようになるということでしょうか？

——首相も裁判官も官僚も完全に新しいシステムの歯車になり、国民は主権を奪われるかもしれない。つまり、完全な奴隷国家になるということです。

——一部にはテロリストを、アメリカの隷属状態から日本を解放してくれる英雄と見なす人々もいるようですが……

——政府やアメリカに公然と弓を引く人間なんて永遠に出てこないと誰もが思っていたので、このテロリストを英雄視したくなる気持ちはよくわかります。でも、昔から奴隷の反乱は鎮圧され、英雄は処刑されるものと相場は決まっています。

——ヤンバルさんはかなり悲観的ですね。

——悲観的だけど、テロリストをリスペクトしてます。たとえ、彼らが黒幕に使い捨てられる兵士だとしても、パンドラの箱はこじ開けたんだから。

ヤンバル・クイナが炎上狙いの発言を繰り返すのをスマホで見ていた空也は「こいつも尻まくったな」と独り言を漏らした。このネットニュースは拡散され、その日のうちに視聴回数四百万を超えた。

　空也が幕を開けたサーカスは大反響を呼んだ。自爆ドローンは想像以上の精度で的に当たった。テロとしては大成功したものの、頭が混乱し、眠れない。これから先どうなるかの見通しは全く立っていない。ビジネスのつもりで始めたテロには一体、どんな出口が用意されているのか？　蓮華が約束を守れば、大金は手に入るが、その使い道など考えたくもなかった。一攫千金の大博打で銀行強盗や、マフィアの金の強奪に成功したダークヒーローたちはその後どうしたのか、これまで見てきた映画のラストシーンを思い出そうとした。愛する人と南の島のヴィラで眩しい太陽に目を細めながら、カクテルを飲む光景しか浮かんでこない。そんな安らぎなど求めていないし、仮にそうなったとしても、三日後に飽き飽きしている自分を容易に想像できる。

　ドローンによる空爆の準備を進めながら、空也の心をくすませていたのは、全てが徒労に終わるのではないかという不安だった。いざ、発射準備完了の知らせを受けると、その不安はさらに膨らみ、土壇場で中止の指令を出した。結果的に太郎の暴走によって、強行されてしまったが、あらかじめ、強行されてもしょうがないと諦めてもいたのだ。最終の決定を太郎に委ね、自分の罪を軽くしようとしたのかと問われれば、そういう意図もあったと答えるしかない。いずれにせよ、賽は投げられた。出た目に応じて先に進むしかない。

寵児に会って、彼の思惑を探ったマリアからは、ドローン攻撃の準備を始める直前にこんな連絡を受けていた。

——自分の力ではどうにもならないと寵児さんはいっていた。彼も権力にしがみつく凡人たちの仲間になったのよ。政治家に世直しなんて期待できない。誰かが最初の一歩を踏み出せば、後に続く人も出てくる。寵児さんをこっちに引き寄せたいなら、やるしかない。

マリアは空也に立ち止まって考える隙を与えず、焚きつける一方だった。ドローンのセットアップにゴーサインを出したものの、迷いは吹っ切れていなかった。

寵児はグレイスカイに呼び出され、メトロポール・ホテルのスイートに出向いた。エグゼクティブ・フロアには蓮華もいるはずで、その気になれば、密会は容易だ。ドアを開けてから五十歩も歩けば、どちらかの部屋を訪ねることができるし、エレベーターホール向かいにはエグゼクティブ・ラウンジがあり、そこのバーで初対面を装って、話を交わしたかもしれないし、もっと露骨に旧交を温め合ったかもしれない。用心深いグレイスカイのことだ、監視カメラのあるエレベーターでは、蓮華と乗り合わせたとしても、素知らぬふりを通しただろう。

グレイスカイはその日の午前中、攻撃された横田基地や座間の通信ターミナルを視察し、関係者から被害報告を受けていた。すでにドローンの残骸も回収し、分析も行い、警視庁との情報共有も行っていた。午後は官邸に乗り込み、外務省、防衛省、財務省の高官、大臣らと安全保障予算の増額についての話を詰めていた。そのあいだ、寵児を含む内閣情報調査室のメンバーは主に今後のメディア対応の方針を検討していた。彼らはヤンバル・クイナの発言を警戒しており、そのコメントを配信した「エンドスコープ」を営業停止に追い込むにはどうしたらいいかという瑣末な議論に終始していた。現行の放送法が適用できないネット番組や犯罪の温床になっているダークネットを取り締まる新たな法整備が必要だという意見に相槌を打ち合っていた。寵児はそれより中国や北朝鮮、ロシアによるテロだとするデマを打ち消す方を優先すべきだと主張したが、それは外務省の仕事だと一蹴された。

　グレイスカイは寵児を部屋に招き入れるや、「当分、ラングレーには戻れない」とぼやきながら、険しい表情でこう告げた。

――日本の議員や官僚は従順なこと以外に何の取り柄もない。これを機に反米組織の一掃を図るが、君の能力を証明するいい機会だ。

　自分に与えられる次のミッションは何なのか、寵児は自分の不安と恐怖を気取られないように目を伏せていた。

――ドローンの納入先を突き止めれば、テロの首謀者がわかる。密輸には中国の武器商人や海運業者が関与している。それらの業者は文化や医療関係の事業を行うダミー会社を表看板にして、アンダーグラウンド・ビジネスを展開しているはずだ。そのダミー会社と関係の深い人物のリストを作れ。

――実行犯の逮捕は時間の問題と思われます。

——実行犯の逮捕だけでは世論は納得しない。反米、反政府組織の壊滅という大きな政治的勝利の物語《ビッグ・ストーリー・オブ・ポリティカル・ヴィクトリー》を完結させなければならない。

——ファクトではなく、ストーリーですか？

——同じことだ。テロリストに屈することなく、アメリカは日本を守ることをアピールし、同盟の強化を図り、中国に与する政治勢力を一掃する絶好の機会だ。

——具体的に私は何をすればいいですか？

——中国国家安全部がテロに関与している証拠を集めろ。

——その可能性は低いと思われますが。

——中国系企業によるドローン密輸の背後で、安全部が暗躍しているのは間違いない。彼らはテロへの関与を否定するが、相手は根っからの嘘つきなのだから、こちらも気兼ねなく、証拠を捏造すればいい。説得力ある捏造を頼む。中国を敵視する世論を作れば、野党勢力は自ずと弱体化する。共産主義者やリベラル知識人へのヘイト感情も高まる。そのような世論操作を行うためにはダークネットを厳しく取り締まるべきだ。

——アメリカでは対抗する政治勢力を狙い撃ちするブラック・プロパガンダは禁止です。

——ここは日本だ。テロ対策の強化を政府には進言しているが、それが国会を通過すれば、もっと公然と反米、反政府勢力を封じ込めることができる。

——そうする理由があるでしょうか？　テロに一切の関与をしていない人々を取り締まるより、テロの実行を促した組織の完全な壊滅を図るべきではないでしょうか？

——テロリストを操るフィクサーの正体を君は知っているとでも？

――まだ確証はありません。警察も容疑者を特定し切れていません。安全部が絡んでいるという仮説にも根拠が見出せません。

――君は官邸のイエスマンとは違い、自己主張をするんだな。

――あなたの弟子ですから。

　グレイスカイはフンと鼻を鳴らし、青い眼光で寵児の顔を照らし、その真意を見透かそうとしていた。

――フィクサーがいるとしても、その背後には中国国家安全部が控えているのだ。このボスキャラは私たちの手では取り締まることはできない。中国国家安全部はこのテロを戦争の引き金にしようと企んでいるだろうが、その手に乗るわけにはいかない。

――少なくとも、テロリストのスポンサーを突き止め、その資金源を断たなければ、事件解決とはいえないと思います。

――この手のテロ事件に解決というコトバはふさわしくない。米中が平和条約でも結ばない限り、今後もこういう事態は起こり得る。仮にフィクサーの正体が判明したとして、その人物が政府と深い関わりを持っていたら、政府の信用は失墜し、国家を揺るがす疑惑に発展しかねない。現政権の支持率は一気に下がり、野党を利することになる。今は政治と株価の安定を優先すべきだ。

　グレイスカイの方こそフィクサーの正体を知っていそうな口ぶりだった。しかも、政治と株価の安定のためにその人物を追及する手を緩めろといっているに等しい。やはり、彼は何かを隠そうとしている。

――何処で幕引きを図るおつもりですか？

――グリーンウオーターらを殺したヒットマンと、テロの実行犯と首謀者、ドローンを密輸した人物の逮捕まで漕ぎ着ければそれでいい。その先は政治と外交の問題だ。中国に対し、何らかの制裁措置を取るよう日本政府に働きかけるつもりだ。

――待ってください。一方的に制裁措置を取ったら、報復の応酬に発展します。それこそ中国に戦争の口実を与えることになります。

――あくまで外交問題止まりにし、戦争は回避すべきだ。与党議員の中には中国嫌いのタカ派も少なくない。戦争を煽って目立ちたがる連中を牽制する必要もある。チョージ、奴らが暴走し、先制攻撃を主張したりしないようにしっかり監視し、随時報告しろ。

テロの首謀者を割り出せといいながら、フィクサーの特定には消極的で、テロには無関係と思われるリベラル勢力を敵として一掃しようなどと主張する。確たる証拠もないまま、中国国家安全部による暗殺と破壊工作と決めつけ、政府に制裁措置を取らせようとまでしておいて、戦争を回避せよという。この矛盾をどう折り合わせればいいのか？　寵児は思い切ってグレイスカイに皮肉をぶつけた。

――つまりはこのテロを最も有効に活用せよということでしょうか？

グレイスカイはソファの上のクッションを手に取って立ち上がり、部屋の中を歩き回り、苛立ちを鎮めようとしているかに見えたが、突然、クッションを寵児めがけて蹴った。寵児は反射的にゴールキーパーのようにそれをキャッチした。

――何だ、その態度は。無礼だぞ。

――私の態度がお気に召さなかったら、謝ります。あなたの思慮があまりにも深いので、私の頭では理解できませんでした。

——いや、おまえは理解している。ただ、その皮肉な口調が気に障る。同僚のグリーンウォーターが殺されているんだぞ。しかも、日本防衛の要である横田基地の弾薬庫が攻撃され、米軍の将兵が死んでいるんだぞ。彼らの弔いのためにしてやれることは日米同盟をより強固にし、中国を封じ込めることだ。それに異を唱えるつもりなら、辞表を用意しろ。

——誤解を招くいい方をしたことをお許しください。

寵児はクッションを脇に抱えたまま、深く頭を下げると、グレイスカイは「いつまで立っているんだ。座れ」といった。デスクの上のラガヴーリンを二つのグラスに注ぎ、一つを寵児に手渡しながら、グレイスカイはこう問いかけた。

——私の指令を要約し、反芻してみろ。

——ヒットマンとテロの首謀者と実行犯の逮捕で幕引きを図ること。

——それから？

——戦争の準備をしろ。だが、戦争はするな。無能な政権を守れ。だが、暴走させるな。

——そういうことだ。

——もう一つだけ質問をお許し下さい。

——私をこれ以上怒らせるなよ。

——テロリストが横田基地や通信ターミナルを狙うと、なぜわかったのですか？

——最も攻撃されたくない施設を警戒するのは当然の措置だ。だが、空爆は想定外だった。事前に把握していたとでも？

――いいえ。あなたの慧眼に敬服しているのです。

――とっとと飲んで帰れ。この部屋に通す日本人はおまえだけだ。私の信用を裏切るな。

寵児はいわれた通り、燻製香のするウイスキーを飲み干すと、クッションを元の位置に戻し、一礼して部屋から出て行った。辛うじて、グレイスカイの信頼をつなぎ留め、かつ彼への疑念を隠し通すことはできたのではないかと思った。だが、彼の矛盾した指令といくつかの質問への回答によって、その疑念は払拭されるどころか、逆に確信に変わった。ボスの指令に従えば、陰謀に加担せざるを得ず、陰謀を暴こうとすれば、排除され、制裁を受ける。今後の自分の振る舞い方もまたボスの指令同様、矛盾を来すことになる。


空也は次の一手の相談のためにマリアに蓮華への取り次ぎを求めたが、体調が急に悪化したので無理と断られた。仮病を疑い、ホテルまで押しかけたが、蓮華は入院していた。ドローン攻撃当日、蓮華はホテルの部屋から国会議事堂に火柱が立つのを見ていたらしい。「当たった、当たった」と踊り出しそうなほどに興奮していると思ったら、そのまま倒れて、救急車で搬送された。その後、意識は戻り、うわ言を漏らすものの、会話はほとんどできない状態だという。

意思疎通ができないことには、空也も身動きが取れないが、のんびりと蓮華の回復を待ってもいられない。何か言付かってないか、マリアを問い質すと、最後に聞いたコトバが「当たった、当たった」で、ドローン攻撃を実行すると聞いた時も「そうか」としかいわなかったようだ。空也は秘書にも会い、回復の見込みと今後のことを訊ねてみた。

――契約内容に変更はなく、成果への対価は支払われますので、ご安心を。おカネより自分の身の心配をした方がいいですよ。しばらく海外に潜伏したらどうですか？

「そうしたいのは山々だけど、空港で逮捕されるかも」と空也がいうと、秘書はそれを望んでいるかのように微笑を浮かべ、「最適な方法をご存知なのでは」と返した。

――御大に万が一のことがあったら、どうなりますか？

――それはどういう意味ですか？

――世直しは継続できるのか、追加の資金援助はされるのか、マリアと御大が交わした約束は履行されるのか、といったことです。

――すでに遺言は顧問弁護士に預けてあります。それが開封されるまではこちらからは何とも申し上げられません。

――莫大な遺産はどう活用されるのか、多少はご存知でしょ。

――遺産は蓮華ホールディングスによって管理、運用されることになっています。遺言にはその使途も記されているかと思います。

　秘書の口からは曖昧な文言しか出てこないと見切り、マリアを外に連れ出し、蓮華とはどんな約束を交わしたかを問い質した。

――操はおカネならいくらでもくれるっていったけど、私がもらってもしょうがない。築き上げた財産は犯した罪に比例するから、自分の罪を償うために使ってほしいと頼んだ。

――オレたちがあいつの罪の償いを代行してやってるんだぞ。

――遺産はメシアになるべき人に委ねて未来の人類を救ってくださいともお願いした。そのことをちゃんと遺言状にも書いておくように頼んだら、「任しとき」といってくれた。

——そんな口約束じゃどうにもならない。その遺産に寄生している連中が自分の懐に入るよう画策してるに決まってる。遺言状なんて関係者の手で書き換えられるかもしれないし、世直し資金も満額もらえる保証はない。

——心配しなくても大丈夫だよ。操が私に生前贈与してくれたおカネが三千万くらい秘密口座に入ってるから、それを世直し資金に充てればいいじゃない。

——それっぽっちかよ。

——ドルだよ。

円にして三十数億円……本当にその額をマリアが受け取ることになっているのだとすれば、今までとは全く違う人生を始められる。空也の表情が微妙に変化したのをマリアは見逃さず、「悪魔が笑ってる」と見透かしたような口調でいった。

——そのカネが自由に使えるなら、世直しを継続できる気がしてきたよ。だが、オレが捕まったら、そのカネも使えない。

マリアは別のところに意識が飛んだか、小刻みに瞬きをし始めたが、十秒ほど経つと戻ってきて、また神のお告げを口走った。

——**権力なんて求めるな、奴らに似るな。支配したければ、民に仕える人となれ。**

イエスがそんなコトバを呟いたのは磔刑にされる何日前だったのか？　空也は神の国を作る気などないのに、イエスのように逮捕され、処刑されるのは真っ平ごめんだった。

——寵児に会うしかない。あいつを味方につければ、オレは逮捕されずに済む。

——逮捕されたっていいじゃない。世の中が変われば、英雄として凱旋できる。

――そんないい国には永遠にならない。じきに黄昏太郎も捕まる。もう次の作戦を実行する人材がいない。寵児を巻き込むしかない。

――操と寵児さんのボスは裏で繋がっている。寵児さんもそれに気づいているはず。

寵児は友人を捨てて、キャリアを取るか、キャリアを捨てて、友人を助けるか？

どちらの可能性もあるわけだが、空也が自ら動かなければ、警察が敷いたレールの上を走らされ、最後に行き着く先は刑務所になる。弁護士がいくら頑張っても、テロの首謀者と認定されれば、極刑は避けられない。実質、寵児が空也の命綱になる。寵児が官邸にいるのは政府を裏切るためだ。それを信じつつ、奇跡をあと三つほど積み上げない限り、空也の人生は終わる。

二人だけで会いたい。何処にでも出向くから、場所と時間を指定してくれ。

空也からのこの簡潔な申し出には複雑な思惑が絡んでいる、と寵児は受け止めた。自首するつもりなのか、捜査に協力を申し出るのか、あるいは寵児を人質に取って、政府と交渉しようというのか……対応の仕方を誤ると、寵児はテロリストとの内通を疑われる。しかし、会わないという選択肢はなかった。

監視の目が届かず、誰にも邪魔されない場所として、寵児が選んだのは新宿二丁目にあるリラクゼーションルーム「男子修道院」だった。午前二時にそこのバーで会おうといわれ、空也は五分前に現場に出向いたが、アンダーウエア一枚でフロアをうろついているゲイの熱視線に晒され、戸惑いながらも周囲に溶け込もうと、空也もパンツ一枚になり、バーでビールを飲んでいた。時間ぴったりに半裸の寵児が現れ、隣に座った。

――よりによって、こんな男くさい場所選びやがって。

空也が囁き声で寵児に文句をいうと、「尾行者はここまでは追って来ない。来たとしてもすぐにわかる」と答えた。

——鍵のかかる個室がある。そこで話そう。

ともにアンダーウエア一枚の二人が個室に籠って密談するのは不自然極まりなかったが、寵児なりに「裸なら盗聴のしようもないし、互いに包み隠さず全てを曝け出せる」という含みを持たせたのだろう。個室の鍵をかけると、寵児は空也の顔を見据え、「黄昏太郎は今夜、逮捕されたぞ」といった。

——何処で捕まった？

——都内のパチンコ店だ。

——すぐに台湾に逃げろといったのに。

——逮捕されるのを待っていたようだ。証拠が揃えば、おまえも確実に逮捕されるぞ。

——わかってる。だから、その前におまえに会っておく必要があったんだ。

——テロの首謀者は自分だと認めるのか？

——確かにオレが計画し、エキスパートを集め、指令を出し、太郎ほかのメンバーが実行した。おまえには嘘をつかない。

——資金を提供したのは、蓮華操だな。

——そうだ。あの爺いも入院中で、長くない。

——マリアさんの話ではもうテロは避けたかったのでは？

——太郎が暴走し、オレが黙認した。もうヤケクソだった。テロを実行してもしなくても、何も変わらないなら、実行すべきだと思った。少なくとも、社会に衝撃を与え、政府転覆の起爆剤にはなる。

――オレにどうしろと？

――テロは徒労ではなかったという証が欲しい。できれば、日米同盟を破棄し、占領体制を終わらせたいが、それが無理なら、せめて政権交代まで追い込んでくれ。

――オレにそんなことできるわけないだろう。仮におまえが望む通りになったとしても、おまえの罪は消せないぞ。

――わかってるさ。でも、おまえはオレの罪をうやむやにできるよな。

――何のことかわからない。

――とぼけるなよ。官邸の人間はしょっちゅう自分の身内や仲間の罪をうやむやにしてるじゃないか。選挙違反も、公金の濫用も、収賄、贈賄、公文書の改竄、破棄、国会での虚偽答弁、暴力事件、レイプ事件のもみ消し、いくらでもある。政権に批判的な人物に冤罪をなすりつけるなんて日常茶飯だし、時には自殺に見せかけた暗殺までやっている。そもそも、政権そのものが憲法を踏みにじり、主権も領土、領空もアメリカに差し出している。おまえが奉仕しているのはそんなならず者たちなんだぜ。忘れたか？

――それが国家というものだ。そんな話をするためにオレを呼び出したのか？

――パンツ一丁でする話じゃないぜ、全く。

どちらからともなく視線を外し、脱力の笑いを漏らし、再び真剣な眼差しを向き合わせた。

――超法規的措置を取れと？

――そうだ。おまえ、オレに政府の汚れ仕事を頼んだよな。家宅侵入もやったし、盗聴もやった。野党議員をトラップにはめて、失脚させるための工作もした。それはみんな違法行為だが、政府の仕事だったから、罪を問われなかった。政府の悪事は超法規的措置でいくらでもなかったことにしてきただろ。

――兄妹揃って、無茶ばかりいいやがって。今時、何処の政府もテロリストとは一切交渉しない。なぜだかわかるか？　下手に交渉すれば、政府の悪事が表沙汰になるからだよ。

――表沙汰にしてやればいいじゃないか。警察も検察も裁判所も政府の悪事を裁こうとしない。だから、オレたちがボランティアでマフィア政府の悪人どもを処罰し、この国の矛盾を解消してやろうとしてるんじゃないか。ならず者たちはオレたちをテロリスト呼ばわりするが、奴らを追い出せば、オレたちは世直しの英雄になるんだ。

――そんな屁理屈をいくら重ねたところでテロは正当化できない。こうしておまえと会うこと自体、ものすごいリスクを冒してるんだぞ。おまえとの関係をなかったことにしたいが、そうもいかない。

――おまえはもうオレと運命をともにするしかないんだよ。

――オレにできるのは、おまえを見逃すことくらいだ。幸いオレの仕事は分析で、おまえを逮捕する権限はない。でも、捕まったら、万事休すだ。最悪、死刑になる。わかってるのか？

――死刑が怖くてテロができるか。予定より早く死ぬだけだ。

――勝手に寿命縮めるな。おまえは実行犯ではないし、最小限の関与しかしていないと証明できれば、刑は軽減される。

――政権寄りの裁判官は容赦しないだろう。寵児にできることはほかにもあるはずだ。マリアがいってたぞ。おまえのボスとオレたちのボスは裏で繋がってるんじゃないかって。それは充分、あり得る話じゃないか。おまえとオレだって裏で繋がってるんだからな。

　強引なこじつけではあったが、寵児もグレイスカイと蓮華の野合を疑っていた。このクソな世界は警察とヤクザ、ＣＩＡとナチスの残党、銀行とマフィア、社会主義者と国粋主義者など不適切な野合に満ちあふれている。

――基本的なことを聞く。おまえはどういう経緯で蓮華操と知り合ったんだ。

――少女暴行で議員辞職した猿島絡みの案件で資金繰りに困った松風社長が、猿島の大叔父の蓮華に泣きついたのが始まりだ。その時に介護ヘルパーを紹介するように頼まれ、マリアを送り込んだ。そこから世直しに投資する話になり、「笛吹きプロテクション」を立ち上げ、内部告発者の支援活動を始めた。そこまでにしておけばよかったんだが……

――なぜテロまでエスカレートしたんだ？

――カネに目が眩んだ。世直しはビジネスになると思って、調子に乗っちまった。あの爺さんも罪滅ぼしをしたいとかいいながら、殺したい奴がいるとか、内乱を起こせとか、オレを焚きつけやがって。

――頼まれると嫌といえないからって、暗殺や空爆まで引き受けるバカが何処にいる。

――マリアはオレに世直しさせようとするし、オレ自身もテロを正当化する論理を積み上げているうちにわけがわからなくなった。

――ドローンを発注したのは誰だ？

——秘書が偽名で発注したが、中国人の武器ブローカーが仲介し、中国の海運業者が密輸に手を貸したらしい。

ＣＩＡは世界各国の武器取引を厳しく監視している。中国製、ロシア製、イスラエル製の武器はテロに使われる機会も多く、怪しい取引を嗅ぎつけたら、即座に介入し、売買を無効にしている。自爆ドローンはこれからのテロの主役になるかもしれないので、特に警戒を強めていたはずだ。もし、このカミカゼのまとめ買いを見落としたのなら、大ポカということになるが、意図的に見逃したとすれば、グレイスカイと蓮華が共謀してドローン攻撃を促したとする推論はにわかに真実味を帯びてくる。

——おまえは謀略に引き摺り込まれたんだよ。

グレイスカイは同僚グリーンウオーターと日本政府高官の暗殺を受けて、何をしたか？　首相はじめ、官邸や警察を動かして、治安維持を強化した。特に米軍施設の警備を強化する要請を出していたが、実際に横田基地、座間の通信ステーションは攻撃対象になった。グレイスカイはテロの計画を事前に察知していた疑いがある。もし、暗殺や空爆を秘密裡に画策し、実行させたとすれば、その目的は何か？　日本政府からより多くの駐留米軍経費を引き出し、安全保障のための予算を増額させ、無用の戦闘機やミサイルの購入を促すための布石だったと考えることができる。現にグレイスカイは寵児に「テロは政治利用されるべきだ」と打ち明けてもいた。

蓮華はこうしたアメリカの国益への過剰な奉仕に協力し、テロを代行する人物、すなわち空也をコトバ巧みに籠絡し、世直しの大義を焚きつけたのだ。この策略の真相は闇に葬られ、真相を暴こうとする者も排除され、テロを実行した者に全ての罪を被せ、一件落着が図られることになるのだ。

　ヤンバル・クイナはネットニュースで、日米同盟の守護者たちによるテロの自作自演説を唱えていた。それが真実だとしても、憶測に基づく陰謀論に過ぎないと一笑に付され、やがてヤンバルは口封じされ、彼のコメントを流した「エンドスコープ」にも圧力がかかるだろう。逆にそのことによって、陰謀論は真実味を帯びてくる。グレイスカイと蓮華の共謀を裏付ける証拠と証言者を集めれば、二人を告発することができるが、それまでには証拠の一切がもみ消されているはずだ。しかも証拠隠滅の工作が寵児に託される可能性さえある。政府もその陰謀に積極的に加担し、鉄壁の日米同盟をさらに盤石にすることしか考えていないので、捜査や裁判に政治的介入をしてくるに違いない。首謀者の空也、実行犯の太郎や池上は内乱を企てたテロリストとして国民の憎悪を一身に集めるよう世論操作され、絞首刑に処される。政府は威信を保ち、陰謀の画策者グレイスカイは英雄視される。この筋書き通り忠実に職務に励めば、寵児も出世コースから外れることはない。

　そこまで考えたところで、寵児は目を閉じ、深いため息をつき、頭を抱えた。親友を生贄に捧げた見返りに出世する未来の自分など想像したくなかった。陰謀に便乗することを恥とも思わず、のうのうと生き延びてゆく者こそが裁かれるべきなのに、逆にその恥辱に耐えた功労が報われる。

――おい、自分の世界に引き籠ってないで、解決策考えてくれよ。

　空也に肩を突かれた拍子に寵児の脳裏にぼんやりとある考えが浮かんだ。

――オレもおまえに倣って、愚かな選択をするしかないのかも。

――世の中の全てが愚かな選択の結果だ。

――世直しにはもっと愚かな選択が必要だ。

――お、昔のおまえに戻ったか？

空也がハイタッチを求めるので、寵児は応じながら、「ここを出るぞ」といった。「やっとズボンがはける」と空也は率先して個室を出た。午前四時過ぎの新宿の辻々には駅に向かう酔客が漂い出ていた。

――おまえは今すぐ蓮華の秘書のパソコンから取引の証拠を盗み出してこい。オレは自分のボスの暗躍を裏付ける証拠を手に入れる。それまでは静かに潜伏するんだ。密航を手配することもできる。

――女にかくまってもらうが、いざという時は頼む。

空也はタクシーに乗り、明治通りを池袋方面に向かい、寵児は反対方向に向かう車を拾った。中目黒の自宅に戻る道すがら、寵児は自らの愚かな選択を最も確実に遂行する手順を考えていた。

もし、グレイスカイが寵児の忠誠度を高く見積もっているなら、証拠隠滅の工作を指示してくるだろう。それを全て自分の手でやる手間を省き、早く本国に帰国したいのなら、なおさらだ。その任務を託されるように誘導すれば、証拠を容易に手に入れることができ、形勢を逆転できるかもしれない。陰謀の相方、蓮華はテロの当日に倒れ、朦朧状態にあるという。このまま秘密をあの世に持ち去られる前に打てる手を打っておきたい。おそらく蓮華の介護をしているマリアが証拠を盗み出す手引きをするだろう。

そうした対応が後手に回ったのは不覚だった。マリアに会った直後に、寵児は陰謀を気取ったにも拘わらず、日米同盟のダークサイドに恐れをなし、何ら布石を打たなかったことが悔やまれる。そのせいで、みすみすドローン・テロを実行させてしまった。だが、逆にこの間、グレイスカイの忠実な部下としての振る舞いを見せたことで、さらなる信用を獲得できたならば、まだ彼を出し抜くチャンスは残されているともいえる。

こちらの怪しい動きを察せられたら、用心深いグレイスカイのことゆえ、別の工作員を呼び、逮捕前に空也を殺してしまうかもしれない。「知りすぎた男」を躊躇なく消すのがＣＩＡの流儀である以上、寵児もまた「テロリストの内通者」、「裏切り者」として始末しにかかるだろう。彼らのシナリオに従わないとすれば、空也がいったように、寵児は彼と運命をともにするしかないところまで追い詰められている。

それにしても、この陰謀に真っ先に気づいたマリア恐るべしである。彼女の目には神の見えざる手も、運命の女神の後ろ髪も、悪魔の尻尾も見えているのではないか。

寵児は自分のベッドで仮眠を取ると、シャワーを浴び、ヒゲを剃り、スーツに着替え、今や日課となった警察との情報共有のため湾岸署に向かった。すでに逮捕されている黄昏太郎もそこにいて、厳しい尋問が続いていた。田島警視、鵜飼警視正から供述内容の報告を受けた後、寵児は容疑者とサシで話す時間をつくってくれるよう依頼し、認められた。

これまでの供述で、太郎はテロの共犯者の名前を明かすことはなく、自分一人でやったと繰り返している。ドローンの入手ルートや空爆の標的設定について詰問しても、「ネットオークションで買った」、「説明書に従って、自分で設定した」、「ロシア語の原文は自動翻訳にかけた」と口から出任せをいい、テロの目的については「自由日本を立ち上げるため」と供述しているという。取調室の会話は全て録音され、別室で他の刑事が聞いていることを念頭に、寵児はコトバを選びながら、語りかけた。

――あなたの人生は実に波乱万丈だ。

　意外な一言にニヤリとしながら、太郎は「全く笑うしかない」と呟いた。

――詩人、刑事、麻薬中毒者、ホームレス、パチンコ店、鶏の唐揚げ店の従業員を経て、テロリストになり、ほぼ確実に受刑者になる。そういう人生を後悔していますか？

――してないね。最後は原点に戻れた。

――それはどういう意味ですか？

――自分を見つめる時間が持てた。ヘッポコ詩人だった頃のことを思い出したりしてね。

――自分一人で罪を被る気ですね。首謀者やスポンサーを庇う理由は何です？

――空爆はオレの単独犯行で、ほかには誰も関係していない。何度同じことをいわせる？

――火箱空也が首謀者ではないんですか？

――ドローンを発射する直前、空也とは電話で話した。テロをやめるよう説得されたが、オレが聞き入れなかった。疑うなら、通話記録を調べろ。どうせ盗聴していたんだろ。

――テロ資金の提供者は蓮華操ですね。

――誰かが金を出してくれたのは確かだな。案外、官房機密費から出ていたりして。領収書もいらないし、使途を明かさなくていいカネだからな。

　寵児は太郎から新たな供述を引き出そうと振る舞いながら、暗黙裡に空也を守り、蓮華操に容疑がかかるよう誘導したつもりだが、太郎は敏感にその意図を察し、誘導に乗ってきた。

取調室を出た後、鵜飼警視正、田島警視と話をした。二人とも連日の残業でかなりやつれていた。捜査の進展こそ遅いが、カタパルトを押収し、爆薬の入手ルートとドローンの密輸ルートの解明がカギになることは分かっていたが、鵜飼も田島も太郎ののらりくらりとした自供を真に受けてはおらず、その信憑性は四割程度と見なしていた。

ドローン攻撃は太郎一人の手に余ることは明白で、もっと組織的で不透明なコネクションが背後にあると、二人の刑事は感づいていたが、同時に事件の全容解明には妨害が入りそうだという不安も抱えていた。まだ、上層部や官邸からは「早期解決」以外の指令はないが、黒幕には触れずに太郎の自供に基づき、単独犯行説の裏付けをして、彼一人に罪を負わせる表面的解決で幕引きとなると予想していた。その辺りの裏事情を、寵児ならば多少は把握しているのではないかと、鵜飼と田島は遠回しに探りを入れてくるのだが、寵児は「この事件は予想外の結果をもたらすかもしれませんね」と煙に巻きつつ、こんな情報を耳打ちしておいた。

——ドローンは中国系の武器商人を通じて購入し、中国系の海運業者の手で密輸されているはずです。この取引には蓮華操とその秘書が関与しています。蓮華は政界に隠然たる影響力を持っている人物ですから、彼と関わりのある議員も多く、臭いものに蓋をしようと動き出すでしょう。官邸からも「深入りするな」という指令がくるかもしれません。

——もみ消し工作がなされる？

田島波瑠の問いかけに寵児が黙って頷くのを見て、「何か企みがあるんですね」と鵜飼が囁いた。

——私は事件の全容は解明されるべきだと思います。捜査本部はもう一人の容疑者火箱空也の逮捕に血眼になっているとは思いますが、彼は別の組織から命を狙われている可能性が非常に高いです。事件の背景を最もよく知る人物だからでしょう。彼が殺されてしまうと、真相は闇に葬られてしまう。

——火箱空也の身柄を保護する意味でも逮捕を急がなければならないですね。

田島警視のコトバに寵児は「そうなんですが、泳がせる必要もあるんです」と答えた。

——もしかして、火箱空也の居場所を知っているんですか?

——何処に隠れているかは知りませんが、自分の身を守るために黒幕を暴く覚悟もあるのではないかと思います。私も独自に彼の行方を探りますので、捜査本部でも追跡を継続してください。今後も私たちのあいだで情報共有を密にしつつ、捜査妨害を排し、全容解明に努力しましょう。

　寵児は官邸の人間だが、必ずしもその意向に盲従するわけではないという覚悟のほどは二人の捜査官にも伝わったはずだった。

　空也はヤンバル・クイナに、蓮華の秘書のパソコンに侵入して、メールの通信記録や帳簿など一切合切を盗み出すよう依頼した。秘書のパソコンにかかっていたロックは、あらかじめマリア経由でパスワードを入手していたので、簡単に解除することができた。それらのデータは蓮華操が一連のテロの資金源になっていたことを証明するには充分だった。

　入院中の蓮華は意思の疎通ができるようになっていたが、多臓器不全が起きやすい容態が続いていた。長年、自分に奉仕してきた内臓が一斉に反乱を起こそうとしていると蓮華がぼやくのを聞いて、マリアは、人は自分の内臓に裏切られて死ぬこともあるのだなと思った。「死が二人を分かつまで介護を続ける」と婚姻擬《もど》きの契約を交わしていたので、マリアは連日、病院に詰めていた。蓮華は乳児のように一日十四、五時間は眠っていたが、不意にマリアを呼んだり、水を所望したり、今しがた見た夢の話を始めたり、遺言とも戯言とも取れる独り言を呟いたりする。

――今度こそ滅びるか思うたけど、しぶといな。性懲りもなく、また春が巡ってきよる。隕石でもぶつからんと滅びんわ。

　マリアは黙ってそれを聞いているが、何か重要なことをいいだすかもしれないので、ヴォイスレコーダーをベッドサイドに置いていた。

――天国は退屈なとこらしいわ。親父やカミさんが「はよおいで」いいよるねん。

――この世をさんざん地獄にしておいて、天国に行く気満々なんですね。まだやり残したことがあるなら、空也が代行しますよ。

――好きにしたらええ。諸行無常や。何をやっても未来は変わらん。過去はもうない、未来はまだない。あるのは今だけや。その今かて瞬きする間に消えてゆく。儚い、儚い。

――今しかないのだから、過去なんて忘れてもいいし、未来の心配なんてしなくてもいいんです。操はじきに身を焼かれて灰になりますが、あなたの願いは別の人が叶えてくれます。

――最後の願いを聞いてくれるか？

――何なりとどうぞ。

――おっぱい吸わせてもらえんやろか？

　死ぬ間際までおっぱいを求めるのは哺乳類の性《さが》なのか、呆れて返すコトバもなかったが、安らかに死んでもらうためにはこれくらいの奉仕はおやすいご用という気になり、ブラウスのボタンを外した。

XVII　密航と密謀

空也のマンションも火箱組の事務所もすでに警察の監視下にあり、近づけば即逮捕は確実だった。その身一つで地方に身を隠すにしても、土地勘のある場所もなく、空也は都内に留まり、アイリーンに庇護を求めた。彼女は演技力に磨きをかけるために舞台の仕事に打ち込んでいて、「全身ビッチ」だった数年前とは別人になっていた。コマーシャルや広告モデルの仕事で稼いだおカネを遊びに散財することもなく、ストイックな生活を楽しんでいた。「惜しげなく使えるのは他人のおカネだけ」というポリシーは今までさんざん彼女がたかってきた議員と共通していた。格闘技のジムにも通っているらしく、空也のボディガードも務まるくらい鍛えられていた。部屋でミット打ちの相手を務めること、家事全般をこなし、食事の用意をして帰りを待つことを条件に受け容れてくれた。

アイリーンは妹のマリアがどうしてるか気になるようで、空也が「マリアは魔女に進化した」と報告すると、「聖女になるのかと思ったら、魔女になったんだ」といった。

——金持ちの爺いを転がして、遺産を世直しに使わせようとしている。

——やればできる子だった。で、あんたは？

——気づいたら、テロをやらされていた。

――え、空也、ドローンでバーンの犯人？

――実行犯ではないが、計画はした。

テロリストをかくまっているという自覚くらいは持ってもらいたくて告白したのだが、アイリーンは満面に笑みを湛《たた》え、空也の手を握り、「おめでとう」といった。

――それほどおめでたくもないんだよ。

――何で？　あのクソ政府の転覆を図ったんでしょ。すごいじゃん。あたし、テロリストと寝た女なんだ。あんたをモデルにした漫画を誰かに描いてもらって、映画化したい。

――はしゃぐな、誰にもいうな。静かにオレを軟禁してくれれば、それでいいから。

かくてアイリーンと最初に出会ってから九年目にして、三軒茶屋のタワーマンションの一室で潜伏を兼ねた同棲生活が始まった。契約通り、朝のトレーニング・パートナーを務め、食事の支度をし、さらには芝居のセリフを覚えるために相手役も務め、マッサージも施した。主夫やヒモやペットの経験もなかったが、一人暮らしが長いので、家事全般はお手の物だった。最大の問題はこの軟禁生活にいつまで耐えられるかだった。

日中はもっぱら、仮想都市イソノミアを徘徊し、笛吹きプロテクションの活動をチェックし、映像配信サービスで毎日四、五本の映画を鑑賞していた。買い物は深夜、二十四時間営業のスーパーで行い、外食は控え、外部との電話連絡は最小限に留めた。アイリーンが帰宅すると、風呂上がりの彼女と飲みながら、本日の出来事の聞き役になり、彼女がその気になったら、ベッドインする。

三十を過ぎるまで闇雲に疾走し、ヤクザの息子が何処までやれるかの実験を重ねてきた空也にとって、このステルス同棲は図らずも安らかな休息になった。アイリーンは何かと注文が多い女だが、もっとわがままや無茶ばかりいう議員や富豪の使い走りをやってきたので、全く苦にはならなかった。自分はきっと何処ででも、何をしても生きていける。たとえ、刑務所の中でも、逃亡先の農村や外国の都市でも、また女優の愛人としても、テロリストとしても。自分にそんな暗示をかけながら、空也はアイリーンに尽くした。ネットで様々な料理のレシピを調べ、自分なりのアレンジも加え、アイリーンが求める高タンパク低カロリーのメニューを供するうちに、外国で料理人として生きてゆく自分を想像したりもした。そんな話を振ると、アイリーンは「ヤクザの組を継いでも、シノギが厳しいから、別の生き方を模索してたんでしょ」というので、そんな個人的な事情をいつ知ったのかと思った。

——空也はどっちに転ぶんだろうね。

——他人の干渉と自分のバカげた選択と偶然の成り行きの結果が、今のオレだ。以前のオレに同じ質問をしてみろよ。「ファイアーボックスをチェーン展開して、唐揚げ王にオレはなる」とかいうぜ。未来が思い通りにならないのは仕方ないとしても、他人が敷いたレールの上を追い立てられて走るのはごめんだ。

——昔みたいにアイリーンのマネージャーになってよ。楽しいよ、きっと。

——いないのかよ、マネージャー。

——切った。自分の間違いを認めず、すぐに逆ギレする男にはうんざり。あたしたちってさ、相性いいと思わない？

——明日、捕まるかもしれないし、明後日、殺されるかもしれないんだぞ。

——意識の持ち方次第で現実なんていくらでも変えられるんだから、もっとポジティブなこと考えなよ。来月、結婚して、来年、子どもが生まれてるかもしれないじゃない。

アンダーグラウンド・ビジネスから足を洗い、世直しなど考えず、システムに順応し、アイリーンと所帯を持ち、子どものオムツを替える自分の姿は全く想像できなかった。早晩、このパラサイト生活も強制終了になることだけは間違いなかった。

芝居の稽古が休みの土曜日、部屋に籠もりきりだと悲観的になるからと、アイリーンに誘われ、多摩川の向こうの丘陵地帯にある、ライトアップされた夜の遊園地に出かけた。そこだけ毎日がクリスマスのように光る木々が並び、観覧車やジェットコースターは消えない花火のようだった。子どもの頃に来たことがあったが、いつの間にか新宿歌舞伎町みたいになりやがってと苦笑いしていると、「パーティが永遠に続いてほしい、みたいな」とアイリーンが呟いた。これまで自分がやってきたことはこのイルミネーションに似ているとふと思った。園内を腕を組んで歩くカップルは、最初のうちは歓声を上げ、うっとりしているが、やがて目が慣れ、すぐに別のところに関心が向く。空也や太郎が命懸けで遂行したテロも災厄の時代に咲いた徒花《あだばな》に過ぎない。そう思ったら、自嘲の空笑いが漏れた。

観覧車に乗り、都心の夜景を眺めた。ここからほど近い多摩川の河川敷から六機のドローンは標的めがけて発射されたのだなと感慨にふけった。直前に優柔不断に陥った自分を恥じながら、まだオレたちの奴隷解放運動は終わっていないのだと思い直した。

——どう？　多少は気分転換になった？

——おまえ、本当は真面目で、健気なんだな。外面しか見てなかった。

――いいも悪いもないよ。あたしは自分の本能に忠実に生きてるだけ。

　その夜はアイリーンのマンションには戻らず、小田急線に乗って、逆方向の町田まで行き、小旅行気分を味わい、酒場を四軒はしごし、ラブホテルに転がり込んだ。元々は松風社長に見初められ、稼げるタレントに養成されたのだが、ＣＭで稼いだギャラで育成にかかった費用を返済し、気前よく謝礼を払い、芸能プロダクションとのしがらみを断ち切り、自らを解放し、表現の自由を誰憚ることなく行使できるようになっていた。

――一緒に暮らすのもいいもんだな。

――別世界が開けるでしょ。もっと広いところに引っ越そうか？

――オレが無罪になったら、何でもいうこと聞いてやるよ。

　互いに惜しみなく与え、欲求を搾り尽し、気怠い朝を迎えた。喉の渇きを炭酸水で癒やしながら、スマートフォンをチェックすると、ダークネット経由のメールが届いていた。差出人は「ブラインド・ボーイ」で、それは寵児のハンドルネームだった。

　愛の巣に戻るな。鴉が狙っている。すぐに対馬《つしま》に渡れ。比田勝港《ひだかつこう》国際ターミナル近くのつしまホテルプラザに山田太郎の名前でチェックインしろ。キム・ユジンという人物が接触してくる。後のことは彼に任せろ。

　思ったより早く、アイリーンと離別する時が来た。わずか六日間の同棲生活だったが、逃亡のための英気を養うには充分だった。

――先に帰ってくれ。どうしても片付けなければならない仕事ができた。

――何処へ行くの？　お金あるの？

――悪いが、あるだけ貸してくれ。三倍にして返す。よく聞けよ、アイリーン。家に帰ったら、警察が訪ねてきて、オレの行方を訊ねるから、「会いに来たけど、追い返した」といえ。無事に戻れたら、庭付きの家に引っ越して、バーベキューをやろう。

――海外に逃げるつもりでしょ。

――なぜそう思う？

――空也に日本は狭過ぎるから。

――亡命は革命家が必ず通る道だ。そして、落ちぶれた国を立て直しに戻ってくる。

――本当に？　信じるよ。

――オレは警察にしか嘘をいわない。

　午前十時、空也は町田駅でアイリーンとハグをして別れ、新横浜から新幹線に乗り、博多《はかた》を目指した。対馬に行くにはそこから船か、飛行機に乗ることになる。手持ちの現金は借りた分を合わせても六万円ほどしかない。この先も入り用になるが、クレジットカードを使えば、足が付く。マリアに連絡し、至急、対馬比田勝港のつしまホテルプラザの山田太郎宛に書類と表書きした宅配便で現金百万円とパスポートを送るよう頼んだので、そのうち空也を追いかけてくるだろう。

　空也はシウマイ弁当を食べ、迎え酒にビールを飲み、前夜の寝不足を補うために深い眠りに落ちた。寵児からの短いメールからは、対馬くんだりまで行って、局面打開となるかわからなかったが、彼を信じるほかなかった。おそらく、キム・ユジンという人物が韓国への密航を手引きしてくれる。対馬の北端にある比田勝港からは釜山《プサン》行きの高速艇が出ていて、一時間十分ほどで着くようだ。

福岡空港発対馬行きの最終便の時間には間に合ったが、満席で乗りそびれ、翌朝の便を予約し、博多で一泊することにした。身一つで来たので、遅くまで開いている店で、下着や替えのシャツ、ズボン、充電器、それらを収めるリュックなどを買っておいた。酒場に繰り出すカネはなく、ラーメンを食べた後は空港そばのホテルの部屋に籠もっていた。

翌朝、午前八時過ぎには対馬に着いていた。キム・ユジンと接触を図るまでまだ一日猶予があったが、所持金は残り六千円で、現金が届くまでは大人しくしているよりほかなかった。

島の北端から釜山まではわずか五十キロ、昔から半島との往来は盛んで、朝鮮戦争時には多くの難民が押し寄せ、白村江の戦いや秀吉の朝鮮出兵の時は日本軍の軍事拠点にもなった。そうした歴史の痕跡は金田城《かねだじょう》跡や清水山城《しみずやまじょう》跡に残っているが、実際、過去にどれくらいの密航者が島を通過していったかは知る由もなかった。おそらく、島はその足跡を全てかき消してくれるに違いない。今もニーズが多いのなら、漁船で密かに韓国の領海まで運んでくれる密航の手配師がいてもおかしくない。そう思ったら、島で見かけるどの顔も手配師に見えてきた。その日は一日中、島の中心部で目立たないようにブラブラしていたが、何処に行っても韓国語が飛び交い、すでに韓国にいると錯覚しそうだった。翌朝、比田勝港行きのバスに乗ったが、車内でも日本人は空也一人だった。

比田勝港近くの高台から海を見ると、彼方に曖昧な山影と町らしきものが見えたが、それが釜山なのか、蜃気楼なのかはわからなかった。売店で買った酒を飲みながら、夕方まで時間を潰し、ホテルに戻ったら、ゆうパックでパスポートと現金が届いていて安堵した。

ホテルのレストランで島の海の幸を満喫し、部屋の窓から月の光を反射する海を眺めながら、酒を飲んでいると、部屋の電話が鳴った。受話器を取り、相手の発声を待っていると、「ヤマダさんですか？」と韓国訛りの日本語が聞こえた。「はい」と返事をすると、「キム・ユジンです。今からあなたの部屋に行きますが、いいですか？」といった。

「よろしくお願いします」と答え、電話を切ると、部屋の中を片付け、キム・ユジンが現れるのを待った。

プロ野球のピッチャーといっても通用しそうな長身と広い肩の上に、不良少年の名残を留める童顔を乗せた男がストックバッグを一つ手にぶら下げ、ジャージ姿で現れた。

――キム・ユジンです。チョージとは訓練所の同期でした。あなたのことはすでにチョージから聞いています。

力を込めた握手と笑顔で空也の警戒を解き、流暢な日本語でこちらの懐に入ってくるその立ち居振る舞いに一種のカリスマ性を感じ、将来、大統領にでもなるつもりかとさえ思った。

――寵児はあなたに全て任せればいいといっていましたが、私はどうしたらいいですか？

――手順を説明します。あなたには対馬に密航した韓国人になってもらいます。私は秘密任務で対馬まであなたを追跡し、身柄を拘束したということにします。日本から強制送還の手続きを省き、私があなたを釜山まで移送するので、出国審査を受けずに済みます。船の中であなたは日本人に戻ります。そして、自分のパスポートで韓国に入国します。パスポートを私に預けてください。日本出国のスタンプを押しておきます。偽のスタンプですが、問題ありません。

――そんなに簡単に密入国できるものですか？　夜中に漁船で渡る覚悟をしていました。

――韓国に入国する時は、日本からの旅行者として通常の手続きをするので、密入国ではありません。ただ、対馬の入国審査官に目を瞑ってもらうだけです。彼らは密航者とは関わりを持ちたくないので、韓国政府の担当者にこっそり連れ帰ってもらった方がありがたいのです。もう管理局とは話がついています。あなたは日本を出国する時に韓国人になりすますだけです。

――あなたは韓国政府の方ですか？

――私は情報書記官です。対外安全保障に関する情報を集める仕事をしています。あなたは日本の反政府活動家として、私たちの監視下に入りますが、形式上、情報提供者として保護されます。あなたは観光客と同じように韓国で過ごすことができます。日本があなたの帰国を歓迎する日が早く訪れるよう願っています。

　空也は「カムサハムニダ」と礼をいい、あらかじめ封筒に入れておいた現金三十万円を差し出し、「これはほんの気持ちです」と伝えた。キム・ユジンは「気持ちは受け取りますが、おカネは受け取れません」ときっぱり告げた。

――韓国での生活に必要ですから現金は持っていた方がいいです。今回の件はチョージへの貸しです。訓練所を卒業する時、将来、私たちがどのようなポストや立場にあっても、互いに協力し合うことを約束しました。現在、私は情報院の情報書記官、チョージも内閣で調査官を務めています。ともに政治の中枢にいて、インテリジェンスの仕事をする者同士です。あなたを保護する見返りは、日本政府の内情を詳しく教えてもらうことです。日本国内で何が起きているのか正確に把握するために、あなたも情報提供者になって欲しいです。韓日は友好国ですから、情報は共有した方がいいです。

――そういう話がついていたんですか。それにしてもわざわざ対馬まで迎えに来てくれるとはありがたい。心から感謝しています。

――近いうちにソウル勤務になる予定ですが、今は釜山で、ロシアからの武器の密輸や中国海軍の動きを探っています。対馬にも時々、来ており、本当の密航者の取り締まりで協力関係にあるので、問題ありません。今度、東京に遊びに行き、チョージと飲みたいと思います。

――韓国では何処で、何をして過ごすのがいいでしょう。もし、オススメの場所があれば、是非教えてください。

――大都市がいいでしょう。釜山かソウルなら、退屈せずに済みます。すぐに住めるアパートを紹介することもできます。大都市が嫌なら、済州《チェジュ》島はいかがですか？　気候も穏やかで、日本語もよく通じます。夜も遅いので、私はこれで失礼します。明朝八時にあなたに手錠をかけに来ます。密航者の名前はイ・ムンジョンです。ハングルで書けるようにしておいてください。荷物も押収しますが、後で返します。それから、これは韓国から「密輸」したゴミです。あなたの部屋に捨てておきます。

　キム・ユジンはストックバッグから取り出したハングルの領収書や衣服についていたタグ、ソジュの空き瓶などを偽装で部屋のゴミ箱に捨てた。

――島では日本人として振る舞い、何人かと顔を合わせていますが、問題ないですか？

――ヤマダ・タロウの名前で飛行機に乗り、ホテルにチェックインしているならば、大丈夫です。朝食とチェックアウトは済ませておいてください。それでは日本最後の夜をゆっくり過ごしてください。

かなりのリスクを覚悟で、しかも勤務外のプライベートな時間を割いて、空也を逃がしてくれるキム・ユジンには大きな借りができた。万が一、彼が失脚し、韓国を追われる身になった時には恩返ししたいし、大統領になるつもりならその支援もしたいと思った。

翌朝八時、再びキム・ユジンが部屋を訪れ、打ち合わせ通り、空也に手錠を掛け、国際ターミナルまで徒歩で連行した。一般乗客が集まる前に別室に入れられ、入国審査官立ち会いの下で、キム・ユジンがいくつかの書類にサインをし、「密航者イ・ムンジョン」もハングルのサインをすると、連行の手続きは終了した。手錠をしたまま乗船し、他の乗客の目に触れにくい最後尾の隅の席に座ると、手錠が外された。キム・ユジンも空也も釜山に着くまで一言も口を開かなかった。

釜山に到着後、他の乗客が全員船を下りるのを待って、最後に下船し、手錠なしで出入国管理事務所に連れて行かれ、ソファで座って待つあいだに入国手続きが完了し、パスポートとリュックが戻って来た。わずか二時間ほどで幻の密航者は消え、火箱空也は正規の手続きで韓国に入国した。

――手錠をされ、連行された気分は？

――ＶＩＰ待遇に感謝します。

――大変なのはこれからでしょう。あなたの革命がうまく行きますように。

――一つ聞いていいですか？　あなたは私が反政府活動をしていることを知りながら、なぜこんなにも親切にしてくれたんですか？

キム・ユジンは社交的な笑顔で答えた。

――日本で反政府活動をする人にシンパシーを抱く韓国人は多いです。

――敵の敵は友ということですか？

――そういう面もありますが、日本政府や日本のネトウヨは嫌いだが、一般市民は好きだという感覚です。近々、話を聞かせてください。テロの目的や未来の展望を教えて欲しいです。あなたが何処にいても、こちらから会いに行きます。韓国を楽しんで。釜山名物は豚のスープのテジクッパです。


　握手を交わし、キム・ユジンと別れた。彼の連絡先はもらったが、オレの居場所をどうやって知るのか、空也はふと疑問に思ったが、すでに見えないＧＰＳがつけられているなと悟った。少なくとも、空也が利用しがいのある人物と見做されているあいだは守られるだろう。見殺しにするよりは何らかの駆け引きの道具に使った方が得なはずだから。


　空也を国外に逃がす友情作戦は首尾よく運んだものの、この事実がバレるのは時間の問題と思われた。当然、キム・ユジンも無傷ではいられないが、彼はそれを承知の上で空也の密航に協力した。寵児が「テロリストに仕立てられた友人を救いたい」と相談した当初、キム・ユジンは「自分には無関係」と冷淡だった。だが、「このテロは、安全保障予算と米軍維持費の大幅な増額を認めさせるために、ＣＩＡと極右の政商が共謀した自作自演だ」という寵児の主張を聞く耳は持っていた。その可能性を否定するどころか、「ＣＩＡなら、やりかねない」と真剣に取り合ってくれた。

　在韓米軍も南北和平を意図的に妨害し、安全保障の利権を貪り、事あるごとに韓国政府に法外な軍事負担を要求する。中国と経済的結びつきを強めようとすると、必ず邪魔をしてくる。キム・ユジンは韓米の連携を担う任務を遂行しながら、一人の韓国人として、祖国がアメリカの属領扱いされていることへの義憤に駆られてもいた。この陰謀を暴くことが至難の業であることも彼はよく理解していた。空也と太郎ほか、テロを計画し実行した数名に全ての罪を被せ、幕引きを図ろうとしているグレイスカイの思惑をも彼は察していた。これを黙って見過ごせば、受動的に組織に奉仕し、その不正にも加担するいつもと同じ型の踏襲になる。ユジンは、服従か、抵抗か、どちらか選ぶ局面では、抵抗を選ぶ男だ。ここで密かに寵児に協力しておけば、グレイスカイが摘発された時にポイントを稼げるとも考えたに違いない。たとえ勝算が薄くても、こちらの目に賭けてくれたのだ。

　空也は寵児に蓮華の秘書のパソコンから盗み出したデータを託していった。すでにドローンの密輸ルートも、蓮華の秘書の売買への関与を裏付ける資金の流れも把握していた。さらに蓮華とグレイスカイが共謀していた証拠と、ＣＩＡがドローン密輸の情報をテロ実行前に摑んでいた証拠を押さえれば、陰謀を実証できる。しかし、自作自演説を真に受ける政府関係者も、大手メディアも皆無であることは肝に銘じておかなければならない。いくら証拠を揃えても、政府はＣＩＡとグレイスカイの方を信じ、寵児に沈黙を強いるだろう。この陰謀説に飛びつくメディアは、それこそ空也寄りの「エンドスコープ」くらいで、他の主要メディアが黙殺を決め込むことは火を見るより明らかだ。

　不利な状況下で陰謀の告発に踏み切れば、敵も反撃に出る。エンドスコープの社長やキャスター、共生党の石井議員、南塚・北川法律事務所などこの陰謀説に与する面々は、根も葉もない誹謗中傷に晒される。しかもそのブラック・プロパガンダをＣＩＡへの忠誠の証として、寵児にやらせようとしている。結局、この件は報道されても、フェイクニュースとして片付けられ、検察が動くこともなく、民事訴訟を起こしたところで、裁判所に却下され、野党が国会でこの件を追及しても、証人喚問さえ行われない。

不眠の夜が続いた。どうせ眠れないのだからと諦め、空也の置き土産のデータをつぶさに調べた。秘書がつけていた裏帳簿はその性格上、不正、違法行為の証拠の宝庫で、脱税や贈収賄の摘発には大いに活用できそうだったが、敵の喉元に切っ先を突きつける証拠にはなりそうもない。それでも寵児は金額と銀行口座の羅列を一つずつチェックしながら、この共謀に何らかの対価が支払われるとすると、グレイスカイの個人口座にもコンサルタント料、あるいは情報提供料の名目で相応のカネが振り込まれている可能性がある、と思い至った。この共謀が見返りなしのボランティアで行われたと考える方が不自然である。

匿名口座と正体不明の個人名義の口座への送金記録にのみ注目してみると、全部で二十七件あったが、そのいずれかがグレイスカイの匿名口座だという仮説を立て、一件ずつ精査してみた。その結果、ある匿名口座を手がかりに送金日が同じ四つの案件を見つけ、タイミング的にテロに関わりがあると推測した。中国系の銀行への二件の振り込みはドローンを売った武器商人と運んだ海運業者が受取人であることはほぼ間違いなかったが、残りの二件はスイス銀行の匿名口座宛とアメリカ、デラウェア州に本社を置く会社「マドリン」代表名義の口座宛で、それぞれ百十四万ドルと四十六万ドルの振り込みがされていた。デラウェアは悪名高いタックスヘイブンで、会社の所在地を調べると、ウィルミントンのオレンジ・ストリートの雑居ビルになっている。このビルには三十一万社ものペーパーカンパニーが集まっており、ほとんどの法人が所有者を特定できないし、業務内容も全く不明である。「マドリン」という会社も謎で、ウェブ検索をかけても何一つ引っかからなかったところを見ると、個人資産を運用し、税金を逃れるためだけの会社と見て間違いない。

「マドリン」という名前は何処かで聞いたことがある気がしていたが、一日経過してから、グレイスカイの配偶者の名前だったことを思い出した。法人の代表名は別人のものだったが、おそらく弁護士か、会計士の名前で登記しているに違いない。寵児の狙いは当たっていたことになる。会社に妻の名前がつけられていなければ、スルーしてしまうところだった。このペーパーカンパニーの所有者がグレイスカイであることが証明されれば、テロへの関与は決定的になる。だが、それを証明する方法がない。デラウェア州政府に掛け合ったところで、「州法では所有者を明かす義務はない」の一言で退けられるだろう。それこそＣＩＡに裏取りをしてもらうほかない。

寵児は、帳簿の抽象的な数字の羅列の中に、官邸官僚はおろか、首相さえも顎で使い、日本を隷属させる男の正体を垣間見た気がした。日本政府と在日米軍の永遠の絆を取り持つグレイスカイは極右の政商を番頭のように使いながら、蓄財に余念がなかったのである。おそらく、蓮華には在日米軍司令部から今回の工作の手数料が支払われるはずだ。グレイスカイはそれを直接、米軍からもらうわけにはいかないので、蓮華が立て替えをしたものと思われる。どちらにせよ、そのカネの出所は日本政府であり、さらにその元を辿れば、国民から搾り取った血税ということになる。深夜、自分の部屋でパソコン画面の数字を前に、寵児は無意識にグラスに残った氷を嚙み砕いていた。もう金輪際、ラガヴーリンを飲むことはないだろう。

寵児はその夜、生まれて初めて特定の人物に対し、殺意を抱いた。

　こんな男に抜擢され、ボスとして忠誠を誓い、その右腕になろうと努力してきた自分がどうにも惨めに思えてならなかった。もうボスを裏切ることには何の躊躇もない。今しばらくは何も知らないふりをし、彼の隠蔽工作に積極的に協力すると見せかけ、証拠固めをし、時機がきたら、全力で彼を葬るのだ。

　ファームで受けた厳しい訓練の成果と、自ら磨き上げた機動力、判断力、分析力を総動員して臨むこれまでで最も困難なミッションは、ボスの命令に従いながら、彼を破滅に導くことである。失敗すれば、死。成功しても、行き場を失う。最低でも刺し違えなければならない。

　もう一度、マリアに会わなければならなかった。全てお見通しの彼女の目にはどんな顛末が見えているのか確かめたかった。グレイスカイの共謀者蓮華操の魂胆を見極めるためにも、蓮華の罪を問うためにも、彼女の協力は欠かせない。前に会った時、彼女は「ボスボス交換」を提案し、互いにボスの正体を明かした。さらに一歩踏み込めば、互いのボスを告発できるのではないかと寵児は考えた。蓮華にも捜査の手が伸びれば、彼はグレイスカイを裏切る気になるかもしれない。警察を動かすのに必要な証拠はすでに揃っている。グレイスカイは官邸を動かして捜査を中断させるだろうが、蓮華とグレイスカイを分断し、双方の疑心暗鬼をかき立ててやれば、こちらに勝機が転がり込んでくるかもしれない。今はそこに一縷《いちる》の望みを託すしかない。

　マリアに食事の誘いのメールを送ると、すぐにイエスの返信がきた。夜の遅い時間に病院のそばのイタリアン・レストランで会うことになった。店の片隅のテーブルで向かい合い、ひとまずワインで乾杯をした。何のためでも誰のためでもなく。

——空也を逃がしてくれてありがとう。ソウルの清涼《チョンニャン》里《ニ》というところにあるアパートに落ち着いたそうよ。

——こちらにも報告があった。口封じのために殺される危険は減ったと思う。

——私もソウルに逃げたい。

——そんな呑気なことをいっている場合じゃない。蓮華の容態はどうなんだ？

——医師がいうにはあと一、二ヶ月だって。

——蓮華に死なれると、グレイスカイの思惑通りになってしまう。蓮華に会えないか？

——病室は秘書が雇った警備の人に守られていて、誰も近づけない。

　余命いくばくもない老人を誰から守っているのか？　グレイスカイはすでに蓮華に刺客を送り込み、その気配を秘書が察知しているということか？　それをマリアに確かめると、彼女はこう答えた。

——誰にも会わせることなく、静かに身罷ってもらうためだけに警備しているのよ。見舞いに来た人に変な口約束したり、遺言の内容を変えたりしないように。

——回診の医師になりすまして面会する。

——私が病室に招き入れれば、できるかも。秘書がいないタイミングを狙いましょう。一つ、お願いがあるの。できれば、操は逮捕しないで、静かに逝かせてほしいの。

——逮捕は警察の仕事だが、官邸の意向で逮捕は見送られるだろう。病院で安らかな最期を迎えられると思うが、真実だけはあの世に持ち去らず、置いていってもらいたい。

——嘘で固めた人生を送った人が末期に真実なんて語るかしら。

——懺悔を促して、真実を語らせることができるのは君だけだ。

——やってみる。あなたのボスと蓮華の共謀を暴き出した後はどうなるの？

——蓮華は天寿を全うし、グレイスカイは日本では裁かれることなく、アメリカに帰るだろう。アメリカの国益には貢献したことになるから、本国でも罪に問われずに済むかも。日米同盟の利権を貪り尽くしたから、ＣＩＡを退職しても、優雅な余生を満喫できるだろう。

——罪を暴くだけ無駄ということになるのかな。寵児さんはどうなる？

——内部告発者と同じ道を辿ることになるな。グレイスカイを追放しても、直属の部下であるぼくは組織の中に居場所がなくなる。最悪、裏切りの制裁を受けることになる。

——空也は？

——英雄として凱旋することはない。グレイスカイとの取引が成立したら、彼の罪は問われずに済むかもしれないが、その場合は真実を闇に葬ることになる。テロの実行犯と資金を提供した蓮華に全ての罪を被せることで決着がつけられるだろう。

——それで本当に空也は無罪放免になる？

——いや、その保証はない。取引が反故にされたら、空也はテロの首謀者として裁かれる。彼がいくら蓮華やグレイスカイの共謀を供述しても、警察は調書にも残さず、裁判でも二人の共謀は争点にならない。

——空也に残された道は、逮捕され、裁判で有罪判決を受けるか、死ぬまで亡命生活を続けるか、暗殺者に殺されるしかないということ？

——悲観的に考えれば、そうなってしまう。空也は死刑が怖くてテロができるかっていっていたが、実質、グレイスカイと蓮華によって、間接的に謀殺されることになるんだ。

——可哀相な空也。私が世直しなんてけしかけなかったら、今頃はもっと気楽に暮らしていけたのに。ほかに空也を救う手はないの？　私たちにできることは何？

——わからない。むしろ君に聞きたい。今後、どうなるのか、どうすべきなのか。

　マリアは目を潤ませ、鼻声で寵児に訴えた。

——空也に復讐の機会を与えて。操は放っておいても死ぬけど、グレイスカイを殺さなければ、空也の気は済まないはず。ドローンもまだ三機残っている。

——もう暗殺もテロもなしだ。それは空也を自滅させることにしかならない。

——空也はちゃんと世直しもしようとした。誰の支配も検閲も受けない仮想都市を作り、内部告発者を守る組織を作り、アメリカに隷属しない自由日本を作ろうとした。それが罪になるのはおかしい。この国はアメリカの植民地でも、アメリカにへつらう政治家や官僚の株式会社でもない。あの人たちの方こそ犯罪者よ。もし、空也を死刑にするなら、グレイスカイも首相も大臣も全員、殺されるべきだわ。

——今まで誰も殺そうとしなかった。

——でも、空也と黄昏太郎とその仲間たちはやった。誰かがそれに続かなければ、私たちの自由は完全に奪われる。誰もやらないなら、私がやる。

　マリアはいつになく感情を露わにし、呪いのコトバを連ねていたが、不意に麻酔薬でも打たれたみたいに脱力し、両手をぶらりと垂らし、猫背になって、宙空の一点に虚ろな目を固定したまま、体を小刻みに震わせていた。「大丈夫か」と声をかけ、目の前で指を鳴らしてみたりしたが、彼女の意識は別のところに飛んでしまっていた。十五秒ほど抜け殻のようになっていたが、レストランのドアについている鈴が鳴った拍子に意識が戻ってきた。マリアは深く息を吸い込み、心配そうに覗き込む寵児の顔を見て、「え？」といった。

——また、聞こえちゃった？

　マリアが託宣を反芻しようとするのを見て、寵児はすかさずスマホのヴォイスレコーダーを起動し、そのコトバを録音した。

　自分が奴隷状態に置かれていることにさえ無関心な人々。救世主はとっくに現れているのに、誰も気づかない。彼がいなくなれば、私たちの苦しみはさらに増し、命さえ奪われる。それでも彼を殺すのか？

　託宣をマリアに吹き込んでいった「ノーバディ」に向かって、寵児は呟いた。

——誰にも空也を殺させない。彼を救う方法はきっとある。

XVIII　奉仕と反逆

蓮華の「遺言」を聞く日を後で指定してもらうことにして、マリアと別れた。自宅に戻るタクシーの中で録音した託宣を繰り返し聞きながら、寵児は思った。暗殺者、テロリストと呼ばれている彼らこそが救世主だと「ノーバディ」はいっているのか？　敵からすれば、彼らが救世主と認知されること自体が身の破滅を意味する。その前に早く葬り去りたいと思うところは、イエスを磔刑にしたローマ総督やユダヤ教の長老たちと同じだ。

マリアは「誰もやらないなら、私がやる」とまでいったが、彼女を暗殺者にするわけにはいかない。グレイスカイや首相や官邸の人間を最も暗殺しやすい位置にいる者がいる。つい先日、自分のボスに対して殺意を抱いたばかりの男が。内部の人間の寵児ならボディガードを一切警戒させることなく、ターゲットに息がかかる距離まで詰められる。指の包帯に仕込んでおいた毒針で相手の手や首をチクリと刺すだけでいい。針の先端に塗布する毒がフグ毒のテトロドトキシンなら数時間後、シアン化カリウムなら数十秒後に死に至る。

だが、彼らの後に続くというのは、暗殺を続行することではない。彼らがやろうとしたのは奴隷解放運動であり、保身と売国に血道を上げる奴らをこの国から追放することだった。暗殺とテロはその手段のはずだったが、敵はそれを逆手に取り、悪用した。彼らはサーカスに雇われた芸人に過ぎず、スペクタクルとしての暗殺とテロが終了したら、使い捨てられるだけなのだ。

しかし、敗北宣言をするのは早過ぎる。売国奴たちはこれを機に政府の敵対者、批判者の一掃を図るつもりだが、まだ逆襲の余地は残されている。

翌朝、マリアから連絡があり、今日の午後四時過ぎに秘書は大阪出張に出るので、監視の目が甘くなるという。蓮華には、日本を離れている空也の代わりに世直しを継続してくれる人がいると話したそうだ。大事なメッセージを伝えにくるから、十分だけでも話を聞いてあげてとも頼み、承諾を得たらしい。

わずか十分で、蓮華とグレイスカイが交わした密約やあの世に持って行こうとしている事実まで聞き出せるか、心許なかったが、「怒りは人を饒舌にする」という法則に従い、グレイスカイに憎しみを抱くよう誘導し、口を割らせようと考えた。

蓮華が入院している番町《ばんちょう》メディカル・センターは政治家の健康管理を引き受ける病院だけあって、訪問客のセキュリティ・チェックが厳しい。だが、外来診察の患者に対しては一般の病院と同様の対応をしているので、寵児は皮膚科の診察手続きをして、院内に入った。トイレで白衣を着て、名札を付け、蓮華の病室に向かった。

病室のドアの前に退屈そうに立っている警備の男二人に軽く会釈をし、「話があります」と告げると、特に怪しまれることもなく、病室に侵入できた。ベッドの上の蓮華は寵児に気づくと、

「誰や？」と怪訝な顔を向けた。

――心配しないで。この人は空也の親友の御影寵児さん。

「何の用や？」と問う蓮華の耳元で、寵児は「ＣＩＡのグレイスカイ氏から伝言を預かってきま

した」と告げる。

――グレイスカイ？　今頃、何やねん。

その微妙な反応から、二人のあいだには何らかの交渉があったという確証を得た。

――直接、お会いして感謝の意を伝え、お別れを告げるべきところ、職務多忙につき、代理人の私が英文のメッセージを日本語に翻訳して、お伝えします。


あなたの長年にわたる協力のお陰で日米同盟のさらなる強化を図ることができます。他国の侵略から日本を守るためには莫大な費用がかかります。貴兄が遺産をご提供くだされば、この国の安全保障のために有効活用し、貴兄が日米同盟に多大な貢献をなさったことを死後も末永く顕彰いたします。是非とも御一考くだされば幸いです。


寵児はグレイスカイの署名入りの偽造文書を丁重に手渡そうとしたが、蓮華は「いらんわ。こんなもん」と受け取りを拒否した。

――あのクソガキが、オレの遺産までふんだくる気ぃか。グレイスカイにゆうとけ。ゴー・トゥー・ヘルとな。

マリアは蓮華を宥め、諭すように囁く。

――操、いい残したことや、やり残したことがあるなら、遠慮なく彼にいって。恨みを抱えているなら、彼が晴らしてくれるわ。彼は空也以上に頼りになる人だからね。

――信じてええのんか？

――マリアが嘘をついたことある？　彼は内閣情報調査室の人だけど、私たちの仲間なの。

「密偵か？」と訊ねる蓮華に寵児は「ある意味そうです。内部告発の準備をしています」と告げた。

　蓮華はグレイスカイを「クソガキ」と吐き捨てるほど、恨んでいる。それなのになぜ二人は共謀するに至ったのか？　それを聞き出す最初で最後の機会を逃すわけにはいかない。マリアの説得に警戒を解いたか、蓮華はしわがれ声で語り始めた。

――ほんまはグレイスカイを殺したかったんや。あいつだけは許せん。

――その動機は何だったんですか？

――話せば長くなる。蓮華家は親父の代からＣＩＡに協力して、アメリカの占領政策の片棒を担いできた。親父は戦犯として追放されとったけど、ＣＩＡが復活の道を開いたんや。国粋主義者を反共勢力として利用するためやった。暴力団を下請けにして、企業乗っ取り、脅迫、メディア操作もやった。公営ギャンブルの利権ももろて、裏では武器売買も手掛けた。アメリカ製の戦闘機の納入を政府に働きかけて、工作資金を貴金属や外国為替を扱うダミー会社経由で受け取ってたんや。その見返りとして、ＣＩＡの日本支部のアジア政策研究センターを作ったんが親父や。

――そこまで深い関係を築きながら、どうしてグリーンウオーターの暗殺や横田基地の攻撃を指示したんですか？

――あいつらは悪魔や、盗人や。ＣＩＡのお陰で蓄財したカネはＣＩＡに返せ、いいよんねん。悪魔と契約したもんはとことん奪い取られてまう。暗殺とテロの資金出したんは、日本と自分の魂を売った罪滅ぼしや。日本をアメリカから取り戻さな、死んでも死にきれんわ。

——それは本心ですか？

——本心やがな。国民から搾り取ったカネは国民に返さなあかんやろ。もうＣＩＡにはびた一文払わん。カネのために反共右翼に走ったオレも親父も若い頃は社会主義に傾倒しとった。原点に戻るだけの話や。それで心の平安を買《こ》うて死ぬ。

——あなたは確信犯として、ＣＩＡを裏切ることにしたんですね。

——復讐のつもりやった。今までアメリカの武器をぎょうさん買うたが、腹いせにロシアの武器を買うて横田基地攻撃したろ思うたんやけど、計画は事前に漏れてしもた。

——グレイスカイはテロを事前に把握していたんですか？

——ドローンを密輸したことを秘書が密告したんや。秘書とあいつは通じとった。もう、マリア以外誰も信用でけん。

——グレイスカイはテロの計画を知りながら、防ごうとはしなかったんですか？

——テロの実行直前にホテルの部屋に訪ねてきて、テロで日本人の魂が守れるんやったら、協力するいいよった。何のことはない、口止め料の請求や。私腹を肥やすだけやのうて、テロを口実に政府に防衛予算の大幅な増額まで要求して、露骨にアメリカの国益への貢献までアピールして、大統領にごますりやがった。何処までもがめつい奴《や》っちゃ。

——いくら払ったんですか？

——口止め料として二億。後からテロの賠償金も請求するつもりなんやろが、そうは問屋が卸すかいな。オレが死んでも、世直しは続けてもらわな。その資金は財団にプールした。このカネだけは死守せなあかん。秘書の勝手も許さん。マリアに有効に使うてもらう。

――ほかに私にできることはありませんか？
――あいつは陰謀がスーツ着て歩いているような奴や。生かしといたら、日本の未来はないで。どんなに権力握ってても、その正体はごうつくばりのロクデナシや。あいつを殺してくれたら、礼を弾むで。

二人の関係に探りを入れるためにグレイスカイのメッセージを偽造し、蓮華の本音を吐き出させる危ない綱渡りだったが、予想外の成果が出た。寵児は図らずも蓮華老人の屈折した懺悔の聞き役になり、グレイスカイの暗躍の証言を得た。彼の告白は全てヴォイスレコーダーに録音された。寵児は暗殺を引き受けるつもりも、空也の後釜にすわる気もなかったが、蓮華の恨みに乗じることはできると思った。グレイスカイには優雅な余生の代わりに刑務所暮らしをプレゼントしてやる。

すでに十五分が経過していた。これ以上の長居は危険と見て、寵児は「空也のピンチヒッターとして、できる限りのことをします」と蓮華に告げ、病室を後にしようとした。だが、最後に蓮華は自分にいい聞かせるようにこんな呟きを漏らした。
――誰もが先祖の罪や過ちを背負わなあかんのや。オレもあんたも。

そこへちょうど入れ替わりに本物の医師と看護師が回診にやって来て、「何してるんですか」と詰問されたが、「用事は済みました」といい残し、警備の二人をかいくぐり、廊下を駆け抜けた。病院から離れ、流しのタクシーに乗り込んだ後、遅れて緊張の糸が張り詰めた。手が震え、心臓が高鳴り、背中が冷や汗で濡れていた。

ＣＩＡと極右の政商の共謀に綻びが出たことで、風向きが変わる兆しが見えた。希望というのは望み薄ということだが、それでもゼロではない。

悪魔が契約を結ぶ相手は完全な悪人でなければならない。なまじ良心があると、途中で裏切るかもしれないからだ。おそらく、グレイスカイは蓮華操を真の悪人と見なしたからこそ、契約相手に選んだのだろう。過去の行状からすれば、利害が一致する相手ではあったはずだから。しかし、死が間近に迫ると、人は心変わりするものだ。カトリックではどんな悪人も最後に懺悔をすれば、救われることになっている。親鸞《しんらん》も阿弥陀仏は悪人をこそ救うと説いている。そうやって、神仏の救いをちらつかせて、悪人に改心を促せば、ギリギリ善悪の帳尻は合うと宗教家は考えたのだろう。

しかし、その理屈に従えば、どうせ最後には救われるのだからと、悪が一層はびこることになりかねない。実際、悪が裁かれることは滅多にない。裁かれるとしたら、法が完璧に機能しているか、善人が過半数を占めた場合に限られるからだ。従って、「正義は勝つ」は単なる理想論に終わる。

寵児はそれでもわずかに見えた希望を育てようとしていた。悪の共謀に綻びが出たのを好機として、善の共謀で攻勢をかけなければならなかった。ひとまず蓮華の証言とグレイスカイの口座への振込記録、彼のペーパーカンパニー「マドリン」の登記書類など証拠一式をまとめ、三つのＵＳＢメモリーにコピーし、事実から目をそむけないメディアや弁護士、議員に預けておくことから始めた。「エンドスコープ」、南塚・北川法律事務所、共生党の石井議員らの手元にそれが残る限り、寵児の口が封じられたとしても、事実が葬られるのを防ぐ保険にはなる。

寵児は石井議員に連絡を取り、盗聴される心配のない場所で秘密裡に会いたいと告げた。今度は信頼できる弁護士、ジャーナリスト、それぞれの秘書役もご一緒されたし、と付け加えておいた。石井議員は寵児に借りがあることを覚えていて、「どんな用件でも、君には協力しないといけない」と応じてくれた。日曜日に渋谷区西原《にしはら》の代々幡《よよはた》斎場に集まることになった。知人、友人はまだ誰も死んでいないが、葬儀場ならば、敵の監視の目を欺きやすいと考え、葬儀の打ち合わせの名目で部屋を借りておいた。

　隣の式場で誰も知らない人物の告別式が行われている中、参列者に飲食を提供する部屋に喪服姿で集った面々も葬儀の参列者に紛れようとしてか、神妙な顔つきをしていた。

――こんなところに私たちを集めて、まとめて葬ろうというんじゃないだろうね。

「エンドスコープ」の村西の軽口に誰も笑わなかったところを見ると、寵児は官邸の人間として警戒されているようだった。その気配を察した石井議員がすかさずこういった。

――彼は我々を陥れることができる立場にあるが、官邸の思惑を微妙にずらして、我々を守ってくれる人物でもある。

　寵児が官邸の意向に沿った工作をしながら、微妙に手心を加えていることは、石井以外、誰も知らなかった。寵児は三つのＵＳＢメモリーをテーブルに並べ、こう告げた。

――これは使い方次第で、今後の私たちの命綱にもなり、絞縄にもなります。

「コウジョウって何ですか？」という石井の秘書矢野真美の質問に南塚が「絞首刑で使う縄のことだよ」と答えると、彼女は反射的に首をすぼめた。

――随分と物騒な贈り物だが、一体、どんな秘密が隠されているものやら。

南塚がメモリーに顔を寄せ、やや寄り目気味に見つめながら呟くと、村西は上目遣いに寵児を見て、こういった。

――この中には特ダネがぎっしり詰まっているわけですか。売値はいくらです？

――ニューヨークタイムズやＣＮＮは高く買ってくれるかもしれませんが、その前に皆さんに無償でお渡しすることにしました。

寵児がそういっても、誰も性急に手を伸ばしたりせず、様子見をしていた。「中身が何か聞かずに受け取るわけにはいかないな」と石井がいうのももっともだった。ひとまず、全員がテーブルにつき、あらかじめ用意されていた寿司とビールに手をつけるのを待って、寵児が話し始めた。

「エンドスコープ」はすでにテロの自作自演説を番組で流していますね。

――陰謀説を唱えると、ビューアーが増えるのは業界の常識ですが、あの時はヤンバル・クイナという人物が暴走しました。

――この中にはテロの自作自演説を裏付ける証拠が入っています。

――陰謀の黒幕が誰かわかる内容かな？

石井の問いかけに寵児が頷くと、南塚は「内部告発するつもりですね」といった。

――確かに私は内部告発をしようとしているんですが、まだ揺れ動いています。今のところ勝てる見込みはなく、大きな犠牲を払うことになるのだけは確かですから。

寵児のコトバを受け、矢野真美が「具体的に私たちに何をさせようとしているんですか？」と訊ねた。砂漠谷絵里も萩谷ソフィアも不安げな表情でその答えを待っていた。

――分業をお願いしたいんです。政治、司法、報道の各分野で国家の闇を照らしてほしいんです。今までも国家の安全保障への奉仕と称して、その利権を貪る連中が暗躍してきました。彼らがテロの自作自演をするほど増長したのは、私たちが黙認してきたからです。国民はマインドコントロールされ、アメリカに服従する以外に生きる術はないと思い込まされてしまった。だからといって、これ以上、彼らを野放しにしておくと、私たちも後がない。

――国家的陰謀を告発しようというのだから、下手を打てば、社会的に抹殺される。

南塚の呟きに頷きつつ、寵児はいった。

――ここにお集まりの皆さんはその覚悟をお持ちのはずです。今までも、内部告発者の支援活動をしてこられた皆さんならば、この壮大な詐欺を見過ごすことはできないでしょう。国家に倫理など求めても意味がないとはいえ、道義的に許し難いのではないか、と。

――組織の不正を暴くのとは背負うリスクが全然違う。訴訟を起こしたとしても、裁判所は高度に政治的問題として判断を避けるだろう。

南塚に続けて、村西もいった。

――陰謀説がフェイクニュース扱いされているあいだはまだしも、陰謀の証拠を開示し、事実を暴いたとたんに厳しい検閲に晒されるでしょうね。石井さん、この陰謀説を国会で追及したら、どうなりますか?

――政府は「お答えを差し控える」としかできないだろう。全力でテロの自作自演説を否定し、日米同盟に綻びが出ないよう必死で隠蔽工作をするだろう。官僚は徹夜続きになるぞ。

絵里が「不躾ですけど」と前置きし、「不都合な事実を隠すのが本来のあなたのお仕事のはずなのに、なぜ内幕を暴露する気になったんですか?」と寵児に訊ねた。

――それについては飽きるほど悩みました。国家の犠牲者になるか、奉仕者になるか、誰もがその二つの選択しかないと思い込んでいる。犠牲者になるよりは奉仕者になる方がましと大抵の人は考えるでしょう。しかし、第三の選択を忘れている。

　絵里が「国家の反逆者になるという選択もあるということですか？」と確かめると、寵児は「その通りです」といった。

――今の私は０でもあり、１でもあるんです。表向き、皆さんの口封じをする工作員でもあり、自分が属する官邸やＣＩＡを裏切る二重スパイでもある。いい換えれば、国家に奉仕することもできるし、反逆することもできる。しかし、ここでいう奉仕とは陰謀に加担することであり、反逆とは陰謀を暴くことを意味します。

　村西は軽いため息とともに「面倒臭い奴」と呟き、一同の苦笑を誘った。

――このデータをどのように使うかは皆さんにお任せします。中身を見ずに破棄するという選択もあるでしょう。中身は見るが、関わりを持たないということであれば、沈黙を守ってください。社会的に抹殺されることがないようにできるだけ配慮します。すでに重要秘密を皆さんに渡そうとしている時点で、組織の裏切り者になっていますが、皆さんを裏切るような真似はしないと誓います。しかし、皆さんが告発をしてくださるなら、私は躊躇なく反逆者になります。人々に服従を強いる側の人間になって、一つ悟ったことがあります。国家も組織も凡庸な人間の大きな影に過ぎません。みんなその影に怯えているだけなんです。影と戦っても翻弄されるだけですが、影の主から影を奪ってやることはできる。

――陰謀を暴くだけでなく、責任をとらせないと駄目です。鈍い検察を動かして、テロの首謀者も裏で操った人も自作自演のテロを黙認した政府関係者も全員裁かれるべきです。

萩谷ソフィアの発言に南塚は「強力な原告団を組織しないと」と呟いた。

――事実を暴露し、世論を動かすことができれば、政権寄りの大手メディアも後追いするでしょう。正しく記者魂を発揮すれば、政権が吹っ飛ぶほどの起爆力があるネタだ。やはり、これは受け取るべきだな。

村西はテーブル上のＵＳＢメモリーを手に取り、一回宙で弄んだ後、胸ポケットにしまった。

石井と南塚は腕組みをして考え込んでいたが、顔を見合わせ、互いの思惑を無言で探っていた。

矢野真美は「ここは攻めどころですよ」といい、石井よりも先にＵＳＢメモリーを手に取ると、「政権批判の世論を盛り上げてくれるなら、こっちも本気を出さないと」と石井を焚きつけた。

――野党の党首としてできることといえば、先ずは陰謀の黒幕を国会での証人喚問に引きずり出すことだな。政府が拒み、検察が動かなければ、政府は陰謀を黙認していたも同然ということになる。官邸や与党本部も攻撃されたせいで、今まで被害者面して、世論の同情を買っていたが、真相が明らかになれば、どんなに鈍い有権者ももう誤魔化せない。背後の闇に手をつけずに、テロの実行犯だけを裁いて、幕引きを図るつもりだろうが、そうは問屋が卸さない。公然と日本の主権をアメリカに譲り渡してきた連中を追放しない限り、この国は終わる。

石井は矢野真美に促される形で、態度表明をしたが、まだ顔が強張っていた。

――野党共闘体制で、責任能力のない政権を追い詰めましょう。政権交代して、日米同盟や地位協定にくさびを打ち込んで、主権を取り戻す絶好のタイミングじゃないですか。

矢野真美が熱っぽく訴える脇で、萩谷ソフィアは南塚の顔色を窺いながら、遠慮がちにＵＳＢメモリーを引き寄せたが、すかさず南塚がこっちに渡すよう促し、ボソボソと意見を述べ始めた。

――訴状を書くにはデータが必要だ。どうせ検察は動かず、政府も責任回避と隠蔽に血道を上げるでしょう。民事訴訟や行政訴訟を起こしてもいいが、それよりも彼女がいう通り、政権を奪って官僚の人事を刷新する方が手っ取り早い。

三人の女性たちの戦意に引っ張られるようにして、中年男たちが及び腰ながら、自らを奮い立たせようとしていた。事務所の維持費捻出にさえ苦労する人権派弁護士、政権交代は絶望的といわれ続けてきた万年野党の党首、二流メディアと蔑まれ、記者クラブからも締め出されているネットニュースの社長は長年、壁を穿ち続けることに疲弊していただけに、絶好の機会にも慎重になっていた。それでも瞬発力の衰えを若い女子に補ってもらいながら、彼らはそれぞれが培った経験と知恵を振り絞り、これが最初で最後の機会と覚悟して政権を追い詰めるに違いない。

――葬られるべきは権力にしがみついている凡庸な人々であって、私たちではありません。政権を奪うという共通の目標ができたのは大きな成果です。今日の会合のことも秘密データの内容も外部に漏れないよう細心の注意を払ってください。今、情報が漏れると、敵は全力で潰しにかかってきます。

正攻法の世直しがうまくいった例《ためし》はほとんど聞かない。司法の壁、政治の壁、メディアの壁、どの壁も正面突破を試みる者を無慈悲に跳ね返す。三人の絶望もそれに由来する。だが、寵児が小さな裏口を用意したことで、今までとは違う攻め方ができるはずだった。彼らはすぐにでも政権転覆の準備を始めるはずだが、いつ行動に打って出るか、それが問題だった。躊躇すれば、出し抜かれるし、先走れば、孤立無援になる。そのタイミングの見極めは内部の動きを探れる寵児の仕事だ。

　寵児は斎場での密談の翌日、普段通り官邸に出勤し、グレイスカイからの指示に従って、要人暗殺とドローンによるテロに中国国家安全部が関与していることを裏付ける証拠をまとめる作業を続けていた。報告書はほぼ完成していたが、でっち上げのフェイク文書をいかに真実らしく見せるかに腐心する不毛な仕事だった。この報告書は外務省に回され、中国への制裁措置を検討する材料に用いられるだろう。寵児が書くフィクションが日中関係に揺さぶりをかけることになる。それが誰にどんな利益をもたらすのかを考えてみると、やはりグレイスカイの顔しか思い浮かばない。日米同盟の奉仕者たちは露骨に戦争の危機を煽り続けるが、それは戦争で儲ける軍産複合体への奉仕とほぼ同義となる。実際には戦争が起きないとしても、高い確率で起きる可能性があるという前提の下では、彼らの安全保障の権益は揺るがない。だが、日米同盟の見直し、武器、兵器の削減を叫ぶ平和主義者の主張は彼らの利権を脅かすので、あらゆる手段で封じ込めておかなければならないのだ。

　普通に考えれば、潤沢な国家予算を不都合な事実の隠蔽と政敵の攻撃に使えるアメリカの傀儡《かいらい》政権に戦いを挑んだところで、議席を少し増やすくらいの小さな勝利しか期待できない。有権者の多くも野党の当事者たちもそんなニヒリズムに染まっている。にも拘わらず石井議員は秘書の矢野真美に鼓舞されるように政権奪取を口にした。暗殺とテロが彼らの危機感に火をつけたに違いない。平和主義者の彼らは暴力的な手段に訴えることを躊躇するが、支配者たちは目的のためにはテロの自作自演も辞さなかった。空也らボランティアのテロリストたちは支配者たちの思惑に利用されたが、彼らに公然と歯向かったその勇気を讃える世論を味方につければ、番狂わせの可能性はある。

その日の夜、グレイスカイは犬養首相との会食に臨む際、寵児を通訳に指名した。政権を支える補佐官、秘書官、メディア各社の社長、右翼の有象無象や芸能人らとの社交に熱心な首相は利権の再分配をちらつかせ、人気取りに余念がないが、外遊や首脳会談の前には必ず、相手国の事情を知り尽くした人物からアドバイスをもらうために懇談をセッティングする。

アメリカのジョーカー大統領とは半年前に首相が訪米した際に首脳会談を行っており、例によってポンコツ戦闘機の大量購入の約束をさせられているが、来月にはジョーカー大統領が訪中し、首脳会談を行う予定だ。大統領は北京とワシントンを往復するだけのつもりだったが、東京を素通りされると、面子が立たないということで、首相は大統領に一晩だけでいいので、東京に立ち寄ってほしいとホワイトハウスに打診していた。

暗殺とテロが相次いで発生したこともあり、この時期の訪日は見合わせる意向だったが、テロはすでに「アンダーコントロール」であることを内外にアピールしたいという犬養首相の強い要望が受け容れられたのはグレイスカイの口添えのお陰だった。そのお礼の意味も含めたディナーだった。青山の創作天ぷらの店を貸し切り、コの字のカウンターで首相、官房長官、元駐米大使、外務事務次官らがグレイスカイを囲み、壁際には秘書たちが控え、寵児は首相付きの通訳とともにグレイスカイと首相の背後の席に座らされた。

型通りの挨拶に続き、この店の特徴ある天ぷらについての講釈があり、日本滞在の印象や休日の過ごし方など瑣末な会話が続き、なかなか本題に入らなかった。痺れを切らしたグレイスカイが「大統領は防衛予算の増額に感謝しており、直接、謝意を表したいそうです」と社交辞令を述べると、首相は「二度と暗殺やテロが起きることがないように、万全の治安体制を組んでおります」とあらかじめ用意していた文言を述べた。

――大統領はエアフォースワンで横田基地に到着します。幸い、弾薬庫に在庫は少なく、被害はさほど大きくなかったこともあり、滑走路も通常通りの発着が可能です。

――それはよかった。テロをきっかけに日米同盟をさらに強固なものにしたいと大統領にはお伝えするつもりです。

　肝心なことを訊ねるのになぜこうも回り道ばかりするのか？　食事もせず、酒も飲まず、首相の中身のない話に意味を補って通訳しながら、寵児は苛立ちを隠すのに苦労した。

――ところで、大統領は北京で呉春《ごしゅん》総書記とどんなお話をされるのでしょう？

――せっかく大統領が寄り道してくれるのですから、直接、お尋ねください。

――それは畏れ多いので、もし何かご存知でしたら、教えてくれませんか？

――中国相手の交渉はいつだって厄介です。こちらが香港の民主派の弾圧、ウイグルやチベット自治区での人権侵害などに抗議をすると、相手は内政干渉だと反論する型通りの応酬がありますが、互いの立場の確認をするだけで終わります。経済制裁の緩和を求めてきたら、中台関係や軍備増強に対する懸念をぶつける。外交にはチェスの指し手と同じく定跡があり、互いに最良の手を考え、対局に臨みますが、どちらかが大きく勝ったり、負けたりすることは滅多になく、大抵は引き分けに終わります。

「日本は負けてばかりで、情けない限りです」と犬養首相はつい本音を漏らし、グレイスカイの失笑を買っていた。

――アメリカが親中路線に舵を切る可能性はどの程度ありますか？　総理が何よりも心配しているのは日米同盟の空洞化です。米中戦争の不安よりもこちらの不安の方が大きい。

先月、官房長官のポストに就いたばかりの本橋敬二郎《もとはしけいじろう》が胸の内を明かすと、グレイスカイは「心配御無用」と断言した。

――ジョーカー大統領の在任中は軍産複合体の利益を優先的に守るので、在日米軍の重要性は変わりません。太平洋を挟んで、双方のミサイルが飛び交う事態になれば、それこそ世界の終わりですから、そうならないよう牽制するためにこそ在日米軍がいるのです。日本のタカ派の議員の中には中国との戦争を待ち望んでいる人もいるようですが、領海侵犯がキッカケの武力衝突は充分にあり得ます。その時は海上自衛隊の出番です。在日米軍が出動せずに済むように、存分に活躍してもらいたいと思います。

――尖閣《せんかく》諸島を中国に奪われたら、米軍にとっても大きな痛手になるので、有事には米軍を出動させるという確約が欲しいのですが。

――もし米軍が出動したら、中国がどういう反応に出るか、それを慎重に見極める必要がありますが、できる限り、応援するでしょう。

こういう曖昧な口約束はほぼ恒例化しているといってもよかった。武力衝突の際は米軍が助けてくれるという建前なしには日米同盟は成立しない。すでに自衛隊は専守防衛の原則を逸脱し、日本から遠く離れた戦闘地域に部隊を派遣して、米軍を助けている。その見返りとして、中国に対する抑止力を発揮してもらわなければならないのだが、歴代の大統領も在日米軍司令部も米軍の出動を匂わすだけで、確約まではしてくれない。それでは世論が納得しないので、アメリカ側の曖昧な返答に日本側の希望を盛り込んで、「有事の際は米軍が出動する」と公言してきた。首相も官房長官もグレイスカイを老練な寝業師と見て、大統領に確約を取り付けてもらいたいようだが、その期待はおそらく裏切られるだろう。防衛費の負担をほぼ満額回答したにもかかわらず、アメリカのこの「やらずぼったくり」ぶりに机を叩いて抗議するくらいの気概はないのか、と寵児は首相の猫背を見つめていた。

　アメリカが親中路線に大きく舵を切ったとしても、それによって日本が滅亡するわけではない。日米同盟が役目を終えるだけだ。そうなればなったで、日本も独自に中国やロシアとの多角的な安全保障を構築するなり、中立の立場を模索するなりすればいいではないかと思うが、そのような考えの持ち主は極めて少数派で、外務省や防衛省でも傍流に追いやられ、出世は絶望的である。「アメリカの属国をやめたら、中国の属国になってしまう。それは勘弁してくれ」という人が多数派だろうが、彼らはその先のことを一切考えようとしない。中立や戦争放棄も、先制攻撃や核兵器保有も「全てナンセンス」で終わりだ。

　韓国やオーストラリア、ドイツやイタリアでも同じだろうか？　非武装中立などと唱える者は「おバカさん」扱いで、アメリカに隷従する者だけが優遇されているのか？　そんなはずはない。アメリカの法外な要求に黙々と従い、ひたむきに貢ぎ続けるのは、日本の首相の主な職務であり、それを全く屈辱と感じない鈍感さがなければ務まらない。

　食事を終え、散会する際、犬養首相がグレイスカイの手を両手で握り、「あなたは日本の治安維持向上の功労者です。天皇陛下から叙勲を受けられるよう推薦しておきます」とおべんちゃらを囁くのを寵児はコトバ通りに通訳しながら、自分まで卑屈になってゆくように感じていた。

グレイスカイは車に乗り込む際、寵児に「ちょっと付き合え」と耳打ちしたので、助手席の方に座ろうとすると、「隣に来い」といった。官房長官が深く頭を下げて見送るのをバックミラー越しに見ながら、グレイスカイは「あいつは使えそうか？」と訊ねた。

——彼はまだ四十代で、九〇年代前半に一年間首相を務めた本橋敬三《けいぞう》の次男です。長老たちの信頼は厚く、次の次の首相候補です。

——モトハシ・ケイゾーか。任期中に脳梗塞で死んだ男ではないか？

——私が子どもの頃ですが、官邸で倒れ、病院に搬送されましたが、そのまま帰らぬ人になったそうです。その弔い選挙で自由国民党は同情票を集め、圧勝しています。

——そうか。イヌカイ・キャビネットの支持率は今、どれくらいだ？

——メディアによって違いますが、四十五パーセントから二十九パーセントくらいです。

——どの世論調査もカネで十ポイント高い結果が得られるから、最低で十九パーセントだろう。十七・五パーセント以上なら次の選挙でもギリギリ勝てる。

——その根拠は何でしょうか？

——歴代政権の支持率と選挙結果の関係から導き出したアルゴリズムだ。世論操作がうまく行っていれば、十七・五パーセントの支持率でも有権者は「誰がやっても同じ」と考え、与党が惨敗することはない。

「ああ、そうですか」という寵児の脱力の反応にグレイスカイは「あんな不甲斐ない男が政権に居座るのは不満か」と訊ねた。

——不満を抱いているのは私だけではありません。無能な首相や上司に愛想を尽かして、離職する若い官僚が続出しています。

――君もその一人になるつもりか？

――いいえ、悲しいだけです。せめて、極右の差別主義者ではない、もう少し国民に対して誠実で、弱者を見殺しにしない人物を首相に据えることはできないものでしょうか？

――へつらうのはアメリカだけでたくさんなのに、その上国民の下僕になりたいなどと思うマゾヒストはいないだろう。イヌカイより有能な人物なら、かつてはたくさんいた。モトハシの父などもイヌカイの四倍はマシだった。しかし、有能な奴ほど在任期間は短い。なぜだと思う？

――アメリカへの反逆の意思を示した者は潰されてきたということですか？

ホテルに到着後、「天ぷらは絶品だったが、お前は見るだけだったから、何か食べていけ」と誘われ、スイートに同行した。グレイスカイは愛飲のラガヴーリンを、寵児はルームサービスでサンドイッチとビールを注文した。夜は長くなりそうな気配だった。

――日米戦争を体験している世代はなかなか手強かった。反共政策に協力的だったが、決してホワイトハウスのいいなりにはならなかった。復興と経済成長の推進役として邁進しながら、独自の外交も展開していた。彼らの中には米国の植民地状態から脱却したいという悲願を秘めている者もいた。ＣＩＡはもちろん、政財界の大物たちや官僚を協力者に仕立て、日本の政治や外交、安全保障をリモートコントロールしてきたが、中には公然とホワイトハウスや国際金融に歯向かう者も現れた。七〇年代から九〇年代にかけての二十数年間で日本はかなりの経済力を獲得したので、アメリカを出し抜くこともできるという間違った考えが一部で共有されていた。「戦争では負けたが、経済で勝つ」などと本気で思い上がっていたのだから、呆れる。

――反米派とか非主流派と呼ばれた人々。

――そうだ。アメリカに対抗しようとする面々はメインストリームから外れたアウトサイダーと見なされる。彼らは中国との関係を深めようとしたし、中東でも独自の外交ルートを切り開こうとした。それは時にアメリカの利害と対立することもあった。アメリカは対日貿易で巨額の赤字に苦しむようになっており、国債を日本に売りつけ、均衡を図ろうとしていたが、日本企業はアメリカ国内の資産を着実に増やしていた。アメリカ企業や軍産複合体、国際金融から日本を叩けという声が高まっていた頃、私はＣＩＡのエージェントになった。この話は前にしたかな？

――いいえ、初めて聞きます。

――私はかつて二人の首相を葬った。

寵児が「はい？」と聞き返すと、「二度はいわない」といった。

――スキャンダルで失脚させたんですね。

――いや、二人とも脳梗塞で死んでもらった。一人はモトハシの父で、もう一人はタケダ・エイタというモトハシの後継者だった男だ。今の君くらいの駆け出しの頃だったが、私に汚れ役が回ってきたのだ。断ることもできたが、今後の出世に影響するといわれ、渋々引き受けた。

――何をしたんですか？

グレイスカイは右手を掲げ、「この手を何に使うか、それが問題だ」といった。右手の薬指にはいつもＤの刻印がされた金の指輪をつけていることは以前から気づいていた。

――その右手で二人を殺害したとか？

――いや、右手は握手するためにある。

グレイスカイはわざとらしく寵児に握手を求めるので、おずおずとそれに応じると、自分の薬指に針で刺されたような痛みを感じた。

——チクリとはするものの、こちらの態度が友好的なので、相手は特に気にかけることなく、そのまま別れる。だが、一週間から十日後に相手は脳梗塞を起こして、緊急入院することになる。最悪、そのまま死に至るか、緩やかに脳死状態に陥るか、死なずに済んだとしても、再起不能になる。

——指輪には毒針が仕込まれていた？

——リシンという毒薬だ。心配するな。針に毒は塗っていない。このDの刻印は私の名前、ダンの頭文字だが、Death のDでもある。これと同じ隠し針付きの指輪を君にプレゼントする。いつか役立つ日が来るだろう。

グレイスカイは小箱を投げてよこした。

——なぜ二人の首相は殺されたんですか？

——余計なことをしてくれたからだ。殺されたのは二人だけじゃない。他にも不審死を遂げた首相がいるはずだ。彼らは脳梗塞か、心臓麻痺か、原因不明の腹痛で死んでいるが、握手をした相手が疑われることはなかった。今日もイヌカイやモトハシ・ジュニアと握手をしたが、彼らは来週死ぬことはあるまい。暗殺は誰にも気付かれずに実行すべきだ。グリーンウオーターや政府高官の暗殺は素人の仕事だったな。私はもうそんな汚れ仕事はしないし、君にも頼まない。日本は売国奴の地位が最も高いおかしな国だ。イヌカイもモトハシもよくわかっているはずだ。首相の仕事は国民に奉仕することではなく、アメリカに奉仕することだ、と。「アメリカ国債を売る」

などといえば、国際金融が怒り、「日米同盟を見直す」とか「武器を買わない」といえば、軍産複合体が黙っていない。二年ほど前、ＣＩＡの長官は私にこういった。日本政府がアメリカの意に背くようなことがあれば、その報復として、政府機関や防衛施設、電力供給網、通信サーバー、株式市場、銀行などのシステムに潜伏させているマルウエアを一斉に起動させることができる、と。どういう事態になるかは想像がつくだろう。

最初に電力の供給が止まる。自動的に水道やガスが使えなくなり、信号も警報も作動しなくなる。通信交通網は大混乱に陥り、早晩、原発では悪夢の電源喪失が起こる。流通も止まり、商店の棚から商品がなくなり、株価や為替は大暴落し、銀行に預けた国民の資産も凍結され、少なくとも都市機能は完全に麻痺し、近代以前に逆戻りしてしまう。

寵児の想像力ではそんなカタストロフしか思い描けなかったが、その前に日本に再び敗戦をもたらすような計画が存在すること自体を疑わざるを得なかった。伏し目がちに黙っている寵児を見透かしたように、グレイスカイは「単なる脅しと思っているな」と呟いた。

――そんなに簡単に日本を滅ぼす方法があるとは夢にも思いませんでした。

――「日米同盟破棄」を唱える勇者が現れれば、これが本当かどうか確かめられる。

――なぜ日米同盟にそのような罠を仕掛けなければならないのでしょう？

――裏切りの保険だ。原爆を落とすよりは遥かに人道的だと思うが。

――首相はこのことを知っているのですか？

――代々の首相に申し送られているなら。

もしそんな悪魔のシナリオが用意されていることを国民が知ったら、自発的に服従する以外の選択肢はないと国民の八割以上は諦めるに違いない。たとえ、これがフェイクだとしても、小心者の心を砕くには充分効果的だ。首相が無能なイエスマンでもやむを得ないと屈折した同情が寄せられるだろう。グレイスカイはこの狂気と紙一重の支配のノウハウを寵児にも踏襲させようとしているのか？

――ミスター・グレイスカイ、あなたにはこの国に対する愛はひとかけらもないのですか？

――いや、ありあまるほどの愛がある。日本は最初の赴任地だったし、個人的に親しい日本の友人も少なくない。私が親日派であることを疑う人はいないし、実際、私は日本の未来を誰よりも憂慮しているアメリカ人だ。

　あまりに白々しいそのコトバに寵児は思わず「日本を滅ぼすほど深い愛ですか」と口走ったが、グレイスカイは平然と「滅ぼしてしまったら、もう収奪できなくなる」といった。それこそが闇の権力から日本支配を委任されたフロントマンの本音だろう。

――私の後継者になりたい日本人は列をなしているが、君はその有力な候補の一人なんだぞ。

――光栄ですが、私にその資格はないと思います。

――謙虚なのか、傲慢なのか、よくわからない男だが、そこが君の長所だと思うことにする。君は信じないだろうが、日本は独立のための戦いを始めるべきだと私は思う。暗殺やサイバー攻撃に震え上がる腰抜けどもはもう見飽きた。アメリカは自由も平等も民主主義ももたらしてはくれない。アメリカはただ収奪するだけだ。

――自由と平等は自らの手で勝ち取れと？

――そうだ。要求し、戦わなければ、永遠に手に入れられない。アメリカでは黒人も、女性も、ゲイも、マイノリティも熾烈な権利闘争を経て、自由と平等を獲得したのだ。だが、日本人はどうだ？　現状をただ大人しく甘受しているだけではないか。なぜこうまで無抵抗なのか、全く理解できない。もっと抵抗すべきだ。

――抵抗する者は徹底的に叩き潰すのに、抵抗を呼びかけるというのは大いなる矛盾ではありませんか？　それが日本への愛だと？

――鞭打つ愛だ。日本人の多くはこう思っているのではないか？　敗戦によって、天皇を頂点とする軍事独裁政権から解放され、アメリカから民主国家としての独立を許された、と。それはとんでもない錯覚だ。講和条約によって、独立国家としての体裁を取り戻したというのは建前に過ぎず、日本は実質、アメリカの植民地として、半永久的に支配されることになったのだ。首相も大臣も官僚もアメリカの統治に協力する地方行政官に過ぎない。独自の憲法を掲げているが、それも植民地でしかないという現実から目を背けさせるためのファンタジーに過ぎない。だから、この国の施政者たちは率先して、憲法を軽視するのだ。もっとも、夢物語《パイプ・ドリーム》としては実によくできている憲法だとは思うがね。

――あなたがいう夢物語を信仰する日本人はまだ少なからずいます。

――憲法を聖書のように崇め奉る連中だな。護憲派リベラル、いや憲法原理主義者と呼ぶべきか。彼らは平和主義者ではあるが、安全保障のダークサイドに対してナイーブ過ぎる。理想を追求すればするほど、彼らは異端に追いやられてゆくだろう。奴隷根性に染まった人間も憲法原理主義の理想家たちも完全に戦意を喪失しているようだ。君の説によれば、日本にはもはやアメリカに抵抗し得る潜在的なパワーは存在しないということだったが、暗殺とテロの実行犯は公然と在日米軍と政府に歯向かってきた。これはどういうことだ。

――日本人の全てが奴隷根性に染まっているわけではありません。

――とっくの昔に絶滅したと思っていたサムライがまだ生息していたことに正直驚いた。お陰で日本をさらに抑圧し、収奪する口実ができた。テロリストに感謝しなければ。

寵児は無意識に右の拳を握りしめていたが、それを隠すために左の掌を重ねた。

――君の論文には日本人は遠い昔に自分の国を異民族に譲り渡したと書いてあったな。

――後から日本列島にやってきた移民が先住民から国を譲られ、古代日本の王権を築き、その後、列島の南北に追いやられた先住民たちを征伐したのです。

――つまり、現在につながる日本は元々、征服王朝だったということだな。

――その通りですが、もはや、誰もそれを意識することはありません。私たちは征服された先住民の末裔であり、かつ、征服した異民族の末裔でもあるからです。

――そこを曖昧にし、自らを偽ってきたか。

――偽ったというより自身の中で宥和を図ったのです。征服と被征服の歴史の痕跡は日本人のＤＮＡにしっかりと刻まれています。個人差はあるものの、大陸や半島由来のＤＮＡの割合は比較的高く、私たちが縄文人と呼ぶ先住民由来の割合は一割程度に過ぎません。

――たったの一割か。ならば、征服者の末裔と思っていればいい。

――ただ、アイヌや沖縄、本州でも東北ではその割合が高いのです。たとえ一割でも、先住民由来のＤＮＡの痕跡を消し去ることはできず、私たちの無意識には先住民に対する同情、愛情が根強く残っているのです。

——サムライ・スピリッツも先住民由来か？

——江戸時代に飼い馴らされてしまいましたが、元々はそうでした。

——確か、君の論文では国譲りの神話は外圧に晒されるたびに反復されるという説を唱えていたな。アメリカに自発的に服従するのは、国譲りの神話の反復であるから、心理的な抵抗はないということだな。

——しかし、抵抗の意志は完全に消滅したわけではありません。私たちはアメリカ人とは交雑していませんし、原爆の恨みを忘れていませんから。どんな権力だって、人々の無意識を完全に支配することなどできません。

「日本人を見たら、奴隷と思え」といわんばかりのグレイスカイの傲慢さに対して、寵児はこれだけはいっておきたかった。

　グレイスカイがなぜそんな日本の神話やサムライ・スピリッツの話などしたがるのか、真意が読めなかった。映画『ラスト・サムライ』あたりの影響か、アメリカ先住民とサムライの共通点が気にかかるようだった。

　アメリカはイギリスから離脱したピューリタンたちの植民地だったが、宗主国との戦争を経て、独立を宣言し、先住民を征伐し、収奪して築いた一種の征服王朝でもある。先住民を虐殺した経験はその後、対日戦争、朝鮮戦争、ベトナム戦争で反復され、さらには来るべき米中戦争において駄目押しの反復がなされる可能性がある。彼らの無意識には、いつかモンゴロイドには復讐されるという恐怖が刷り込まれているに違いない。その恐怖が過剰なまでに防衛本能を働かせるのだ。

——チョージ、君に新たな任務を与える。

嫌な予感がしたが、グレイスカイの出方次第では寵児も勝負に打って出るほかないと思った。

——警察から官邸経由で上がってきた情報によると、暗殺とテロの首謀者はミサオ・レンゲ、実行責任者はクウヤ・ヒバコであることがわかった。すでに数名の実行犯は逮捕され、取り調べが進行中だが、この二人を始末することで捜査を終了させる。これ以上、日本の警察に任せても、埒が明かない。ＣＩＡが秘密裏に一連の事件の処理をする。二人を速やかにこの世から退場させろ。

そのミッションは寵児の想定内に入っていた。二人の口封じをし、不都合な事実の隠蔽工作の手間を省くつもりだが、それを寵児に依頼するということは、寵児がすでにその事実を把握していることには気づいていない。

——蓮華操は入院中でもう長くはないでしょう。火箱空也は現在逃亡中です。

——ヒバコは海外逃亡した可能性があると見て、韓国や台湾のエージェントに問い合わせたところ、釜山に入国した記録が見つかった。国家情報院にヒバコの身柄を拘束するように依頼した。一週間以内に一切の証拠を残さず、二人をあの世に送ったら、君は私の後継者としての資格ありと認める。

もし、誰が空也の密航の手配をしたかまで知っていたら、グレイスカイはこのミッションを寵児には授けないだろう。勝負の分かれ目はそこにあるといってもいい。グレイスカイに一抹の疑いも抱かせぬよう、寵児は間髪を入れずに「了解しました」と応じ、命令に忠実に従う態度を示した。

――すぐに韓国に飛び、国家情報院の協力を仰ぎ、自殺を偽装し、火箱空也を始末します。死神には蓮華操を早く迎えに行かせます。

――急いだ方がいいぞ。ライバルのキム・ユジンにもヒバコの暗殺指令を出した。

早い者勝ちだとばかりに焚きつけられた。抜かりないグレイスカイのことだ。寵児が命令に背いた場合の保険を掛けているのだ。空也が寵児の親友であるという情報が握られているとすれば、このミッションには寵児の裏切りをあぶり出すトラップが仕掛けられていると見るべきだ。キム・ユジンはどう出るか？　彼が寵児との密約を守り通す保証はない。自らの保身を優先するなら、グレイスカイの側に寝返ることも想定しなければならない。一旦は見えかけた勝機もグレイスカイの微妙な一手によってまた雲に隠れてしまった。

寵児は一度部屋に戻り、急ぎ旅支度を整えた。すでに自分の部屋に盗聴器が仕掛けられていることを警戒し、羽田空港の国際ターミナルに隣接するホテルに部屋を取った。緊急連絡用のスマートフォンを使い、マリアに連絡を取り、「今すぐタクシーで羽田空港に向かってくれ。理由は後で話す」とだけ告げ、電話を切った。次に空也にダークネット経由で次のようなメールを送った。

おまえを殺せという指令が出てしまった。もうキム・ユジンを頼れない。明日、監視の目を盗んで速やかにウラジオストクに飛べ。電子ビザを申請すれば、八日間はそこにいられる。ソウルにいるよりは自分の身を守りやすくなるはずだし、刺客が追ってくるまで時間を稼げる。この先はどうなるかはわからないが、必ず助ける。

一時間後、マリアがホテルの部屋に現れた。彼女は緊急事態を察していた。

——空也の命が狙われている。ぼくは明朝、ソウルに飛び、彼を救う策を講じる。一か八かの危険な賭けになるが、避けては通れない道だ。敵は思ったより遥かに手強い。この勝負には引き分けも痛み分けもない。どちらかが死ぬか、破滅する形でしか決着はつかない。

——ボスを破滅させる気なのね。

——八割以上の確率でこっちが破滅しそうだが、やるしかない。

——私にできることはない？

——蓮華操の最後の望みを叶えてやれ。

——グレイスカイを殺す？　無理よ。

——グレイスカイと蓮華の最後の面談を設定し、君は彼と握手をするだけでいい。

マリアには、グレイスカイからプレゼントされた隠し針付きの指輪を託し、その針先に塗る毒薬リシンも添えた。この暗殺計画がうまくいくかどうかは、グレイスカイが蓮華との面談に応じるか否かにかかっている。彼が自分の手で蓮華の暗殺を実行するとは思えないが、指輪をした手で握手をする気にはなるかもしれない。グレイスカイは、病室を警備する蓮華のボディガードには用心するだろうが、病床に付き添っているマリアに対する警戒は甘くなるはずだ。まさか介護の女性が自分と同じ方法で暗殺を仕掛けてくるとは思うまい。そこが狙い目となる。彼はかつて自分が暗殺した二人の首相と同じように、一週間後に病死する。

マリアはその物騒な指輪をはめてみるが、彼女の細い薬指には大き過ぎた。

――それは万が一に備えて、預かっておいてくれ。ぼくの作戦が失敗し、空也が殺されたら、最後の手段が必要になる。

――もっと可愛いリングが欲しかった。

――いつか別の指輪と交換しよう。

すでに石井、南塚、村西には秘密ファイルを渡し、寵児のゴーサインで陰謀を告発する準備はできていたが、グレイスカイには治外法権という逃げ道がある。政権も必死に彼を守ろうとする。彼らの告発と空也、太郎らのテロを徒労に終わらせないためには、アメリカ本国の捜査機関やメディア、検察、可能ならば、ホワイトハウスを動かさなければならない。グレイスカイの暴走をアメリカが止め、彼に裁きを受けさせれば、陰謀に暗黙の加担をした日本政府はその影響をもろに受ける。ここで一気に政治的攻勢をかければ、鉄壁の日米同盟にも亀裂が走り、旧体制は意外に脆《もろ》く瓦解するかもしれない。いや、瓦解する。

――みんな追い詰められている。敵もぼくたちも。ここ一週間が勝負どころだと思う。もし、グレイスカイとの頭脳戦に負けたら、全て失うことになる。

――失うものなんて何もない。奪われたものを取り戻すだけ。

――そうだな。日本を返してもらおう。

――この世は移ろい、解体されてゆく。万物は本来の状態に戻ってゆくんだわ。

――ノーバディはそういってるのか？

マリアは首を横に振り、「ノーバディは私よ。私のコトバを信じて」といった。

マリアは自分のコトバを口移しするかのように寵児の唇に自分の唇を重ね、「これは運命の女神からの祝福のキス」といい、さらにもう一度、キスをし、「これは私からの愛」といった。女性と唇を重ねた経験は乏しいが、聖なるものに触れたような気はした。これは一種のミサなのだと思った。

マリアが託宣を授け、蓮華が資金を提供し、空也が計画し、爆薬やドローンの専門家が協力し、太郎や池上ら義兵が実行した暗殺とテロはそれだけでは世直しにはならないが、ハッカー、内部告発者たち、弁護士、野党議員、ジャーナリストが後に続き、寵児がアレンジを加え、仕上げを施すことで、世直しに結実する可能性も出てきた。

ソウルに向かう機中で寵児は、マリアの唇の感触を反芻しながら、巫女を味方につけた以上、負けはないと自己暗示にかけた。もう計算や計画の段階は終わり、実践あるのみだ。ここから先はなるようにしかならない。

午前十一時前に金浦《キンポ》空港に到着すると、新しいスマートフォンを買い求め、キム・ユジンとコンタクトを取った。仮にグレイスカイからの指令を実行するつもりであっても、寵児のために一度は危ない橋を渡ったキム・ユジンとはまだ交渉の余地があるはずだった。彼が面談の場所に指定してきたのは高麗《コリョ》大学のキャンパスにあるカフェテリアだった。ひっきりなしに学生たちの往来があり、あちこちに小集団がたむろし談笑の声が絶えない中で、二人も休憩中の研究者に紛れられる。握手を交わすと、キム・ユジンは開口一番「命令に背くつもりだな」といった。

――ユジンはどうするつもりだ？

――選択肢は三つある。一番楽なのは、おまえがやることだ。オレは何もしなくていい。だが、おまえがやらないなら、オレがやらなければならない。これはやや面倒だ。だが一番厄介なのは、おまえもオレもやらない場合だ。二人で仲良く命令に背くことになるので、どちらも制裁を受ける覚悟をしなければならない。

――オレには空也を殺す理由がない。

――そうなると、選択は二つしかない。

――君にも空也を殺す理由はないはずだ。

――おまえ以上にない。なぜオレが日本のテロリストを始末しなければならない？　しかし、これが組織の命令である以上、どんなにナンセンスなミッションでも遂行しなければならない場合もある。

――組織の掟に従ったら、この国の法で殺人罪に問われる。

「ご忠告ありがとう」とユジンはニヤリとし、「そんなドジは踏まない。マニュアル通り巧妙に自殺を偽装する」というと、さらにこう続けた。

――この件に無関係のオレが駆り出されたということは、グレイスカイは寵児を信用していないようだな。

――オレが裏切ったら、一緒に消せといわれなかったか？

――オレは北の殺し屋じゃないし、あいつは将軍様じゃない。そんな命令に従う義理はない。グレイスカイは「ユジンにチョージは殺せない」と読んだはずで、おそらく別のエージェントがおまえを監視し、命を狙っているだろう。一人でいる時は気をつけろ。

——この賑やかで、明るいキャンパスを面会の場所に指定した時点で、おまえにはオレを殺す気なんてないとわかったよ。

——ここで殺し合いをしたら、ＳＮＳで拡散され、一躍有名人だ。それより、おまえはどうしたいんだ？　空也を助けるからにはそれなりの代償を払うことになるぞ。

——代償を払うのはオレじゃない。グレイスカイだ。ユジンにはこれ以上迷惑をかけない。君のいう通り、日本の国内問題だからな。

——グレイスカイには「善処する」と答えたが、オレは何もしない。

——カムサハムニダ。何もしないのが最高の助けになる。

——ヒットマンから守るために空也には監視をつけている。彼は今、仁川《インチョン》空港にいるようだが、日本に帰国するつもりなのか？

——行き先はいえないが、しばらく避難させておく。空也がソウルからいなくなれば、誰も彼を殺さずに済む。

——ロシアだな。ＣＩＡが一番動きにくい国。このまま空也を出国させよう。それでチョージはどうする。

——ソウルに立ち寄ったのはおまえに礼をいうためだ。オレは夕方、ニューヨークに飛ぶ。

——チュオタン《どじょう汁》の美味い店がある。それを食ったら、空港まで送ってやる。

どじょうを骨ごとすりつぶし、大量のエゴマと青唐辛子、山椒を加えた刺激的なスープをすすりながら、ユジンはポツリと呟いた。

――グレイスカイは魔が差したとしか思えない。上司が狂うと、部下も狂わされるものだが、部下が正しいことをすると、どうなるか、結果が楽しみだ。

キム・ユジンの「何もしない」協力を取り付けたことで、寵児の「たった一人の反乱」は第二ステージに入った。仁川空港でユジンと別れ際、ハイタッチを交わした後、彼はなぜか憂鬱そうな表情で呟いた。

――この国も来年、どうなっているか、全く読めない。誰が大統領になっても、政権の中枢に食い込んでやる。オレたちがグレイスカイの年齢になる頃には世界は想像を絶するほど変わっているだろう。地図上から韓国や日本が消えているかもしれないし、地球上から民主国家が全滅しているかもしれない。

――ああ。君主国が続々消滅し、ソビエト連邦でさえ崩壊したんだからな。

寵児はニューヨーク便のエコノミー・クラスの座席につくと、ここ二日間の不眠のツケを払うように深い眠りに落ちた。橋の上から突き落とされ、百メートル下の海が迫ってくる夢と、首がチクリとしたと思った瞬間、トレンチコートの男が走り去ってゆく後ろ姿を見送る夢を見た後の二度、眠りは中断されたものの、機内アナウンスで三度目に目覚めた時はニュージャージーの上空にいた。

コロンビア大学で学ぶためにニューヨークにやって来たのはもう九年も前になるか？　あの時の自分は文字通りのダングリング・マン、宙ぶらりんの男で、何処に着地するか全くわからなかった。研究者になるか、英語教師になるか、コントラ・ムンディになるか、いずれの可能性も均等にあったが、ＣＩＡのエージェントになるなんて一ミリも眼中になかった。ニューヨークは自分の命運を根底から変える分岐点なのかもしれず、今回の旅も不可視の因果によってあらかじめ予定されていたとも考えられる。問題はグレイスカイが張り巡らせているはずの予防線をうまくかいくぐらなければ、彼を出し抜けないということである。

　マンハッタンのアルゴンキン・ホテルにチェックインしたのは午後十時過ぎだった。午後十一時に東三十六丁目のバーで、一人の記者と会う約束を取り付けていた。フランク・マクヘネシーというその記者はニューヨークタイムズやワシントンポストに定期的に記事を書いており、過去にＦＢＩの内部組織である国家保安部の汚職を告発したり、ニューヨーク州選出の上院議員の脱税をすっぱ抜いたりした実績がある。また、彼は東京に特派員としての駐在経験を持ち、日米地位協定に疑義を呈するコラムを書いたこともある。

　グレイスカイの謀略を暴露するには、マクヘネシー記者こそ最適の人物と見なし、寵児は彼に独占的に告発記事を書かせる提案を持ちかけた。「謀略の証拠を精査して、記事として売り込むかどうか考える」と彼はいったが、寵児は「明日中に結論を出してくれなければ、別のメディアに持ち込む」と条件を出した。ここ二年ほどはスクープを打っていない弱みに付け入る隙はあると寵児は睨んでいたが、マクヘネシーは寵児から直接、概要の説明を受けると、態度を変えた。

——これから中身を見て、明朝にデスクに掛け合ってみる。ゴーサインが出れば、契約するが、前もって条件を確認しておきたい。

——これはＣＩＡとその下部組織の陰謀ですが、私自身も内部の人間です。この事実を情報本部に報告しても、外部に漏れないよう隠蔽され、当事者の処分と幹部職員の引責辞任で済まされる。だから、最初にあなたに相談をしたのです。ニューヨークのジャーナリズムはまだ健在だと信じて。事実が公になれば、政治問題になるし、外交問題にもなるでしょう。私の狙いはそこにあります。あなたが書く記事がきっかけとなって、ＦＢＩやＮＳＡ、アメリカ司法省などの外部捜査機関による調査が行われることです。さらにはホワイトハウスがＣＩＡの暴走に歯止めをかけるきっかけになればと思います。金銭的な見返りを要求する気はありません。テロを悪用して、蓄財に励む人間が許せないだけです。

——重要秘密漏洩の罪に問われる恐れがあるでしょう。

——この陰謀を隠蔽する方が罪深い。内部告発に対する組織からの報復も覚悟の上です。危ない橋を渡らなければ、何も変わらない。

——情報提供者のプライバシーは死守するし、解雇や報復に備え、弁護士も手配しますよ。日本でも同じ告発をするつもりですか？

——その用意はできていますが、陰謀を働いたエージェントは日本では罪に問われないかもしれず、せめて本国で裁いてもらおうと、ニューヨークに乗り込んだんです。

——罪状いかんではそのエージェントとＣＩＡを訴えることはできる。連邦裁判も経験した有能な弁護士の知り合いがいます。

——ファイルを受け取る以上はあなたも用心してください。自宅には戻らず、何処かに身を隠した方がいい。

　寵児は何者かに尾行されている気配を察し、地下鉄の駅構内に逃げ込む。人混みに紛れ、尾行者の正体を見極めようとするが、相手も人混みに巧みに身を隠し、こちらの様子を窺っているようだ。サングラス越しにこちらを注視している目に気づき、寵児は相手から離れようとするが、人混みに揉まれ、じわじわと線路際に追いやられてゆく。そこに電車が入ってくる。このままではプラットホームから突き落とされると思った瞬間、何者かに腕を引っ張られる。その華奢な感触から、相手は女性と思われた。そこで場面は変わり、なぜか寵児は工事中の高層ビルの最上階にいる。むき出しのコンクリートの柱の陰からサングラスの男が寵児を牽制している。逃げ場を探すが、階段は封鎖されており、鬼ごっこのように柱から柱に逃げ回ることしかできそうもなかった。サングラスの男は無言で寵児との距離を詰めてくる。その時、寵児の名を呼ぶ声がし、振り返ると、マリアが手招きしている。しかし、マリアは完全にビルの外、宙空に浮いている。彼女の方に駆け寄って行きたいが、どう考えても重力に抗うことは不可能だと躊躇している。

——私を信じて、飛びなさい。

——飛んだら、落ちるだけだ。

——私を信じる者は死なない。

たとえ、それが神の声だとしても、どうして信じることができようか？　重力こそ万人に平等に働いているというのに。そう思った瞬間、寵児の脚は萎えてしまい、その場にうずくまることしかできなくなった。

ここで夢から醒めたが、まさに部屋のドアの鍵が外から開けられようとしているところだった。ドアにはチェーンをかけておいたので、中には入れないはずだが、ノックもせずにドアを開けようとするとは無礼なハウスキーパーだ。寵児は怒気を含んだ声で「ゲットアウト！」と叫んだが、ドアの向こうの相手は細いワイヤーを巧みに使い、チェーンの留め具を外し、寵児の部屋に入ってきた。パンツスーツ姿の筋肉質の女だった。寵児はすぐにフロントに電話し、警察を呼ぼうとしたが、相手は無言でその電話を切った。

――誰だ？　何の用だ。

――あなたには会ったことがある。ファームで。心配しないで。話をしに来ただけだから。

――そんな風には見えない。

「エミリー・パットン」と名乗り、握手を求めて来たが、寵児は応じなかった。

――礼儀正しくノックしても、娼婦だと思って部屋に入れなかったでしょ。

　女の短い首と逞しい肩には見覚えがあったが、声と口調を聞いて、同じ時期にファームにいた柔道が強い訓練生だとわかった。

――なぜここにいるとわかった。

――あなたがソウルでキム・ユジンと接触した後、ニューヨークに飛んだという情報があり、行動をチェックしていた。昨夜は記者と会ったわね。目的は？

――酒を飲んだだけだ。ニューヨークには友人の結婚式に出るために来た。

――そんな嘘を信じると思う？　正直に話さないと、腕ひしぎ十字固めを決めるわよ。

――服を着させてくれ。トイレにも行きたい。逃げても無駄なことはわかっている。

　ホテルの部屋で格闘を繰り広げる気も、彼女に腕をへし折られる気もなかった。何より情報本部がどんな情報を摑んでいるのかを確かめる必要があった。用をすませ、顔を洗い、服を着て、寵児がバスルームから出てくるのを腕組みして待っていたエミリーは「重要秘密をリークしたわね」と尋問口調でいった。

――守秘義務には背いていない。オレが独自に摑んだ情報を無償で提供しただけだ。

――どんな情報？　ＣＩＡの内部情報ね。

――誰の命令でここに来た？　オレをどうしろといわれた？　それを教えなければ、何も話さない。腕を折りたければ、折れよ。その代わり君のふくらはぎを嚙みちぎるぞ。

――グレイスカイから情報本部長にチョージが秘密をリークする恐れがあると連絡があり、私が行動監視の命令を受けた。

　やはりグレイスカイは寵児の行動を先読みしていたのだ。

――グレイスカイが上にどんな報告をしているか知らないが、オレの報告とどちらを信用するかの問題だ。情報本部長が聞く耳を持っているなら、教えてやるが、隠蔽される恐れがあるから、保険をかけたんだ。ジャーナリストは喜んで、ＣＩＡの失態を暴くだろう。

――マクヘネシー記者はそんなに勇気のある人かしら？　あなたがリークした情報が仲間を売り、組織を告発するような内容なら、あなたも覚悟をした方がいい。潔くファイルの原本を渡して、裁きを受けなさい。

――中身を見れば、裁きを受けるべきはグレイスカイだとわかる。彼の罪を隠蔽するなら、情報本部長も同罪になる。オレの味方につかないと、全員ＦＢＩの捜査対象になるぞ。

　相手のはったりや脅しを受け流す訓練を受けている女にどれだけ通用するかはわからなかったが、エミリー・パットンは寵児に視線を固定したまま、情報本部長と連絡を取り、「彼は内部告発をするつもりのようです」と告げた。彼女が「彼のいい分を聞いてからでも、遅くはないと思います」とか「内容次第では記事の差し止めが必要になるかもしれません」などと報告するのを聞きながら、彼女は中立の立場を崩さないものの、微妙に寵児寄りに傾いていると思った。

――支部で話を聞かせて。情報本部長も別件でニューヨークに来ている。自分の口で説得してみたら。

ＣＩＡの上層部には知られないよう密かに事を進める計画は頓挫し、寵児はいきなり綱渡りの真ん中、綱が最も揺れるポイントに立たされた。残された選択肢は二つだけ、ニューヨーク支部に出頭し、ファイルを渡し、グレイスカイの謀略を暴露し、情報本部長、長官の判断に委ねるか、このまま逃走を図るかだ。しかし、後者を選んでも、エージェントに少しばかり手間をかけさせるだけで、結局は身柄を拘束されるので、実質、前者の選択のみで、上層部とどんな取引が成立するかを考えるしかない。こちらの切り札はマクヘネシー記者とその記事を掲載するメディアだが、情報本部長がすでに別のエージェントを派遣し、記事差し止めの交渉を始めているとしたら、寵児に残された道は投降だけだ。

西四十丁目のブライアント・パークのそばにあるビルは前に一度だけ訪れたことがある。長い審査期間中にニューヨーク支部の場所を確認しに来ただけで、中には入らなかった。セキュリティ・チェックを受けると、二十二階にある支部長室に連れて行かれた。東アジア分析部の責任者グレイスカイの上司で、長官、副長官に次ぐ次官クラスの情報本部長に会うのは初めてだったが、ドイツの首相に似たやや太めの自信に溢れた中年女性だった。ジョージア・レッドバードという名前だけは知っていた。チョージの名前と発音が似ていること以外、何も接点はなさそうだった。

――ファイルを渡しなさい。

有無をいわせない命令だったが、寵児は怯まず、「こちらの条件を呑んでくれれば、喜んで渡します」と答えた。

――あなたはどこから給料をもらって情報収集しているの？　条件をつけるなら、先に辞表を出しなさい。

――辞表は用意する暇がありませんでした。しかし、辞表を用意すべきはグレイスカイ氏であり、あなたの方かもしれません。

　レッドバードは憮然として、「組織の内情に関わる情報なら、報告義務がある」といった。

――条件というのは、ファイルの公開を妨害しないでほしいということです。私がリークした情報は国家の信用問題に関わるので、公正な判断を求めます。

――職務上、国益を優先する。能書きはいいから、どんな情報を摑んだのかいいなさい。

――東京で要人の暗殺とドローンによるテロがありましたが、その陰でグレイスカイ氏がテロに資金を提供した人物と共謀し、ロシア製ドローンの密輸を黙認し、その見返りとして不正に蓄財をした証拠です。さらにテロを政治的に利用し、日本政府に莫大な安全保障予算を供出させるよう働きかけました。

――それが事実なら、看過できないが、グレイスカイからは、そのような告発があるかもしれないが、取り合う必要はないと連絡があった。部下のチョージはテロの計画者や実行犯と深いつながりがあり、彼らを守るために陰謀説をでっちあげようとしている、と。

――陰謀説ではなく、陰謀そのものです。

寵児が恐れていた布石はすでに打たれていた。グレイスカイと蓮華の野合を察知したことで得た勝機は空也、太郎と自分の関係を悟られたとたん、一気に遠のく。もし、レッドバードとグレイスカイがギブ・アンド・テイクの関係だったら、グレイスカイの思惑通りになり、寵児は全てを失い、彼に味方した者も全員、退場となる。もうなりふり構ってはいられない。過去の首相のように黙って殺されるわけにはいかない。

——計画者も実行犯もグレイスカイに操られたのです。むろん、操られた人形にも罪はありますが、人形使いの罪はもっと重い。

——日本政府が莫大な支出をすることは日本の国内問題であり、アメリカの外交的勝利であって、罪にはならない。彼のいいなりになった日本政府が愚かなだけだ。グレイスカイは最終的にはアメリカの国益に貢献している。

——国益になるなら、不正や陰謀は許されるのですか？

——国益と犯罪は別だ。テロ抑止のために禁輸扱いになっているロシア製ドローンの密輸を黙認したのなら、背任行為に当たるし、その情報を見逃したのなら、恥ずべき失態だ。

——グレイスカイは一連の謀略によって裏金を受け取り、自身がオーナーのペーパーカンパニーの収入にしています。それを裏付ける振込記録もファイルに入っています。

　寵児はＵＳＢメモリーを将棋の駒のようにレッドバードの眼の前に置き、「こういうことは上級職員なら誰もがやっているのですか？」と詰め寄った。

——そんなことはない。おそらくグレイスカイは全て独断で行ったのだろう。あなたはなぜ真っ先に自分が所属する組織に報告せず、ジャーナリストへのリークを優先した？

——組織的な失態隠しが行われると思ったからです。それに報告義務を怠ったのはグレイスカイの方ではないですか。上司のあなたに何の相談もなく、全てを秘密裡に行った。

――グレイスカイを懲戒処分にすれば、あなたの正義は達成されたことになるのか？

――内部的な処分だけでは済まないはずです。米軍施設や日本の政府機関や放送局まで攻撃され、死者も出ているんですよ。そのテロを背後で操っていたのは、テロを未然に防ぐべきＣＩＡのエージェントだったことが明らかになれば、組織全体への風当たりが強くなるのは避けられないでしょう。

――ＣＩＡはもっと世間の批判に晒されるべきだと？　組織の改編と予算の削減を迫られることを憂慮し、賢明な対処をする。日本政府も米日関係に亀裂が走るのを避けたいだろう。

――日本国内では日米同盟見直しの声が高まるでしょう。対米従属ではない真の民主化が始まるきっかけになるかもしれません。

――親米保守政権は支援するが、左派政権は潰す。それがＣＩＡの基本方針だ。そもそも今の政権があまりに無能ゆえ、グレイスカイに手玉に取られたのだ。日本政府も自らの恥を晒す気はないだろうし、米日同盟にすがるだけで他の外交政策など持ちようがないのだから、あえて問題を大きくする必要はない。マクヘネシー記者の功名心に訴えて、この件をリークしたところで、日本の政治が変わるわけでもない。ただ、ＣＩＡの失態を暴露されるのは不愉快なので、記事は差し止める。

　パンドラの箱を封印したままにしておきたい官僚主義は日本もアメリカも同じだった。この陰謀が記事になれば、グレイスカイは捜査当局や司法の手に委ねられるはずだが、そうなると、自分の責任問題にも発展する。レッドバードはほとんど反射的に保身行動に出ているように見えた。

――記事を差し止めて、事実を伏せることが賢明な対処といえますか？

――この件は重要秘密指定とする。外部に漏らせば、秘密漏洩罪に問われる。

――もう手遅れです。ファイルは複数の人の手に渡っています。たとえ、マクヘネシー記者や新聞社のデスクを丸め込んでも、早晩、ネットで拡散されるでしょう。

――直属の上司を売り、次官の私に背く気か？

――正義には背いていません。

――迷惑極まるドン・キホーテだ。

――今こそ日米関係を書き換える絶好の機会です。日本政府をＡＴＭや下僕扱いするのをやめ、自立を促し、民主主義の本拠地にする方が中国の覇権拡大の牽制には効果的です。

――あなたの意見は聞いていない。グレイスカイは帰国させ、解雇する。その後任が決まるまであなたは日本で謹慎していなさい。あなたも解雇したいところだけど、まだ使えそうなので、追って処遇を知らせる。

――最善の対応を期待しています。

　寵児が頭を下げ、部屋を出て行こうとすると、レッドバードはエミリーに席を外させ、寵児を残らせた。寵児の態度がよほど腹に据えかね、何か懲罰を与えなければ気が済まないのではないかと不安を抱きつつ、両手を後ろ手に組んで立っていた。

――テロに便乗して、クーデターでも起こそうというのか？

――そんな大それた話ではありません。ただ、今の政権のままでは日本の国際的地位は低下する一方なので、荒療治が必要です。

——無能な人間に政権を任せているのは国民の政治的無関心と思考停止のせいでは？

——確かに国民は自らの手で民主と自由を摑み取ろうという気概を失っています。だから、これを機に覚醒させたいのです。フランスもドイツもイタリアもオーストラリアもアメリカとの同盟関係を維持しながら、自主独立と社会民主主義的な政策を維持しています。それなのに、日本は実質、プエルトリコのようなアメリカの自治連邦区に甘んじ、議員も官僚も隷属と既得権益の保持しか考えていない。私はそれが許せないのです。そんな構造の中でグレイスカイは首相を顎で使い、議員や官僚を恐喝し、売国を奨励し、蓄財に励み、やりたい放題でした。そんなマフィア天国をいつまでも放置しておけば、本当にクーデターが起きるかもしれません。

——日本の首相の首のすげ替えは簡単だ。アメリカに公然と敵対する左派の政治家ではなく、穏健な保守主義者なら誰でもいい。心当たりの人物はいるか？

——犬養よりましな人物はいくらでもいます。

——グレイスカイの後任が決まるまで、次期首相にふさわしい人物の情報を集めなさい。あくまでも私たちがコントロールでき、こちらの話が通じる人物に限る。確かにいつまでもマフィア政権に任せていたら、日本に反米ポピュリストが現れ、親中路線に転換するような事態も生じかねない。しっかりリスクヘッジをしておかないと。あなたにはまだ使い道があるといったのは、そういう調整ができそうだからだ。

　そのポーカーフェースこそ変わらなかったが、レッドバードは寵児に一歩歩み寄ってくれた。半ばヤケクソで行った最終弁論が逆転に繫がったか？

――期待に応えられるよう頑張ります。

――今回の失態はいずれ暴露されるとしても、大きな政治的スキャンダルになる前に然るべく対策を取り、ダメージを最小限に抑える時間を稼ぎたい。あなたの意向を汲むのだから、それには協力しなさい。

――記事が発表できるなら、記者も取引に応じるでしょう。もう一つだけいいですか。暗殺とテロを計画した者を殺害せよという指令がグレイスカイから出されているのですが、これは情報本部長の権限で取り消していただけますね。彼は逮捕されることになりますが、裁判を受け、法廷で真実を証言する権利があります。口封じのために殺害されることがないようにお願いいたします。

――わかった。グレイスカイからの指令は全て無効とするようエージェントに伝える。

おそらくレッドバードは日米同盟の利権に群がるマフィアを苦々しく思っているだろうし、グレイスカイを庇う義理もない。ここは寵児の「正義」にある程度、与しておいた方が、自らの保身に有利と冷静に判断したのだ。

支部長室から出てくると、エミリーが待ち構えていた。寵児の晴れやかな表情を見て、「説得はうまくいったようね」といった。

――際どいところだった。解雇も覚悟していたが、首はまだ繫がっている。

――今夜の予定は？

――マクヘネシー記者と会うことになっていたが、彼は記事を書くのをしばらく待たされるだろう。

——飲みに行かない？

誘っているように見せかけていたが、寵児の行動の監視を続けるのだろう。彼女なら寵児のボディガードを兼ねられる。

——ちょっと寄りたいバーがある。


六年前、寵児はイーストヴィレッジのバーＫＧＢでグレイスカイにファーム行きを告げられ、インテリジェンスの迷路に踏み込んだのだ。そして、師匠を葬ったこの日、彼に献杯しようなどと思ったのだった。

——ところで、君のファミリーネームだけど、あのパットン将軍と関係あるの？

——私はパットン将軍の従兄弟の孫。

——君のモットーも「大胆不敵であれ」か？

——私は軍人じゃない。分析官のモットーは「全てを疑え」。

——オレも師匠からそう教わり、彼を疑った。

——師匠を裏切った気分は？

——酒が苦い。

レッドバード情報本部長とグレイスカイの関係は実際どうなのか、ラングレーの本部に勤務していない寵児にはよくわからない。それとなくエミリーに訊ねてみると、「石橋を叩いても渡らない女と見る前に飛ぶ男」と答えた。それなら反りが合わなくて当然だ。レッドバードの下で働く不満をニヒリズムで隠し、腹いせに日本絡みの権益をとことん追求する気になったかもしれない。彼の黄金時代はもう終わりだが、彼とともにジャパン・ハンドラーも消えてくれるとは限らない。

――グレイスカイの後任に就くのはどんな人物だろう？

――日本の専門家は東アジア分析部の主流じゃないから、中国問題の分析官から選ばれるでしょう。今は米日関係の維持より新しい米中関係の構築の方がはるかに重要なイシューだからね。議会でも対中融和派のロビイストが影響力を強めているし、チャイナ・マネーを吸い上げるビジネス・モデルや外交プランがこぞって作成されている。

利に目ざとい人間は黄昏の日本を見限り、アメリカをもしのぐ勢いの中国をいかにハンドリングするかに知恵を絞っているのだろうが、日本のように簡単にはいくまい。

目前の危機はかろうじてくぐり抜けたが、寵児の綱渡りのゴールはまだ先だった。明日には日本にとんぼ返りし、グレイスカイから主導権を奪い、新たなサーカスを始めなければならないが、今この瞬間は何も考えず、苦い酒に酔いつぶれたかった。

XX　忠実な裏切り者

極東沿岸部の軍港都市として開けたウラジオストクは孤立したヨーロッパの飛び地だった。「東征」を意味するこの都市には韓国人、中国人の姿が目立ち、また朝鮮系のロシア人も多かった。市場ではキムチやナムルが売られ、シーフード料理も充実していた。空也は一観光客として、ケーブルカーに乗り、鷲の巣展望台から斜張橋や港湾を眺めたり、噴水通りを歩いたり、グム百貨店裏のカフェで放心したりしていた。退屈しのぎを兼ねて、ホテルを転々とし、鉄道に乗り、郊外の村に出かけてみたりもした。日本語で話しかけてくる若いロシア人もいて、彼らと飲みに出かけるなどして、なるべく一人にならないようにして、自分の身を守った。八日間の滞在期間が過ぎたら、ここを去らなければならないが、まだ次の目的地は決まっていなかった。

滞在五日目に寵児からダークネット経由の連絡があった。

暗殺指令は解除されたが、まだ油断するな。このまま逃亡生活を続けても、数日後には不法滞在になる。帰国を選べば、即逮捕されるが、無罪になる可能性はゼロではない。どちらかを選ぶしかない。オレはおまえが蒔いたタネを発芽させるために全力を尽くす。

空也は黄昏太郎のことを考えていた。あの男はテロの実行指令を待つあいだ、何をして過ごしていたのか？　シャバで過ごす最後の日々、やり残したことを一つずつ片付けたか？　いや、そんな几帳面な性格ではないから、漫然とギャンブルにかまけ、安酒を飲んでいたのだろう。自分の場合は何が心残りか、思いを巡らせる時間は、ソウルでも、ウラジオストクでもあり余るほどあった。

鷲の巣展望台のフェンスには恋愛成就の願掛けで無数の南京錠がぶら下がっているのだが、空也はそれを見ながら、マリアやワルキューレ・カルテットの四人、これまで肌を重ねた五十人あまりの女たちのことなどを思い浮かべていた。一番会いたいのは誰か自問してみると、アイリーンの顔がちらついたのは我ながら意外だった。

空也は寵児に「帰国する」と返事をした。罪を問われることは覚悟の上だが、その時は蓮華もその秘書も、寵児のボスのグレイスカイも、ついでに犬養首相も官邸の官僚どもも全員、道連れにする。

空也はウラジオストク最後の夜を、サブカル好きの若いカップルに食事を奢り、ウオッカをしたたかに飲んで過ごし、二日酔いで成田行きの便に乗った。乗客もまばらな機内で、めでたくも花吹雪散る中、歓呼の声に手を振って応えながら、凱旋する夢を見たが、現実は相変わらずクソだった。入国審査を終えた直後に空港警察の制服警官が駆けつけてきて、別室に連れて行かれた。

そこには鵜飼警視正、田島警視、そして寵児が待ち構えていた。田島警視が逮捕状を示し、型通りの告知をするのを聞きながら、ちらりと寵児の方を見たが、「ひとまず逮捕されてくれ」といわんばかりの微妙な表情だった。空也の手には手錠がかけられ、「これより警視庁に移送し、政府要人暗殺事件とドローン爆撃事件の容疑者として取り調べを行う」と鵜飼警視正から告げられると、空也は「弁護士が来たら、事実を全て話す」といった。

――私たちも事件の真相を明らかにしたい。

鵜飼警視正の呟きに寵児も頷くのを見て、ここにいる三人は「道連れ作戦」に協力的だと空也は確信した。寵児が「五分だけ二人で話す時間をください」と鵜飼警視正に囁くと、「協力への見返りに特別に許可します」といい、田島警視とともに部屋を出て行った。

――逃亡生活は楽しんだか？

――人生最後の日々というのはこんな感じなのかと思った。どれくらい食らうかな？

――検察がどんな罪状を立証する気かによるが、内乱罪の立証は難しいはずだ。

――首謀者は、死刑又は無期禁錮に処する。

――刑法77条を知っているのか？

――いつか革命起こそうと思ってたから、77条だけは知っている。

――革命なんてコトバは絶対に口にするな。内乱の意思があったことを告白するようなものだからな。問われるとしたら、内乱予備罪か殺人教唆だ。暗殺もテロもフィクションとして構想しただけだと認められれば、無罪、具体的に計画し、指令を出したとなれば、61条に教唆も「正犯の刑を科する」とある以上、死刑か無期懲役もあり得る。

――太郎や池上はどうなる？

――内乱罪が適用されれば、残りの人生は塀の中だ。適用されなくても、殺人、あるいは爆発物取締罰則、激発物破裂罪に問われる。十年で済むとは思えない。最悪、死刑か、無期懲役だ。自分から彼らと同じ罰を求めるな。きっと彼らはおまえを庇い、テロへの関与を否定する。その好意を無にするな。

——蓮華やおまえのボスの罪は？

——蓮華を首謀者と見なすか、兵器や資金の提供者と見なすかによって変わるが、彼はじきに死ぬ。グレイスカイは治外法権に逃げるだろう。政府も責任を追及される恐れがあるので、「触らぬ神に祟りなし」ということになる。その代わり本国で裁かれるよう段取りをつけてきた。

　空也はスマホで刑法77条の条文を表示し、声に出してその一部を読み上げた。

——条文では「国の統治機構を破壊し、又はその領土において国権を排除して権力を行使し、その他憲法の定める統治の基本秩序を壊乱することを目的として暴動をした者」が内乱罪にあたると規定しているが、これに一番当てはまるのは在日米軍であり、日本政府であり、その関係者たちじゃないか。

——その理屈は二人のあいだでしか通用しない。裁判が終わるまでは自分が確信犯だったことを隠し通すんだ。おまえはただ空想しただけなんだ。いいな。

——ああ、殺されずに済んでいるのはおまえとキム・ユジンのお陰だ。彼にはよろしく伝えておいてくれ。

——オレもユジンも何もしていない。この間、おまえとは一切関わりを持っていない。

——わかった。オレは勝手に逃げ、勝手に帰ってきただけだ。マリアは大丈夫か？

——彼女が罪に問われることは絶対にない。たとえ、全てのきっかけを彼女が作ったとしても。

——何だか、マリアが望んだ方向に世の中が向かっている気がするんだが、錯覚かな？

——いや、彼女は正確に未来を読んでいる。

再び、鵜飼警視正と田島警視が部屋に戻ると、寵児は「連行してください」と告げた。空也は「後のことは任せた」と寵児に囁き、手錠付きの右手を振り、大人しく護送されていったが、去り際の田島警視から「捜査への介入はこれっきりにしてくださいね」と釘を刺されたので、寵児は「彼の供述を改変しないでくださいよ」と返しておいた。

緊張の糸を緩める間もなく、寵児は車でメトロポール・ホテルに向かっていた。グレイスカイはすでに帰国命令を受け、寵児の裏切りを知り、逆上しているに違いない。宥める気も謝る気もなかったが、おそらく、これが師匠と会う最後の機会になるはずで、恨み言に耳を傾け、これまでの指導に感謝し、せめてもの礼を尽くそうと思った。しかし、彼が敗北を認めず、まだ逆襲を企んでいるなら、その芽を摘んでおかなければならない。

メトロポール・ホテルのエグゼクティブ・フロアでエレベーターを降りると、ホールでアジア政策研究センターの資料室管理人仲間百合子と出くわした。「ご無沙汰しています」と挨拶すると、百合子女史は「お元気そうね」と応じたが、涙を流した直後であることは隠し切れていなかった。

——今しがた、お別れを告げてきました。ご退職なんてあまりに急な話で驚きました。

——どんな様子でしたか？

——いつものように冷静で、紳士的でした。パナマかモナコあたりで暮らすおつもりだそうで、沖縄も候補に残しておいてくださいとお願いしました。

その餞《はなむけ》のコトバにはグレイスカイに対する痛烈な皮肉が込められてはいなかったか？　日米同

盟から最大の利権を引き出した男が日米同盟から最大の不利益を被った沖縄を安住の地にできるはずがないからだ。けれども、百合子女史の潤んだ目はそんな浅薄な皮肉とは程遠い、もっと深い悲しみ、あるいは待ちわびていた喜びを暗示していた。

そして次は寵児の番だった。グレイスカイの悪魔の論法を何度も聞かされ、その度に絶望と戯れることしかできなかった鬼門を、性懲りもなくまたくぐろうとしている。

ノックをすると、「ドア・イズ・オープン」の声がし、部屋に入ると、グレイスカイは深々とソファにうずくまり、いつものラガヴーリンを飲んでいた。寵児の顔を見ると、「ヘイ、ジャッカル」と妙な呼びかけ方をした。

——忠実な裏切り者《フェイスフル・トレイター》は私にまだ何か用か？

——別れをいいに来ました。

——まあ、座れ。ソクラテス最後の弁明を聞きに来たんだろう？

寵児はいつもと同じ場所に座り、「やり残したことはたくさんあるでしょうが、いい残したことは全て拝聴します」といった。

——私を排除する格好の口実ができて、レッドバードはさぞ喜んだだろうな。

——私があなたの陰謀の証拠を握っていることに気付いていたんじゃないですか？

——君は見て見ぬふりをしているものと思っていたよ。この国の官僚たちと同様に。ニホンオオカミは絶滅し、この国には犬しかいないと思っていたが、その犬に手を噛まれた気分だ。前に君はいっていたな。「犬も野生化すると、オオカミになる」と。まさにその通りになった。

——空也と私の関係も把握していましたか？

――お互い、テロリストとギブ・アンド・テイクの関係でありながら、見て見ぬふりをし合っていたわけだ。しかし、君はこの暗黙の了解を破るだけでなく、暗殺指令にも背き、テロリストに便宜を図った。そのことが検察に知れたら、君も内乱幇助の罪を問われる。それがわかっていれば、あえてリスクは冒すまいと安心していたのだが、君は私が思っていたより愚かだった。

――リスクを避けていたら、何も変わりません。私はずっと綱渡りをして来たのです。あなたの教えに忠実に。もし、私が内乱等幇助罪に問われるなら、あなたも同罪です。

――私はこの国ではエイリアンなので、裁かれない。無神論者は神の裁きも受けない。私は日本の友人たちに惜しまれながら、ダグラス・マッカーサーのように功労者として去ってゆくのだ。安心したまえ。君を売ったところで、私には何も得るものはないから、沈黙を守る。私を出し抜いた褒美だ。

　見逃してくれたことに礼をいうべきなのか、汚いコトバで罵るべきなのか、この矛盾そのものを生きているような男にはどんな皮肉も罵詈雑言も意味をなさないだろう。

――パナマかモナコで暮らすつもりだとミズ・ナカマから聞きました。日米同盟から引き出した利得はタックスヘイブンに流れ、あなたの優雅な晩年を保証する年金になるわけですか。着服したカネを返す気はないんですか？

――私は闇のフロントマンとして報酬に見合う仕事をした。ちょうど引退の潮時だった。今後はこれ以上のカネを日本から引き出すのは難しくなる。日本の衰退は時代の趨勢だ。確かに私はテロを有効活用したが、アメリカ依存症の売国奴たちの利権を保護してやったに過ぎない。安全保障は大きなカネが動くビジネスだ。私の儲けなどアメリカの国益への貢献からみれば、鼻の頭にかいた汗程度のものだ。君にも分け前を与えるべきだったかな。

——私は売国奴の仲間にはならない。

——だから、テロリストの仲間になったのだな。君は、私と蓮華が促した暗殺とテロに便乗してクーデターを実行しようとしているらしいじゃないか。ようやく、アメリカへの隷属から脱して、自らの手で自由と独立を獲得しようとする愚か者が現れたというわけだ。だが、この先は茨の道だぞ。置き土産として、首相の首をすげ替えてやってもいい。日本の首相などただの恥さらしでしかないから、恥知らずなら誰でも務まる。

——そして、後は野となれ、山となれ、ですか？

——長い占領時代に終止符を打ち、米軍基地を撤退させてみるがいい。アメリカは中国と戦争をする気はないし、日中戦争が起きても、日本を守る気もない。米日同盟の幻想から覚めたら、どんな現実が待ち構えているか、楽しみだ。アメリカは世界の産業の主軸である中国を金蔓《かねづる》にするために、巧みに中国共産党をハンドリングするだろう。日中、中台の戦争には第三者として介入し、日露戦争の時のように漁夫の利を得る。それがアメリカだ。日中戦争になれば、日本の敗戦は確実だ。八十年前の日中戦争とは侵略の構図が逆転し、日本は沖縄から中国に占領されてゆくことになるのだ。中国との対決姿勢を強める極右政権に任せていたら、二十年後にはそうなっている。リベラルの平和主義者が政権を取ったら、戦争は回避するだろうが、中華帝国の植民地になってゆくことに変わりはない。

——もし、それが歴史の趨勢だというなら、私は精一杯、抵抗するだけです。

——頑張れ、ニホンオオカミ。私は明日、日本を離れる。最後の夜は誰にも邪魔されずに、一人で感傷に浸りたい。私の後任は誰になるかは知らないし、興味もないが、きっと私の方がマシだったと思うだろう。

――私はあなたに個人的な恨みはありませんが、いつかご自身の悪業の報いが巡ってくることを願ってやみません。

グレイスカイは鼻で笑い、別れの握手を求めてきたが、Dのイニシャル入りの指輪を薬指につけているのを見て、応じなかった。

――善良な人間には国家の舵取りなど無理だ。その資格があるのは帝国の悪魔の狡知に対抗できる者だけだ。そう遠くない将来、君は必ず私に感謝するだろう。私の鞭打つ愛に耐え、抑圧を撥ね返した者が未来の指導者にふさわしい。二十年後を楽しみにしている。


グレイスカイが日本を去ってから三日後、エミリー・パットンから、情報本部東アジア分析部の新しい責任者がブラックストーンという人物に決まったというメールが届いた。中国問題の専門家で中国国家安全部との熾烈な情報戦を繰り広げてきた強者だという。中国当局に身柄を拘束されたエージェントの保護にも奔走してきた経歴があり、アメリカ国内で活動している数万ともいわれる安全部のエージェントにも目を光らせており、日本など全く眼中にないだろうとのことだった。アジア政策研究センターのプレゼンスが低下することだけは間違いない。

月が変わると、マリアからは蓮華操が死んだという連絡を受け取った。九十五歳の誕生日を迎えた二日後のことだったという。今後のことを相談したいので、会ってほしいといわれ、彼女の部屋を訪ねることにした。彼女は蓮華にタワーマンションを与えられ、すでに引っ越したものの、ソファもテーブルもなく、殺風景な部屋にはベッドが一つ置いてあるだけで、完全に持て余していた。

　マリアは介護疲れのせいか、やややつれていたが、解放感もあるようで、表情は清々しかった。喪に服すつもりで、髪をショートカットにしたので、今まで隠れていたボーイッシュな魅力が前面に出ていた。

——蓮華は安らかに逝ったのか？

——安らかとは程遠い最期だった。

　蓮華は病室に医師が回診に来るたびに、「最後にもう一度やらへんと、死ねん」と訴え続けていた。何をもう一度やるのか知らないし、知る気もない医師は「生への執着が寿命を延ばすのです」と励ましとも皮肉ともつかぬリアクションを返していた。蓮華が入院する病院では資産家向けの特別治療や特殊投薬で経営を維持しており、院長は「あれ」を勧めてはどうかと担当医師に打診していた。「あれ」とは寝たきり老人をもう一度、奮い立たせると評判の造血幹細胞移植のことだった。約二千万円の費用がかかるが、余命わずかといわれた癌患者が二年前に時間が巻き戻ったみたいに生気を取り戻し、自分の脚で歩いて外出をし、パーティに出席した。その話を聞いた蓮華は「今すぐ頼む」といい、早速ドナー探しに入った。若者の腸骨から抜き取った髄液を点滴によって、老体に移植するのだが、実際に臓器を活性化させられるか、その効果には個人差もあり、蓮華が望む結果が得られる保証はなかった。

　三日後にドナーが見つかり、異例のスピードで移植が行われた。その効果が表れるのを今か今かと待ちわび、二日目の朝、蓮華はベッドから抜け出し、あろうことか、マリアの体を求めてきた。しかも、こっそりED治療薬を服用したらしく、股間は固く張り詰めていた。蓮華は「マリヤで筆おろしし、マリアで筆を折るんや」とうわ言を呟きながら、しきりにマリアの乳房を弄《いじ》ろうとする。「心臓に悪いから、やめて」と説得するのだが、「昇天させてくれ。日本はもう終いや」とわけのわからないことをいい、マリアを壁際に追い詰める。「誰か、操を止めて」という声に、ボディガードの二人が病室に駆け込んで来たが、ニヤニヤ笑いながら、蓮華の狼藉を眺めているだけだった。ようやく、看護師が間に入ったが、蓮華は「邪魔せんといてくれ。もうそこまで迎えが来とるねん」といい、ズボンを脱ぎ始めた。かと思いきや、突然、胸を押さえ、その場に蹲《うずくま》った。すぐにドクターが呼ばれ、応急措置が取られたが、間に合わず、そのまま心肺停止した。除細動器を用いても、蘇生は叶わなかった。蓮華の予期せぬ行動に戸惑い、マリアは拒絶することしかできなかったが、後から思えば、財産や名誉、罪ばかりか、全ての邪心や劣情をこの世に置いて、身罷ろうとする、一種の清めの儀式のつもりだったのかもしれないと思った。

――人は一生、性に執着するんだな。

寵児がしみじみと呟くと、マリアは苦笑混じりのため息をついた。

――死んだら、解放されるのかな。操の亡骸《なきがら》を見て、可哀相な人だなと思った。

――なぜ？

――だって、医師が臨終を宣告したのに、操のあれは勃っていたんだもの。

股間に未練を残して心肺停止とは、往生際がいいのか、悪いのか？　最晩年はマリアに促され、懺悔する気になり、世直しに資産を注ぎ込み、復讐を兼ねたテロを幇助し、罪を問われる前にこの世を去った。蓮華の死は旧体制の終焉を告げる鐘の音になるかどうかはわからない。冥福を祈ってもいいが、死後もまだこの世をかき回し続ける予感があった。

——空也はどうなるの？

——逮捕されたので、ヒットマンも手を出せなくなった。検察が内乱罪の適用を諦めれば、無罪の可能性もあるが、官邸は空也を暗殺とテロの首謀者として裁くことで支持率を上げ、政権維持を図ろうとしている。

——空也を無罪にする方法はないの？

——政府がグレイスカイの謀略を黙認したことを多くの国民が知れば、政権は揺らぐ。そこに石井議員もエンドスコープも期待をかけている。今までは妄想でしかなかった世直しも、俄然、現実味を帯びてくる。もし世の中がその方向に動けば、世直しを始めた空也は犯罪者から一転して英雄になるかもしれない。

——イソノミアではすでに空也は、「スパルタカス様」とか「チェ・ゲバラ二世」と呼ばれている。

——仮想都市の英雄ではなく、現実世界の英雄にならないと世界は変わらない。それより君はどうしたい？　空也から君をよろしくといわれている。

——私は大丈夫。一人でも生きていける。操が私名義で残してくれた遺産があるから、イソノミアや笛吹きプロテクションに援助を続けるし、財団を作って、世直しのために役立てる。財団の名前も決めた。「メシア財団」。「ミサオ財団」にしようと思ったけど、あの人のこと思い出したくないから。

——ミサオは死んだが、メシアは現れずか。

――もう現れている。空也も太郎さんも池上さんもみんな逮捕されちゃったから、残っているのはあなただけ。だから、お願い。

――もうオレにできることは何もない。

――みんなそれぞれができることをすればいい。共生党は選挙で勝って、政権交代を目指せばいいし、弁護士やエンドスコープの人たちは自分たちの理想を追求すればいい。内部告発者たちも組織の不正を正し、イソノミアの住人は架空の国で徹底的に自由を謳歌すればいい。でも、それだけでは足りない。あなたにしかできないことがあるはず。

――たとえば？

――たとえば……戦争を回避する。アメリカや中国の植民地にならないようにする。

――それは政治家の仕事だよ。

――政治家には無理だとわかってるくせに。それはメシアの仕事なの。メシアは何度も何人も現れなければならない。

――ノーバディのお告げか？

――違う。私がそう思っているの。最近ノーバディは現れなくなった。


漠然とコントラ・ムンディになることを夢想していた少年はその後、ＣＩＡのエージェントになったが、メシアになろうなどとは思ったことはない。彼の人生ノートの次のページは完全な白紙状態だった。

空也が逮捕されてから、二ヶ月が経過した。東京地検はすでに政府要人暗殺事件、ドローン爆撃事件の容疑者山田太郎と池上学ほか火箱組構成員四名を起訴し、東京地方裁判所での審理が始まっていた。

　検察はテロというコトバを意図的に用いなかった。「日本ではテロは起きない」という安全神話に政府が固執したせいもあるが、一連の犯罪をテロと位置づけることによって、安全保障上の諸問題が表面化するのを避けるためだった。テロの自作自演疑惑はすでにネット市民のあいだでは既成事実となっているが、政府はあくまでもこれを否定し、ならず者集団による暴動として幕引きを図ろうとしていた。検察は蓮華操やグレイスカイの暗躍を追及しないという官邸の意向に応じ、空也、太郎、池上らを殺人罪、殺人教唆、爆発物取締罰則違反、激発物破裂罪で起訴し、内乱罪の立件は見送られた。

　検察は新たに火箱空也を被告とする別の刑事裁判を立ち上げようとしていたが、同じ事件の容疑者であり、捜査関係者も共通しているので、弁護人の南塚は、空也を共同被告人として併合審理を行うことを裁判所に請求した。検察は、同じ法廷で審理を行うと、山田太郎、池上学ら共同被告人が火箱空也の事件への関与を否定する証言をすることを憂慮していた。取調べでは一貫して空也を庇う供述に終始していたからである。だが、審理を分離しておけば、空也の罪状を独自の裏付けで証明できるし、弁護側が共犯者である山田、池上らを証人として証言させた場合も、刑事訴訟法１６９条ほかに基づく供述義務を負うことになり、彼らの供述の矛盾や虚偽をあぶり出す余地もある。

　裁判所は弁護人の請求を退け、併合審理を拒み、政府の意向を受け、太郎らのケースと同様、裁判員裁判の対象から外した。

山田太郎と池上学はすでに検事総長亀井智彦、首相秘書官鷺沢礼子、アジア政策研究センター長トム・グリーンウオーターの殺害、ロシア製ドローンを使った政府機関、米軍施設、および放送局を狙った爆破の容疑を大筋で認めており、どれほどの量刑が宣告されても、それを受け容れる覚悟はできているようだった。彼らは世直しが継続されるよう空也を無罪にし、一切の罪を我が身に引き受けるつもりだった。南塚は何としても彼らの自己犠牲の精神に報いたかった。

しかし、ドローン攻撃を受けた官邸や自国党も検事総長を殺された検察庁も反逆者のリーダーである空也を無罪放免にする気はさらさらなく、厳罰に処すことで権威を維持しようと躍起になっていた。空也を世直しのヒーローに祭り上げ、彼の無罪を主張するネット市民にも我慢がならず、その声を封じ込めるとともに、後追いをする者が現れないよう、見せしめが必要だと考えていた。検察は空也を殺人ほか複数の教唆、協力の罪で死刑を求刑し、最低でも無期懲役を目指していた。

公判前整理手続で争点や証拠についての話し合いが行われたが、検察官はすでに審理を始めている山田太郎、池上学ほかの被告に対する判決を確定したのちに、継続的審理の場で、火箱空也の事件への関与を証明することを主張し、弁護人は、同被告の事件への関与を否定する証拠を提示し、無罪を主張する方針が確認された。検察は官邸の意向に沿って、先行する裁判で実行犯に対する厳しい判決を引き出し、その間に内閣情報調査室が火箱空也を市民の敵と見なすように世論を誘導し、空也を首謀者として断罪するシナリオを用意していた。

それに対し、弁護人はエンドスコープの協力を得て、世論の関心をテロの自作自演疑惑に向けさせようとしていた。双方ともにメディアに裁判の後方支援を委ねていたが、この裁判の行方は次の衆議院選挙に大きく影響する。与党自国党は自分たちに火の粉がかからないよう早期の結審を目指し、野党共生党は陰謀の内幕を暴き、政府の責任追及を行う構えだった。

　実行犯を裁く前哨戦では、検察の有利は最後まで変わらず、ここまで四回の公判で、尋問した証人の数もわずか五人だけだった。そもそも冒頭の形式通りの起訴状朗読の後の罪状認否で、「起訴状の内容に間違っているところはありますか？」との裁判官の問いかけに、山田は「別にありません」と答え、池上は「それで結構です」と答えた時点で、審理は終始、有罪に向かうレールの上を走っていた。検察官の冒頭陳述における事件の経緯説明はほぼ二人の自白に依拠しており、証拠も自白を裏付けるために集められていた。検察側は二人の自白を根拠に罪を問う構えであるから、それを逆手に取り、彼らの自白の信憑性を最大限に生かし、続く公判で空也の無罪を勝ち取ろうとしていた。

　前回の第三回公判では被告人質問が行われ、検察は予想通り、太郎と空也の関係を執拗に問いただそうとしていた。

――あなたは誰に依頼されて、暗殺とドローン攻撃を実行したのですか？

――誰にも頼まれていません。何度も供述したように自発的にやりました。

――あなたは火箱空也が経営するフライドチキン店ファイアーボックスの従業員で、親しい間柄でしたね。

――経営者と従業員の関係です。

――火箱空也が具体的な計画を立案し、あなたと池上学はその計画通りに暗殺とドローン攻撃を実行したのではありませんか？

ここで弁護人は異議を唱え、「被告の取り調べでの供述を意図的に捻じ曲げようとしています」と主張したが、裁判官は「却下します。共犯の容疑者に関する質問なので、被告人は答えてください」といった。

――計画通りに実行できるほど、暗殺もテロも簡単ではありません。

――火箱空也が計画したことは認めますね？

――それは本人に聞いてください。

――「甲6号証」で示した通り、火箱空也は実際に計画を練っていたことが暗号化通信ダークネットのメールから明らかになっています。あなたがそのメールを読んだという証拠も含まれています。実際の犯行も火箱の計画通りに行われているので、あなたと火箱空也は共犯関係だったと考えるのが妥当だと思います。暗殺やドローン攻撃には綿密な計画と資金の提供が必要なはずで、あなた一人の能力では一連の暗殺も攻撃も不可能だったはずです。なぜ、あなたは火箱空也を庇うのですか？　そういう約束を交わしたのですか？

――異議あり。憶測に基づく誘導尋問です。

――却下します。被告人は答えてください。

――別に彼を庇っているわけではありません。彼の計画と私たちの行動が一致しているように見えるのは偶然です。彼は空想しただけ、私たちは自発的に実行しただけです。

――あなたは火箱の計画を知っていたのだから、その説明は通用しません。火箱と共謀し、実行の方法や手順、役割分担の相談をしたことは明らかじゃないですか。

――ヒントは得ました。小説を読んで、犯罪を模倣するようなものです。

——火箱空也は小説を書いたわけではなく、具体的な計画を練り、あなた方はそれを忠実に実行したんじゃないですか。

——小説に書かれている通りの犯罪が起きたら、小説家も逮捕しますか？　腐敗した政権の打倒を夢想したら、罪になるんですか？

——それは詭弁で、本件とは無関係です。

——あんたは空也の有罪を立証したいのだろうが、暗殺とテロに資金を提供し、テロの情報を事前に察知しながら、黙認した奴らをなぜ起訴しない？　空想家よりそいつらの方がよっぽど罪深いぜ。暗殺とテロの黒幕が誰か、教えてやるよ。蓮華操がカネを出し、ドローンを買い、オレたちを雇い、グレイスカイというＣＩＡのエージェントが政府を騙して、危機管理の予算を増やし、私腹を肥やしたんだよ。そいつらを裁かずに、末端のオレたちに全ての罪を被せようって腹だろ。誰が見ても、この裁判は茶番だよ。法の番人が聞いて呆れるぜ。

——コトバを慎みなさい。法廷侮辱罪に問いますよ。

——さんざん、被告人を侮辱しておいて、よくいうぜ。おい、裁判長、黒幕の罪を問わないこの検察官の怠慢を叱れよ。この裁判が公正に行われている証を見せろや。

——被告人の退廷を命じます。

——都合が悪くなったら、退廷か？　主役なしじゃ裁判はできまい。どうせ、裁判長も官邸の意向に従ってるだけだろ。おまえら誰のお陰で飯食わせてもらってるんだ？　被告人のお陰だろう。もっとオレに敬意を払え。

　山田太郎には何一つ恐れるものはなく、死刑でも無期懲役でもとっとと宣告しやがれという勢いで裁判官と検察官を罵倒していた。それに対し、池上はコトバの節約を徹底し、検察官の質問には「はい」、「いいえ」、「知りません」と答えるか、首相の口癖を真似て「お答えは差し控える」とか「記憶にありません」を連発した。

五回目の公判の前に検察側から南塚の元に取引が持ちかけられた。このまま裁判が続けば、山田、池上両被告人には死刑を求刑することになるが、火箱空也の関与を認める証言を促してくれるなら、刑罰を軽くする用意がある、ということだった。だが、二人ともこの取引に応じる意思がないことはわかっていた。空也が出廷する公判では彼の事件への関与を証言する証人を召喚するだろうが、南塚もこの事件の闇の部分に光を当てるためにはヤンバル・クイナやマリア、あるいは御影寵児にも証言台に立ってもらう必要があると考えていた。

「エンドスコープ」では連日、ＣＩＡのエージェントと官邸によるテロの自作自演疑惑を報じ続けていた。砂漠谷絵里はこの報道にキャスター生命を懸け、また社長村西も社運を懸けていた。ドローン攻撃直後から、暗号化通信ＳＮＳダークネットの開発者でイソノミア管理人のヤンバル・クイナへのインタビューを敢行して以来、内閣情報調査室や国家安全保障局から睨まれ、再三に亘り、抗議を受け、「営業停止に追い込むこともできる」などと圧力をかけられていたが、怯むことなく、リベラル系言論人、陰謀論者、メディア評論家らに発言の場を提供し、政府批判を強め、日米同盟に疑問を呈していた。

ヤンバル・クイナが陰謀説を提唱し始めた頃は、それを信じる者は少数派だったが、「エンドスコープ」が内部告発に基づく報道を粘り強く続けるうちに、世論は次第に陰謀説には裏付けがあることを認めるようになった。その内部告発資料を提供したのはもちろん、寵児だったが、情報提供者保護の原則によって、その氏名は秘匿されていた。

官邸は陰謀説の打ち消しに必死だったが、「事実無根」、「そういうことはあり得ない」、「日米同盟は揺るがない」、「陰謀説やデマに振り回されないように」という定型句を繰り返すだけで、説明責任を放棄していた。国会でも石井議員率いる共生党がこの問題を厳しく追及していたが、官僚が用意した原稿を読むだけの答弁に終始する首相や防衛大臣の資質を疑い、「アメリカのカモ」、「腹話術の人形」、「政治家というより貝」などと評する市民の割合が増えていった。現政権は支持率を下げ、支持者や応援団の中にも見切りをつける人が続出した。

「エンドスコープ」の報道、共生党の国会での追及によって世論が政府批判に傾斜してゆくのを受けて、南塚は事件の真相究明をするよう、検察官や裁判官に圧力をかけ続けた。六回目の公判で、すでに検察官は山田太郎、池上学の両被告に対して、それぞれ死刑と懲役十五年の求刑を行っていた。論告では「国家反逆の明確な意思が認められる」と断定し、「ドローンを用いた爆撃は大量殺人を意図した悪質極まる前代未聞の犯罪であり、極刑以外は考えられない」と厳しい口調だった。司法取引を拒否したことへの意趣返しと南塚は受け止めた。裁判官に太郎の死刑判決を思いとどまらせるために、南塚は原稿なしで四十分の大弁論を行った。

南塚の弁論を要約すれば、こうなる。

本件は、暗殺を指令した者、ロシア製のドローンを密輸した者、その資金を提供した者の存在を無視しては論じられません。背後には一連の犯罪を察知していながら、黙認した者がいることは被告人の証言からも明らかです。その人物は日本政府の安全保障政策に深くコミットしており、暗殺とテロを利用し、日本政府に不当な支出を促した疑いがあります。こうした政治的な疑惑を究明せずには、司法の独立は守れません。被告人山田太郎は、亀井元検事総長を転落死させ、自らの手でドローンを発射したことを認めており、その自白が彼に罪を問うほとんど唯一の根拠となっています。本件の立証が被告人の自白の信憑性に依拠している以上、火箱空也を被告人とする裁判では疑惑の完全な究明を求めます。被告人に判決をいい渡す前に是非とも酌量していただきたいのは、被告人はドローンに積んだ爆薬がどの程度の威力で、六機が何処を標的にしていたかを把握していなかったという点です。確かに被告人は実行犯ですが、首謀者ではなく、協力者に過ぎません。被告人は事件の背後に隠れている人物たちの思惑に利用されたことに忸怩《じくじ》たる思いを抱いています。首謀者が罪を問われず、協力者が極刑に処せられるというのはそれこそ前代未聞の判決となってしまいます。賢明なる裁判長の総合的な判断に全てを委ねます。

弁論が終わると、被告人の最終陳述が行われた。山田太郎はごく手短に以下のようなことを述べた。

自分としては良心に基づく世直しのつもりだった。自分の地位を守り、私利私欲を満たすために法を捻じ曲げ、税金を無駄遣いする人間が許せなかった。爆撃の犠牲になった人の中に一般市民も含まれていたことは本当に申し訳なく思っている。彼らのために償いをしたいが、死んでくれた方が世のため、人のためになる人物を殺したことにはいささかの後悔もない。

池上もごく短く、「自衛隊や検察、その他の政府機関や企業は、内部告発の声にもっと耳を傾け、公益を重視してほしい。私が犯した罪は米軍に殺された部下の復讐が動機になっている。もちろん、その罪は償うが、私以外にも罪を償うべき人間が大勢いることは確かだ」と述べた。

両被告ほか四名の判決は一週間後にいい渡されることになった。

山田太郎は死刑を免れ、無期懲役、池上学には懲役十五年、共犯者の火箱組元組員の四人には懲役六年の実刑判決がいい渡された。傍聴席では寵児とマリアが被告人たちの横顔と背中を見つめていた。証言台で判決を聞き、被告人席に戻る時、太郎は傍聴席の方を見て、一瞬だけ寵児、マリアと視線を合わせた。マリアは悲しげな目をしていたが、笑って自分を見送ってほしいと太郎は思った。被告人席に戻った太郎はマリアを凝視しつつ、両手を合わせ、感謝の意思を伝えようとしていた。

十年ほど前、台風の夜に見捨てられた自分に唯一優しくしてくれたのはあなたでした。あの夜、自分はあなたに誓いました。もう少し、この世にとどまり、なすべき仕事をし、別の誰かに親切にし、新しい世界を切り開く、と。その誓いを自分なりに守ったつもりです。後のことはあなたと空也に託します。

空也を被告人とする審理が残された。事件の全容を解明し、黒幕の罪を問い、空也の無罪を勝ち取ろうとする弁護人と、黒幕の存在を否定し、空也を首謀者として裁こうとする検察官との議論は平行線を辿った。裁判の争点を明確化するために裁判官はいずれかの立場を認めるほかなかった。協議の結果、次のような結論が出された。

事件の全容を明らかにしつつ、被告人火箱空也を公正に裁くが、本件では黒幕と称される人物の一人はすでに死亡しており、もう一人に関しては治外法権が適用される公算が大きいことから、本件では扱わないこととする。不服がある場合は新たな訴訟を起こすよう提案する。

空也を首謀者として裁き、幕引きを図ろうとすれば、世論の厳しい批判に晒されることを承知していながら、裁判官は政府寄りの判断をし、保身を図った。当初からこの裁判は政治と深く連動しており、官邸の干渉を受けているので、裁判官の判断は予想通りではあった。だが、逆にこの裁判が腐敗政権の退陣を促す可能性は残っていた。支持率は確実に下がりつつあり、もし公判中に政権が変われば、官邸と検察の癒着は断ち切られるに違いない。検察は態度を百八十度変え、前政権の膿出しに協力的になるのではないか。彼らとて不正に与するよりは正義の側に立っていたいだろうから。法が健全に機能する日は必ず巡ってくる。根拠はないが、その確信なしには弁護士などやっていられない。

XXI　スクラップ・アンド・ビルド

犬養首相は二ヶ月前、訪中のついでに東京に立ち寄ったジョーカー大統領と首脳会談を行ない、在日米軍基地の整備を名目とする追加予算を請求された。その見返りは日米同盟強化と有事の際の米軍出動の確認にとどまり、「外交的恥の上塗り」、「税金を勝手に貢ぐな」と反発を買った。国民の失望は深まる一方で、直近の調査では犬養内閣の支持率は十七パーセントまで下がり、レームダック状態に陥っていた。衆議院の任期満了まで残り二年あったが、それまで政権は持たないと予想されていた。もう与党自由国民党にポテンシャルはなく、犬養の代わりになる人材も枯渇した、という声も日増しに高まっていた。

政治的停滞がダラダラと続くうちに年が明け、新たな危機が音もなく到来した。新型のウイルスが中国の武漢を発生源として、世界中に蔓延し始めた。ウイルスの形状が王冠のように見えることから、新型コロナ・ウイルスと呼ばれるようになった。これまでもＳＡＲＳやＭＡＲＳ、鳥インフルなどの流行はあったが、新型コロナ・ウイルスは二十世紀初頭のスペイン風邪以来、百年ぶりのパンデミックとなった。各国政府はウイルスの封じ込めに都市封鎖や出入国の規制、禁止、旅行や不要不急の外出の規制を行ったが、政策としての徹底を欠いた国では感染爆発が起き、予想外の人口調節機能が働いた。水際作戦で蔓延を食い止めた台湾のような封じ込めの成功例もあったが、アメリカ、ブラジル、ロシア、イギリス始めヨーロッパ各国ではアルマゲドン到来とさえいえるほどに感染が拡大し、ワクチン接種が始まるまでに約一億人が感染し、百五万人が死亡し、ワクチン接種率が世界人口の五十パーセントに達した段階で感染者二億五千万人、死者は五百万人に増えていた。アメリカのジョーカー大統領は「ウイルスなんて無視すれば、そのうち消える」と嘯きながら、自らも感染した。差別と暴力を煽り、嘘を嘘で塗り固め、逆ギレ三倍返しの技ばかり繰り出し、弾劾裁判にもかけられた、恥知らずの裸の王様は最後の最後に支持者を煽ってクーデターまがいのことを試みるも、無様に失敗し、自身の所業にふさわしく追放された。「また戻ってくる」と不吉な言葉を残して。

　実体経済は冷え込み、失業者と自殺者が増えたが、株価は上昇した。戦争も暴動も、パンデミックも陰謀も社会不安を増大させ、市民を分断し、貧富の差を広げるが、金融業者だけは儲かるようにできている。真のアルマゲドンは彼らが破産する日にこそ到来する。

　ある鬱病患者が呟いた。

　２０２０の数字を見ると息が苦しくなるが、２０２１の数字を見ると、死にたくなる。２０２２はもはやこの世の数字とは思えない。

　誰もが期待と不安半々で、ウイルスにより世界はリセットされると思ったが、利害が複雑に絡み合い、合理的な判断ができない人が半分を占めている世界は、クリックひとつでリセットできるほど単純ではない。そもそもリセットの主体はウイルスなのか、神なのか、秘密結社なのかもわからない。スピノザによれば、「神とは自然であり、この世界のあらゆる現象の原因である」そうだが、その神やウイルスには欲望も目標もなく、何かを実現しようという意図もない。世界が明日、どっちに転ぼうが、神の知ったことではないし、神の意志を知る者もいない。

　世直しの成果なのか、単なる錯覚か、スクラップ・アンド・ビルドが進行している気がしないでもなかった。

　前後して、彼の忠犬にして個人ＡＴＭでもあった犬養首相も辞任した。表向きの理由は体調不良だったが、自国党の内部で禅譲を促されたのだった。八年に及ぶ長期政権のあいだ、公職選挙法違反や公金の不正支出、贈収賄、国会での偽証など違法行為を積み重ねてきたが、全て起訴猶予になっていた。ところが、首相を辞任した途端、犬養の影響力を削ぎ、二度と表舞台に立たせまいとする排除の力が党内で働き、これまで犬養首相の顔色ばかり窺っていた検察が態度を一変し、訴追を検討し始めた。

　ウイルス禍を理由に自国党は解散総選挙を回避し、総裁選を行い、後継の首相に牛島忠男財務大臣を選出した。図らずも「暗殺クラウドファンディング」で死んでほしい人ランキング二位の男が選ばれたというわけだった。従来路線の継承を唱え、目前の危機に対応する意思も能力も欠いた旧態依然の新内閣だったが、発足当初は六十パーセントの御祝儀支持率を得た。自国党は牛島首相で次の参議院議員選挙に臨み、信任を得るつもりだったが、支持率は感染者の増加に反比例し、下落の一途を辿った。前政権の膿を出さなければ、支持率回復は見込めないという党内意見もあり、牛島首相は検察に犬養元首相の政治資金問題を立件するよう密かに要請した。党内に不正に対する自浄作用が働いているように見せることで、支持率回復を目論んだのだが、自身の過去の不正献金問題を共生党の石井議員に暴かれ、しっぺ返しを食らうことになった。

　与党への向かい風は野党への強い追い風になった。野党第一党の共生党は共産党や市民会議と共闘態勢を築き、連立内閣の樹立を目指し、マニフェストを作っていた。有権者向けには「災害疫病対策の充実」、「防衛費削減」、「核兵器廃絶」、「日米同盟の見直しと多角的中立的安全保障体制の確立」、「教育費完全無償化」、「原発完全廃止」、「公文書管理の厳格化」などの公約を掲げていたが、アメリカや中国、韓国、中東と今後どのような外交スタンスを取るかが大きな課題となると見て、国際関係や軍事研究の専門家から意見聴取を行っていた。

　寵児も石井議員からジャパン・ハンドラーたちをどのように牽制すべきかを相談されていた。かつて寵児は官邸のブラック・プロパガンダの標的として石井を失脚させる工作を命じられたが、密かに彼をＣＩＡの協力者に仕立てることで、その工作を自らの手で無効にした。石井はその時の借りを返すつもりで、寵児を秘書官に抜擢しようとしていた。アメリカの対日政策、対中政策の思惑を探るのに寵児はうってつけの人材というわけだった。日本に左派政権が誕生することをＣＩＡは警戒していたが、その首班はすでに協力者の一人になっているとなれば、話は別だ。情報本部長のレッドバードは寵児にはまだ使い道があると判断したが、その期待に応え、寵児は引き続き官邸に留まり、石井の秘書官兼監視役として、その政治的思惑を随時、本部に報告することを約束した。そのような根回しをしたこともあり、レッドバードも東アジア分析部の後任責任者ブラックストーンも新政権の誕生までは静観する構えだった。

　解散総選挙は任期満了を待たず、前倒しで行われた。自国党は野党共闘態勢が完全に整う前に先手を打ったつもりだった。時代の趨勢は変わり、旧体制は有権者に見限られ、これまで議会の三分の二を占めていた自国党と補完勢力は大幅に議席を減らすことを覚悟していた。だが、労働組合や中道すなわち右寄りの現役議員が野党共闘の足を引っ張り、連立相手となる共産党に対するアレルギー反応を見せたり、競合選挙区での統一候補選びで対立するなどして、政権交代の勢いが削がれた。共生党が第一党になり、共産党、市民会議とともに連立政権が発足するのを阻止するため、水面下で与党のなりふり構わぬ生き残り作戦が展開された。自国党内のリベラル系議員と共生党内の右寄りの議員が協力関係を模索するという裏技まで繰り出していた。

　大方の予想を裏切り、自国党が過半数を大幅に割り込む一方で、共生党の方も過半数を獲得できないという選挙結果が出た。自国党と連立する気満々でありながら、自国党と野党共闘を批判し、露骨な反共プロパガンダを展開した日本刷新党が無党派層の人気を掠め取り、棚ぼた式に躍進した。自国党は従来通り、法蓮華党と連立を組んでも過半数に到達せず、共生党も共産党と連立しても過半数を取れず、政局は混迷を極めた。結果的に自国党、共生党の水面下での奇妙な歩み寄りが保険のように機能して、自国党、共生党による挙国一致的大連立政権が誕生することになった。わずか四議席差で第一党となった共生党から首相が選ばれたが、各閣僚は得票数に応じて、半々に分配されることになった。

　この結果は大きなサプライズだったが、共生党の体質を熟知している者なら、予想できたことだった。共産党と露骨な反共ファシスト政党の日本刷新党を排除し、現実路線で政権を回していこうという苦肉の策となったのだった。当事者たちは「前向きな妥協」と主張したが、有権者は「狐に化かされた」と受け止めた。それでも牛島内閣は半年の短命政権に終わり、新たに石井内閣が組閣されたので、政権交代が実現したことにはなる。新首相になった石井は大きな政治的変化を内外にアピールするため、早速、民主主義の破壊者たちを永久追放し、大胆に官僚の首をすげ替える大掃除に着手すると宣言した。この人事の刷新は、自国党内の権力闘争を反映してもいた。利権保持に血道をあげ、不正を重ねてきた極右勢力の影響力を削ぐために、自国党内リベラルは共生党に協力して、見せしめ的な人事を敢行した。
石井の秘書の矢野真美も神奈川の選挙区で初当選を果たした。これを機にワルキューレ・カルテットの四人が久しぶりに集い、「やっと私たちの時代が始まる」と盛り上がったが、彼女たちを待ち受けているのは幻滅以外の何物でもなかった。

　空也を被告人とする四回目の公判にはヤンバル・クイナ、本名蒲田道夫と桜田マリアが証人として出廷した。ここまで検察官との攻防戦は一進一退だったが、官邸の主人が変わり、側近人事が一新され、顔色を窺う相手も変わったので、検察官の士気は一気に低下したようだった。前政権を擁護したところで何の得もないと態度を一変させ、審理は弁護人ペースで加速した。「閻魔大王」のもじりで「デマ大王」というレッテルを貼られていたヤンバル・クイナは一転、「正義の告発者」に変わり、法廷でも、自身のブログと同じような主張をし、空也を擁護した。一連の事件を政治利用したＣＩＡのエージェントの実名を挙げて告発し、治外法権に逃げることを許さず、グレイスカイにこそ有罪判決をし、日本をアメリカの隷属的地位から解放せよと檄を飛ばし、裁判官にたしなめられた。マリアは蓮華操が暗殺とテロの首謀者であり、資金提供者であり、火箱空也は彼に頼まれて、その計画を練ったものの、実行には反対だった、と証言した。また、ドローンの密輸を行ったのは蓮華の秘書辰巳義彦であり、その取り扱い方を山田太郎に指導したのは辰巳が連れてきた軍事オタクであって、火箱空也にはドローンに関する知識は一切なかったと主張した。いずれも本人や山田太郎の証言と一致していた。

検察は官邸の後ろ盾を失いながらも、自らの威信を懸け、別の爆発物取締罰則、および火薬類取締法違反の容疑で逮捕された円谷《つぶらや》文明《ふみあき》を証人として召喚した。自爆テロ用のベストの発明者として爆弾マニアのあいだではボンビーノの通称で知られている人物である。

円谷から爆発物の取引記録を押収し、取調べを進めるうちに、過酸化アセトンと釘、ハイカロリー燃料を贈答用の詰め合わせにした物や大量の含水爆薬の納入先が同一であり、それらが鷺沢礼子暗殺とドローン攻撃に使われたものであることが判明したと検察は主張した。爆薬の注文主は匿名だったが、その連絡先の電話番号はＳＩＭフリー端末を使った、いわゆる飛ばし携帯のものであり、端末の識別番号を辿り、通信事業者の協力で通話が行われた場所は火箱空也の自宅であることが特定されたというのだ。

それだけでは火箱空也が爆薬を円谷から購入した証拠としては不充分だと弁護人は反論したが、円谷は通話内容を録音しており、そのデータを証拠として検察に押収されていた。

法廷でその録音内容が再生されたが、「代金は現金で払うので、指定の場所まで取りに来てくれ」という空也の声が残されていた。これは空也の事件への関与を示す決定的な証拠となった。検察は法廷での証言の見返りに別件での罪を軽減する取引を持ちかけ、ボンビーノが応じたようである。南塚はボンビーノが空也を売る想定はしておらず、不覚を取った。この検察の奇襲によって、空也の無罪を勝ち取る可能性は実質、失われた。

空也には実刑判決の覚悟はできていた。というより、太郎が無期懲役を宣告されたのに、自分が無罪放免になるわけにはいかないとさえ思っていた。法廷では寵児や弁護人の指示に従い、単に暗殺やテロを空想しただけだという主張を続けていたが、自分が確信犯として、内乱を企て、実行を指令したのは紛れもない事実である。世相が変化しつつあるのは空想が実現したからであって、この件に自分が関与していないということはあり得ない。内乱は成功すれば、罪には問われないはずだが、その条件を満たすためには自分が支配者になり、自らを免罪するほかない。それなのに、こうして訴追され、裁判を受け、「自分は関わっていない」と無罪を主張することと自体が間違っている。誰かが自分の後追いをし、内乱を完遂しなければならないのだ。革命成就の暁に自分は晴れて解放され、英雄として凱旋する。自分はどれくらい冬眠させられることになるのか？　それは弁護人や内乱を引き継ぐ人々次第だ。

　空也は、検察官の論告求刑も弁護人の最終弁論も上の空で聞いていた。彼の心はここにはなく、イソノミアに置いてきた。あの仮想都市の中にいる限り、自分は英雄でいられる。あいにく体の自由は奪われているが、心は不愉快な現実から遠く離れて自在に飛び回ることができる。どうせ今は誰もがウイルス感染を恐れ、自分を狭い部屋に閉じ込め、他人との接触を忌避しているのだから、娑婆にいようが、刑務所にいようが、大した違いはない。

　空也は特に何もいいたいことはなかったが、裁判官に最終陳述を促されると、証言台に立ち、自らの心境を吐露し始めた。

——私はどんな悪事を働いたのか？　私は一体何がしたかったのか？　逮捕されてから、幾度となくそのことを考えてきましたが、正直、私には全く罪悪感というものがなく、何を悔い改めなければならないのかわかりません。

——私は自国党議員の汚職に加担したり、官邸の下請け仕事として、政敵の失脚を画策したことがありますが、その時の方が強い罪悪感を抱いたのは事実です。同時に私はこうも思った。権力を持つ者はなぜかくも横暴で、節操がないのか、と。税金、公金を私物化し、使途も明らかにせず無駄遣いをする一方で、福祉を切り捨て、弱者、貧者をとことん追い詰める。違法なことをいくらやっても罪を問われない、そんな無法者たちに権力を行使させた責任は検察官、裁判官のあなた方にもあります。そして、特に理由もなく彼らを支持し、服従してきた無知で、無関心な有権者もあなた方と同様に罪深い。彼らは誰も傷つけない、騙したり、裏切ったりもせず、礼儀正しく、おとなしい。彼らの沈黙の同意によって、腐敗政治がいつまでも続いたのです。私は無法者が正義の裁きを受ける世界を空想したに過ぎません。空想しかせず、実際に行動しようとしなかった。それこそが私の罪なのです。しかし、私の空想に基づき、世直しを実行する人が現れてくれた。山田太郎、池上学ほかの面々は、権力の服従者に過ぎないあなた方に代わり、この国で最も権力を振るう売国奴たちを罰してくれたのです。彼らのお陰で、私の罪は軽くなるのです。もし、世直しの計画を具体的に練ったことが罪になるのなら、勝手に刑を宣告するがいい。あなた方に裁かれても、私は痛くも痒くもない。しかし、私の空想から始まった一連の世直しの動きは今後、市民の暗黙の連帯によってさらに広がっていくでしょう。もう誰にも止めることはできない。それこそが私の救いになるのです。私を刑務所に送っても、早晩、彼らが私を解放してくれるでしょう。その時は、あなた方は今の地位も名誉も失い、路頭に迷うことになるのでお覚悟を。終わります。

空也の最終陳述を聞いていた傍聴人のあいだからは自然に拍手が起きた。裁判官は木槌を叩いて静粛を求め、判決を一週間後にいい渡すと告げ、閉廷した。

傍聴人の中にはヤンバル・クイナ始め、イソノミアの住人たちが七人ほど紛れていて、その夜のうちにネット上には空也の最終陳述の書き起こしが広まり、「空也祭り」の様相を呈した。無期懲役判決を受けた元ホームレスの実行犯山田太郎もまた英雄扱いを受け、イソノミアの駅前で託宣を口走っているホームレスは彼だという噂が駆け巡った。

　イソノミアは死者が復活し、ホームレスがテロリストになり、空想家がメシアになるパラレルワールドである。イソノミアが現実世界に食い込んでくれれば、既得権益者のみが潤うディストピアは滅び、自由日本が立ち上がる。火箱空也と山田太郎はイソノミアの名誉市民であり、私たちを束縛から解放し、自由日本に誘《いざな》ったヒーローである。

　ヤンバル・クイナはそんなスローガンを打ち出し、空也や太郎の解放キャンペーンを始めていた。早くから陰謀説を唱え、暗殺とテロを世直しと捉えていた彼もネットでは予言者のように崇拝されていた。裁判官はそうしたテロリスト擁護の風潮に影響されない姿勢を見せなければならなかったが、量刑の判断には迷いが生じていた。単に表現の自由を行使しただけという弁護人の主張には無理があるが、爆薬の入手に関与した証拠と証言を認めても殺人教唆までは問えないので、懲役七年の求刑は重過ぎる気もした。

　悩みに悩んだ挙句、裁判官は、ドローン爆撃決行直前に実行犯山田太郎に中止を促したという山田本人と妹マリアの証言が一致する点に酌量の余地を認めつつも、最終弁論のふてぶてしい態度に対する懲罰の意味も込め、殺人幇助で禁錮五年を宣告した。弁護人はうなだれ、傍聴席は落胆のため息に満たされ、検察官は傍聴席から目を逸らし、裁判官は眉間に皺を寄せた。だが、当事者の空也は微笑を浮かべ応援への感謝の意を込め、傍聴人席に向かって、指ハートを示しながら、退廷した。その姿を寵児とマリアは傍聴席から見送った。空也はこの先、自分を待ち構えている過酷な刑務所暮らしまでは想定しなかっただろう。その負け惜しみ的な陽気さが痛々しかった。第一審は八ヶ月で判決が出たが、弁護人は量刑が不当であるとし、即日、控訴の手続きを取った。

裁判所を出た時、南塚弁護士、助手のソフィア、マリアと寵児の四人で近くの中華料理店のテーブルを囲んだ。無罪の験担ぎの意味も込めて、五人で予約を取っていたが、一つは空席になってしまった。

——力及ばず、申し訳ない。結果的に前政権の呪いは払拭できなかった。もう少し、検察官や裁判官の変わり身が早ければ、無罪になったかもしれないが、意地を張られた。控訴審で逆転無罪を狙うしかない。

南塚の呟きに誰もが黙り込んだが、マリアはぽつりと「空也、おカネ持ってるかな」といった。

刑務所に快適な暮らしなど望むべくもないが、少しでも居心地をよくするには所持金が多いに越したことはない。有罪判決が出て、クレジットカードも預金も凍結されたはずだから、頼みの綱は手持ちの現金だけだ。マリアはハンドバッグから取り出した封筒を南塚に託し、「お願いできますか？」といった。

——控訴したので、しばらくは未決囚として拘置所にとどまります。面会に行った際に差し入れますが、今後はあなたが直接差し入れることもできるし、現金書留でも送れます。

——なるべく早く空也を出してください。刑務所で反逆の魂を抜かれてしまう前に。

マリアはすでに何かを予感しているようだった。過ぎた五年は短く思えるが、これからの五年は長い。ここ五年間の世相の変化や、自身の変わり方を振り返っても、本質的に何かを変えてしまうに充分な期間ではある。空也にはまだ未来がある。刑期いっぱい勤めたとしてもまだ四十歳にもなっていない。だが、黄昏太郎は生きているあいだに塀の外を歩けるかどうかは微妙だ。

南塚は寵児にワインを注ぎながら、「あなたの奔走は決して徒労には終わらない」と労いとも慰めともつかないコトバをかけた。

——葬儀場での密談で、みんな本気になった。ここで踏ん張らないと、詰みになると思ったからね。火箱君が始めた笛吹きプロテクションは今後も継続する。メシア財団のバックアップもあるしね。

——イソノミアも守ってください。私はヤンバル・クイナには恨まれているので。

——イソノミアを守ったのはあなただ。あなたがどれほどの難局を切り抜けて、最適解に辿り着いたかを知れば、恨むどころか、感謝してもしきれないだろう。幸い、検察はヤンバル・クイナの起訴は見送ったようだ。だが、蓮華操の秘書は起訴され、死んだ御大の代わりに裁かれる。メシア財団はうちの事務所がしっかりサポートするし、マリアさんの慈善活動にも協力する。お陰さまで事務所は大繁盛だ。あなたは石井首相の秘書官に抜擢されたそうだけど、伏魔殿の改革はスムースにいきそうですか？

——前の政権は官邸が人事権を握っていたので、その置き土産を利用して、大胆に人事を刷新しているところです。改革の大鉈を振るえば、反発も大きい。

——互いに気を抜けないな。

——改革なんて暗殺やテロよりはよほど楽です。

今まで犬養内閣、牛島内閣を支えてきた官邸官僚は約七割が役職を解かれた。各省庁からの出向組は古巣に戻るか、閑職に飛ばされ、財団法人等の天下り先に転身した者もいる。残りの三割は前政権の犯罪、不正を告発するための証人として職務に留まらせた。証拠隠滅、文書改竄を防ぐために外部から監査役を入れたが、すでに大半の書類は破棄された後だった。

――中南米には選挙によって正当に選ばれた民主的な政権がＣＩＡによって潰されてきた黒歴史がある。ＣＩＡはなぜマフィア政権を応援したがるのか？　東欧でも民主主義の庇護者のふりをして、極右のマフィアをのさばらせている。日本国民もアメリカの巧妙な嘘に騙され、搾取され続けてきた。実際、民主主義の真の敵はアメリカだといっても過言ではない。我が政権もＣＩＡの手で短命に終わらされるということはないか？

――それはもちろん石井総理の施政方針次第ですが、本音と建前をうまく使い分ける必要があります。

――私がどれだけ狡猾なタヌキになれるかにかかっているということだな。

――国民には誠実に、アメリカにはしたたかにということです。

石井は首相とＣＩＡの協力者を兼ねている。寵児は首相の秘書官と監視役を兼ねている。この一人二役を巧妙に使い分け、矛盾をきたさないようにするのが最善策というわけだった。グレイスカイを引退に追い込んだ寵児の一手は石井の暗殺を避けるのに当面は有効と思われた。石井はアジア政策研究センターの仲間百合子にも首相秘書官のポストを用意したが、それは日米地位協定や日米合同委員会にメスを入れるための布石だった。実質、日本を永続的に植民地状態に留めることの協定と委員会は日本の外務、防衛、法務の高級官僚と在日米軍の将校たちの意のままだったが、日本側のメンバーを入れ替え、改善を図ろうと考えていた。百合子女史は重要秘密扱いの文書と委員たちの個人情報を石井に提供し、沖縄からの米軍撤退の実現に協力するだろう。それは百合子女史の悲願でもあり、両親の故郷沖縄に対する償いにもなるはずだ。彼女は日米同盟の牙城であるアジア政策研究センターに二十年もの長きにわたって勤務し続け、グレイスカイの全幅の信頼を得ていたが、ほかならぬ彼女自身が組織に潜伏していたモグラだったのである。

　官邸で百合子女史と顔を合わせた時、彼女は寵児に親しげに微笑みかけ、いつもの穏やかな口調で「あなたとはまた一緒に仕事をすると思っていました」と告げた。

――仲間さんと石井議員が昔からの付き合いだということまでは把握していましたが、あなたをモグラと疑った人はいません。

――論文を読んで、あなたに注目し、初めて資料室を訪ねてこられた時に直感したのよ。あなたは正しいことをする人だって。

――もうセンターに未練はないですか？

――必要な秘密資料は全て持ち出したし、ここが潮時と見て、辞表を出しました。残りの人生を沖縄に捧げます。

――ミュートのように秘密漏洩の罪を問われないでしょうか？

――資料を持ち出したことは当分のあいだは、気付かれないでしょう。私は中国に秘密を漏らしたわけではなく、同盟国の首相が当然知っておくべき情報を提供しただけですから、罪を問われる理由はありません。私より、あなたの立場の方が微妙ね。首相秘書官兼ＣＩＡのエージェントの相反に苦しむことになりそうね。アメリカのいいなりにならない日本は、独自に中国やロシアと向き合わなければならない。アメリカが押し付けてくる無理難題を巧みにかわしながら、戦争に巻き込まれないようあらゆる手段を講じる必要があります。

寵児はマリアにも同じようなことをいわれたが、戦争抑止工作は自分に与えられた天職なのかもしれないという自覚が芽生えていた。石井はグレイスカイが評した通り憲法原理主義者であり、安全保障政策の転換を最大の政治目標に掲げてきた人物だが、首相になれば、戦争放棄のナイーブな理想だけでは、アメリカの軍産複合体を抑え込むことも、中国やロシアの軍事的野望を牽制することも到底できない。それを自覚しているからこそ、石井は何らかの奇策、秘策を寵児に求めていた。日本の外交政策も実質、アメリカの対中政策に左右されることになるので、米中双方の思惑を正確に把握する必要があり、その情報収集を寵児に委ねたがっていた。

——今まではアメリカのいいなりになることが唯一の外交政策で、独自外交なんて語義矛盾でしかなかった。だが、私はそれを本気でやりたい。そのためには日米のブリッジになるだけでなく、中国との間にも秘密の情報交換ルートを確立しなければならない。

今まで無我夢中で自分がやってきたことを振り返ると、寵児は愕然となる。

ＣＩＡのエージェントとして、官邸に出向し、日米両機関のブリッジ役を担い、かつ石井のようなリベラル野党議員の身辺を探りながら、結果的にＣＩＡの陰謀を暴き、親友を守り、自国党を政権に止まらせながらも、憲法原理主義者の内閣を樹立させた。

到底、意図してできることではなく、この顛末には因果律など当てはまらないが、唯一こうなることを予感していた人物がいる。桜田マリアだ。ここは古代ギリシャではないが、まつりごとはことごとく巫女の託宣通りになった。それのみならず、彼女は寵児に与えられた新たなミッションまでも予言した。

——国際協調派と見せかけているハイエク大統領は実は軍産複合体と関係が深い。中国に対しては人権擁護、民主化推進のスタンスを取ってはいるが、経済的な相互関係を犠牲にする気はなく、また中国と戦争をする気もないようだ。しかし、実際に東シナ海はアメリカの潜水艦と中国の哨戒艇だらけだ。この矛盾をどう解釈すべきだと思う？

寵児は半ばうわの空で石井の問いかけを聞きながら、グレイスカイが日本を去る前に残していった呪いのコトバを反芻し、それを質問への答えとしていた。

——アメリカは直接、中国と戦争をする気はなく、日中、中台の戦争に仲裁役として介入し、日露戦争の時のように漁夫の利を得るつもりです。そして、中国が世界経済の中心になることを見据え、いかに効率的に中国マネーを吸い上げるか、知恵を絞っているところです。アメリカは今まで日本を安く買いたたいてきましたが、今度は日本を中国に高く売りつけようとするでしょう。そのためには日中戦争に誘導するのが手っ取り早いというわけです。日中戦争になっても、アメリカは傍観するので、日本の敗戦は確実です。

うわ言のように呟く寵児を怪訝そうに見つめ、石井は「それは踏んだり蹴ったりだな」とため息交じりにこぼした。

——いくら軍備を増強したところで、敗戦の準備にしかなりません。憲法9条の原則に忠実に、平和主義を徹底すべきです。いっそのこと先手を打って、日米同盟を破棄し、中立宣言をしてはどうでしょう。どのみち米中いずれかの帝国の属国になるくらいなら、中立国として自主独立を目指すべきではないかと思うのです。

――終戦直後、憲法を起草していた頃には、日本を「東洋のスイス」にしようという理想論もあったな。それもすぐに否定され、「共産主義の防波堤」にされてしまったが。

――その結果、日本は「世界の沖縄」になってしまったのです。政治は不愉快な現実を後追いするだけでなく、失われた理想を取り戻すこともできます。

――一野党議員の頃はおめでたい理想家でいられたが、首相になると、そうもいかない。てっきり君は冷徹な現実主義者だと思っていたが、そんな理想を隠し持っていたとは。

――戦争を放棄すれば、ミサイルも戦闘機も無用になり、浮いた税金を理想の追求のために使えるじゃないですか。その方がよほど現実的です。もう他国に統治権を譲り渡す国譲り神話の呪縛から解放されるべきです。

――本気でそういっているのか？　ＣＩＡがそれを許すはずがないだろう。中立なんて宣言しようものなら、私の失脚が早まるだけだ。最悪、暗殺されるだろう。

首相の椅子の裏側には絞首台が隠されていることを、石井も承知しているようだった。

――あなたの暗殺を画策していた人物はもうＣＩＡを去ったので、遠慮は無用です。無茶ができるのも支持率が高いあいだだけです。この話は誰にも口外されませんように。

――聞かなかったことにするよ。よもやＣＩＡのエージェント自ら、そんな提案をするとは誰も思わないだろうが。

寵児の大胆な提言を石井首相はまともに取り合おうとせず、冗談で受け流そうとしたが、寵児は「私は本気ですよ」と明言した。

――日本が中立宣言をしたら、従来の日本統治システムは完全に破綻します。当然の帰結として、それを防げなかったＣＩＡは責任を問われ、組織解体の危機に陥る。

――それが君の狙いだとでも？

――裏切る以上は組織を壊滅に追い込まないと、こちらの方が先に滅ぼされます。ＣＩＡが影響力を持っている限り、極右マフィア政権が復活しないとも限らない。石井内閣の支持率が低下した時にはサプライズが必要になるので、一か八か中立宣言をすべきです。

――国民はそこまでは望んでいない。おそらく私の時代には無理だろう。二十年後、君の時代に実現することを祈っている。

「リベラルの星」石井にも「征服された東洋人」のＤＮＡが色濃く受け継がれていることに寵児は失望を禁じ得なかった。

石井に中立宣言を進言したのは拙速だったが、それは遅くとも二十年後には実現されるべき課題であるという確信があった。自分の代では無理だと次の内閣に先送りが続けられたとしても、その理想や目標が継承されることにこそ意味がある。米中の思惑を読み誤り、戦争に誘導される危険と常に隣り合わせの状態では、戦争回避にあらゆる手を尽くすといっても、限界がある。石井はまだ寵児の提言を聞く耳を持っているだけ、二人の前任者よりも遥かにマシだった。

　寵児は首相直々の指令を受け、中国国家安全部のエージェントと接触を図ろうとしていた。奇しくも四年前に組織内で秘密裡に処刑されてしまったミュートの後追いをしようとしている。彼を摘発したのはほかならぬ自分だったこととの因縁を嚙み締め、これも一種の供養になるのかと思った。一度は閉じられた情報交換のバックドアを復活させるのは容易ではなかった。日中友好協会の理事を務めてきた石井の人脈を通じて紹介されたのはいずれも安全保障とは無縁な人物で、中国政府高官とのコネクションもなかった。

　空也の控訴審はスピード結審だったが、一審の判決が覆ることはなかった。ただ、禁錮五年の量刑が、一年だけ短縮されるという小さな成果はあった。上告しても量刑が増す恐れがあることから判決を受け入れた。空也が刑務所に移送される直前、寵児は拘置所に面会に訪れた。鵜飼警視正の手回しで、空也の移送先が甲府刑務所であることを前日に知らされていた。甲府刑務所はB指標、つまり犯罪傾向が進んでいる者を収容する施設である。空也は初犯だったが、反社会勢力の一員と見做され、再犯者扱いになった。

空也は丸刈りのせいか、以前よりも精悍な顔つきになっていた。アクリル板越しの声もやけに滑舌がよく、活気に満ちていた。そのことを指摘すると、苦笑いしながらいった。

——命令に答えたり、許可を求めたりするのにいちいち声を張ってるんでね。

——オレは受刑者の改善更生に資する相手と認められたので、社会復帰の準備は任せろ。

——オレに何をやらせるつもりだよ。

——それは出所後のお楽しみだ。できるかどうかわからないが、甲府ではＶＩＰ待遇にしてもらえるよう手を回してみる。

——ありがたいが、無理するなよ。

——模範囚になれば、仮釈放も早まる。禅寺で修行をしていると思って堪えてくれ。

——柄にもなく聖書とか、法華経とか読んだが、全然面白くない。だけど、ドストエフスキーは抜群に面白い。登場人物はみんなよく喋るな。イソノミアに集ってくる奴らみたいにいいたいことをいいまくっている。

——まさか空也がドストエフスキーにハマるなんて誰にも予言できなかっただろうな。

——全くだ。ムショでは図書係をやりたいが、なかなか狭き門らしくてね。

寵児は自分にも使える権力があるなら、それを最大限行使して、英雄にふさわしい待遇を用意しなければならないと思った。

翌日、空也は護送車で甲府に移送された。所内にバスが進入し、門が閉まり、バスのドアが開くと、ほぼ同時に威圧的な怒声が響き、講堂に追い立てられた。持ち物検査が行われる間も怒鳴られ通しだった。空也はブランド・スーツ姿で、高級時計をつけ、財布にはかなりの額の現金が入っていたので、早速、目をつけられた。

――カネで居心地がよくできると思ったら、大間違いだ。

――そんな考えは持っていません。

――囚人に人権はない。命令には絶対服従だ。

――はい。わかっています。

――生意気な口利くな。この門をくぐる者は一切の希望を捨てろ。

所持品を全て預けると、身体検査を受ける。全裸になり、睾丸の裏側、肛門の奥まで調べられた後、緑色の舎房服を着せられ、空也は先客が三人いる雑居房に入れられた。目つきの悪い痩せぎすの男、筋肉質のラガーマン風、インド人といったメンツで、それぞれシャブ中毒、半グレ、強盗の累犯と睨んだ。空也が挨拶をしても、無愛想にスルーされた。

翌朝からは厳しい考査訓練の日々が続いた。これは一種の肉体改造で、刑務所内では何をするにも決められた所作に従わなければならない。整列、行進、駆け足、「気をつけ、休め」の基本所作から始まり、布団やタオルのたたみ方、食事、作業、入浴、用足しの作法、全ての動きが規格化される。学校の体育でも似たようなことをさせられた。あれは刑務所に入った時のための訓練だったのかと思ったが、それより百倍厳しく、二週間の訓練ののちには勝手に体を動かすことへの恐怖が芽生え、もはや自分の体ではなくなる。こうして絶対服従の掟が筋肉に叩き込まれる。

肉体の刑務所仕様への改造が終了すると、分類審査の段階に進み、適性に応じた工場作業に割り振られた。禁錮刑の空也には作業の義務はなかったが、睡眠時以外は一日中刑務官《オヤジ》に監視され、合図によって正座と安座の繰り返しを強制され、天を仰ぐことも頭を掻くこともできないというので、作業を請願した。受刑者の技能、成績、就業態度に応じて、十段階の等級に分類され、最初の十等工からの昇格を目指す。甲府刑務所内ではソファ、革クッションの製作、下着、エプロンの縫製、プレハブユニット、バーベキューコンロの製作などが行われていたが、空也は農業班に割り振られ、レタスの水耕栽培に従事することになった。運動場の一画に直径二十九メートルのエアドームがあり、中には培養液で満たされた水槽とフロートがあり、一万株以上のレタスを栽培し、出荷している。

作業には報奨金が出るとはいえ、最初は月額にして六百円程度だ。人権が停止された受刑者はここまで搾取されるものかと唖然とした。刑務所の購買はぼったくり価格で、一月かけて稼いだカネで買えるものといったら、歯磨き粉一本か、石鹼一つである。支給される下着やタオルは粗悪品で、誰もがもう少しマシなものを手に入れたがっているが、「資産」がなければ、最低生活に甘んじるしかない。食事は成人男子の標準摂取カロリーを下回っており、入所後半年間は甘いものを口にする機会がない。生活改善の唯一の希望は「昇格」だけだった。受刑者は一種から四種までの制限区分と一類から五類までの優遇措置の分類に応じて、待遇が変わる。カースト制度や格差社会とは違って、出世の機会は建前上、均等にあると、前向きに考えた誰かが「アメリカン・ドリーム」をもじって「プリズナーズ・ドリーム」といった。一切の抵抗を諦め、陽気に振る舞い、トラブルに巻き込まれず、刑務官《オヤジ》に徹底してゴマをすり、その眼鏡に適った者だけが恩恵に与れる。意外にも日本語がおぼつかない同房のインド人はデリーで下僕をしていた経験が生き、巧みに刑務官に取り入り、順調に昇格を重ねていた。

　刑務所はモンスター上司がいるブラック企業みたいなものだと考えると、腑に落ちた。常に懲罰と降格を盾に恫喝されるが、忠実な部下としての信頼を得られれば、多少の便宜は図ってもらえる。しかし、いくら刑務所内の出世に血道を上げても、得られる特典などたかが知れていた。

　月額六百円の報奨金が二千円に上るまで順調にいって半年。盆暮れ、クリスマス、バレンタインデーにしか支給されない甘いものが毎月購入できるようになるのにもやはり半年かかる。食事の配膳や図書係などを担当できるのは異例の出世をした者だけだ。一律に服従と禁欲を強いられている環境では、ささやかな特典も羨望の的になる。酒もタバコも麻薬も存在しないこの世界では、チョコレートやあんこ、キャラメルなどがそれらの代用品になり、娑婆の十倍以上の価値を持つ。

　空也は潤沢な領置金のお陰で、品質のいい下着やフェイスタオル、五本指靴下、ボールペンや便箋、ノート、本、雑誌などを購入することはできた。空也は甘いもののおすそ分けをもらう見返りに、同房のインド人、シャブ中毒、半グレが欲しがっているものを買ってやると、人が変わったように友好的になり、敬語を使い出した。

　入所後二ヶ月もすると、空也は所内の定位置を確保していた。火箱組の元組員も収監されており、彼の口から空也が火箱組の若大将であることが知れ渡ると、誰もが一目置くようになった。

火箱組は存続さえも危うい状態だったが、威光はまだ残っていた。空也は自らの罪状を殺人幇助といっていたが、テロの首謀者、世直しの英雄として密かに尊敬もされ、昼休みや運動の時間には別房の受刑者から挨拶されたり、握手を求められたりもした。空也は、それを面白く思わない人間がいることも察知し、努めて謙虚に、目立たないよう振舞っていたが、人一倍キレやすい刑務官が、作業中に秘密の合図を送ったと難癖をつけてきた。空也は「何もしていません」というと、「とぼけるな、反社の売国奴め」と罵り、警棒を振りかざしたので、反射的にクリンチに逃げようとした。その動作を刑務官への反抗と見做され、懲罰を受けることになった。受刑者の待遇は刑務官の査定によってのみ決まるものであり、囚人の中からカリスマが現れるようなことはあってはならない。それを思い知らせるための露骨な見せしめ的制裁だった。

懲罰房の薄暗闇に自分を溶かし、空也は誰にも邪魔されずに瞑想にふける。娑婆ではなかなかこういう時間を持てなかったが、刑務所ではご親切にも瞑想部屋まで授けてくれる。瞑想は壁の染みを凝視するところから始まる。やがて、それは文字や人の顔になり、影絵となって動き出し、喋り出したりする。

誰の中にも奴隷が一人いる。理由もないまま服従し続け、苔のむすまで何もせず、あの世に行っても掟に従う。それが一般市民の標準的人生なら、大博打の一つでも打ちたくなる。だが、それに負けたら、魂まで檻に入れられる。勝てば、自由の甘さを噛み締められるが、自分だけ自由になっても、共有する相手がいなければ、孤独はいや増すばかりだ。

黄昏太郎は残りの人生、塀の中だが、後悔などしていないだろう。国家に対してあれほどの腹いせをした男はいない。死刑も覚悟していたのに、蛇足の人生を与えられ、今さらやることもなく、詩でも書いているに違いない。あいつの潔さに、オレは恥じ入るばかりだ。事もあろうに、オレはドローン攻撃に躊躇し、しかもそれを根拠に免罪を嘆願した。この不甲斐なさに対する罰ならいくらでも受けるし、ここを出たら、必ず償いをする。

　刑務所なんてごくありきたりの場所で、何処にでもある。今までもオレを支配し、服従させたがる奴らが次々と現れては消えていった。誰しも学校、会社、家庭で囚人の経験を積み、矯正されてきた。やっとそこから抜け出したと思っても、国家や社会という逃れようもない大きな刑務所が控えている。オレは地上から刑務所を一掃するボランティア活動をした罪で、また服従のＡＢＣを叩き込まれる羽目になった。何処までも続くこの刑務所ループを断ち切る方法が一つだけある。所詮、奴らが拘束し、服従させられるのはオレの体だけであって、魂には手も足も出せない。魂は体に宿っているから、その体を痛めつければ、魂も根をあげると思っているだろうが、オレはここに来る前に魂をイソノミアに置いてきたので、服従させたと思っているのは抜け殻に過ぎないのだ。

　魂はいとも簡単に脱獄をやってのけ、勝手気ままに外界を飛び回り、マリアやアイリーン、寵児や太郎の夢を訪ねたり、イソノミアで市民の歓呼に応えたり、よろしくやっている。時々、オレが眠っている時、読書をしている時にこっそり戻って来て、外の様子を知らせてくれる。

　懲罰房を出た日、空也は刑務所長に呼び出された。四百人以上いる受刑者の一人と所長が個別に面談する機会は滅多にないので、何事かと思ったが、ソファを勧められ、「希望の工場は何処か」と聞かれた。「図書工場です」と答えると、「ちょうど空きが出たので移動を認める」といわれた。寵児が手を回してくれたのだろうが、ここに来てもう半年が経過していた。
――刑務官に行き過ぎがあったようなので、今回の懲罰は取り消す。
懲罰を受けてから処分を取り消されても遅いが、図書工場への異動でチャラにしろという意味と受け止めた。今後はレタスよりも雄弁で影響力のある書物を伴侶にする生活への転換は望むところだった。空也は刑務所に来て、初めて小さな勝利を獲得した。

書物は魂を遠くへ飛ばすエンジンになる。古今東西の妄想家たちが練りに練った奇想天外の物語、世界に放った呪詛、自らを実験台にして摑み取った真実が、空也の目に触れるのを待っていた。ユーザーの心がけ次第で、刑務所は偉大な妄想家の養成機関になり得る。詩人や小説家、思想家には、刑務所や収容所にいた者、流刑、追放、亡命の憂き目に遭った者、生前には作品が発表されなかった者、正気を失った者などが数多くいて、おのが不遇を競っているかと思えるほどだ。絶望のグルメ、不幸のコレクターといっていい彼らは、空也の心に突き刺さる直球を投げ込んでくる。刑務所に入らなければ、ダンテやマキャベッリ、ニーチェやフロイト、ドストエフスキーやソルジェニーツィン、カフカやツェランといった仲間と出会う機会は得られなかった。彼らはいつの時代に生きていたとしても、九十九パーセント以上の人間にスルーされただろうが、常時世界で二千人の崇拝者には恵まれていただろう。

偶然、手にした一冊に『霊操《れいそう》』という本があった。これはイエズス会の創始者イグナチオ・デ・ロヨラが強靱な信仰の鎧で心を守るために編み出した瞑想のマニュアルであるが、試しにそのメソッドに基づいて、瞑想を始めてみたら、自分の過去の軌跡が鮮やかに蘇り、また聖書の福音書に書かれているイエスの行動が再現映像となって頭に浮かんでくるので、癖になった。空也はクリスチャンではないが、巫女体質のマリアが時々、神のお告げを口走るようになったのは、人知れず瞑想の修練を積んでいたからだと思い至った。

空也が刑務所で味わっているのとは別の孤独を寵児は噛み締めていた。日々、官邸やアジア政策研究センターの人間と対面しているが、彼らは人の形をした前例や慣習であって、その中で寵児は孤立を深めていた。漠然とした人恋しさから、寵児は新宿二丁目の「男子修道院」に足を運んだが、ビニール手袋をつけたり、手を消毒してまで濃厚接触を求める客は少なく、妙によそよそしい雰囲気だった。それでも、寵児にフレンドリーに接してくる歌舞伎の女形を思わせる佇まいの男がいた。最初のうちは距離を保ち、囁き声で世間話を交わしていたが、相手は大学時代をニューヨークで過ごしたというので、話が盛り上がり、相手の方がやや距離を詰めてきて、「ぼくはワクチンを打っているので、感染リスクは低いです」と囁いた。しばらく互いの顔を見合わせ、ほぼ同時に相手の肩を抱き、そのまま個室に入った。

相手のよく鍛えられた筋肉に触れながら、「どんなスポーツを?」と訊ねると、「パルクール」と答えた。そういえば、空也も一時期パルクールをやっていたことを思い出したが、相手のはにかんだような笑顔も空也のそれと重なった。

――最近はずっと何かに耐えてばかりいて、希望がどんどんすり減って、そのうちなくなりそうです。時々は弾けないと、自分が駄目になりそうで怖いです。

相手の素朴な呟きが寵児の心にも染みた。

——あなたも不満をたくさん抱えているでしょ。ほら、陰茎嘘つかない。

寵児は相手の誘導に身を任せ、不満を抱え込んだ自分を弾けさせることにした。自らの行動に迷いが生じるたびにここに来て、行きずりの男と肌を重ねて来たが、今度も活路が開けるきっかけになればと期待した。

行為を終えた後、相手の名前を訊ねると、「李小龍《リー・シャオロン》です」といった。「それはもしかして、ブルース・リーの中国名では？」と指摘すると、「親が熱狂的ファンでした」と答えた。流暢な日本語なので、日本人とばかり思っていたが、中国訛りの痕跡がわずかに残っていることに後から気づいた。

——この後、暇なら食事でもどうですか？

李小龍の誘いに乗る理由も拒む理由もなかったが、もう一度会いたくなりそうな相手ではあったので、付き合うことにした。三丁目の雑居ビル路面のスペイン・バルの奥のテーブルに座った。

カヴァで喉を潤し、ハモン・イベリコやアヒージョをつまみながら、李小龍は自分の音楽の趣味や最近見た映画について饒舌に語り、時折、辛辣な皮肉を口走ったりし、その都度、寵児の反応を確かめていた。寵児は会話の中にプライバシーに関する質問を織り交ぜ、探りを入れたところ、李小龍は福建《ふっけん》省福州《ふくしゅう》の出身で、コロンビア大学で情報工学を学び、東京での暮らしは二年目で、今はＩＴ企業の開発部門にいる、ということがわかった。寵児は政府機関に勤務していることも、インテリジェンスの仕事をしていることも伏せ、シンクタンクの研究員とのみ告げた。

——何の研究をしているんですか？

——一言でいえば、歴史と民族の研究ですかね。あなたの日本語は素晴らしいけど、どうやって身につけたんですか？

——ニューヨーク時代のパートナーが日本人のアーティストでした。

李小龍はちょうど同じ時期に、西百十六丁目のキャンパスに通っていたようなので、何処かで寵児とすれ違っていてもおかしくない。彼が出没していたクラブやカフェは寵児も立ち寄ったことがあるし、当時キャンパス内で起きた出来事のエピソードも寵児の記憶と一致していた。何より彼がイーストヴィレッジのバーＫＧＢのオーナーを知っていることに驚き、互いの距離が一気に縮まった。もしかすると、この男は塀の向こうに行った親友の穴埋めになるかもしれない、と組織内で孤立を深める寵児は思った。友達の定義を「目標や理想を共有する相手」とするなら、その数は自ずと限られる。むしろ、全く違う世界に住む利害関係のない相手の方が今の自分にはふさわしい。

メールアドレスを交換し、「またそのうちに」と別れた後、折に触れて、李小龍のことを思い出していたが、一週間後、先方から「ホームパーティをやるので、遊びに来ないか？」と誘いがあった。土曜日には予定もなく、リサーチの仕事も滞っていたので、「喜んで伺う」と返事した。

神宮外苑に近いマンションの一室を訪ねると、李小龍のほかに男女二人ずつの先客があった。簡単な自己紹介を交わしたが、男の方は大学教授の中国人、シンガポール出身の金融業者、女の方は大使館の書記官をしているオーストラリア人、日系企業に勤務するベトナム人だった。それぞれに日本に対する愛着があり、その思いを熱く語るのを聞かされた。

大学教授は徐福《じょふく》の話を持ち出し、「日本は始皇帝の暴政から逃れた人々の新天地だった」といい、「日本人はその末裔なのだから、私たちと同祖といってもいい」と主張した。金融業者が「日本の組織の非効率が日本を駄目にしている」とビジネス書の定番的主張をすれば、オーストラリア大使館員はオージー訛りの英語で「戦争さえしなければ、日本は東洋のスイスにもなり得るし、アメリカ、中国と等距離を保てば、自立できる」と私見を述べる。そして、ベトナム人は「日本人は私たちの憧れを踏みにじってはいけない」と劣悪な労働環境に置かれている技能実習生たち同胞の声を伝えた。李小龍は「無責任な人に舵取りを任せた船は沈没します」と至極真っ当なことを呟いた。

　日本の未来を本気で憂うる外国人たちの声に耳を傾けながら、寵児は「この国で一番偉いのは売国奴ですよ」とかつて、グレイスカイが呟いたコトバを反芻していた。

　この五人はどういう関係なのか、好奇心をそそられた。その口調や立ち居振る舞いからＬＧＢＴＱつながりであることは察せられたが、それだけではなさそうだった。オーストラリア・ワインのグラスを重ね、一時間ほどが経過した頃、李小龍はやや改まった態度で寵児に向き合い、おもむろにこう囁いた。

――あなたにもう一人紹介したい人がいるんですが、その前に御影さんの意向を聞いておきたいと思います。

――どんな人を紹介してくれるんですか？

――あなたはセックスのパートナーだけではなく、秘密の情報を交換できるパートナーも求めているんじゃないですか？

　不意を突かれた寵児は「何の話かな？」とポーカーフェースを保つのがやっとだった。

――とぼけなくても大丈夫ですよ。私たちはあなたのことをよく知っています。あなたが首相秘書官で、ＣＩＡのエージェントであることもわかっています。あなたは中国政府と秘密交渉を行う相手を探して、手当たり次第にドアをノックしていましたが、みんなハズレでしたね。だから、こちらからアプローチしました。私たちはあなたの手間を省き、交渉のバックドアを用意することができます。

――中国国家安全部の方ですか？

――私たちは研究会の仲間なんです。

――何を研究する会ですか？

――日本の未来を構想する会です。あなたもメンバーの一員になってほしいと思います。

――断ったら？

――あなたを黙って見送ります。今日のことはなかったことにして、お互いの秘密を守れば、あなたの生活は何も変わらない。

それは繊細な配慮に満ちた穏便な脅しと受け止めた方がよさそうだった。寵児はすでに彼らにロックオンされている。寵児の私生活は変わらないかもしれないが、彼らの監視は続けられ、彼らの秘密を暴くような行動を寵児が取った途端、ヒットマンが動き出すだろう。このパーティに参加した時点で、寵児は無造作に帰還不能の橋を渡っていたのである。

実に巧妙に仕組まれたスカウトだった。彼らは五人がかりで、寵児の身辺調査をし、行動確認を重ねていたに違いない。彼らの尾行を察知できなかったのは不覚だったが、それ以上に李小龍が「男子修道院」でコンタクトを取って来た時に疑いを抱かなかった自分を恥じた。寵児の態度

――中国にお戻りかと思っていました。
――お互い、厳しい情報戦の渦中にいますが、今までご無事で何よりでした。
皮肉にしか聞こえなかったが、敵対しながらも同じことをしている者への礼儀か？
――佐藤さんはお気の毒でした。情報提供者として頼りにしていた人だけに残念でなりません。彼の二の舞いにならないよう、あなたのことは全力で守ります。
ミュートをモグラとしてあぶり出した張本人が寵児であることを知っていて、あえてそういっているのだろう。全力で守ってくれるのはいいが、それは彼らが寵児の生殺与奪の権を握っているという意味でもある。
――私を協力者にしても、必要な情報が得られるとは限りませんよ。
――何処の国でもそうですが、政治的な決定は密室でなされます。あなたはその密室に出入りできる人です。首相の思惑も手に取るようにわかるでしょうし、日本政府がホワイトハウスやＣＩＡにそそのかされて、誤った選択をしないように誘導できるでしょう。あなたは日本に戦争をさせたいですか？
――戦争を煽る人は軍需で儲ける人か、何も考えていない人ですが、反戦論者にでき
ことくらいです。
――祈ることはほかの人にもできます。あなたにしかできないことをすべき
にあるのは中日戦争です。ナチス・ドイツとの同盟によってアメリカと
た歴史が反復されるのです。中国もアメリカも総力戦を行うつもり
合い、時々緊張状態を作り、損失を一切出さず、勝利も敗北

す。それが冷戦というものです。大規模な人口調節に双方が合意でもしなければ、核兵器の出番は永遠に訪れないでしょう。しかし、軍事衝突が起きる可能性は常にあります。その場合、米軍は出動せず、日本はアメリカの代理として戦争をさせられます。アメリカは停戦の調停役として介入し、中国での利権を拡大するでしょう。

――日本だけが再び手痛い敗戦を喫する。

――その通りです。このメカニズムをよく理解している日本人は意外と少ない。

張憂炎はさらにこう続けた。

――中国の属国になるくらいなら、アメリカの植民地のままでいいと考える人が多いのは実に悲しむべきことです。中日戦争を煽る人々は自分が乗った船に穴を開けているようなものです。

この先、日本が辿ることになる暗黒の未来を正しく認識しているのはほかでもない中国国家安全部のエージェントであって、日本の施政者ではないというこの皮肉は笑えない。たとえ、認識している人間がいても、圧倒的少数派であり、対策を講じたところで、中国のスパイ扱いされるのが関の山だ。寵児の絶望もそこに由来するが、その絶望を中国のスパイに慰められている。利害が反する相手を敵と見なすはずなのに、なぜか彼らとは利害が一致している。この矛盾には目を瞑るべきなのか？

――あなた方も戦争を回避したいのですか？

――アメリカを利する戦争などしないに越したことはありません。アメリカは日本を中国攻略の捨て駒にするでしょうが、私たちの使命はアメリカの覇権主義に歯止めをかけ、金融資本の陰謀を阻止することであって、日本を侵略する意図は全くありません。中日戦争は将来に遺恨を残し、アジア太平洋地域の安全保障の不安定化をもたらします。

この建前はもっともらしいが、要約すれば、「戦争などせずに、大人しく中国の覇権に加担せよ」といっているようなものだった。

――私に何ができるとお考えですか？

――二十年後に日本が完全に没落してしまうのを避けたかったら、是非私たちに協力してください。こちらが日本政府の動きを把握できれば、万が一戦争になっても、早期に決着がつき、互いの被害は最小限で済みます。同時に内閣情報調査室やＣＩＡの防諜活動に関する情報の提供をお願いします。すでに多くの仲間が日本やアメリカの政府機関に潜入しています。彼らの身に危険が迫ったら、速やかに通報してください。あなたは私たちの協力者だった佐藤さんを摘発しましたが、今度は逆に私たちの仲間を守ってほしいのです。

東アジア分析部のブラックストーンは過去に二十人以上もの中国国家安全部のエージェントを摘発した実績があり、張憂炎らにとっては文字通りの天敵である。彼らは寵児を協力者にして、天敵を牽制し、封じ込めたいのだろう。コトバは丁寧だが、一切の遠慮なく要求を突きつけてくる。

――こちらが提供する情報の価値も厳しく値踏みするんでしょうね。

――もちろん、価値は正当に評価し、それに見合った報酬をお支払いしますが、あなたは金銭で動く人ではない。自身の信念と良心に従って行動する人です。こちらからは、日本政府に戦争を思いとどまらせるに足る情報を提供することを約束します。あなたはその情報を官邸に持ち帰り、首相や外交、防衛関係者の説得に努めてください。

困惑の表情を浮かべる寵児に李小龍は「男子修道院」で目が合った時のように微笑みかけ、「友情を深めましょう」といった。

アメリカの呪縛から逃れようとすれば、中国の触手が伸びてきて、がんじがらめにされる。中国国家安全部エージェントとの友情が日中の平和友好に結実する可能性より、身の破滅に導かれる可能性の方が遥かに高いことは、ミュートの末路を思い出すまでもなく、わかっていた。手持ちのカードがワンペアなのに、オールインするくらいリスクの高い賭けだった。

スパイになるには四つの動機があり、その頭文字を並べると、ＭＩＣＥとなる。マネー、イデオロギー、コンプロマイズ、エゴである。彼らは寵児が協力者になる動機をカネではなく、信念と良心のためと考えた。それはイデオロギーとエゴに当たるのだろうが、正しくはコンプロマイズ、妥協の結果ということになるだろう。戦争を回避し、日本の独立を守るための苦肉の策として、寵児はＣＩＡ、官邸、中国国家安全部のあいだを動き回るモグラになることに妥協したのである。この選択が正しいかどうかは二十年後にわかるが、それまで潜伏を続けられるとは思えない。この妥協はＣＩＡへの裏切りとなる以上、寵児が払う代償は大きい。張憂炎と握手を交わした時、寵児の脳裏にはあのニヒリスト、グレイスカイの顔がスロットマシンのように三つ並んだ。

自分が寝返れば、アメリカを出し抜けると思ったのだろうが、その結果、日本がどうなるかな。おまえはあの世からそれを覗き見ることになる。

そんなコトバを彼から聞いたわけではないが、やけに鮮やかにその幻聴が聞こえるようだった。寵児はその幻聴にいい返してやりたかった。

——あの世に行ってまで、この世の心配をする気はない。

イソノミアではクソな現実世界をひっくり返す者をコントラ・ムンディと呼ぶ。寵児には空也や太郎の後を追う義務がある。彼らに恥じない行動をすることこそが、自分の新たなミッションになるのだ。寵児は巫女に会って、自分の選択が正しいという確証を得たかった。マリアに電話すると、「私も会って伝えたいことがある」といった。

寵児がタワーマンションの一室を再訪すると、部屋にはテーブルもソファも入り、一人暮らしの女性の部屋らしくなっていたが、住人のマリアだけはまだ部屋に馴染んでいないようだった。マリアは寵児の顔をしげしげと見つめ、「無事でよかった」といった。そのコトバにやや違和感を抱き、寵児が「無事でなければ、どうなっていたと思うんだい？」と訊ねると、マリアは「背中を刺されていたかも」と物騒なことをいった。

——空也が刑務所で殺されないように、中の囚人と刑務官にお金を渡して、彼を守るようにお願いしたの。あなたの身も守らなくちゃいけない。

マリアの唐突な宣言に「自分の身は自分で守る」と返したが、彼女は真顔で続けた。

——四人の暗殺者があなたを狙っている。

——オレも人気者の仲間入りか。なぜ四人？

——灰色の顔の男たちがあなたを追いかける夢を見た。それが誰なのかは私にはわからない。でもあなたには心当たりがあるはず。

自分を殺しに来る相手に心当たりなどあろうはずもなかったが、ヒットマンを差し向けそうな相手の顔なら七つくらいは思い浮かんだ。ＣＩＡのグレイスカイ、レッドバード、ブラックストーン、極右マフィア政権の幹部たちである。寵児と友情を深めたがっている張憂炎でさえ、寵児の裏切りを嗅ぎつけたら、即座に刺客を送るだろう。マリアは敏感にそれを察知したかのようにこういった。

——世界はリセットされたのに、それを認めたくない人たちがまだたくさんいる。政権を追われた人たちの逆襲が始まる。暗殺者が現れてからでは遅いから、あなたの命を守るためにこちらもヒットマンを雇う。

——オレを狙っている相手を先に殺すつもりか？　心配するな。自分の身を守るために別の悪魔とも取引した。オレはかなり危うい立場にあるが、まだ使い道があると思われているあいだは殺されない。

——私を一人にしないで。あなたがいない世界では生きられない。

　マリアは寵児の手を強く握り、懇願するような目で見つめていたかと思うと、発作的に唇を重ね、舌を絡ませ、息まで吹き込もうとした。寵児はマリアの予期せぬ行動に戸惑いながら、その肩を摑み、「落ち着け。悪夢を見ただけだ」と宥めた。

——全てを放り出して、二人で逃げてもいい。おカネならたくさんある。

——オレだって今すぐそうしたいが、今、世直しを中断したら、また暗黒時代に逆戻りだ。やり残した仕事を片付けたら、何処にだって行ける。君と一緒なら、地獄も楽しめるだろう。

——いざという時のために暗号を決めておこう。その暗号を受け取ったら、どんな手段を使ってもあなたを助けに行く。

――頼もしいな。じゃあ、こうしておこう。「ハムカツ食べたい」は救助要請。枚数は敵の人数。店の名前に場所のヒントを隠す。

――わかった。暗号を受け取ったら、すぐに火箱組の人や笛吹きプロテクションの人を動員して、救助隊を送る。

――緊急連絡網には石井首相と警視庁の鵜飼警視正と田島警視も加えておいてくれ。

――地獄を見る前に私の望みも一つ叶えて。

――オレに叶えられる望みなら何でも叶える。今までもそうしてきたつもりだ。

――あなたを愛し、あなたと結ばれたい。

――普通の女と男がするように、か？

――あなたの体に私の心を預け、私の体にあなたの心を宿す。そうすれば、お互いの不足を補い合える。

――なぜ、オレなんだ？　女を愛せないとわかってるくせに。

――ほかの女は愛さなくていい。私を愛してくれれば充分。あなただって私なしには生きられないでしょ。私たちは正しいことをするために出会ったのよ。私たちがもっと遠くに行くためには深く交わらなければならない。それにあなたはまだ自分の本当の欲求に気づいていない。それを知れば、あなたも変わる。だから、勇気を出して、私を抱いて。

　マリアは寵児の決断を促すように、自ら服を脱ぎ、小首を傾げ、握手を求めるように手を差し出した。寵児はためらいを振り払い、その手を掴んだ。自分の未来を握っている巫女の誘惑を拒む理由はなかった。ただ、男しか愛せないという寵児の思い込みを今この場で改めることができるかどうかは、行為に及んでみなければわからなかった。

　その夜、寵児とマリアは互いの肌を重ね、深く交わった。男相手の時よりもやや時間はかかったが、思ったほどためらいも抵抗もなかったのは、マリアとはすでに深い共犯関係で結ばれていたからだろう。もっとも、このまぐわいは女と男のありふれた情事とはかなりかけ離れていた。性的な興奮よりも、収まるべきところに収まった安堵、謎が解けた時の解放感に近い感覚に満たされた。ふと、聖体拝領というコトバが思い浮かんだ。確かに、このまぐわいはマリアという聖体を自らの内に宿らせる儀式のようなものだった。

　情事を終え、うつ伏せに横たわり、寝息を立てるマリアの背中を撫でながら、初めて彼女に会った日のことを思い出していた。寵児が女性に興味を抱いた最初の相手がマリアだった。誰もが神や奇跡と疎遠になったこの時代に、素朴に救世主の到来と悪の帝国の滅亡を信じる変わり者をなぜか、寵児は放っておけなかった。

　あの時の直感は間違っていなかった。彼女はこれまでも寵児のために別世界に通じるドアを開いてくれた。マリアの導きがなかったら、寵児はとうの昔に使い捨てられていたか、官僚機構の取り換え可能な部品に成り下がっていた。実際、寵児はマリアの後追いをし、自分の目や耳、口をマリアの直感に奉仕させてきたからこそ、危機をかいくぐることができたのだ。蓮華操がこの聖体を手放さなかった理由が遅まきながら、よくわかる。

　寵児は浅い眠りと覚醒の間を行ったり来たりしながら、自分の本当の欲求とは何なのだろうかと考えていた。マリアに指摘されると、寵児も今までそれを抑圧し続けてきた気がしないでもなかった。少なくとも女を愛せないという思い込みは改められた。二人は正しいことをするために出会い、もっと遠くに行くために交わる、というマリアの囁きには心動かされた。一人寂しく、この心折れる世界に生きていくよりは、誰かと一緒の方が救いがある。これだけは確かだ。誰かのために我が身を捧げるのでなければ、どんな仕事も独りよがりになる。ジャンヌ・ダルクからパートナー指名を受けたからにはその期待を裏切るわけにはいかない。

　組織のメカニズムに組み込まれた歯車として回転しながら、寵児は暗闇でじっと待っていたのだ。マリアという光が差し込んでくるのを。今や彼女は彼の絶望であり、怒りであり、彼の希望でもあり、祈りでもあった。

XXIII　エピローグ

「白か、黒か」、「服従か、反逆か」、「現状維持か、改革か」、「アメリカに奉仕するか、中国と手を組むか」、「戦うか、逃げるか」、そして最後は「生きるべきか、死ぬべきか」と誰もがハムレットの逡巡をなぞる。ゲーテによれば、人は頑張っている限り、迷うものらしいが、結局、どちらを選んでも、後悔するので、最悪の事態を避けるには前例を踏襲し、何もしないのが一番という結論になる。官僚もこの原理を採用している。

　マリアの誘惑に応じ、寵児は悟った。今まで男を愛するか、女を愛するか、という問題に随分と苦しんできたが、それも不毛な「あれか、これか」に過ぎなかった、と。ただ悩むために悩んでいただけで、男も女も愛せばいいだけの話だった。どちらか一方を選ぶのではなく、「どちらでもあり、どちらでもない」という重ね合わせ状態こそが最善の結果をもたらす。こっちの原理は寵児を悩ます懸案の解決にも応用可能だと気づいた。

「アメリカに奉仕すべきだ」という路線と「中国と手を組むべきだ」という路線は二律背反の関係にあり、前世紀の終わり頃まで両派は拮抗していたが、二十一世紀に入ると「アメリカに奉仕し、中国を敵と見なす」路線に固定化し、それ以外の選択肢を放棄した。その結果、アメリカに隷属しつつ私利私欲を追求する株式会社日本政府は腐敗の温床となり、没落の一途を辿った。

寵児自身はすでに「アメリカに奉仕し、中国と手を組む」という重ね合わせ状態に踏み込んでいた。ＣＩＡのエージェントの任務はアメリカの思惑通りに日本をハンドリングすることである。寵児は表向き、組織に忠実に振る舞いながら、裏で密かに中国国家安全部と通じ、政府に日米同盟からの離反を促し、戦争回避の布石を打っていた。「アメリカに奉仕し、中国と手を組む」という戦略は、「アメリカにも中国にも与しない」という意思に裏打ちされている。この二つの命題も二律背反だが、これを解決すれば、日本は戦争を回避でき、アメリカの属国にも中国の属国にもならずに済むはずだった。それは米中を手玉に取り、互いに潰し合いをさせ、自らは中立的な立場を守る日本に解脱することを意味する。植民地の煩悩から解放され、自由日本を立ち上げるにはそれしかない。

　中国国家安全部のエージェントとの接触は月に二度、行われる。外苑前のマンションの一室で会った面々が交代で連絡係を務める。ある時は、寵児が乗る通勤電車の同じ車両に乗り合わせ、メモを寵児のスーツのポケットに忍ばせ、またある時は、カフェの隣の席に座り、スマートフォンの画面を見せ、接触の場所と時間を指定した。たとえば、日曜日の午前中に代々木公園の噴水のそばだったり、目黒川沿いの居酒屋だったり、新宿の映画館だったりと寵児が足を運んでも不自然ではない場所が選ばれたが、その場に張憂炎が現れることはなく、李小龍が情報交換の相手を務めた。彼は最初に会った時の文化芸術志向が強いゲイのキャラクターを変えず、世間話や最近見た映画、オペラの話をするが、その合間に全く同じ口調で政治や軍事マターについて、饒舌にまくし立てる。

——中米の軍事バランスは年々、中国優位になっています。仮に来月、中米が台湾海峡や尖閣諸島周辺で軍事衝突した場合、アメリカが負けるでしょう。アメリカの冷静な軍事研究者も同じ想定をしています。中国は在日米軍基地をミサイル攻撃する能力を持ち、その精度は確実に上がっています。沖縄の嘉手納《かでな》空軍基地の滑走路を破壊すれば、米軍は二週間以上、出撃不能になるので、制空権は完全に中国が握ります。米中戦争はアメリカが避けたがっているのです。米軍が「第一列島線」の外に締め出されるのは時間の問題です。それなのに日本は巨額の軍事負担を要求されるのはおかしいです。随時交換条件を突きつけ、日米地位協定の見直しや米軍基地の撤退を実現してゆくことはできますね。同時進行で中国との関係改善を進めれば、アメリカの譲歩を引き出す余地はさらに広がります。首相によくいい含めておいてくださいね。

　人をメッセンジャーボーイ扱いするこの態度が鼻につくが、笑顔を絶やさず、自信たっぷりにアメリカの足元を見るような口舌を繰り出すのを、寵児は黙って聞いている。この場に在日米軍司令官がいたら、李小龍の首を絞めるに違いない。

――官邸では何らかの動きが出ていますか？

――官邸は静観の構えですが、右派の議員とアメリカのイエスマン官僚が逆襲を画策しているようです。彼らが復活すると、日本はまた旧体制に逆走してしまうので、阻止する必要があります。

――具体的な対策はありますか？

　寵児は独自に作成した名簿を用意していた。そこには日米同盟を死守し、日中戦争も辞さない極右マフィアの議員、日米同盟の利権を取り戻そうと必死になっている政商、アメリカに奉仕する財務省や外務省、防衛省の官僚たちの名前と個人情報が記されており、寵児の命を狙っているであろう四人も含まれていた。李小龍はその名簿に目を通しながら、「この人たちは何者で、どうしろと？」と訊ねた。

――日中の関係改善を阻む抵抗勢力であり、安全部の仲間を脅かす存在でもあります。全員、ＣＩＡの協力者です。張憂炎氏は、この名簿を喜んで受け取るでしょう。彼はＣＩＡに仲間を殺された報復をしたいでしょうから。

――なるほど。じきにこの世から退場する人リストですね。いい刺客を揃えますよ。

　ＣＩＡよりもはるかに多くの工作員を動員できる中国国家安全部の手を借りて、寵児を葬りたがっている人物を排除し、かつ自由日本の実現を加速させる策略は果たしてうまく運ぶか？　寵児は引き続き、外務省の保守派を牽制し、石井首相の説得を続けるつもりだったが、自分にできるのはここまでかも知れないと思った。

　売国奴が一番偉い国から愛国者が奉仕する国への転換は容易ではない。アメリカへの隷属から解放されたとしても、中国への従属を余儀なくされるのであれば、世直しは新たな悪夢の到来を促すだけに終わる。アメリカの自由主義も中国の共産主義も根は同じだ。どちらも官僚が主導し、特定企業と政府が利益を独占し、経済格差を広げてゆく官僚制資本主義に過ぎない。共産主義の津波を食い止める防波堤として、七十年以上の長きに亘って、アメリカに奉仕してきた歴史自体が大いなる幻影だったのだ。日本の未来は、覇権争いを繰り広げる二つの悪の帝国のどちらにつくかで決まるのではない。どちらにもつかず、中立を守り、市民を搾取し、見殺しにする官僚制資本主義と決別し、誰も欺かず、誰も支配しない自由日本を立ち上げられるかどうかで決まるのだ。その自由日本もいずれは、イギリス統治から中国に組み込まれ、市民的自由を奪われた香港や、自主独立を守りながら、帝国の版図に組み込まれようとしている台湾と同じ道を辿ることになるかもしれない。キム・ユジンも寵児と同じ不安を抱きつつ、韓国の望ましくない未来に抗おうとしているに違いない。

石井首相は検察庁幹部を焚きつけ、旧政権の汚職、不正を徹底的に洗い出し、極右マフィア復活の芽を摘み取ろうとしていた。それを「復讐」とか「大粛清」と呼ぶ人もいたが、潔癖性の理想主義者は、政治への信頼を失墜させた連中に情け容赦がなかった。政治外交路線の転換を図るには、抵抗勢力を無力化しておかなければ、足をすくわれる。石井は内部告発者の力も借りて、省庁で慣習的に行われている不正も一掃しようとした。「笛吹きプロテクション」は活動範囲が広がり、顧問契約を結んでいる南塚・北川法律事務所も事務所の拡大を図った。萩谷ソフィアも一人で訴訟案件を差配できるようになっていた。

連立与党は経済政策の転換にも着手し、労働環境改善、格差是正、税の公平負担、ベーシックインカムの導入などを進めた。一年生議員の矢野真美は仲間百合子とともに日米地位協定の改定案を独自に作成し、外務省保守派を牽制する役割を担った。

旧政権では政府の広報機関と化していた大手新聞各社は購読者数が激減し、テレビ各局も視聴率の低下に喘いでいたが、一貫して批判的論調を保った「エンドスコープ」はジャーナリズムの砦と見做され、契約者の数を倍増させた。砂漠谷絵里はネットで最も影響力のあるニュースキャスターという評価を得ていた。

田島波瑠と鵜飼寛治は特に降格も昇格もなく、警視庁の刑事部に留まり、一連の暗殺事件とドローン爆撃事件の捜査で成果を挙げたと評価され、テロ対策チームを任されていた。二人は中途半端な事件解決に不満だったが、日米地位協定の不可侵の領域に踏み込むことは許されず、政治がそれを変えるのを見守るしかなかった。

新政権発足から半年が経過した頃、日米合同委員会のメンバーだった外務省と防衛省の高官二人が相次いで不審死を遂げるという事件があった。一人は週末を自宅で過ごしていたが、原因不明の吐き気と腹痛に見舞われた。翌日には激しく咳き込み、突然、呼吸困難に陥り、救急搬送されたが、病院で死亡した。検視の結果、体内から致死量のリシンが検出された。もう一人は委員会の定例会議が行われる山の手ホテルのトイレの個室で血を流して死んでいた。脇の下を刺され、腋窩《えきか》動脈が破れたことによる失血死だった。先の政府高官暗殺と関連があると見て、テロ対策チームの二人に捜査への協力依頼があった。

報道で新たな暗殺事件を知った寵児は中国国家安全部の仕業と確信した。李小龍に手渡した名簿には殺された二人の名前も記載されていたからだ。暗殺指令を受けたら、即座に実行できる「いい刺客」は別の顔を持ち、日本社会に溶け込んでいるものと思われる。かつて日本の首相の暗殺にグレイスカイが用いたのと同じ手法をなぞったところに、ＣＩＡに対する挑発の意図を感じ取れる。防衛省高官を失血死に至らしめたケースにしても、仕込みナイフの一撃で腋窩動脈を切断した手口は特殊訓練を受けたプロの仕事以外の何物でもない。自分の身を守る保険のつもりで渡した名簿だったが、成果を急ぐ安全部のエージェントたちはその名簿通りに暗殺のノルマを消化し始めた。寵児の寝返りが実質、新たな暗殺の連鎖を誘発したわけだが、こうまで展開が早いとは思わなかった。今まで大津波が押し寄せ、原発が爆発しても、テロが起きても、パンデミックが到来しても、官僚機構だけは何一つ変わらず維持されてきたが、いよいよ制度疲労は極限悲しげに笑ってみせる李小龍を前に寵児は凍りつき、コトバを失い、その場に茫然と立ちつくすことしかできなかった。

――李小龍が裏切らなければ、中国国家安全部との内通がバレることはない。疑われたら、李小龍を売ればいいと考えたのだろうが、甘かったな。李小龍の正体を見抜けなかった君の負けだ。君が安全部の協力者になる前から、彼はＣＩＡの協力者になっていたのだ。

ブラックストーンのコトバを受け、李小龍は英語で寵児に囁いた。

――政治もインテリジェンスも「ノー・ウェイ《まさか》」という事態がよく起こる。敵は友になり、友は敵になる。世界はめまぐるしく変化するので、その変化を先取りしないと。

――何がいいたいんだ。

――君とぼくは似た者同士だが、ぼくの方が一手先を読んでいた。敵対する二つの組織に奉仕するのはいいが、両方裏切るのはまずい。どちらか一方にしないと、身を滅ぼすよ。

――私は安全部の暗躍を牽制するために内部事情を探ろうとはしましたが、彼らに利することも、重要機密を流すことも断じてしていません。この男のいうことを信じないでください。安全部のエージェントはＣＩＡの協力者にはなり得ません。

――君はぼくが安全部のエージェントだと勝手に思い込んでいるが、実際はフリーランスのコーディネーターに過ぎない。ぼくは祖国に繁栄をもたらすために米中の懸け橋になっているだけで、ＣＩＡに協力しても、祖国も安全部も裏切ることにはならない。それにぼくは暗殺にはノータッチだ。ただ、ＣＩＡのモグラ探しに協力しただけだ。

――こんな詐欺師を雇ってまで、内部の人間を陥れる気ですか？　私の忠誠より詐欺師の告げ口を信じるんですか？

――君を安全部に紹介したのはぼくだけど、その誘いに乗った時点でＣＩＡを裏切る気満々だったということだよ。しかも君は安全部のエージェントをＣＩＡに売った。

　ブラックストーンは「もういい」と遮り、李小龍に部屋から出て行くよう促した。

　もし、李小龍を売らなかったら、自分が売られることもなかっただろうか？　いや、誰彼構わずトラップを仕掛け、その成功報酬で食っているタチの悪い寝業師には信義のかけらもなく、カネのためなら喜んで友人も恩人も売るだろう。

――君は中国国家安全部に私の暗殺までやらせるつもりだったのだ。せっかく前任者のグレイスカイが暗殺とテロを丸く収め、アメリカとの同盟関係強化に結びつけようとしたのに、君はそのグレイスカイを裏切り、あろうことか憲法原理主義の理想家を後押しし、政権を取らせた。本来なら、その時点で君は排除されるべきだったが、レッドバードが処分をためらったのをいいことに、彼女をも裏切り、安全部を操ろうなどと思い上がった。日本のメシアにでもなるつもりか？

――私はただ米中どちらの属国にもならない方法を模索しただけです。

――私やレッドバードを裏切ったところで、その夢は実現しない。いつの時代でもメシアは殺される。ここはローマ帝国ではないから、磔刑にされることはないから安心しろ。

――もう一度チャンスをください。私は日米双方にとって最善の選択をしたと証明してみせます。

――すでに君は同じ理屈でレッドバードを欺いている。これ以上、処罰を留保しても意味はないが、君には一週間だけ猶予を与える。最後に組織に何らかの貢献ができれば、情状酌量もあり得る。その気がなければ、我々の手を煩わせずに死ぬ方法を考えろ。

ブラックストーンは、エミリーに「チョージを拘束しろ」と命じた。エミリーは寵児の腕を取り、関節を決め、後ろ手に結束バンドを締めた。寵児は地下の仮眠室に監禁され、査問を待つ身となった。外部との連絡手段は奪われ、警備員の監視下に置かれた。これはミュートの呪いなのか、六年後に彼の後追いをさせられている気がしてならなかったが、まだ観念するわけにはいかなかった。

――こんな風に再会するのはとても残念。あなたは完全に一線を越えた。

エミリーが同情してくれるなら、口添えを頼めるかもしれないと一縷の望みを抱いたが、その表情を見る限り、かつてミュートに対して寵児が抱いた憐れみを越えるものではなかった。

――レッドバードは何といっている？

――組織に利敵行為を働き、アメリカとの同盟関係に亀裂をもたらしたことは許し難い、と。あなたはテロリストと共謀し、日本の統治システムそのものを変えようとした反逆者と見なされている。かなり絶望的な立場に置かれていることを自覚すべきよ。

ミュートと同じ罪状に問われるなら、寵児は超法規的措置によって、処刑される。この理不尽を黙って受け容れろというのか？

――日本の主権を取り戻そうとしただけなのに、なぜ罪に問われるんだ？

――レッドバードはいっていた。日本人に日本の未来を決める権利はない。

――そんなバカなことがあるか、なぜいつまでもアメリカに隷属し続けなければならない？　なぜ米中の覇権争いの巻き添えを食わなければならないんだ？

エミリー・パットンは寵児の肩に手を置き、「アイム・ソーリー」と呟いた。

――ここにいるあいだは私があなたの面倒を見る。必要なものがあれば、遠慮なくいって。

――移送される前に会いたい人がいる。彼女にだけは別れを告げたいし、オレがいなくなった後のことを相談したい。

――残念だけど、ここから出すわけにはいかないし、ここに人を呼ぶこともできない。今日の朝までは逃げるチャンスがいくらでもあったはずなのに、なぜそうしなかった？

――時間を巻き戻せたら、李小龍を殺す。

――あの男はいずれ報いを受けるわ。

――せめて電話を一本かけさせてくれ。

エミリーは「番号は？」と聞き、寵児のいう通りにタップすると、スマートフォンをテーブルに置いた。留守を告げるマリアの声を聞き、寵児はこんなメッセージを残した。

――ぼくだ。すまない。急用ができて、会いに行けなくなった。一緒にハムカツを食べたかった。君の勤め先の地下にあるアジア食堂で六枚も食べたことを思い出した。二、三日は缶詰め状態だけど、日曜日なら大丈夫だ。石井さん、鵜飼さんにもよろしく伝えておいてくれ。

ほんの三十秒話しただけで通話は遮断された。寵児のメッセージはこの部屋のマイクも拾っただろうが、その含意までは、すぐには解読できないはずだ。

――大事な人と話せなかったようで残念ね。食事は後で警備員に届けさせる。

――酒が欲しい。飲まなければ、この理不尽には耐えられない。

――ウイスキーを差し入れる。じゃあ、行くわ。元気出して、ドン・キホーテ。

——空也は刑務所と本に守られていたけど、寵児さんは危ない橋をいくつも渡り、何度も殺されかけた。面会に行きたかったけど、ＣＩＡは地の果てまで追いかけてくるから逃げ回るのに精一杯だった。私たちの戦いはまだ終わっていない。

——寵児は無事なんだな。何処にいる。

——メトロポール・ホテルに現れるはず。空也に会いたがっている。


何が悲しくて蓮華操の死霊が宿るホテルなんかに行かなければならないのかと思ったが、半ば投げやりな気分で四年後の世界と向き合うことにした。

蓮華が暮らしていたスイートのドアの前で、空也の足は止まった。「何、二の足を踏んでるのよ」とアイリーンにからかわれたが、空也の運命を百八十度変えた鬼門を再びくぐるのは、バンジージャンプ以上の覚悟が必要だった。しかし、ドアは向こうから開かれた。


スイートには懐かしい顔ぶれが揃っていた。白髪が増え、やつれていたが、元気そうな「フルハウス」社長の松風、ワルキューレ・カルテットの砂漠谷絵里、萩谷ソフィア、矢野真美、イソノミアのヤンバル・クイナ、南塚弁護士らが空也を拍手で迎えた。空也ははにかみながら、右手を挙げて応え、「ご無沙汰してすみませんでしたね」と挨拶した。松風が一歩前に歩み出て、空也にハグを求めた。

——何でオレがここにいるかわかるか？

——タダ酒が飲めるから？

——生まれ変わったオレを見せたかったからだよ、もう貴族に必死に取り入って、おこぼれに与るのはやめた。オレが乗ろうとしていたのはとんだ泥舟だった。奴らと一緒に沈まずに済んだのはおまえのお陰だ。

　空也が南塚に「少しはまともな世の中になったんですか?」と訊ねると、「正しいことをする人間が首相になって、少しだけ平等な世の中に近づいたかな」といった。

――これ以上、無知で無能な無法者に服従していたら、本当に日本は滅びると、多くの人々が気づいたんですよ。でも油断は禁物です。必ず揺り戻しが来ますから。

　ソフィアの呟きに絵里も真美も頷いていた。その背後でヤンバル・クイナは独り言のようにこんな呟きを漏らした。

――空っぽな心を権力やカネで満たす時代は終わった。政治家や経済学者が思い描く未来なんかクソ喰らえだ。五年後には日本を誰の支配も受けないイソノミアに変えてやる。

　十五分ほど遅れて、マリアと寵児がスイートに現れた。寵児がまっすぐに空也に歩み寄り、ハグを交わし、「お互いよく生き延びたな」と囁くと、空也は「ああ」と応じ、にわかにこみ上げてくるものがあった。

――オレがムショ暮らししているあいだ、おまえは逃亡生活をしていたようだな。

――ロシア、イラン、メキシコ、キューバ、インドネシア、ベトナム、韓国、台湾を転々としていたが、何処に行っても、ヒットマンが追いかけて来るので、逃げるのはやめて日本に戻った。

――何度も殺されそうになったって?

――運が悪ければ、三回死んでいた。電車で脇腹を刺されたり、車が暴走して来たり、ホテルの部屋に爆弾小包が届けられたりしたが、オレには巫女がついているので、まだ生かされている。石井首相はＣＩＡの情報本部長と、オレの暗殺指令を凍結する密約を交わした。彼が首相でいるあいだは、この密約は有効だ。

――おまえは総理の命の恩人なんだから、それくらいのことはしてもらわないとな。

――ムショ暮らしの成果はあったか？

――神や偉人を身近に感じたよ。

――約束通り、おまえの社会復帰は任せてくれ。しばらくは休め。アイリーンがリハビリに付き合ってくれる。その後、空也も大好きな世直しに復帰しろ。

――勘弁してくれよ。もう懲り懲りだぜ。

――一週間もすれば、気が変わるさ。

――おまえ、今は何やってるんだ？

――ＣＩＡも、秘書官も辞めた。今は秘密結社を率いている。活動資金はメシア財団と政府からの出資が半分、市民の寄付が半分。任務は中立国自由日本を立ち上げること。空也のポストを空けて待っていた。おまえが始めた世直しを忠実に継承しているんだから、断るなよ。

――これはオレが刑務所で見ている夢か？　秘密結社は実在するのか？　名前は？

――コントラ・ムンディ。

　大きな回り道をして振り出しに戻された気がしなくもないが、魂は長い旅を経たのち、原点に回帰してゆくというから、それもやむを得ないのかもしれない。

本書は、２０２０年7月31日から２０２１年8月29日に、北海道新聞、東京新聞、中日新聞、西日本新聞の各紙にて連載された内容を、加筆、修正のうえ刊行したものです。

島田雅彦（しまだ・まさひこ）
１９６１年、東京都生まれ。東京外国語大学ロシア語学科卒。１９８３年「優しいサヨクのための嬉遊曲」を発表し注目される。１９８４年『夢遊王国のための音楽』で野間文芸新人賞、１９９２年『彼岸先生』で泉鏡花文学賞、２００６年『退廃姉妹』で伊藤整文学賞、２０１６年『虚人の星』で毎日出版文化賞、２０２０年『君が異端だった頃』で読売文学賞を受賞。２０２２年紫綬褒章を受章。著書は『天国が降ってくる』『僕は模造人間』『彗星の住人』『美しい魂』『エトロフの恋』『フランシスコ・X』『佳人の奇遇』『徒然王子』『悪貨』『カタストロフ・マニア』『スノードロップ』『スーパーエンジェル』など多数。

パンとサーカス
２０２２年３月22日　第一刷発行
２０２３年２月24日　第七刷発行

著者　島《しま》田《だ》雅《まさ》彦《ひこ》
発行者　鈴木章一
発行所　株式会社講談社
〒１１２-８００１
東京都文京区音羽２-12-21
電話　出版　０３-５３９５-３５０４
販売　０３-５３９５-５８１７
業務　０３-５３９５-３６１５

本文データ制作　講談社デジタル製作
印刷所　株式会社ＫＰＳプロダクツ
製本所　株式会社若林製本工場

ISBN978-4-06-526874-2　N.D.C. 913 558P 20cm

KODANSHA